CB045474

EU SOU UM GATO

NATSUME SOSEKI

EU SOU UM GATO

Tradução do japonês e notas
Jefferson José Teixeira

5ª edição

Estação Liberdade

Título original: *Wagahai wa neko de aru*
Copyright © Editora Estação Liberdade, 2008, para esta tradução

Preparação de texto	Antonio Carlos Soares
Revisão	José Cândido de Souza Dias
Consultoria linguística	Meiko Shimon
Composição	Johannes C Bergmann / Estação Liberdade
Assistência editorial	Fabiano Calixto, Leandro Rodrigues e Tomoe Moroizumi
Ideogramas à p. 7	Hideo Hatanaka, título da obra em japonês
Ilustração da capa e quarta capa	Utagawa Hiroshige: *Arrozais de Asakusa e Festival de Torinomachi*, da série Cem vistas famosas de Edo, gravura ukiyo-e, c. 1856-58
Editores	Angel Bojadsen e Edilberto F. Verza

Nossos agradecimentos ao senhor Takaaki Shigematsu pelas sugestões à tradução.

Dados Internacionais de Catalogação na Publicação (CIP)
Odilio Hilario Moreira Junior CRB-8/9949

S715e Soseki, Natsume

Eu sou um gato / Natsume Soseki ; traduzido por Jefferson José Teixeira. - São Paulo : Estação Liberdade, 2016.
488 p. ; 16cm x 23cm.

Tradução de: Wagahai wa neko de aru
ISBN: 978-85-7448-138-8

1. Literatura japonesa. 2. Romance. 3. Era Meiji. I. Teixeira, Jefferson José. II. Título.

2016-366

CDD 895.6
CDU 821.521

A EDIÇÃO DESTA OBRA CONTOU COM SUBSÍDIOS DOS PROGRAMAS
DE APOIO À TRADUÇÃO E À PUBLICAÇÃO DA FUNDAÇÃO JAPÃO

JAPANFOUNDATION

Nenhuma parte desta obra pode ser reproduzida, adaptada, multiplicada ou divulgada de nenhuma forma (em particular por meios de reprografia ou processos digitais) sem autorização expressa da editora, e sempre em conformidade com a legislação em vigor.

Esta publicação segue as normas do Acordo Ortográfico da Língua Portuguesa, Decreto nº 6.583, de 29 de setembro de 2008.

EDITORA ESTAÇÃO LIBERDADE LTDA.
Rua Dona Elisa, 116 | Barra Funda
01155-030 São Paulo – SP | Tel.: (11) 3660 3180
www.estacaoliberdade.com.br

我輩は猫である

Nota dos Editores

Adotamos aqui o padrão empregado em nossas traduções de obras japonesas — o prenome antecedendo o nome de família, à maneira ocidental. No entanto, apresentamos o nome do autor na forma original, com o pseudônimo que escolheu para si próprio, Soseki, grafado depois do patrônimo, de modo que o leitor brasileiro possa conhecê-lo pela denominação que o tornou mundialmente notório.

Natsume Soseki recebeu ao nascer, em 1867, o nome de Natsume Kinnosuke (sobrenome/nome). A partir de 1887, passa a assinar seus escritos com o pseudônimo (Soseki), que em chinês significa "incômodo" ou "estorvo".

1

Eu sou um gato.[1] Ainda não tenho nome.

Não faço a mínima ideia de onde nasci. Guardo apenas a lembrança de miar num local completamente sombrio, úmido e pegajoso. Deparei-me nesse lugar pela primeira vez com aquilo a que comumente se denomina criatura humana. Mais tarde, descobri que era um estudante-pensionista[2], a espécie considerada mais feroz entre todas essas criaturas. Contam que por vezes esses humanos denominados estudantes nos agarram à força para nos comer cozidos. Na época, ignorando esse fato, não me senti intimidado. Experimentei apenas a sensação de flutuar quando o humano me soergueu, pondo-me sobre a palma da mão. Aconchegado nela, pela primeira vez na vida encarei o rosto de um desses seres. Preservo até hoje na memória a impressão desagradável daquele momento. Em primeiro lugar, o rosto, que deveria estar coberto de pelos, revelava a lisura de uma chaleira. Em nenhum dos muitos de minha espécie com os quais mais tarde me deparei observei essa horrenda deformação física. Não apenas isso: bem no meio da face se destacava uma protuberância, de cujos orifícios saía fumaça, por vezes em profusão, que me sufocava e debilitava. Só recentemente descobri provir essa fumaça de algo que os humanos costumam fumar e a que denominam cigarro.

---

1. No original, "Wagahai wa neko de aru", que dá título ao livro. Das muitas formas de dizer eu em japonês, Soseki optou pelo pronome de primeira pessoa "wagahai", cujo uso era restrito a políticos, militares, etc., e se revestia de certa arrogância.

2. Em japonês, "shosei". O termo designa os estudantes originários geralmente das províncias, que no início da Era Meiji (1868-1912) costumavam se hospedar na casa de uma família da capital e, em troca da estadia, eram incumbidos de tarefas domésticas simples.

Por um tempo permaneci sentado à vontade sobre a palma da mão desse estudante, mas a certa altura comecei a me movimentar com espantosa velocidade. Meus olhos giravam inconscientemente, e não fui capaz de discernir se era o humano que se movia ou apenas eu. Senti vontade de vomitar. Julguei não haver mais salvação para mim quando um impacto me induziu a ver estrelas. Por mais que me esforce, não consigo lembrar o que se passou depois.

Quando dei por mim, o estudante havia desaparecido. Tampouco havia sinal de meus muitos irmãos, antes reunidos a meu redor. Até mesmo a mais importante entre todos sumira: minha mãe. Estava então em um local de luz intensa, completamente distinto do que me acostumara. Sentia dificuldades em manter os olhos abertos de tão ofuscante que estava a claridade. Como tudo era estranho! Ao tentar me locomover, fortes dores me atacaram. De um monte de palha, de repente fui jogado num matagal de bambus-anões.

Ao sair me arrastando dessa floresta, avistei um imenso lago. Sentei-me bem diante dele, ponderando como deveria agir em seguida. Contudo, nenhuma boa ideia me ocorreu. Comecei a miar por um tempo, imaginando que ao me ouvir o humano voltaria para me buscar, mas por mais que me esgoelasse ninguém aparecia. Aos poucos, o sol começou a se pôr; o vento encrespava a superfície do lago. Meu estômago era invadido por uma fome enorme. Queria chorar, mas a voz não saía. Sem alternativa qualquer coisa serviria. Dei então uma volta pelo lago a partir do lado esquerdo, decidido a ir a qualquer lugar onde houvesse comida. Que angústia! Mas suportei. Com esforço, engatinhei até encontrar um local onde poderia haver humanos. Acreditando que obteria algo, passei por um buraco em uma cerca de bambu e penetrei em uma casa. Como é curioso o destino! Se essa cerca não estivesse quebrada, eu provavelmente teria morrido de inanição na sarjeta. Desígnios da sorte, como se costuma dizer. Esse buraco é até hoje meu local de passagem para visitar minha vizinha Mike. Bem, já insinuado na casa desconhecida, ignorava qual o próximo passo a tomar. Lutava contra o tempo: logo anoiteceria, estava esfomeado, esfriava e não demoraria a chover. Procurei então andar até um local claro e confortável. Quando penso nisso, dou-me conta hoje de que naquele momento eu já estava no interior da casa. Tive ali a oportunidade de me deparar novamente com outros elementos da espécie humana, diferentes daquele estudante-pensionista. A primeira dessas criaturas foi Osan, cuja crueldade superava a do estudante. Logo que pôs os olhos em mim me agarrou de súbito pelo cangote e me atirou para fora da casa. Imaginei estar perdido e, de olhos cerrados, decidi entregar minha sorte à providência divina. No entanto, a fome e o frio eram insuportáveis. Aproveitando uma distração de Osan, penetrei de novo na cozinha. Não demorou muito para eu ser expulso. Lembro-me de que bastava eu ser jogado para fora para voltar, e bastava voltar para ser jogado para fora de novo, quatro, cinco vezes, repetidamente. Não aguentava mais ver esse tal de Osan. Só quando há pouco dei o troco, roubando um peixe agulhão que ela preparava, senti-me vingado e com o espírito por fim apaziguado. Por fim, quando ela se preparava para me expulsar mais uma vez, o dono dessa casa apareceu na cozinha indagando a razão de tanto barulho. A criada me mantinha suspenso pela nuca na direção do patrão, enquanto explicava o transtorno por que passava ao tentar se livrar do gatinho vira-lata, que cismava em retornar para dentro da cozinha toda vez que ela o colocava para fora. Enrolando os pelos negros sob o nariz, o amo fitou por instantes meu focinho, para apenas afirmar "Então, deixe-o entrar", voltando em seguida para o interior da casa. Imaginei-o um homem de poucas palavras. Decepcionada, a criada me atirou para um canto da cozinha. E foi assim que decidi morar nessa casa.

Raramente meu amo se digna a me encarar. Ele parece exercer a profissão de professor. Ao voltar da escola, passa o restante do dia trancado em seu gabinete, praticamente sem colocar os pés para fora dele. Todos da casa o consideram muito estudioso. O professor também gosta de exibir seu apego aos estudos. Contudo, na realidade, ele não é tão diligente como o julgam os habitantes desse lar. Por vezes, adentro de fininho o gabinete para espiar, e quase sempre ele está em plena sesta. Em algumas ocasiões, baba sobre o livro que está lendo. De estômago frágil, a tez de sua pele é levemente amarelecida, inelástica e sem viço. Apesar disso, é um glutão. Após ingerir grande porção de arroz, toma

Taka-diastase.³ Em seguida, abre um livro. Na segunda ou terceira página cai no sono, babando sobre ele. Essa é a rotina de meu amo todas as noites. Mesmo sendo um gato, há momentos em que pondero sobre as coisas. Não há nada mais simples do que a vida de um professor. Pudesse eu renascer na forma humana, desejaria ser um mestre. Se é possível dormir tanto nessa profissão, é sinal de que até mesmo um gato pode exercê-la. Apesar disso, meu amo diz que não há profissão mais árdua do que a de um docente, e costuma se queixar dela a todos os amigos que o visitam.

Na época em que comecei a viver neste lugar, meu amo era o único da casa que demonstrava alguma predileção por mim. A qualquer canto que eu fosse, era rejeitado e ninguém prestava atenção em mim. O fato de até hoje não me haverem posto sequer um nome é prova cabal do pouco valor que me atribuem. Acabei obrigado a me resignar e, na medida do possível, procuro permanecer ao lado de meu amo, por ter sido ele quem me aceitou na casa. Pela manhã, sempre subo no seu colo quando ele lê o jornal. Na hora de sua sesta, trepo sempre em suas costas. Isso não significa necessariamente que eu sinta particular adoração por ele, é apenas uma retribuição por ser ele o único a me demonstrar algum carinho. Depois disso, após várias experiências, decidi dormir pela manhã sobre a bacia de arroz cozido, à noite sobre o *kotatsu*⁴, e na varanda nas tardes de sol. Todavia, o que mais me agrada é quando, caída a noite, penetro no leito das crianças da casa para dormir com elas. São duas meninas, de cinco e três anos, e dormem na mesma cama. Sempre encontro um espaço entre elas onde me enfiar, mas se por infelicidade uma delas acorda me vejo em maus lençóis. As crianças são verdadeiras pestes, em particular a menor. "O gato está aqui", gritam repetidas vezes e se põem a chorar alto, a qualquer hora,

---

3. A takadiastase, uma enzima que digere o amido, foi descoberta por Jokichi Takamine (1854-1922), engenheiro químico que se tornou o mais proeminente cientista japonês da Época Meiji. O remédio, Taka-diastase, muito em voga na época, também passou a ser vendido nos EUA, para onde o doutor Takamine emigrou em 1894.

4. Aquecedor de pés em formato de mesa, ao redor do qual a família se reúne para as refeições e dentro colocam as pernas.

mesmo de madrugada. Quando isso acontece, meu amo, dono de uma dispepsia nervosa, sempre acorda e surge às pressas do quarto vizinho. Ultimamente usa uma régua para me crivar as ancas de fortes pancadas.

Quanto mais observo os humanos com os quais convivo sob o mesmo teto, tanto mais me vejo obrigado a concluir que se trata de seres egoístas. As crianças com as quais às vezes compartilho a mesma cama são particularmente abomináveis. Quando lhes dá na telha, me viram de ponta-cabeça, cobrem minha cabeça com um saco, me atiram para todos os lados, me enfiam dentro do forno. Como se isso não fosse suficiente, basta eu revidar, mesmo de forma leve, e toda a família corre atrás de mim para me molestar. Recentemente, quando eu afiava com delicadeza as garras no tatame, a mulher de meu amo se enfureceu de forma assustadora. A partir desse dia, ela quase nunca permite meu acesso à sala de estar. Pouco se importam se morro de frio entre as tábuas da cozinha. Shiro, a gata branca que mora na casa do outro lado da rua e por quem sinto profundo respeito, comenta sempre que não há neste mundo criatura mais impiedosa do que o ser humano. Pouco tempo atrás, Shiro deu à luz quatro gatinhos, verdadeiros pompons. Porém, mal se passaram três dias, o estudante da casa afogou os filhotes no lago atrás da propriedade. Shiro me contou o fato entre lágrimas, afirmando que, para os de nossa espécie poderem expressar seu amor filial e manterem uma vida familiar decente, urge lutar contra os humanos até levá-los à completa extinção. Julgo ser uma argumentação válida. Mike, da casa vizinha, diz, imbuída de enorme indignação, que os humanos não entendem o significado de direito de propriedade. Em nossa espécie, aquele que encontra primeiro uma cabeça de sardinha ou tripas de sargo tem o direito de comê-las. É permitido o uso de força bruta contra os que infringem essa lei. Contudo, aparentemente inexiste entre os humanos essa noção, e as iguarias que encontramos acabam todas por eles confiscadas. Eles usam sua força para usurpar de nós o que teríamos o direito de comer. Shiro vive na casa de um militar, e o amo de Mike é advogado. Eu simplesmente vivo na residência de um professor, e com relação a isso posso me considerar mais felizardo que meus amigos. Minha vida cotidiana é de total tranquilidade. Os humanos, por mais humanos que sejam, não prosperarão para sempre. Esperemos pois pacientemente o advento da era dos felinos.

Esse pensamento egoísta me lembra um fracasso devido à presunção de meu amo, que gostaria de compartilhar com os leitores. Meu amo é sempre incapaz de exibir superioridade sobre outros humanos em qualquer coisa que se disponha a executar, mas experimenta constantemente um pouco de tudo. Compõe *haikus*, que envia para a revista *Hototogisu*[5], colabora com poemas em estilo moderno para a revista *Myojo*[6], redige artigos em um inglês entremeado de erros, em certa ocasião tornou-se aficionado por arco e flecha e estudou recitação, de outra feita tocou desafinadamente violino, porém sem sucesso em nada em que se empenha. Quando principia algo, nem mesmo sua fraqueza estomacal serve para lhe mitigar o entusiasmo. Canta dentro do banheiro, repetindo "Eu sou Munemori de Taira", estrofe de certa canção, pouco se importando com o apelido posto pela vizinhança de "Gogó de Mictório". Ao vê-lo, os vizinhos em tom jocoso dizem "Lá vai o Munemori". Sabe-se lá a razão, transcorrido um mês de minha chegada, no dia de seu pagamento, meu amo voltou às pressas carregando um enorme pacote. Eu tentava adivinhar o que ele comprara. Era material de aquarela, pincéis e papel Whatman. Supus que ele fosse abandonar naquele mesmo dia a recitação e o *haiku* para se dedicar à pintura. De fato, a partir do dia seguinte, e durante algum tempo, não fazia outra coisa senão pintar diariamente em seu gabinete, sem sequer interromper para a sesta. No entanto, ao ver o produto final, ninguém sabia identificar o que fora pintado. Meu amo também deve ter considerado o resultado pouco promissor, pois certo dia, quando um de seus amigos envolvido com artes veio visitá-lo, ouvi o seguinte diálogo:

— É difícil obter bom resultado. Vendo os outros pintarem parece simples, mas só ao pegar no pincel se vê que as coisas são mais complicadas do que aparentam ser.

---

5. Revista de *haikus* publicada a partir de 1897 pelo poeta Shiki Masaoka, na qual também foi editado *Eu sou um gato*.

6. Revista de poesia publicada a partir de abril de 1900 pelo poeta Yosano Tetsukan.

Essa era a reflexão profunda de meu amo e representava a expressão da mais pura verdade. O amigo o fitou por sobre a armação dourada dos óculos.

— É natural não se pintar bem logo de início. Em primeiro lugar, é impossível pintar algo trancado dentro de quatro paredes usando só a imaginação. No passado, o grande mestre italiano Andrea del Sarto[7] afirmou que toda pintura deve ser a expressão fiel da natureza. No céu, há corpos celestes. Na terra, brilha o orvalho. Pássaros voam. Animais correm. No lago, há carpas. No inverno, corvos pousam sobre árvores decrépitas. A natureza é em si uma imensa pintura viva. Se sua intenção é realmente pintar algo, aconselho-o a começar com esboços.

— Ah, quer dizer que Andrea del Sarto afirmou isso? Eu desconhecia por completo. Ele está coberto de razão. É uma grande verdade.

Meu amo se mostrava impressionado em excesso. Percebi um sorriso de escárnio por detrás da armação dourada dos óculos do amigo.

No dia seguinte, quando eu tirava agradavelmente na varanda minha costumeira sesta, meu amo, em uma atitude rara, saiu do gabinete e se postou atrás de mim, parecendo ocupado com algo. Como seu movimento me despertou, entreabri os olhos para constatar que meu amo estava absorto em se fazer passar por Andrea del Sarto. Ao ver a cena, não pude refrear o riso. Por causa da pilhéria do amigo, ele resolveu fazer esboços e me pegou para ser seu primeiro modelo. Eu dormira o suficiente. Estava doido para bocejar. Porém, me contive, pois seria lamentável que meu movimento perturbasse meu amo, tão concentrado naquele momento no manejo de seu pincel. Desenhara meu contorno e coloria justamente a área do rosto. Confesso que, como gato, nada tenho de esplêndido. Não considero meu corpo, pelos ou o formato de meu focinho superiores aos de outros de minha espécie. Contudo, é impossível, mesmo para um ser destituído de particular beleza como eu, aceitar que minha aparência seja tão ignóbil quanto aquela desenhada por meu amo. Em primeiro lugar, a cor era diferente. Assim como os gatos persas, possuo o pelo com manchas cinza-claro entremeadas de tons

---

7. Andrea del Sarto (1486-1531). Pintor italiano da escola florentina.

de amarelo e partes em cor de laca. Esse é um fato incontestável por todos aqueles que baterem os olhos em mim. Ora, meu amo não utilizou nem o amarelo nem o preto. Tampouco empregou o cinza ou o marrom, muito menos qualquer combinação dessas cores. Só se poderia avaliar o desenho como o de um tipo único de cor. Além disso, era curiosa a falta dos olhos. Seria algo até compreensível pelo fato de ser o esboço de um gato adormecido; mas, por não se poder discernir sequer um local onde os olhos supostamente deveriam estar, era impossível afirmar com convicção se o gato estaria dormindo ou se seria cego. Imaginei que mesmo Andrea del Sarto não se sentiria à vontade caso visse o esboço. No entanto, sou obrigado a confessar minha admiração ao constatar o entusiasmo de meu amo. Na medida do possível, eu desejava permanecer inerte, mas precisava urinar já havia algum tempo. Os músculos de meu corpo formigavam. Ao chegar ao ponto em que se tornara impossível esperar mais um minuto sequer, fui forçado a alongar minhas patas de maneira rude, baixar o pescoço e soltar um enorme bocejo. Sob tais circunstâncias, era impossível permanecer imóvel. Como já estragara mesmo os planos de meu amo, decidi ir me aliviar atrás da casa; comecei então a engatinhar devagar. Nesse mesmo instante, do interior da casa meu amo berrou "Peste de gato!", numa voz imbuída de um misto de indignação e revolta. O professor tem o hábito de usar esse "peste" sempre que maldiz alguém. Não conhecer outras formas de praguejar é algo irremediável, mas julgo ser uma falta de respeito direcionar esse termo indiscriminadamente a alguém que até aquele momento aguentava com tanta paciência. Se ele o vociferasse com sua habitual fisionomia complacente de quando lhe subo às costas, eu poderia suportar com resignação esse abuso verbal. Mas como é cruel ser chamado de "peste de gato" por alguém que nunca me fez nenhum agrado em particular, apenas pelo fato de eu me levantar para ir urinar. É da natureza de todo ser humano encher-se de empáfia e ufanar-se da própria autoridade. Se não aparecer ninguém mais forte que possa maltratá-los, não sei até onde sua presunção poderá chegar. Se seu egoísmo parasse nesse nível, seria suportável, mas já tive notícia de que a depravação moral dos seres humanos é inúmeras vezes mais lamentável.

Nos fundos de minha casa, há uma plantação de chá de uns trinta metros quadrados. Não é tão ampla, mas é um local limpo, agradável e ensolarado. Quando as crianças da casa fazem barulho a ponto de me impedirem de tirar a sesta, ou quando estou entediado ou com má digestão, sempre me desloco até lá para desanuviar o espírito. Por volta das duas da tarde de certo dia quente de final de outono, logo após acordar de uma pestana tirada depois do almoço, me dirigi até a plantação de chá em busca de algum exercício. Passando por cada uma das plantas, cheguei próximo à cerca de cedros do lado oeste, onde percebi um grande gato dormindo profundamente sobre crisântemos secos, amassados por seu peso. Ele, creio, não se dera conta de minha aproximação, ou apenas fingira não ter me notado, bocejando enquanto permanecia dormindo alongado de lado. Não pude deixar de admirar a audácia desse invasor de jardins alheios em dormir com tanta tranquilidade. Era um gato totalmente negro. Os raios de sol transparentes de pouco depois do meio-dia se irradiavam sobre seus pelos, dando a impressão de que uma chama invisível incendiava sua pelugem. Sua estrutura corpórea bem lhe valeria entre os gatos o apelido de Rei. Certamente tinha no mínimo o dobro de meu tamanho. Repleto de admiração e curiosidade, sem pensar me postei diante dele e o observei com atenção. Foi quando a brisa outonal passou sobre a cerca de cedros, atingindo de maneira suave os galhos do plátano e lançando duas ou três de suas folhas sobre o monte de crisântemos secos. O Rei abriu de repente seus enormes olhos redondos. Mesmo agora eu me recordo daquele momento. Seus olhos brilhavam com mais beleza que o tão valioso âmbar para os seres humanos. Ele permanecia inerte. Concentrou em minha testa uma diminuta luz, como que atirada do fundo de um de seus olhos, e me perguntou: "Afinal, quem diabos é você?" Partindo de um rei, seu linguajar me pareceu um pouco deselegante, mas havia no fundo de sua voz uma força capaz de acabar com um cão, me inspirando certo pavor. Julgando perigoso não cumprimentá-lo, respondi com calma, mostrando indiferença: "Eu sou um gato. Ainda não tenho nome." Entretanto, naquele momento meus batimentos cardíacos se aceleravam acima do normal. Num tom de menosprezo e de considerável arrogância, revidou:

— Quê? Gato? Difícil de acreditar. E onde você se esconde?

— Moro aqui mesmo, na casa do professor.

— Bem que eu imaginava. Rapaz, você está pele e osso — afirmou ele com a empáfia própria dos monarcas.

Pelo modo de falar, certamente não devia ser um gato de família respeitável. Contudo, suas formas adiposas e obesas mostravam que estava sendo bem-alimentado e deveria levar uma vida próspera.

— Afinal de contas, quem é você? — não resisti em perguntar.

— Sou Kuro, da casa do puxador de riquixá — respondeu triunfante.

Não havia nas redondezas quem não conhecesse o vândalo Kuro da casa do puxador de riquixá. Mas, para um gato de uma casa como a dele, mantinha poucos relacionamentos, pois apesar de sua força era desprovido de qualquer educação. Era o tipo de felino de quem todos querem manter distância. Senti certo embaraço ao ouvir seu nome, ao mesmo tempo que brotava em mim certo desdém. Lancei-lhe a seguinte pergunta para avaliar o grau de sua ignorância:

— Quem você julga superior, um professor ou um puxador de riquixá?

— Sem dúvida um puxador de riquixá tem mais força. Veja como seu dono é franzino.

— Como gato de um puxador de riquixá você parece também muito forte. Seu dono deve alimentá-lo bem.

— Procuro comer sempre do bom e do melhor aonde quer que vá. Em vez de perambular o tempo todo por este campo de chá, me acompanhe e garanto que em questão de um mês estará mais gordo, irreconhecível.

— Quem sabe um dia. Mas acho que o professor mora em uma casa maior do que a do seu amo.

— Deixe de tolices. Por maior que seja, uma casa não enche barriga.

Ele parecia muito irritado, e afastou-se rápido movimentando suas orelhas semelhantes a varetas de bambu pontiagudas. Foi a partir desse dia que eu me tornei amigo de Kuro, o gato do puxador de riquixá.

Depois disso, encontrei-o por acaso inúmeras vezes. A cada encontro ele se vangloriava, como faria um puxador de riquixá. Na verdade, foi ele que me contou sobre o lastimável incidente a que me referi há pouco.

Certo dia, eu e Kuro jogávamos conversa fora deitados no campo tépido de chá. Após repetir orgulhosamente as mesmas histórias de sempre como se fossem novidades, ele se virou em minha direção e perguntou:

— Quantos ratos você já pegou até hoje?

Minha inteligência é indubitavelmente superior à dele, estou certo disso, mas não me comparo a ele quando se trata de força física e coragem. Senti-me embaraçado com a pergunta. Contudo, fatos são fatos. Então, não havendo motivo para lhe mentir, respondi:

— Na realidade, penso sempre nisso, porém até o momento não tive a oportunidade de pegar nenhum.

Kuro soltou uma gargalhada digna de fazer tremular os longos bigodes que ornavam a ponta de seu focinho. Ele é um pouco simplório e parece lhe faltar um parafuso ao se ufanar, mas até que é um gato de trato fácil, contanto que você ronrone e demonstre estar ouvindo suas fanfarronices com atenção e admiração. Logo após conhecê-lo, descobri como tratá-lo e, também nesse momento, entendendo que seria tolice piorar o relacionamento caso procurasse defender minha posição, julguei mais prudente deixá-lo contar prosa de suas proezas. Portanto, procurei instigá-lo levemente.

— Claro que, com toda sua longa experiência, você deve ter abocanhado muitos roedores.

Como esperado, Kuro se sentiu vitorioso e aproveitou a oportunidade que eu lhe oferecera de bandeja.

— Nem tanto, mas uns trinta ou quarenta com certeza — respondeu com ar triunfante. — Posso dar conta sozinho de cem ou duzentos camundongos. Mas as doninhas são demais para mim. Já tive uma terrível experiência com uma delas.

— Não me diga! — interrompi, demonstrando interesse.

Kuro prosseguiu, piscando seus grandes olhos.

— Foi na época da grande limpeza, no ano passado. Meu amo engatinhava por baixo do piso da varanda com um saco de carvão, quando uma enorme doninha apareceu completamente desconcertada.

— Hum — murmurei, mostrando admiração.

— Doninhas não passam de ratos de tamanho um pouco maior — disse para mim mesmo. — Persegui a desgraçada até encurralá-la em uma tubulação de esgoto.

— Bravo, bravo! — aplaudi.

— No entanto, na hora H, a peste me solta um peido tão fedorento, que desde aquela época sinto ânsias só de ver uma doninha.

Dizendo isso, levantou a pata dianteira e roçou duas ou três vezes o focinho, como se ainda sentisse naquele momento o odor do ano anterior. Tive pena dele. Tentei animá-lo, dizendo:

— Mas com certeza os ratos não têm nenhuma chance com você. Não é justamente por ser um notável pegador de ratos e comê-los aos montes que está tão gordo e com o pelo tão lustroso?

A pergunta pretendia encorajar Kuro, mas curiosamente surtiu o efeito inverso. Kuro soltou um grande suspiro, dizendo:

— É deprimente pensar nisso. De que adianta apanhar tantos ratos... Não há ninguém neste mundo mais injusto do que a criatura humana. Tomam os ratos que pegamos e os levam ao posto de polícia. Como os policiais não podem discernir quem de fato os capturou, acabam pagando cinco sens[8] por cada um deles. Graças a mim, meu amo já embolsou cerca de um iene e cinquenta sens, mas nem por isso me regala com uma refeição decente. Os humanos são todos ladrões dissimulados.

Mesmo um iletrado como Kuro era capaz de entender esse raciocínio. Os pelos de suas costas se eriçaram e ele parecia muito zangado. Senti certo mal-estar e voltei para casa inventando uma desculpa qualquer. Desde aquela data decidi nunca caçar ratos. Contudo, mesmo me tornando discípulo de Kuro tampouco saí à cata de outros regalos. Em vez de comer bem, prefiro dormir, algo muito mais apaziguante. Parece que, ao morar com um professor, um gato adquire o temperamento de um docente. Se não tomar cuidado, acabarei também com problemas estomacais.

---

8. A moeda japonesa, o iene, era dividida em sen (décimo de iene) e rin (milésimo de iene), os quais deixaram de circular na forma de moeda no pós-guerra.

Falando em professores, meu amo parece ter se conscientizado recentemente de que não possui dom para esboços de aquarela, pois escreveu em seu diário em 1º de dezembro:

Encontrei pela primeira vez na reunião de hoje um certo senhor. Ouvi dizer que leva uma vida dissoluta e tem mesmo ares de ser um homem mundano. Homens com caráter semelhante ao dele exercem fascínio sobre as mulheres, e seria mais adequado afirmar que ele fora forçado a uma vida dissoluta do que propriamente a elegera por vontade própria. Sua esposa é supostamente uma gueixa, algo invejável. A maior parte dos que falam mal dos dissolutos são justamente aqueles sem condição de sê-lo. Fora isso, dentre os que se pretendem depravados, muitos não possuem qualificação para a libertinagem. Apesar de não possuírem obrigação de se entregarem a esse tipo de vida, eles se esforçam nesse sentido. Jamais se dão conta de que nunca dominarão essa arte, no que em muito se assemelham a mim com relação à pintura em aquarela. Mesmo assim, se consideram os tais. Se na teoria é possível julgar um homem como bem-sucedido apenas porque bebe saquê em restaurantes e frequenta bordéis, depreende-se que eu também posso me tornar não importa qual aquarelista. Da mesma forma que um rústico camponês é muito superior a um tolo mundano, é melhor que não sejam pintadas aquarelas semelhantes às minhas.

É difícil concordar com essa teoria sobre os homens mundanos. Além do mais, invejar alguém casado com uma gueixa é algo tão absurdo que não deveria escapar da boca de um professor. Todavia, era correta a visão crítica que manifestou com relação a suas aquarelas. Não obstante o inequívoco conhecimento que tem de si, meu amo é incapaz de se desvencilhar de sua petulância. Três dias depois, em 4 de dezembro, havia a seguinte anotação no diário:

Na noite passada sonhei que alguém se apossara de uma das aquarelas que eu pusera de lado por julgá-la imprestável, colocou-a em uma esplêndida moldura e a pendurou entre a porta corrediça divisória e o teto.

Admirando a obra assim emoldurada, senti como se tivesse me tornado um hábil artista. Que indizível alegria! Não cessava de contemplá-la, julgando-a verdadeiramente fenomenal. Mas, ao acordar pela manhã, me dei conta de que, sob a luz matinal, a pintura retornara à sofrível condição anterior.

Meu amo parece carregar seu apego pela aquarela inclusive ao reino dos sonhos. Homens com semelhante disposição de caráter com certeza não se tornam pintores, muito menos homens bem-sucedidos.

Na noite seguinte àquela em que meu amo sonhara com a aquarela, o esteta de óculos de armação dourada veio visitá-lo. Havia tempos não o fazia. Mal se sentou, logo indagou sobre o progresso das pinturas. De fisionomia imperturbável, meu amo respondeu:

— Seguindo seu conselho, empenho-me agora em esboços, e devo admitir que eles me levaram a notar detalhes, formas e delicadas variações de cores que até então despercebia. Se os desenhos se desenvolveram no Ocidente até atingirem a forma atual, isso se deve à ênfase posta neles. Que grande pintor foi Andrea del Sarto!

Sem mencionar absolutamente o que escrevera no diário, elogiava Andrea del Sarto.

— Na realidade, aquilo tudo não passou de invenção minha — confessou o esteta rindo e coçando a cabeça.

— O quê? — perguntou meu amo.

Pelo visto ele ainda não se dera conta de que fora vítima de uma pilhéria.

— Andrea del Sarto, que você tanto admira. O que lhe disse sobre ele foi criado por minha fecunda imaginação. Não achei que você levaria tão a sério. Ha, ha, ha...

O esteta não conteve o riso. Da varanda, eu escutava a conversa e não pude deixar de imaginar o que meu amo escreveria hoje no diário. O esteta era o tipo de homem cujo único prazer era enganar as pessoas, descarregando sobre elas coisas sem pé nem cabeça. Triunfante, prosseguiu, alheio ao impacto causado pelo caso Andrea del Sarto aos sentimentos de meu amo.

— É interessante a grande excitação do sentido cômico que me advém quando por vezes afirmo algo em tom de brincadeira e as pessoas o tomam a sério. Recentemente, após afirmar a certo estudante que Nicholas Nickleby[9] aconselhara Gibbon[10] a desistir de redigir em francês a *História da Revolução Francesa*, a obra de sua vida, para publicá-la em inglês, foi cômico ver esse estudante, dotado de invejável memória, repetir seriamente durante uma conferência na Sociedade Literária Japonesa o que eu lhe dissera. Cerca de cem ouvintes escutavam com entusiasmo na plateia o que o estudante expunha. Há um outro caso também engraçado. Determinado dia, em uma reunião na qual certo literato estava presente, veio à baila o assunto do romance histórico *Teofano,* de Harrison.[11] Eu afirmei ser a obra o que de melhor poderia existir no gênero. Ao comentar que particularmente a cena da morte da heroína era assustadora, um professor sentado defronte a mim, de cuja boca nunca se ouvira confessar desconhecimento sobre algo, confirmou minhas palavras comentando se tratar de uma passagem de verdadeira riqueza literária. Descobri dessa forma que, assim como eu, aquele homem não lera o romance.

Meu dispéptico amo arregalou os olhos e perguntou:

— E como você agiria, depois de soltar essas invencionices, caso o interlocutor houvesse lido o livro?

Meu amo parecia mais preocupado com o transtorno, caso o engodo se revelasse, do que propriamente com a questão de se ludibriar outrem. O esteta não movia um único músculo.

— Bem, bastaria dizer que confundi com outro livro ou algo do gênero — disse em meio a uma gargalhada.

O temperamento do esteta de óculos com moldura dourada se assemelhava em certa medida ao de Kuro. Calado, meu amo soltava círculos

---

9. Nicholas Nickleby. Um dos mais conhecidos personagens do escritor inglês Charles Dickens (1812-1870).

10. Edward Gibbon (1737-1794). Historiador inglês e membro do Parlamento. Escreveu *Declínio e queda do Império Romano*.

11. Frederic Harrison (1831-1923). Crítico literário e historiador inglês. Publicou em 1904 o romance *Teófano — A cruzada do século X*.

de fumaça de seu cigarro Hinode, e sua fisionomia denotava falta de audácia para semelhante farsa. O esteta prosseguiu, com seus olhos parecendo expressar "por isso não é de se admirar que você pinte tão mal".

— No entanto, brincadeiras à parte, pintar quadros é realmente uma tarefa complexa. Dizem que Leonardo da Vinci ensinava seus discípulos a reproduzirem em seus desenhos as manchas das paredes de uma igreja. De fato, ao se contemplar com atenção, por exemplo, as paredes de um banheiro cobertas de infiltrações de chuva, pode-se constatar que são formadas por padrões naturais bastante bem elaborados. Procure desenhar também observando com cuidado e o resultado será com certeza muito interessante.

— Essa é sem dúvida mais uma de suas farsas.

— Não, é verídico. Você não acha isso bastante inteligente, que mesmo Leonardo da Vinci poderia ter dito?

— Bem, é inegavelmente inteligente — admitiu meu amo com certa relutância.

Entretanto, ele parecia ainda não se ter entregado à execução de esboços dentro de privadas.

Kuro recentemente começou a mancar. Seus pelos lustrosos começaram a perder a cor e a cair. Seus olhos, que eu elogiava como mais belos que o âmbar, se saturaram de remelas. A perda de vitalidade e a deterioração de sua constituição física me chamaram a atenção. Na última vez que o encontrei no campo de chá, perguntei como se sentia.

— Já tive minha cota de peidos de doninhas e balanças de peixeiro[12] — respondeu.

As folhas de outono, que formavam duas ou três camadas escarlates por entre os pinheiros avermelhados, caíram como num sonho distante e as camélias brancas e vermelhas próximas ao alguidar de água do jardim ficaram desnudas, pois desabaram alternadamente uma a uma suas pétalas. Os raios do sol invernal se estendiam logo cedo sobre os seis ou

---

12. Bastão de madeira usado para carregar cargas pesadas, suspensas em suas extremidades.

sete metros da varanda voltada para o sul, e, por serem cada vez mais raros os dias em que as brisas frias não soprassem, senti que o tempo de minha sesta se reduzia.

Meu amo vai à escola todos os dias. Ao voltar se enfurna no gabinete. A todos que o visitam confessa estar farto de ser professor. Raramente pinta aquarelas. Por achar que não surte efeito, parou de tomar Taka-diastase. As crianças, ativas como de costume, continuam a frequentar o jardim de infância. Ao voltarem, cantam canções, brincam com bolas de pano, e por vezes me viram de ponta-cabeça me segurando pelo rabo.

Por não comer nada de nutritivo, não engordo muito, mas sou saudável, não manco, e assim vou levando minha vida diária. Recuso-me definitivamente a caçar ratos. Continuo a odiar Osan. Até o momento, ainda não me puseram um nome. Porém, já que não será possível satisfazer todos os desejos, pretendo terminar minha vida na casa desse professor como um gato sem nome.

2

Desde o início do ano tornei-me de certa forma importante e, apesar de ser um gato, fico feliz em sentir uma dose de orgulho.

Na manhã do primeiro dia do ano, chegou correspondência para meu amo. Era um cartão de boas-festas enviado por um de seus amigos pintores. A parte superior do cartão era colorida de vermelho e a inferior de verde-escuro, revelando-se bem no centro um animal de cócoras desenhado em tom pastel. Meu amo, como sempre enfurnado no gabinete, começou a olhar o desenho na horizontal e na vertical, apreciando-lhe as cores. Quando penso que uma vez admirado o desenho o assunto estaria concluído, novamente o analisa da mesma forma de antes. Gira o corpo, estica os braços e o admira como um ancião lendo o *Livro das adivinhações*[13]; depois, vira-se em direção à janela e traz o cartão até a ponta de seu nariz para contemplá-lo. Espero que ele pare logo com isso, do contrário minha situação sobre seu colo se tornará arriscada. Quando penso que os movimentos abruptos cessaram, meu amo se indaga em voz miúda: "O que ele desenhou aqui?" Apesar de sua admiração pelas cores do cartão, parecia ter dificuldades em distinguir o animal nele desenhado. Imaginando se seria realmente tão difícil assim identificá-lo, entreabri os olhos com elegância, contemplando com calma o desenho, e constatei, sem sombra de dúvidas, tratar-se do meu retrato. O pintor não assumiu ares de Andrea del Sarto, como fizera meu amo, mas, como bom artista, empregou formas e cores com destreza. Qualquer um que pusesse os olhos sobre o desenho não duvidaria de que fosse um felino. Tão bem pintado estava que bastaria um grão de discernimento para entender que o desenho não representava nenhum

---

13. Livro que explica em detalhes a personalidade de acordo com a data de nascimento, além do destino de gerações passadas, atuais e futuras.

outro gato senão eu. Invade-me certa piedade pelos humanos quando penso que meu amo pode estar sofrendo até a alma por ignorância de algo tão óbvio. Se pudesse, gostaria de lhe fazer ver que sou eu o gato retratado. Mesmo que lhe fosse difícil entender, pelo menos desejaria poder lhe informar que o animal nada mais é que um felino. Contudo, fui forçado a deixar as coisas como estavam, já que o animal homem não foi agraciado pelo dom celestial de compreender o linguajar peculiar aos gatos.

Gostaria de aproveitar esta oportunidade para advertir o leitor sobre o hábito extremamente desagradável dos homens de, em qualquer ocasião, se referirem a nós gatos em tom displicente de escárnio. Os professores e os de sua espécie, do alto de sua arrogância e desconhecedores de sua própria ignorância, tendem a achar que bois e cavalos surgiram de sedimentos humanos e os gatos foram produzidos dos excrementos desses animais, algo assaz ignóbil se analisado objetivamente. Mesmo gatos não podem ser tratados de forma tão simplória e ultrajante. Ao observador desavisado, os felinos podem parecer todos farinha do mesmo saco, sem distinção de qualquer espécie e sem características particulares, mas se ele ingressasse na sociedade felina sentiria sua complexidade e constataria que a ela se aplica também o provérbio do mundo humano "cada cabeça uma sentença". Somos todos diferentes: olhos, narizes, pelos, patas. Desde o retesamento dos bigodes à maneira de elevar as orelhas, passando pela inclinação da cauda, nenhum de nós é igual ao outro. Belos, feios, de diferentes gostos, refinados ou vulgares, pode-se afirmar que somos de todos os tipos imagináveis. É lamentável que, apesar dessas diferenças tão perceptíveis, os humanos, sempre com a cabeça nas nuvens ansiando por progresso e outras coisas do gênero, sejam incapazes sequer de distinguir nossos traços externos, que dirá nosso temperamento. "Cada qual com seu igual" é um ditado bem antigo; e assim como os vendedores de *mochi*[14] se juntam a seus pares, os gatos o fazem a outros de sua espécie. Só mesmo um felino

---

14. Cozido com arroz japonês *mochigome*, o *mochi* é uma pasta grudenta muito usada em sopas (*ozoni*) ou em doces.

para entender seu semelhante. Por mais que progridam, os humanos nunca nos compreenderão. E será mais difícil ainda porque eles não são tão importantes como julgam ser. Ademais, não há esperanças para um homem desprovido de compaixão, como é o caso de meu amo, incapaz de entender até mesmo que o fundamento do amor reside na plena compreensão mútua. Meu amo adere a seu gabinete como uma ostra temperamental, sem jamais se comunicar com o mundo exterior. É um pouco estranho que, agindo assim, ele se dê ares de quem possui uma fantástica visão filosófica sobre o mundo. A prova de que meu amo não é dotado dessa visão é que, mesmo tendo meu retrato diante dos olhos, não deu sinais em absoluto de ter percebido de quem se tratava, emitindo um parecer vago de que, por estarmos no segundo ano do confronto com a Rússia, representaria provavelmente o desenho de um urso.

Pensava em tudo isso, entorpecido pelo sono e aconchegado no colo de meu amo, quando a empregada trouxe um segundo cartão-postal. Impresso no cartão vi quatro ou cinco gatos estrangeiros alinhados, todos estudando, segurando canetas ou com livros abertos. Um deles dançava em um canto da mesa com os trejeitos de quem se movimenta ao som de uma canção popular cujo tema são gatos. Na parte superior do cartão, estava escrito em letras grossas à caneta de tinta preta "Eu sou um gato", e no lado direito fora incluído até mesmo um *haiku*: "Dia da primavera felina: leitura de livro ou dança." O cartão fora enviado por um ex-pupilo, e quem quer que o visse logo compreenderia o significado, mas o néscio do meu amo parecia ainda não ter captado a ideia, virando com perplexidade a cabeça e se perguntando se não estaríamos no ano do gato do horóscopo chinês. Ele certamente não se deu conta de que eu me tornara tão célebre.

Nesse momento, a empregada trouxe um terceiro cartão-postal. Desta feita, o cartão não continha ilustração. Além de Feliz Ano-Novo, nele estava escrito: "Peço-lhe a gentileza de transmitir minhas lembranças também a seu bichano." Achei que mesmo meu parvo amo compreenderia uma mensagem escrita de forma tão evidente. Como se finalmente houvesse entendido, me encarou e emitiu um "hum". Pela primeira vez seu olhar embutia certo respeito por mim. Nada mais adequado que esse olhar, diga-se de passagem, posto que, se não fosse por mim, meu amo, cuja existência nunca fora reconhecida pela humanidade, jamais obteria tão rápida reputação.

Nesse instante, ouvi um tilintar vindo da direção da porta gradeada de madeira do portão: trim, trim, triiiiimmmm. Provavelmente um visitante. Se fosse, a empregada com certeza iria atendê-lo. Continuei sentado tranquilamente no colo de meu amo, pois decidira que apenas as visitas de Umekô, o peixeiro, me dariam o trabalho de acorrer à porta. Meu amo olhou para o vestíbulo com ar ansioso, como se agiotas estivessem prontos a invadir seu lar. Pelo visto desagrada-lhe receber convidados no Ano-Novo e com eles compartilhar uma dose de saquê. Que perfeição seria se todos os humanos fossem tão excêntricos quanto ele. Se não desejasse ver ninguém, bastaria sair de casa bem cedo, mas nem coragem para isso tem, o que evidencia seu temperamento introvertido. Alguns instantes após, a empregada apareceu para comunicar a chegada do senhor Kangetsu. Esse homem é um dos antigos discípulos de meu amo; dizem que, agora que se formou, está em melhor situação que a do professor, em todos os sentidos. Esse Kangetsu costuma aparecer aqui com frequência. A cada visita fala sem parar, de maneira horrível ou faceira, sobre se há ou não alguma mulher interessada por ele, se aprecia a vida ou a considera tediosa, partindo logo em seguida. Não entendo como ele procura a companhia de um ser tão sem viço como o professor, aparecendo intencionalmente para ter esse tipo de conversa. Ainda mais curioso é o fato de esse indivíduo ostráceo lhe dar ouvidos e, por vezes, até mesmo concordar com ele.

— Há quanto tempo. Na realidade, sempre penso em visitá-lo, mas desde o final do ano passado estava muitíssimo atarefado e só agora consegui passar por estas bandas — explicou com mistério o visitante, enquanto torcia o cordão de seu *haori*.[15]

— Para onde está indo? — indagou meu amo com seriedade.

Kangetsu continuava puxando a ponta da manga de seu *haori* de algodão negro com seu brasão bordado nele. O *haori* era curto. A veste de seda por baixo dele saía uns quinze centímetros para os lados.

---

15. Tipo de casaco curto, geralmente de seda.

— Ha, ha, ha... Para um lugar diferente — respondeu risonho o jovem Kangetsu.

Notei que lhe faltava um dos dentes anteriores.

— O que aconteceu com seu dente? — perguntou meu amo, mudando de assunto.

— Bem, eu estava comendo cogumelos *shiitake*.

— O que você disse que estava comendo?

— Cogumelos. Estava arrancando o chapéu de um deles, quando um de meus dentes da frente simplesmente caiu.

— Perder um dente por causa de um cogumelo soa algo senil. Isso pode se tornar tema de um *haiku*, mas duvido que seja adequado em assuntos amorosos — comentou meu amo dando um leve tapinha em minha cabeça com a mão espalmada.

— Ah, é esse o tal gato? Como é rechonchudo! Desse jeito em nada fica a dever ao gato preto do puxador de riquixá. Que belo animal!

O jovem Kangetsu me elogiou vivamente.

— Tem crescido bastante nos últimos tempos — comentou, com orgulho, meu amo, batendo novamente com carinho em minha cabeça.

Agradam-me os elogios, mas esses tapinhas me provocam certo desconforto.

— Realizamos um pequeno concerto anteontem à noite — explicou Kangetsu, retomando o assunto anterior.

— Onde foi isso?

— Ora professor, o lugar não é o mais importante. Foi um concerto muito interessante, com três violinos e um piano. Ouvir três instrumentos de corda é sempre prazeroso, mesmo que a interpretação não seja das melhores. Os outros dois violinos eram tocados por mulheres, e acho que me saí bem no meio delas.

— Hum, e que mulheres eram essas afinal? — indagou meu amo com uma ponta de inveja.

Apesar de seu rosto se mostrar quase sempre sério e impenetrável, realmente não permanece indiferente quando o assunto gira em torno do sexo oposto. No passado lera certo romance ocidental em que um dos personagens se apaixonava inevitavelmente por todas as mulheres a seu redor. Pois ele se impressionou ao ler o relato sarcástico de que, num cálculo estimativo, o personagem se enamorava de cerca de setenta por cento das mulheres que passavam diante dele, acabando por tomar esse relato como verídico. É de difícil compreensão, inclusive para um gato como eu, por que um homem tão viril leva uma vida de ostracismo. Alguns citam uma desilusão amorosa como causa, outros, sua fraqueza estomacal, e outros, ainda, a falta de dinheiro ou seu temperamento irresoluto. Qualquer que seja a razão, ele não é ninguém tão renomado a ponto de que isso chegue a afetar a história da Era Meiji na qual vivemos. Contudo, é impossível negar que ele perguntara sobre as amigas do jovem Kangetsu num tom invejoso. Este pegou com os pauzinhos uma pequena porção de massa cozida de peixe, cortando-a ao meio com os dentes da frente. Inquietei-me achando que ele perderia mais um dente, mas desta vez nada de ruim aconteceu.

— Ah, ambas são moças de família que o professor não conhece — afiançou ele mostrando indiferença.

— Muito... — começou a dizer meu amo, mas se perdeu em seus pensamentos e não concluiu a frase.

Atinando que sua visita já se estendia demasiadamente, o jovem Kangetsu sugeriu:

— O tempo está ótimo e, se não estiver ocupado, podemos passear um pouco juntos ou ir ver o rebuliço na cidade devido à queda de Port Arthur.[16]

O rosto de meu amo demonstrava que ele preferiria saber mais sobre as moças do que sobre a queda de Port Arthur. Pensou por alguns instantes e finalmente decidiu:

— Vamos sair então — levantou-se resoluto.

Sob o *haori* de algodão negro com o brasão bordado, meu amo continuava a usar uma veste em seda de Yuki com enchimento de algodão, uma lembrança de seu irmão mais velho, já gasta por vinte anos de

---

16. Durante a guerra contra a Rússia, após violentos confrontos e grandes perdas, em janeiro de 1905 as tropas japonesas foram vitoriosas e tomaram Port Arthur, recebendo-o da Rússia no mesmo ano pelo Tratado de Portsmouth.

uso. Por mais resistente que a seda de Yuki possa ser, não aguentou uso tão prolongado e contínuo. Em alguns locais se mostrava desbotada e, ao colocá-la contra a luz, podia-se delinear em seu avesso as marcas de agulha dos remendos. Meu amo usa as mesmas roupas durante dezembro e no início do ano. Ele não faz distinção entre roupas de uso diário e trajes domingueiros. Costuma sair vestido do jeito que está, colocando as mãos para dentro das mangas do *haori*. Não saberia dizer se ele não tem mais roupas para vestir ou, tendo outras, teria simplesmente preguiça de se trocar. Contudo, também é difícil de acreditar que isso se deva a alguma desilusão amorosa.

Após a partida dos dois, tomei a liberdade de comer o resto da massa cozida de peixe, apenas beliscada por Kangetsu. Nesses últimos tempos, tenho sentido que não sou um gato comum, como os outros. Creio possuir as mesmas qualificações dos gatos de Joen Momokawa[17] ou do gato ladrão de carpa de Thomas Grey.[18] Kuro, o gato do puxador de riquixá, nunca entraria nessa lista. Duvido que alguém se importará se eu me apoderar de um naco de peixe cozido. Além do mais, o hábito de tomar um lanche às escondidas entre as refeições não é privilégio da espécie felina. Osan, por exemplo, comete a descortesia de comer alguns doces de *mochi* durante a ausência da patroa. Não apenas Osan, mas até mesmo as crianças, de cuja educação refinada a patroa não cansa de se vangloriar, têm essa tendência. Há uns quatro ou cinco dias, as crianças acordaram bem cedo e foram direto para a mesa de jantar enquanto o casal ainda dormia. Em geral, as meninas costumam comer uma fatia do pão de meu amo com açúcar, e justamente nesse dia o açucareiro estava sobre a mesa, com uma pequena colher enfiada nele. Como sempre, sem ninguém para servi-las, a maior pegou uma colherada de dentro do pote e colocou-a sobre seu prato. Feito isso, a pequena imitou

---

17. Joen Momokawa (1832-1898). Contador de histórias japonês especializado em histórias de gatos.
18. Thomas Grey (1716-1771). Poeta inglês precursor do movimento romântico. Em 1747, quando seu gato favorito morreu afogado, escreveu em sua homenagem *Ode on the Death of a Favourite Cat Drowned in a Tub of Gold Fishes* [Ode à morte de um gato favorito afogado em um tanque de carpas].

a irmã, pondo da mesma maneira igual volume de açúcar sobre o próprio prato. Por instantes as duas se entreolharam e a maior serviu-se de uma nova porção. A pequena imediatamente tomou a colher e acrescentou a mesma quantidade que sua irmã. Vendo isso, a mais velha a imitou e pôs mais uma colherada. A mais nova, não se deixando abater, acrescentou outra. A mais velha estendeu a mão em direção ao pote, a menor se apoderou da colher. As colheradas iam se acumulando até que nos pratos das duas se formaram montanhas de açúcar e no pote não sobrara quantidade suficiente para nem mais uma colherada sequer. Nesse momento, meu amo saiu do quarto coçando as vistas de sono e colocou de volta no açucareiro todo o açúcar que as meninas haviam retirado tão animadamente. Isso tudo sugere que os humanos provavelmente possuem uma noção mais apurada de justiça, derivada de seu egocentrismo, mas no que se refere à inteligência são inferiores aos gatos. Achei que, em vez de fazerem montanhas, melhor teria sido lamberem rápido o açúcar, mas já que, como sempre, infelizmente ninguém entende mesmo o que falo, eu apenas observei a cena calado sobre a tampa da bacia de arroz quente.

Não sei aonde meu amo foi com Kangetsu, mas voltou à noite bem tarde e já eram nove da manhã quando se sentou à mesa. De cima do fogareiro, eu o vi tomar taciturno uma *zoni*.[19] Comeu seis ou sete pequenos pedaços de *mochi*, deixando o último dentro da tigela. Terminada a refeição, descansou os pauzinhos. Ele desaprovaria essa atitude voluntariosa em outrem, mas, triunfante, como a se vangloriar de sua autoridade de dono da casa, pouco se importava em ver os restos murchos e esturrados dentro do caldo turvo.

Quando a patroa tirou da pequena cristaleira o Taka-diastase e o pôs sobre a mesa, o professor exclamou:

— Não vou tomar mais isso. É ineficaz.

— Dizem que age com eficácia nos intestinos. É bom tomá-lo — explicou ela tentando convencê-lo a beber.

— Eficaz ou não, não tomarei.

Meu amo não arredava pé.

---

19. *Zoni* ou *Ozoni*. Sopa com pedaços de *mochi* servida principalmente no Ano-Novo nos lares japoneses.

— Você é bem caprichoso, não? — murmurou minha ama.

— Nada tem a ver com caprichos. É ineficaz, só isso.

— Mas não era você mesmo que enaltecia a eficácia maravilhosa do remédio e o tomava diariamente?

— Naquela época surtia efeito, agora não mais — respondeu ele numa antítese.

— Por mais que o remédio tenha ação eficaz, ele não funciona se você toma hoje e deixa de tomar no dia seguinte. Se você não tiver um pouco mais de perseverança, a dispepsia, ao contrário de outras doenças, jamais será curada — insistiu ela olhando para Osan, que segurava uma bandeja.

— A madame tem toda a razão. Se não tomar regularmente não há como comprovar se é um ótimo remédio ou não — concordou Osan de imediato com o que a patroa dizia.

— Digam o que quiserem: não bebo, ponto final. Vocês mulheres não entendem patavinas. Calem-se.

— Sim, sou apenas uma mulher.

A patroa empurrou o Taka-diastase para diante de meu amo, decidida a forçá-lo a todo custo a tomar. Sem dizer uma palavra, meu amo se levantou e entrou no gabinete. A patroa e Osan se entreolharam e começaram a rir. Nesses momentos, corro sério risco caso siga meu amo para subir no seu colo. Portanto, resolvi dar a volta pelo jardim e pular para a varanda do gabinete. Pela fresta entre as portas corrediças, vi meu amo com o livro de um tal Epicteto[20] aberto. Seria pelo menos interessante se ele pudesse compreender o que lê, mas isso nunca ocorre. Cinco ou seis minutos depois, mandou o livro às favas, arremessando-o sobre sua escrivaninha. Eu já suspeitava que algo assim aconteceria. Notei que ele apanhou seu diário e anotou o seguinte:

Passeio com Kangetsu por Nezu, Ueno, Ikenohata e Kanda. Em frente à casa de encontros, gueixas jogavam peteca vestidas com quimonos

---

20. Epicteto (55-135 d.C.). Filósofo grego adepto da escola estoica.

ornados com desenhos na parte inferior. Lindos trajes, mas que rostos medonhos. Assemelhavam-se em certa medida ao focinho de meu gato.

Não vejo a necessidade de me usar como exemplo de um rosto medonho. Se eu fosse ao barbeiro Kita para me barbear, em nada diferiria do rosto de um ser humano. Essa empáfia dos humanos é embaraçosa.

Ao dobrar a esquina da farmácia Hotan, mais uma gueixa apareceu. Era uma mulher esbelta, de ombros caídos e de belo formato. Trajava com naturalidade um quimono lilás, que lhe imprimia um ar de elegância. "Desculpe sobre ontem à noite, Gen-chan, eu estava muito ocupada", disse abrindo um sorriso de dentes alvos. Porém, sua voz dissonante, semelhante à de um corvo errante, servia para aniquilar a boa impressão de refinamento. Sequer me virei para confirmar quem seria a tal pessoa a quem ela se referira como Gen-chan. Mantendo as mãos dentro das mangas de meu quimono, segui caminhando pela Onarimichi. Percebi certa inquietação em Kangetsu.

Nada há de mais inescrutável do que a psicologia humana. É impossível discernir o atual estado mental de meu amo, se está irritado ou em paz, ou se continua procurando conforto nos escritos de filósofos defuntos. Não faço qualquer ideia se zomba da sociedade ou se a ela deseja se misturar, se está irado com coisas supérfluas ou muito acima das efemeridades mundanas. Comparado a isso, gatos são criaturas simples. Quando temos fome, comemos; quando a vontade de dormir bate, dormimos; quando nos zangamos, ficamos realmente irados; e se choramos, é de forma desesperada. Em primeiro lugar, não mantemos algo tão inútil como um diário. Isso porque nos é desnecessário. Humanos de duas caras como meu amo provavelmente precisam escrever diários para neles extravasar, como em uma câmara escura, um lado de seu caráter camuflado perante a sociedade. Mas o verdadeiro diário dos que pertencem à espécie felina corresponde aos quatro comportamentos cardeais — andar, parar, sentar, deitar — e às atividades excretivas, que preenchem nosso cotidiano, inexistindo pois, em meu entender, necessidade em especial de preservar nosso verdadeiro caráter por meio de procedimentos de tal modo maçantes. Tivéssemos tempo para manter um diário, seria melhor desfrutar esse tempo cochilando na varanda.

Jantamos em um restaurante em Kanda. Tomei duas ou três doses de saquê Masamune — que havia tempos não bebia — e meu estômago esta manhã funciona que é uma maravilha. Estou certo de que nada há de melhor para a dispepsia do que um bom aperitivo ao jantar. Deixemos de lado o Taka-diastase. Não importa o que digam, de nada serve. De qualquer modo é ineficaz e nada mudará isso.

Meu amo atacou o Taka-diastase imprudentemente. Parecia brigar sozinho. A irritação desta manhã estava concentrada no remédio. Provavelmente é para isso que serve o diário dos humanos.

Alguém me disse outro dia que o estômago melhora se deixarmos de tomar a refeição matinal. Tentei passar dois ou três dias sem o café da manhã, mas o único efeito foram roncos intestinais incessantes. Outra pessoa me aconselhou a parar de comer picles, que, dizem, são a causa de todos os distúrbios gástricos. Segundo essa tese, a abstenção de picles elimina a causa do problema intestinal de uma vez por todas. Durante uma semana não toquei neles; mas, como não percebi nenhum efeito em particular, voltei a comê-los. Segundo uma outra pessoa a quem perguntei, um remédio eficaz são as massagens abdominais. Contudo, de nada valem as do tipo comum. Os distúrbios gástricos podem ser curados com uma ou duas sessões de massagem no antigo estilo Minagawa. Sokken Yasui[21] era um dos admiradores dessa técnica de massagem. Como me disseram que mesmo um herói do porte de Ryoma Sakamoto[22] por vezes recebia tratamento, decidi ir até Kaminegishi para experimentar uma sessão. Contudo, lá me informaram que uma cura completa só seria

---

21. Yasui Sokken (1799-1876). Confucionista do final da Era Edo.
22. Ryoma Sakamoto (1836-1867). Líder do movimento que colocou abaixo o clã Tokugawa, que então dominava o Japão.

possível com massagens até os ossos e inversão da posição das vísceras. Fui então submetido a uma aplicação brutal. Depois disso, meu corpo se tornou uma pluma, mas me senti como se tivesse entrado em estado de coma, o que me fez desistir após a primeira sessão. O jovem A me aconselha a não comer comida sólida. Tentei passar um dia tomando apenas leite, mas acabei tendo insônia durante toda a noite, com meus intestinos soltando sons aquosos como numa enchente. O senhor B me aconselhou exercitar os órgãos internos respirando pelo diafragma, pois assim os movimentos do estômago se tornariam naturalmente saudáveis. Tentei por um tempo, mas não tive uma boa sensação no ventre. Além disso, o trabalho exigia grande concentração e, apesar de me esforçar, acabava por esquecer do exercício ao término de cinco ou seis minutos. Para não esquecer, acabava pensando o tempo todo no diafragma e não podia me concentrar na leitura de um livro ou em meus escritos. Acabei interrompendo o tratamento por sugestão do esteta Meitei, que ao me ver na posição de exercício fez pouco caso de mim, perguntando se eu teria entrado em trabalho de parto. O professor C sugeriu macarrão de trigo-mourisco, que comecei de imediato a ingerir alternadamente em forma de sopa ou gelado depois de cozido, mas cuja única eficácia foi me provocar diarreia. Tentei por todos os meios possíveis curar minha dispepsia de muitos anos, tudo em vão. Porém, é inegável que as três doses de Masamune tomadas ontem à noite com Kangetsu surtiram efeito. A partir de agora, beberei duas ou três taças a cada noite.

Duvido que esse tratamento à base de saquê perdure por longo tempo. Afinal, a mente de meu amo se altera com mais inconstância do que minhas pupilas. Ele é o tipo de homem sem perseverança em tudo o que se dispõe a fazer. Além disso, apesar de relatar no diário sua enorme preocupação com a dispepsia, é curioso vê-lo tentando manter as aparências diante das pessoas. Recentemente, um de seus amigos acadêmicos, ao visitá-lo, argumentou que, conforme certo ponto de vista, todas as doenças se originam tanto dos crimes cometidos pelos antepassados como dos pessoais. Aparentando haver estudado o assunto em profundidade, sua esplêndida explicação era dotada de raciocínio ordenado e de coerência lógica.

Infelizmente, pessoas como meu amo carecem de inteligência e erudição suficientes para refutarem de alguma forma semelhantes argumentações. Contudo, por sofrer ele próprio de dispepsia, parecia se sentir obrigado a se justificar de qualquer maneira. Para resguardar sua dignidade, então respondeu:

— Sua tese não deixa de ser interessante, mas Carlyle[23] também sofria de problemas estomacais.

Como Carlyle era dispéptico, parecia tentar se enganar considerando sua dispepsia uma honra. Seu amigo retrucou:

— O fato de Carlyle ter problemas estomacais não implica que todo doente se tornará necessariamente um Carlyle.

Meu amo se calou diante de assertiva tão contundente. É de certa forma cômico notar que ele, apesar de tanta vaidade, na realidade parece considerar melhor não ser dispéptico, já que escreveu sobre como começaria a tomar aperitivos como tratamento a partir desta noite. Pensando bem, o fato de ter comido tanto *zoni* esta manhã seria influência do Masamune tomado na noite de ontem com Kangetsu. Comecei a sentir vontade de provar um pouco de *zoni*.

Apesar de ser um gato, como praticamente de tudo. Ao contrário de Kuro, não tenho energia para me aventurar até a peixaria da rua lateral, nem tenho a posição social de Mikeko, a gata da mestra de *koto*[24] de duas cordas, para me dar a certos luxos gastronômicos. Portanto, ao contrário do que se possa imaginar, são poucas as comidas que não me agradam. Como pedaços de pão deixados pelas crianças e lambo o recheio de feijão doce dos pequenos bolinhos de *mochi*. Os picles avinagrados têm gosto detestável, mas apenas por experiência já comi dois pedaços de *takuan*.[25] É estranho, mas depois de prová-los, posso comer o que for. Não como isso, não como aquilo: esse é o tipo de capricho

---

23. Thomas Carlyle (1795-1881). Crítico e historiador inglês. Sua dispepsia parece ter começado na casa dos vinte anos e durado toda a vida.
24. Instrumento de cordas proveniente da China, em geral com treze cordas, introduzido no Japão no século VII ou VIII. Até o século XVII era um instrumento restrito ao uso da corte.
25. Um tipo de picles preparado com nabo.

inadequado a um gato que resida na casa de um professor. Meu amo diz que havia na França um escritor chamado Balzac, um homem muito extravagante, não naquilo que falava, mas como escritor, na extravagância de suas frases. Certo dia, Balzac refletia sobre qual nome daria a um dos personagens do romance que escrevia, mas nenhum dos vários imaginados o satisfizera. Como um de seus amigos viera visitá-lo, os dois saíram juntos para um passeio. Esse amigo o acompanhara ignorando o que se passava. Balzac, absorto na ideia de descobrir a custo um nome, caminhava olhando o tempo todo para os letreiros das lojas. Andava sem direção com o amigo a seu lado, que o acompanhava sem saber o que acontecia. Sem sentir, eles acabaram vagando por Paris de manhã até a noite. No caminho de volta, Balzac olhou subitamente a placa de um alfaiate. Lia-se nela o nome "Marcus".

— É este, é este. Nada melhor do que este. Marcus é um ótimo nome. Com um Z diante dele ficará perfeito. Tem que ser Z. É simplesmente maravilhoso: Z. Marcus. Os nomes que costumo inventar parecem artificiais e sem graça, por mais que eu pense ter colocado nomes interessantes. Finalmente achei um nome que aprecio de verdade.

Radiante de alegria, Balzac parecia indiferente ao transtorno causado ao amigo. É uma história muito complicada se dar ao trabalho de explorar Paris durante um dia inteiro apenas para batizar um personagem de romance. Gostaria de me entregar a extravagâncias semelhantes, mas perco o ânimo com o amo de natureza introvertida que possuo. Sob tais circunstâncias, qualquer coisa comestível me satisfaz. Portanto, não foi um mero capricho que me levou a sentir vontade de comer *zoni*, mas, por causa da ideia de comer o que puder quando a ocasião aparecer, me lembrei do resto deixado por meu amo na cozinha... Dei um pulo até lá.

O pedaço de *mochi* que vira pela manhã permanecia grudado no fundo da tigela com a mesma coloração de então. Devo confessar que até aquele momento nunca tivera a oportunidade de comer *mochi*. Tem uma aparência apetitosa, mas me dá uma sensação um pouco ruim. Com a pata dianteira, afastei o vegetal que o cobria. Notei que minhas unhas se prenderam na parte grudenta de cima do *mochi*. Senti o mesmo cheiro do arroz quando é transferido do fundo da panela de ferro para o recipiente próprio. Devo comer ou não devo comer?, eu me questionei espiando ao redor. Por sorte ou azar, não havia ninguém por perto. Osan jogava peteca com a mesma cara de sempre, seja no final de ano, seja na primavera. No cômodo dos fundos, as crianças cantavam "O que você disse, coelhinho?". Se fosse para comer, aquela era a hora. Se perdesse a oportunidade, seria obrigado a viver até o ano seguinte sem experimentar o sabor do *mochi*. Apesar de ser um gato, iluminou-me nesse instante uma verdade: "A ocasião faz o ladrão." A bem da verdade, minha vontade de comer *mochi* não era tanta assim. E quanto mais inspecionava o resto grudado no fundo da tigela, mais desagradável era a sensação e mais fraca a vontade de comê-lo. Nessas horas, se Osan ou alguém abrisse a porta da cozinha ou se ouvisse o som das crianças se aproximando vindas do cômodo dos fundos, eu certamente abandonaria sem arrependimentos a tigela e não pensaria em *mochi* durante mais um ano. Porém, não importava minha hesitação, ninguém aparecia, nenhuma vivalma. Uma voz dentro de mim me pressionava: "Então, vai comer ou não vai?" Eu continuava a contemplar o interior da tigela, rezando para que alguém aparecesse. Ninguém vinha. Pelo visto, seria mesmo obrigado a comer o *mochi*. Por fim, coloquei todo o peso do meu corpo sobre o fundo da tigela e mordi firmemente uma ponta. Com a força com que mordisquei, seria possível cortar qualquer coisa, mas que surpresa! Quando pensava que já estava bom e tentava afastar os dentes, estes não saíam do lugar. Tentava morder mais uma vez, mas quem disse que minhas mandíbulas se moviam! Quando me dei conta que o *mochi* é uma comida demoníaca, já era tarde demais. Da mesma forma, como alguém que tendo caído dentro de um charco nele penetra cada vez mais fundo à medida que se debate para desvencilhar as pernas, quanto mais eu mordia mais minha boca se tornava pesada e meus dentes se imobilizavam. Havia resistência contra os dentes, mas era só isso: era incapaz de dar cabo do *mochi*. O esteta Meitei certa vez descreveu meu amo como o tipo de homem indivisível, sem dúvida uma observação interessante. Assim como meu amo, esse pedaço de *mochi* era também impossível de dividir. Mordia, mordia, mas como na divisão de dez por três, isso poderia durar inutilmente uma eternidade. No meio dessa angústia, me deparei sem perceber com uma segunda verdade: "Todos os animais pressentem intuitivamente se algo é ou não apropriado." Embora já tivesse descoberto duas verdades devido ao *mochi* grudado, não tirei disso nenhum prazer. Meus dentes envolvidos pelo *mochi* doíam como se estivessem sendo arrancados. Precisava comer logo e fugir antes que Osan aparecesse. As crianças interromperam a cantoria e certamente viriam correndo até a cozinha. No auge do suplício, procurei agitar minha cauda girando-a em todas as direções, em vão; levantei as orelhas e as abaixei, mas sem nenhum efeito. Pensando bem, tanto a cauda como as orelhas não têm nenhum tipo de relação com o *mochi*. Ou seja, acabei por desistir ao perceber ser pura perda de tempo todo os movimentos que fazia. Por fim, imaginei que a melhor coisa seria derrubar o pedaço de *mochi* com ajuda de minhas patas dianteiras. Em primeiro lugar, levantei a pata direita e a passei ao redor de minha boca. Isso não foi suficiente para dividir o *mochi*. Estendi então a pata esquerda e, com minha boca como centro, descrevi círculos bruscos. O feitiço não teve força suficiente para exorcizar o demônio. Antes de qualquer coisa preciso ter paciência, disse a mim mesmo, e procurei mover alternadamente a pata direita e a esquerda, mas como sempre meus dentes continuavam fincados no *mochi*. Era trabalhoso, e por isso resolvi usar ambas as patas de uma só vez. Feito isso, para minha surpresa, consegui ficar de pé sobre as patas traseiras. Senti como se não fosse um gato. Mas ser ou não gato de nada importava naquele momento, e acabei fazendo de tudo para vencer o diabo do *mochi*, agitando o focinho desordenadamente para todos os lados. Como o movimento das patas dianteiras foi violento, me desequilibrei. A cada novo desequilíbrio, precisava me recompor com as patas traseiras, e por não conseguir permanecer parado em um único lugar, girava por toda parte dentro da cozinha. Modéstia à parte, sentia-me orgulhoso de poder ficar de pé com tanta habilidade. A terceira verdade surgiu diante de mim: "A necessidade é a mãe de todas as invenções. A isso se denomina providência divina." Felizmente eu, recebedor das graças divinas, quando lutava com bravura contra o demoníaco *mochi*, ouvi barulho de passos vindo do fundo da casa. Certo de que estaria em apuros se alguém chegasse naquele momento, me pus a correr desesperadamente pela cozinha. Os passos se aproximavam com vagar. Ah, a providência divina por infelicidade me deixara na mão. Fui finalmente descoberto pelas crianças.

— Olhe só. O gato comeu o *zoni* e está dançando — berraram as meninas a plenos pulmões.

Quem primeiro as ouviu foi Osan. Largando a raquete e a peteca, adentrou apressada pela porta soltando um "Mas o que é isso!". A patroa, vestida em um quimono em crepe com brasões bordados, vociferou:

— Que raio de gato!

Mesmo meu amo, saindo do gabinete, imprecou:

— Mas que bicho estúpido!

Apenas as crianças não paravam de achar graça naquilo tudo. Depois todos se puseram a gargalhar em conjunto. Fiquei ensandecido, sofri, mas não consegui interromper a dança, enfraquecido. Quando finalmente as gargalhadas minguaram, a menina de cinco anos arrematou:

— Mãe, esse gato é mesmo uma piada.

Isso bastou para uma nova onda de risos se apoderar vigorosamente de todos. Ouvira falar muito sobre a falta de compaixão dos humanos, mas nunca me ressenti tanto disso quanto naquele momento. A providência divina me abandonara e voltei a engatinhar, os olhos revirados, aborrecido por me portar de maneira tão vergonhosa perante todos. Parecendo considerar lastimável me ver morrer, meu amo ordenou a Osan:

— Vamos, desembarace-o do *mochi*.

O olhar que Osan lançou à patroa parecia exprimir o quanto ela desejaria me obrigar a dançar mais. A patroa gostaria de contemplar a dança, mas, não pretendendo me ver sucumbir de tanto dançar, permanecia calada.

— Se não livrá-lo logo, acabará morrendo. Tire logo, vamos — novamente ordenou meu amo à empregada.

Como despertada de um sonho no qual fora obrigada a interromper pela metade uma deliciosa refeição, de cara amarrada Osan segurou e puxou o *mochi*. Pensei que meus dentes fossem quebrar, à semelhança do que acontecera ao jovem Kangetsu. A dor que se seguiu foi terrível, à medida que a massa do *mochi* na qual meus dentes estavam arraigados era puxada sem compaixão nem tolerância. Vivenciei a quarta verdade: "O caminho para o conforto é de muito sacrifícios." Quando finalmente recomposto olhei ao redor, todos os habitantes da casa haviam partido para o cômodo dos fundos.

Por ter passado por tamanho revés, sentia certo mal-estar cada vez que dentro de casa Osan me lançava um olhar. Para mudar de ares, saí pela porta da cozinha para o jardim dos fundos decidido a ir visitar Mikeko, a gata da casa da tocadora de *koto* de duas cordas. Mikeko é famosa nas redondezas por sua incomparável beleza. Embora não haja dúvidas de que sou um gato, tenho noção exata do que é compaixão. Ao me sentir desconsolado vendo o rosto fechado de meu amo ou ao levar bronca de Osan, costumo visitar essa amiga do sexo oposto para conversar sobre amenidades. Com isso, logo meu espírito se desanuvia, esqueço por completo toda a apreensão e sofrimentos, sentindo-me renascer. Como é de fato enorme a influência de uma fêmea. Olhei pela fresta da cerca de cedro para confirmar sua presença e a vi sentada elegantemente na varanda portando sua coleira nova de Ano-Novo. Sua curvatura dorsal é de uma beleza indizível. De todas, é sua curva mais graciosa. Também não há adjetivos para descrever a forma como movimenta a cauda, estende as patas, nem o agitar lânguido e curto de suas orelhas. Apesar de estar em completa tranquilidade, com graça e dignidade, deitada com garbo em local ensolarado, os pelos de seu corpo lustroso como um veludo absorviam os reflexos da luz primaveril, fazendo leves movimentos mesmo quando nenhuma brisa soprava. Por instantes, contemplei-a extasiado, mas logo voltei a mim e a chamei em voz miúda "Mikeko-san, Mikeko-san", acenando-lhe ao mesmo tempo com minha pata dianteira. Mikeko desceu da varanda.

— Ah, Professor.

O sininho vermelho preso a sua coleira tilintava. Enquanto me admirava com o ótimo som e imaginava que lhe puseram o sininho por ser Ano-Novo, Mikeko se aproximou.

— Professor, feliz Ano-Novo — saudou, meneando a cauda para a esquerda.

Nós felinos, ao nos cumprimentarmos, costumamos levantar a cauda ereta como uma vara, balançando-a para a esquerda. No bairro, apenas Mikeko me chama de Professor. Como já mencionei, ainda não tenho nome; mas, por viver na casa de um professor, Mikeko é a única que demonstra respeito me tratando assim. Não me desagrada de forma nenhuma ser chamado desse modo, e lhe respondi:

— Olá. Feliz Ano-Novo para você também. Você está radiante.

— Minha professora me deu de presente esta coleira no final de ano. Não é linda? — perguntou enquanto soava o sininho.

— É com certeza um ótimo som. Nunca vi nada tão maravilhoso em minha vida.

— Ora, não exagere. Todo mundo hoje em dia anda com sininho no pescoço — e soou-o novamente. — Não é um som fantástico? Estou muito feliz com ele — trim, trim, trim, continuou a soar.

— Parece que sua patroa gosta de lhe fazer uns mimos — deixei escapar não sem uma ponta de inveja, comparando sua situação à minha.

Mikeko é de temperamento ingênuo.

— Sem dúvidas. Ela me trata como a uma filha — sorriu candidamente.

Os gatos também riem. Os humanos se enganam ao acreditar serem as únicas criaturas capazes de sorrir. Quando eu rio, minhas narinas tomam o formato triangular e meu pomo de adão vibra, algo imperceptível para os humanos.

— Afinal, como é sua patroa?

— Minha patroa? É mestra. Toca *koto* de duas cordas.

— Isso eu sei. Pergunto qual é a posição social dela. No passado, deve ter sido uma pessoa de elevada distinção.

— Certamente.

Por trás da porta corrediça em papel Japão que se abria para a varanda, a patroa executava uma canção no *koto* de duas cordas.

Enquanto te espero entre os pinheiros anões...

— Tem uma voz maviosa, não concorda? — disse Mikeko, orgulhosa.

— Parece, mas eu não entendo bem essas coisas. Que canção é essa?

— Essa canção? Não me recordo agora o título. É uma das favoritas da mestra. Ela já completou 62 anos, sabia? Contudo, tem uma saúde de ferro.

Sou obrigado a admitir que a saúde dela deva ser realmente excelente para continuar viva aos 62 anos.

— É mesmo? — retruquei.

Parecia meio idiota dizer algo assim, mas nada melhor me surgiu naquele momento.

— Ela vive dizendo que no passado era dona de uma posição social elevada. É algo que não se cansa de repetir.

— O que ela era então?

— Ela afirma ser filha do sobrinho da mãe do marido da irmã mais nova da secretária particular da nobre senhora Tenshoin, viúva do 13º Xógum.

— O que você disse?

— Disse que ela afirma ser filha do sobrinho da mãe do...

— Sim, mas espere um pouco. A secretária particular da irmã mais nova...

— Não, você se engana. É a irmã mais nova da secretária particular...

— Entendi. Da própria Tenshoin.

— Isso mesmo.

— A secretária particular dela.

— Exatamente.

— Do marido.

— Sim, do marido da irmã mais nova.

— Eu me confundi. Era o marido da irmã mais nova.

— Ela é filha do sobrinho da mãe dele.

— É filha do sobrinho da mãe?

— Isso mesmo.

— Para dizer a verdade, me deu um nó na cabeça e continuo não entendendo bem. Afinal, qual a relação de parentesco entre sua patroa e Tenshoin?

— Oh, céus, você não compreendeu absolutamente nada. Pois bem, minha mestra afirma ser filha do sobrinho da mãe do marido da irmã mais nova da secretária particular de Tenshoin. É isso que estou tentando lhe explicar desde o início!

— Mas isso eu entendi.

— Então já é suficiente.

Sem outro remédio, acabei assentindo. Há certas situações em que nós gatos somos obrigados a mentir.

Por trás da porta corrediça, o som do *koto* de duas cordas foi interrompido e ouviu-se a voz da patroa chamar "Mikeko, Mikeko, vem comer".

— Ah, preciso ir, minha mestra me chama. Espero que você não se importe, Professor — disse Mikeko alegremente.

Mesmo me importando, acanhei-me em confessar.

— Venha me visitar novamente.

Mikeko correu pelo jardim fazendo tilintar seu sininho, até que a certa altura se voltou subitamente em minha direção.

— Você me pareceu um pouco desanimado. Não está se sentindo bem? — perguntou apreensiva.

Não poderia contar a ela sobre o *zoni*, a dança e tudo mais.

— Não, nada de especial. Apenas comecei a pensar em algo e a cabeça doeu. Na realidade, vim até aqui pensando que conversar um pouco com você me ajudaria a melhorar.

— Verdade? Cuide de sua saúde. Até breve — disse Mikeko parecendo ligeiramente constrangida em ser obrigada a me deixar. Isso permitiu que eu me recuperasse plenamente do episódio com o *zoni*. Sentia-me no sétimo céu.

Na volta, atravessei a plantação de chá, esmagando sob os pés as finas agulhas de gelo formadas pelo sereno. Ao passar o rosto por uma abertura da cerca de bambu despedaçada, ao estilo do Templo Kennin, lá estava Kuro com as costas elevadas como uma montanha, bocejando deitado sobre os crisântemos secos. Ultimamente perdi o medo de olhar para Kuro, mas como ter que conversar com ele é algo maçante, pensei em simplesmente passar fazendo de conta que não o vira. Contudo, não era do temperamento de Kuro deixar as coisas passarem em brancas nuvens ao se acreditar desprezado por alguém.

— Oi, gato sem nome. Parece que de uns tempos pra cá vossa senhoria anda com um rei na barriga. Por mais que coma da comida de um professor, isso não é motivo para tanta soberba. E não há nenhuma graça em tentar me fazer de idiota.

Aparentemente, Kuro ainda não sabe que me tornei famoso. Gostaria de lhe explicar, mas como ele é do tipo difícil de entender as coisas, resolvi apenas cumprimentá-lo e me safar dele o quanto antes.

— Ah, Kuro, feliz Ano-Novo. Que bom vê-lo sempre tão animado — cumprimentei-o erguendo a cauda e girando-a para a esquerda. Mantendo sua cauda levantada, Kuro não retornou minha saudação.

— O que há de feliz no Ano-Novo? Se o início do ano é de felicidade, você certamente passa o ano inteiro como um bobo feliz. Tome cuidado, seu cara de avesso de fole!

Esse "cara de avesso de fole" deve ser alguma espécie de insulto.

— Gostaria de lhe perguntar qual é o sentido exato desse "cara de avesso de fole".

— Quê? É insultado e ainda pede explicação do insulto? Significa algo como um bobão de Ano-Novo.

Bobão de Ano-Novo soa poético, mas o seu significado me parece ainda mais ininteligível do que aquele negócio de fole. Para minha referência pessoal, me agradaria lhe perguntar, mas como sem dúvida não obteria nenhuma resposta clara permaneci de pé diante dele sem dizer palavra. Sentia-me meio constrangido. Nesse momento, ouviram-se subitamente os berros de sua patroa:

— Cadê o salmão que eu deixei sobre a prateleira? Que terrível! Com certeza foi aquele desgraçado do Kuro que me afanou mais um peixe. Essa praga de gato não vale um vintém furado. Ele não sabe o que o aguarda quando voltar — esbravejou ela.

Sua voz provocou vibrações sem cerimônias no ar aprazível de início de primavera, profanando a citação do teatro nô que compara a primavera a uma "estação tão tranquila que nem mesmo se ouvem soar os galhos das árvores ao vento".

Com um rosto cínico que parecia dizer "Se quiser esbravejar, esgoele o quanto quiser", Kuro projetou adiante sua mandíbula quadrada num gesto que mostrava sua vontade de me perguntar se eu ouvira tudo aquilo. Até aquele instante não notara, mas espalhadas por baixo de suas patas havia espinhas sujas de terra de um salmão cuja posta devia custar dois sens e três rins.[26]

— Você, como sempre, continua em plena atividade! — soltei a interjeição, esquecendo as circunstâncias que nos envolviam até aquele momento.

Minha admiração de nada serviu para melhorar seu humor.

— Em plena atividade? Não seja idiota. Como sempre? Por uma ou duas fatias de salmão? Não me subestime. Modéstia à parte, sou Kuro do puxador de riquixá! — exclamou, levantando a pata até o ombro, como um homem arregaçaria a manga da camisa.

— Claro que sei quem você é.

— Mesmo assim afirma que, como sempre, eu estou em plena atividade. O que quer dizer com isso? — perguntou indignado.

Se fôssemos humanos, ele provavelmente me seguraria pela gola do casaco e começaria uma briga. Recuei um pouco, imaginando que as coisas haviam se tornado pretas para meu lado, quando ouvi novamente a voz possante da patroa.

— Nishikawa! Ei, Nishikawa! Preciso de você neste exato momento. Traga para mim meio quilo de carne com urgência. Ouviu? Entendeu bem? Meio quilo de carne para bife, sem nervo, bem macia.

A voz pedindo carne ecoava, violando a calma dos arredores.

— É uma voz terrivelmente alta para quem só encomenda carne de vaca uma vez por ano. É preciso notificar toda a vizinhança de seu orgulho em adquirir esse meio quilo.

Kuro fazia pouco caso, enquanto fincava bem suas patas no chão. Faltando-me palavras, permaneci calado, observando.

— Meio quilo apenas é um ultraje. Mas que posso fazer? Eu me contentarei em devorá-lo mais tarde — explicou ele, como se a carne fora encomendada para si.

---

26. Ver N.T. nº 8.

— Desta vez sim será um verdadeiro regalo. Maravilha, maravilha — incentivei-o, procurando na medida do possível fazer com que fosse embora.

— Isso não é de sua conta. Cale a boca. Que sujeito chato! — bradou Kuro, usando as patas traseiras para, de repente, jogar sobre mim um pouco da lama formada pelo gelo derretido da geada.

Eu me espantei e, enquanto limpava a lama do corpo, Kuro passou por baixo da cerca e desapareceu. Deve ter ido atrás da carne de Nishikawa.

Ao voltar para casa, encontrei um raro ambiente primaveril. Podia-se até mesmo ouvir a voz jovial de meu amo. Perplexo, subi pela porta aberta da varanda e me dirigi até onde ele estava. Havia uma visita que eu não conhecia. Era um homem de cabelos cuidadosamente partidos, trajando um *hakama*[27] em tecido Kokura com um *haori* de algodão estampado com seu brasão, e possuía a aparência austera de um estudante. Ao lado do pequeno braseiro, juntamente com a cigarreira laqueada, jazia um cartão de visita em que se lia "Apresento-lhe o senhor Tofu Ochi. Assinado: Kangetsu Mizushima". Pelo cartão tomei conhecimento do nome do visitante e vi que se tratava de um amigo de Kangetsu. Por ter tomado o bonde andando, ignoro o que meu amo e ele conversaram até minha chegada, mas pareciam falar sobre o esteta Meitei, o qual eu tive a oportunidade de lhes apresentar anteriormente.

— ... então ele disse ter uma ideia interessante e me pediu vivamente que o acompanhasse — explicou com calma o visitante.

— Espere um pouco. Qual a relação entre a ideia interessante e ir almoçar com ele nesse restaurante de comida ocidental? — indagou meu amo, colocando mais chá para o visitante e empurrando a xícara em sua direção.

— Bem, eu também não entendi ao certo naquele momento que ideia era afinal, mas se tratando de Meitei supus que deveria ser algo interessante...

— E acabou acompanhando-o... Entendo.

---

27. Espécie de calças pregueadas semelhante a uma saia.

— E foi aí que me surpreendi.

Meu amo parecia querer dizer "Lá vem coisa". Sobre seu colo, acabei recebendo dele um tapinha na cabeça. Ai, como doem suas carícias!

— Mais uma de suas pilhérias, sem dúvida. Meitei é um gozador inveterado — disse meu amo, lembrando subitamente do caso de Andrea del Sarto.

— Ele se vira para mim e me pergunta se não gostaria de comer um quitute diferente.

— E o que vocês comeram?

— De início, ele discorreu sobre os diversos pratos constantes no cardápio.

— Antes de pedir qualquer coisa?

— Isso mesmo.

— E depois?

— Em seguida, girou a cabeça e, olhando em direção ao garçom, perguntou-lhe se não haveria nenhum prato raro. Sem se dar por vencido, o garçom propôs rôti de pato ou costeletas de vitela. O professor lhe disse que se fosse para comer pratos tão triviais não teríamos nos dado ao trabalho de ir até o restaurante. O garçom pareceu não entender o sentido da palavra trivial e permaneceu calado e perplexo.

— Posso imaginar a cena.

— Depois disso, virou-se em minha direção e disse em tom de fanfarronada que na França ou Inglaterra pode-se comer pratos similares ao estilo Tenmei ou Manyo, mas onde quer que se vá no Japão são tantos os estereótipos que se perde a vontade de entrar em um restaurante de comida ocidental. O senhor sabe se ele alguma vez já viajou ao exterior?

— Viagem ao exterior? Meitei? Poderia viajar quando quisesses, pois tempo e dinheiro não lhe faltam. Contudo, é provável que falou por brincadeira do Ocidente como se já tivesse estado lá — explicou meu amo.

Percebendo a observação oportuna, meu amo começou a rir, incitando o visitante a acompanhá-lo. Este, porém, não se mostrou impressionado.

— É mesmo? Eu o ouvi com atenção, acreditando que estivera realmente no Ocidente. Ele falou com firmeza sobre sopas de lesmas e ensopados de rãs como se as houvesse experimentado.

— Certamente ouviu o comentário de alguém. Ele é mestre em pregar peças.

— Parece que sim — confirmou o visitante aparentemente decepcionado, enquanto contemplava os narcisos dentro de um vaso decorativo.

— Então era essa a tal ideia? — insistiu meu amo.

— Não, isso foi apenas o começo. Agora é que a história começa.

— Ah, bom — deixou escapar meu amo uma interjeição de curiosidade.

— Como era impossível comer lesmas ou rãs, ele me propôs escolhermos um *tochimenbo*[28], ao que concordei sem muito entusiasmo.

— *Tochimenbo* soa bem exótico.

— Certamente muito exótico, mas como o professor falava com ar sério, eu não suspeitei de nada — confessou ele, como querendo se desculpar perante meu amo por sua parvalhice.

— E o que aconteceu depois? — perguntou meu amo com ar de indiferença, sem demonstrar compaixão pelo tom desculposo do visitante.

— Ele pede duas porções de *tochimenbo* ao garçom, e este, para confirmar, pergunta: "O senhor quer dizer *mince ball*, almôndegas?" O professor, com o rosto ainda mais solene, corrige o garçom, insistindo que não se tratava de *mince ball*, mas *tochimenbo*.

— Entendo. E esse *tochimenbo* é um prato que existe de verdade?

— Bem, eu também achei algo estranho, mas o professor se mostrava tão categórico e, ademais, por ser ele um conhecedor dos costumes ocidentais, naquele instante acreditei piamente tratar-se de um prato da culinária europeia. Eu acompanhei o professor repetindo para o garçom "Queremos *tochimenbo*, ouviu bem? *Tochimenbo*".

— E o garçom, como reagiu?

---

28. Pseudônimo do poeta Renzaburo Ando (1869-1914), usado aqui para designar, em tom de deboche, um prato da culinária ocidental.

— Foi algo realmente hilário. O garçom, depois de refletir por instantes, afirmou que infelizmente naquele dia não havia *tochimenbo* no cardápio, mas se quiséssemos *mince ball* ele poderia mandar preparar de imediato duas porções. A fisionomia do professor exprimia grande pesar e lamentou termos ido inutilmente ao restaurante. Colocou uma moeda de vinte sens na mão do garçom pedindo-lhe veementemente para dar um jeito de arranjar o tal prato. O rapaz prometeu conversar com o cozinheiro e se dirigiu à cozinha nos fundos do estabelecimento.

— Pelo visto, ele desejava muito comer *tochimenbo*.

— Passados alguns minutos, o garçom voltou se desculpando e explicando que o prato infelizmente demoraria para ser preparado. Inabalável, o professor Meitei afirmou que por ser Ano-Novo tínhamos tempo de sobra e não nos importaríamos em esperar. Puxou do bolso um charuto e começou a soltar baforadas, uma atrás da outra. Sem alternativa, eu tirei do bolso o jornal *Nippon* e me pus a lê-lo. O garçom voltou para o fundo do restaurante para nova consulta ao cozinheiro.

— Que transtorno, hein? — disse meu amo aproximando-se mais da mesa com vívido interesse, como se lesse notícias da guerra.

— O garçom voltou explicando em tom lastimoso e com a fisionomia desconsolada que, devido à escassez dos ingredientes necessários ao *tochimenbo*, mesmo eles tendo ido à loja de importados Kameya ou ao Magazine nº 15 em Yokohama, foi impossível adquiri-los e que, por este motivo, não tinham previsão de quando voltariam a incluir o prato no cardápio. O professor olhava em minha direção repetindo: "Que lástima. Viemos especialmente por causa dessa iguaria." Como eu não podia permanecer calado, me juntei a ele concordando que era realmente uma pena, algo muito deplorável.

— Posso compreender o que sentiram — compadeceu-se meu amo.

Custo a entender como ele poderia compreender.

— O garçom se sentia constrangido e nos pediu para voltarmos outro dia, quando os ingredientes chegassem. O professor perguntou o que era usado como ingredientes, e o garçom apenas sorriu sem responder. O professor insistiu em perguntar se empregavam *haijin* da

Escola Japonesa[29] como ingrediente. O garçom confirmou, acrescentando que é justamente este o ingrediente que não se podia adquirir no momento, mesmo em Yokohama, e mais uma vez se desculpou.

— Ha, ha, ha... Então foi esse o desfecho humorístico da história. Muito cômico — soltou meu amo uma repentina gargalhada.

Seus joelhos balançaram, e por pouco eu não levei um tombo. Meu amo não parava de rir, sem se importar em absoluto comigo. Parecia ter subitamente se alegrado ao saber que não fora o único a cair em uma zombaria como a de Andrea del Sarto.

— E quando estávamos saindo do restaurante, o professor me pergunta pleno de satisfação: "Você se divertiu? Não foi uma ideia genial usar o nome do poeta Tochimenbo nessa brincadeira?" Exprimi minha admiração e nos despedimos, mas já passava da hora do almoço e eu estava fraco de fome.

— Foi constrangedor no final das contas — disse meu amo, exprimindo pela primeira vez um laivo de compaixão.

Nesse ponto fui obrigado a concordar com ele. A conversa foi interrompida por um momento, e o visitante se pôs a ouvir meu ronronar.

Tofu bebeu de um único gole o chá que esfriara e recomeçou:

— Na realidade, o motivo que me traz hoje aqui, professor, é lhe fazer um pedido.

— Qual? — perguntou meu amo, procurando dissimular a curiosidade.

— Como é de seu conhecimento, tenho interesse por literatura e artes...

— Isso é ótimo — incentivou meu dono.

— Formamos um grupo de recitadores com alguns amadores interessados e nos reunimos uma vez por mês para pesquisarmos. Tivemos nossa primeira reunião no final do ano passado e pretendemos continuar.

---

29. Poeta de *haiku* da Escola Japonesa, que era um grupo de haijins sob a orientação do poeta Shiki Masaoka.

— Deixe-me perguntar-lhe algo. Grupo de recitadores me soa como pessoas lendo algum tipo de composição poética de forma ritmada, mas o que vocês fazem de fato?

— Bem, nós começamos com obras clássicas e gradualmente pretendemos ler obras de cada membro do grupo.

— Isso quer dizer que vocês estudam obras clássicas do porte da "Canção do alaúde", do poeta Po Chu-I?[30]

— Não.

— Algo semelhante à "Ode ao vento primaveril", de Buson?[31]

— Não.

— Então, que material usam afinal?

— Em nossa reunião utilizamos uma tragédia de Chikamatsu[32] sobre o suicídio de um casal de amantes.

— Chikamatsu? Aquele Chikamatsu das baladas dramáticas?

Só existe um Chikamatsu. Óbvio que Tofu só poderia estar se referindo ao dramaturgo Chikamatsu. Meu amo precisava ser bastante estúpido para necessitar de confirmação, mas continuava a me acariciar delicadamente a cabeça, indiferente à própria ignorância. Em um mundo onde há humanos que se vangloriam de terem sido cobiçados por alguém que era apenas estrábico, semelhante engano não é nada de se espantar, e eu continuei a receber calmamente suas carícias.

— Ele mesmo — respondeu Tofu, fitando meu amo.

— E um de vocês a lê em voz alta ou há funções definidas?

— Estabelecemos um papel para cada integrante. Nossa intenção principal é procurar incorporar o personagem da obra e exprimir sua

---

30. Po Chu-I (772-846). Poeta chinês, ocupou vários postos no governo. Alguns de seus poemas aparecem em *Os contos de Genji*, novela escrita no século X por Murasaki Shikibu (c. 973-1014 ou 1025), tendo tido grande popularidade na época por todo o leste asiático.
31. Buson Yosa (1716-1783). Renomado pintor e, juntamente com Bashô e Issa, um dos maiores poetas do Período Edo.
32. Monzaemon Chikamatsu (1653-1725). Dramaturgo do teatro de bonecos joruri, denominado o "Shakespeare" japonês em função da grande quantidade e da qualidade de peças teatrais.

personalidade, acrescentando-lhe gestos e expressão corporal. Procuramos usar os diálogos da época, das moças, aprendizes e outros personagens.

— Algo assim mais próximo da encenação teatral.
— Sim, mas sem a indumentária nem a decoração.
— Perdoe minha pergunta, mas funciona bem dessa forma?
— A primeira reunião foi a meu ver bem-sucedida.
— E qual parte da peça do duplo suicídio vocês encenaram?
— Foi uma passagem na qual o barqueiro conduz seu cliente em direção a Yoshiwara, o bairro dos prazeres.
— Que passagem difícil vocês escolheram! — exclamou meu amo virando levemente o pescoço, num hábito peculiar aos professores. A fumaça do *Hinode* saindo por suas narinas lhe roçava as orelhas e flutuava ao redor de seu rosto.

— Não foi tão complicada. São poucos os personagens: o cliente, o barqueiro, a cortesã de alta classe, uma atendente, uma supervisora e o controlador da casa das cortesãs — observou calmamente Tofu.

A fisionomia de meu amo se tornou mais fechada ao ouvir falar de cortesã de alta classe e, como não tivesse conhecimento claro sobre atendentes, supervisoras ou controladores, arriscou a pergunta:

— Atendente é o nome dado às empregadas de bordéis?
— Nossa pesquisa ainda não chegou até esse ponto, mas acredito que se refira à empregada nas casas de chá. Supervisora seria a senhora que exerce a função de auxiliar nos prostíbulos.

Apesar de ter acabado de dizer que os membros de seu grupo incorporavam os personagens, Tofu parecia conhecer pouco sobre a personalidade de atendentes e supervisoras.

— Então uma atendente trabalha numa casa de chá, enquanto uma governanta vive num bordel. E esse controlador se refere a um local específico ou a uma pessoa? Neste caso, seria um homem ou uma mulher?

— Em minha opinião os controladores são todos homens.
— O que eles controlam afinal?
— Minhas pesquisas não chegaram até aí, mas procurarei me informar.

Levantei o olhar em direção a meu amo, imaginando que o resultado das reuniões só poderia ser algo completamente sem pé nem cabeça. Ele se mantinha inusitadamente sério.

— E, além dos recitadores, quem mais participa do grupo?

— Várias pessoas. No papel da cortesã de alta classe tivemos o jurista K, o que foi um pouco bizarro, pois ele tem bigode e suas falas eram muito femininas. Além disso, há uma cena em que a cortesã é tomada de uma crise de histeria...

— Mesmo sendo apenas uma leitura, é necessário encenar a crise? — indagou meu amo, apreensivo.

— Bem, a expressão fisionômica é de qualquer forma importante — explicou Tofu continuando a demonstrar sua qualidade de artista.

— E foi boa a encenação do ataque histérico pelo jurista? — perguntou meu amo num tom espirituoso.

— Seria exigir muito para a primeira vez — retornou Tofu no mesmo tom.

— E qual foi seu papel? — indagou meu amo.

— Eu fui o barqueiro.

— Não diga. O barqueiro! — exclamou meu dono, num tom de voz que denotava "Se você pode ser o barqueiro, eu poderia no mínimo desempenhar o papel do controlador". Então, ele perguntou sem rodeios: — O papel de barqueiro não foi demasiado para você?

Aparentemente Tofu não se sentiu ofendido e, imperturbável, respondeu:

— Pois o barqueiro acabou dando com os burros n'água. Na realidade, vizinho ao local da reunião moram quatro ou cinco colegiais em um pensionato. Não sei como essas meninas ficaram sabendo, mas descobriram sobre o dia do encontro do grupo de recitadores e apareceram na janela para nos escutar. Eu personificava o barqueiro e chegara justamente no momento em que me sentia no auge da confiança em minha encenação. Não sei se exagerei em meus movimentos, mas as colegiais, que até então permaneciam quietas, soltaram a um só tempo uma gargalhada, o que me deixou muito espantado. Envergonhado, foi-me impossível continuar e acabamos encerrando a sessão.

Se essa primeira reunião de recitadores foi considerada um sucesso, não posso conter o riso ao imaginar como seria caso tivesse fracassado. Instintivamente meu pomo de adão ronronou. Meu amo acariciou minha cabeça cada vez com mais delicadeza. Aprecio ser mimado por pessoas de quem faço pouco caso, embora isso produza em mim também certo constrangimento.

— É uma lástima! — exclamou meu amo, expressando suas primeiras condolências do novo ano.

— A partir da segunda reunião, nos esforçaremos mais para tornar as sessões grandiosas, e eis a razão de minha visita. Na realidade, gostaria de pedir ao mestre que colaborasse conosco se associando ao grupo.

— Creio que jamais conseguiria simular ataques de histeria — meu amo tentava recusar a oferta, sem entusiasmo.

— Não, não lhe pediríamos que se prestasse a isso. Tenho comigo a lista de colaboradores — disse, tirando com cuidado uma caderneta fina de papel de arroz embrulhada em um lenço violeta e colocando-a aberta diante dos joelhos de meu amo. — Gostaria de lhe pedir que colocasse nela seu carimbo.

Olhando bem, constavam na lista, ordenadamente, nomes de doutores em literatura[33] e de literatos famosos.

— Veja bem, não que eu esteja me recusando a me associar, mas quais seriam as obrigações envolvidas? — demonstrou o professor-ostra seu receio.

— Não há obrigações em especial. Peço-lhe apenas para incluir seu nome como prova de que apoia nossas atividades.

— Se for apenas isso, eu aceito — amoleceu meu amo ao saber que sua aquiescência não lhe causaria nenhum tipo de dever. Entrevia-se em seu rosto a expressão de alguém que assinaria até mesmo um pacto conspiracional, tivesse ele a certeza de não haver nenhuma responsabilidade envolvida. Se isso não bastasse, ter seu nome figurando

---

33. Na época, o título de bacharel só era conferido aos formados pelas universidades imperiais de Tóquio e Kyoto, sendo o título de doutor em literatura, portanto, tido em alta conta pela sociedade.

entre esses acadêmicos de renome seria por si só motivo de suprema honra, algo que até então nunca tivera, e por essa razão sua aquiescência não me causou nenhuma surpresa.

— Desculpe-me um momento — disse, indo buscar seu carimbo no gabinete, deixando-me cair pesadamente sobre o tatame.

Tofu pegou um pedaço do pão de ló no prato de sobremesa e o pôs inteiro na boca. Mastigou-o por um tempo aparentando certa dificuldade. Lembrei de meu incidente com o *zoni* pela manhã. O bolo já acalmara dentro do estômago de Tofu quando meu amo retornou do gabinete de posse do carimbo. Aparentemente ele não se deu conta da falta de um pedaço do doce no prato. Se percebesse, eu seria o primeiro a suspeitar que algo estaria errado com ele.

Depois que Tofu partiu, meu amo entrou no gabinete e notou que havia sobre a escrivaninha uma carta do professor Meitei.

Permita-lhe transmitir meus mais sinceros votos de um próspero Ano-Novo...

Que maneira inusitadamente circunspecta de se iniciar uma carta, pensou meu amo. Levando em conta uma missiva que recebera dele havia pouco, na qual escrevera "nos últimos tempos nenhuma mulher tem demonstrado interesse por mim e não recebi nenhuma carta de amor, mas minha vida continua bem, não se preocupe", era fora do usual que Meitei usasse um tom cerimonioso. Comparado a isso, a mensagem de saudação de Ano-Novo observava excepcionalmente a etiqueta social.

Embora tenha pensado em lhe fazer uma visita, tenho estado muito ocupado diariamente pois, ao contrário do negativismo que lhe é peculiar, decidi na medida do possível passar o Ano-Novo de forma positiva e sem precedentes. Certo de poder contar com sua compreensão...

Meu amo no fundo compreendeu que, por se tratar de Meitei, com certeza estaria ocupado se divertindo durante o Ano-Novo.

Ontem, em um raro momento livre, convidei Tofu para comer tochimenbo, *mas por falta de ingredientes não foi possível realizar meu intento, o que constituiu para mim uma grande lástima...*

Meu amo sorriu, imaginando que a partir dali sentia-se que a carta fora escrita no jeito habitual de Meitei.

Amanhã nos reuniremos na casa de um certo barão para um jogo de cartas com temas de poesia, depois de amanhã participarei da recepção de Ano-Novo da Associação dos Estetas, no dia seguinte irei à festa de boas-vindas ao Professor Toribe e no dia seguinte a esse...

Achando maçante, meu amo pulou algumas linhas.

Conforme escrevi, por algum tempo estarei envolvido em festas e mais festas: reuniões de leitura de textos de teatro nô, reuniões de haiku *e de* tanka, *reuniões de poemas em novo estilo, entre outras, pelo que se tornará impossível ir vê-lo. Por conseguinte, em substituição à minha visita, para apresentar-lhe os cumprimentos de praxe de Ano-Novo sou obrigado a enviar-lhe esta carta de saudação, pelo que peço sinceras desculpas...*

Meu amo resmungou que não haveria necessidade mesmo da visita.

Numa próxima oportunidade em que aparecer aqui em casa, gostaria de convidá-lo para jantar, algo que já não fazemos juntos há tempos. Em minha cozinha não há pratos exóticos a lhe oferecer, mas prometo desde já que me esforçarei para regalá-lo com um delicioso tochimenbo...

— Ele continua com essa farsa do *tochimenbo*! — exclamou meu amo irritado.

Contudo, devido à falta recente de ingredientes, provavelmente não haverá possibilidade de preparar esse prato, e nesse caso farei com que se delicie com línguas de pavão...

Eis mais uma ideia de nosso amigo, pensou meu amo, mas não resistiu a continuar a leitura.

Como é de seu conhecimento, cada pavão possui apenas uma língua, cuja quantidade de carne não chega à metade de um dedo mindinho, sem dúvida insuficiente para preencher seu estômago glutão...

— Que grande mentiroso! — exclamou meu amo, resignado.

Por esse motivo, precisaremos pegar de vinte a trinta pavões. Embora possamos ver ocasionalmente pavões no zoológico ou nos jardins de Hanayashiki em Asakusa, é raro encontrá-los nos aviários, o que me deixa deveras desconsolado...

— Você está desconsolado porque quer — disse meu amo, sem externar nenhum pingo de gratidão.

Os pratos que utilizam língua de pavão estiveram muito em voga nos áureos tempos da Roma antiga. Espero que compreenda esse meu desejo secreto fora do normal de saborear esse item gastronômico do mais alto requinte...

— Que estúpido! Que tenho afinal de compreender! — exclamou meu amo com apatia.

Mais tarde, até os séculos XVI ou XVII, por todo o continente europeu o pavão se tornou um quitute imprescindível nos banquetes. Recordo-me ter ouvido dizer que, quando o conde de Leicester convidou a rainha Elizabeth para Kenilworth, pavão foi um dos pratos. Havia também um pavão de cauda aberta sobre uma mesa de jantar em uma pintura do famoso Rembrandt na qual retrata um banquete.

— Se teve tempo suficiente para escrever em detalhes a história gastronômica do pavão, é sinal que não estava tão ocupado como afirmava — comentou meu amo com uma dose de descontentamento.

De qualquer forma, do jeito que tenho me fartado de iguarias nos últimos tempos, não demorará muito para eu também me tornar dispéptico como meu respeitável amigo...

— Esse "meu respeitável amigo" já é demais. Não há necessidade de tomar minha dispepsia como padrão — resmungou meu amo.

Segundo alguns historiadores, os romanos costumavam se deleitar com dois ou três banquetes por dia. Com tantos acepipes diariamente, mesmo uma pessoa de estômago forte acabará por apresentar problemas da função digestiva como meu respeitável amigo...

— E esse "meu respeitável amigo" de novo! Que descarado!

Contudo, os romanos pesquisaram bem como aliar as extravagâncias gastronômicas à higiene, reconhecendo a necessidade de manter o estômago em condição saudável ao mesmo tempo que se entregavam a grandes quantidades de delícias. Foi então que descobriram uma forma...

Meu amo começou a se interessar mais pelo relato.

Os romanos tomavam sempre um banho após as refeições. Ao terminar, empregavam certo método para vomitarem tudo o que haviam deglutido antes do banho, executando um completo descarrego estomacal. Após realizar essa eliminação de impurezas, voltavam a se enfastiar com as iguarias e, em seguida à nova ablução, expeliam tudo o que haviam comido. Dessa forma, podiam se deliciar com seus pratos prediletos sem provocar danos aos órgãos internos. Podemos dizer que matavam assim dois coelhos com uma só cajadada...

Não há dúvidas de que é como matar dois coelhos com uma só cajadada. A fisionomia de meu amo expressava inveja.

Desnecessário dizer que neste momento do século XX, quando as comunicações se tornam mais frequentes e os banquetes aumentam em número, e também por estarmos no segundo ano do conflito armado com a Rússia, eu, como cidadão de nosso vitorioso país, estou seguro de que é chegado o momento de pesquisarmos sobre as técnicas de banho--vômito, para aprendermos com os romanos. Caso contrário, temo que em um futuro próximo nossa grande nação se tornará repleta de doentes de dispepsia como meu respeitável amigo...

— Novamente esse "meu respeitável amigo". Que homem mais irritante! — exclamou meu amo.

Nesta ocasião, aqueles que estão a par da situação no Ocidente devem pesquisar sobre as tradições da Antiguidade para descobrir esse método secreto já extinto e aplicá-lo à sociedade da Era Meiji, pois assim agindo de boa-fé será possível prevenir infortúnios e desfrutar, como compensação, os prazeres ordinários da forma desejada.

— O que ele escreve é estranho — murmurou meu amo, meneando a cabeça.

Nos últimos tempos tenho estado absorto na leitura de Gibbon, Mommsen[34] e Smith[35], mas infelizmente até o momento não cheguei a nenhuma pista que me conduzisse à descoberta. Entretanto, como é de seu conhecimento, quando decido algo é de meu temperamento nunca abandonar a empreitada até obter sucesso, e estou certo de que não está longe o tempo em que restaurarei o método do vômito. Eu lhe informarei assim que o descobrir. Portanto, pretendo postergar o tochi-menbo e o pavão a que me referi anteriormente para depois dessa descoberta, acreditando ser mais conveniente tanto para mim quanto

---

34. Christian Matthias Theodor Mommsen (1817-1903). Historiador, jurista, jornalista, político e escritor alemão. Prêmio Nobel de literatura em 1902.
35. Goldwin Smith (1823-1910). Crítico literário, historiador e jornalista anglo-canadense.

para você, que sofre de dispepsia estomacal. Sem mais para o momento, cordialmente.

Entre risos, meu amo comentou:

— O estilo protocolar da carta me induziu a lê-la com atenção até o final. Fazer uma brincadeira semelhante logo no início do ano, só mesmo alguém bastante ocioso como Meitei.

Depois disso, vários dias se seguiram sem nenhum acontecimento especial. Não aguentava mais contemplar os narcisos fenecendo no vaso branco de porcelana e as flores da ameixeira florindo nos ramos ainda verdes com lentidão em outro vaso e fui visitar Mikeko, mas não a encontrei. Da primeira vez julguei que estivesse fora, mas quando procurei-a de novo soube que estava doente ao ouvir, escondido à sombra das aspidistras junto a uma bacia de pedra para lavar as mãos, a tal professora de música conversando com sua criada por trás da porta corrediça.

— Mikeko comeu algo?

— Não, senhora, desde manhã não se alimenta. Coloquei-a deitada junto ao fogareiro de carvão para que se aqueça.

Não pareciam se referir a um gato. Mikeko era aparentemente tratada como um humano.

Por um lado, senti certa inveja ao comparar esse tratamento com aquele que eu costumava receber, mas por outro não deixei de ter certa alegria por estarem tratando tão bem o objeto de meu afeto.

— É preocupante o fato da bichinha não estar comendo. Se não comer, vai ficar fraca.

— Realmente. Se eu ficar um dia sem comer, no dia seguinte não tenho forças para trabalhar — retrucou a criada, dando a entender que a gata era um animal superior a si própria. Na realidade, talvez nessa casa a gata seja mais importante que a criada.

— Você a levou ao médico?

— Sim. Aquele médico é um tipo estranho. Ao entrar no consultório com Mikeko nos braços, ele me perguntou se eu estava gripada e começou a me tomar o pulso. Mostrei-lhe que a doente era a gata, não eu. Sentei com Mikeko no colo, e o doutor me disse sorrindo que não entendia nada de doenças de gato e que apenas deixasse o bicho de lado até se curar naturalmente. A senhora não acha isso o cúmulo do absurdo? Fiquei doida de raiva, disse-lhe que não necessitava mais que ele a examinasse e, explicando que se tratava de um animal de grande estimação, envolvi Mikeko nas mangas do quimono e me retirei do consultório.

— Inquestionavelmente.

"Inquestionavelmente" não é o tipo de palavra que se ouça com frequência na casa de meu amo. Só poderia mesmo ser usada por alguém que tem parentesco com uma pessoa que foi algo da viúva do 13º Xógum. Impressionou-me sua respeitável elegância.

— Ela parece estar fungando...

— Certamente se resfriou e a garganta deve estar doendo. Pois quem quer que se resfrie é acometido pela tosse...

A criada emprega frases complexas, como seria natural, diga-se de passagem, a quem trabalha para alguém que tem parentesco com uma pessoa que foi algo da viúva do 13º Xógum.

— Além disso, ultimamente têm surgido muitos casos de tuberculose.

— De fato, precisamos tomar cuidado com essas novas doenças como tuberculose e peste pois estão se alastrando.

— Tome cuidado você também, não há nada de bom nessas doenças inexistentes na época do antigo Regime.

— É mesmo, senhora?! — exclamou a criada admirada.

— Mikeko não costuma sair tanto a ponto de pegar um resfriado...

— A senhora se engana. Nesses últimos tempos, ela arranjou um amiguinho de caráter duvidoso.

A criada tomou ares de quem contava um segredo de Estado.

— Amigo de caráter duvidoso?

— Sim. Aquele bichano emporcalhado da casa do professor da rua em frente.

— O professor a que você se refere é aquele que todas as manhãs emite sons indecorosos?

— Isso mesmo, senhora. Toda vez que lava o rosto, o tal professor solta sons semelhantes aos de um ganso sendo esganado.

Ganso esganado é sem dúvida uma forma arguta de descrever a voz de meu amo. Ao gargarejar pela manhã no banheiro, ele costuma emitir sem cerimônia sons bizarros, como se um palito estivesse entalado em sua laringe. Quando está em um de seus maus dias, o "gá gá gá" é desesperador, e nos dias de bom humor aí mesmo é que piora de vez. Ou seja, qualquer que seja seu estado de espírito, está sempre gargarejando animadamente. Segundo sua esposa, o professor não era dado a essa mania até se mudarem para cá, a qual começou de repente, prosseguindo sem interrupções até hoje. É um hábito desagradável e é impensável para nós felinos que consiga perdurar. Deixando isso de lado, o "bichano emporcalhado" foi uma crítica demasiadamente cruel. Apuro os ouvidos para escutar um pouco mais.

— Que tipo de feitiçaria estaria ele pretendendo com aqueles grunhidos? Antes da Restauração Meiji[36], os lacaios e carregadores de sandálias dos samurais possuíam etiqueta própria e nos bairros residenciais ninguém lavava o rosto da forma como ele costuma fazer.

— Ninguém deveria fazer isso, minha senhora.

A criada exagerava em suas demonstrações de admiração e empregava imoderadamente a palavra "senhora".

— Para ter um dono daqueles só mesmo um gato vira-lata. Da próxima vez que aparecer por aqui, bata nele.

— Com certeza lhe darei uma sova. Não há dúvidas de que ele é o culpado pela doença de Mikeko. Espere até eu pôr as mãos nele, senhora.

Vi-me objeto de uma calúnia totalmente absurda. Porém, seguro morreu de velho e voltei para casa sem me encontrar com Mikeko.

Ao voltar, encontrei meu amo no gabinete, absorto em escrever algo. Se lhe contasse o que acabara de ouvir sobre ele na casa da mestra de *koto* de duas cordas, sem dúvida se enfureceria. Feliz em sua ignorância, continuou a se fazer passar por poeta, balbuciando incongruências.

---

36. Refere-se à Restauração implementada entre 1866 e 1869, que levou ao fim o xogunato Tokugawa com o consequente retorno do Imperador ao poder.

Nesse instante, surgiu de súbito Meitei, que se dera ao trabalho de enviar uma carta de votos de Ano-Novo explicando que seus muitos afazeres não lhe permitiriam uma visita.

— Está criando poemas no estilo moderno? Não deixe de me mostrar quando tiver escrito um interessante — pediu ele.

— Encontrei um excelente texto e resolvi traduzi-lo — explicou meu amo entredentes.

— Texto? De quem?

— Desconheço a autoria.

— Anônimo então? Há muitas obras não assinadas de qualidade. Não devemos de forma nenhuma menosprezá-las. Onde achou esse texto? — indagou Meitei.

— No *Reader 2*[37] — respondeu meu amo.

— *Reader 2*? O que tem esse *Reader 2*?

— Esse primoroso texto que estou traduzindo está no *Reader 2*.

— Você só pode estar brincando. É com certeza uma forma inoportuna de se vingar pela história das línguas de pavão.

— Não sou um fanfarrão como você — afirmou meu amo torcendo os bigodes e mantendo sua postura sóbria.

— Dizem que, certo dia, ao ser perguntado se não conhecia alguma boa passagem literária, Sanyo, o sábio confucionista, mostrou uma carta de cobrança de dívida redigida por um tropeiro, afirmando ter sido aquele o escrito mais interessante com que se deparara nos últimos tempos. Assim, Kushami[38], seu olhar de apreciação estética talvez seja correto, ao contrário do que se esperaria. Leia para mim e eu lhe darei meu parecer — sugeriu o professor Meitei tomando ares de uma autoridade em julgamento estético.

Meu amo começou a ler com voz semelhante à de um monge zen-budista citando as palavras póstumas deixadas pelo monge Daito.

---

37. Refere-se ao livro didático usado para o ensino do idioma inglês.
38. Kushami Chinno é o alter ego de Natsume Soseki, que à época em que escreveu *Eu sou um gato* era professor de literatura inglesa na Universidade Imperial de Tóquio. "Kushami" em japonês significa espirro.

— O gigante Gravidade.
— O que quer dizer esse negócio de gigante gravidade?
— É o título: *O gigante Gravidade*.
— Título curioso, mas não entendo o sentido.
— A ideia é a de um gigante cujo nome é Gravidade.
— É uma ideia um tanto quanto irracional, mas por se tratar de um título farei vistas grossas. Vá em frente, leia o texto. Com sua maviosa voz, deverá ser bastante estimulante.
— Mas nada de interrupções — ordenou meu amo, deixando previamente clara sua condição antes de iniciar a leitura.

Kate olha pela janela. As crianças brincam de jogar bola para o alto. Jogam a bola bem alto no espaço. A bola sobe mais e mais. Instantes depois começa a cair. As crianças jogam novamente a bola bem alto. Duas, três vezes. A cada arremesso a bola cai. Kate se pergunta por que a bola cai, ao invés de continuar subindo mais e mais. A mãe de Kate responde: é porque um gigante mora na Terra. É o gigante Gravidade. Ele é forte. Ele puxa todas as coisas para si. Puxa as casas para a terra. Se não as puxasse, elas acabariam voando. As crianças também acabariam voando. Você viu as folhas caindo, não viu? Isso acontece porque o gigante Gravidade as chama. Se um livro cai, é porque o gigante Gravidade o quer para si. A bola sobe aos céus. O gigante Gravidade a chama. Ela cai ao ser chamada.

— Isso é tudo?
— Sim. Não acha uma joia de perfeição?
— Está bem, me dou por vencido. Esse disparate é uma boa forma de se vingar do *tochimenbo*.
— Não é nenhuma vingança. Eu estou traduzindo por considerá-la uma obra de boa qualidade. Você não concorda? — indagou meu amo, fitando Meitei no fundo dos óculos de armação dourada.
— Estou realmente surpreendido. Não imaginava que você pudesse ter essa habilidade. Fui enganado por completo. Eu me rendo — disse, procurando se convencer.

Meu amo pareceu não entender nada.

— Longe de mim obrigá-lo a se render. Apenas achei o texto interessante e resolvi traduzi-lo.

— Sim, claro, muito interessante. Como deveria realmente ser. Espetacular. Sinto-me embaraçado.

— Não precisa exagerar. Há pouco, eu pus de lado a aquarela e, em substituição, decidi me dedicar a redigir algo.

— O que nem se compara com sua pintura carente de cor e perspectiva. Estou admirado.

— Seu elogio representa para mim um estímulo para seguir em frente — afirmou meu amo, ainda equivocado.

Nesse momento, o jovem Kangetsu entrou, agradecendo meu amo pelo passeio da vez anterior.

— Olá. Eu ouvia justamente uma passagem literária que exorcizou o espírito do *tochimenbo* — declarou incoerentemente o professor Meitei.

— Não diga — respondeu Kangetsu de forma ainda mais despropositada.

Apenas meu amo se mostrou muito animado.

— Há alguns dias alguém chamado Tofu Ochi apareceu trazendo um cartão de apresentação seu.

— Ah, ele veio afinal. Esse Tofu Ochi é um rapaz recatado, mas tem um jeito um pouco esquisito. Ele insistiu muito para que eu o apresentasse, embora achasse que isso poderia lhe causar algum incômodo...

— Não causou incômodo nenhum...

— Quando esteve aqui comentou a respeito do prenome dele?

— Não me lembro de haver dito nada em especial.

— É mesmo? Ele tem essa mania de explicar sobre seu nome a quem quer que encontre pela primeira vez.

— Que explicação ele costuma dar? — interveio Meitei, ávido por novidades.

— Ele faz questão que seu nome não seja pronunciado Tofu, mas Kochi.

— Que curioso — exclamou o professor Meitei tirando um cigarro de sua cigarreira de couro ornada de motivos dourados.

— Ele vive reclamando que seu nome não é Tofu, mas Kochi.

— Estranho — replicou Meitei, engolindo a fumaça de seu cigarro Kumoi até o fundo do estômago.

— Isso se deve totalmente ao entusiasmo dele por literatura. Ao ler "Kochi", seu nome passa a ser Ochi Kochi, uma forma literária de se expressar "aqui e acolá". Além disso, agrada-lhe o fato de, assim, seu nome e sobrenome rimarem. Portanto, se o chamamos de Tofu, ele se queixa de não termos consideração por seus esforços.

— De fato é um tipo esquisito — exclamou o professor Meitei, retornando até as narinas a fumaça de seu Kumoi aspirada antes até o mais profundo de suas entranhas. No meio do caminho, a fumaça tomou outro rumo, estancando na garganta. Sufocado, o professor começou a tossir sem largar sua piteira.

— Quando apareceu aqui dia desses, disse haver desempenhado o papel de barqueiro em uma reunião de recitadores e que algumas estudantes caçoaram dele — contou meu mestre sorrindo.

— Ah, sim, isso mesmo.

Meitei bateu a piteira contra seu joelho. Pressentindo perigo, tratei de me afastar um pouco.

— Ele comentou exatamente sobre essa reunião de recitadores no dia em que o convidei para regalá-lo com um *tochimenbo*. Contou-me que a segunda reunião seria em grande estilo, pois convidariam famosos homens das letras e insistiu comigo para que participasse. Quando lhe perguntei se estavam dispostos a continuar utilizando os dramas domésticos de Chikamatsu, respondeu que para o próximo encontro haviam selecionado algo muito mais moderno: *O demônio dourado*.[39] Indaguei seu papel e ele me confidenciou que representaria a jovem Omiya. Tofu no papel de Omiya deve ser imperdível. Pretendo assistir e motivá-lo com meus aplausos.

— Será interessante — comentou Kangetsu por detrás de um sorriso enigmático.

---

39. Obra de Koyo Ozaki (1867-1903) publicada em capítulos no *Yomiuri Shimbun* de 1897 a 1902, inacabada devido ao falecimento do autor. Trata do amor entre os jovens Kanichi e Omiya. Por não poder casar com Omiya, que fora obrigada a um casamento arranjado, Kanichi se torna um agiota.

— Mas o bom nele é o fato de ser um rapaz extremamente sincero e sem leviandade. Muito diferente de Meitei, por exemplo — comentou meu amo tentando se vingar a um só tempo de Andrea del Sarto, das línguas de pavão e do *tochimenbo*.

Meitei sorria, aparentando completa indiferença.

— De qualquer forma, pessoas como eu têm a mesma categoria das "tábuas de cortar de Gyotoku".[40]

— Sim — retorquiu meu amo.

Na realidade meu amo desconhece o significado dessa expressão "tábuas de cortar de Gyotoku", mas nesse momento aplica na cena social a longa experiência adquirida nas salas de aulas de camuflar bem sua ignorância.

— O que significa esse "tábuas de cortar de Gyotoku"? — perguntou Kangetsu.

Meu amo se virou para o *tokonoma*[41], desviando bruscamente a conversa:

— Aqueles narcisos estão durando bastante. Comprei-os no final do Ano-Novo, na volta de uma ida ao banho público, e os pus naquele vaso.

— Falando nisso, no final do ano eu passei por uma experiência muito estranha — começou Meitei girando nas pontas dos dedos a piteira, a qual parecia executar uma dança sagrada.

— Conte para nós essa sua experiência — pediu meu amo soltando um suspiro, parecendo ter deixado bem longe atrás de si as tábuas de cortar de Gyotoku.

A fantástica experiência do professor Meitei nos foi então revelada.

— Se me lembro bem era dia 27 de dezembro. Tofu demonstrou interesse em me visitar para conversar sobre literatura e, como me pedira para que permanecesse em casa, esperei por ele durante toda a manhã, mas ele não deu as caras. Eu acabara de comer e estava diante

---

40. Expressão idiomática da época que se refere a alguém idiota mas dotado de certa sofisticação.
41. Nicho ligeiramente alteado na sala de estar, que em geral abriga um objeto de arte ou arranjo floral.

do aquecedor lendo um dos escritos humorísticos de Barry Pain[42], quando chegou uma carta enviada de Shizuoka por minha mãe. Como toda pessoa idosa, ela sempre me trata como uma criança. Evite sair à noite para não pegar friagem, tomar banho frio é bom, acabará se gripando se não aquecer bem o quarto com o aquecedor, e vários outros conselhos. Só mesmo os pais têm esse tipo de preocupação, que estranhos jamais teriam conosco, foi o que um indivíduo despreocupado como eu pensou com admiração naquele momento, coisa que comumente não me ocorria. Isso me fez refletir sobre o desperdício que era minha vida indolente. Precisava escrever uma obra-prima e me tornar um nome conhecido. Enquanto minha mãe ainda estivesse viva, precisava fazer o nome do professor Meitei reconhecido no meio literário da Era Meiji. Continuando a leitura, ela me chamava de felizardo por poder passar o Ano-Novo me divertindo enquanto outros jovens passavam por uma experiência amarga lutando pela pátria desde o início da guerra com a Rússia. Diga-se de passagem, não vivo uma vida ociosa como minha mãe imagina. A carta prosseguia com uma lista de nomes de amigos meus dos tempos da escola elementar mortos ou feridos nas batalhas. Lendo seus nomes um por um, refleti como a humanidade é fastidiosa e os seres humanos, maçantes. No final, ela escrevera em tom amargurado que, devido à idade, o *zoni* com que celebraria a chegada do novo ano seria talvez seu último... Suas palavras serviram para me deprimir e comecei a ansiar que Tofu chegasse logo, mas nada de ele aparecer. Como se aproximava a hora do jantar, resolvi responder a carta de minha mãe, escrevendo-lhe umas doze ou treze linhas. A carta dela deveria ter uns trinta centímetros de comprimento. Incapaz de produzir tão extenso conteúdo, resolvi me ater a uma dúzia de linhas. Por ter passado o dia inteiro em casa, sentia certo peso no estômago. Se Tofu aparecesse, ele que esperasse, pensei, e após colocar a carta na caixa dos correios resolvi dar um passeio. Ao invés de caminhar para os lados de Fujimicho, como é meu costume, meus pés me conduziram quase inconscientemente na

---

42. Barry Eric Odell Pain (1864-1928). Escritor inglês conhecido por suas paródias e contos humorísticos.

direção de Dotesanbancho. A noite estava fria ao extremo, nublada, e soprava um vento forte que vinha da direção do fosso do Palácio Imperial. Um trem elétrico vindo da direção de Kagurazaka passou cortando o vento pela parte baixa do dique. Invadiu-me uma terrível sensação de solidão. Em minha mente, rodopiavam as visões do Ano-Novo, de mortos nos campos de batalha, da decrepitude da velhice e da velocidade com que a vida se escoa. Ouvira falar de muitos que se enforcam e imaginei que momentos como aquele convidariam ao suicídio. Levantei a cabeça para olhar para a parte superior do dique. Sem pressentir, chegara até bem embaixo do famoso pinheiro.

— Que pinheiro é esse? — atalhou meu amo.

— O Pinheiro dos Enforcados — respondeu Meitei, afundando a cabeça nos ombros.

— O Pinheiro dos Enforcados fica em Konodai — interveio Kangetsu, pondo lenha na fogueira.

— O pinheiro de Konodai é usado para suspender sinos, e os de Dotesanbancho, para enforcamentos. A razão de ter esse nome é a crença antiga de que qualquer um que passe por baixo dele é dominado pelo desejo de se enforcar. Na parte superior do dique há dezenas de pinheiros, mas quando surge notícia de algum enforcamento é só ir até lá que se vê, certamente, a pessoa pendurada nesse pinheiro. Ocorrem de dois a três casos por ano. Ninguém quer se matar sob outros pinheiros. Observando com atenção, vê-se que um galho se estende na horizontal até onde as pessoas transitam. É um ramo de beleza invulgar. É um desconsolo que seja deixado dessa forma. Fiquei com vontade de testemunhar alguém se suicidando ali, porém, por mais que procurasse ao redor, infelizmente ninguém aparece. Bem, se ninguém aparece, vou eu mesmo me enforcar. Não, não, se o fizer perderei a vida, é perigoso, vou deixar de lado a ideia, pensei. Dizem que os gregos antigos animavam seus banquetes com encenações de enforcamentos. Alguém subia ao cadafalso, que era chutado por outra pessoa após passada a corda pelo pescoço da vítima. A ideia era ver a pessoa se desvencilhar da corda e saltar ao chão ao mesmo tempo que o cadafalso lhe era tirado de sob os pés. Se isso é possível, nada há a temer, e eu mesmo farei isso uma vez. Segurei um dos galhos que se curvou da maneira apropriada. Era uma curvatura de fato bela. Não me contive ao me imaginar pendurado e o corpo balançando sob esse ramo. Apesar de resolvido a colocar em prática minha ideia custasse o que custasse, comecei a imaginar o pobre Tofu talvez me aguardando em casa caso tivesse vindo. Afinal acabei voltando para casa decidido a primeiro me encontrar com Tofu e conversarmos, e mais tarde voltar para realizar meu intento.

— E esse foi o final feliz de toda a história? — perguntou meu amo.

— Muito interessante — exclamou Kangetsu sorrindo com escárnio.

— Ao chegar em casa Tofu não estava. Porém, um cartão-postal enviado por ele informava que outros compromissos o impediram de me visitar e que o faria em uma próxima oportunidade. Senti-me aliviado e feliz, pois poderia me enforcar sem preocupações. Imediatamente calcei meus tamancos e me dirigi sem demora ao local anterior — contou, fitando meu amo e Kangetsu.

— O que aconteceu então? — perguntou meu amo, impaciente.

— Estamos chegando ao clímax — comentou Kangetsu, brincando com o cordão de seu *haori*.

— Pois bem, quando cheguei alguém já se tinha dependurado antes de mim. Infelizmente perdi a oportunidade por questão de minutos. Só agora vejo como eu estava subjugado pelo ímpeto de me suicidar. Segundo William James[43], o mundo mais obscuro e vago em minha subconsciência e o mundo real no qual existo devem ter se conjugado mutuamente num efeito de causalidade. De fato, há coisas muito estranhas neste mundo — concluiu Meitei.

Acreditando-se vítima de mais uma gozação, meu amo permaneceu calado, ruminando um pedaço de *mochi*.

Kangetsu baixara a cabeça e sorria maliciosamente enquanto revolvia com cuidado as cinzas do braseiro. Por fim, não aguentando, declarou em um tom de extrema calma:

---

43. William James (1842-1910). Psicólogo e filósofo, irmão do escritor Henry James, realizou pesquisas sobre o subconsciente. Seus estudos psicológicos exerceram enorme influência sobre a literatura de Soseki.

— Apesar de seu relato soar um tanto estranho, não posso duvidar nem um pouco de suas palavras, pois recentemente também aconteceu comigo algo muito parecido.

— Isso significa que você também sentiu vontade de se enforcar?

— Não, no meu caso não foi questão de enforcamento. Ocorreu no final do ano passado e, por coincidência, praticamente no mesmo dia e horário do caso relatado pelo professor, o que torna o acontecimento ainda mais curioso.

— Que interessante! — exclamou Meitei mascando também um pedaço de *mochi*.

— Nesse dia havia uma reunião de fim de ano com um concerto na residência de um conhecido em Mukojima, para onde fui carregando meu violino. A reunião estava bastante animada, com umas quinze moças e senhoras, sendo o mais prazeroso acontecimento de que participara até aquele momento, pois sua organização fora perfeita. Terminados o banquete e o concerto, conversamos até altas horas e, quando eu já cogitava ir embora, a esposa de um certo doutor se aproximou e me perguntou em voz sussurrante se eu estava a par da doença da senhorita Fulana de Tal. Na realidade me espantei ao saber que a moça estava enferma, pois eu a encontrara uns dois ou três dias antes e não notara nela nada fora do normal. Ao indagar mais detalhes sobre seu estado, fui informado que na mesma noite em que a encontrara ela teve uma febre repentina, não parava de delirar dizendo coisas sem sentido e, se isso não bastasse, durante esses delírios por vezes pronunciava meu nome.

Tanto meu amo como Meitei ouviam atentamente em silêncio, sem emitir nenhum comentário do tipo "deve haver algo entre esses dois".

— O médico foi chamado e, mesmo ignorando a doença que a acometera, diagnosticou que a febre alta prejudicava seu cérebro e, a menos que os soníferos surtissem o efeito desejado, ela estaria correndo perigo. Tive um mau pressentimento ao ouvir isso. Senti uma opressão dentro de mim, como a que se experimenta durante um pesadelo. O ar em volta subitamente se solidificara e me comprimia por todos os lados. No caminho de volta, eu sofria por não conseguir pensar em nada mais a não ser nisso. Uma moça tão bela, cheia de vida e saudável como a senhorita Fulana de Tal...

— Espere um pouco. Você se referiu duas vezes a essa moça como senhorita Fulana de Tal, mas se não for inconveniente gostaríamos de saber mais sobre ela, não é mesmo? — disse Meitei olhando para meu amo em busca de sua aquiescência, o qual respondeu apenas com um grunhido.

— Impossível. Isso certamente constrangeria essa pessoa.

— Pelo visto você pretende então contar tudo de forma vaga e imprecisa?

— Não deboche que a história é muito séria... Bem, quando pensei que aquela moça adoeceu tão de repente, na realidade me invadiu uma profunda emoção, semelhante à que se sente ao ver a folha de uma árvore fenecer e tombar. Todo meu ânimo se esvaiu completamente, como se meu corpo estivesse em greve. Cambaleando, consegui chegar até a ponte Azuma. Inclinando-me sobre a balaustrada e olhando para baixo, fui incapaz de perceber se a maré estava baixa ou alta, parecendo apenas que uma massa de água escura se movia. Um riquixá passou sobre a ponte vindo de Hanakawado. Meu olhar acompanhou o fogo de sua lanterna, que se tornou cada vez mais diminuto até desaparecer por completo para os lados da fábrica de cervejas Sapporo. Voltei a olhar a água. Foi então que ouvi alguém, rio acima, gritar meu nome. Não imaginava quem estava me chamando a uma hora tão tardia e passei os olhos sobre a superfície da água, mas na escuridão nada se podia distinguir. Pensei ter sido apenas fruto de minha imaginação e resolvi voltar para casa. Dei apenas alguns passos e novamente ouvi a voz ao longe gritar meu nome. Parei mais uma vez, aguçando os ouvidos. Ao ser chamado pela terceira vez, me segurei firme à balaustrada pois meus joelhos tremiam como vara verde. A voz, que eu não distinguia estar vindo de longe ou do fundo do rio, era sem dúvida da senhorita Fulana de Tal. Instintivamente, perguntei: "O que você quer?" De tão alta, a pergunta reverberou na serenidade da água a ponto de eu me espantar com minha voz e, surpreso, espiei ao redor. Não se viam pessoas, cães, nem mesmo a lua no céu. Nesse momento, brotou em mim o desejo de ser envolvido por essa "noite" e ir ao encontro da voz que me chamava. A voz da senhorita Fulana de Tal trespassou meus ouvidos aparentemente carregada de sofrimento, como num lamento ou uma súplica por socorro, e desta vez respondi "estou indo", contemplando a água escura com metade de meu corpo pendendo sobre a balaustrada. A voz que me chamava parecia se esforçar para sair de sob as ondas. Imaginando que a voz estivesse por baixo da água, subi ao parapeito. Estava decidido a mergulhar da próxima vez que fosse chamado. Eu contemplava a corrente de água quando a voz melancólica se elevou das águas à semelhança de um fio. Lancei-me com toda força ao local de onde acreditava que o som proviesse e caí como um pedregulho sem nenhum arrependimento.

— Saltou então? — perguntou meu amo com os olhos arregalados de espanto.

— Duvidava que você teria coragem — confessou Meitei coçando a ponta do nariz.

— Após saltar, perdi por instantes a consciência, como se estivesse em meio a um sonho. Por fim, quando dei por mim, sentia frio mas não estava molhado em parte alguma e não parecia haver ingerido água. O mais estranho é que eu estava certo de que mergulhara. Percebi haver algo errado e, ao olhar em volta, levei um susto. Minha intenção era de me lançar dentro da água, mas por infelicidade naquele momento cometi um engano e acabei me atirando ao meio da ponte. Por ter confundido a direção, não consegui ir até o local de onde a voz saía.

Kangetsu sorriu, continuando a brincar com o cordão de seu *haori*.

— Ha, ha, ha... Isso é muito divertido. O mais curioso é que se parece muito com a minha experiência. Certamente servirá de material para o professor William James. Se você redigir um artigo descritivo com o título "Efeitos indutivos nos seres humanos", sem dúvida surpreenderá o mundo literário... E o que aconteceu afinal com a doença da senhorita Fulana de Tal? — procurou saber o professor Meitei.

— Aparentemente se restabeleceu por completo, pois há dois ou três dias, quando a visitei para felicitá-la pelo Ano-Novo, jogava peteca com a criada no jardim de casa.

Meu amo até então permanecera em estado contemplativo. Parecendo não querer se fazer de rogado, finalmente abriu a boca para contar também sua história.

— Comigo também aconteceu um caso semelhante.

— O quê? Vai me dizer que você também...? — exclamou Meitei, para quem meu mestre parece ser por demais insignificante para ter ele próprio passado por alguma experiência do gênero.

— Comigo também ocorreu no final do ano passado.

— Também? Que curiosa coincidência — afirmou Kangetsu sorrindo. Um pedaço de *mochi* estava grudado no espaço onde antes havia seu dente.

— Provavelmente no mesmo dia e no mesmo horário, estou errado? — perguntou Meitei, brincalhão.

— Não, ao contrário. Tudo aconteceu por volta do dia vinte. Minha esposa me pediu, como presente de final de ano, que a levasse para assistir a uma peça encenada pelo ator Settsu Daijo. Não que eu não quisesse levá-la, mas perguntei qual o programa daquele dia e ela viu no jornal que se tratava de *Unagidani*. Como eu simplesmente odiava essa peça, pedi a ela para transferirmos para outra ocasião. No dia seguinte, ela traz o jornal informando que estariam encenando *Horikawa*, insistindo para que eu a levasse. Quando a fiz ver que essa peça era apenas barulhenta e sem substância, praticamente toda ela encenada ao som de *shamisens*, minha esposa se retirou de cara amarrada. No dia seguinte a esse, ela me falou que era a vez de encenarem *Sanjusangendo* e que ela desejava a qualquer custo ver Settsu atuando nessa peça. "Mesmo que não goste tampouco desta, como esse é meu presente, que mal há em me acompanhar?", pressionou. Disse-lhe que se ela desejava tanto ir, não haveria problemas, mas por se tratar de uma única apresentação certamente haveria tanta gente que não conseguiríamos ingressos. Em geral, quando se quer assistir a uma dessas encenações teatrais, o procedimento a adotar é reservar lugar negociando com a casa de chá anexa ao teatro, e não seria de bom-tom contrariar esses regulamentos. Ao dizer que eu sentia muitíssimo mas deveríamos desistir de ir naquele dia, minha esposa me lançou um olhar ameaçador afirmando que ela era mulher e não conhecia esses procedimentos complicados, mas que Kimiyo, da família Suzuki, e a senhora Obara assistiram ao espetáculo sem precisar passar por todo aquele processo, que por mais que eu fosse professor eu não precisava me dar ao trabalho de ir ao teatro e, em prantos, me chamou de insuportável. "Bem, mesmo que não dê em nada, vamos assim mesmo", propus. Combinei que iríamos de trem após o jantar, mas ela logo se animou me dizendo que não poderíamos perder tempo e que precisaríamos chegar ao teatro até as quatro horas no máximo. Ao lhe perguntar a razão de termos de chegar até esse horário, ela me contou ter ouvido de Kimiyo Suzuki que se não chegasse tão cedo todos os assentos já estariam tomados. Para me certificar, perguntei se depois das quatro não haveria mesmo condições de obter lugares, ao que ela me respondeu afirmativamente. Foi a partir desse exato momento que estranhos calafrios começaram.

— Em sua esposa? — perguntou Kangetsu.

— Lógico que não, ela era pura animação. Eu que senti. Era como se eu murchasse à semelhança de um balão de gás. Sofria tonturas, era incapaz de me movimentar.

— Que mal-estar fulminante! — exclamou Meitei.

— A situação se complicara. Desejava atender ao pedido de minha esposa, o único do ano. Vivo reclamando com ela, recuso-me a lhe dirigir a palavra, dou-lhe muito trabalho, obrigo-a a cuidar das crianças e, no entanto, nunca lhe recompensei por seus afazeres domésticos. Felizmente naquele dia tínhamos tempo e algum dinheiro na carteira. Ela desejava ir ao teatro e eu queria levá-la. Era essa minha intenção, mas atacado pelos calafrios e tonturas, não poderia sequer calçar os sapatos para sair, que dirá tomar o trem. Que lástima, que desconsolo, eu repetia, e, quanto mais fazia, mais aumentavam os calafrios e as tonturas. Desejava consultar um médico e tomar um remédio para estar completamente recuperado até antes das quatro horas. Após consultar minha esposa, decidimos chamar o doutor Amaki, que por azar desde a noite anterior estava de plantão no hospital universitário e ainda não retornara a casa. Garantiram que ele estaria de volta até as duas horas, e que o mandariam me ver assim que chegasse. Estava contrariado. Tinha certeza de que estaria melhor até antes das quatro se bebesse água de semente de damasco, mas quando estamos com azar parece que tudo dá errado. Pelo menos uma vez em tanto tempo, previa poder me alegrar contemplando o rosto feliz de minha esposa, mas isso se mostrava de todo impossível. A sua fisionomia exalava ressentimento ao me perguntar se eu realmente não poderia sair. "Eu irei, haja o que houver. Não se preocupe, pois até as quatro eu com certeza terei melhorado." Disse-lhe para lavar o rosto, trocar de roupa e esperar, embora no fundo estivesse dominado por enorme apreensão. Os calafrios se agravavam, a cabeça girava. Se eu não pudesse me recuperar totalmente até as quatro e cumprir o prometido, ignorava qual seria a reação de uma mulher tão intransigente como ela. Minha situação era bastante delicada. O que eu poderia fazer? Imaginei que seria meu dever marital lhe explicar sobre as vicissitudes da vida e sobre a mortalidade, buscando deixá-la preparada para o que pudesse me acontecer de pior, para que não se desesperasse com a possível perda. Chamei-a imediatamente ao gabinete. Perguntei se ela, apesar de mulher, conhecia o ditado ocidental *many a slip twixt the cup and the lip.*[44] E ela respondeu ensandecida: "Você acha que eu entendo esses idiomas escritos da esquerda para a direita? Por que essa necessidade de zombar dos outros falando em inglês com as pessoas, mesmo sabendo que elas não vão entender? Admito, não sei mesmo. Se gosta tanto de inglês, devia ter casado com uma dessas moças formadas por escolas cristãs. Que homem cruel é você!" Isso me desanimou em levar adiante meu plano. Gostaria de lhes explicar que não usei o inglês por maldade. As palavras brotaram devido ao amor totalmente sincero que devoto a minha esposa, e por isso sua interpretação me deixou em uma posição delicada. Fora isso, os calafrios e tonturas que me afligiam perturbavam um pouco meu cérebro. Apressado em fazê-la compreender as vicissitudes da vida e da mortalidade, acabei me esquecendo do fato

---

44. "Do prato à boca se perde a sopa." Não se deve contar com algo antes de acontecer, como o ovo dentro da galinha, pois os planos podem falhar.

de minha esposa desconhecer a língua inglesa e inadvertidamente fiz a citação. Dei-me conta de minha falha, de meu completo engano. Esse erro acarretou tonturas mais fortes. Seguindo meu conselho, minha esposa se dirigiu à sala de banhos, descobriu os ombros para se maquiar e tirou da cômoda um quimono com o qual se trocou. Sua atitude demonstrava que estava pronta para sair a qualquer momento e se colocava à minha espera. Eu começava a me impacientar. Pela porta aberta minha esposa pôs a cabeça para dentro do gabinete para sugerir: "Vamos indo?" Pode parecer um pouco estranho elogiar a própria cara-metade, mas ela nunca parecera tão bela perante meus olhos como naquele instante. A pele dos ombros, lavada com sabonete, reluzia contrastando com o *haori* negro de seda que trajava. Seu rosto estava radiante, física e espiritualmente, tanto pelo sabonete como pelo desejo de ir ao teatro assistir à encenação de Settsu Daijo. Isso me incentivou a acompanhá-la a qualquer custo para satisfazer sua vontade. No momento em que eu dava uma tragada no cigarro, pronto para me empenhar em sair, chega o doutor Amaki. Não poderia ter chegado em momento mais oportuno. Ao lhe explicar o que sentia, ele me examinou a língua, sentiu o pulso, deu uns tapinhas em meu peito, passou a mão pelas minhas costas, levantou-me as pálpebras, tateou meu crânio e se pôs a refletir por instantes. "Acho que é algo mais grave", eu disse; e o doutor retorquiu: "Bobagem, isso não é nada." Minha esposa perguntou: "Causará problema se ele sair um pouco?" O doutor voltou a refletir e disse: "Desde que ele não esteja se sentindo mal..." "Mas eu me sinto mal", repliquei. "Nesse caso, vou lhe dar algumas gotas de um calmante leve." "Creio que isso poderá causar uma piora em meu estado." "Vamos, não se preocupe por tão pouco. Você só precisa se acalmar", aconselhou o doutor antes de partir. Eram três e meia. A criada saiu para comprar o remédio. Por ordem severa de minha esposa, Osan foi e voltou correndo. Eram três horas e quarenta e cinco minutos. Faltavam ainda quinze minutos para as quatro horas. Nesse momento, comecei bruscamente a sentir ânsias de vômito que até então não tivera. Ao levantar a xícara colocada em minha frente por minha esposa, na qual ela pingara as gotas, uma violenta sensação se elevou do fundo de meu estômago.

Fui obrigado a retornar a xícara à mesa. "Vamos, beba logo", apressava-me. Era minha obrigação moral beber de imediato o remédio e sair. Quando levei novamente a xícara aos lábios na intenção de beber, um novo mal-estar me impediu. A cada nova tentativa, era preciso retornar a xícara à mesa, até que o relógio de parede soou quatro badaladas. "Vamos, são quatro horas e você não pode perder tempo", disse a mim mesmo levantando mais uma vez a xícara. Por mais estranho que pareça, junto com o som das quatro badaladas, minhas ânsias de vômito desapareceram por completo e eu pude ingerir o remédio sem esforço. Depois disso, às quatro e dez, eu compreendi pela primeira vez a razão do doutor Amaki ser tão famoso: os calafrios nas costas e as tonturas haviam sumido como num sonho, e eu me alegrei por me ver em um piscar de olhos curado de uma doença que eu imaginara que me prostraria na cama por bom tempo.

— E depois disso, foram a Kabukiza, você e sua esposa? — perguntou Meitei, com jeito de quem não entendera o propósito real de meu amo.

— Era minha intenção ir. Mas, como minha esposa dissera ser impossível conseguir lugar após as quatro horas, desistimos da ideia. Se o doutor Amaki tivesse chegado uns quinze minutos antes, teria cumprido com minha obrigação e satisfeito o desejo dela. Por questão de apenas quinze minutos, foi uma grande lástima. Quando penso no caso, vejo que corri realmente grande perigo.

Terminado o relato, meu amo aparentava estar liberado de uma obrigação. Provavelmente por se achar desforrado dos outros dois.

— Foi uma pena! — lamentou Kangetsu por trás de um sorriso banguela.

Com um ar distraído, Meitei acrescentou, como que falando para si mesmo:

— Feliz é a mulher que tem um marido tão atencioso como você.

Por detrás da porta corrediça, ouviu-se o pigarrear da esposa do professor.

Eu ouvia as histórias contadas sucessivamente pelos três homens, sem achá-las nem engraçadas nem tristes. Cheguei à conclusão de que a única capacidade da criatura humana para passar o tempo é exercitar sua boca, rindo de coisas sem nenhuma graça ou se alegrando com histórias tampouco divertidas. Conhecia o caráter egocêntrico e intolerante de meu amo, mas, como ele pouco falava, algo nele não me era ainda completamente compreensível. Isso me inspirava certo receio, mas a história que ele acabara de contar me provocou o desejo de menosprezá-lo. Por que ele não poderia simplesmente escutar taciturno a conversa dos outros dois? Esperava ganhar algo com aquela tagarelice idiota apenas para não se dar por vencido? Seria esta uma recomendação contida em algum livro de Epicteto? Enfim, meu amo, Kangetsu e Meitei, embora se assemelhassem a pacíficos reclusos afastados do mundo, à semelhança de cabaças balouçando ao vento, na realidade se apegavam também às ambições e desejos mundanos. O espírito de competição e o desejo de vencer sempre entremeavam suas conversas cotidianas, e era uma grande lástima para um gato como eu constatar que, caso avançassem mais um passo, se transformariam em bestas semelhantes aos pobres de espírito que costumavam insultar. A única vantagem é que suas palavras e ações não eram estereotipadas como as dos pseudo-intelectuais.

Pensando tais coisas, acabei por perder rapidamente o interesse pela conversa dos três. Resolvi dar uma volta pelo jardim da mestra de *koto* de duas cordas para ver como Mikeko estava passando. Era 10 de janeiro, os pinheirinhos decorados com tiras de papel branco haviam sido retirados, os dias se revestiam de uma calma primaveril, não se via uma nuvem sequer no céu profundo, o mundo era todo luz, e o jardim de não mais de trinta metros quadrados demonstrava mais vitalidade do que quando recebera a luminosidade do primeiro dia do ano. Na varanda, havia uma almofada e não se via ninguém. As portas corrediças cerradas levavam a crer que a patroa saíra para o banho público. Não me importava com a ausência da patroa, mas me preocupava em saber se Mikeko melhorara. Como não havia sinal de humanos, mesmo estando com as patas sujas, subi em silêncio à varanda e me deitei bem no meio da almofada, a qual por sinal achei bastante confortável. Bateu-me uma sonolência e, esquecendo de Mikeko, comecei a cochilar. Subitamente, ouvi vozes detrás da porta.

— Obrigada. Estava pronta? — perguntou a patroa, que pelo visto não saíra como imaginei.

— Desculpe o atraso. Ao passar na loja de artigos budistas, me informaram que haviam acabado de aprontá-la.

— Deixa eu ver. Oh, ficou linda. Com isso Mikeko poderá descansar em paz. Não há perigo do dourado soltar?

— Eu insisti sobre isso e a pessoa me garantiu ter usado material de alta qualidade, mais duradouro do que o das tabuletas funerárias fabricadas para gente... Explicaram também que mudaram um pouco os traços do ideograma de "honra" em Myoyoshinnyo, nome póstumo de Mikeko, pois ficaria melhor em estilo cursivo.

— Excelente. Vamos colocar a tabuleta no altar budista e acender incenso.

O que acontecera com Mikeko? Algo estava errado, pensei, e me levantei da almofada. Ouvi o tilintar de um sininho e a voz da patroa declamando "Assim seja, Myoyoshinnyo. Eu vos saúdo, Amitabha. Eu vos saúdo, Amitabha".

— Vamos, você também, reze por ela.

Tiiiinnnn.

— Assim seja, Myoyoshinnyo. Eu vos saúdo, Amitabha. Eu vos saúdo, Amitabha — agora era a voz da criada.

De repente meu coração começou a palpitar com violência. Ainda de pé sobre a almofada, meus olhos estavam imóveis como os da estátua de um gato.

— Foi algo lamentável. No início parecia ser apenas uma gripe.

— Se o doutor Amaki tivesse prescrito alguma medicação, as coisas teriam sido diferentes.

— Aquele médico não presta. Só fez pouco caso do pobre animal.

— Não fale mal assim dos outros. A morte é o destino de todos nós.

Aparentemente Mikeko também se submetera a uma consulta com o doutor Amaki.

— Agora que está tudo acabado, creio ter sido tudo culpa daquele gato vira-lata da casa do professor na rua da frente, que vivia convidando-a para sair.

— Sim, aquele bruto é inimigo de Mikeko.

Gostaria de me defender, mas preferi me conter, engolir a saliva e ouvir o que diziam. A conversação era entremeada de silêncios.

— Não somos livres na vida. Uma gata tão bela como Mikeko morrer tão jovem, enquanto aquele gato vira-lata horroroso continua saudável e fazendo malandrices...

— Tem toda a razão, madame. Uma pessoa tão encantadora como Mikeko não se encontra com facilidade, por mais que se procure.

Ao invés de dizer "gata", a criada se referiu a Mikeko como "pessoa". Ela parece acreditar que gatos e seres humanos pertencem à mesma espécie. Para dizer a verdade, o rosto dessa criada em muito se assemelha ao de um felino.

— Se em lugar de Mikeko...

— ... aquele gato vira-lata da casa do professor morresse, teria sido perfeito.

Se tivesse sido perfeito, eu estaria em apuros. Não saberia dizer se gosto ou não da morte, pois nunca a experimentei; mas recentemente, num dia frio, eu entrei no aquecedor, que estava desligado, e a criada, sem perceber que eu estava ali, tampou-o. Não me agrada relembrar a terrível agonia pela qual passei. Conforme a explicação de Shiro, eu teria morrido se aquela agonia tivesse perdurado um pouco mais. Não me importaria de trocar de lugar com Mikeko, mas não gostaria de morrer por ninguém se a condição for passar por aquele sofrimento.

— Creio não ter remorsos, pois, apesar de ser uma gata, pedi ao monge para ler um sutra e encomendei para ela um nome póstumo.

— Certamente, senhora, ela foi favorecida pela sorte. Mas, se me permite o comentário, o sutra recitado pelo monge me pareceu demasiado superficial.

— Achei muito curto, mas quando comentei com o monge do Templo Gekkei que ele terminara rápido demais, ele me respondeu que recitara a parte mais eficaz. Fez-me ver que a parte recitada era mais que suficiente para levar um gato a entrar no paraíso.

— Não diga... Mas se fosse aquele gato vira-lata...

Embora eu viva repetindo que não tenho nome, essa criada não se cansa de me chamar de vira-lata. Que criatura vulgar!

— Um animal cheio de pecados como aquele nunca chegaria ao paraíso, por mais sutras preciosos que se recitasse.

Ignoro quantas centenas de vezes fui chamado de vira-lata depois disso, pois desisti de escutar essa conversa interminável. Escorreguei para fora da almofada e saltei da varanda encrespando ao mesmo tempo meus oitenta e oito mil, oitocentos e oitenta pelos. Após esse dia, nunca mais retornei às redondezas da casa da mestra de *koto* de duas cordas. Talvez agora seja ela própria objeto dos sutras recitados superficialmente pelo monge do Templo Gekkei.

Ultimamente não tenho coragem para sair. Comecei a sentir a indolência da vida. Tornei-me um gato tão ocioso quanto meu amo. Passei a achar que as pessoas têm razão quando afirmam ser uma decepção amorosa a razão de ele se enfurnar em seu gabinete.

Como ainda não tive a oportunidade de pegar um rato sequer, Osan chegou ao ponto de apresentar durante algum tempo sua tese de que eu deveria ser jogado fora. Contudo, meu amo está bem ciente de que não sou um gato qualquer, e assim continuo a habitar indolentemente esta casa. Com relação a isso, estou muito agradecido a meu amo e, ao mesmo tempo, não hesito em expressar minha admiração por sua perspicácia. Não me irritam em especial os maus-tratos de Osan, que não compreende quem sou. Se algum Hidari Jingoro[45] surgisse agora e entalhasse meu focinho num pilar do portal de um templo, ou se um equivalente japonês de Steinlen[46] desejasse me fazer objeto de uma de suas telas, é provável que pela primeira vez muitos desses tolos se envergonhassem de sua falta de discernimento.

---

45. Escultor japonês ativo entre 1596 e 1644. Uma de suas famosas esculturas é *O gato dormindo* ("nemuri neko"), esculpido na parte superior de um dos portais do conjunto de templos em Nikko.

46. Théophile Alexandre Steinlen (1859-1923). Pintor e designer suíço de estilo *art nouveau*. É dele o famoso cartaz de um gato negro para a *Tournée du Chat Noir* de Rodolphe Salis, proprietário do Cabaret du Chat Noir.

3

Mikeko morreu e o relacionamento com Kuro não estava me deixando satisfeito. Sentia-me um pouco solitário, mas felizmente não estava de todo entediado por ter conseguido amizades entre os humanos. Há pouco tempo, um homem enviou uma carta a meu amo pedindo que lhe mandasse uma foto minha. E outro dia uma pessoa mandou especificamente endereçados a mim uns bolinhos de Kibi, que são um dos produtos típicos de Okayama. Com os humanos pouco a pouco mostrando sua simpatia por mim, acabo por esquecer minha condição de gato. Sinto-me mais próximo agora dos humanos do que propriamente dos felinos, e já não penso em reunir os de minha espécie para acertar contas com os professores. Longe disso, estou seguro de que evoluí a ponto de me considerar até mesmo um dos integrantes do mundo dos homens. Longe de desdenhar os de minha raça, quero apenas encontrar tranquilidade entre os de temperamento próximo, e seria um transtorno que julgassem minha atitude como infidelidade, leviandade ou traição. Aparentemente, são muitos os homens pobres de espírito e intransigentes capazes de se servir de tais vocábulos com fins de vituperação. Como me afastei, portanto, dos hábitos felinos, não posso mais me preocupar somente com Mikeko e Kuro. Com a mesma empáfia dos humanos, sinto vontade de criticar suas ideias e comportamento. Nada há de irracional nisso. Contudo, apesar de todo o meu discernimento, meu amo costuma me julgar apenas um monte de pelos ambulante, não me dirigindo um pedido de permissão e, o que é uma lástima, devora bem diante de mim os meus bolinhos de Okayama. Tampouco se deu ao trabalho de me fotografar e enviar a foto. É inegavelmente uma injustiça, mas ele é o amo, eu sou apenas um gato, e não acredito haver meio de superar a divergência natural de opiniões existente entre nós. Agora que estou me tornando um humano, sinto dificuldades em continuar observando o comportamento dos gatos com os quais não mais convivo. Portanto, tomarei a liberdade de tecer comentários sobre Meitei, Kangetsu e outros professores.

Hoje é domingo e faz um tempo excelente. Meu amo saiu preguiçosamente do escritório, alinhou bem ao meu lado pincel, tinteiro e algumas folhas e deitou-se de bruços murmurando algo repetidas vezes. Eu o olhava com atenção enquanto ele emitia estranhos sons, talvez um prelúdio ao que redigiria no papel. Instantes depois, escreveu em letras grossas "Queimemos um pouco de incenso". Tanto poderia ser o início de um poema como um *haiku*. Justamente quando imaginava serem palavras muito elegantes em se tratando de meu amo, ele as abandonou para, pulando uma linha, escrever agilmente com o pincel "Penso há algum tempo em escrever sobre Tennenkoji". Nesse ponto, o pincel interrompeu de forma brusca seu movimento, parando por completo. Meu amo continuava a segurar o pincel lambendo de leve sua ponta, aparentemente sem lhe ocorrer nenhuma boa ideia. Seus lábios já haviam escurecido quando desenhou um círculo abaixo do que escrevera. Colocou dois pontos dentro do círculo, provavelmente a representação de olhos. Desenhou entre eles um pequeno nariz com as narinas abertas, sob o qual puxou um traço horizontal para a boca. Aquilo não era prosa, muito menos um *haiku*! Aparentando insatisfação com o resultado, borrou apressadamente com o pincel o rosto que pintara. Iniciou nova linha. Ele pareceu ter a vaga noção de que, apenas abrindo uma linha, algum tipo de inspiração lhe forneceria um poema, um panegírico, votos ou algo do gênero. Por fim, escreveu de um só golpe e em desalinho, mesclando o estilo formal e vulgar, "Tennenkoji é um homem que pesquisa sobre o espaço e lê o Analecto de Confúcio, come batata-doce e vive com o nariz escorrendo". Ao terminar, leu em voz alta e sem cerimônias o que escrevera soltando uma inusitada gargalhada: "Ha, ha, ha... Está excelente! Mas o 'nariz escorrendo' é demasiado cruel, vou eliminá-lo." E passou um traço apenas sobre esse pedaço. Embora um único traço fosse mais do que suficiente, riscou outro e mais outro, em perfeito paralelismo. Pouco lhe importava que os riscos ultrapassassem até a linha seguinte. Após traçar oito linhas, sem conseguir pensar em nada mais a escrever, largou o pincel e alisou o bigode, acariciando-o ameaçadoramente, como se tentasse arrancar frases dele. Em seguida, remexeu-o com força para cima e para baixo. Nesse momento, sua esposa veio da sala e sentou-se bem embaixo de seu nariz.

— Preciso lhe dizer algo — iniciou ela.

— Desembuche — ordenou meu amo, numa voz semelhante ao som de um gongo sendo golpeado dentro d'água.

Insatisfeita com a reação do marido, a esposa repetiu:

— Preciso lhe dizer algo.

— Diga logo o que quer, mulher — esbravejou, desta feita enfiando o polegar e o indicador na narina para extrair um cabelo.

— Este mês o dinheiro não será suficiente...

— Isso é impossível. Já pagamos o médico e no mês passado acertei a conta com o livreiro. Este mês deveria sobrar — terminou ele, contemplando o pelo arrancado como se fosse uma das sete maravilhas do mundo.

— No lugar de arroz, você só come pão com geleia.

— Quantas latas de geleia eu comi?

— Foram oito só este mês.

— Oito? Não me recordo de ter comido tanto assim.

— Não só você, as meninas também...

— Mesmo assim, são somente cinco ou seis ienes — retrucou meu amo com o rosto calmo, enquanto plantava cada fio de cabelo retirado cuidadosamente sobre a folha de papel.

Os pelos se mantinham de pé como agulhas, pois suas gordurosas raízes aderiram ao papel. Impressionado com a inusitada descoberta, meu amo se pôs a soprá-los. A aderência era tanta que nenhum deles voou.

— Que obstinados! — E soprou mais forte.

— Não só a geleia, mas necessitamos comprar outras coisas — informou a esposa, expressando na face sua insatisfação.

— Acho que de fato a gente precisa — concordou meu amo enfiando novamente o dedo na narina e puxando outros pelos. Havia negros, vermelhos e um bem branco, que meu amo contemplava com ar de grande surpresa segurando-o entre os dedos; depois, aproximou-o do rosto da esposa.

— Que horror! — exclamou ela franzindo o cenho e rechaçando a mão do esposo.

— Veja, é um pelo branco — disse meu amo, aparentando estar bastante impressionado.

A esposa acabou voltando para a sala sorrindo, parecendo ter desistido de discutir questões econômicas com o marido. Meu amo voltou a Tennenkoji.

Depois de se desembaraçar da esposa com um pelo do nariz, meu amo se sentiu aliviado e continuou a extrair outros pelos enquanto pensava no que escrever, embora seu pincel permanecesse inerte. "Esse 'come batata-doce' é supérfluo. Vamos suprimi-lo também." E o eliminou. "E 'queimemos um pouco de incenso' é abrupto demais." E meu amo o aniquilou sem remorsos. O que sobrou foi apenas a frase "Tennenkoji é um homem que pesquisa sobre o espaço e lê o Analecto de Confúcio". Meu amo parecia insatisfeito com a frase por demais curta e, achando tudo uma complicação, desistiu da prosa e partiu para um epitáfio apenas. Agitou o pincel em cruz sobre o papel, nele desenhando com traços firmes uma orquídea ao estilo da escola de pintores literários. Todo o seu esforço resultou em absolutamente nada. Virando a folha, escreveu algo completamente destituído de significado: "Nascido no espaço, pesquisou o espaço, morreu no espaço. Ah, Tennenkoji, homem do vazio, do espaço." Justo neste momento apareceu nosso conhecido Meitei. Não distinguindo a casa de outrem da própria, adentrou distraidamente pela porta da cozinha sem ser anunciado e sem cerimônias. É o tipo do homem que ao nascer deve ter se despido de apreensões, cerimônias, reservas e sofrimentos.

— Continua às voltas com o gigante Gravidade? — perguntou Meitei ainda de pé.

— Não, não posso escrever o tempo todo sobre ele. Estou justamente escolhendo um epitáfio para o túmulo de Tennenkoji — exagerou meu amo.

— Tennenkoji é algum tipo de nome póstumo como Guzendoji? — indagou Meitei, como de costume dizendo coisas sem sentido.

— Quer dizer que existe também um Guzendoji?

— Obviamente não existe, mas imaginei que pudesse haver um nome semelhante.

— Desconheço qualquer Guzendoji, mas Tennenkoji é alguém que você também conhece.

— Afinal, quem pode ter um nome semelhante?

— Sorosaki, quem mais? Depois de formado, ele começou um curso de pós-graduação no qual realizava pesquisas relacionadas à Teoria Espacial, mas morreu de peritonite de tanto estudar. Sorozaki era meu grande amigo.

— Se era seu amigo, isso não é de minha conta. Contudo, quem afinal alterou o nome desse Sorozaki para Tennenkoji?

— Eu. Esse nome foi dado por mim. Nada há de mais banal do que os nomes póstumos colocados pelos monges — vangloriou-se meu amo como se Tennenkoji fosse um nome de particular elegância.

Rindo, Meitei pediu a meu amo para lhe mostrar a folha de papel.

— Que é isso?... Nascido no espaço, pesquisou o espaço, morreu no espaço. Ah, Tennenkoji, homem do vazio, do espaço — leu Meitei em voz alta. Excelente. Está perfeito para Tennenkoji.

— Bom, não? — regozijou-se meu amo.

— Que tal gravar esse epitáfio numa dessas pedras usadas para pressionar conserva de legumes e colocá-la na parte de trás do prédio principal do templo? Seria elegante e permitiria a Tennenkoji entrar no paraíso.

— Eu pensava justamente em proceder dessa forma — respondeu em tom sério meu amo, para complementar dizendo: — Preciso me ausentar um pouco, mas logo voltarei. Enquanto estou fora, brinque um pouco com o gato — e partiu apressado sem aguardar a reação de Meitei.

Fui assim à revelia designado a fazer as honras da casa a Meitei e, como não seria de bom-tom mostrar-lhe um rosto amuado, dei alguns miados afáveis e pulei no seu colo. Meitei então me segurou indelicadamente pelo cangote e me suspendeu no ar.

— Oh, como você engordou. Deixa eu ver. Com as patas traseiras no ar desse jeito você não poderá caçar ratos... — e, insatisfeito com apenas minha companhia, voltou-se para minha ama na sala contígua e perguntou: — Diga-me, senhora, este bichano é capaz de pegar camundongos?

— Ratos que é bom, nada. Mas come *zoni* e sabe dançar — explicou trazendo de volta, desnecessariamente, águas passadas.

Apesar de suspenso no ar, senti-me um pouco embaraçado. Meitei não parecia propenso a me soltar.

— Interessante. Tem realmente um focinho de quem dança. Senhora, este gato tem uma fisionomia insidiosa. Ele é bem parecido com Nekomata, um monstro que aparece nos livros ilustrados antigos — soltou ele tamanha tolice, desejoso de não deixar a conversa esfriar. Constrangida, a esposa interrompeu seu trabalho de costura e veio até o salão.

— Você deve estar entediado. Meu marido não deve demorar a voltar — consolou ela servindo mais uma xícara de chá a Meitei.

— Onde ele terá se metido?

— Ele é o tipo de homem que costuma sair sem dizer para onde vai. Talvez tenha ido ao médico.

— O doutor Amaki? Deve ser uma tragédia para o doutor ter de cuidar de um homem como Kushami.

— É — respondeu a esposa sem saber como reagir.

Meitei não se impacientou.

— Como tem estado o estômago dele? Alguma melhora?

— Não faço ideia se está bom ou ruim. Por mais que o doutor Amaki cuide dele, como pode melhorar a dispepsia se entupindo de geleia o tempo todo? — aproveitou a esposa para extravasar sobre Meitei seu descontentamento de há pouco com o marido.

— Ele come muita geleia? Que coisa mais infantil.

— Não somente geleia, mas de uns dias para cá vem ingerindo sem moderação nabo ralado sob o pretexto de ser um santo remédio para dispepsia...

— Muito surpreendente! — exclamou Meitei.

— Tudo começou quando leu no jornal um artigo sobre a existência de diastase em nabos.

— Interessante. Essa é por certo a maneira que ele encontrou para compensar os danos causados pela geleia. Santa engenhosidade! Ha, ha, ha... — Meitei parecia se alegrar imensamente com o que acabara de ouvir.

— Dia desses chegou mesmo a fazer o bebê lamber...

— Geleia?

— Não, nabo ralado... Imagine! Dizia para o bebê: "Vem, vem, papai tem algo gostoso para você." Quando penso que é uma de suas raríssimas demonstrações de afeto pela criança, na realidade estava tramando essas idiotices. Há uns dois ou três dias abraçou nossa filha caçula e a colocou em cima do armário...

— A que tipo de engenhosidade estava ele se entregando? — perguntou Meitei que parece interpretar tudo o que ouve como engenhosidades.

— Não era nenhum tipo de engenhosidade, apenas queria que a criança pulasse de cima do armário. Obviamente, uma menina de seus três ou quatro anos seria incapaz de uma traquinagem do gênero.

— Nesse caso já é engenhosidade em demasia. No entanto, seu marido é um homem bom, de coração puro.

— Se além de tudo ele não tivesse um bom coração, eu na certa não conseguiria suportá-lo — extravasou minha ama.

— A senhora não tem razão para reclamar. Poder viver cada dia com conforto e sem privações já é algo invejável. Kushami é um homem sem vícios, indiferente a modismos, um simples chefe de família.

O sermão em tom alegre em nada condiz com Meitei.

— Creio que você está redondamente enganado...

— Será que ele esconde algo? Não se pode pôr a mão no fogo por ninguém neste mundo — replicou Meitei com displicência.

— Vícios não tem, a não ser comprar de maneira indiscriminada livros que acaba não lendo. Se pelo menos fosse mais seletivo em suas compras, mas basta ir à livraria Maruzen para voltar carregando uma pilha de volumes e, quando chega o final do mês, se faz de desentendido.

No final do ano passado, passei um aperto com o acúmulo das contas de vários meses.

— Deixe-o comprar quantos livros quiser. Quando os cobradores aparecerem, diga-lhes que logo pagará e eles irão embora.

— Mas não posso fazê-los esperar eternamente — disse minha ama com um ar abatido.

— Então, o jeito é explicar a situação a seu marido e obrigá-lo a reduzir os gastos com livros.

— E você acha que ele me ouviria? Dia desses ele ralhou comigo dizendo que eu em nada me assemelho à mulher de um acadêmico, que ignoro o valor dos livros e me contou uma história da Roma antiga.

— Interessante. Que história foi essa?

Meitei se mostrou curioso. Sua curiosidade se sobrepôs à solidariedade por minha ama.

— Havia na Roma antiga um rei de nome Tarukin ou algo assim...

— Tarukin? Este é um nome um tanto estranho.

— Tenho muita dificuldade em memorizar nomes estrangeiros. Era o sétimo rei, segundo ele.

— Realmente, Tarukin Sétimo soa bizarro. Hum... e o que se passou com esse Tarukin Sétimo?

— Se até você zomba de mim, eu fico em uma posição incômoda. Se você já conhece essa história, bem poderia me dizer. Que homem cruel você é — disse a esposa a Meitei.

— Eu não sou do tipo de pessoa cruel que zombaria de alguém. É que esse Tarukin Sétimo me soa inusitado... Espere, não me lembro bem, mas este sétimo rei não seria Tarquínio, o Soberbo?[47] Bem, seja lá quem for, o que se passou com ele?

— Uma mulher[48] apareceu certo dia diante do rei carregando nove livros e lhe perguntou se não desejaria comprá-los.

— E o que aconteceu?

---

47. Lucius Tarquinius. Sétimo e último rei de Roma. Reinou entre 534 e 509 a.C.
48. Refere-se a uma sibila (profetisa, adivinhadora).

— Quando o rei indagou o preço, ela informou um valor exorbitante. Por ser muito caro, o rei pediu que a mulher lhe concedesse um desconto, mas ela tomou de maneira brusca três dos nove livros e os atirou ao fogo.

— Que ato lamentável.

— Aparentemente os livros conteriam profecias e coisas do gênero, impossíveis de se encontrar em outro lugar.

— Não diga.

— Como o número de volumes se reduziu de nove para seis, o rei imaginou que obteria algum desconto no preço, mas a mulher insistiu no valor anterior sem abater um centavo sequer. Bastou o rei comentar que isso era ilógico para a mulher pegar mais três livros e incendiá-los. Porém, como desejasse muito os livros, o rei perguntou à mulher por quanto lhe venderia os três restantes, ao que ela respondeu ser o mesmo preço dos nove livros. Os nove livros se tornaram seis, esses seis caíram para três, mas o preço original não baixara sequer um centavo. Imaginando que se pedisse novo desconto a mulher atearia fogo aos três livros restantes, o rei acabou comprando-os pelo valor elevado... Meu marido me perguntou se a história me fizera entender como são importantes os livros, mas apesar de seus esforços eu continuo a não compreender essa importância a que ele se refere.

A esposa expressou dessa forma sua opinião, instigando Meitei a contradizê-la. Porém, mesmo Meitei parecia indeciso sobre o que dizer. Pegou de dentro da manga do quimono um lenço e me incitou a brincar com ele. De repente, disse em voz alta como se lhe ocorresse uma ideia:

— Mas, a senhora sabe, é justamente por comprar tantos livros e os empilhar aos montes que as pessoas o tomam às vezes por um acadêmico. Não faz muito tempo, vi o nome do professor Kushami em uma revista literária.

— Verdade? — exclamou a esposa, mudando de atitude.

Seu interesse pela reputação do marido demonstra formarem um casal de verdade.

— O que estava escrito?

— Apenas duas ou três linhas. Mencionavam que os textos de Kushami se assemelham a uma nuvem que passa ou água que flui.

— Só isso? — perguntou a esposa sorridente.

— E que suas frases esvanecem logo após seu surgimento e, depois de desaparecerem, esquecem para sempre de retornar.

Denotando perplexidade em sua fisionomia, a senhora perguntou em tom de dúvida:

— Seria isso um elogio?

— Bem, acredito que não deixe de ser uma forma de louvor — concluiu Meitei, balançando o lenço diante dos meus olhos.

— Sei que os livros são um instrumento de trabalho e nada posso fazer quanto a isso, mas meu marido chega às raias da obstinação.

Meitei percebeu que a senhora voltava ao ataque por outra via.

— Certamente é um pouco de obstinação da parte dele, mas isso é algo peculiar àqueles que se dedicam aos estudos.

Com sua curiosa resposta, Meitei adotava uma atitude neutra, a um só tempo concordando com minha ama e defendendo meu amo.

— Outro dia, depois de retornar da escola ele devia ir a algum lugar e, como não tinha vontade de trocar de roupa, sentou-se à mesa para comer vestido com o sobretudo, do jeito que chegara. Colocou a bandeja sobre o *kotatsu*... Enquanto isso eu o observava sentada ao lado da panela de arroz. Foi tão engraçado...

— Parecia um general sentado sobre uma plataforma checando as cabeças dos inimigos abatidos. É isso que faz de Kushami um homem peculiar... Em todo caso, é um homem que foge do convencional — esforçou-se Meitei em elogiá-lo.

— Para uma mulher é difícil julgar se é convencional ou não, mas seu comportamento é sempre inconstante.

— Melhor do que ser convencional.

A insatisfação de minha ama crescia à medida que Meitei tomava indiscriminadamente o partido do marido.

— Todo mundo vive falando que isso ou aquilo é convencional, mas afinal o que é convencional? — pediu minha ama uma definição vocabular, adotando uma atitude desafiadora.

— Convencional? Quando se diz que algo é convencional... bem... a explicação é bastante complexa...

— Se é algo tão vago, ser convencional não deve ser algo ruim, não? — pressionou minha ama com sua lógica feminina.

— Não é que seja vago. Eu entendo bem, mas é apenas complicado explicar.

— Você chama de convencional tudo aquilo que lhe desagrada — disse a senhora instintivamente, mas atingindo seu objetivo.

Chegando-se a esse ponto, para se safar só restava a Meitei definir o que é chamado de convencional.

— Senhora, a princípio, chamamos de homem convencional aquele que apenas se entrega a devaneios sobre uma linda jovem de dezesseis ou dezoito anos, e que nos dias de tempo bom, no máximo se diverte passeando pelas margens do rio Sumida com uma garrafinha de saquê na cintura.

— Existem homens assim? — perguntou minha ama sem convicção por não ter compreendido direito. — Isso tudo é bastante confuso, está além de meu entendimento — disse ela entregando os pontos.

— Então precisaria colocar a cabeça do major Pendennis do romance de Thackeray[49] no torso do novelista Bakin e deixá-lo por um ou dois anos exposto ao ar europeu.

— E como isso torna algo convencional?

Sem responder, Meitei riu.

— Para tanto é desnecessário se dar a semelhante trabalho. Pegue um aluno da escola secundária, some a um vendedor do magazine Shirokiya, divida por dois e pronto: eis aí um excelente homem convencional.

— Será mesmo? — minha ama virou a cabeça, aparentando não estar convencida.

Nesse momento, meu amo voltou e se sentou ao lado de Meitei.

— Ainda por aqui?

— É cruel de sua parte perguntar se ainda estou aqui. Foi você mesmo quem me pediu para esperá-lo, dizendo que voltaria logo.

---

49. William Makepeace Thackeray (1811-1863). Novelista anglo-indiano famoso por suas obras satíricas, repletas de críticas à sociedade inglesa da época.

— Não ligue, ele é sempre assim — disse minha ama olhando para Meitei.

— Na sua ausência, sua esposa me revelou tudo sobre você.

— As mulheres têm língua solta. Seria bom que todos os seres humanos pudessem se manter calados como este gato — afirmou meu amo alisando minha cabeça.

— Ouvi dizer que você queria dar nabo ralado ao bebê. É verdade?

— Ha, ha, ha... — riu meu amo. — Os bebês de agora são muito inteligentes. Desde então, sempre que lhe pergunto onde está o negócio apimentado, ele põe a língua para fora.

— Que desalmado! É como se você treinasse um cachorro para fazer truques. Ah, falando nisso, Kangetsu deve chegar daqui a pouco.

— Kangetsu está vindo para cá? — espantou-se meu amo.

— Sim, ele vem. Eu lhe enviei um cartão pedindo que viesse a sua casa à uma hora da tarde.

— Isso é bem típico de você. Faz o que bem entende sem sequer consultar a conveniência das pessoas. Qual é sua intenção em fazê-lo vir até aqui?

— Desta vez não foi ideia minha, mas um pedido do próprio Kangetsu. Parece que ele vai fazer um discurso na Sociedade de Física e gostaria de ensaiá-lo. Achei que seria uma boa ideia que você também participasse e por isso sugeri que ele viesse... Afinal, você está mesmo ocioso... e sem outros compromissos pode muito bem escutá-lo — decidira Meitei tudo sozinho.

— Eu não entenderia nada de um discurso de física — concluiu meu amo, parecendo um pouco zangado com a decisão arbitrária de Meitei.

— Ao contrário, seria uma chatice se o assunto fosse algo árido e sem significado como tubos magnéticos, mas o título inusitado e fora do comum é Dinâmica do Enforcamento. Certamente valerá a pena escutá-lo.

— Para você que passou pela experiência de um quase enforcamento deverá valer a pena, mas para mim...

— E você, um homem que tem calafrios com a ideia de uma ida ao teatro, não me diga que não pode escutá-lo — afirmou Meitei, com o jeito gozador de sempre.

Minha ama deu uma risada, olhou para o marido e saiu em direção ao cômodo contíguo. Meu amo permaneceu em silêncio me acariciando a cabeça. Apenas nessas horas suas carícias são bastante delicadas.

Uns sete minutos depois, Kangetsu apareceu conforme previsto. Como à noite discursaria, excepcionalmente trajava uma maravilhosa sobrecasaca, da qual sobressaía uma gola bem lavada e engomada, fazendo-o parecer vinte por cento mais masculino do que o usual. Num jeito calmo, cumprimentou todos pedindo desculpas pelo atraso.

— Esperávamos ansiosamente por você. Por favor, comece agora — solicitou Meitei olhando para meu amo.

— Hum... — confirmou meu amo, numa resposta seca e relutante.

Kangetsu não se apressou.

— Seria possível me trazerem um copo d'água? — pediu ele.

— Ah, como manda o figurino. Depois, vai pedir que o aplaudamos também — comentou Meitei, animado.

Kangetsu retirou do bolso interno o manuscrito do discurso, explicando antecipadamente que, por se tratar de um ensaio, esperava críticas sem constrangimentos. Em seguida, iniciou ao ensaio.

— A pena de morte por enforcamento era um método de punição comum entre os povos anglo-saxões. Antes disso, na Antiguidade, o enforcamento se constituía em uma forma de suicídio. Entre os judeus, era prática comum a execução dos criminosos por apedrejamento. As pesquisas do Velho Testamento revelam que a palavra enforcamento possuía o sentido de suspender o cadáver do culpado oferecendo-o como carniça aos animais selvagens e às aves predadoras. Segundo Herodes, os judeus, antes mesmo de seu êxodo do Egito, abominavam que cadáveres fossem deixados expostos à noite. Os egípcios decapitavam o criminoso, crucificando o restante do corpo e o deixando exposto durante a noite. Os persas...

— Kangetsu! Parece-me que você se afasta cada vez mais do tema de enforcamento. Não há problema com relação a isso? — interrompeu Meitei.

— Peço-lhes um pouco de paciência. Estava justamente chegando ao tema principal. Os persas, como eu dizia, também utilizavam a crucificação como forma de punição. Contudo, não temos conhecimento se eles pregavam o condenado à cruz antes ou após sua execução...

— E qual a vantagem de saber sobre isso? — perguntou meu amo bocejando de tédio.

— Há muitas outras coisas que desejo dizer, mas como isso poderia se tornar tedioso...

— Em vez de "poderia se tornar", talvez fosse melhor trocar para "poderia resultar". O que acha, Kushami? — criticou Meitei.

— Creio que não há diferença — respondeu meu amo desanimado.

— Bem, vou entrar no tema principal e lhes contar...

— Esse "contar" talvez caia bem para um contador de histórias, mas um conferencista deveria empregar palavras mais elegantes — voltou a intervir Meitei.

— Se "contar" é vulgar, o que posso usar em substituição? — indagou Kangetsu num tom um pouco irritado.

Como procurando se ver livre o mais rapidamente possível daquela dificuldade, meu amo afirmou:

— Nunca se sabe ao certo se Meitei está perguntando ou apenas querendo fazer pouco caso. Não lhe dê atenção, Kangetsu. Prossiga.

— Ah, irritado contava minha história. Um salgueiro.[50]

Meitei, como sempre, soltava frases despropositadas. Kangetsu não conteve o riso.

— O resultado de minhas pesquisas revela que a primeira referência à pena de morte por enforcamento aparece no vigésimo segundo volume da *Odisseia*. Justamente na passagem em que Telêmaco enforca doze criadas de Penélope. Neste ponto poderia lê-la em grego, mas desisti pois soaria a pedantismo. A passagem está nas páginas 465 a 473.

— É aconselhável cortar todo esse pedaço com relação ao grego. Parece que você está mostrando possuir conhecimento do idioma. O que acha, Kushami?

---

50. Alusão ao *haiku* "Ah, irritado volto à casa. No jardim, um salgueiro", de Ryota Oshima (1718-1787).

— Concordo plenamente. Seria mais modesto evitar afirmar esse tipo de coisa — disse meu mestre, apoiando Meitei, algo bastante incomum.

Nenhum dos dois é capaz de ler grego.

— Está bem. Esta noite suprimirei essa passagem. Em prosseguimento, vou lhes cont... quer dizer... expor o seguinte. Se imaginarmos agora como eram executados os enforcamentos, temos dois métodos. O primeiro deles consistiu em Telêmaco, com a ajuda de Eumeu e Philoitios, prender a extremidade de uma corda a uma pilastra e, em seguida, abrir vários nós pela extensão da corda, passando por eles a cabeça de cada uma das criadas e puxando por fim bruscamente a outra extremidade para enforcá-las.

— Pode-se dizer que ficam dependuradas como as camisas nos varais dos tintureiros no Ocidente?

— Exatamente. O segundo método também consiste em prender a ponta de uma corda a uma pilastra, como o anterior, e a outra extremidade é pendurada bem alto no teto. Nessa corda são amarradas várias outras, produzindo nós abertos por onde são passadas as cabeças femininas. Na ocasião adequada, retira-se os banquinhos sobre os quais as mulheres estão de pé.

— Estaria errado se visualizássemos a cena de uma cortina de cordas, em cujas extremidades se penduram várias lanternas em formato redondo?

— Não saberia dizer, pois nunca vi esse tipo de lanternas, mas se elas existem a comparação deve ser pertinente. Bem, demonstrarei agora que o primeiro método é inviável do ponto de vista da dinâmica.

— Está se tornando interessante — admitiu Meitei.

— Hum, sem dúvida — concordou meu amo.

— Em primeiro lugar, supomos que as mulheres foram penduradas na corda a intervalos regulares. Além disso, supomos também que o intervalo entre a cabeça das duas mulheres mais próximas ao solo está na posição horizontal. Estabelecemos os ângulos formados entre a corda e a linha do horizonte como sendo α_1, α_2, ..., α_6. Consideramos como T_1, T_2, ..., T_6 a tração sofrida por cada seção da corda, e $T_7 = X$ a tração sofrida pela corda em seu ponto mais baixo. Logicamente P se refere ao peso das mulheres. Está claro até aqui?

Meitei e meu amo se entreolharam e responderam:

— Grosso modo, estamos entendendo.

Porém, o grau de compreensão embutido nesse "grosso modo" falado pelos dois provavelmente não seria aplicável a outras pessoas.

— Continuando, conforme a conhecida teoria das médias aplicada aos polígonos, obtemos as doze equações seguintes:

$$T_1 \cos \alpha_1 = T_2 \cos \alpha_2 \ldots (1)$$
$$T_2 \cos \alpha_2 = T_3 \cos \alpha_3 \ldots (2)$$

— Na minha opinião, apenas essas duas equações já são suficientes — interrompeu meu amo cruelmente.

— Na realidade, estas equações constituem a essência do discurso.

Kangetsu pareceu muito relutante em abrir mão delas.

— Então, vamos deixar para ouvir a essência em outra oportunidade.

Meitei também parecia ter perdido pé do raciocínio.

— Se eu omitir essas equações, a pesquisa de dinâmica a que me devotei com tanto ardor perderá o sentido...

— Não se preocupe com isso. Omita todas elas — insistiu meu amo.

— Bem, apesar de não ser razoável, seguirei seu conselho e as suprimirei.

— Melhor assim — exclamou Meitei, curiosamente aplaudindo numa reação inexplicável.

— Passando para a Inglaterra, encontramos no poema *Beowulf*[51] o vocábulo "galga", de "gallows", que se refere à forca, o que demonstra categoricamente que na época já existia a pena de morte por enforcamento. De acordo com Blackstone[52], quando um criminoso condenado

---

51. Longo poema épico saxão de autoria desconhecida, que apesar de não ter título passou a ser conhecido como *Beowulf* a partir do século XIX.

52. William Blackstone (1723-1780). Jurista inglês, publicou os *Comentários sobre as Leis da Inglaterra*.

à forca não morria, por algum defeito na corda, deveria receber nova e idêntica condenação. Contudo, o mais estranho é o poeta afirmar em uma das estrofes do poema *A visão de Piers Plowman*[53] que mesmo o criminoso mais monstruoso não mereceria ser enforcado duas vezes. Ignoro qual seja verdadeiro, mas é fato que existem muitos exemplos de condenados que não morreram de uma só tacada. Em 1787, o famoso malfeitor Fitzgerald seria enforcado, mas por uma falseta do destino a corda se rompeu na primeira tentativa, justo quando deveria cair pelo buraco do cadafalso. Foi realizada nova tentativa, na qual a corda se alongou de tal maneira que seus pés podiam tocar o chão e ele novamente não morreu. Por fim, na terceira tentativa, foi mandado para o outro mundo com a ajuda dos espectadores.

— Nossa! — exclamou Meitei, animado.

— Realmente custou a morrer — disse meu amo, também excitado.

— Mas o mais curioso ainda está por vir. Quando se está pendurado, o corpo parece se alongar em cerca de três centímetros. Não há dúvidas quanto a isso, já que a medição foi realizada por um médico.

— Essa é uma ideia nova. Que tal, Kushami? — disse Meitei virando-se em direção a meu amo. — Experimente se dependurar. Com mais três centímetros talvez sua aparência se torne a de um ser humano.

Meu amo replicou com seriedade:

— Kangetsu, é possível sobreviver a um alongamento de três centímetros?

— Obviamente é impossível porque, ao se dependurar, a espinha dorsal se alonga, ou mais precisamente ela não se alonga, mas quebra.

— Bem, sendo assim, vamos esquecer toda a história — resignou-se meu amo.

O discurso ainda deveria se arrastar por um bom tempo, com Kangetsu discorrendo sobre os efeitos fisiológicos do enforcamento. Porém, como Meitei interrompesse a torto e a direito, com observações repletas de palavras e expressões raras, e meu amo bocejasse por vezes sem

---

53. Poema épico atribuído a William Langland (*c.* 1332-1400), considerado por muitos como um dos mais importantes poemas em língua inglesa.

cerimônias, Kangetsu interrompeu pela metade o ensaio e foi embora. Eu não poderia saber que tipo de postura e com que eloquência Kangetsu discursou naquela noite, pois a conferência foi realizada bem distante de mim.

Dois ou três dias se passaram sem novidades em especial. Certa tarde, por volta das duas horas, o professor Meitei apareceu repentinamente, como de costume, e com o ar casual de sempre. Depois de se sentar, perguntou de maneira brusca, como se anunciasse em edição extraordinária a queda de Port Arthur:

— Kushami, você ouviu sobre o incidente em Takanawa envolvendo Tofu Ochi?

— Não estou a par. Não o tenho visto nos últimos tempos — disse meu amo com seu habitual ar soturno.

— Apesar de ocupado, vim hoje especialmente para lhe relatar a gafe monumental cometida por Tofu.

— Mais um de seus exageros. Que homem insolente é você.

— Ha, ha, ha... Em vez de insolente, seria mais adequado dizer insólito. Não estabelecer essa distinção pode manchar minha honra.

— É a mesma coisa — revidou meu amo, fingindo não ter compreendido. Poderia se dizer que incorporara o puro espírito de Tennenkoji.

— Domingo passado Tofu foi até o Templo Sengaku em Takanawa. Com um frio como o de agora ele deveria ter desistido. Além do mais, hoje em dia só um caipira que não conhece Tóquio pensaria em visitar o Templo Sengaku.

— Isso é problema de Tofu. Você não tem o direito de impedi-lo.

— Realmente, não tenho esse direito. Mas isso não vem ao caso agora. No interior do templo, há uma exposição da Sociedade de Conservação das Relíquias dos Quarenta e Sete Leais Samurais. Sabia?

— Hum.

— Não sabia? Mas pelo menos você já visitou o templo, não?

— Não.

— Nunca? Você me surpreende. Bem que eu desconfiava que você tinha uma boa razão para defender Tofu tão vigorosamente. É uma vergonha para alguém nascido em Tóquio como você não conhecer o Templo Sengaku.

— O fato de não conhecê-lo não me impede de ser professor — afirmou meu amo, transformando-se em Tennenkoji.

— Deixemos isso de lado. Tofu entrou na exposição e estava admirando as peças quando um casal de alemães se aproximou. De início eles se dirigiram a ele perguntando algo em japonês. Porém, você sabe como Tofu deseja praticar sua habilidade em alemão e por isso tentou dizer algumas palavras nesse idioma. Parece que obteve sucesso. A bem da verdade, sua boa fluência se tornou a causa do incidente.

— O que aconteceu? — começou finalmente meu amo a se interessar pelo caso.

— Vendo uma caixinha para remédios de laca decorada com desenhos em ouro que pertencera ao samurai Gengo Otaka, os alemães teriam lhe perguntado se não seria possível adquiri-la. A resposta de Tofu foi muito interessante. Respondeu que a venda do objeto era impossível, pois a integridade comum aos japoneses não lhes permitiria vender tal objeto. Até aí as coisas corriam bem, mas logo depois os alemães o bombardearam de perguntas, acreditando haverem encontrado um bom intérprete.

— Que tipo de perguntas?

— Chegamos ao ponto. Se fossem perguntas de fácil compreensão não haveria problema, mas eles falavam muito rápido e Tofu não entendia patavinas. E, nas poucas vezes que captava algo, eram perguntas sobre termos difíceis de explicar como ganchos ou manoplas. Tratava-se de palavras que Tofu não saberia traduzir por nunca tê-las aprendido e estava portanto em maus lençóis.

— É óbvio que estava — expressou meu amo, ele próprio um professor de inglês, sua solidariedade a Tofu.

— Alguns visitantes da exposição começaram a se agrupar, tomados de curiosidade. No final, Tofu e os alemães estavam rodeados de gente por todos os lados. Tofu estava envergonhado e sem saber como agir. A confiança inicial desaparecera e o professor estava num beco sem saída.

— E como acabou a história?

— No final, parecendo não suportar mais a situação, despediu-se com um *sainara*, e voltou bem depressa para casa. Fiz ver a ele que *sainara* soava um pouco estranho e lhe perguntei se em sua terra natal as pessoas usavam *sainara* em vez de *sayonara*, ao que ele explicou que, embora de onde vem também se use *sayonara*, como se tratava de ocidentais ele usara *sainara* para preservar a harmonia. Muito me admirou que Tofu não se esquecesse da harmonia mesmo se achando em uma situação constrangedora.

— Com isso concluímos a história do *sainara*. Mas o que fizeram os alemães?

— Os ocidentais não esperavam por isso e olhavam estupefatos. Ha, ha, ha... Não é realmente cômico?

— Não vejo nada de tão engraçado assim. Mais cômico é você vir até aqui apenas para me relatar isso — replicou meu amo enquanto jogava as cinzas do cigarro dentro do braseiro.

Nesse instante, ouviu-se o som incessante da campainha da porta de entrada e uma penetrante voz feminina.

— Há alguém em casa?

Meitei e meu amo se entreolharam surpresos sem dizer palavra. Enquanto eu refletia em como era raro meu amo receber visitas femininas, a dona da voz aguda adentrou o recinto arrastando pelo tatame seu quimono de crepe duplo. Aparentava ter passado um pouco dos quarenta. Os cabelos na parte da frente estavam puxados para cima a partir de seu contorno, elevando-se aos céus à semelhança da contenção de uma encosta, em uma altura equivalente a pelo menos metade de seu rosto. Seus olhos simetricamente suspensos em linhas retas tinham a obliquidade da ladeira que conduz a Yushima. Apesar de retos, seus olhos eram mais estreitos do que os de uma baleia. Apenas o nariz se figurava excepcionalmente grande. Parecia tê-lo roubado de alguém e o plantado no meio do próprio rosto. Era inquietante ver sua largura tomando conta do espaço, como também seria admirar lanternas de pedra do Santuário Yasukuni transplantadas para um pequeno jardim de dez metros quadrados. É um nariz aquilino que tentou se tornar alto a qualquer custo, mas desistindo da empreitada no meio do caminho se tornou humilde e, em direção à extremidade, perdeu o vigor, encarando apenas os lábios abaixo dele. De tão notável, quando a mulher falava era o nariz, em vez de sua boca, que parecia se expressar. Para mostrar meu profundo respeito a esse magnífico órgão, a partir de então decidi apelidar a mulher de Hanako, ou seja, "Senhora Nariz". Após os cumprimentos de praxe, Hanako olhou ao redor para em seguida elogiar:

— Que linda casa o professor possui.

Que grande mentirosa, meu amo pareceu pensar consigo mesmo, enquanto tirava baforadas de seu cigarro. Meitei observava o teto à procura de um tópico que incitasse meu amo a abrir a boca.

— Aquele estranho desenho seria de uma goteira ou apenas o nó natural da madeira?

— Provavelmente uma goteira — respondeu meu amo.

— Interessante — exclamou Meitei.

Hanako deveria estar furiosa por dentro com a falta de tato social dos dois. Os três permaneciam sentados em silêncio até que Hanako tomou a iniciativa:

— Vim visitá-lo no intuito de lhe perguntar algo, professor.

— Pergunte — ordenou meu mestre com frieza.

Insatisfeita, Hanako prosseguiu:

— Na realidade moro na vizinhança, na casa de esquina da rua em frente.

— A mansão em estilo ocidental com um prédio de depósito? Notei uma placa em frente à porta com o nome Kaneda.

Meu amo finalmente se dera conta da mansão dos Kaneda e de seu depósito, embora nem por isso sua atitude para com a senhora Kaneda se alterasse.

— Na realidade, meu marido viria conversar com o professor, mas estava terrivelmente ocupado em sua empresa — prosseguiu ela com o olhar de quem quer dizer "isso deve impressioná-los".

Meu amo permaneceu indiferente. Não lhe agradou a maneira de falar de Hanako, a qual julgava impolida para uma primeira visita.

— E como não possui apenas uma empresa, mas duas ou três, e sendo diretor de todas elas... como deve ser provavelmente de seu conhecimento... — informou, parecendo ter prazer em tentar humilhar o professor.

A bem da verdade, meu amo sempre mostra enorme consideração pelos professores universitários e aqueles que ostentam um título de doutor, mas curiosamente possui um grau de respeito muito baixo por homens de negócios. Ele acredita que um professor de escola secundária tem muito mais valor do que um empresário. Mesmo que no fundo não acredite nisso, seu temperamento inflexível já o levou a desistir de procurar a benevolência de empresários ou milionários. Por isso, ele se tornou bastante indiferente aos interesses dos poderosos e influentes, dos quais não tem esperança de receber favores. Assim, com exceção da sociedade acadêmica à qual pertence, ignora por completo o que se passa em outros meios e, em particular, desconhece mais ainda o mundo dos negócios. Mesmo conhecendo algo, nunca presta qualquer sinal de deferência. Por sua vez, Hanako jamais sonharia existir no mundo um ser tão estranho. Ela tem procurado se relacionar com vários tipos de pessoas, mas nunca houve caso em que a atitude das pessoas não mudasse quando lhes declarava ser a mulher do empresário Kaneda. Em reuniões ou perante qualquer pessoa da alta sociedade, o fato de ser a senhora Kaneda costuma lhe abrir todas as portas. Por essa razão, esperava que mesmo um velho professor sem lustro se impressionasse ao ouvi-la dizer que morava na casa de esquina na rua em frente, sem necessidade de explicar a profissão do marido.

— Você conhece esse Kaneda? — perguntou meu amo a Meitei com indiferença.

— É óbvio que o conheço. Ele é um grande amigo de meu tio e recentemente esteve presente a uma recepção realizada no jardim de casa — respondeu Meitei com ar sério.

— E quem é esse tio?

— O barão Makiyama — respondeu Meitei com ar ainda mais solene.

Meu amo se preparava para dizer algo, mas antes mesmo de poder fazê-lo, Hanako virou-se bruscamente de posição e fitou Meitei. Este permaneceu impassível sob seu quimono em ponjê de Oshima, por cima do qual vestia uma musselina de seda.

— Ah, o barão Makiyama é seu... Peço-lhe imensas desculpas. Não era de meu conhecimento. Meu marido sempre comenta sobre a imensa benevolência que lhe tem sido outorgada por ele — repentinamente Hanako começou a utilizar palavras polidas e chegou mesmo a curvar o corpo em reverência.

Meitei não conteve o riso.

— O que é isso? Não é nada. Ha, ha, ha...

Meu amo permaneceu em silêncio, observando-os boquiaberto.

— Também o consultamos com frequência no que se refere ao casamento de nossa filha.

— É mesmo? — balbuciou Meitei, ele próprio surpreso com o rumo tomado pela conversa.

— De fato, temos recebido propostas de casamento de todas as partes, mas devemos considerar nossa posição social e não podemos permitir que nossa filha se case com qualquer um...

— É óbvio que não — concordou Meitei, sentindo-se mais aliviado.

— E é essa a razão de eu ter vindo visitar o professor — disse ela, voltando-se bruscamente para meu amo, de novo com um linguajar impolido. — Ouvi dizer que um tal Kangetsu Mizushima o visita com certa assiduidade. Que tipo de homem é ele?

— De que lhe serve saber sobre Kangetsu? — perguntou meu amo, um pouco rude.

— Sem dúvida, a pergunta está relacionada ao casamento de sua filha. Deve querer saber algo sobre o caráter de Kangetsu, eu presumo — interveio Meitei com diplomacia.

— Se puder obter informações sobre ele, isso nos ajudaria muito...

— Isso significa dizer que é sua intenção dar a mão de sua filha a Kangetsu?

— Quem disse algo semelhante? — apressou-se Hanako a nocautear meu amo. — Minha filha tem muitos pretendentes a sua mão e não temos necessidade de forçar um casamento com ninguém.

— Neste caso, por que necessita tomar informações sobre Kangetsu? — replicou meu amo, também exaltado.

— Existe alguma coisa que vocês devam esconder a respeito dele? — Hanako se mostrou disposta a não desistir da briga.

Sentado entre meu amo e a mulher, Meitei segurava sua longa piteira de prata como o leque usado pelos árbitros nas lutas de sumô, desejando secretamente ver o circo pegar fogo.

— Por acaso Kangetsu pediu a mão de sua filha em casamento? — decidiu meu amo por um ataque frontal.

— Não disse, mas...

— A senhora então apenas supõe que ele poderia pedir? — revidou meu amo, certo de que contra essa mulher a melhor defesa é o ataque.

— A conversa não chegou a esse ponto, mas certamente a ideia em nada desagradaria ao senhor Kangetsu.

Hanako levou o caso para a extremidade do ringue.

— Existe algo que indique que Kangetsu estaria apaixonado por sua filha? — replicou meu amo, como querendo dizer "vamos, desembuche logo se existe algo".

— Acredito que até certo ponto sim.

Desta feita, a espingarda de meu amo perdera seu poder de fogo. Meitei, que até aquele momento tomava ares de árbitro, apenas observando a luta com curiosidade, pareceu ter seu interesse reavivado por essas últimas palavras de Hanako. Deixando de lado a piteira, se inclinou para a frente.

— Kangetsu enviou à sua filha uma carta de amor? Engraçado. Eis mais uma história para ser contada como acontecimento auspicioso de Ano-Novo — disse, se divertindo.

— Não é precisamente uma carta de amor, mas algo mais sério. Vocês não estão a par do que se trata? — procurou Hanako um pretexto para continuar a briga.

— Você sabia de algo? — dirigiu-se meu amo a Meitei com a fisionomia astuta de uma raposa.

— Não é de meu conhecimento. Se alguém aqui deveria saber, esse alguém seria você — reagiu Meitei com o rosto aparvalhado e demonstrando inusitada modéstia.

— Pois eu sei que vocês dois estão cientes de tudo sobre este caso — continuou Hanako vitoriosa.

— Quê? — tanto Meitei como meu amo se espantaram.

— Uma vez que parecem ter esquecido, vou lhes refrescar a memória. No final do ano passado houve um concerto na residência do senhor Abe de Mukojima, do qual Kangetsu também participou. Naquela noite, quando o senhor Kangetsu retornava, algo se passou na Ponte Azuma. Não entrarei em detalhes, pois seria embaraçante para aquele senhor, mas as provas são suficientes. O que acham? — perguntou Hanako, ajeitando a postura e alinhando suas mãos sobre os joelhos, mostrando em um dos dedos um anel cravejado de diamantes.

Seu magnífico nariz cada vez mais resplandecia, colocando em um segundo plano os narizes de Meitei e de meu amo.

Não só meu amo, obviamente, como até mesmo Meitei pareciam sobressaltados por esse ataque surpresa. Por um tempo permaneceram sentados, boquiabertos como doentes de malária. Aos poucos a estupefação se dissipou e, retornando a si, sentiram a comicidade da situação. Como se houvessem combinado, os dois soltaram ao mesmo tempo uma gargalhada. Não esperando por isso, Hanako olhou-os friamente, achando rude a atitude dos dois homens.

— Então era sua filha? Fantástico. Como a senhora mesmo disse, Kangetsu sem dúvida está apaixonado por ela, não é mesmo Kushami? De nada mais vale dissimular. Vamos confessar tudo.

— Hum — apenas concordou meu amo.

— É inútil esconder. Tenho provas — retomou Hanako, desafiadora.

— Neste caso, não tem jeito. Contaremos tudo o que sabemos com relação a Kangetsu para sua referência. Vamos, Kushami, faça as honras da casa. Continuando a rir desse jeito, nunca chegaremos a lugar nenhum. De fato, segredo é algo pavoroso. Por mais que se tente esconder algo, acaba sempre descoberto. Mas é realmente curioso, senhora Kaneda, como soube desse segredo? É de fato surpreendente — exclamou Meitei.

— Procuro manter meus olhos e ouvidos bem abertos — explicou Hanako, exibindo um ar triunfante.

— Mas neste caso os abriu demais. Quem foi sua fonte de informações?

— A mulher do puxador de riquixá que mora logo atrás desta casa.

— O puxador dono de um gato negro? — arregalou os olhos meu amo.

— Sim. Gastei uma boa quantia para obter dela informações sobre o senhor Kangetsu. Eu desejava saber o que ele conversava quando vinha visitar o professor e, atendendo a meu pedido, a mulher me passou cada detalhe.

— Que coisa mais abominável! — bradou meu amo.

— Pouco me importa o que o professor diga ou faça. Só estou interessada no senhor Kangetsu.

— Seja Kangetsu ou qualquer pessoa... O problema é que não me agrada a esposa do puxador de riquixá — anunciou meu amo, irado.

— Mas se achegar a sua cerca para escutar a conversa é um direito que assiste a ela. Se isso não lhe agrada, deveria falar em voz mais baixa ou se mudar para uma casa maior — disse Hanako sem nenhum sinal de vergonha. — Não só ela, mas a professora de *koto*, que mora na rua nova, também me passou muitas informações.

— Sobre Kangetsu?

— Não somente sobre ele — disse Hanako.

Meu amo não esmoreceu.

— Essa professora se julga muito refinada e pensa que é melhor do que todo mundo por aqui. Que pessoa estúpida.

— Permita-me dizer que se trata de uma dama. Não é correto chamá-la de "pessoa estúpida" — apressou-se Hanako a corrigir.

A maneira de expressar de Hanako denotava cada vez mais sua origem humilde. Porém, parecia ter ido à casa de meu amo com o propósito explícito de procurar briga. Meitei, haja visto seu temperamento, ouvia a discussão com interesse e com a mesma fisionomia tranquila do eremita Tekkai ao contemplar uma rinha de galos.

Ao longo da troca de vilezas, meu mestre se deu conta de que jamais chegaria a ser um adversário digno de Hanako e se viu forçado a calar por instantes até se lembrar de algo.

— A senhora diz que Kangetsu se apaixonou por sua filha, mas de minha parte ouvi algo totalmente diferente, não é mesmo Meitei? — disse, procurando o apoio do amigo.

— Hum. Segundo o que ouvimos dizer, sua filha teria se adoentado... e teria delirado.

— Isso é pura invencionice — replicou a senhora Kaneda sem rodeios.

— Mas Kangetsu com certeza ouviu isso da boca da esposa do doutor O.

— Esse foi um estratagema meu. Eu havia pedido à esposa do doutor O para descobrir as intenções de Kangetsu.

— E a mulher do doutor O aceitou tal incumbência?

— Sim. Ela aceitou, mas não o fez gratuitamente. Temos que lhe prestar alguns favores de tempos em tempos.

— E pelo visto a senhora parece decidida a só sair daqui após perguntar tudo sobre Kangetsu, é isso? — perguntou Meitei, parecendo mal-humorado e usando palavras rudes, o que não é de seu feitio. — Bem, o que temos a perder em dizer a ela o que sabemos?... Vamos contar a ela, Kushami... Senhora, eu e Kushami lhe contaremos tudo dentro do permitido sobre Kangetsu. Seria porém mais conveniente que a senhora nos perguntasse o que deseja saber.

Hanako parecia convencida e se preparava para lançar as perguntas. As palavras rudes que por um instante usara retomaram a polidez original, pelo menos ao se dirigir a Meitei.

— Ouvi dizer que o senhor Kangetsu é físico, mas qual é sua área de especialização?

— Está realizando estudos de pós-graduação sobre o magnetismo terrestre — respondeu, sério, meu amo.

Infelizmente, Hanako não compreende o sentido e apenas emite um "ah" acompanhado de um ponto de interrogação no meio da testa.

— Ao terminar os estudos ele será um doutor? — perguntou ela.

— A senhora não permitiria o casamento caso ele não possuísse o grau de doutor? — indagou meu amo, mal-humorado.

115

— Isso é óbvio. Afinal, bacharéis se encontram em cada esquina — respondeu Hanako despudoradamente.

Meu amo olhou Meitei com um rosto de onde se depreendia seu desagrado.

— Não podemos assegurar que ele conseguirá obter o título de doutor. Portanto, vamos passar para a próxima pergunta — sugeriu Meitei sem muito humor.

— Ele continua a estudar sobre essa coisa... terrestre?

— Há uns dois ou três dias proferiu uma conferência na Associação de Física sobre os resultados de sua pesquisa intitulada Dinâmica do Enforcamento — afirmou meu amo, sem refletir muito sobre o que dizia.

— Enforcamento? Que coisa horrorosa. Deve ser um homem estranho. Provavelmente não se tornará doutor estudando apenas sobre enforcamento e essa outra coisa...

— Se ele se enforcar será muito difícil, mas não é impossível que se torne doutor de Dinâmica do Enforcamento.

— Será mesmo? — Hanako voltou então os olhos para meu amo tentando ler sua expressão facial. O mais lamentável é que, por ignorar o significado da palavra "dinâmica", não se sentiu confiante. A senhora Kaneda provavelmente acredita que perguntar o significado implicaria expor sua ignorância e prefere adivinhá-lo através da fisionomia de meu amo. Porém, o professor continuava de cenho franzido.

— Além disso, há algo mais simples que ele esteja estudando?

— Bem, ele escreveu recentemente uma tese chamada "Estabilidade das glandes de carvalho em relação ao movimento dos corpos celestes".

— Glandes de carvalho é algo que se estude na universidade?

— Ah, um leigo como eu não saberia lhe afirmar, mas se é uma pesquisa levada a cabo por Kangetsu de certo deve ter seu valor — caçoou Meitei de modo impassível.

Parecendo ter desistido da área científica por julgá-la além de sua capacidade de compreensão, Hanako passou a outro tipo de pergunta.

— Mudando de assunto, é verdade que ele quebrou dois dentes da frente comendo cogumelos durante o Ano-Novo?

— Sim, e pedaços de *mochi* permanecem grudados justo no local onde antes ficavam os dentes.

Meitei se tornou jovial de repente, entrevendo que aquele tipo de conversa era de sua especialidade.

— Que homem sem atrativos. Ele não usa palitos?

— Eu lhe darei um puxão de orelhas na próxima vez que o encontrar — riu meu amo.

— Os dentes dele devem ser fraquérrimos para se quebrarem apenas comendo cogumelos.

— Não se pode afirmar com convicção que sejam bons. O que você diria, Meitei?

— Bons eles definitivamente não são, mas sempre têm seus atrativos. É curioso que ainda não os tenha arrumado. É uma visão singular, pois ainda hoje o espaço se torna um cabide de *mochi*.

— Ele não os arruma por não ter dinheiro ou apenas por mera excentricidade?

— Não se inquiete com isso. Ele certamente não pretende continuar a ser chamado de desdentado por muito tempo.

Meitei cada vez mais recuperava seu bom humor. Hanako tornou a mudar de assunto.

— Se o professor tiver alguma carta ou algo escrito por ele, gostaria muito que me mostrasse.

— Tenho vários cartões-postais. Fique à vontade para lê-los.

Meu amo apanhou no gabinete uns trinta ou quarenta cartões.

— Não há necessidade de ler tantos. Uns dois ou três serão suficientes.

— Espere um pouco. Vou escolher alguns bons.

O professor Meitei exibiu um dos cartões.

— Este aqui é bastante interessante.

— Ah, ele também desenha? Que homem habilidoso! Deixa eu ver — Hanako admirou o cartão. — Mas isto é um texugo! Qual a razão de ter escolhido um animal tão dissimulado? Todavia, é curioso... mas o fato é que está realmente parecido com um texugo.

Apesar dos pesares, Hanako demonstrou certo interesse.

117

— Leia o que ele escreveu — sugeriu meu amo, sorridente.

Hanako leu o cartão titubeando como uma criada.

Na noite de Ano-Novo no calendário lunar, os texugos da montanha dão uma festa em seu jardim, dançando animadamente e cantando "Venham todos. É noite de Ano-Novo e não há visitantes na montanha". E, usando a barriga como tambor, fazem bum bum bum.

— Que diabo é isso, afinal? Parece querer zombar dos outros — comentou Hanako, insatisfeita.

— O que acha então desta donzela celestial? — perguntou Meitei, entregando a Hanako mais um cartão.

No cartão via-se a ilustração de uma dessas criaturas vestindo seu manto de plumas e tocando um alaúde.

— O nariz dela me parece pequeno demais.

— Que nada. É do tamanho comum. Esqueça o nariz e leia o que Kangetsu escreveu.

Era uma vez um astrônomo. Certa noite, o astrônomo subiu como de costume até o alto da torre de observação e se pôs a contemplar atentamente as estrelas, quando no céu apareceu uma linda fada tocando uma música sublime, que ele jamais ouvira neste mundo. O astrônomo ouvia encantado os acordes, a ponto de esquecer o frio que se infiltrava por seu corpo. Pela manhã, seu cadáver foi encontrado coberto pela alva geada que caía. Segundo nosso conhecido mentiroso, esta é uma história autêntica.

— O que é isso? Que coisa mais sem pé nem cabeça. Não me parece algo escrito por um cientista. Seria recomendável que lesse a revista *Clube da Literatura*.

O pobre Kangetsu é atacado sem piedade.

— Que tal este aqui? — sugeriu Meitei, animado, mostrando um terceiro cartão.

É um cartão impresso com o desenho de um barco a vela. Como nos outros, há um texto escrevinhado em sua parte inferior.

A pequena cortesã de dezesseis anos com quem passei a noite me confessou ser órfã de pai. Pela manhã, chorou como a gaivota que sobrevoa os rochedos na costa. Seu pai, barqueiro, jaz no fundo do mar.

— Que maravilhoso! Estou admirada. Que homem sensível!
— Sensível?
— Claro. Algo tão poético pode muito bem ser tocado ao *shamisen*.
— Neste caso deve ser mesmo bom. Que tal este outro? — continuou Meitei a mostrar indiscriminadamente os cartões.
— Já basta, não há mais necessidade. Com os que vi até o momento pude me certificar de que ele não é tão ignorante assim — admitiu Hanako.

Hanako parecia ter encerrado o inquérito sobre Kangetsu.

— Peço-lhes que me desculpem pelo incômodo causado. Gostaria que não comentassem com o senhor Mizushima sobre minha visita — pediu Hanako.

Pelo visto, ela procurou se inteirar sobre o que se dizia a respeito de Kangetsu, mas tudo o que se referia a ela deveria ser mantido em segredo. Meitei e meu amo apenas responderam com um morno "hum".

— Mais tarde eu retribuirei de alguma forma as suas informações — deixou claro Hanako enquanto se levantava.

Os dois a conduziram até a porta e, ao voltarem para seus assentos, Meitei exclamou:

— Afinal o que foi tudo isso?

Meu amo respondeu fazendo a Meitei exatamente a mesma pergunta.

Parecendo não poder mais conter o riso, do salão contíguo ouviu-se a gargalhada de minha ama.

— Cara senhora, tivemos um exemplo vivo de algo convencional vindo até nós. Contudo, mesmo o convencional, ao chegar a tal nível, se torna simplesmente banal. Vamos, não se acanhe, ria à vontade — sugeriu Meitei em voz alta.

— Pra começar, detestei aquele rosto dela — resmungou meu amo em tom de desagrado.

Meitei se aproveitou da deixa de meu amo para completar:

— O nariz domina todo o centro do rosto de forma exagerada.

— E ainda por cima é curvo.

— Um pouco corcunda, eu diria. Um nariz corcunda. É realmente bizarro — riu Meitei, se divertindo.

— Tem um rosto de quem mantém o marido preso ao cabresto — sugeriu meu amo ainda irritado.

— Uma fisionomia de mercadoria não vendida no século XIX que permaneceu encalhada na loja no século XX — continuou Meitei a dizer coisas inusitadas.

Nesse momento, minha ama saiu da sala contígua para aconselhar, do ponto de vista feminino:

— Continuem a falar mal dela desse jeito e isso será um prato feito para a mulher do puxador de riquixá.

— Se ela fofocar com a senhora Kaneda, tanto melhor.

— Mas é uma vulgaridade dizer calúnias sobre o rosto de outra pessoa. Ninguém por vontade própria gostaria de ter um nariz como aquele... Além disso, não se esqueçam de que ela é uma dama. É terrivelmente desumano!

A esposa defendeu o nariz de Hanako, ao mesmo tempo que indiretamente defendeu a própria fisionomia.

— Por que desumano? Aquilo não é uma dama, mas uma mulher tola. O que acha, Meitei?

— Talvez seja tola, mas não há dúvidas que se trata de uma mulher de fibra. Ela nos fez passar por um mau bocado.

— Por quem ela toma a nós, professores, afinal?

— Ela deve nos colocar no mesmo nível do puxador de riquixá da casa dos fundos. Para obter o respeito de uma mulher como ela, é necessário ter um título de doutor. Viu o que você perdeu por não ter obtido o seu? A senhora não concorda comigo? — rindo, Meitei se voltou em direção à minha ama.

— Este aí? Doutor? É bem pouco provável.

Meu amo se viu abandonado pela própria cara-metade.

— Mulher, pare de me humilhar dessa maneira. Nunca se sabe, um dia eu poderei obtê-lo. Talvez não seja do conhecimento da senhora minha esposa, mas, na antiga Grécia, Isócrates escreveu uma obra de grande valor aos noventa e quatro anos. Sófocles tinha quase cem anos quando impressionou a sociedade de sua época com sua obra-prima. Simônides criou seus maravilhosos versos aos oitenta. E eu também...

— Não fale asneiras. Você acha mesmo que um homem com problemas estomacais como você viverá muito?

A esposa já previa a longevidade de meu amo.

— Como ousas? Vá perguntar ao doutor Amaki. Se aquela mulher me fez de tolo, a culpa é deste *haori* de algodão preto todo amassado e deste quimono remendado que você me obriga a usar. A partir de amanhã usarei roupas como as de Meitei. Faça o favor de tirá-las do armário.

— Tirá-las de onde? O que o faz pensar que você possui roupas elegantes como as dele? A senhora Kaneda tratou Meitei com deferência após ele ter mencionado o nome do tio. Não existe relação com as roupas que ele traja — livrou-se habilmente minha ama da responsabilidade.

Ao ouvir a palavra "tio", meu amo de repente pareceu se lembrar de algo.

— Hoje pela primeira vez ouvi você comentar que tem um tio. Você nunca falou sobre ele até então. Esse tio existe de verdade? — perguntou meu amo a Meitei.

Meitei parecia esperar pela pergunta, pois a respondeu olhando ora para meu amo, ora para a esposa.

— Bem, esse tio... ele é um homem voluntarioso. É uma relíquia do século XIX que conseguiu ser preservada até hoje.

— Ha, ha, ha... Você, como sempre, falando coisas engraçadas. E onde ele vive hoje em dia?

— Em Shizuoka. Mas não vive como qualquer um. Ele vive com seu cabelo ao estilo chinês do passado, o que me deixa envergonhado. Quando lhe peço para pôr um chapéu, me afirma cheio de orgulho que nunca sentiu frio a ponto de precisar cobrir a cabeça com um chapéu, nem mesmo na sua idade. Quando lhe aconselho a dormir por estar frio, retruca que o ser humano só necessita de quatro horas de sono e dormir mais do que isso é um luxo. Por isso, se levanta muito cedo pela manhã, quando ainda está escuro. Apesar de viver sonolento quando jovem, ele se vangloria de ter passado por longos anos de treinamento até conseguir reduzir as horas de sono, e apenas recentemente teve pela primeira vez a felicidade de chegar à condição de completo controle. A meu ver, dormir pouco quando se tem sessenta e sete anos é mais do que natural. Não é nada que diga respeito a treinamentos ou seja lá o que for. Porém, ele acredita que o sucesso obtido foi resultado de sua perseverança. Quando sai de casa, carrega sempre um leque com varetas de ferro.

— Com que finalidade?

— Ignoro por completo. Só sei que sempre o leva quando sai. Provavelmente prefere um leque a uma bengala. Falando nisso, há pouco tempo algo curioso aconteceu — disse Meitei, se dirigindo desta feita a minha ama.

— Ah é? — replicou ela sem muito interesse.

— Nesta primavera recebi uma carta dele me pedindo para lhe enviar com urgência um chapéu de copa alta e uma sobrecasaca. Eu me espantei com o pedido e lhe escrevi de volta pedindo explicações. Em sua resposta explicou que ele próprio os usaria. No dia 23 daquele mês se realizaria em Shizuoka uma celebração pela vitória na guerra, e me ordenou que lhe mandasse o quanto antes para que chegassem a tempo. O cômico da história é que em sua carta ele escreveu "compre um chapéu de tamanho conveniente e mande fazer a sobrecasaca no magazine Daimaru nas medidas que julgar apropriadas".

— Não sabia que Daimaru aceitava encomendas de roupas sob medida.

— Ele provavelmente confundiu com as lojas Shirokiya.

— É uma tarefa difícil se você tiver que calcular as medidas.

— Meu tio é assim mesmo, que posso fazer?

— E como você se virou?

— Sem alternativa, fui obrigado a estimar as medidas e lhe mandar o pedido.

— Que irresponsável! Mas pelo menos chegou a tempo?

— Sim, de um jeito ou de outro. Li em um jornal de lá que o senhor Makiyama fora visto pela primeira vez no dia da festa portando uma sobrecasaca e carregando seu costumeiro leque.

— Parece que ele não conseguiu se separar do leque.

— Quando meu tio morrer, pretendemos colocar o leque dentro de seu ataúde.

— Que bom que tanto o chapéu como a sobrecasaca lhe serviram perfeitamente.

— Aí é que você se engana. Eu estava contente acreditando que tudo correra bem, quando algum tempo depois recebi um pequeno pacote pelo correio. Pensei que meu tio estivesse me enviando algo em agradecimento ao que eu fizera, mas ao abrir o pacote lá estava o chapéu de copa alta. Havia também uma carta na qual ele escrevera o seguinte: "Apesar de você ter comprado as peças para mim, creio que o chapéu ficou um pouco grande e peço-lhe o favor de solicitar ao chapeleiro que o reduza um pouco. Eu lhe enviarei o valor do custo do serviço através de uma ordem de pagamento postal."

— Seu tio é realmente distraído — disse meu amo, pleno de satisfação por ter descoberto que neste mundo existem pessoas mais distraídas que ele. — E o que aconteceu depois? — indagou por fim.

— O que aconteceu? Não houve outro jeito a não ser tomar o chapéu para mim.

— Ah, aquele chapéu! — exclamou meu amo, sorridente.

— Esse senhor é barão? — perguntou minha ama, cheia de curiosidade.

— Quem?

— Este seu tio do leque de varetas de ferro.

— Ah, não. Ele é um estudioso de literatura chinesa. Quando jovem, era apaixonado pelo confucionismo e estudou na Academia Seido a obra de Zhu Xi ou de algum outro pensador chinês. Essa é a razão de manter com tanta reverência o estilo de seu cabelo já ultrapassado nestes tempos de luz elétrica. Não há como dissuadi-lo — explicou Meitei, acariciando com insistência o próprio queixo.

— Mas tenho certeza absoluta de que você mencionou àquela mulher que seu tio era o barão Makiyama.

— Ele disse com certeza. Ouvi da sala ao lado — concordou a esposa com o que dissera meu amo, como raramente costumava fazê-lo.

— Eu realmente disse. Ha, ha, ha... — riu Meitei. — Foi mentira minha. Se eu tivesse um tio barão, a estas horas já seria chefe em algum órgão público — disse ele sem se sentir constrangido.

— Bem que eu achei esquisito — retrucou meu amo, com uma expressão na qual se discernia a um só tempo alegria e preocupação.

— É incrível como pode mentir de forma tão descarada. Que capacidade tem de exagerar tudo — constatou minha ama, muito impressionada.

— Porém, não chego aos pés daquela mulher.

— Duvido que ela conseguisse vencê-lo nesse campo.

— Mas, senhora, meus exageros não passam de meros exageros. As mentiras daquela senhora têm motivos dissimulados ou, em outras palavras, são insidiosas. Ela possui um péssimo caráter. Não confunda os estratagemas criados por aquela mente de argúcia superficial com meu gosto cômico-divino. Se confundir, o deus da comédia não teria escolha a não ser lamentar a falta de perspicácia humana.

— Será mesmo? — questionou meu amo baixando o olhar.

— É tudo a mesma coisa — replicou minha ama, rindo.

Até o momento nunca tive a oportunidade de cruzar a rua. Obviamente ignoro qual o aspecto da casa de esquina dos Kaneda. Na realidade, foi a primeira vez que ouvi falar sobre ela. Como nunca na casa de meu amo se comentara sobre homens de negócios, até eu, que compartilho com o professor suas refeições, não tenho por eles nenhum interesse em particular e lhes devoto total indiferença. Apesar disso, por ter Hanako nos visitado há pouco e eu ter ouvido casualmente a conversa, me pego imaginando tanto a beleza de sua filha como a riqueza e influência da família e, mesmo não passando de um reles gato, não posso simplesmente continuar dormindo de forma preguiçosa na varanda de casa. Além disso, não posso deixar de sentir uma enorme simpatia por Kangetsu. Aquela mulher já subornou a esposa de um doutor, a mulher do puxador de riquixá e a professora de *koto* que tem sabe-se lá que parentesco com Tenshoin, a viúva do 13º Xógum, e chegou mesmo a investigar a falta de dentes de Kangetsu. Enquanto isso, Kangetsu apenas sorri e só se preocupa com a cordinha de seu *haori*, o que demonstra muita ingenuidade para um cientista já formado.

Por outro lado, somente um homem fora do comum poderia enfrentar uma mulher com um nariz tão monumental lhe ornando o centro do rosto. Meu amo não apenas se mostra indiferente com relação ao caso, como lhe faltam recursos monetários. Meitei não tem dificuldades financeiras, mas alguém tão inconsequente quanto ele dificilmente largaria sua comodidade para ajudar Kangetsu. Em suma, só resta ter compaixão pelo orador da Dinâmica do Enforcamento em toda essa história. Seria uma injustiça se eu não me esforçasse para me infiltrar na cidadela inimiga e efetuar o reconhecimento da situação. Apesar de ser um gato, sou diferente dos gatos idiotas e estúpidos que existem em geral neste mundo. Sou um felino que reside com um acadêmico capaz de atirar sobre sua mesa de trabalho um livro de Epicteto após lê-lo. O espírito cavalheiresco existente na ponta de meu rabo é mais que suficiente para embarcar nessa expedição. Não se trata de nenhuma retribuição devida a Kangetsu, nem de uma ação para a consecução de simples objetivos individuais de alguém de sangue quente. Exagerando um pouco, é uma admirável e louvável ação que busca concretizar a vontade celestial de amor pela justiça e imparcialidade. Uma vez que Hanako comenta sem permissão por toda a parte o incidente na Ponte Azuma, coloca espiões sob as janelas, anuncia triunfantemente as informações recebidas a todos que encontra, e emprega puxadores de riquixá, serviçais de estrebaria, patifes, estudantes gazeteadores, velhotas diaristas, parteiras, bruxas velhas, massagistas e imbecis, sem refletir no prejuízo que traz à nação o uso de mão de obra tão talentosa, um gato como eu precisa estar alerta. Felizmente o dia está lindo e, embora não me agrade a geada se dissolvendo, é preciso estar preparado para sacrificar até mesmo a vida por uma causa justa. Minhas patas sujas de lama poderão deixar marcas de pegadas na forma de flores de ameixeira sobre a varanda e causar transtorno a Osan, mas isso não me preocupa. Cheguei à intrépida e firme decisão de não deixar para amanhã o que devo fazer hoje e saltei até a cozinha, mas parei para pensar. "Espere um pouco", retruquei para mim mesmo. Como um gato, não apenas atingi o mais elevado estágio evolutivo como, em termos de desenvolvimento da capacidade cerebral, nada devo a um estudante do terceiro ano da escola intermediária. Contudo, lamentavelmente, apenas a estrutura de minha garganta continua a ser a de um felino, não sendo capaz de me expressar na linguagem humana. Portanto, mesmo que seja bem-sucedido em penetrar despercebido na fortaleza dos Kaneda e me certificar da situação, serei incapaz de comunicar minhas descobertas a Kangetsu, o principal interessado. Sequer poderei contá-las a meu amo ou a Meitei. Esse conhecimento incomunicável seria de todo inútil, como um diamante sob a terra, sem brilho por não receber a luz solar. Que idiotice! Detive-me à porta pensando em desistir da ideia.

Todavia, abandonar pela metade algo já decidido é tão lamentável como contemplar nuvens negras carregadas da esperada chuva se deslocarem para uma região vizinha. Obstinar-se a algo quando se está errado é uma coisa, mas levar algo adiante até uma morte inútil, se necessário for, em nome da justiça e do humanitarismo, é a ambição mais almejada pelos homens cientes de seu dever. É apropriado, pois, a um gato envidar todos os seus esforços, mesmo que a empreitada se apresente inútil, e sujar suas patas mesmo que seja em vão. A fatalidade de ter nascido gato tirou-me a capacidade de trocar ideias eloquentemente com os professores Kangetsu, Meitei e meu amo Kushami, mas poder me insinuar por toda parte sem ser notado é uma vantagem que possuo sobre eles. Ser capaz de realizar algo que outras pessoas não conseguem é por si só uma fonte de prazer. O prazer de saber que ninguém mais conhece os segredos dos Kaneda, mesmo que eu seja o único a conhecê-los. O prazer de dar a entender aos Kaneda que alguém lhes conhece os segredos, mesmo que eu não os possa relatar a ninguém. Considerando todos esses prazeres que surgem um após o outro, não posso me impedir de ir. Sim, eu irei.

Ao atravessar para o outro lado da rua, me deparei com a mansão em estilo ocidental, do jeito que ouvira dela falar, ocupando todo o terreno da esquina. Passei pelo portão e contemplei a construção imaginando que seu proprietário deveria ter um jeito tão arrogante como o da casa. O prédio nada tem de arquitetonicamente especial. Seus dois andares se elevam sem nenhum outro propósito a não ser coagir aqueles que passam em frente. É exatamente o que Meitei costuma chamar de convencional. Reparei na porta de entrada à direita e, passando através de alguns arbustos, dei a volta até a porta dos fundos. Como esperado, a cozinha da casa era imensa, pelo menos dez vezes maior que a do professor Kushami. Era organizada e reluzia de limpeza, nada deixando a desejar à cozinha do Conde Okuma[54], cuja descrição detalhada fora tema recente nos jornais japoneses. "Cozinha modelo", pensei, e nela entrei. De pé sobre o soalho de seis ou sete metros quadrados em emplastro de cal, a tal mulher do puxador de riquixá discutia de forma acalorada com a cozinheira e o motorista da casa. Eu estava em situação de perigo e me escondi atrás de um balde d'água.

— O tal professor não sabia mesmo o nome do patrão? — perguntava a cozinheira.

— Como pode não saber? Só os cegos ou surdos desconhecem nesta vizinhança a residência dos Kaneda — era a voz do puxador de riquixá.

— Nunca se sabe. Aquele professor é um desses obtusos que só sabem aquilo que leem nos livros. Se ele soubesse um pouco que fosse sobre o senhor Kaneda, se assustaria. Ele nem mesmo sabe a idade dos próprios filhos — disse a esposa do puxador de riquixá.

— Então ele não tem respeito pelo senhor Kaneda? Que grandisssíssimo idiota! Mas ele não perde por esperar. Vamos dar um bom susto nele — disse o puxador.

— Ótima ideia. Ele disse coisas terríveis sobre dona Kaneda: que seu nariz é exageradamente grande e que não vê atrativos em seu rosto. E olhe que seu próprio rosto é como um texugo de terracota de Imado. Mesmo assim, se acha o tal. O que podemos fazer com alguém nessas condições?

— Não é só seu rosto. Tem também o jeito terrivelmente imponente com que vai até o banho público, carregando sua toalha pendurada no braço. Ele deve se achar a pessoa mais ilustre do mundo.

O professor Kushami parece ser *persona non grata* também para a cozinheira.

---

54. Shigenobu Okuma (1838-1922). Duas vezes primeiro-ministro e um dos grandes estadistas japoneses.

— Vamos todos até próximo à cerca de sua casa para lhe gritar uns impropérios.

— Isso o fará se envergonhar de sua altivez.

— Mas não seria interessante que ele nos visse. Devemos berrar para atrapalhar seus estudos e, na medida do possível, deixá-lo irritado. Essas foram as ordens que recebemos da patroa.

— Eu sei disso — afirmou a esposa do puxador de riquixá, deixando entrever que executaria um terço dos insultos contra meu amo.

Percebi que eles eram do tipo de pessoas capazes de ridicularizar o professor Kushami. Contornei os três e, pata ante pata, adentrei silenciosamente ainda mais o território inimigo. As patas de um gato parecem não existir, pois por onde passam jamais emitem ruídos incômodos. Os gatos se deslocam como se pisassem o ar ou caminhassem sobre nuvens, como o som de um gongo golpeado dentro d'água ou uma harpa chinesa tocada no interior de uma caverna, como se seus sentidos descobrissem a plenitude dos mais requintados sabores. Pouco me importam as mansões convencionais em estilo ocidental, cozinhas modelo, esposas de puxadores de riquixá, os servos, cozinheiras, a donzela da casa, camareiras, Hanako ou seu marido. Vou aonde quiser, ouço as conversas que desejar, mostro a língua, agito a cauda e, deixando bem eretos meus bigodes, vou-me embora calmamente. Nessa área em particular não existe gato no Japão capaz de se sobrepor a minha capacidade. Desconfio que poderia até ser um descendente da linhagem de Nekomata, o gato-monstro dos livros ilustrados antigos. Costuma-se dizer que os sapos têm na testa uma gema que brilha na escuridão, mas em minha cauda carrego não apenas deuses, budas, Eros e Tanatos, mas também a técnica especial passada de geração em geração de enganar toda a humanidade. Posso atravessar os corredores da mansão dos Kaneda sem ser percebido por ninguém, mais facilmente que as divindades guardiãs dos tempos budistas esmagam gelatina com os pés. Nesse momento, não pude deixar de admirar meus poderes e percebi que os devo a minha cauda, a qual trato com especial deferência. Desejava venerar o Grande Deus das Caudas Felinas, a quem devoto tanto respeito, orando para que esse poder permaneça por muito tempo. Para isso, baixei a cabeça até perceber que não estava me inclinando na direção correta. Deveria fazer três reverências tanto quanto possível diante de minha cauda. Girei meu corpo procurando olhar direto para ela, mas a cauda naturalmente girou também. Procurando acompanhá-la, virei para trás a cabeça, mas ela se adiantou guardando igual distância. Em seus poucos centímetros, esse apêndice místico contém os céus e a terra, mas escapa a meu controle. Tentei perseguir mais sete vezes e meia minha cauda, mas me cansei e acabei desistindo. Fiquei levemente tonto. Não sabia bem onde estava, meu senso de direção estava prejudicado. Não me importando com isso, recomecei a andar. Do outro lado do *shoji* ouvi a voz de Hanako. "É aqui", pensei. Parei e empinei as orelhas, retendo o fôlego.

— Vocês não acham que ele é muito insolente para um professor pobretão? — perguntou Hanako com sua voz metálica.

— É um homem realmente insolente. Vamos lhe dar uma lição para ver se aprende. Tenho conterrâneos que ensinam na mesma escola que ele.

— Quem?

— Pinsuke Tsuki e Kishago Fukuchi. Vou pedir a eles para criarem algum tipo de transtorno a Kushami.

Desconheço de que província é Hanako, mas me surpreendi com os nomes esdrúxulos das pessoas de lá. O senhor Kaneda perguntou:

— Ele é professor de inglês?

— Sim. Conforme me contou a mulher do puxador, ele é especializado no ensino pelo *Reader* ou algo semelhante.

— Deve ser um professorzinho de meia-tigela.

Pelo menos me impressionei com o uso vulgar do "professorzinho de meia-tigela".

— Recentemente me encontrei com Pinsuke e ele mencionou haver um professor estranho em sua escola. Quando um aluno lhe perguntou como se diz em inglês *bancha*, chá de qualidade inferior, ele respondeu *savage tea*, chá selvagem, e não *coarse tea*, que seria obviamente o correto. Isso o tornou alvo de chacota entre os professores. Parece que um docente como ele transformou-se em um estorvo para seus colegas, que padecem com suas esquisitices. Sem dúvida era a esse professor que Pinsuke se referia.

— Só pode ser ele. Seu aspecto é sem dúvida o de alguém que diria uma asneira semelhante. Além disso, tem a ousadia de portar um bigode!

— Que homenzinho vulgar!

Se ter bigodes fosse sinônimo de vulgaridade, todos nós felinos estaríamos longe de sermos considerados seres distintos.

— E o tal Meitei então, um boêmio de marca maior. Que impertinente! Pensar que ele queria me fazer crer que era sobrinho do barão Makiyama. Imagine, ter um tio barão com aquela cara!

— A culpa é sua por dar ouvidos ao que diz um homem cuja linhagem desconhece.

— Minha culpa? Tudo tem limite e ele exagerou em me fazer de tola — resmungou mal-humorada a senhora Kaneda.

O mais curioso é o fato do nome de Kangetsu não ter sido pronunciado uma vez sequer. Ou eles teriam falado sobre ele antes de minha vinda ou, dispostos a desistir completamente dele como futuro marido de sua filha, já o haviam esquecido. Este ponto me preocupava, mas que poderia eu fazer? Permaneci parado por instantes. Logo ouvi o som de uma campainha proveniente do cômodo ao final do corredor. O que estaria acontecendo por lá? Apressei-me nessa direção decidido a não ficar de fora de nada.

Ao chegar, ouvi uma mulher falando em voz alta. Sua voz era muito semelhante à de Hanako, de onde deduzi tratar-se da bela donzela da casa por quem Kangetsu fracassara em seu intento de mergulhar nas águas do rio. Infelizmente a porta corrediça entre nós me impedia de admirar sua formosura. Por isso, não estava certo se ela também ostentava uma protuberância no meio do rosto ou não. Porém, julgando pela pronunciada respiração nasal produzida ao conversar, custei a crer se tratar de um nariz pequeno e achatado que não atraísse a atenção das pessoas. A mulher falava sem cessar, mas não se ouvia a voz do interlocutor. Provavelmente ela usava um desses aparelhos que os humanos costumam chamar de telefone.

— É da Yamato? Quero fazer uma reserva para amanhã, na terceira fila da plateia. Entendeu? O que você não entendeu? Não, não. Reserve a terceira fila da plateia. O quê? Não pode? Claro que pode, reserve-a logo. Que risada é essa? Por que eu estaria brincando? E pare de caçoar dos outros. Afinal, quem é você? Chokichi? Pelo visto não estamos nos entendendo bem. Chame sua patroa agora mesmo ao telefone. O quê? Você se acha capaz de se encarregar do problema? Que insolente! Você sabe com quem está falando? Aqui é Kaneda. E ainda diz que me conhece bem! Mas é um imbecil então. Estou dizendo que sou Kaneda. Como? Obrigado por nos prestigiar? Que história é essa de me agradecer? Poupe-me os agradecimentos. Pronto, está rindo novamente. Mas que idiota afinal é você? Eu tenho razão? Se continuar a caçoar dessa forma, eu vou desligar. Estamos entendidos? Você vai se ver comigo. Não fique aí calado, diga alguma coisa.

Aparentemente Chokichi desligara o telefone, pois ela não obtinha mais resposta. Irritada, a senhorita Kaneda girou de maneira brusca a manivela do aparelho. O pequinês que se deitava a seus pés se assustou e de súbito começou a ladrar. Achei melhor me precaver e dei um salto brusco, indo me enfiar embaixo do soalho da varanda.

Nesse momento, ouvi o barulho de passos se aproximando pelo corredor e o som da porta corrediça se abrindo. Apurei meus ouvidos para saber quem seria.

— Senhorita, seus pais a chamam.

Pela voz, deveria ser uma das criadas.

— E eu com isso? — Foi a primeira grosseria da senhorita.

— Eles me disseram para vir chamá-la porque têm algo a lhe dizer.

— Oh, que chato. Já não disse que pouco me importa? — Foi a segunda grosseria.

— Parece ser algo relacionado ao senhor Kangetsu Mizushima — disse a criada procurando com cuidado melhorar o humor da moça.

— Kangetsu ou Suigetsu, estou me lixando... E eu o abomino, ainda mais com aquela cara embaçada, mais parecendo uma bucha.

A terceira grosseria foi dirigida ao pobre Kangetsu que, ausente do local, estava impossibilitado de se defender. E ela prosseguiu:

— Desde quando você usa penteado em estilo ocidental?

— Desde hoje — respondeu a criada o mais inocentemente possível, soltando um suspiro.

— Partindo de uma mera criada é muito descaramento.

A quarta veio de uma direção diferente.

— Ainda por cima está usando um lenço decorativo novo como colarinho.

— Sim, é o que a senhorita me presenteou outro dia. Parecia uma peça fina demais para mim e por isso eu o guardei até agora, mas como o que eu estava usando estava muito sujo, resolvi colocá-lo.

— Quando eu dei a você?

— Quando a senhorita foi fazer compras na loja Shirokiya no Ano-Novo... Tem impressa a lista das categorias de lutadores de sumô decoradas em marrom-esverdeado. A senhorita disse que era muito sóbrio para seu estilo e me deu de presente.

— Eu fiz isso? Ele cai bem em você. Que inveja!

— Obrigada.

— Esteja certa de que não foi nenhum elogio.

— Como?

— Por que aceitou algo que lhe cai tão bem?

— Desculpe, mas...

— Se cai bem até em alguém como você, não há por que não combinar comigo.

— Certamente deve ficar ótimo na senhorita.

— Se sabia que cairia bem em mim por que se calou? E ainda tem o desplante de colocá-lo e aparecer na minha frente. Que mulherzinha!

As grosserias continuavam, parecendo não ter fim. Eu imaginava como a história evoluiria, quando do salão mais adiante ouvi a senhora Kaneda chamar a filha aos berros.

— Tomiko! Tomiko!

Sem escolha, a moça saiu do cômodo onde fica o telefone. O cãozinho, pouco maior que eu e com olhos e nariz reunidos bem no centro do rosto, seguiu-lhe o rastro. A passos furtivos, saí da cozinha para fora da mansão e rapidamente voltei à casa de meu amo. A expedição fora coroada de êxito.

Ao me transferir daquela luxuosa mansão para nossa residência vulgar, tive a impressão de sair do alto de uma bela montanha iluminada pelo sol para penetrar no antro de uma sombria caverna. Durante minha expedição estava ocupado demais para prestar atenção na ornamentação, na decoração das portas corrediças e suas repartições em papel de arroz, mas agora que constatei a pobreza de minha casa entendi bem o que Meitei chamara de convencional. Um homem de negócios é certamente mais ilustre do que um professor. Procurei consultar minha cauda que, como um oráculo, confirmou que eu estava correto. Ao entrar na sala de visitas, me surpreendi ao ver que o professor Meitei continuava lá, fumando um cigarro e deixando cair as cinzas sobre o braseiro. De pernas cruzadas, conversava algo com meu amo. Enquanto eu estava fora, Kangetsu também aparecera. Meu amo estava estendido sobre os tatames em absorta contemplação da goteira do teto. Era a costumeira reunião dos eremitas preguiçosos.

— Meu caro Kangetsu, o nome da moça que o chamou enquanto delirava foi mantido em segredo na época, mas já não seria hora de nos revelá-lo? — começou Meitei a caçoar do amigo.

— Se dissesse respeito somente a mim não haveria problemas. Todavia, isso pode causar transtornos a outra pessoa.

— Continua intransigente então?

— Além disso, prometi à mulher do doutor O.

— Prometeu que não contaria a ninguém?

— Exatamente — concordou Kangetsu, como de costume torcendo a cordinha de seu *haori*. Esse cordão é de uma cor púrpura-brilhante, que já não se encontra mais para vender nas lojas.

— A cor desse cordão remonta à Era Tenpo, no início do século XIX — explicou meu amo ainda deitado. Ele se mostrava indiferente no que se refere à senhora Kaneda.

— De fato. Não deve ser dos tempos da guerra russo-japonesa. Esse cordão só combina com um daqueles *haori* usados pelos guerreiros, ornados de brasões em forma de rosas. Contam que por ocasião de seu casamento, Oda Nobunaga[55] prendeu seu cabelo com um graveto de bambu usado em cerimônias do chá, o qual ele teria fixado com um cordão como esse.

Como de costume, Meitei se mostrava prolixo.

— Na realidade, um tio meu usou esse cordão quando participou da rebelião de Choshu — explicou Kangetsu seriamente.

— O que acha de doá-lo a algum museu? Afinal, o conferencista sobre a Dinâmica do Enforcamento e bacharel em ciências Kangetsu Mizushima não deve sair por aí vestido com roupas da era do xogunato.

— Poderia seguir seu conselho, mas certa pessoa acha que esse cordão combina muito bem comigo...

— Quem pode ter um gosto tão deplorável para dizer tamanha imbecilidade? — perguntou em voz alta meu amo, virando-se de lado.

— É alguém que vocês não conhecem...

— Mesmo que não conheçamos, diga de quem se trata.

— Uma dama.

— Oh, que cavalheiro refinado! Deixe-nos adivinhar. Seria porventura a mesma dama que gritou seu nome do fundo do rio Sumida? Que tal experimentar novamente se atirar no rio, agora vestido com esse *haori*? — atacou Meitei.

— Ha, ha, ha... Ela já não me chama mais do fundo das águas. Ela está em um mundo puro, a noroeste daqui...

— Não me parece tão puro assim. É um nariz atroz.

— Quê? — exclamou Kangetsu com o rosto espantado.

— A nariguda da casa de esquina veio até aqui sem ser convidada. Aqui mesmo. Nós dois nos surpreendemos, não é Kushami?

— Ahã — replicou meu amo ainda deitado, mas agora sorvendo um chá.

— E quem é essa nariguda?

— Qual outra senão a estimada genitora de sua eterna donzela.

— Quê?

---

55. Oda Nobunaga (1534-1582). Um dos mais famosos senhores feudais do Período Sengoku, que conquistou por meio de guerras a maior parte do território japonês.

— Uma mulher se denominando esposa do senhor Kaneda apareceu buscando informações suas — explicou meu amo com seriedade.

Olhei para Kangetsu para ver se ele se espantaria, se alegraria ou se envergonharia, mas não constatei nenhuma alteração em particular em sua fisionomia. Ele continuava a falar no tom calmo de sempre, ainda brincando com o cordão violeta de seu *haori*.

— Ela veio pedir que eu me case com sua filha?

— Aí é que você se engana redondamente. A senhora genitora é a digna possuidora de um nariz magnífico...

Meitei se apressou a dizer, mas antes que completasse a frase foi interrompido por meu amo, que passou da água ao vinho.

— Ouçam, meus amigos. Estou tentando compor um *haiku* de estilo moderno sobre o nariz daquela mulher.

No cômodo contíguo, minha ama começou a rir baixinho.

— Você não está levando o caso a sério, pelo visto. Terminou de compô-lo?

— Mais ou menos. O primeiro verso é "Sobre esse rosto, um festival de nariz".

— E depois?

— Em seguida vem "A esse nariz oferecemos o vinho consagrado".

— E o próximo verso?

— Ainda não cheguei até lá.

— Interessante — concluiu Kangetsu sorridente.

— Que tal incluir no próximo verso "Apenas dois orifícios discretos"? — improvisou Meitei de imediato.

— Que acham de "Bem no fundo não se vê pelos" — acrescentou Kangetsu.

Cada um deles alinhava versos incoerentes, quando se ouviram vozes de quatro ou cinco pessoas gritando na rua, próximas à cerca.

— Cara de texugo de terracota! Cara de texugo de terracota!

Tanto Meitei quanto meu amo se espantaram e espiaram pela cerca em direção à rua. Ouviram risadas altas e sons de passos se afastando.

— Que diabos significa "Texugo de terracota"? — perguntou Meitei a meu amo com curiosidade.

— Não faço a mínima ideia — respondeu ele.

— Isso tudo é muito estranho — acrescentou Kangetsu.

Meitei se levantou repentinamente como se tivesse lembrado de algo.

— Há alguns anos venho realizando pesquisas relacionadas ao nariz do ponto de vista estético e gostaria que ambos me ouvissem expor as conclusões a que cheguei — disse Meitei tomando ares de conferencista.

Pego de surpresa por esse início inesperado, meu amo permaneceu com os sentidos embotados, fitando Meitei sem dizer uma palavra. Kangetsu expressou em voz diminuta que teria muito prazer em ouvi-lo.

— Apesar de todas as minhas pesquisas, a origem do nariz permanece uma incógnita. A primeira questão que se coloca é se, na hipótese de o nariz ser uma ferramenta de caráter funcional, suas duas narinas seriam suficientes. Para aspirar o ar, não haveria necessidade dessa protuberância bem no meio de nossos rostos. Contudo, por que o nariz se desenvolveu gradualmente para se tornar o que vocês veem agora? — perguntou Meitei, apertando o próprio nariz.

— O seu não teria se desenvolvido mais do que o esperado? — retrucou meu amo.

— Pelo menos, ele não é achatado. Devo adverti-los desde já que confundi-lo com dois orifícios que estão apenas posicionados um ao lado do outro é incorrer em erro... Segundo minha humilde opinião, o desenvolvimento do nariz é resultado de ações delicadas de nós seres humanos, como assoá-lo, que, acumulando-se naturalmente, produziram um fenômeno tão notável.

— Eis uma opinião humilde muito franca — interrompeu meu amo com um breve comentário.

— Como é de seu conhecimento, ao assoar o nariz necessitamos apertá-lo, o que provoca um estímulo local. Segundo os postulados evolucionistas, ao responder ao estímulo, o local acaba se desenvolvendo desproporcionalmente em relação a outras áreas. A pele endurece e também a carne se enrijece de forma gradual. Por fim, ocorre sua ossificação.

— Isso é exagero seu. A carne não se transforma em osso de uma hora para outra apenas assoando-se o nariz — objetou Kangetsu, mostrando fazer jus ao título de bacharel em ciências.

Sem se abalar, Meitei prosseguiu seu discurso.

— Sua dúvida é bastante plausível, mas como os ossos são a prova real da teoria, não há como refutá-la. Portanto, o osso se forma. Mesmo formado, o nariz continua a escorrer, não é mesmo? Quando isso acontece, temos que assoá-lo. Esse efeito provoca a deterioração de ambas as laterais do órgão, que aos poucos se transforma em uma protuberância estreita e alta... É na realidade um efeito terrífico. Assim como gotas de água caindo sobre uma pedra, como a cabeça da estátua do discípulo Pindora[56] emitindo luminosidade própria, como no ditado "estranho aroma, estranho fedor", os músculos nasais se endurecem com o tempo.

— Mas seu nariz é mole e balofo.

— Abstenho-me de discutir nesta oportunidade as características particulares do nariz do conferencista, para não incorrer no risco de autodefesa. Pretendo apresentar à minha audiência o nariz da genitora da senhorita Kaneda como sendo o mais desenvolvido e o mais magnífico e raro exemplar da espécie existente sobre a face da terra.

— Bravo! Bravo! — animou-se Kangetsu espontaneamente.

— Porém, tudo aquilo que se desenvolve a um nível extremo, apesar de sua visão imponente, acaba de certa forma se tornando amedrontador e inacessível. Não há dúvidas de que o formato anatômico do nariz em questão é esplendoroso, mas é a meu ver escarpado demais. Tomando como exemplo os antigos, Sócrates, Goldsmith e Thackeray possuíam narizes com imperfeições de cunho estrutural e era justamente nelas que residia seu charme peculiar. Assim como dizem que se deve prestar respeito a uma montanha não por ser alta, mas por ter árvores, não se deve prestar respeito a um nariz por ser elevado, mas por ter uma forma insólita. Além disso, se levarmos em consideração o costumeiro ditado de que mais vale o útil ao agradável, em termos de valores estéticos nada haveria de mais adequado do que o nariz de Meitei.

Kangetsu e meu amo se puseram a rir. O próprio Meitei sorriu jovialmente.

---

56. Pindora foi um dos discípulos de Buda. Acredita-se que os enfermos possam se curar ao passar a mão na estátua de Pindora.

— Bem, até este ponto contei...

— Caro professor, esse "contei" é por demais vulgar para um conferencista. É recomendável evitá-lo.

Kangetsu se vingou da crítica recente de Meitei.

— Neste caso, sou forçado a admitir meu erro e recomeçar. Bem, pretendo a partir de agora traçar alguns comentários sobre o equilíbrio existente entre o nariz e o rosto. Se nos limitássemos a dissertar sobre o nariz sem estabelecer relações com outras partes fisionômicas, o órgão olfativo da ilustre genitora poderia ser apresentado onde quer que seja sem lhe causar vergonha. Ela é a digna possuidora de um nariz que, sem dúvida, amealharia o primeiro prêmio em qualquer exposição do Monte Kurama.[57] Infelizmente, ele se formou sem nenhuma consulta às demais partes vizinhas do rosto, em particular aos olhos e à boca. Não há dúvidas de que o nariz de Júlio César é monumental. Porém, como ficaria o nariz do famoso imperador romano se fosse cortado e transplantado para a cabeça do gato desta casa? Colocar numa superfície de proporções exíguas como a testa de um gato a coluna nasal do herói seria como pôr o grande Buda de Nara sobre um tabuleiro de xadrez. Em minha opinião, esta desproporção lhe extirparia todo o valor estético. Sem dúvida a protuberância de colossal imponência da ilustre genitora é comparável ao nariz de César. No entanto, o que dizer das condições fisionômicas que o envolvem? Obviamente, não são inferiores às do gato desta casa. Porém, como o rosto redondo de uma doente epilética, suas sobrancelhas têm traços oblíquos e seus olhos miúdos são inclinados para o alto. Senhores, não é uma lástima que esse nariz se localize num rosto semelhante?

Meitei fez uma pequena pausa. Justo nesse momento, ouviu-se uma voz proveniente de trás da casa.

— Ele continua a falar sobre o nariz. Que homem teimoso!

— É a mulher do puxador de riquixá — informou meu amo a Meitei.

Meitei retomou seu discurso.

---

57. Monte situado ao norte de Kyoto. Segundo a lenda, seria habitado por monstros de nariz longo.

— É com imensa honra que este conferencista descobre um novo ouvinte inesperado, desta feita do sexo oposto, na parte dos fundos desta residência. É uma inusitada felicidade que sua voz maviosa e límpida venha acrescentar uma pitada de charme a meu árido discurso. Na medida do possível, gostaria de adaptá-lo a um tom mais popular para fazer jus às expectativas de tão bela e nobre ouvinte; mas, como doravante tratarei de questões ligadas à dinâmica, provavelmente lhe será de difícil compreensão, pelo que desde já lhe suplico ter paciência.

Ao ouvir a palavra dinâmica, Kangetsu voltou a sorrir.

— O que me proponho a demonstrar é que os referidos nariz e rosto estão em desarmonia, ou seja, não se conformam à Lei da Seção Áurea, de Zeising.[58] Para provar isso usarei exclusivamente fórmulas da dinâmica. Em primeiro lugar, designemos como A a altura do nariz. Chamemos de α o ângulo formado pelo encontro do nariz com a superfície facial. Obviamente P será seu peso. Espero que estejam me acompanhando até este ponto...

— Está difícil — confessou meu amo.

— E quanto a você, Kangetsu?

— Também não estou entendendo patavina.

— Isso é problemático. Que Kushami não entenda é algo normal, mas imaginei que um bacharel em ciências como você compreenderia. Esta fórmula está no cerne de meu discurso e, se a omitir, toda a argumentação até o momento será inútil... Mas pelo visto não há outro jeito. Omitirei a fórmula e lhes oferecerei apenas a conclusão.

— Existe uma conclusão? — perguntou meu amo espantado.

— É evidente, posto que um discurso sem conclusão é como uma refeição ocidental sem sobremesa... Senhores, escutem bem. Deste momento em diante passo à conclusão. Bem, se aplicarmos à fórmula

---

58. Adolf Zeising (1810-1876). Artista plástico alemão, famoso por seus estudos sobre a proporção dentro da natureza, criando a lei da seção áurea. A seção áurea possuiria determinadas proporções, e tudo que as seguisse seria considerado belo.

a que me referia anteriormente as teorias de Virchow[59] e Wiseman[60], seremos forçados a considerar a hereditariedade das formas congênitas. Além disso, apesar de algumas teorias importantes refutarem que as características adquiridas não são geneticamente transmissíveis, somos obrigados a admitir a conclusão inevitável de que as condições mentais associadas a essas formas são até certo ponto transmissíveis. Por conseguinte, podemos assumir que as crianças nascidas de detentores de nariz com deformidade também possuirão anormalidade em seu órgão nasal. Kangetsu ainda é jovem e é provável que não concorde que existe uma anomalia peculiar no que se refere à estrutura nasal da senhorita Kaneda, mas como o período de incubação hereditário é longo o nariz poderá a qualquer momento, acompanhando uma mudança climática brusca, se dilatar num piscar de olhos, desenvolvendo-se até atingir estado idêntico ao do órgão olfativo da ilustre genitora. Por este motivo, e à luz de minha demonstração científica, será mais seguro que Kangetsu desista desde já desse casamento. Acredito que nem o dono desta casa, evidentemente, nem o monstruoso gato que aqui dorme colocarão objeções à minha conclusão.

Meu amo finalmente se levantou para opinar com grande vivacidade.

— É óbvio que não. Quem em sã consciência pode querer se casar com uma moça que tenha como mãe uma criatura daquelas? Kangetsu, você não deve se casar com ela.

Para expressar minha concordância, miei duas vezes. Kangetsu não parecia impressionado.

— Se essa é a opinião dos professores, é lógico que renunciarei; mas, se a donzela cair doente devido a minha resposta negativa, isso poderá ser considerado crime...

— Ha, ha, ha... O que se chama de crime passional.

---

59. Rudolf Ludwig Karl Virchow (1821-1902). Médico anatomista alemão considerado o pai da patologia moderna. A tríade de Virchow é conhecida até hoje no que se refere a tromboembolismo.

60. Friedrich Leopold August Weismann (1834-1914). Biólogo alemão proponente de uma teoria evolucionista de cunho darwinista que também contribuiu para a teoria da hereditariedade.

Apenas meu amo levou o caso a sério.

— Isso seria ridículo. A filha de uma mulher como aquela não deve valer grande coisa. Em sua primeira visita, a mãe só soube me humilhar. Que arrogante! — encolerizou-se meu amo.

Nesse momento, ouvimos risos de três ou quatro pessoas próximas à cerca. Uma delas gritou:

— Estúpido desaforado.

Outra voz vociferou:

— Bem que você gostaria de morar numa mansão.

Uma terceira voz bradou:

— Vive se vangloriando, mas fora de casa perde a pose.

Meu amo saiu à varanda e gritou ainda mais alto:

— Seus desordeiros! O que pretendem vindo fazer arruaça junto ao muro de minha casa?

— Ha, ha, ha... Chá selvagem. *Savage Tea* — insultaram todos a um só tempo.

Enfurecido, meu amo se levantou bruscamente, pegou sua bengala e saiu à rua. Meitei aplaudiu gritando: "Bravo, dê-lhes uma lição!" Kangetsu sorriu torcendo o cordão de seu *haori*.

Segui meu amo passando pelo buraco da cerca. Ele permaneceu parado no meio da rua agitando sua bengala. Na rua não se via vivalma. Parecia que fora enganado por uma raposa.

4

Como de hábito, tenho me infiltrado na mansão dos Kaneda.

É desnecessário explicar esse "de hábito". É uma expressão que denota um "frequente" elevado ao quadrado. Faz-se uma vez, tem-se vontade de fazer uma segunda vez, e esta leva a uma terceira experiência. A curiosidade não é privilégio dos humanos. É preciso admitir que todos os gatos nascidos neste mundo são dotados desse privilégio psicológico. Um ato que se repete por mais de três vezes pode ser batizado de "hábito", evoluindo para se tornar uma necessidade na vida cotidiana, algo peculiar tanto aos felinos quanto às criaturas humanas. Antes que me questionem a razão de eu frequentar com tanta assiduidade a residência dos Kaneda, permitam-me lhes perguntar algo. Por que os homens aspiram fumaça pela boca para depois a expelirem pelo nariz? Isso não lhes mata a fome nem serve como remédio para a circulação. Se não têm escrúpulos nem vergonha de fazê-lo, que direito têm de criticar minhas idas e vindas aos Kaneda? A mansão dos Kaneda é o meu cigarro.

O verbo "infiltrar-se" pode também causar mal-entendidos. Pode soar como um ato de um ladrão ou de um amante em visita furtiva na ausência de algum marido. É certo que vou à mansão dos Kaneda sem ser convidado, mas não é absolutamente para roubar alguma fatia de um bonito nem para ter um encontro secreto com o cãozinho de olhos e nariz convulsivos bem no meio do rosto. Um ato detetivesco? De jeito nenhum. Não há neste mundo ocupação tão vil como a dos detetives e usurários. Com certeza foi imbuído de espírito cavalheiresco e em consideração a Kangetsu que me dispus a observar os movimentos da família Kaneda, mas isso se limitou a uma única vez; depois disso, nunca agi de uma forma indigna que pudesse atormentar a consciência de um felino. Por que então usei uma palavra tão questionável como "infiltrar-se"?

Bem, existe um ótimo motivo para isso. Sempre achei que o céu existe para cobrir toda a humanidade, e a terra, para carregá-la. Mesmo aqueles que se deleitam em manter argumentações obstinadas não podem refutar esse fato. Ora, que esforços despenderam os homens para a criação desse céu e terra? Nenhum, eu garanto. Inexiste lei que conceda a alguém a propriedade sobre algo que não criou. Mesmo que essa propriedade seja determinada, isso não é motivo para impedir que outros entrem nela livremente. Levantar cercas ou piquetes em terras vastas, delimitando o espaço, é como dividir o firmamento: esta parte é minha, aquela é sua. Se a terra é dividida e se comercializam direitos de propriedade, nada mais natural do que dividirmos também o ar que respiramos e vendê-lo por unidades cúbicas. Se não podemos vender o ar e é improvável fracionar o céu, não seria a posse da superfície terrestre também uma irracionalidade? Esta é minha convicção, e com base nela entro onde melhor me aprouver. Naturalmente não vou a lugares aonde não desejo ir, mas quando o faço não estabeleço distinção de direção, podendo seguir para norte, sul, leste ou oeste sem me perturbar. Não faço cerimônias com relação a pessoas como os Kaneda. Porém, para nossa infelicidade, nada podemos contra a força dos humanos. Em um mundo onde, dizem, impera a lei do mais forte, por mais que a razão esteja do nosso lado, a argumentação felina não é respeitada. Se quisermos impor nossa lógica, há o perigo de termos a mesma sorte de Kuro, o gato do puxador de riquixá, e recebermos inesperadamente golpes com o bastão de carregamento do peixeiro. Quando a razão está de nosso lado, mas a força contra nós, só resta nos submetermos sem hesitação à força ou fazer valer nossas convicções e enfrentá-la. Eu particularmente escolho esta última opção. Mesmo sendo inevitáveis os golpes de bastão, não posso deixar de "me infiltrar". Sem nenhuma razão que me impeça de entrar na casa dos humanos, não posso deixar de fazê-lo. Eis a razão para "me infiltrar" na residência dos Kaneda.

À medida que minhas entradas na casa se tornavam frequentes, mesmo não sendo minha intenção espionar, era impossível evitar que a situação da casa não se refletisse em meus olhos e se imprimisse no fundo de meu cérebro contra minha vontade. Sempre que Hanako lava o rosto, toma especial cuidado ao enxugar o nariz. Tomiko, sua filha, não para de comer *mochi* Abekawa. O senhor Kaneda, ao contrário da esposa, possui um nariz achatado. A bem dizer, todo o seu rosto é achatado. Quando criança brigou com o valentão da redondeza, que lhe deu um pescoção e amassou sua cara contra um muro de barro. A consequência foi o rosto aplainado de hoje, quarenta anos depois, recordação daquela época. É inegável que sua fisionomia possui traços calmos e nem um pouco ameaçadores, mas carece de expressão. Por mais zangado que esteja, o rosto se mostra sempre pacífico. Esse senhor Kaneda come *sashimi* de atum e costuma dar tapinhas na própria careca. Não apenas seu rosto é achatado, como também possui baixa estatura, o que o leva a usar chapéus de copa alta e altos tamancos. O puxador julga o fato cômico e o conta ao estudante-pensionista que mora na casa, o qual elogia seu espírito de observação. E por aí vai.

Ultimamente tenho entrado no jardim passando ao lado da porta dos fundos. Espio de trás de uma colina artificial de pedras se a porta corrediça está fechada e, certificando-me de que a costa está livre, salto de mansinho para a varanda. Se escuto vozes animadas ou se pressinto perigo de ser visto do interior, contorno a partir da direção leste o laguinho do jardim, passo pelo sanitário e entro sorrateiro por baixo da varanda. Minha consciência está tranquila de que nada fiz de errado e não há motivos para me esconder nem razão para temer, mas não tenho opção a não ser me resignar pela má sorte de me deparar com seres tão inescrupulosos como os humanos. Se no mundo só houvesse ladrões como Chohan Kumasaka[61], mesmo os mais virtuosos cavalheiros agiriam como eu. Por ser um renomado empresário, não há perigo de o senhor Kaneda brandir um sabre longo como o de Kumasaka, mas ouvi dizer que tem como esquisitice não dar o menor valor aos seres humanos. E se trata dessa forma a seus semelhantes, provavelmente pouco respeito deverá ter por nós, felinos. Por mais virtuoso que seja, um gato não pode nunca se descuidar ao permanecer no interior daquela casa.

---

61. Personagem da peça do teatro nô *Eboshiori* [*O fabricante de gorros*], de Miya Masu.

Contudo, possuía certo interesse nesse risco e se cruzo com tanta frequência o umbral da residência dos Kaneda é apenas para saborear a aventura. Deixo para mais tarde essas considerações, divulgando-as no dia em que tiverem dissecado por completo o cérebro de um gato.

Imaginava como estariam as coisas hoje espiando os arredores com meu queixo apoiado contra a grama sobre a colina de pedras. Foi quando vi na sala de estar de quinze tatames, cujas portas se abriam para um lindo dia primaveril, o casal Kaneda em meio a uma conversa com um visitante. Infelizmente, o nariz de Hanako estava voltado para minha direção e, atravessando o lago, se punha diretamente sobre minha testa. Foi a primeira vez na vida que me senti sendo visto por um nariz. Já o senhor Kaneda, por estar conversando com a visita, se mostrava de perfil e era impossível contemplar senão metade de seu rosto achatado, e, em contrapartida, a localização de seu nariz não era nítida. Como seu bigode acinzentado brota desigualmente onde lhe dá na veneta, concluí com facilidade que acima dele estavam os dois buracos das narinas. Dei asas a minha imaginação pensando que seria tranquilo para a brisa da primavera se ela soprasse apenas sobre um rosto sem saliências como o dele. Dos três, a visita era quem tinha o rosto mais comum, por não possuir nenhuma particularidade em especial que merecesse comentários. Ser comum é algo positivo, mas pode se tornar miserável se levantado ao altar da mediocridade ou adentrar nos salões da vulgaridade. Quem era essa pessoa nascida na próspera Era Meiji que o destino levara a possuir fisionomia tão insossa? Como de hábito, precisei me esgueirar até embaixo da varanda para poder ouvir a conversa.

— ... então minha mulher se deu ao trabalho de ir até a casa desse homem para obter dele informações...

Como de costume, o senhor Kaneda se expressava num tom arrogante. Embora arrogante, seu jeito de falar estava longe de ser severo. Assim como seu rosto, seu linguajar era demasiado plano.

— Claro que aquele homem foi professor de Mizushima... Claro que foi uma boa ideia... Claro.

Essa rajada de "claros" provinha do visitante.

— Mas ele ainda é para mim uma pessoa ambígua.

— Sim, Kushami é realmente difícil de entender... De fato, ele é indeciso desde os tempos em que éramos estudantes e morávamos juntos na pensão... Deve ter sido uma experiência desagradável — disse o visitante, dirigindo-se a Hanako.

— Sem sombra de dúvidas. Nunca em minha vida fui recebida de forma tão ultrajante ao visitar alguém — confessou Hanako resfolegando pelo nariz, como de costume.

— Ele a tratou com grosseria? Ele sempre teve um temperamento obstinado. Para ter uma ideia, basta imaginar que usa o mesmo livro de leitura diariamente há dez anos para ensinar inglês.

O visitante usava de tato para se adaptar a seus interlocutores.

— É um homem intransigente. Toda vez que minha esposa lhe perguntava algo, recebia uma resposta desaforada.

— Que ultraje... Bastou ter um pouco de instrução para mostrar sinais de presunção e, ademais, não parece aceitar sua condição de pobre. Neste mundo há muitos indivíduos grosseiros. Eles não se dão conta de sua própria incapacidade e vivem sem nenhum pudor de olhos no patrimônio de outrem... É espantosa sua forma de agir, como se lhes tivessem arrancado a fortuna. Ai, ai, ai! — exclamou o visitante em pleno júbilo.

— É realmente o cúmulo do absurdo. Isso vem de ações caprichosas que ignoram as pessoas ao redor. Achei que deveria dar-lhe uma boa lição e já coloquei mãos à obra.

— Isso é maravilhoso. Ele deve ter sentido bastante. No final das contas, isso lhe será positivo.

Mesmo ignorando de que forma a lição fora dada, o visitante concordou com o senhor Kaneda.

— Suzuki, aquele homem é um cabeça-dura. Na escola nunca dirige a palavra a Fukuchi ou Tsuki. Eles achavam que fosse por acanhamento, mas recentemente ele correu atrás de um estudante que mora conosco brandindo sua bengala sem motivo aparente. Um homem de mais de trinta anos. Como pode se comportar de maneira tão estúpida? O desespero deve tê-lo feito perder o juízo.

— Por que teria ele cometido esse ato de violência? — perguntou o visitante, parecendo ele próprio um pouco desconfiado.

— O estudante teria dito algo ao passar diante dele. Subitamente então, Kushami pegou a bengala e desatou a correr descalço atrás do rapaz. Mesmo que o rapaz lhe tivesse dito algo, não passa de uma criança. Um homem feito como Kushami, e ainda por cima professor!

— Sim, um professor — repetiu o visitante.

— Justamente por ser um professor! — disse também o senhor Kaneda.

Os três pareciam unânimes em concordar que um professor devesse receber qualquer insulto calado como uma estátua de madeira.

— Se não bastasse, há aquele homem esquisito chamado Meitei. Vive contando lorotas. Jamais havia me deparado com um tipo tão perturbado.

— Ah, Meitei? É um falador inveterado. A senhora deve tê-lo encontrado na casa de Kushami, não? É realmente antipático. No passado, eu e ele costumávamos preparar juntos nossas refeições na pensão. Brigávamos muito, pois ele tem o péssimo costume de caçoar de todo mundo.

— É natural que qualquer pessoa se aborreça com as atitudes dele. Mentir é por vezes necessário quando a situação obriga ou por lealdade a alguém... Nessas horas fala-se coisas que não se sente. Contudo, aquele homem as solta aos borbotões sem necessidade, o que deixa qualquer um furioso. Com que propósito lança indiscriminadamente aquelas invencionices? E consegue dizê-las com o rosto mais plácido deste mundo.

— Tem razão. Nada se pode fazer, pois mente por prazer.

— Eu tive a melhor das intenções indo até a casa de Kushami para perguntar sobre Mizushima, mas só ouvi coisas sem sentido. Fui humilhada e me decepcionei muito. Apesar disso, uma obrigação é uma obrigação e eu não poderia simplesmente visitar Kushami para obter informações sem lhe dar nada em troca. Por isso, após minha visita mandei nosso homem de riquixá lhe levar uma dúzia de cervejas. Porém, sabe o que aconteceu? Afirmando não haver motivo para aceitar o presente, Kushami se recusou a recebê-lo. Nosso empregado insistiu, explicando que era uma forma de agradecimento, ao que Kushami replicou que gostava de comer geleia todo dia, mas nunca bebia algo amargo como cerveja, e virando as costas retornou para dentro de casa. Sem uma palavra de desculpas sequer. O que acha disso? Não é de uma rudeza ímpar?

— Que grosseria! — exclamou o visitante, desta vez parecendo sincero em suas palavras.

Depois de um curto silêncio, ouvi a voz do senhor Kaneda.

— E é esta precisamente a razão de tê-lo convidado a vir hoje a nossa casa. Caçoar de um idiota como ele pelas costas não nos parece suficiente.

Dizendo isso, Kaneda deu uns tapinhas na própria cabeça, como costuma fazer quando come *sashimi* de atum. Dali, debaixo da varanda onde estava, não podia vê-lo batendo na cabeça, mas já há algum tempo me acostumei com o som produzido sobre sua careca. Da mesma forma que uma monja distingue o som de cada gongo de madeira só de ouvi-los, de sob a varanda posso identificar a origem do som peculiar proveniente de sua cabeça calva.

— Por isso, gostaríamos de lhe pedir um favor...

— Se for algo que estiver a meu alcance... Digam sem cerimônia. Afinal, foi graças a seu apoio que fui transferido para trabalhar em Tóquio — confessou o visitante, aceitando com prazer o pedido de Kaneda. Pelo seu modo de falar, depreendia-se que ele devia favores ao empresário.

As coisas tornavam-se cada vez mais interessantes. Como o tempo estava bom, cheguei aqui sem intenção especial, e nunca poderia imaginar que obteria informações tão valiosas. É como se fosse visitar um templo à época do equinócio de primavera para orar e, inesperadamente, ser convidado a comer *mochi* coberto com geleia de feijão nos aposentos privados do monge. Sob a varanda, apurei os ouvidos para saber que pedido Kaneda faria ao visitante.

— Não sei a razão, mas aquele louco do Kushami está enchendo a cabeça de Mizushima, aconselhando-o a não se casar com nossa filha. Não é isso? — perguntou à esposa.

— Veja se isso é conselho que se dê! Ele disse: "Quem em sã consciência pode querer se casar com uma moça que tenha como mãe uma criatura daquelas? Kangetsu, você não deve ser casar com ela." Acredita?

— É mesmo um grosseirão. Ele disse nesses termos agressivos?

— Com certeza. A esposa do puxador de riquixá veio nos contar.

— O que você acha, Suzuki? Conforme acabou de ouvir, não é realmente um estorvo? — perguntou Kaneda.

— Sem dúvida. Nesses assuntos de casamento uma pessoa de fora deve se abster de interferir sem permissão. Mesmo Kushami deveria estar consciente disso. O que teria acontecido afinal com ele?

— Pois bem, você morava com Kushami na mesma pensão na época de estudante e parece que mantiveram um bom relacionamento. Apesar dos tempos serem outros, gostaríamos de lhe pedir o favor de se encontrar com ele e lhe fazer ver a razão. Ele provavelmente deve estar enfurecido, mas por culpa própria. Se parar de interferir, posso ser bastante generoso ajudando-o em seus assuntos pessoais e pararemos de importuná-lo. Mas se continuar agindo como agora, nós também perseveraremos. Quer dizer, ele só tem a perder insistindo em sua obstinação.

— Sim, o senhor está coberto de razão. Reagir tão estupidamente será pior para ele. Não pode tirar qualquer benefício de tudo isso. Pode deixar que tentarei fazê-lo entender.

— Ademais, não são poucos os pretendentes à mão de minha filha e nada há de concreto sobre aceitar que ela se case com Mizushima; mas, segundo as referências que obtivemos, ele não parece ser má pessoa e possui boa educação. Se ele se esforçar bastante nos estudos para obter em breve o título de doutor, talvez consintamos em seu casamento com nossa filha. Você pode insinuar isso ao falar com Kushami.

— Dizer isso servirá de incentivo a Kangetsu para se empenhar nos estudos. Farei isso.

— Mais uma coisa. É um pouco estranho, mas... Algo bastante inconveniente e que não condiz bem com Mizushima é seu hábito de se dirigir a Kushami chamando-o de professor para lá, professor para cá, prestando ouvidos a quase tudo o que o louco fala. Logicamente isso não é algo que se limite a Mizushima, e não nos importa o que diga Kushami ou o que ele faça para atrapalhar...

— É porque sentimos pena do pobre Mizushima — interveio Hanako.

— Nunca tive o prazer de me encontrar com esse Mizushima, mas de qualquer forma o fato de poder entrar para sua família seria uma felicidade eterna para ele, e é claro que ele não se oporia, eu presumo.

— Claro. Mizushima deseja se casar com nossa filha, mas aqueles débeis mentais do Kushami e do Meitei estão pondo caraminholas na cabeça dele.

— Isso não é conveniente e também não é o comportamento que se espera de pessoas bem-educadas. Irei até lá conversar com Kushami.

— Nós lhe agradecemos muito por este grande favor. E, depois, de fato ninguém conhece melhor sobre Mizushima do que Kushami, mas na visita recente de minha esposa ela não pôde descobrir grande coisa. Peço que lhe pergunte um pouco mais sobre o caráter, conduta e talento acadêmico de Mizushima.

— Entendido. Hoje é sábado e a esta hora ele já deve estar em casa. Onde ele mora agora?

— Saindo daqui, vire à direita e, uma quadra para a esquerda, você verá uma casa com uma cerca negra caindo aos pedaços. É lá — explicou Hanako.

— Bem perto, então. Vai ser fácil achá-la. Passarei por lá no caminho de volta para casa. Será fácil identificar a casa pela plaqueta com o nome dele no portão.

— Algumas vezes há plaqueta, outras não. Ele vive colando um cartão de visitas com grãos de arroz cozidos, que acaba caindo quando chove. Quando faz bom tempo, ele gruda outro. Por isso, não é possível depender da plaqueta com seu nome. Em vez de se dar tanto trabalho, ele bem que poderia pendurar uma placa de madeira. Realmente é um homem incompreensível.

— Isso muito me surpreende. Mas eu a encontrarei de qualquer maneira. Bastará perguntar onde fica a casa com uma cerca negra quebrada.

— Com certeza. Casa de aspecto tão miserável só existe uma na vizinhança, e não passa despercebida. Ah, se mesmo assim tiver dificuldade para achá-la, procure por uma casa com ervas daninhas crescendo no telhado. Não haverá erro.

— É de fato uma residência bastante peculiar. Ha, ha, ha...

Seria inconveniente se eu não chegasse à casa de meu amo antes de Suzuki. Já ouvira tudo o que necessitava. Atravessando por baixo da varanda voltei até o sanitário, virando na direção oeste para contornar a colina artificial e, a passos ágeis, retornei à casa com ervas daninhas crescendo no telhado. Saltei para a varanda com o focinho mais inocente deste mundo.

Meu amo estava deitado de bruços sobre uma coberta branca que estendera sobre o soalho da varanda, se aquecendo sob o sol de primavera. Ao contrário do que se possa imaginar, os raios do sol são imparciais, pois tanto aquecem uma casa humilde com bolsas-de-pastor crescendo no telhado como o salão da mansão dos Kaneda. Infelizmente, apenas a coberta nada tem de primaveril. Seus fabricantes a produziram sem dúvida na cor branca, a loja de artigos importados a vendia como branca, e foi nessa cor que meu amo a comprou. Porém, doze ou treze anos se passaram e o período de brancura prescrevera, e ela estava agora em mutação para um cinza-escuro. É uma incógnita se durará o bastante para passar para a fase em que se transformará por completo na cor preta. Mesmo agora já está rota pelo uso e pode-se ver claramente os fios da trama do tecido. Seria um exagero chamá-la de coberta, o mais adequado talvez seja omitir parte do vocábulo denominando-a "erta" apenas. Porém, meu amo parece imaginar que uma vez que tenha durado um, dois, cinco ou dez anos, deverá perdurar por toda uma vida. É sem dúvida um homem totalmente alienado. Bem, como eu dizia, ele estava deitado de bruços sobre a maltrapilha coberta, o queixo apoiado sobre as mãos, com um cigarro entre os dedos da mão direita. Apenas isso. É provável que em sua cabeça, muito abaixo das caspas, verdades metafísicas volutearim como carruagens de fogo, mas ninguém poderia sequer sonhar com isso contemplando apenas sua aparência.

O fogo consumia aos poucos o cigarro e um toco de três centímetros de cinza caiu sobre a coberta, mas meu amo pouco se importou e permaneceu admirando fascinado a fumaça que se elevava aos ares. Embalada pela brisa da primavera, a fumaça desenhava vários círculos no ar, aproximando-se das pontas dos cabelos recém-lavados da esposa. Ah, eu deveria ter mencionado antes a presença dela. Esqueci-me completamente.

Minha ama estava de costas para o marido. Vocês a acham rude? Garanto que nada há de indelicado em seu gesto. Tanto a cortesia quanto a impolidez são questão de interpretação mútua. Meu amo estava deitado calmamente atrás dela, seu queixo apoiado nas mãos e minha ama permanecia sentada numa posição em que seus quadris se achavam bem diante do rosto do marido, sem que isso denotasse falta de cortesia ou grosseria. Esse casal transcendental abolira as maçantes leis da etiqueta conjugal já no primeiro ano de casados. Assim, sabe-se lá com que intenção, a esposa se pôs de costas para meu amo, costurando calada uma roupa curta, de criança. Aproveitando o bom tempo que fazia, lavara seus longos e viçosos cabelos negros como ébano usando uma mistura de algas e ovos, e os deixava cair sobre suas costas naturalmente. Na realidade, foi para secar os cabelos lavados que trouxe uma almofada de seda e a caixa de costuras até a varanda, dando as costas respeitosamente a meu amo. Ou teria sido meu amo que se posicionara de forma a ter o rosto direcionado para o traseiro da esposa? Como disse há pouco, a fumaça do cigarro se insinuava pela abundância de cabelos negros, e meu amo a contemplava absorto como a uma névoa que deles exalasse. Porém, sendo da natureza da fumaça nunca se concentrar em um único local e seguir ascendendo cada vez mais, os olhos de meu amo deviam se elevar para não perder a curiosa visão do embaraçar da fumaça pelos cabelos. Começou a observação pelos quadris, transferindo o olhar gradualmente ao longo das costas até os ombros, passando pelo pescoço. No momento em que atingiu o alto da cabeça, involuntariamente ele soltou uma exclamação de surpresa. Bem no meio da cabeça da mulher, a quem prometera amar e respeitar até seu último suspiro, havia uma grande parte arredondada escalvada. Ademais, os raios mornos do sol se refletiam nessa parte destituída de cabelos a reluzir sua própria existência. Aparentando indiferença aos efeitos que a violenta luminosidade pudesse provocar em suas retinas, os olhos de meu amo permaneciam abertos de espanto ao realizar essa grande descoberta, inesperada e curiosa. A primeira imagem que surgiu em sua mente ao enxergar essa clareira arredondada foi a do prato onde se coloca o óleo e o pavio aceso da luz votiva que decora os altares budistas, o qual passa por várias gerações na família. A família de meu amo pertence à doutrina Shinshu, que tem como costume tradicional fazer os fiéis despenderem no altar doméstico muito mais do que permitem suas posses. Meu amo lembrou-se de que quando pequeno, no sombrio cômodo onde eram guardadas as relíquias familiares, havia um altar doméstico folheado a ouro, em cujo interior era colocado um pequeno prato de bronze com uma luz brilhando vagamente mesmo durante o dia. Na escuridão ao redor, o prato reluzia com relativa clareza, e a impressão que tantas vezes tivera ao vê-lo quando criança sem dúvida se reavivou de repente ao contemplar a calvície parcial da esposa. Em menos de um minuto a visão desse prato se esvaneceu para dar lugar às lembranças dos pombos no templo dedicado à deusa Kannon em Asakusa. A princípio, parece não existir nenhuma correlação entre os pombos de Kannon e a parte calva na cabeça da esposa, mas na mente de meu amo existe uma associação estreita entre eles. Quando criança, sempre que ia a Asakusa comprava milho para os pombos. Custava três rins um prato, que era de cerâmica vermelha. Essa cerâmica vermelha tinha cor e tamanho bem semelhantes à parte arredondada na cabeça da esposa.

— A semelhança é realmente espantosa — expressou meu amo, parecendo bastante admirado.

Sem voltar o rosto em sua direção, a esposa lhe perguntou a que ele se refere.

— Há uma grande parte calva em sua cabeça. Sabia?

— Sim — respondeu a esposa sem interromper seu trabalho.

Aparentemente ela não receava nem um pouco a descoberta. Era uma esposa modelo.

— Já tinha quando solteira ou se formou depois de casarmos? — indagou meu amo.

Embora não expressasse em palavras, no fundo pensava que, se ela já tivesse a calvície desde antes do casamento, ele teria sido vítima de um engodo.

— Não tenho certeza quando surgiu, mas que diferença faz se eu tenho ou não problemas de calvície? — replicou ela, ciente do fato.

— Como assim, não faz diferença? Trata-se de sua cabeça! — revidou meu amo, irritado.

— Justamente por ser minha cabeça, não faz diferença — afirmou ela, parecendo apesar de tudo um pouco preocupada e colocando a mão direita sobre a cabeça para acariciar a parte lisa. — Oh, parece ter aumentado muito. Não imaginei que já tivesse chegado a esse ponto — disse ela, parecendo ter se dado conta de que a parte calva era grande demais para sua idade. — Como as mulheres costumam usar o cabelo em coque, este local recebe um esforço excessivo e qualquer mulher acaba perdendo cabelo — iniciou ela sua autodefesa.

— Se todas perdessem cabelo tão rápido, por volta dos quarenta só haveria mulheres com a cabeça careca como uma chaleira vazia. Isso só pode ser uma doença. Provavelmente contagiosa. Você deve se consultar o quanto antes com o doutor Amaki.

Meu amo passou várias vezes a mão pela própria cabeça.

— Você fala de mim, mas bem que tem cabelos brancos nas narinas. Se a calvície for contagiosa, os cabelos brancos também devem ser — disse a esposa, irritada.

— Não há mal nos cabelos brancos dentro das narinas já que ninguém os vê, mas o cocuruto da cabeça... Ainda mais no caso de uma mulher jovem, não é uma visão das mais agradáveis. É uma deformidade.

— Se acha isso, por que se casou comigo? Foi você que desejou casar e agora vem me dizer que sou uma deformada...

— Pelo simples fato de não ser de meu conhecimento. Até esta data eu ignorava por completo. E se quer insistir nisso, por que não me mostrou antes de nosso casamento?

— Isso é uma asneira! Em que país as mulheres necessitam passar por um teste de calvície antes de se casarem?

— Posso suportar a calvície, mas sua estatura é bem mais baixa do que a das pessoas em geral, e isso é visualmente desagradável.

— Qualquer um pode ver minha altura, e você casou comigo ciente disso desde o início.

— Sabia, não posso negar que era de meu conhecimento, mas imaginei que você ainda fosse crescer mais.

— Crescer mais aos vinte anos... Você só pode estar caçoando de mim.

A esposa pôs de lado a roupa sem mangas que costurava e virou-se para meu amo. As coisas aparentemente ficariam feias dependendo de como meu amo replicasse.

— Não há nenhuma lei que impeça alguém de crescer após os vinte anos. Imaginei que, alimentando-a com comidas nutritivas, você ainda poderia esticar um pouco.

Justo na hora em que meu amo desenvolvia essa lógica bizarra com o rosto mais compenetrado do mundo, a campainha da porta de entrada soou de forma brusca e alguém gritou perguntando se havia gente em casa. Finalmente Suzuki encontrou o covil onde o professor Kushami se esconde, após procurar aqui e acolá pelo telhado coberto de bolsas-de--pastor.

Minha ama postergou a briga para outra ocasião e saiu às pressas para o salão de chá, levando a caixa de costura e a roupa que cosia. Meu amo enrolou a coberta cinza, jogando-a para dentro do gabinete. Ao olhar o cartão de visitas trazido pela criada, surpreendeu-se. Ordenou que deixassem o visitante entrar e, sem largar o cartão de visitas, entrou no banheiro. Não entendi o motivo de sua pressa em ir àquele local, e seria difícil explicar a razão de ter carregado consigo o cartão de visitas de Tojuro Suzuki. De qualquer forma, foi um transtorno para o pobre cartão ter sido levado a um lugar tão fétido.

A criada ajeitou a almofada de algodão estampado em frente ao *tokonoma*, convidou o visitante a se sentar nela e se retirou. Suzuki inspecionou o cômodo. Examinou ordenadamente um por um os elementos do *tokonoma*: o rolo de papel dependurado com uma imitação da caligrafia do famoso mestre Mokuan, onde se lia "Flores desabrocham. Por toda parte é primavera"; e o arranjo floral com galhos de cerejeira num vaso verde ordinário fabricado em Kyoto. Ao retornar os olhos para a almofada que a criada lhe trouxera, um gato ali estava tranquilamente sentado. Desnecessário dizer que o gato a que me refiro era eu. Nesse momento, uma ligeira onda de tensão invadiu o peito de Suzuki, embora não tenha lhe alcançado a fisionomia. A almofada, sem dúvidas, fora posta ali para a comodidade do visitante; mas, antes mesmo que ele pudesse nela se sentar, um animal estranho ali se acocorou sem permissão, com a maior naturalidade. Esta foi a primeira consideração que destruiu a calma reinante no coração dele. Tivesse a almofada permanecido desocupada como a criada a deixara, apenas envolvida pela brisa primaveril, Suzuki teria suportado se sentar sobre o duro tatame, como forma de expressar sua humildade, até que meu amo o convidasse a se transferir para a almofada. Quem seria aquele que se instalara tão descortês sobre algo que deveria lhe pertencer? Fosse um humano, ele provavelmente lhe cederia seu lugar, mas um gato! O fato de o ocupante ser um felino só agravou seu mau humor. Esta foi a segunda consideração que destruiu a calma em seu coração. Por último, a atitude desse gato se mostrou intolerável. Sem nenhuma sombra de simpatia, sentou-se numa almofada que não lhe era de direito, assumindo um ar arrogante. Piscava os olhos redondos, fitando com ar hostil o rosto de Suzuki, como se desejasse lhe perguntar "quem é você afinal?". Esta foi a terceira consideração que lhe destruiu a calma... Se não estivesse satisfeito, poderia me pegar pelo cangote e me retirar de cima da almofada, mas Suzuki apenas continuava a me olhar, calado. Não há motivo para um humano ilustre ter medo de pôr a mão num gato, o que me leva a acreditar que Suzuki não se livrou logo de mim para aliviar a raiva que sentia pela prudência em manter sua dignidade de ser humano. Por meio da força, mesmo uma criança de menos de um metro de altura me expulsaria de lá com facilidade; mas, se considerarmos a honra tão fundamental aos humanos, mesmo Tojuro Suzuki, braço direito de Kaneda, nada poderia fazer contra a Suprema Divindade Felina tranquilamente entronizada no centro da almofada. Mesmo não havendo testemunhas, brigar com um gato por causa de uma almofada repercutiria em sua dignidade. Discutir seriamente com um bichano sobre o certo ou errado seria imaturo. Era cômico. Para evitar a desonra, era preciso suportar certo desconforto. Contudo, quanto mais suportava, mais seu ódio por mim crescia, e por vezes Suzuki me olhava de cara feia. Era divertido ver sua fisionomia descontente, mas procurava me fazer de desentendido e não cair na risada.

Enquanto essa pantomima se desenrolava entre mim e Suzuki, meu amo saiu do banheiro com seu quimono bem-ajeitado, vindo se sentar em frente ao visitante, cumprimentando-o com um "olá". Não se via mais o cartão de visitas que havia pouco segurava, o que me levou à conclusão de que o nome de Tojuro Suzuki fora condenado à prisão perpétua naquele pestilento lugar. Antes mesmo de ter tempo de considerar o cruel destino do cartão, meu amo me pegou pela nuca, chamando-me de gato estúpido, e me atirou na varanda.

— Pegue esta almofada. Que surpresa foi essa? Quando chegou a Tóquio?

Meu amo ofereceu a almofada ao velho amigo. Suzuki teve o cuidado de virá-la antes de sentar sobre ela.

— Estive muito ocupado para lhe dar notícias, mas na realidade fui recentemente transferido para nossa matriz em Tóquio.

— Alvíssaras! Há tempos não nos vemos. Não é esta a primeira vez desde que você partiu para o interior?

— Sim, e já se vão dez anos. Nesse ínterim tive a oportunidade de vir algumas vezes à capital, mas como eram muitos os afazeres nunca pude visitá-lo. Espero que não tenha me levado a mal. Ao contrário do ofício de professor, o trabalho em uma empresa é muito corrido.

— Dez anos nos fizeram mudar bastante — constatou meu amo examinando Suzuki da cabeça aos pés.

Suzuki estava com o cabelo meticulosamente partido, vestia um terno de *tweed* inglês com uma gravata berrante, e no peito brilhava a corrente de ouro de um relógio de bolso. Nem em sonho se poderia imaginar que fosse um velho amigo do professor Kushami.

— É, sou obrigado a usar esse tipo de coisa — confessou Suzuki mostrando a corrente.

— É de ouro legítimo? — perguntou meu amo rudemente.

— Dezoito quilates — respondeu Suzuki rindo. — Você também envelheceu. Sei que você tinha filhos. Um, não era?

— Não.

— Dois?

— Não.

— Mais do que isso? Três?

— Isso mesmo, três. Não sei quantos mais ainda virão.

— Como sempre dizendo coisas engraçadas. Que idade tem o mais velho? Já deve estar bem grande.

— Sim, não sei a idade, mas a maior deve ter uns seis ou sete.

— Ha, ha, ha... Como é boa a vida despreocupada que os professores levam. Eu deveria ter me tornado docente como você.

— Experimente. Creia-me, você não aguentaria três dias.

— Será mesmo? Parece-me uma ocupação refinada, prazerosa, cheia de tempo livre, pode-se estudar o que se tem vontade, muito boa de fato. Ser um homem de negócios não é ruim, mas meu cargo atual não é interessante. Para se tornar um homem de negócios é necessário estar no topo. Quando se está em posição inferior, é preciso fazer bajulações tolas, sair para beber mesmo sem ter vontade e coisas idiotas do gênero.

— Desde os tempos de escola odeio os homens de negócios. Fazem qualquer coisa por dinheiro. Como diziam os antigos, são verdadeiros mercenários — censurou meu amo, parecendo não se importar com o fato de ter diante de si um desses homens.

— Ah, tenha piedade. Nem todos são esses monstros que você descreve. Não nego que tenham certo aspecto vulgar, mas de qualquer forma você só obterá sucesso se estiver consciente de que precisa fazer um pacto até a morte com o dinheiro. Pois o dinheiro sempre fala mais alto. Acabo de vir da casa de um empresário que afirma que para enriquecer é necessário empregar a "técnica triangular": fugir a suas obrigações, não se entregar às emoções e jamais sentir vergonha. Ele diz que são esses os três ângulos formadores do triângulo. Não acha interessante?

— Quem foi o imbecil que disse uma asneira semelhante?

— Não é imbecil, mas um homem de rara inteligência. É famoso no mundo dos negócios. Será que você não o conhece? Ele mora logo na rua abaixo.

— Kaneda? Aquele homem repugnante?

— Você está bastante irritado. Não passa de uma brincadeira, uma alegoria para mostrar que para acumular riquezas é preciso chegar até esses extremos. Estaríamos perdidos se todos o interpretassem seriamente como você.

— Essa técnica triangular só pode ser brincadeira, mas e o nariz da esposa dele? Se você esteve na casa deles, por certo deve ter notado aquele nariz.

— A esposa? É uma mulher bastante sensata.

— O nariz, estou me referindo àquele avantajado nariz! Outro dia compus um *haiku* em estilo moderno sobre ele.

— O que significa "*haiku* em estilo moderno"?

— Você não sabe? Em que mundo você vive afinal?

— Um homem ocupado como eu não consegue se manter atualizado em literatura. E, a bem dizer, nunca gostei tanto assim.

— Conhece o formato do nariz de Carlos Magno?

— Ha, ha, ha... Lá vem você de novo. Lógico que não conheço.

— Que me diz de Wellington, que recebeu de seus comandados a alcunha de "O Nariz"?

— O que aconteceu para você estar tão preocupado com narizes? Que diferença pode fazer se um nariz é redondo ou pontudo?

— Aí você se engana. Já ouviu falar de Pascal?

— Mais perguntas. Até parece que eu vim para um teste. O que houve com Pascal?

— Pascal disse o seguinte...

— O que ele disse?

— Se o nariz de Cleópatra tivesse sido um pouco mais curto, teria mudado o curso da história.

— Realmente.

— Por isso você não deve subestimar a importância do órgão olfativo.

— Bom, prometo tratar o caso com mais atenção no futuro. Vamos mudar de assunto. Vim hoje visitá-lo porque há algo que gostaria de lhe perguntar. É sobre um antigo pupilo seu, Mizushima... não me lembro o nome completo dele... Parece que ele vem visitá-lo com certa frequência.

— Você se refere a Kangetsu?

— Isso mesmo, Kangetsu. Vim para lhe perguntar algumas coisas sobre ele.

— Não me diga que é algo relacionado a casamento?

— Bem, eu diria que é algo bem próximo a isso. Eu estive hoje com os Kaneda...

— Dia desses a "Nariz" veio em pessoa.

— É mesmo. Ela me falou sobre isso. Contou-me que veio vê-lo para obter informações sobre Kangetsu, mas Meitei estava aqui e atrapalhou de tal forma a conversa que ela acabou indo embora sem entender quase nada.

— A culpa é dela, que veio até aqui sacudindo aquele narigão.

— Veja bem, ela não disse nada de mau a seu respeito. Foi uma pena ela não ter podido fazer perguntas de caráter mais pessoal porque Meitei estava presente, e por isso mesmo me pediu para vir visitá-lo em seu lugar para lhe perguntar. Esta é a primeira vez que me entrego a semelhante diligência, mas desde que as partes envolvidas não se oponham não creio haver mal que eu aja como intermediário. Por isso, aqui estou.

— Desculpe o trabalho que está tendo com esse assunto — disse meu amo friamente, embora no fundo, ao ouvir Suzuki dizer "as partes envolvidas", tenha se emocionado levemente, sabe-se lá a razão. Era como se uma rajada de ar frio em uma noite quente e úmida de verão houvesse penetrado pela manga de seu quimono.

Apesar de ser um homem de poucas palavras, obstinado e sem lustro, meu amo não pertencia à espécie de seres cruéis e desalmados produzidos pela civilização atual. Ele pode se encolerizar por algo, mas seus motivos são compreensíveis. Quando brigou com Hanako recentemente foi por detestar seu nariz, mas a filha dos Kaneda nenhuma culpa tinha na história. Odiava os homens de negócios e, portanto, detestava o tal Kaneda por ser um deles, mas é preciso deixar claro que isso não tinha nenhuma relação com a moça. Não experimentava por ela nem gratidão nem ódio, e devotava a seu ex-pupilo Kangetsu um carinho ainda maior do que a um irmão. Se, como disse Suzuki, as partes envolvidas se gostam, mesmo que indiretamente, não era próprio a um verdadeiro cavalheiro lhes causar empecilhos. Pois o professor Kushami está convencido de que é um verdadeiro *gentleman*. Todo o problema se reduzia então a saber se as partes envolvidas se amavam de verdade. Para ele mudar sua atitude em relação a este caso, antes de mais nada urgia confirmar este ponto.

— Diga-me, Suzuki, a filha dos Kaneda deseja mesmo se casar com Kangetsu? Independente do que pensam Kaneda ou Hanako, qual é a real intenção da moça?

— Bem, ela... você sabe... tudo o que... sim, suponho que seja da vontade dela.

Suzuki titubeou, dando uma resposta vaga. Na realidade, como sua missão era apenas a de perguntar a Kushami sobre Kangetsu, não se dera ao trabalho de se certificar das intenções da moça. Apesar de estar acostumado a se sair bem de situações difíceis, Suzuki parecia em palpos de aranha.

— "Supõe?" Pelo visto então não é certo?

Meu amo não sossegaria se não pudesse partir para esse ataque frontal.

— Claro. Acho que me expressei mal. Da parte da filha não há dúvidas de que existe essa intenção. É verdade. Ah, foi a própria mãe quem me assegurou, embora ela às vezes diga coisas horríveis sobre Kangetsu.

— Qual delas? A filha?

— Ela mesmo.

— Que insolente! Falar mal de Kangetsu! Ou seja, isso prova que ela não tem interesse por ele.

— Não é bem assim. O ser humano é curioso, você sabe. Há casos em que se diz propositalmente coisas ruins sobre o ente amado.

— Onde existe gente tão estúpida a esse ponto?

Meu amo é incapaz de compreender essas sutilezas da sensibilidade humana.

— Há muita gente assim neste mundo, que fazer? E a senhora Kaneda também interpreta dessa forma o que diz a filha. Ela argumenta que se a filha fala mal de Kangetsu, afirmando que o rosto dele mais parece uma bucha desnorteada, é porque deve nutrir por ele uma grande paixão.

Ao ouvir essa interpretação insólita e inesperada, meu amo permaneceu de olhos arregalados sem poder responder, contemplando Suzuki sem pestanejar, como se estivesse diante de um vidente de rua. Aparentemente Suzuki percebera que pelo andar da carruagem sua missão resultaria em um fiasco e procurou mudar o assunto da conversa para um domínio mais compreensível a meu amo.

— Pense um pouco e logo se dará conta de que, com a fortuna e beleza que possui, ela poderá se casar com alguém pertencente a uma família à altura dos Kaneda. Kangetsu pode ser um homem de valor, mas sua posição social... não, seria descortês falar de posição social... do ponto de vista de patrimônio, bem, qualquer um logo percebe que os dois pertencem a classes distintas. Se os pais se preocupam a ponto de expressamente me enviarem até você, não seria isso sinal de que a filha tem real interesse por Kangetsu?

Suzuki fundamentou sua explicação em argumentos dignos de aplauso. Parecendo por fim convencido, meu amo se tranquilizou; mas, como havia o perigo de novas interrupções caso parasse de falar, Suzuki percebeu que a melhor estratégia a adotar seria prosseguir rapidamente a conversa para concluir o quanto antes sua missão.

— Portanto, as coisas estão no seguinte pé. Os Kaneda não exigem recursos financeiros ou fortuna, mas querem que Kangetsu tenha uma qualificação... e entenda-se por qualificação um título... Mas não os entenda mal. Eles não têm a empáfia de afirmar que só consentirão em um provável casamento caso Kangetsu obtenha o título de doutor. Quando a senhora Kaneda veio visitá-lo, Meitei estava aqui e só falou coisas estranhas... Logicamente não é sua culpa, Kushami. A senhora Kaneda elogiou você, chamando-o de pessoa sincera e honesta. Quem estragou tudo foi Meitei... Se Kangetsu conseguir se doutorar, os Kaneda não terão nada a se envergonhar diante da sociedade e manterão sua reputação. O que você me diz? Acha que seria possível pedir para Mizushima defender o quanto antes sua tese e receber o título de doutor?... Sabe, se fosse apenas pelos Kaneda, não haveria necessidade de títulos de doutor ou bacharel, mas o problema é a opinião da sociedade, a qual eles não podem simplesmente desprezar.

Colocando as coisas dessa forma, deve-se admitir que a exigência pelos Kaneda de um doutorado não se mostrava irracional. E é justamente por não ser irracional que meu amo considerou atender o pedido de Suzuki, o qual detinha completo poder sobre ele. Realmente meu amo é um homem simples e honesto.

— Neste caso, quando Kangetsu der as caras por aqui eu o aconselharei a escrever a tese. Porém, antes disso devo reconfirmar com ele se deseja de fato se casar com a filha dos Kaneda.

— De que serve reconfirmar isso? Agindo com tanta formalidade nunca chegaremos a lugar nenhum. O método mais rápido seria sondá-lo discretamente durante uma conversa.

— Sondá-lo?

— Sim. Bem, sondar não seria a palavra mais adequada... Mesmo que não o inquira de modo explícito, poderá perceber naturalmente ao conversar com ele.

— Para você talvez seja fácil perceber isso, mas a menos que eu lhe pergunte diretamente serei incapaz de entender.

— Faça do seu jeito, então. Porém, acho que pode estragar tudo caso comece a soltar asneiras como Meitei. Afinal, por mais que você o aconselhe, no final é uma decisão que Kangetsu deverá tomar por vontade própria. Quando ele aparecer da próxima vez, na medida do possível certifique-se de que não haverá interferências... É lógico que não me refiro a você, mas a Meitei. Quando aquele sujeito mete o nariz onde não deve, tudo vai por água abaixo.

Como diz o ditado "falando da pessoa, sua sombra aparece", no momento em que escutamos essa maledicência contra Meitei — na verdade uma indireta dirigida a meu amo —, o dito cujo, como de costume, entrou de improviso pela porta da cozinha como que trazido displicentemente pela brisa primaveril.

— Ah, que visitante raro temos aqui. Para frequentadores assíduos da casa como eu, Kushami deixa de lado a etiqueta. É melhor visitá-lo uma vez a cada dez anos. Esse doce é bem melhor do que os que você costuma servir — comentou enfiando na boca sem cerimônias um pedaço do doce de feijão vermelho da doceria Fujimura.

Suzuki se impacientou. Meu amo sorriu. Meitei mastigava o doce. Admirando da varanda essa paisagem momentânea, percebi haver se instaurado uma perfeita pantomima. Nas práticas do zen-budismo, a comunicação mental se efetua em completo silêncio, e semelhante prática também se evidencia nesse ato teatral sem palavras. É um ato curtíssimo, mas de grande intensidade.

— Imaginava que você era como um desses corvos viajantes, sempre indo e vindo durante toda a vida, mas pelo visto quando menos se espera bateu as asas de volta. Desejo viver muito para ter oportunidades de me deparar com esses momentos inesperados de felicidade.

Meitei deixava de lado a cerimônia perante Suzuki, como o fazia com meu amo. Por mais amigos que fossem, preparando juntos suas refeições na pensão onde moravam, depois de não se verem por dez anos seria natural haver sempre uma certa retração, o que não se constatava no caso de Meitei. Difícil dizer se deveria ser admirado por isso, ou se apenas estava se portando como um tolo.

— Coitado. Deve estar achando que me faz de bobo.

Apesar da resposta inofensiva, Suzuki estava tenso e não parava de mexer nervosamente na tal corrente de ouro.

— Você já tomou o trem elétrico? — soltou meu amo de repente.

— Parece que vim hoje aqui para ser alvo das gozações de vocês. Posso ter vindo do interior... mas mesmo assim tenho sessenta ações da Companhia de Trens Suburbanos de Tóquio.

— Isso é algo para se vangloriar. Eu possuía oitocentas e oitenta e oito ações, mas por infelicidade a maioria foi dizimada pelas traças e agora só possuo metade de uma ação. Se você tivesse vindo mais cedo para Tóquio, eu lhe teria dado uma dezena delas antes do ataque traiçoeiro. Que pena!

— Maledicente como sempre. Porém, brincadeiras à parte, ninguém perde com aquelas ações. De ano para ano seu preço só aumenta.

— Claro. Ainda que só tenha meia ação, se eu não me desfizer dela em mil anos poderei construir três edículas em minha casa. Eu e você somos homens talentosos e conhecemos a sociedade em que vivemos, mas Kushami me causa pena. Quando se fala de ações, a única bolsa que conhece é a usada pela esposa.

Logo após dizer isso, Meitei pegou mais um pedaço do doce olhando para meu amo. Contaminado pela gulodice de Meitei, meu amo também estendeu o braço em direção ao prato de doce. No mundo, todos os homens positivos possuem o privilégio de serem imitados.

— As ações não me importam, mas gostaria de ter feito Sorozaki pegar um trem elétrico, mesmo que apenas uma vez — confessou meu amo contemplando as marcas deixadas por seus dentes no doce comido.

— Se Sorozaki pegasse o trem, iria parar toda vez no final da linha, em Shinagawa. Melhor que isso e mais seguro é estar agora com o nome póstumo de Tennenkoji gravado em uma lápide.

— Ouvi dizer que Sorozaki faleceu. É uma lástima. Era um homem inteligente — disse Suzuki.

— Apesar de inteligente, era o pior cozinheiro que existia. Quando era a vez dele de se encarregar da comida, eu saía para comer macarrão de trigo sarraceno em algum lugar — acrescentou Meitei.

— Realmente, o arroz que ele cozinhava queimava e ficava duro, e quem diz que eu poderia comê-lo? Se isso não bastasse, vivia servindo *tofu* frio e sem nenhum molho, impossível de engolir.

Suzuki também puxou do fundo da memória seu descontentamento de dez anos antes.

— Desde aquela época, Kushami era amigo íntimo de Sorozaki e os dois saíam toda noite para tomar caldo doce de feijão vermelho com *mochi*, e como castigo Kushami sofre agora de problemas estomacais crônicos. Falando sinceramente, Kushami sempre comia demais da conta essa sopa e deveria ter morrido antes de Sorozaki.

— Que lógica mais disparatada é essa? Em vez de falar sobre as sopas de feijão, esquece que sob o pretexto de se exercitar fisicamente você ia toda noite ao cemitério nos fundos da pensão com sua espada de bambu para nocautear lápides dos túmulos? Você passou por um mau bocado quando o monge o pegou em flagrante.

Sem dar o braço a torcer, meu amo revelou uma das estrepolias de Meitei.

— Ha, ha, ha... Tem razão. O que foi mesmo que o monge disse? Que bater na cabeça de Buda como eu fazia causava transtorno àqueles que jaziam no sono eterno. Contudo, no meu caso eu tinha uma espada, mas nosso General Suzuki aqui usava as mãos vazias, praticando lutas de sumô com as lápides. Derrubou três delas, de diferentes tamanhos.

— O monge se enfureceu. Ordenou que recolocássemos as lápides na posição original e se recusou terminantemente quando lhe pedi para esperar enquanto eu procuraria ajuda. Disse que eu próprio deveria colocá-las de volta como prova de arrependimento pela blasfêmia cometida. Caso não o fizesse, isso constituiria grave ofensa a Buda.

— Sua aparência não ajudou muito na época. De camisa de algodão e portando apenas uma tanga, grunhia pisando nas poças de água de chuva...

— Enquanto isso você desenhava calmamente a cena. Um ultraje! Eu nunca fora do tipo de me irritar com nada, mas apenas naquele momento considerei sua atitude um desrespeito a minha pessoa. E você ainda se lembra a desculpa que deu então?

— Quem se lembraria de algo dito dez anos atrás? Embora me recorde como se fosse hoje da inscrição gravada em uma das pedras tumulares: "Em memória do Excelentíssimo Kisenin Kokaku Daikoji, janeiro de 1776, quinto ano da Era Annei." Aquela lápide era tão antiga e elegante que me deu vontade de roubá-la quando você a levantou. De fato, o estilo gótico da lápide combinava com os princípios estéticos.

Meitei novamente demonstrava seus conhecimentos estéticos.

— Está bem, mas o que me diz de sua desculpa? Você disse o seguinte: "Estou me especializando nos estudos estéticos e, na medida do possível, procuro fazer esboços de situações interessantes neste mundo que possam servir como referência futura. Um homem devotado à ciência como eu não pode se deixar dominar por sentimentos como a piedade ou a compaixão." Afirmou isso com tanta tranquilidade que, julgando-o um homem destituído de sentimentos, tomei de você o caderno de desenho com minhas mãos sujas de lama e o destroçei.

— Desde aquela época meu promissor talento artístico foi ceifado pela raiz. Você aniquilou todo o meu ímpeto criativo. Jamais o perdoarei por isso.

— Não me faça de idiota. Se alguém aqui tem o direito de se sentir ensandecido, esse alguém sou eu.

— Isso mostra que Meitei é um fanfarrão desde aquela época — intrometeu-se meu amo na conversa dos dois após comer seu doce. — Nunca cumpria as promessas empenhadas. Além disso, mesmo pressionado nunca pedia desculpas, dando um monte de pretextos. Uma vez, quando os mirtos floresciam no templo, afirmou que escreveria uma dissertação sobre os princípios estéticos antes das flores fenecerem. Confessei-lhe que achava impossível e que não o julgava capaz. Respondeu-me que, apesar das aparências, era um homem de vontade férrea. Disse que, se eu duvidava, deveríamos apostar. Levei-o então a sério e decidimos que o perdedor pagaria um jantar em um restaurante ocidental situado em Kanda. Aceitei por estar certo de que ele nada escreveria, mas no fundo nutria certa apreensão. Isso porque eu não tinha dinheiro suficiente para bancar semelhante jantar caso perdesse a aposta. Contudo, como imaginara, o professor Meitei acabou não escrevendo uma linha sequer. Sete dias se passaram, vinte dias se passaram e nem uma página. As flores dos mirtos feneceram todas e, como ele não comentasse sobre o assunto, eu o pressionei a cumprir o prometido, já sonhando com o jantar. Meitei, porém, se fez de desentendido.

— Novamente inventou algum subterfúgio, suponho — interveio Suzuki.

— Sim, na realidade é um cara de pau de marca maior. Insistia em dizer que, mesmo admitindo não ter outros talentos, apenas sua força de vontade era superior à minha.

— Mesmo sem ter escrito nem uma página?

Desta feita, foi o próprio Meitei quem perguntou.

— Lógico. Foi o que você disse na época. "Ninguém pode sobrepujar minha força de vontade. Porém, infelizmente minha memória é muito fraca. Vontade de escrever uma teoria estética não faltava, mas no dia seguinte a ter anunciado meu intento me esqueci dele por completo.

Por isso, não ter escrito como pretendia antes que as folhas caíssem não é culpa da força de vontade, mas da memória. E, não se tratando de culpa da força de vontade, não vejo motivos para ter de lhe pagar um jantar." Foi uma desculpa arrogante!

— Realmente é típico de Meitei e muito interessante.

Por alguma razão desconhecida Suzuki se interessou pelo relato. Sua maneira de falar em muito diferia daquela usada quando Meitei não estava presente. Esta talvez seja uma característica das pessoas inteligentes.

— O que é tão interessante? — perguntou meu amo parecendo ainda aborrecido.

— Foi uma lástima, mas não estou apregoando aos quatro ventos com címbalos e tambores na tentativa de obter línguas de pavão para agraciá-lo? Não se ire, aguarde mais um pouco. Mas, falando em dissertação, hoje eu trago uma grande e rara notícia.

— Tenho de tomar cuidado, pois sempre que você aparece traz alguma notícia inusitada.

— Mas a de hoje é sensacional. Tem enorme valor, com certeza. Sabia que Kangetsu começou a escrever sua monografia? Imaginava que um homem que assume ares de importância de forma tão curiosa como ele não se desse a um trabalho tão insípido como uma tese. Não é estranho ver seu interesse por algo tão mundano? Você deve informar isso à nariguda. A esta hora ela está provavelmente sonhando com um doutor em glandes de carvalho.

Ao ouvir o nome de Kangetsu, Suzuki implorou a meu amo por meio de sinais com o queixo e olhos para que ele nada comentasse. Meu amo parecia não compreender o significado dos sinais. Quando recebera havia pouco as explicações de Suzuki, sentiu grande compaixão pela senhorita Kaneda, mas agora, ao ouvir Meitei se referir à genitora, voltou-lhe à mente a briga recente que com ela tivera. A lembrança era ao mesmo tempo cômica e um tanto quanto exasperadora. No entanto, não haveria presente mais maravilhoso do que Kangetsu começar a redigir sua tese doutoral e isso, mais do que qualquer outra coisa, era uma notícia das mais alvissareiras, como dissera se vangloriando o professor Meitei, e não apenas fantástica, como também jubilosa e divertida. Se Kangetsu se casará ou não com a filha dos Kaneda é indiferente. O mais importante é que ele se tornará um doutor. Meu amo aceita por completo sua própria incapacidade, comparando-se a uma estátua de madeira sem acabamento deixada a um canto do ateliê do escultor de imagens budistas para ser roída pelos vermes, mas é seu desejo revestir de dourado o quanto antes uma escultura esplendidamente bem talhada.

— É verdade que começou a escrever a tese? — perguntou animado meu amo, continuando a ignorar os sinais enviados por Suzuki.

— Que homem desconfiado é você, sempre duvidando de tudo o que eu falo... O único problema é que eu desconheço se é sobre as glandes dos carvalhos ou sobre a dinâmica do enforcamento. De qualquer forma, tratando-se de Kangetsu, a tese deverá fazer cair o queixo da nariguda.

Meitei começou a se referir de maneira irônica à senhora Kaneda chamando-a de nariguda e, a cada vez que escutava isso, Suzuki se mostrava intranquilo. Não tendo percebido absolutamente nada, Meitei continuava com muita calma.

— Tenho realizado algumas pesquisas sobre o nariz e descobri recentemente uma teoria sobre o referido órgão em *Tristram Shandy*.[62] É uma lástima Sterne não ter podido contemplar o nariz da senhora Kaneda, pois lhe serviria de ótimo material de referência. É doloroso ver um nariz com tamanha qualificação, que poderia entrar para a história, ser deixado decaído daquela forma. Da próxima vez que ela aparecer por aqui, executarei um esboço para me servir como referência estética.

Meitei continuava como sempre a soltar uma torrente de despropósitos.

— Mas parece que a moça quer se casar com Kangetsu — repetiu meu amo o que acabara de ouvir de Suzuki.

Suzuki fazia caretas e piscava os olhos para meu amo. Este, como um corpo não condutor, era incapaz de receber as descargas elétricas.

---

62. *Vida e as opiniões do cavalheiro Tristram Shandy*, romance de Laurence Sterne (1713-1768), escritor irlandês e clérigo anglicano, no qual consta uma longa reflexão pedante relacionada ao nariz.

— É curioso que a filha de uma mulher como aquela se apaixone, mas deve ser apenas um amorico de nada. Para esse tipo de amor se deve torcer o nariz.

— Mesmo que seja uma paixão passageira, que podemos fazer se Kangetsu quiser casar com ela?

— Que podemos fazer? Mas não era você mesmo que naquele dia parecia se opor totalmente ao casamento? Hoje já se mostra mais flexível. Estranho...

— Não é questão de estar mais flexível. Jamais me flexibilizarei...

— Mas alguma coisa não me cheira bem aqui. Olha, Suzuki, como você está começando a engatinhar no mundo dos negócios, vou lhe dizer algo para sua referência. É sobre aquele tal Kaneda. Ver a filha daquele homem casada com nosso talentoso Kangetsu Mizushima, sendo respeitada como a esposa dele, é como colocar uma lanterna de papel junto a um enorme sino de bronze. De fato em nada combinam um com o outro. Como amigos do peito de Kangetsu, creio que não podemos simplesmente nos calar diante dessa situação. Mesmo um comerciante como você deve concordar com isso.

Suzuki tentou se esquivar a uma afirmação.

— Você e seu bom humor de sempre. Isso é muito bom. É notável como você não mudou absolutamente nada nesses dez anos.

— Notável? Bem, já que estou sendo elogiado, vou lhes brindar com mais um pouco de minha erudição. Os antigos gregos se interessavam muito pelos exercícios físicos, oferecendo prêmios valiosos e criando medidas de incentivo a todo tipo de competição desportiva. Contudo, o curioso é o fato de não haver registros de que oferecessem também prêmios ao conhecimento acadêmico, e isso tem me intrigado até hoje.

— De fato, é um pouco estranho — afirmou Suzuki, tentando se adaptar como sempre às circunstâncias.

— Mas há dois ou três dias, descobri a razão durante minhas pesquisas sobre estética. Minhas dúvidas de longos anos se dissiparam e atingi o território do júbilo total, onde obtive a estonteante revelação.

Meitei exagerava de tal forma ao se exprimir que mesmo Suzuki, homem de grande eloquência, mostrava no rosto sinais de derrota.

Cabisbaixo, meu amo batia com os pauzinhos de marfim sobre a borda do prato de doce, como querendo dizer "pronto, lá vamos nós de novo". Apenas Meitei continuava a tagarelar saturado de orgulho.

— Quem vocês acham que me salvou puxando-me para fora do abismo sombrio de tantos anos de dúvidas em que eu estava, dissertando claramente sobre esse fenômeno contraditório? Pois foi Aristóteles, o filósofo grego pai de toda a ciência desde que existe ciência e fundador da Escola Peripatética. Conforme a explicação dele — Céus, Kushami, pare de batucar nesse prato de doce e ouça com atenção o que eu digo! —, os prêmios recebidos pelos gregos em competições desportivas eram mais valiosos do que as capacidades desempenhadas. Os prêmios buscavam conceder uma distinção e serviam como incentivo. Porém, como seria no caso da capacidade intelectual? O que deveria ser concedido como recompensa ao intelecto que lhe fosse superior em valor? Haveria no mundo algum tesouro precioso que superasse o conhecimento humano? Obviamente a resposta é não. Conceder algo insignificante seria desvalorizar a força intelectual. Os gregos empilharam baús repletos de moedas de ouro em uma pilha tão alta como o Monte Olimpo, mas acabaram se dando conta de que não seriam capazes de conceder uma recompensa à altura, mesmo que esgotassem as riquezas do rei Cresus. Depois de muito matutarem, chegaram à conclusão de que o valor do conhecimento intelectual não tem par, decidindo por fim não oferecer absolutamente nada. Podemos entender bem através disso que não importa a cor do dinheiro, ele nunca rivalizará com o conhecimento. Bem, é recomendável ter esse princípio em mente ao aplicá-lo ao problema real com o qual nos defrontamos no momento. Vocês hão de concordar que o tal Kaneda não passa de uma cédula de dinheiro na qual foram pregados olhos e nariz humanos. Se quisermos adjetivá-lo com palavras originais, diremos que não passa de uma cédula de dinheiro móvel. A filha de uma cédula de dinheiro equivaleria a algo como uma nota promissória em circulação. Por outro lado, o que podemos dizer com relação a Kangetsu? Teve a honra de se formar em primeiro lugar em uma renomada instituição científica e, portanto seu cordão de *haori* datado da rebelião de Choshu, se aplica dia e noite incansavelmente aos estudos sobre a estabilidade das glandes de carvalho, e ainda não satisfeito, não caminha ele para publicar em breve uma grande tese que porá no chinelo as de Lorde Kelvin?[63] Não podemos esquecer sua tentativa frustrada de se atirar na água quando por acaso passava pela ponte Azuma, mas a tomamos por um ato impensado próprio a um jovem transbordando de entusiasmo, e o incidente em si é insignificante, não exercendo nenhum impacto sobre seus doutos conhecimentos. Se avaliarmos Kangetsu no estilo deste que vos fala, podemos afirmar ser ele uma biblioteca ambulante. É um projétil de calibre 28 carregado de conhecimentos. Se esse projétil explodir no devido tempo no mundo acadêmico... vejam bem, se explodir... causará um senhor estrondo...

Ao chegar neste ponto, Meitei hesitou um pouco ao se ver carente de expressões próprias a seu estilo, mas quando se pensou que o discurso iniciado com tanto vigor acabaria pavorosamente, ele retornou à carga:

— Nessa explosão, as milhares de notas promissórias em circulação se converterão em pó. Portanto, Kangetsu não deve se casar com uma mulher tão diferente dele. Eu não concordo. Equivaleria ao casamento do elefante, o mais perspicaz dos animais, com o porco, o mais glutão. Não acha, Kushami? — perguntou Meitei jogando a peteca para meu amo, que permanecia silencioso, continuando a batucar com os pauzinhos sobre o prato de doce.

Suzuki se mostrava um pouco abatido e se contentou em dizer em voz miúda:

— Não é bem assim.

Havia pouco ele maldissera imprudentemente Meitei e não sabia o que uma palavra mal escolhida agora poderia levar um homem imprevisível como meu amo a revelar. Na medida do possível, deveria tratar o ataque de Meitei com perspicácia e procurar sair ileso da situação. Suzuki é um homem inteligente. Está consciente de que nos dias de hoje deve-se evitar resistências inúteis e que as argumentações sem fundamento são resquícios feudais. O objetivo da vida não está no falar, mas

---

63. Como era conhecido William Thomson (1824-1907), físico, matemático e engenheiro escocês famoso por seus estudos em termodinâmica.

no executar. Se as circunstâncias se desenrolarem sem problemas, da forma como ele as imaginou, o objetivo da vida terá sido alcançado. E caso se desenrolem sem esforços, preocupações ou discussões, além do objetivo da vida ter sido alcançado, pode-se de quebra desfrutar uma felicidade paradisíaca. Suzuki fora bem-sucedido após se formar devido à teoria da felicidade paradisíaca, e graças a ela é agora o digno possuidor de um relógio de ouro com a corrente dependurada em seu colete, graças a ela recebeu a solicitação dos Kaneda, e também devido a ela fora bem-sucedido em praticamente convencer Kushami com sua lábia sobre o caso. Mas agora aparecia na cena um estranho erradio como Meitei, alguém que não se pode julgar pelos cânones usuais e dono de uma função psicológica rara nos homens comuns, deixando Suzuki repentinamente um pouco ensimesmado. Foram alguns cavalheiros da Era Meiji que lançaram a teoria da felicidade paradisíaca e, embora Tojuro Suzuki a colocasse em prática, era ele também quem a execrava no momento em que ela o transtornava.

— Você replica que "não é bem assim" por ignorar o caso totalmente, empregando com elegância palavras reticentes, o que não é de seu feitio, mas se tivesse estado presente no dia em que a nariguda veio até aqui, nem você com sua preferência pelos homens de negócio conseguiria suportar. Não é verdade, Kushami? Você lutou bravamente naquele dia.

— Mas tomei conhecimento que minha conduta causou melhor impressão que a sua.

— Ha, ha, ha... Que confiança férrea tem em si próprio. Sem ela, não poderia ir à escola e ouvir as fanfarronices dos alunos e professores a chamá-lo de "chá selvagem". Mesmo eu, que possuo uma força de vontade superior à de qualquer outra pessoa, admiro-o por sua audácia.

— E por que eu deveria achar tão terrível algumas fanfarronices de alunos e professores? Sainte-Beuve[64], um dos mais renomados críticos de todos os tempos, quando dava aulas na Universidade de Paris, era

---

64. Charles Augustin de Sainte-Beuve (1804-1869). Um dos mais respeitados críticos literários franceses do século XIX.

detestado pelos estudantes. Para enfrentar os ataques dos estudantes após as aulas, ao sair levava consigo um punhal dissimulado na manga de seu casaco como objeto de defesa pessoal. Quando Brunetière[65] atacou os romances de Zola também na Universidade de Paris...

— Mas, afinal de contas, nem mesmo um professor universitário você é! Um professor que apenas ensina inglês baseado no *Reader* se comparar a esses professores famosos é como um peixinho querendo ser tratado como baleia. Dizer algo semelhante o tornará alvo de mais gozações.

— Cale a boca! Tanto Sainte-Beuve como eu somos acadêmicos.

— Sua autoestima é assombrosa. Porém, recomendo-lhe não imitar Sainte-Beuve, pois é perigoso andar por aí portando um punhal. Se um professor universitário se serve de um punhal, um professor de *Reader* deve se conformar com uma navalha. Mesmo assim lâminas cortantes são perigosas e eu o aconselharia a comprar nas lojas de Nakamise uma espingardinha de rolha e carregá-la com você. Seria muito mais gracioso. O que acha, Suzuki?

Suzuki suspirou aliviado ao constatar que o assunto se afastara completamente do caso Kaneda.

— Você como sempre inocente e divertido. Depois de dez anos sem vê-los, sinto como se tivesse saído de um caminho estreito para uma ampla planície. Nas conversas com homens de negócios preciso estar sempre atento. Devo tomar cuidado com cada palavra pronunciada, algo preocupante, enfadonho e realmente exaustivo. É muito bom poder falar tão abertamente! Conversar com antigos colegas de escola sem inibições é maravilhoso. Estou feliz de reencontrá-lo hoje, Meitei. Infelizmente outros compromissos me obrigam a me despedir de vocês.

No momento em que Suzuki se levantou, Meitei também se aprontou.

— Também estou de partida. Preciso ir a uma reunião em Nihombashi do Grupo de Reforma Cênica e o acompanho até lá.

— Ótimo. Já faz tempo que não passeamos juntos.

E os dois se foram de braços dados.

---

65. Ferdinand Brunetière (1849-1906). Escritor e crítico francês.

5

Para escrever tudo o que se passa nas vinte e quatro horas do dia, sem omissões, demoraria pelo menos vinte e quatro horas para ler também sem nada omitir. Mesmo um adepto do estilo descritivo como eu se vê forçado a admitir que semelhante arte está muito além das capacidades felinas. Portanto, apesar de meu amo durante todo o dia falar e agir de uma maneira excêntrica, que bem valeria uma descrição minuciosa, é uma lástima que eu não tenha nem a capacidade nem a perseverança para fornecer aos leitores um relatório pormenorizado. É uma pena, mas que posso fazer? Um gato também precisa de descanso.

Depois que Suzuki e Meitei partiram, a paz voltou a reinar como em uma noite em que o vento cessa repentinamente e a neve passa a cair em silêncio. Como de costume, meu amo se trancou no gabinete. As crianças estão dormindo uma ao lado da outra no quarto de seis tatames. No quarto voltado para o sul, separado do cômodo das crianças por uma porta corrediça, minha ama está deitada amamentando a pequena Menko, sua filha de um ano. Por ser um dia de névoa fina, o sol se pôs rapidamente. O som dos tamancos de pessoas passando em frente ao portão ecoa pela sala de estar. Na pensão da rua vizinha, uma flauta chinesa é tocada em ritmo desencontrado, provocando a cada som um estímulo agudo em meus ouvidos sonolentos. O mundo exterior está mergulhado na mais completa neblina. Depois de encher a barriga com a sopa de massa de peixe que preenchia a concha de abalone usada como meu prato de comida, necessito com urgência de repouso.

Ouvi vagamente falar sobre um fenômeno no mundo chamado "amores de gato"[66], bem ao gosto dos aficionados por *haiku*. Dizem que

---

66. Usado em *haikus* como expressão designando a primavera.

há noites de primavera em que meus semelhantes das vizinhanças erram, insones, mas eu ainda não cheguei a passar por essas transmutações do coração. O amor é sem dúvida uma força universal. Desde o deus Júpiter no alto do Monte Olimpo até as minhocas e os grilos-toupeira sob a terra, todos a ele se entregam pelo caminho e, portanto, não é de se estranhar que nós gatos, felizes nas noites de lua vaga, também coloquemos para fora nossa elegância perigosa. Pensando bem, eu também me enamorei de Mikeko. Dizem até que Tomiko, que adora os *mochi* Abekawa e é filha de Kaneda, o líder da técnica triangular, está apaixonada por Kangetsu. De forma nenhuma penso em menosprezar as gatas e gatos sobre a Terra, que perambulam em êxtases mundanos, seu coração embalado pelas valiosas noites primaveris, mas mesmo quando sou convidado a participar é uma pena que não haja em mim estímulo para tanto. Nas circunstâncias atuais, tudo o que desejo é repousar. Com tanto sono, como seria capaz de me entregar aos prazeres amorosos? Pata ante pata vou até a borda do *futon* das crianças e é com satisfação que adormeço...

Ao abrir os olhos, vejo que meu amo saiu do escritório e se alongou embaixo do *futon* ao lado da esposa. Meu amo tem o hábito de trazer para o leito antes de dormir um pequeno livro escrito em alfabeto ocidental. Porém, nunca chega a ler mais do que duas páginas após se deitar. Em certas ocasiões, deixa-o intocado ao lado do travesseiro. Que necessidade há de colocá-lo ali se não lerá uma linha sequer? Isso é bem do estilo de meu amo e, por mais que sua esposa deboche ou lhe diga para parar com essa mania, ele jamais lhe dá ouvidos. Toda noite se dá ao extremo trabalho de carregar até o dormitório um livro que não lerá. Em alguns casos, com sofreguidão traz três ou quatro. Dia desses chegou a trazer um enorme dicionário *Webster* de inglês. Suponho ser uma doença. Assim como as pessoas extravagantes que não conseguem pregar o olho sem ouvir o som do vapor de uma chaleira de ferro Ryubundo, tampouco ele deve ser capaz de pegar no sono sem que tenha ao lado de seu travesseiro algo para supostamente ler. Desse modo, para meu amo um livro não serve para leitura, constitui-se em um aparelho incitador do sono. Um sonífero tipográfico.

Hoje à noite eu também espiei para ver o que acontecia e reparei em um livro vermelho e fino que jazia semiaberto bem próximo à ponta do seu bigode. Meu amo dormia com o polegar da mão esquerda enfiado entre as páginas do livro e, coisa extraordinária, ele deve ter lido esta noite umas cinco ou seis linhas. Junto ao livro vermelho, seu relógio de bolso em níquel brilhava com sua invariável cor fria que nada condiz com os tons primaveris.

Minha ama, com seu bebê à sua frente, um pouco afastado, roncava de boca aberta e com a cabeça para fora do travesseiro. Em minha opinião, não há nada mais indecoroso do que ver as criaturas humanas dormindo com a boca escancarada. Um gato nunca passou por tamanha vergonha. A boca é um instrumento cuja finalidade é emitir sons, assim como um nariz serve para inspirar e expirar o ar. Indo mais para o norte do país, as pessoas são mais indolentes e, desprovidas de expressão facial, evitam ao máximo abrir a boca. Como resultado, falam usando sons nasais, o que ainda é menos feio do que fechar o nariz e respirar apenas pela boca. Antes de tudo, devido ao perigo de nela cair cocô de rato do teto.

Olhando as crianças, em nada ficam atrás da condição miserável dos pais no que se refere a dormir em postura relaxada. Tonko, a primogênita, parecendo querer afirmar seu direito como a mais velha da casa, estendeu amplamente seu braço direito, colocando-o por sobre a orelha da irmã Sunko, que, como vingança, apoiava com arrogância um dos pés sobre a barriga da maior. Ambas giraram noventa graus da posição em que estavam ao se deitar e mantinham essa posição pouco natural, dormindo numa paz pueril.

A luz das lâmpadas na primavera é de fato especial. Por trás da cena dessa luminosidade de deselegante candura, ela parecia brilhar admiravelmente como convidando a apreciar a noite maravilhosa. Olho ao redor me perguntando que horas podem ser, mas tudo está imerso no silêncio e só se escuta o relógio de parede, os roncos de minha ama e, ao longe, o som do ranger dos dentes da criada. Se alguém lhe diz que ela range os dentes, nega sempre. Contesta com veemência, afirmando que durante toda a sua vida nunca os rangeu, jamais se desculpando ou procurando se corrigir, e persistindo em afirmar que não se recorda de um dia tê-lo feito. Porém, o fato é que, mesmo não se recordando, o rangido existe e é um transtorno. Há no mundo pessoas que, mesmo agindo mal, sempre se julgam como seres de bom caráter. Convencem a si mesmas da ausência de culpa, o que é uma ingenuidade, mas por mais inocente que seja o transtorno causado a outras pessoas, não deve ser negligenciado. A meu ver, essas damas e cavalheiros devem pertencer à mesma linhagem da criada. Enquanto eu pensava sobre isso, a noite avançou.

Algo bateu surdamente duas vezes na porta externa da cozinha. Era impossível ser uma visita àquela hora da noite. Talvez um camundongo, e se fosse, como prometera a mim mesmo jamais caçá-los, poderia ficar à vontade para fazer a bagunça que desejasse... Outra vez ouvi o bater na porta. Não parecia ser um camundongo. Caso fosse, deveria ser um roedor muito cauteloso. Os ratos da casa, da mesma forma que os alunos da escola onde meu amo trabalha, parecem entender como sua missão divina perturbar os sonhos de meu pobre dono, se devotando ao completo exercício da desordem durante todo o dia e noite, não devendo pois ser tão reservados. Sem dúvida não se tratava de roedores. Seria tímido demais para aqueles que recentemente tiveram a audácia de entrar no dormitório de meu amo e, após morderem a ponta de seu nariz não muito grande, debandar entoando um hino de triunfo. De jeito nenhum poderiam ser ratos. Em seguida, ouviu-se o chiado da tela da porta sendo levantada e, ao mesmo tempo, a porta corrediça deslizando com doçura pelo encaixe do umbral. Como eu havia suposto, não era nenhum camundongo. Era uma criatura humana. Uma visita numa hora tão tardia, sem avisar e, ainda por cima, forçando a porta da cozinha só poderia ser o professor Meitei ou Suzuki. Ou seria um desses ladrões cavalheirescos famosos, cujo nome eu já ouvira? Nesse caso, eu desejava ver seu respeitável rosto o quanto antes. O intruso adentrou dois passos na cozinha com seus pés lamacentos. Deve ter tropeçado e caído sobre o soalho ao dar o terceiro passo pelo ruído seco que ecoou dentro da noite. Os pelos de minhas costas se encresparam como se tivessem passado uma escova de sapatos na direção contrária à deles. Por um tempo o ruído de passos cessou. Minha ama continuava de boca aberta, inspirando e expirando calmamente, em sono profundo.

Meu amo talvez estivesse sonhando que seu polegar ficara preso dentro do livro de capa vermelha. Por fim, pude ouvir na cozinha o ruído de um fósforo sendo riscado. Parece que na escuridão noturna o ladrão não enxerga tão bem como eu. Deve ser muito inconveniente e ruim para ele.

Naquele momento eu me agachei e pensei em como agiria o ladrão a seguir. Passaria ele da cozinha à sala de estar ou dobraria à esquerda e, atravessando o vestíbulo, adentraria no gabinete de meu amo? Ouvi o som da porta corrediça sendo aberta e passos se encaminhando à varanda. O ladrão finalmente entrou no gabinete. Depois disso, restou apenas o silêncio.

Percebi então ser minha obrigação acordar meu amo e sua esposa, mas como deveria proceder? Não entendia o que o ladrão pretendia e em minha cabeça as ideias giravam sem nenhum sentido com a força da roda de um moinho d'água. Tentei puxar a borda da coberta duas ou três vezes, sem resultado. Pensei em encostar meu nariz molhado bem no rosto de meu amo, mas este apenas esticou o braço sem pensar para aplicar um tapa bem no meio de meu focinho. O focinho de um gato é um local bastante vulnerável. A dor que senti foi insuportável. Sem outro remédio, experimentei acordá-lo miando ainda mais forte, mas na hora em que mais precisava minha garganta parecia bloqueada e a voz não saía. Finalmente, para minha surpresa, fui capaz de emitir um miado miúdo e relutante. Meu amo não mostrava sinais de que fosse despertar. De súbito, ouvi outra vez o ruído de passos do ladrão. Os passos se aproximavam em silêncio, atravessando a varanda. Ele estava chegando perto e eu não tinha como escapar. Tratei de me esconder por um tempo entre a porta corrediça e uma cômoda de roupas, e observei inerte o que se passava.

Os passos do ladrão pararam bem diante do *shoji* do dormitório. Prendi a respiração e esperei para ver o que ele faria em seguida. Mais tarde, me dei conta de que a sensação que me dominava naquele momento era a mesma de quando se caça um rato. Estava tenso, como se meu espírito fosse saltar bruscamente para fora de meus olhos. Preciso agradecer ao ladrão, pois graças a ele vi pela primeira vez despertar minha espiritualidade felina. De repente, o terceiro quadrado de papel de arroz da porta mudou a cor bem no centro, como se tivesse sido molhado pela chuva. Algo na tonalidade rosa-claro apareceu e aos poucos foi escurecendo, rompendo o papel, deixando entrever uma língua vermelha. Um instante depois, a língua desapareceu na escuridão. Ela fora substituída por algo demasiado brilhante que surgiu do outro lado do buraco aberto. Não há dúvidas de que era o olho do ladrão. O curioso é que esse olho não parecia espiar para o interior do quarto, mas estava, parece, fixado apenas sobre mim, atrás da cômoda. Demorou menos de um minuto, mas senti que minha vida se encurtara apenas pelo fato de ter sido contemplado de tal maneira. Incapaz de me conter, saltei de trás da cômoda justo no momento em que a porta corrediça do dormitório se abriu e o esperado ladrão finalmente se revelou diante de meus olhos.

Pela ordem desta narração, esta é a hora em que eu terei a honra de apresentar aos leitores este inesperado e raro visitante, mas antes disso pediria alguns instantes de sua atenção para expor minha humilde opinião. Os deuses na Antiguidade eram cultuados como oniscientes e onipotentes. Em particular, o Deus cristão possui tais características mesmo hoje, em pleno século XX. Contudo, a onisciência e a onipotência, da forma conhecida pelos homens comuns, podem ser interpretadas, dependendo das circunstâncias, como ignorância e incompetência, respectivamente. Este é um paradoxo evidente e acredito que eu tenha sido o único a identificá-lo desde que o mundo é mundo. Por conseguinte, tomarei a liberdade de expor aqui as conclusões a que cheguei, e das quais me orgulho, tentando enfiar no fundo do cérebro das arrogantes criaturas humanas que um gato não deve ser considerado por elas como um reles idiota. Dizem que em um livro chamado *Bíblia*, ou outro nome parecido, está escrito que o céu e a Terra foram criados por Deus, concluindo-se daí que os humanos também seriam parte dessa criação. Bem, os humanos acumularam observações de si próprios durante milhares de anos e, ao mesmo tempo que com elas se maravilham, é incontestável a tendência a se basear nelas para admitir cada vez mais a onisciência e onipotência divinas. Há um número espantoso de seres humanos em todo o mundo, mas não há dois deles que compartilhem traços fisionômicos idênticos. Os elementos constitutivos de um rosto estão obviamente definidos, e sua dimensão em geral é parecida onde quer que se vá. Em outras palavras, todos foram criados do mesmo material, mas apesar disso o produto final é distinto de um para outro ser humano. Devemos admirar a capacidade do Criador de imaginar rostos diferentes a partir de material tão simples. Essa profusão de tipos só se tornou possível graças a uma imaginação deveras original. Se considerarmos que, mesmo que consumisse todas as suas energias, um pintor só seria capaz de produzir durante toda a vida doze ou treze tipos diferentes de rostos, devemos admirar a capacidade do Criador em executar sozinho a criação humana. É uma capacidade que não pode ser vista nas sociedades humanas e por isso deve ser reconhecida como onipotente. Nesse aspecto, os humanos parecem temerosos diante de Deus e pode-se compreender que assim seja, considerando-se pelo seu ponto de vista. Porém, da perspectiva de um felino, o mesmo fato pode ser interpretado como uma prova da incompetência divina. Podemos afirmar que, mesmo não sendo de todo impotente, não possui Ele uma capacidade acima da criatura humana. Pode-se dizer que Deus criou tantas faces diferentes, mas teria Ele calculado de antemão toda essa diversidade, ou teria a princípio pensado em criar todos os rostos idênticos, inclusive os dos gatos; mas, tendo falhado em seu intento, resultou nessa situação confusa de agora? Quem poderá saber? Ao mesmo tempo que podemos entender a estrutura dos rostos humanos como um testemunho do sucesso do Criador, não poderíamos também entendê-la como prova de seu fracasso? Mesmo que se trate de onipotência, pode-se avaliá-lo também como incompetência. Por estarem os olhos postos um ao lado do outro na face, os humanos não podem olhar ao mesmo tempo para ambos os lados, e seu campo de visão só permite que enxerguem as coisas pela metade, o que é uma grande pena para eles. Mudando a perspectiva, fatos tão simples acontecem intermitentemente, dia e noite, em sua sociedade, mas eles não podem captá-los por estarem subjugados por Deus. Se na criação é complexo expressar diversidade, é da mesma forma difícil expressar similitudes. Pedir a Rafael que pinte dois quadros idênticos da Virgem Maria é o mesmo que pressioná-lo a pintar dois retratos da Madona completamente distintos. É bem provável que Rafael se sentisse perdido com a tarefa e talvez lhe fosse mais complicado, ao contrário, pintar dois quadros idênticos. Seria mais difícil para o grande santo budista Kobo Daishi se lhe pedissem para escrever seu nome religioso, Kukai, com os mesmos traços que empregara no dia anterior, do que se lhe solicitassem mudar o estilo da escrita. O idioma usado pelos humanos é aprendido e transmitido por imitação. Quando aprendem na prática o idioma de sua mãe, ama de leite ou das pessoas ao redor, só possuem como ambição repetir aquilo que ouviram. Apenas imitam as pessoas usando todos os seus esforços. O idioma nascido dessa forma por imitação do outro, uma ou duas décadas depois, apresenta alterações naturais em sua pronúncia, o que demonstra que a capacidade imitativa humana não é perfeita. Uma imitação pura é tarefa das mais difíceis. Portanto, se Deus criasse os humanos de forma que não pudessem se distinguir uns dos outros, como máscaras moldadas de rostos de mulheres obesas produzidas em série, isso demonstraria cada vez mais a onipotência divina. Porém, ao mesmo tempo, o fato de ter criado tão fantástica variedade de rostos diferentes que temos hoje sob o sol serve, ao contrário, como material para inferir Sua incompetência.

Confesso que já esqueci o que gerou toda esta argumentação. Peço-lhes que façam vistas grossas à minha divagação, pois esquecer o fio da meada em suas conversas é algo que ocorre às criaturas humanas, e o mesmo naturalmente pode se aplicar a um gato. De qualquer forma, as impressões a que me referi brotaram dentro de mim ao vislumbrar o ladrão abrir a porta corrediça do dormitório, aparecendo de repente em seu umbral. Por que brotaram? Se me for feita essa pergunta, serei obrigado a ponderar um pouco antes de dar uma resposta... Bem, eis aqui a razão.

Apesar de duvidar se, em geral, a criação divina não seria resultado da própria incompetência, minhas dúvidas temporariamente se dissiparam ao ver o rosto de características particulares do ladrão que diante de mim apareceu em toda sua calma. Seu rosto me era familiar. O fato é que seus olhos e sobrancelhas eram muito parecidos com os de nosso belo e estimado Kangetsu Mizushima. É claro que nunca fui apresentado a outros ladrões, mas tracei em segredo em minha fértil imaginação um perfil de como em geral deveriam ser seus rostos, com base nos atos violentos por eles praticados. Decidi que ladrões devem ter o cabelo cortado à escovinha e olhos do tamanho de uma moeda de cobre de um sen estendendo-se para cada lado acima de seu minúsculo nariz. Porém, entre imaginar e constatar empiricamente existe uma diferença tão grande como entre o céu e a Terra, e nem sempre a imaginação é de todo confiável. Esse ladrão era dotado de uma compleição esbelta, sobrancelhas negras arqueadas, enfim um ladrão de excelente estilo. Deveria ter vinte e seis ou vinte e sete anos e era a cópia escarrada de Kangetsu. Se Deus possui a capacidade de criar dois rostos tão semelhantes, sua onipotência deveria ser reconhecida. Para ser sincero, era tão parecido com Kangetsu que por um instante imaginei se não seria o próprio, que teria decidido, num acesso de insensatez, fazer uma visita durante a madrugada. Contudo, a falta do bigode ralo e negro abaixo do nariz me fez notar que se tratava de outra pessoa. Kangetsu é um homem belo e atraente, obra-prima do Criador, que tem tudo para facilmente atrair a nota promissória em circulação, conforme foi chamada por Meitei a senhorita Tomiko Kaneda. Mas, observando bem, a fisionomia desse ladrão em nada deve à de Kangetsu no que se refere a seu poder de atração sobre as mulheres. Se a filha dos Kaneda se encantou com o olhar e a boca de Kangetsu, seria injusto que não se fascinasse de igual forma por este ladrão. Justiça ou não à parte, o fato é que seria ilógico se ela não se apaixonasse por ele. Com a inteligência e perspicácia que possui, ela logo entenderia sem precisar que lhe dissessem. Se lhe fosse apresentado esse ladrão como substituto de Kangetsu, ela sem dúvida lhe entregaria todo seu amor para viverem em completa harmonia conjugal. Mesmo que Kangetsu, influenciado pelos conselhos de Meitei e de outros, desista dessa maravilhosa relação eterna, existindo esse ladrão tudo estará perfeito. Essa minha previsão do desenvolvimento dos acontecimentos futuros me deixou despreocupado em relação à senhorita Tomiko. A existência desse ladrão neste mundo é condição importante para a felicidade na vida da filha dos Kaneda.

Ele carregava algo sob o braço. Vi que era a coberta que meu amo levara havia pouco para o gabinete. Vestia um quimono curto de algodão preso abaixo da cintura por um *obi* azul-acizentado de Hakata, e suas pernas alvas estavam descobertas da canela para baixo. Ele pôs um pé sobre o tatame. Meu amo, que até havia pouco sonhava que seu dedo estava preso entre as páginas do livro de capa vermelha, nesse exato momento revirou-se no leito e gritou:

— É Kangetsu!

O ladrão deixou cair a coberta e logo retrocedeu o pé que avançara para dentro do quarto. Através do papel da porta corrediça vi a silhueta de seu par de pernas finas e longas tremendo ligeiramente. Meu amo jogou para longe o tal livro soltando grunhidos incompreensíveis, coçando seu braço de cor escura como se acometido de sarna. Depois disso, voltou a se acalmar e, com a cabeça para fora do travesseiro, caiu outra vez no sono. Pareceu ter pronunciado o nome de Kangetsu em sonho, inconsciente do que dizia. O ladrão permaneceu por instantes de pé na varanda, espiando o interior do quarto e, após se certificar de que o casal dormia, colocou um dos pés sobre o tatame. Desta vez não se ouviu a voz de meu amo bradando por Kangetsu. Finalmente, o ladrão pôs o outro pé sobre o tatame. O cômodo de seis tatames banhado em profusão pela chama de uma lamparina foi dividido ao meio pela sombra do ladrão, que escurecia desde perto da cômoda, passando por sobre minha cabeça, até o meio da parede. Ao me virar, a sombra da cabeça do ladrão se movimentava a dois terços da altura da parede. Apesar da beleza do homem, sua sombra tinha a forma estranha de um monstro feito de batata-doce. O ladrão contemplou de cima para baixo o rosto adormecido de minha ama e, sabe-se lá a razão, riu maliciosamente. Eu me surpreendi, pois até sua maneira de sorrir era idêntica à de Kangetsu.

Ao lado do travesseiro de minha ama havia uma caixa fechada com pregos de trinta centímetros de profundidade por quinze centímetros de altura e largura, parecendo conter algo valioso. A caixa continha batatas-cará trazidas como presente por Sampei Tatara havia poucos dias de Karatsu, na província de Hizen, onde sua família reside. Dormir com batatas-cará ao lado do travesseiro é algo sem precedentes, mas minha ama é uma mulher sem noção do local apropriado para guardar cada coisa, a ponto de enfiar o açucareiro dentro da cômoda. Provavelmente para ela é indiferente ter batata-cará ou *takuan* no quarto de dormir. Mas o ladrão, não sendo um Deus onipotente, nada poderia saber sobre essa mulher. É óbvio que avaliava como importante qualquer objeto colocado com delicadeza próximo a minha ama. O ladrão se encheu de satisfação ao levantar a caixa e sentir que o peso era próximo do que calculara. Quando imaginei que roubaria uma caixa de inhames, senti vontade de rir. Porém, me contive, pois seria perigoso se ele me ouvisse.

Então o ladrão enrolou com cuidado a caixa na coberta. Olhou ao redor para procurar algo com que pudesse amarrar o fardo. Por sorte, havia o cinto de crepe que meu amo tirara antes de dormir. O ladrão amarrou fortemente a caixa de batata-cará com esse cinto. Sem esforço, pôs o pacote nas costas. Não era de fato uma cena agradável aos olhos femininos. Em seguida, enfiou dois casaquinhos infantis sem manga dentro da ceroula tricotada de meu amo, que inchou como uma cobra após engolir um sapo, ou melhor dizendo, como uma cobra prestes a dar à luz. De qualquer forma, sua aparência era estranha. Se duvidam de mim, experimentem imitá-lo. O ladrão atou a ceroula ao redor do pescoço. Ponderei qual seria seu próximo passo. Ele estendeu o quimono de ponjê aberto de meu amo como um enorme lenço, empilhando sobre ele cuidadosamente a faixa do quimono de minha ama, o *haori* e a roupa de baixo de meu amo, além de outras miudezas. Sua destreza e habilidade eram impressionantes. Depois disso, juntou a faixa estreita de sustentação do *obi* de minha ama ao cós de sua calça e a usou para amarrar o fardo, que segurou com uma das mãos. Olhou mais uma vez ao redor para se certificar se não haveria mais nada que pudesse levar. Ao bater os olhos no maço de Asahi próximo à cabeça de meu amo, enfiou-o na larga manga de seu quimono. Tirou dele um cigarro e o acendeu na chama da lamparina. Sorveu-o com satisfação e lançou ao ar uma baforada. Antes que a fumaça flutuando ao redor do vidro leitoso se dissipasse, os passos do ladrão foram aos poucos se afastando da varanda até não serem mais ouvidos. O casal continuava a dormir profundamente. A criatura humana é mais desatenta do que se possa imaginar.

De minha parte, necessito de um pequeno repouso. Se continuar falando sem parar como tenho feito até agora, posso ter algum problema de saúde. Fui dormir e ao acordar fazia bom tempo, com um lindo céu primaveril. Meu amo e a esposa estavam de pé na porta dos fundos conversando com um policial.

— Bem, ele entrou por aqui e se dirigiu ao dormitório. Foi isso? Vocês estavam dormindo e não perceberam nada?

— Nada — respondeu meu amo, parecendo um tanto quanto embaraçado.

— E a que horas ocorreu o roubo?

A pergunta do policial era totalmente desprovida de sentido. Se conhecessem a hora, não teriam sido roubados. Meu amo e a esposa não perceberam isso e se consultaram com seriedade sobre a questão.

— Que horas poderiam ser?

— Hum. Que horas? — ponderou a esposa.

Minha ama parecia acreditar que se pensasse chegaria a uma resposta.

— A que horas você foi dormir ontem à noite?

— Fui dormir depois de você.

— Sim, eu fui me deitar antes de você.

— A que horas você acordou?

— Umas sete e meia, eu acho.

— A que horas então o intruso penetrou na casa?

— Só pode ter sido durante a madrugada.

— Até aí eu sei, mas pergunto a que horas ele entrou.

— É preciso pensar um pouco para saber o horário preciso.

Minha ama ainda tinha intenção de refletir. O policial perguntou apenas como mera formalidade e não se importaria qualquer que fosse a resposta. Apesar de ele se contentar com uma mentira ou qualquer resposta inventada, o casal se questionou sem resultado, o que pareceu deixar o policial um pouco irritado.

— Por conseguinte, o horário do roubo é desconhecido? — perguntou ele.

— É, acho que sim — respondeu meu amo em seu tom habitual. Sério, o policial interpelou:

— Então, peço-lhes que apresentem um boletim de ocorrência por escrito em que conste que no dia tal do mês tal de 1905 vocês dormiam a portas fechadas, quando um ladrão retirou uma das portas do *amado* de tal e qual lugar e penetrou em tal e qual lugar roubando uma quantidade tal de pertences. Trata-se de um boletim de ocorrência e não de uma declaração. É preferível que não seja dirigido a ninguém especificamente.

— É preciso identificar todos os pertences roubados?

— Sim, elaborem uma lista com a quantidade de *haoris* e seu preço, e assim por diante... Não vejo muita necessidade de entrar para ver o interior da casa. O roubo já foi cometido —comentou com indiferença o policial antes de partir.

Meu amo apanhou o tinteiro e o pincel e colocou sobre o tatame, no meio do cômodo, chamando sua esposa para se sentar junto a ele.

— Vou escrever o boletim de ocorrência. Diga-me um por um o que foi roubado. Vamos, desembuche! — ordenou meu amo num tom de quem desejava comprar briga.

— Que história é essa? "Vamos, desembuche"? Se me tratar dessa forma imperativa, não vou dizer nada — redarguiu minha ama sentando pesadamente, ainda usando a cinta própria à roupa de dormir.

— Olhe só sua aparência! Parece uma rameira. Por que não veste um *obi* apropriado?

— Se não gosta desta, compre outra para mim. Rameira ou não, o que posso fazer se me roubaram o *obi*?

— Até o *obi* o ladrão levou? Que patife! Então vamos começar a lista por seu *obi*. De que tipo era?

— Que tipo? Quantos por acaso você acha que eu tenho? Era um *obi* duplo de seda e cetim preto.

— Um *obi* duplo de seda e cetim preto... Qual o preço dele?

— Uns seis ienes, eu presumo.

— E você tinha o atrevimento de usar uma peça tão cara? A partir de agora use algo de no máximo um iene e cinquenta sens.

— Onde poderia encontrar um *obi* por esse preço? Por isso eu o acho um desalmado. Só pensa em si próprio, pouco se importando que sua mulher ande maltrapilha.

— Bem... Passemos ao item seguinte.

— Um *haori* de seda fina. Foi presente de minha tia Kono, e o tipo de seda é de uma qualidade que hoje já não se vê...

— Dispenso as explicações. Diga-me o preço.

— Quinze ienes.

— Um *haori* de quinze ienes é luxo demais para você.

— E qual o problema? Se ainda fosse você que o tivesse comprado...

— O próximo.

— Um par de sandálias de dedo pretas.

— Seu?

— Não, suas sandálias. Custaram vinte e sete sens.

— E que mais?

— Uma caixa de batata-cará.

— Não me diga que o gatuno levou até a batata? Seria para comê-la cozida ou em forma de sopa?

— Quem poderia dizer? Que acha de fazer uma visita ao ladrão e lhe perguntar diretamente?

— Quanto seria?

— E eu lá vou saber preço da batata-cará.

— Vou colocar então doze ienes e cinquenta sens.

— Mas isso é absurdo. Mesmo batata-cará de Karatsu nunca poderia custar tanto!

— Mas você mesma acabou de dizer que não sabe o preço.

— Não sei mesmo. Porém, doze ienes e cinquenta sens é uma exorbitância.

— Apesar de não saber, afirma que doze ienes e cinquenta sens é exorbitante. Isso é totalmente ilógico. É por isso que a chamam de Otanchin Paleólogo.[67]

---

67. Otanchin é um termo pejorativo, atualmente usado no sentido de "boboca". Remonta ao Período Edo quando as prostitutas o empregavam para designar um

— O quê?

— Otanchin Paleólogo!

— E o que vem a ser esse Otanchin Paleólogo?

— Nada de importante. Então, o que temos depois... Você ainda não citou meu quimono.

— Não é importante para você. Diga-me o que significa Otanchin Paleólogo.

— Não tem nenhum significado.

— Por que não quer me dizer o que é? Você gosta mesmo de me fazer de idiota. Deve ser algo pejorativo e você se aproveita do fato de eu não saber inglês para me chamar assim.

— Deixe de tolices e continue logo a relatar as peças roubadas. Se não apresentarmos logo o boletim, não reaveremos nossas coisas.

— Mesmo apresentando o boletim, já é tarde demais. Em vez disso, diga o que significa Otanchin Paleólogo.

— Que mulher mais cabeça-dura! Já não lhe expliquei que não significa absolutamente nada?

— Já que é assim, nada mais tenho a informar com relação à lista.

— Que obstinada! Faça o que você achar melhor. Eu não vou escrever mais o boletim de ocorrência.

— E eu não listarei o restante do que foi roubado. Quem tem de dar queixa à polícia é você. Para mim é indiferente se vai escrever ou não.

— Então, eu desisto — disse meu amo se levantando de repente e indo se enfurnar como de hábito no gabinete.

Minha ama voltou à sala de estar e se sentou com a caixa de costura à sua frente. Durante dez minutos ambos permaneceram calados, os olhos fixos na porta corrediça que os separava, sem mover um músculo.

Nesse instante, a porta de entrada se abriu ruidosamente e Sampei Tatara, que dera a batata-cará de presente, entrou em cena. Na época de estudante, Sampei residia na casa e agora, após se formar pela faculdade

---

cliente detestável. Segundo uma hipótese, teria se originado da aglutinação de "tan" = curto e "chin" = pênis. Por ter a pronúncia parecida com Constantino, Soseki faz um jogo de palavras com a designação dada ao último imperador romano Constantino Paleólogo.

de direito, trabalha no departamento de mineração de uma empresa de grande porte. Ele também é um protótipo de homem de negócios que segue os passos de Tojuro Suzuki, seu colega veterano de escola. Devido a esse relacionamento de longos anos, Sampei às vezes visita a humilde residência de meu amo, e em alguns domingos costuma passar o dia inteiro. Ele se sente à vontade com esta família.

— Senhora, o tempo está bonito hoje — disse com sotaque de Karatsu, sentando-se em frente de minha ama com as pernas dobradas, apesar de vestir uma calça e não um quimono.

— Ah, Sampei, você por aqui!

— O professor saiu?

— Não, está no gabinete.

— Senhora, é um veneno para o professor exagerar nos estudos. Afinal, hoje é domingo.

— Diga-lhe você. Ele não me ouve mesmo.

— Bem, então... — começou a dizer Sampei, interrompendo pela metade para olhar ao redor do cômodo. — Suas filhas não estão — completou em uma maneira de falar que não se sabia se era uma pergunta ou uma afirmação.

Nesse exato momento, Tonko e Sunko vieram correndo do cômodo contíguo.

— Sampei. Trouxe nosso sushi? — perguntou a mais velha, Tonko, assim que o viu, lembrando da promessa que ele lhe fizera na última visita e questionando-o com os olhos à procura de confirmação.

Sampei coçou a cabeça e confessou:

— Ah, você se lembrou? Hoje esqueci, mas prometo trazer na próxima vez.

— Ah, que pena! — exclamou a mais velha, e a irmãzinha a imitou imediatamente.

Minha ama retomou seu bom humor e abriu um minúsculo sorriso.

— Não trouxe sushi, mas eu tinha dado batata-cará de presente. Vocês comeram?

— O que é batata-cará? — perguntou a mais velha, e a caçula repetiu a pergunta para Sampei.

— Isso é sinal de que ainda não comeram. Peçam para sua mãe cozinhar logo para vocês. A batata de Karatsu é muito mais gostosa que a de Tóquio — ufanou-se Sampei dos produtos de sua terra natal.

Minha ama se deu conta e agradeceu:

— Sampei, muito obrigada pelo presente que trouxe em sua última visita.

— Que tal? Vocês as provaram? Arranjei uma caixa e empacotei com firmeza para que não se partissem. Estavam inteiros?

— Na realidade, apesar de sua gentileza em nos presentear, ontem à noite um ladrão as roubou.

— Roubou? Como um ladrão pode ser tão idiota? Existe alguém tão apaixonado por batata-cará a esse ponto? — espantou-se Sampei.

— Mãe, ontem à noite um ladrão entrou aqui? — indagou a mais velha.

— Entrou — respondeu minha ama.

— Um ladrão entrou... então... um ladrão entrou... e como era o rosto dele? — perguntou a menor.

Minha ama hesitou, sem saber como responder uma pergunta tão delicada. Olhou para Sampei e disse:

— Ele entrou com uma cara medonha.

— Uma cara medonha igual à do Sampei? — perguntou a maior sem dó nem piedade.

— Não diga algo tão rude!

— Ha, ha, ha... Meu rosto é tão amedrontador? Coitado de mim! — exclamou Sampei coçando a cabeça.

Atrás de sua cabeça havia uma parte calva de uns três centímetros de diâmetro, que surgira havia mais ou menos um mês. Apesar do médico tê-lo examinado, ainda demoraria tempo até se curar. A primeira a descobrir essa calvície foi Tonko, a mais velha.

— Olhem só. A cabeça de Sampei brilha bem na parte de trás, como a da mamãe.

— Já não lhe disse para ficar quieta?

— A cabeça do ladrão de ontem a noite também brilhava? — foi a vez da menor perguntar, provocando risos em Sampei e na minha ama.

— Por que não vão brincar no jardim? Depois eu dou uns docinhos para vocês.

Como as meninas estavam dando trabalho e eles não podiam conversar, minha ama usou esse artifício para se livrar delas.

— O que houve com sua cabeça, Sampei? — perguntou ela seriamente.

— Picada de inseto. Está custando a curar. A senhora também?

— Não, nada parecido. As mulheres que usam coque em estilo japonês sempre perdem um pouco de cabelo.

— Mas toda perda de cabelos é causada por bactérias.

— Não é o meu caso.

— A senhora não acredita?

— Nem sempre é por causa de bactérias. Falando nisso, como se diz calvo em inglês?

— *Bald* ou algo semelhante.

— Não, não era isso. Era um nome mais comprido.

— Basta perguntar ao professor e ele responde na hora.

— Ele não quer me dizer. Por isso estou perguntando a você.

— Só conheço *bald*, mas existe uma palavra mais comprida? É isso?

— Otanchin Paleólogo é a expressão. Talvez otanchin seja calvo e paleólogo seja cabeça, não é?

— Provavelmente. Vou até o gabinete do professor procurar o significado no *Webster*. Com um tempo maravilhoso como o de hoje, trancar-se em casa... Senhora, desse jeito o professor nunca se curará do mal do estômago. Aconselhe-o a dar um passeio pelo parque de Ueno para apreciar as cerejeiras em flor.

— Leve-o com você. Ele é do tipo que não dá ouvidos ao que uma mulher fala.

— Ele continua a se empanturrar de geleia?

— Sim, como de hábito.

— Outro dia o professor reclamou: "Minha esposa briga comigo por eu comer muita geleia, mas ela exagera." Como ele afirmava ser um erro de cálculo em algum lugar, eu lhe disse que é provável que as crianças e a senhora comam também...

— Sampei, como pôde afirmar algo semelhante?

— Mas a senhora tem cara de quem gosta de geleia.

— Como alguém pode achar que outra pessoa gosta de algo apenas vendo seu rosto?

— Impossível, lógico... Quer dizer então que a senhora nunca come geleia?

— Claro que como um pouco. Há algum problema quanto a isso? Afinal a geleia é nossa.

— Ha, ha, ha... Eu imaginava... Todavia, o roubo foi uma catástrofe e tanto. Ele roubou apenas as batatas-cará?

— Se fossem apenas as batatas, não estaríamos tão desesperados. Ele levou todas as nossas roupas de uso diário.

— Que transtorno! Vocês serão obrigados a tomar novamente dinheiro emprestado? Se este gato fosse um cachorro... É uma pena. Eu a aconselho a criar um cão, daqueles bem grandes... Gatos são imprestáveis e só sabem se encher de comida... Esse aí pega ratos pelo menos?

— Nunca pegou nenhum. É um gato preguiçoso e sem pudor.

— De nada serve então. Desfaça-se dele o quanto antes. Posso levá-lo comigo e comê-lo cozido.

— Você nunca me disse que come gatos.

— Pois digo agora. A carne felina é deliciosa.

— Haja coragem.

Ouvi dizer que entre os estudantes de baixo nível existem bárbaros que comem gatos, mas até o momento não poderia sequer sonhar que Sampei se incluísse nessa categoria, logo ele que demonstra especial carinho por mim. Na realidade, ele já não é mais um estudante. Apesar de ser um recém-formado e prestigioso bacharel de direito, é funcionário da empresa Mutsui, o que me deixa ainda mais boquiaberto. Kangetsu II já provou pelas suas ações ser verdadeiro o provérbio que diz "Ao ver um homem, tome-o por um ladrão"; e eu, graças a Sampei, pela primeira vez fui iluminado por outra verdade: "Ao ver um homem, tome-o por um comedor de gatos." Vivendo e aprendendo. É bom aprender, mas os perigos são muitos a cada novo dia e é preciso estar sob constante cautela. Como resultado do aprendizado, tornamo-nos astutos, vis e precisamos usar uma armadura de autodefesa com duas faces. Aprender é culpa do envelhecimento. Esta é a razão de não haver nenhum idoso decente. Encolho-me no meu canto ponderando que, no fundo, talvez fosse mais aconselhável jazer em paz junto com cebolas dentro da panela de Sampei qualquer dia.

Meu amo, que acabara de discutir com a esposa, deixou o gabinete e, ouvindo a voz de Sampei, veio para a sala de estar.

— Mestre, ouvi dizer que vocês foram roubados. Que coisa estúpida! — exclamou ele de chofre.

— O intruso é que era estúpido — replicou meu amo, sempre confiante em sua inteligência.

— Sem dúvida, mas quem se deixou roubar também não foi muito inteligente.

— Mais inteligente é você, Sampei, que nada possui que valha ser roubado — interveio minha ama, desta feita se colocando a favor do marido.

— Mas o mais estúpido de todos é esse gato, não acham? O que será que ele pensa? Não pega ratos e se faz de sonso mesmo quando entra um ladrão e... Professor, que acha de me oferecer esse gato de presente? De nada serve mantê-lo aqui.

— Posso dá-lo com prazer, mas o que você faria com ele?

— Eu o comeria cozido.

Ao ouvir essas palavras violentas, meu amo soltou uma risada miúda, bem própria a um doente estomacal, e como depois se calou Sampei tampouco insistiu. Para minha total felicidade, meu amo mudou o rumo da conversa.

— Deixemos de lado o gato. Roubaram meu quimono e estou morrendo de frio.

Meu amo parecia bastante deprimido. Realmente deveria estar enregelando. Até ontem vestia dois quimonos curtos de algodão e hoje apenas um quimono e uma camisa de mangas curtas. Desde a manhã não se movimentava, passando o tempo todo sentado. O sangue parecia trabalhar a serviço de seu estômago, não circulando nem um pouco por seus membros.

— De nada adianta continuar na profissão de docente. Veja a privação por que vocês passam só porque um ladrão entrou na casa...

Mude a filosofia de pensar e considere a possibilidade de se tornar um homem de negócios.

— É pura perda de tempo lhe dizer isso, já que ele odeia os homens de negócios — interveio minha ama, ela própria desejosa que o marido mudasse de profissão.

— Quantos anos de formado o professor tem?

— Completa oito neste ano — respondeu a esposa virando-se para o marido. Meu amo não confirmou nem negou.

— Em oito anos seu salário estacionou. Por mais que estude, ninguém elogia seu trabalho. "Ó jovem mestre, recluso, solitário."

Sampei citou em voz alta um verso aprendido nos tempos da escola secundária especialmente para minha ama, que sem entendê-lo permaneceu calada.

— A profissão de professor me desagrada, mas a de homem de negócio me desgosta ainda mais — afirmou meu amo, imaginando com seus botões o que gostaria mesmo de ser.

— No final das contas nada lhe agrada... — confessou minha ama.

— Exceto sua esposa, claro...

Eis um gracejo raro em Sampei.

— É quem mais detesto.

A resposta de meu amo foi curta e direta. Minha ama virou o rosto para o lado oposto, procurou se acalmar, para logo fitar novamente o marido.

— Viver também lhe desagrada? — perguntou, achando que essa pergunta calaria o esposo.

— Não me agrada muito na realidade.

A resposta de meu amo foi inesperadamente despreocupada. Impossível rechaçá-la.

— Professor, se não passear com mais frequência, acabará com sua saúde. E torne-se um homem de negócios: ganhar dinheiro é mesmo o que há de mais fácil neste mundo.

— Você diz isso, mas está sempre na maior dureza.

— Acabei de ser admitido no ano passado na companhia. Mas possuo certamente mais economias do que o professor.

— Quanto economizou? — perguntou minha ama com interesse.
— Já tenho cinquenta ienes.
— Afinal, quanto é seu salário?
A esposa continuou indagando.
— Trinta ienes. Destes, tenho uma poupança corporativa de cinco ienes mensais, para casos de necessidade. Por que a senhora não compra ações da Linha Sotobori de trens urbanos? Com certeza duplicará de valor nos próximos três ou quatro meses. Com pouco capital, poderá obter logo o dobro ou o triplo do dinheiro investido.
— Se tivéssemos esse dinheiro, não estaríamos passando privações por causa do roubo.
— Por isso, nada melhor do que ser um homem de negócios. Se o professor tivesse se formado em direito e entrado para uma empresa ou banco, agora disporia de uma renda mensal de trezentos a quatrocentos ienes. É uma pena...O professor conhece o engenheiro Tojuro Suzuki?
— Sim, ontem mesmo ele esteve aqui.
— Não diga. Quando o encontrei em uma recepção há pouco tempo, conversamos sobre o professor. Ele me confessou não saber que eu fora um de seus discípulos e que morara aqui em sua casa. Contou-me que no passado costumava cozinhar com o professor em um templo de Koishikawa. Ele me pediu para lhe transmitir suas lembranças quando eu viesse vê-lo e que qualquer dia apareceria para uma visita.
— Parece que recentemente foi transferido para Tóquio.
— Sim. Até agora trabalhava em uma empresa de mineração em Kyushu, mas há pouco veio para Tóquio. Ele é muito eloquente. Fala comigo como se eu fosse um velho conhecido. Quanto o professor acha que ele recebe?
— Não faço ideia.
— O salário dele é de duzentos e cinquenta ienes, mas como recebe gratificações duas vezes ao ano, em julho e dezembro, a média mensal deve girar em torno de quatrocentos a quinhentos ienes. Enquanto aquele homem ganha isso tudo, o professor, que há quase dez anos ensina leitura, não recebe o suficiente para se vestir. É um absurdo!

— Concordo que é um despropósito — respondeu meu amo.

Mesmo um homem apático a tudo como meu amo em nada difere do homem comum quando o assunto é dinheiro. Por ser pobre, provavelmente o deseje com mais ardor do que outras pessoas. Depois de esgotar todas as suas recomedações com relação às grandes vantagens de ser um homem de negócios, Sampei mudou de assunto:

— Senhora, por acaso alguém chamado Kangetsu Mizushima costuma visitá-los?

— Sim, ele aparece com certa regularidade.

— Que tipo de pessoa é ele?

— Parece ser um brilhante acadêmico.

— E é um homem bonito?

— Ha, ha, ha... Assim como você, Sampei.

— É mesmo? Assim como eu? — questionou Sampei com seriedade.

— Por que motivo você conhece o nome de Kangetsu? — indagou meu amo.

— Recentemente me pediram para obter informações sobre ele. Seria ele uma pessoa de tanto valor a ponto de atrair a curiosidade das pessoas?

Antes mesmo de obter a reposta, Sampei já demonstrava se achar superior a Kangetsu.

— Ele é bem superior a você.

— Não diga. É superior a mim?

Sampei não riu nem se mostrou irritado. Essa é uma de suas características.

— Ele se tornará doutor em breve?

— No momento está escrevendo a tese.

— Então deve ser estúpido como eu imaginava. Escrever uma tese? Pensei que fosse alguém mais sensível.

— Você, como sempre, cheio de autoconfiança — comentou, rindo, minha ama.

— Ouvi dizer que a mão de certa moça lhe será prometida sob a condição de que ele obtenha o título de doutor. Nunca ouvi tamanho disparate. Disse a essa pessoa que, em vez de dá-la em casamento a um tamanho idiota, seria melhor eu me casar com ela.

— A quem você disse isso?

— Àquele que me pediu para obter informações sobre Mizushima.

— Não seria Suzuki?

— Não, não poderia tratar esse tipo de assunto delicado com Suzuki. Afinal, ele é um homem de status mais elevado que o meu.

— Que covarde é você. Vem até aqui cheio de arrogância, mas quando está diante de Suzuki se encolhe todo.

— Seria perigoso se não agisse assim.

— Sampei, que tal um passeio? — sugeriu subitamente meu amo.

A proposta sem precedentes de meu amo se deveu ao fato de ele achar que se aqueceria caso andasse, uma vez que se sentia incomodado pelo frio vestindo apenas uma camisa de manga curta e um quimono forrado. Sem nada melhor para fazer, Sampei aceitou sem vacilar.

— Vamos. Que tal irmos a Ueno? Podemos comer alguns bolinhos de pasta de arroz em Imozaka. O professor já provou deles? A senhora também deveria dar um pulo até lá para prová-los. São macios e baratos. Eles servem saquê também.

Enquanto Sampei disparava desordenadamente suas habituais frivolidades, meu amo pôs o chapéu e se colocou na porta de entrada pronto para sair.

Eu precisava de mais algum repouso. Era desnecessário me inteirar sobre o que meu amo e Sampei fariam em Ueno ou quantos pratos de bolinhos comeriam e, por não ter coragem para segui-los, omito aqui os acontecimentos, pois aproveitei para descansar enquanto eles estavam fora. A todas as criaturas é outorgado o direito de requerer aos céus o repouso. Todos aqueles com o dever de viver neste mundo necessitam descansar a fim de poderem exercer esse dever. Dissesse-me Deus que eu nasci para trabalhar e não para dormir, eu Lhe rogaria por descanso. Mesmo um homem insensível como o professor Kushami, uma simples máquina repleta de reclamações, ocasionalmente decide descansar num dia de semana, a suas próprias custas. Alguém como eu, que dia e noite esgota a mente e o espírito em sensibilidades e muitos descontentamentos, mesmo na condição de felino, necessita de mais repouso que meu amo. O que me deixa em certo desassossego é ser forçado a ouvir os insultos de Sampei afirmando na minha cara que nada mais faço além de dormir, à semelhança de um animal inútil e cheio de luxos. De qualquer forma, é constrangedor que as pessoas vulgares, por não terem nenhuma atividade além do estímulo dos cinco sentidos, não ultrapassem o nível da aparência ao julgar outrem, como se usassem apenas os fenômenos materiais. Para elas, apenas aqueles que arregaçam as mangas e suam podem ser chamados de trabalhadores. Dizem que o monge Dharma permaneceu em meditação até suas pernas apodrecerem. Mesmo imóvel, com olhos e boca cobertos pela hera que crescia pelas frestas da parede, não se podia afirmar se dormia ou se morrera. Sua mente permanecia em constante atividade, meditando sobre lógicas brilhantes, como a do imenso vazio e ausência do sagrado que universaliza a iluminação a todos os homens. Dizem que os seguidores de Confúcio possuem uma técnica de meditação em uma postura sentada e imóvel. Isso não significa, todavia, que se tranquem dentro de um cômodo e nele executem a prática ascética ociosamente, à semelhança de aleijados. A atividade cerebral deles é muito maior que a dos homens comuns. Porém, como aparentam serenidade absoluta, aos olhos vulgares esses mestres do conhecimento são considerados seres em estado letárgico e contra eles é levantada a calúnia de que não passam de inúteis parasitas da sociedade. Esses olhos vulgares possuem o defeito visual inato de olharem apenas a forma sem enxergarem o espírito. Assim, é compreensível que um homem como Sampei, um desses cegos de nascença que preferem a aparência à alma, ao me ver me considere apenas como um pau usado para limpar latrinas e não consiga enxergar além disso. Todavia, o que me decepciona é que até meu amo, um homem instruído pela leitura de livros antigos e modernos, conhecedor das verdades deste mundo, concorde com alguém tão superficial, não opondo objeção ao guizado de gato de Sampei. Porém, olhando por outro ângulo, ser menosprezado por eles não é algo assim tão irracional. Provérbios antigos dizem que "as argumentações sofisticadas são incompreensíveis ao homem vulgar" e "pensamentos nobres são de difícil compreensão aos leigos". Forçar um homem que não enxerga senão formas a ver a luminescência espiritual é como pressionar um monge careca a fazer um coque na cabeça, como pedir a um atum que discurse, requerer que os trens elétricos corram fora dos trilhos, aconselhar meu amo a pedir demissão ou ordenar a Sampei que pare de pensar em dinheiro. Em suma, não passam de pedidos impossíveis de serem atendidos. Todavia, os gatos são animais sociais. Justamente por isso, até certo ponto precisam estar em harmonia com a sociedade, por mais que se coloquem numa posição elevada. É uma lástima e algo inevitável que meu amo e a esposa, e mesmo Osan e Sampei, não deem a mim o merecido valor e que, como terrível resultado de sua falta de discernimento, pensem em me escalpelar para vender minha pele a um fabricante de *shamisen*, ou em cortar minha carne em pedacinhos para me servir sobre uma bandeja à mesa de Sampei. Modelo de gatos antigos e modernos, eu surgi neste mundo com a missão divina de exercer trabalho mental, e por isso sou tão importante. Como no provérbio "o filho de um milionário jamais se senta na balaustrada de um templo", preciso ser prudente ao alardear minha superioridade pois me colocaria em perigo, o que não só seria uma catástrofe para mim, como representaria se opor demais à vontade divina. Porém, mesmo o tigre mais feroz, depois de entrar em um zoológico, deve se contentar com seu lugar ao lado de algum porco imundo, e o ganso selvagem, se apanhado pelo aviário, acabará na tábua de cortar carne como qualquer galinha. Uma vez que estou cercado de gente vulgar, só me resta agir como um gato vulgar. Serei obrigado a caçar ratos, se ainda não for vulgaridade o suficiente. Assim, decidi caçá-los.

Parece que já há algum tempo o Japão trava uma enorme guerra com a Rússia. Como eu sou um gato japonês, obviamente torço pela vitória de meu país. A ponto de, se fosse possível, formar uma brigada mista de gatos para arranhar com nossas garras os soldados inimigos. Dessa forma, um gato transbordante de vitalidade como eu poderia pegar um ou dois ratos, se assim o desejasse, com uma pata nas costas. Muito tempo atrás, certa pessoa perguntou a um renomado monge zen como fazer para atingir o nirvana, ao que o mestre lhe teria respondido: "Faça como o gato ao espreitar um camundongo." Isso significa que concentrar-se em seu objetivo, como o gato ao emboscar um rato, é garantia de sucesso. Há um provérbio que diz "mesmo uma mulher inteligente pode fracassar em vender um boi", mas ainda não ouvi nada parecido com "mesmo um gato inteligente pode fracassar em pegar um rato". Olhando as coisas por esse ângulo, é impossível que um gato engenhoso como eu não consiga pegar um desses roedores. Ou melhor, não há como fracassar nesse intento. Se nunca peguei um rato sequer, foi apenas por não sentir nenhum desejo de fazê-lo.

Como ontem, o sol de primavera se pôs e pétalas de flores de cerejeira, embaladas por uma brisa ocasional, entram pela abertura no papel de arroz da porta corrediça. Flutuando dentro de um balde d'água, elas brilham sob a luz fraca da lâmpada da cozinha. Decidi que esta noite eu executaria um ato de proeza que causaria espanto a todos os habitantes da casa e, para tanto, necessitava antes de mais nada efetuar o reconhecimento prévio do campo de batalha e da topografia local. A zona de combate não é tão ampla. Em quantidade de tatames, constitui-se de algo em torno de quatro, metade dessa área composta por uma pia e a outra metade por um espaço de terra batida, onde o vendedor de bebidas ou o quitandeiro vêm receber pedidos. O fogão nesta cozinha miserável é esplêndido, as panelas de cobre reluzem. Na parte de trás, há um espaço de seus sessenta centímetros quadrados recoberto de tábuas, onde colocam a concha de abalone, meu prato de comida. Próximo à sala de estar, dois metros são ocupados por um guarda-louças, dentro da qual há bandejas, tigelas, pratos e demais louças, reduzindo o já diminuto espaço da cozinha e rivalizando em altura com prateleiras que se estendem pela parede a seu lado. Abaixo destas, foi posto um pilão de louça e dentro dele um balde com o fundo voltado em minha direção. Perto do ralador de nabo e do almofariz de madeira, pendurados lado a lado, jaz melancolicamente um pote com água para apagar o braseiro. Da interseção de duas vigas enegrecidas, um gancho desce com uma cesta plana em sua ponta. Essa cesta se movimenta com delicadeza, impulsionada por uma brisa ocasional. Quando cheguei a esta casa, não entendia o motivo de suspenderem a cesta; porém, ao descobrir mais tarde que era para salvar alimentos das patas do gato, senti em meu pelo toda a perversidade inerente à criatura humana.

Concluído o reconhecimento, parti para a elaboração do plano de ataque. É claro que a guerra com os camundongos ia ser travada onde eles costumam aparecer. Por mais que a topografia do terreno estivesse a meu favor, enquanto permanecesse em posição de emboscada a batalha não começaria. Era pois necessário pesquisar os locais de saída dos roedores. Postei-me no meio da cozinha para espiar os quatro cantos e tentar descobrir de qual direção poderiam surgir. Eu me sentia como o almirante Togo. A criada fora ao banho público e ainda não voltara. As crianças estavam dormindo havia algum tempo. Meu amo comera os tais bolinhos em Imozaka, voltara para casa e agora estava como de costume enfurnado no gabinete. Minha ama... eu não fazia ideia do que ela pudesse estar fazendo. Provavelmente estaria sonolenta, sonhando com inhames. Às vezes, um riquixá passa em frente da casa, após sua passagem tudo se envolve em silêncio. Minha decisão, meu espírito de determinação, o ambiente da cozinha, a profunda desolação ao redor, tudo remetia a heroísmo. Imaginava-me como um almirante Togo felino. Qualquer pessoa experimenta um prazer estupendo ao entrar em um mundo como esse, mas descobri uma enorme preocupação depositada no fundo de minha exaltação. Guerrear com os roedores fora uma decisão firme e não tinha medo que muitos aparecessem. Todavia, era um transtorno não saber com certeza de que direção surgiriam. Fazendo um apanhado geral das observações exaustivas realizadas, deduzi que havia três rotas pelas quais os patifes poderiam atacar. Se fossem ratos de esgoto, passariam pelos canos da pia, circundando com certeza para trás do fogão. Nesse caso, eu me esconderia atrás do pote de água para apagar o braseiro e assim lhes barrar a passagem. Eles também poderiam tomar um atalho pela sala de banhos, passando pelo buraco de argamassa para escoamento da água, atacando de surpresa pela cozinha. Se assim fizessem, eu me posicionaria em cima da tampa da bacia de arroz e me lançaria sobre o inimigo tão logo surgisse sob meus olhos. Espiei novamente ao redor e suspeitei existir mais um local de entrada e saída, um buraco em forma de meia-lua no canto inferior direito da porta do armário. Enfiei o nariz no buraco e meu faro identificou um leve cheiro de rato. Se eles saíssem de repente por ali, usaria a pilastra como escudo protetor e atacaria pela lateral com minhas garras. Olhei para o teto enegrecido de fuligem e brilhando na claridade da lâmpada, por onde eles poderiam também surgir. Parecia um inferno suspenso de ponta-cabeça, e mesmo com toda minha habilidade, seria impossível subir ali ou dali descer. Seria muito pouco provável que eles se atirassem de um local tão alto, e por isso baixei a guarda com relação a essa direção. Mesmo assim, ainda havia o risco de ser atacado de três direções distintas. Viessem eles de uma única direção, eu poderia subjugá-los. De duas direções, tinha confiança de que poderia dar conta do recado de alguma forma. Todavia, se o ataque partisse simultaneamente das três direções, por mais que tenha capacidade instintiva para caçar ratos, estaria perdido. Seria uma afronta à minha dignidade pedir auxílio a alguém como, por exemplo, Kuro. Como agiria? Quando mesmo pensando no que fazer não se chega a uma conclusão, o caminho mais curto para se tranquilizar é definir que algo do gênero não vai acontecer. É comum pensarmos que irracionalidades não são passíveis de ocorrer. Observe bem o mundo à sua volta. Quem garante que a mulher com quem alguém se casou ontem não morrerá hoje? No entanto, o esposo não demonstra nenhuma inquietação, pensando apenas na felicidade "como uma camélia que durará por toda a eternidade". Não que não valha a pena se preocupar. O fato é que é irracional se atormentar mais do que o devido com o inevitável. Em meu caso, faltava-me razão plausível para afirmar que um ataque por três direções não ocorreria, mas é mais cômodo decidir que não iria ocorrer, apenas para me tranquilizar. A paz de espírito é necessária a todas as criaturas. Eu também desejo obter tranquilidade. Por isso, defini que não haveria de ocorrer um ataque desse tipo.

Mesmo assim, continuava ansioso e, depois de refletir sobre o assunto, descobri a razão de minha intranquilidade. Isso se devia à agonia proveniente do sofrimento de não encontrar resposta clara para o problema de qual seria a melhor escolha entre as três estratégias. Tinha um plano para caso os ratos saíssem pelo armário. Também tinha um estratagema caso eles aparecessem vindos do banheiro e confiava no sucesso se o ataque viesse da pia, mas seria torturante ter de optar por um deles.

Dizem que o almirante Togo se viu em grandes apuros para decidir se a esquadra do Báltico deveria passar pelo estreito de Tsushima, pelo estreito de Tsugaru ou se deveria ir mais distante, contornando o estreito de Soya. Considerando minha situação naquele momento, pude compreender a aflição pela qual o almirante teria passado. Toda minha situação não apenas era parecida à dele, como minha angústia em muito se lhe assemelhava.

Enquanto estava absorto nos planos bélicos, repentinamente a porta corrediça com o papel de arroz rasgado se abriu e por ela passou o rosto de Osan. É lógico que, se um rosto aparece, é sinal que há também braços e pernas, embora na escuridão sua face fosse a que mais ressaltava com sua tez de cor forte. Osan voltou do banho público com as faces ainda mais rosadas do que de costume. Trancou logo a porta, quem sabe calejada pela experiência da noite anterior. Do gabinete ouviu-se a voz de meu amo lhe ordenando que pusesse a bengala dele ao lado do travesseiro. Não entendi bem a razão de ele querer adornar a cabeceira do leito com um pedaço de pau. Teria enlouquecido e se tomava pelo heroico assassino do primeiro imperador chinês ao cruzar o rio I[68], querendo escutar a música de sua flauta transversa através da bengala? Ontem foram batatas-cará, hoje uma bengala, e amanhã o que será?

A noite ainda era uma criança e os ratos não pareciam dispostos a mostrar o focinho. Eu precisava descansar um pouco antes da grande batalha.

Na cozinha de meu amo não há claraboias, mas em seu lugar há uma abertura de cerca de trinta centímetros de largura bem acima da porta que, fazendo as vezes de janela, permite ou não a passagem do ar, principalmente no verão e no inverno. Acordei espantado com uma rajada de vento que carregou sem remorsos para dentro da cozinha, através dessa abertura, algumas pétalas de cerejeira. A lua enevoada já aparecera no céu, arremessando uma sombra oblíqua sobre o fogão e as

---

68. Referência a Xing Ke, que recebeu ordem de assassinar o imperador e, para cumprir a missão, atravessou o rio I. Às margens do rio, compôs um poema que se tornou famoso.

tábuas do chão. Com medo de que pudesse ter dormido demais, balancei duas ou três vezes minhas orelhas perscrutando a situação no interior da residência. Como na noite anterior, o silêncio reinante só era quebrado pelo som do relógio de parede. Era chegada a hora da aparição dos ratos. De onde sairiam?

Um ruído se fez ouvir dentro do armário. Parecia que um roedor apoiava as patas na borda de um pequeno prato e mordiscava seu conteúdo. "É por aqui que eles sairão", disse para mim mesmo enquanto aguardava agachado ao lado do buraco. Todavia, aparentemente não estavam com pressa em se mostrar. O ruído dos pratos cessou e ouvi o som de tigelas ou algo semelhante, um tinido surdo por vezes interrompido. Ademais, o barulho estava logo do outro lado da porta, a uma distância de uns dez centímetros de meu focinho. Por vezes, um ruído de passos se aproximava até a beirada do buraco, mas acabava se afastando e nenhum rato punha a cabeça para fora. Era duro ter de aguardar com paciência por longo tempo na entrada do buraco, sabendo que do outro lado da porta o inimigo, fora do meu alcance, promovia infatigavelmente uma devastação. As tigelas viraram um Port Arthur[69], onde os roedores realizavam verdadeiro sarau. Se pelo menos Osan tivesse deixado entreaberta a porta do armário para que eu pudesse entrar! Que se poderia esperar de uma caipira com a cabeça no mundo da lua como ela? De trás do fogão, a concha de abalone com minha comida emitia um tinido. O inimigo atacava também por aquele flanco. Esgueirei-me silenciosamente, mas tudo o que conseguia ver era uma cauda passando por entre os baldes para desaparecer por baixo da pia. Pouco depois, ouvi o tilintar da caneca de gargarejo de meu amo se chocando contra a bacia de metal no banheiro. Quando me voltei, um imenso animal de seus quinze centímetros apressava-se em se esconder debaixo da varanda após deixar cair o saquinho de pó dentifrício. Lancei-me atrás dele, mas ele já havia desaparecido por completo. Pegar um rato é algo mais complexo do que eu imaginava. Talvez eu não tenha o dom congênito de pegar roedores.

---

69. Aqui Soseki brinca ao usar o ideograma de "tigela" em vez do de "porto", aproveitando que em japonês os dois vocábulos são homófonos, *wan*.

Quando entrei no banheiro, o inimigo saiu do armário da cozinha; quando vigiava o armário, ele aproveitou para saltar para cima da pia, e se estava atento bem no meio da cozinha, eles aos poucos começavam o rebuliço por todas as direções. Cínicos? Covardes? Uma coisa é certa: era um inimigo destituído de cavalheirismo. Dei umas quinze ou dezesseis voltas para cá e para lá, esforçando-me ao máximo física e mentalmente, tudo em vão. É lastimável, mas nem mesmo o almirante Togo conseguiria traçar uma tática de batalha contra tão diminuto inimigo. De início, estava imbuído do espírito de coragem, animosidade e até mesmo beleza espiritual do mais nobre heroísmo, mas ao final acabei sentado inerte no meio da cozinha, achando tudo tedioso, ridículo, caindo de sono, exausto. Mesmo imóvel, o reles inimigo não poderia me causar nenhum dano, pois perceberia o quanto eu estava atento espreitando ao redor. Ao se mostrar o adversário inesperadamente tão mesquinho, a sensação de honradez na guerra se desvanece, restando apenas o sentimento de ódio. Quando passa esse sentimento e dissipa-se a animosidade, entra-se em um estado de abatimento seguido da indiferença pela constatação de sua própria impotência e, por fim, essa humilhação provoca o sono. Eu passei por todas essas fases e adormeci. O repouso é necessário, mesmo quando cercado de inimigos.

Uma lufada de ar penetrou pela claraboia aberta da sala de estar, me envolvendo e trazendo uma profusão de pétalas de cerejeiras. À semelhança de um projétil, algo se lançou da abertura no armário e, sem que eu pudesse evitar, cortou o ar e veio se atracar à minha orelha esquerda. Logo depois, uma sombra negra passou por trás de mim e inesperadamente agarrou minha cauda. Tudo se passou numa fração de segundo. Sem pensar em nada, dei um pulo. Todas as forças de meu corpo se uniram na tentativa de arremessar ao chão os monstros que me atacavam. O demônio que mordia minha orelha perdeu o equilíbrio e se manteve suspenso ao lado de minha cabeça. Como um tubo de borracha, a ponta de sua cauda flexível estava em minha boca. Eu a abocanhei e sacudi a cabeça de um lado para outro com tanto vigor que apenas a cauda permaneceu presa entre meus dentes da frente, enquanto seu corpo se desprendia, indo se estatelar contra a parede forrada de jornais velhos, desabando em seguida para o chão de tábuas corridas. Contra-ataquei, não dando tempo ao inimigo de se levantar, mas ele, como uma bola de borracha chutada, deu um salto bem debaixo de meu nariz indo parar no alto da prateleira. Fitamo-nos, ele de pé no alto do móvel, eu sobre o soalho de madeira. A distância entre nós era de um metro e meio. A claridade da lua entrava na cozinha formando uma faixa no ar. Concentrei minhas forças nas patas dianteiras e saltei para a prateleira. As patas dianteiras alcançaram o alvo, mas o resto do corpo se manteve suspenso no espaço. O rato negro continuava agarrado à minha cauda, mordendo-a com tal vigor que mesmo morrendo certamente não a soltaria. Encontrava-me em uma situação perigosa. Tentei subir mais, apoiando com maior firmeza as patas traseiras. Cada tentativa era frustrada pelo peso em minha cauda enfraquecendo minhas patas. Se escorregasse alguns centímetros, era uma vez um gato caindo no chão. Minha situação se tornava cada vez mais periclitante. Ouvi minhas garras arranharem a madeira da prateleira. Tentei avançar minha pata superior esquerda, mas não conseguia cravar bem as garras e acabei suspenso na prateleira apenas por uma unha da pata direita. O peso de meu corpo e o do rato mordendo minha cauda me fez balançar. O monstro em cima da prateleira permanecia inerte procurando o melhor momento para atacar. Foi então que visou minha testa e se jogou sobre ela de cima da prateleira, como se uma pedra estivesse sendo atirada. Minha unha perdeu força, não conseguia mais me segurar. Os três corpos caíram como uma única massa, cortando os raios de luar. Um vaso de louça, um jarro e uma lata vazia de geleia dentro dele, postados na prateleira logo abaixo, também caíram, derrubando um pote com água para apagar fogo situado na outra prateleira abaixo, indo parar metade dentro do balde, a outra metade no chão. O barulho rompeu o silêncio noturno e enregelou o fundo de minha alma desvairada.

— Ladrão!

Meu amo disparou para fora do dormitório, vociferando roucamente. Em uma das mãos segurava um lampião, na outra a bengala, e de seus olhos sonolentos emanava uma luminosidade adequada no momento. Eu permaneci agachado em silêncio junto à minha concha de comida. Os dois monstros desapareceram dentro do armário. Apesar de não haver ninguém, meu aturdido amo, num momento de raiva, perguntou: "O que está acontecendo aqui? Quem fez todo esse barulho?" A lua se deslocava em direção ao oeste, e o facho branco de luz que banhava a cozinha se tornava mais estreito.

6

Faz um calor insuportável, até mesmo para um gato. Um inglês de nome Sydney Smith[70] teria sofrido com o calor a ponto de afirmar que desejaria tirar a pele, remover a carne e refrescar apenas os ossos. Sem chegar ao exagero de me reduzir a um esqueleto, já estaria satisfeito se pelo menos pudesse despir meu casaco de pele cinza-malhado para uma lavagem, engomagem e secagem, ou quem sabe confiá-lo por algum tempo a uma casa de penhores. Os humanos devem achar que nós felinos temos a mesma cara entra ano sai ano e usamos a mesma vestimenta durante as quatro estações, vivendo uma vida simples, tranquila e frugal; mas, por mais que sejamos gatos, nós também sentimos bastante calor ou frio. Raras vezes sinto vontade de tomar um banho, mas não seria fácil secar todo meu pelo no dia em que o molhasse com água quente. Por isso, até o momento nunca cruzei a porta de uma casa de banhos públicos e sou obrigado a suportar meu próprio cheiro de suor. Por vezes, invade-me o desejo de me abanar com um leque, mas como é impossível segurá-lo acabo desistindo.

Comparados conosco, os humanos são muito afeitos ao luxo. Cozinham, assam, fazem marinado ou colocam em pasta de soja o que poderia ser comido cru, deliciando-se com o trabalho inútil a que se entregam. O mesmo se pode dizer de suas roupas. Seria demais exigir de seres imperfeitos como eles que, como nós felinos, usassem a mesma vestimenta durante todo o ano, mas será que precisam realmente colocar tantos panos diferentes sobre a pele como costumam fazer? Posso afirmar sem dúvidas que seu luxo é resultado de sua incompetência, pois precisam criar transtornos para as ovelhas, dar trabalho aos bichos-da-seda e até mesmo aceitar a caridade dos campos de algodão.

---

70. Sydney Smith (1771-1845). Escritor e clérigo inglês.

Pode-se relevar no que se refere à comida e vestimentas, mas não há como compreender que levem esse mesmo comportamento para áreas que não afetam diretamente suas vidas. Um exemplo são seus cabelos, que deveriam crescer com naturalidade, pois nada mais simples e fácil para seus donos do que os deixar à revelia. No entanto, os humanos lançam mão de uma série de diferentes combinações e arranjos desnecessários. Aqueles que se autodenominam monges sempre mantêm a cabeça raspada, a ponto de reluzir em tom azulado. Quando faz calor, eles a recobrem com uma sombrinha, e no tempo frio a envolvem com um capuz. Por que então se dão ao trabalho de raspá-la? Vá entendê-los! Há pessoas que se aprazem em utilizar um instrumento absurdo semelhante a uma serra, ao qual batizaram de pente, para repartir os pelos da cabeça para um lado ou para o outro. Quando não os repartem na metade, dividem artificialmente o crânio na proporção de setenta por cento numa direção e trinta por cento na outra. Existem até aqueles que levam essa separação até a parte posterior da cabeça, deixando o cabelo solto atrás como uma cópia malfeita de uma folha de bananeira. Outros cortam o cabelo rente na parte superior da cabeça e deixam o resto bem longo nas laterais. Assim, criam um quadrado em uma cabeça redonda, como um esboço de uma cerca de cedros trabalhada por um jardineiro. Além desses, há também cabelos cortados à máquina em 2, 6 ou 10 mm, e não duvido que alguma nova moda surja com corte na parte de trás da cabeça a menos 2 ou menos 6 mm. De qualquer forma, não entendo o que passa pela cabeça dos humanos para se submeterem a tamanhos dissabores.

Os humanos têm quatro patas, mas se dão ao luxo de utilizar apenas duas. Poderiam andar mais depressa se usassem todas, mas se contentam apenas com um par, deixando as restantes estupidamente penduradas como bacalhaus postos a secar. Vê-se que os humanos são muito mais desocupados que nós gatos e é possível entender a razão de se entregarem a tantas idiotices para preencher seu tempo. O mais curioso é que esses ociosos circulam por aí não apenas afirmando sempre estarem muito ocupados, mas com uma fisionomia que aparenta estarem atarefados e impacientes, como se fossem ter uma estafa de tanto trabalhar. Ao me verem, alguns deles afirmam como seria agradável ter uma vida sem aporrinhações igual à minha. Por que então não buscam transformar as próprias vidas nesse sentido? Ninguém lhes exige que se ocupem de uma tal forma. Encher-se de afazeres para depois reclamar estar sofrendo por não dar conta do excesso de trabalho é o mesmo que acender uma fogueira para depois se lamentar do calor. No dia em que nós felinos inventarmos vinte maneiras diferentes de cortar nossos pelos, certamente nossa tranquilidade acabará. Se, assim como eu, quisermos permanecer em paz, precisamos nos acostumar a usar nossa roupagem de pelos mesmo durante o verão... De qualquer forma, está um pouco quente e meus pelos estão fervendo.

 Desse jeito não serei capaz de realizar a sesta, fonte de meu deleite. O que fazer para passar o tempo? Como há muito negligenciei minhas observações da sociedade dos humanos, decidi depois de longo tempo contemplar suas extravagâncias quando estão ocupados. Infelizmente, nesta área meu amo possui temperamento muito semelhante ao dos gatos. Em nada me deve no que diz respeito à sesta e, sobretudo durante as férias de verão, não exerce nenhum tipo de trabalho comum aos humanos, o que torna minhas observações inúteis. Nessas horas, seria ótimo se Meitei aparecesse para provocar alguma reação na pele dispéptica de meu amo e fazê-lo se afastar de sua atitude felina. Quando eu imaginava que já seria uma boa hora para o professor Meitei dar as caras, ouvi o som de água proveniente da sala de banhos. Mesclando-se ao barulho da água escorrendo, uma voz forte ecoou pela casa com exclamações semelhantes a "excelente", "que sensação maravilhosa", "mais um balde". Não existiria no mundo outra pessoa que viesse à casa de meu amo e se conduzisse de modo tão descortês, berrando daquele jeito. Só poderia ser Meitei.

 Ele finalmente apareceu. Hoje ele servirá para preencher metade de meu tedioso dia. Pensava nisso, quando o professor Meitei entrou sem cerimônias na sala enxugando o suor e terminando de vestir seu quimono. Jogou seu chapéu sobre os tatames e bradou:

— Senhora, onde está Kushami?

Minha ama, que tirava um cochilo sossegadamente no quarto contíguo ao lado de sua caixa de costuras, acordou sobressaltada com o som semelhante ao ladrar de um cão reverberando em seus tímpanos. Procurando manter bem abertos os olhos ainda adormecidos, veio até a sala onde Meitei, vestindo um quimono leve de linho Satsuma, já tomara assento a seu bel-prazer e se abanava sem descanso com um leque.

— Ah, bom dia — cumprimentou minha ama, um pouco desconcertada. — Não percebi sua presença — complementou, fazendo uma reverência com gotículas de suor perspirando na ponta do nariz.

— Acabei de chegar. Pedi a Osan que me permitisse refrescar o corpo e atirei água sobre mim com o balde na sala de banhos. Sinto como se tivesse renascido... Não está um calor insuportável?

— Há dois ou três dias que transpiro muito, mesmo quando estou parada. Faz um calor atroz. Mas como tem passado? — perguntou minha ama, sem se dar ao trabalho de limpar a transpiração do nariz.

— Bem, obrigado. O calor geralmente em nada me afeta. Porém, esta quentura é algo fora do comum. Um cansaço terrível me abate.

— E eu que não tenho costume de dormir à tarde, com este calor...

— A senhora dormiu? Isso é ótimo. Não há nada melhor do que fazer a sesta e ainda dormir à noite — afirmou Meitei com seu jeito imperturbável de sempre. Ainda não satisfeito, completou: — Eu não sou do tipo que gosta de dormir. Invejo alguém como Kushami, que está sempre tirando uma pestana toda vez que venho visitá-lo. Coitado, o calor deve afetar seu frágil estômago. Porém, mesmo uma pessoa sã deve sofrer para sustentar a cabeça sobre os ombros com o calor de hoje. Apesar de que, é claro, uma vez que a temos sobre os ombros não podemos simplesmente tirá-la de lá, concorda?

Meitei parecia não conseguir se ver livre do assunto.

— Como a senhora ainda tem algo a mais sobre a cabeça, deve ser difícil permanecer sentada. Apenas o peso do coque já deve fazê-la ter vontade de se deitar.

Acreditando que Meitei notara algum sinal denunciador de que estivera dormindo, minha ama levou a mão à cabeça dizendo:

— He, he, he! Que língua ferina você tem.

Indiferente ao que minha ama lhe dissera, Meitei afirmou algo insólito:

— Senhora, ontem eu coloquei um ovo para fritar no telhado de casa.

— E conseguiu fritá-lo?

— Como as telhas estavam queimando de quentes, achei que seria um desperdício se eu não fizesse isso. Derreti a manteiga e quebrei um ovo sobre ela.

— Não diga.

— Contudo, o calor do sol não estava tão forte como eu imaginara. O ovo custava a chegar ao ponto. Desci então do telhado e fui ler jornal, até que uma visita chegou e acabei me esquecendo completamente do assunto. Hoje pela manhã de repente me lembrei e subi para ver o estado do ovo.

— O que aconteceu?

— Em vez de ficar meio cozido, ele se partiu e escorreu pela telha.

— Que coisa! — exclamou minha ama impressionada e franzindo as sobrancelhas.

— É estranho que tenha esfriado no período de canícula e agora faça tanto calor.

— É verdade. Nos últimos dias estava fresco a ponto de sentir um pouco de frio com um quimono leve de verão, mas de anteontem para cá esquentou demais.

— O caranguejo anda de lado, mas o clima deste ano está em marcha à ré. É provável que o clima esteja querendo nos dizer o mesmo que diz um ensinamento chinês: algumas vezes é melhor agir contra a razão.

— O que significa isso?

— Nada de especial. Apenas que o fato de o clima estar às avessas parece com o touro de Hércules.

Estimulado pela conversa, Meitei começou a colocar para fora suas histórias sem pé nem cabeça, mas como sempre minha ama não as compreendeu. Tomada de certa prudência após o que ouvira sobre o ensinamento chinês, minha ama soltou um simples "ah", evitando fazer perguntas. Meitei não perdeu a oportunidade.

— A senhora já ouviu falar no touro de Hércules?

— Não, não conheço o touro desse senhor.

— Ah, não? Então, permita-me lhe explicar.

— Bem... — respondeu minha ama, não se atrevendo a confessar ao esteta que as explicações seriam inúteis.

— Muito tempo atrás, lá ia Hércules puxando seu touro...

— Esse Hércules era um vaqueiro?

— Não, não era um vaqueiro, tampouco era o dono do restaurante Iroha, especializado em carne bovina. Isso se passou na Grécia antiga, em uma época em que não havia ainda açougues por aquelas terras.

— Então isso se sucedeu na Grécia? Por que não disse logo?

Pelo menos o nome do país não era estranho a minha ama.

— Mas eu disse que era Hércules.

— O fato de ser Hércules significa que se passa na Grécia?

— Sim, Hércules é um herói helênico.

— Por isso não é de se espantar que eu não o conhecesse. E o que aconteceu com esse homem?

— Hércules ficou com sono, como a senhora, e dormia profundamente...

— Mas que petulância!

— E, enquanto dormia, o filho de Vulcano apareceu.

— Quem era esse Vulcano?

— Vulcano era um ferreiro. O filho dele roubou o tal touro. Ele o levou embora puxando-o pelo rabo. Quando Hércules acordou, logo saiu perguntando "Onde está meu touro? Vocês viram meu touro?", sem saber para onde fora o ladrão. Como poderia saber? Nem mesmo olhando as pegadas. O filho de Vulcano não fizera o touro ir para a frente, mas o levara de marcha à ré para que não descobrissem seu paradeiro. Muito esperto para um filho de ferreiro.

O professor Meitei parecia ter esquecido completamente que discorria sobre o clima.

— E onde está seu marido afinal? Tirando a sesta como sempre? Quando tratada como tema de poemas chineses a sesta se reveste de elegância, mas no caso de Kushami, que a tira todos os dias, acaba se tornando um tanto quanto vulgar. Parece uma tentativa de morrer um pouco a cada dia. Senhora, poderia fazer a gentileza de acordá-lo? — pressionou Meitei.

Minha ama pareceu concordar com Meitei.

— Sim, dormir tanto assim realmente é problemático. Além disso, não pode fazer bem à saúde. Ele acabou de almoçar — disse minha ama se levantando.

O professor Meitei, com o rosto mais tranquilo deste mundo, sem que lhe tenham perguntado, se autoconvida:

— Falando nisso, ainda não almocei.

— Olhem só. Nem me dei conta. Lógico que é hora do almoço. Não tenho muito a lhe oferecer, mas o que me diz de arroz com um pouco de chá por cima?

— Arroz com chá? Não aprecio muito.

— Então, creio não ter nada que agrade seu paladar — replicou minha ama com uma ponta de sarcasmo.

Dando-se conta da gafe, Meitei acrescentou algo que não seria imaginável a um amador:

— Nem arroz com chá nem com água quente. Na realidade, em meu caminho para cá encomendei o almoço que pretendo comer aqui.

Minha ama exclamou "oh!", uma interjeição que a um só tempo reunia um "oh!" de surpresa, um "oh!" de decepção e um "oh!" de grato alívio por se ver livre de ter de preparar algo para o visitante.

Nesse instante, meu amo saiu do gabinete cambaleante, como se tivesse sido arrancado do sono a que estava prestes a se entregar pelo barulho fora do comum.

— O homem barulhento de sempre. Logo agora que estava começando a sentir o prazer de dormir — resmungou meu amo, intercalando bocejos à sua fisionomia azeda.

— Ah, então despertou? Perdoe-me se espantei a ave do sono que se apoderara de seus olhos. Mas de vez em quando faz bem. Não gostaria de se sentar?

Afinal de contas qual dos dois seria o dono da casa? Meu amo sentou-se sem dizer uma palavra, tirou um cigarro Asahi de sua cigarreira marchetada em madeira e começou a soltar baforadas. De repente, percebeu o chapéu de Meitei jogado num canto da sala.

— Pelo visto você comprou um chapéu — notou meu amo.

— Que tal? — logo perguntou Meitei, com orgulho, ao casal.

Minha ama acariciou inúmeras vezes o objeto.

— É lindo. Que maciez e delicadeza de textura!

— Senhora, este chapéu é uma verdadeira preciosidade. E obedece a todas as minhas ordens.

Dizendo isso, Meitei fechou o punho e o forçou sobre a lateral do chapéu, criando uma concavidade de tamanho semelhante à da munheca. Antes mesmo de minha ama ter tempo para exclamar "Ah!", Meitei enfiou a mão fechada pelo avesso do chapéu e, com um empurrão forte, o recolocou no formato original. Em seguida, amassou o chapéu pressionando-o pelos lados da aba. O objeto assim amassado estava plano como massa de macarrão estendida num varal. Enrolou-o então como a um carpete de palha trançada.

— Vejam só como ficou agora — disse enfiando o chapéu enrolado dentro do quimono, acima da cintura.

— Isso é fantástico! — exclamou minha ama como se presenciasse um número de mágica do prestidigitador Shoichi Kitensai.

Meitei parecia também empolgado por sua atuação e, como em um passe de mágica, tirou pelo lado esquerdo da manga do quimono o chapéu que nele guardara pelo lado direito.

— E sem nenhum arranhão.

Meitei girou o chapéu, tendo como eixo o dedo indicador colocado bem no centro do interior de sua copa, e o fez voltar a seu formato original. Quando imaginei que fosse parar, jogou o chapéu para trás de si e, rindo, abandonou seu peso sobre ele.

— Tem certeza do que está fazendo?

Até mesmo meu amo demonstrou inquietude na fisionomia.

— Que acha de parar por aqui antes de estragar um chapéu tão maravilhoso? — aconselhou minha ama, visivelmente preocupada.

Apenas o dono do chapéu não se sentia intimidado.

Meitei retirou de sob as nádegas o objeto amassado, colocando-o desse jeito sobre a cabeça. Curiosamente, aos poucos o chapéu foi recuperando o formato.

— Mas é incrível como não deforma.

— É um chapéu muito resistente. O que você fez para torná-lo assim? — indagou minha ama cada vez mais admirada.

— Nada. Ele já é produzido assim — respondeu Meitei ainda usando o chapéu.

— Você deveria comprar um chapéu como o dele — recomendou minha ama ao marido após alguns instantes.

— Mas Kushami possui um maravilhoso chapéu de palha.

— Sim, mas outro dia as crianças pisaram nele e está todo deformado.

— Isso é uma lástima.

— Por isso mesmo, acho que ele deveria comprar um belo chapéu como o seu. Vamos, compre um desses para você — insistiu minha ama, ignorando o preço de um chapéu-panamá.

Meitei puxou de dentro da manga do quimono uma caixa vermelha e de dentro dela um canivete, e o mostrou à minha ama.

— Senhora, vamos deixar o chapéu de lado. Olhe bem este canivete. Ele é também um objeto muito precioso. Tem catorze utilidades diferentes.

Se o canivete não tivesse surgido, meu amo não aguentaria a pressão da esposa e teria de assumir a responsabilidade de comprar um chapéu-panamá. Concluí que Meitei não o fez com alguma intenção, mas felizmente, graças à curiosidade feminina inata, meu amo teve a inusitada sorte de se livrar desse infortúnio.

— Que catorze utilidades são essas?

Nem bem minha ama acabara de perguntar, Meitei afirmou com ar altivo:

— Explicarei cada uma delas. Ouça, por favor. Tudo bem? Eis aqui uma abertura no formato de uma lua minguante. Basta colocar um cigarro neste local para cortar sua ponta antes de fumá-lo. Em seguida, esta outra parte próxima ao cabo serve para cortar arames. Se colocarmos o canivete de lado sobre uma folha de papel, podemos usá-lo para traçar linhas. Além disso, na face oposta da lâmina existe uma escala que também pode substituir uma régua. Na parte da frente, há uma lixa acoplada, perfeita para acertar as unhas. Certo? Esta ponta saliente aqui pode ser usada como chave de fenda. Enfiando-a bem e levantando, é possível em geral abrir com facilidade uma caixa fechada com prego. A ponta desta lâmina é em formato de verruma. Com esta outra parte aqui podemos apagar uma palavra mal-escrita e, se desmontarmos o canivete, *voilà*, temos uma faca. E, por último, senhora... e esta última utilidade é muito interessante... Neste ponto há uma bolinha do tamanho de um olho de mosca. Dê só uma olhada lá dentro, por favor.

— Prefiro não olhar. Você deve estar de novo tentando me pregar uma de suas peças.

— Desola-me constatar que não sou mais merecedor de sua confiança. Mesmo que acabe achando ter sido enganada, vale a pena espiar. E então? Não quer mesmo? Vamos, uma olhadinha de nada, que mal pode fazer? — insistiu Meitei entregando o canivete à minha ama. Ela o pegou com cuidado, colocou o tal olho de mosca próximo à vista e, ansiosamente, procurou enxergar algo.

— Que tal?

— Não vejo nada. Está tudo um breu.

— Isso é impossível. Procure virar o canivete em direção ao papel de arroz da porta corrediça. Isso... e não deixe o canivete deitado... muito bem. Agora deve ser possível enxergar.

— Ah, é uma fotografia! Como conseguiram inserir uma foto tão minúscula aqui dentro?

— É este mesmo o motivo de ser tão interessante.

Minha ama e Meitei estavam concentrados em sua conversa. Por algum tempo meu amo se mantivera calado, mas de repente pareceu haver brotado nele a vontade de ver a foto.

— Deixa eu ver também.

Minha ama não lhe deu ouvidos, continuando com o canivete colado ao rosto, sem intenção de largá-lo.

— É realmente uma linda mulher nua.

— Vamos, já disse para me deixar ver.

— Espere um pouco. Que lindos cabelos. Chegam até a cintura. Tem o rosto um pouco soerguido e é muito alta, porém é de fato uma formosura.

— Mostre-me logo. Você já viu o bastante — grunhiu com impaciência.

— Desculpe tê-lo feito esperar. Olhe o quanto quiser — disse minha ama lhe passando afinal o canivete.

Nesse momento Osan veio da cozinha anunciando que o almoço de Meitei fora entregue e trazendo até a sala dois pratos de macarrão sarraceno frio.

— Senhora, eis o almoço que encomendei. Peço-lhe licença para comê-lo aqui — solicitou ele fazendo uma reverência cortês.

Minha ama não sabia o que responder, pois não identificava se o gesto era sério ou mais uma brincadeira. "Fique à vontade", respondeu e se pôs a olhá-lo. Meu amo afastou por fim o olho da foto e disse:

— Meu caro, com este calor o macarrão sarraceno é um veneno.

— Que nada. Não há perigo. É difícil um prato predileto causar mal ao estômago de alguém — explicou retirando a tampa do recipiente. — Como é boa uma comida preparada na hora. Nada há de mais detestável do que macarrão mole demais e seres humanos estúpidos.

Meitei derramou condimentos dentro do caldo e começou a mexer energicamente.

— Não coloque tanta raiz forte que ficará muito apimentado — advertiu meu amo, inquieto.

— Macarrão deve ser comido com caldo e raiz forte. Pelo visto você não é muito fã de macarrão sarraceno.

— Prefiro macarrão de trigo comum.

— Só tropeiros comem esse tipo de macarrão. Não há nada mais lastimável do que um homem que não sabe apreciar o sabor de macarrão sarraceno — comentou Meitei plantando seus pauzinhos de cedro no macarrão e erguendo, a uma altura de cinco centímetros, o máximo que pôde pegar.

— Senhora, existem vários estilos no que se refere à maneira de comer macarrão sarraceno. Os principiantes o molham de qualquer maneira no caldo e os ruminam dentro da boca. Dessa forma, o macarrão perde todo seu sabor. O modo correto é soerguê-lo como faço agora.

Enquanto explicava, Meitei levantou os pauzinhos com longos fios de macarrão e dependurou-os no ar a uma altura de trinta centímetros. Achando ser suficiente, olhou para baixo e viu as pontas de doze ou treze fios grudadas no fundo do recipiente.

— Este macarrão é inusitadamente longo. O que a senhora acha deste comprimento?

Meitei reivindicou a participação de minha ama.

— São mesmo bem longos — respondeu minha ama, parecendo admirada.

— Devemos passar um terço deles no caldo e engoli-los de uma só tacada. Não se deve mastigá-los, pois o sabor do macarrão desaparece. O valor está em escorregá-los garganta abaixo.

Meitei levantou os pauzinhos e o macarrão finalmente se afastou do recipiente. Abaixou-os aos poucos para dentro da tigela, que segurava com a mão esquerda, molhando os fios pelas pontas, e, em conformidade com a Lei de Arquimedes, elevava o nível da sopa à medida que mergulhava esse volume de macarrão. Todavia, como antes dez oitavos da tigela já estavam preenchidos com o líquido, este atingiu a borda antes que um quarto do macarrão seguro pelos pauzinhos de Meitei fosse mergulhado. Os pauzinhos permaneceram imóveis após se elevarem dez centímetros. E havia uma boa razão para não se moverem. Se fossem abaixados, mesmo que ligeiramente, o líquido transbordaria. Ao chegar a esse ponto, Meitei hesitou um pouco, mas, de repente, com a agilidade de uma lebre em fuga, aproximou a boca dos pauzinhos para logo em seguida se ouvir o ruído de sucção, com seu pomo de adão subindo e descendo uma ou duas vezes, em um movimento forçado, e o macarrão desapareceu por completo da ponta dos pauzinhos. Olhando bem, do canto dos olhos de Meitei escorreram sobre a face uma ou duas gotas de algo que se assemelhava a lágrimas. Impossível discernir se foi efeito da raiz forte ou do esforço ao engolir.

— Impressionante. Você realmente conseguiu colocar tudo para dentro de um só golpe — admirou-se meu amo.

— É fantástico — louvou também minha ama a performance de Meitei.

Sem dizer nada, Meitei descansou os pauzinhos e, após bater uma ou duas vezes no peito, enxugou a boca com um lenço e recomeçou:

— Senhora, um prato de macarrão deve ser consumido em três bocadas e meia, no máximo em quatro bocadas. Se passar disso, não se sente o sabor.

Justo nesse momento, Kangetsu apareceu usando seu chapéu de inverno apesar do calor, sabe-se lá a razão, e com os pés sujos de poeira.

— Ah, eis que entra em cena nosso galã. Peço-lhe que me desculpe, pois estou começando meu almoço.

Indiferente aos olhares que lhe lançavam, Meitei continuou a comer o restante do prato. Em vez de mostrar uma maneira espetacular de ingerir o macarrão, como o fizera antes, deu cabo em silêncio dos dois pratos, sem interromper para não se dar ao embaraço de usar seu lenço.

— Então, Kangetsu, já completou a tese doutoral? — perguntou meu amo.

— Precisa apresentá-la logo para não deixar a senhorita Kaneda esperando — completou Meitei.

Como de costume, apareceu no rosto de Kangetsu um sorriso ligeiramente sinistro.

— Sei que é um crime fazê-la esperar e gostaria de tranquilizá-la apresentando minha tese o quanto antes, mas a complexidade do tema exige de mim enormes esforços — explicou ele em tom solene, embora fosse difícil imaginar que falasse mesmo com seriedade.

— Claro. Com um tema tão complexo, as coisas não avançarão como a nariguda deseja. E não haveria nada mais precioso do que vê-la quebrar o nariz.

Meitei replicou no mesmo tom de Kangetsu. Apenas meu amo permaneceu relativamente sério.

— Qual era mesmo o tema de sua tese?

— Intitula-se "A influência dos raios ultravermelhos sobre o movimento eletrodinâmico das pupilas das rãs".

— Realmente um tema muito estranho. As pupilas das rãs estão sem dúvida à altura de nosso grande Kangetsu. Kushami, que tal se antes da apresentação da tese informássemos apenas o título aos Kaneda?

Sem dar ouvidos à sugestão de Meitei, meu amo perguntou a Kangetsu:

— E esse tema necessita muito esforço de pesquisa?

— Sim, por se tratar de um tema de alta complexidade. Em primeiro lugar, a estrutura do globo ocular dos batráquios está longe de ser algo simples. Por essa razão são necessários vários experimentos, a começar pela fabricação de uma bola de vidro redonda.

— Para fazer uma bola de vidro basta ir a um vidraceiro.

— Por quê? — perguntou Kangetsu ajeitando um pouco a postura. — Círculos e linhas sempre foram conceitos geométricos, inexistindo no mundo real círculos ou linhas ideais que se conformem à sua definição.

— Se não existem, desista deles — interrompeu Meitei.

— Pensei em primeiro lugar em criar uma esfera adequada a meu experimento. Há alguns dias me dedico a isso.

— E conseguiu criar? — perguntou meu amo com impertinência.

— Como se fosse possível — afirmou Kangetsu, e notando que se contradizia completou: — É uma tarefa muito difícil. É preciso polir pouco a pouco e, ao se perceber que o raio de um lado se excedeu, é necessário limá-lo, mas aí é a vez do outro lado se encompridar em demasia. Quando depois de muito esforço acho que, enfim, poli completamente, o formato se mostra distorcido. Ao tentar corrigir essa distorção, percebo que o diâmetro está anguloso. O que começou do tamanho de uma maçã diminui até chegar a algo com a dimensão de um morango. Continuo assim mesmo a polir e logo a esfera acaba do tamanho de um grão de soja. E mesmo assim ainda não está perfeitamente redonda. Tenho me dedicado com afinco a esse polimento, e desde o Ano-Novo já poli seis bolas de tamanhos variados.

Era difícil dizer se tudo o que Kangetsu falava com tanta animação era verdade ou mentira.

— E onde você realizou todo esse polimento?

— No laboratório da universidade. Começo a polir pela manhã, interrompo para o almoço, e depois retomo o trabalho até escurecer. É realmente uma tarefa e tanto.

— Eis a razão de você sempre alegar que está muito ocupado, pois vai à universidade todos os dias, mesmo aos domingos. Tudo isso para polir bolas de vidro.

— No momento, tudo o que eu faço de manhã até a noite é polir bolas.

— Ou seja, os Kaneda terão como genro um doutor em fabricação de bolas. Acredito que se contássemos sobre sua dedicação aos Kaneda, mesmo a nariguda ficaria satisfeita. Na realidade, outro dia precisei ir até a biblioteca e, na saída, ao passar pelo portão, por acaso dei de cara com Robai. Achei estranho ele ir à biblioteca depois de formado e, impressionado, eu o elogiei por ainda estudar. Robai me olhou de um jeito esquisito e me confessou que não fora até lá para ler nenhum livro, mas apenas sentira necessidade de urinar ao passar pela porta e aproveitara para usar o banheiro. Não contive o riso. Robai e você são tipos totalmente opostos. Eu gostaria de incluí-los no *Anedotário Mogyu*.

Como sempre Meitei se entregara a um longo comentário. E meu amo perguntou de forma um pouco mais solene:

— Tudo bem que você passe o dia polindo bolas, mas quando afinal você prevê terminar a tese?

— No ritmo em que as coisas vão, deverá demorar uns dez anos.

Kangetsu respondeu em tom ainda mais sério do que meu amo.

— Dez anos... Não há como apressar o polimento?

— Dez anos é o mínimo possível. Dependendo pode levar até uns vinte anos.

— Isso é um absurdo. Desse jeito você dificilmente obterá o título de doutor.

— Eu sei. Desejo tranquilizar a senhorita Kaneda o quanto antes, mas sem polir as bolas não é possível realizar experimentos tão importantes...

Kangetsu cortou a frase, para logo retomar com ar triunfante:

— Não há nada para se inquietar. Os Kaneda sabem que eu me ocupo em polir bolas. De fato, há uns dois ou três dias eu os visitei e expliquei a situação em detalhes.

Nesse momento, minha ama, que escutava os três de lado sem entender a conversa, perguntou desconfiada:

— Mas a família Kaneda não viajou para Oiso no mês passado?

Kangetsu se sentiu ligeiramente desconcertado com a pergunta e se fez de tonto.

— Isso é estranho. Como algo semelhante aconteceu?

Nessas horas Meitei é um verdadeiro tesouro. Quando a conversa esfria, quando a situação é constrangedora, nos momentos de sono ou de embaraço, enfim, em todas as ocasiões ele sempre aparece para se intrometer.

— É um mistério que você possa ter encontrado em Tóquio, dois ou três dias atrás, com alguém que tenha ido para Oiso no mês passado. A isso chamamos mediunidade espiritual. Fenômenos semelhantes costumam ocorrer com frequência entre seres apaixonados um pelo outro. Parece um sonho, mas se mostra mais real do que a própria realidade. Não é de estranhar que a senhora se surpreenda com o que acabou de ouvir, já que, vivendo com alguém que desconhece esse sentimento como Kushami, nunca teve a noção do que é um grande amor...

— E baseado em que você faz essa afirmação? Por que me desdenha assim? — interrompeu minha ama bruscamente.

— Logo você que parece jamais ter vivido uma verdadeira paixão — defendeu meu amo com garra a esposa.

— Dizem que as fofocas acabam logo sendo esquecidas e pelo visto o mesmo acontece com meus romances amorosos. Talvez você já não se lembre mais que, como resultado das decepções no amor, vivi solteiro até esta idade — explicou Meitei, voltando o olhar imparcialmente a cada um dos presentes.

— Não há nada mais cômico — ironizou minha ama.

— Não tente nos fazer de tolos — repreendeu meu amo, olhando em direção ao jardim.

Apenas Kangetsu, com seu costumeiro sorriso, observou:

— Como futura referência, gostaria muito de ouvir sobre essas reminiscências.

— Minhas histórias são misteriosas e seriam de grande deleite para o finado professor Yakumo Koizumi[71], se ele não tivesse falecido, obviamente. A bem da verdade, não me sinto inclinado a falar sobre elas, mas já que você insiste... Em troca, peço a todos que as ouçam com atenção até o fim.

Tomada essa precaução, Meitei passou a discorrer sobre sua história.

— Se não me falha a memória... bem... há quantos anos foi?... Esqueçam, vamos dizer que foi há cerca de quinze ou dezesseis anos.

— Não seria mais uma de suas brincadeiras? — perguntou meu amo resfolegando.

— Sua memória parece bastante ruim — caçoou minha ama.

Apenas Kangetsu cumpriu a palavra e, parecendo ávido a escutar a história, permaneceu em silêncio.

— De qualquer forma, aconteceu durante o inverno de certo ano. Eu atravessava o Vale dos Bambus no município de Kanbara, na província de Echigo, após ter cruzado o Passo do Pote de Polvos, e estava prestes a entrar no território de Aizu.

— Que lugares de nomes estranhos! — interrompeu novamente meu amo.

— Ouça calado, por favor. Parece mesmo interessante — recriminou minha ama.

— Escurecera e eu não distinguia mais o caminho, morria de fome e, sem outro jeito, bati à porta do único casebre existente no meio do Passo. Expliquei aos moradores a situação e lhes pedi abrigo para a noite, ao que fui atendido. Fui convidado a entrar por uma jovem que segurava uma vela bem próxima a meu rosto. Todo meu corpo se estremeceu ao vê-la. Desde aquele momento despertou intensamente em mim o poder mágico e alucinante desse sentimento chamado amor.

---

71. Nome japonês usado pelo escritor Lafcadio Hearn (1850-1904) após obter cidadania japonesa. Hearn escreveu vários livros em inglês sobre a vida cotidiana no Japão da Era Meiji e contos fantásticos baseados em histórias antigas e folclóricas japonesas. Trabalhou como docente de literatura inglesa na Universidade Imperial de Tóquio, cargo que após seu falecimento foi ocupado por Natsume Soseki.

— Ora, ora. Quer dizer que havia uma beldade dessas no meio das montanhas.

— Na montanha ou à beira-mar, senhora, não importa. Eu adoraria poder lhe mostrar essa moça de quem lhes falo. Ela usava o cabelo penteado para cima, no estilo Shimada, usado pelas moças em ocasiões de festa.

— Oh! — exclamou estupefata minha ama.

— Ao entrar reparei em um grande fogareiro bem no centro do cômodo de cerca de oito tatames, ao redor do qual nos sentamos os quatro: eu, a moça, seu avô e avó. "Você deve estar morrendo de fome", disseram eles, e eu assenti e lhes pedi algo para comer. Foi então que o avô me disse que, como eu era seu convidado, eles me prepariam risoto de cobra. E é nesse ponto que começa de fato minha história sobre minha infelicidade no amor. Ouçam-na com atenção.

— Caro professor, nós com certeza prestaremos toda a atenção possível, mas permita-me observar que é difícil acreditar que haja cobras durante o inverno, mesmo na província de Echigo.

— Hum. Sua observação é deveras pertinente. Todavia, em uma história tão poética como esta, não devemos nos preocupar mais do que o necessário com esse tipo de lógica. Pois nos romances de Kyoka[72] não aparecem caranguejos saindo de dentro da neve?

Kangetsu apenas concordou e retomou sua atitude de ouvinte atento.

— Na época eu já era fanático por pratos exóticos e me cansara de comer gafanhotos, lesmas, rãs vermelhas e coisas do gênero, sem contar que risoto de cobra seria uma nova experiência gastronômica. Disse ao avô que me sentiria honrado se pudesse provar de sua comida. O avô pôs então uma panela sobre o fogareiro, colocando dentro dela o arroz para cozinhar lentamente. O mais curioso é que a tampa dessa panela possuía dez orifícios de diversos tamanhos, pelos quais escapava o vapor. Eu me impressionei com a engenhosidade do pessoal do campo. Nisso, o avô

---

72. Kyoka Izumi (1873-1939). Autor de contos e peças de teatro kabuki, conhecido por resistir ao romantismo e naturalismo da época, escrevendo sobre o grotesco e o fantástico. *O monge do Monte Koya* e *Sala de cirurgia* são duas de suas obras mais conhecidas.

se ergueu de repente e saiu do casebre, voltando logo em seguida com uma grande cesta debaixo do braço. Como ele a colocou casualmente ao lado do fogareiro, procurei ver o que continha. Lá estavam elas. Um monte de longas cobras enroladas umas às outras devido ao frio.

— Não continue, por favor. É mesmo nojento — franziu o cenho minha ama.

— Impossível interromper agora que estou chegando no maior motivo de minha infelicidade no amor. O avô destampa a panela com a mão esquerda, enquanto com a mão direita pega à revelia esse monte de cobras e o enfia bruscamente lá dentro, tampando-a outra vez mais que depressa. Para ser sincero, mesmo eu que quase nunca me impressiono com algo quase perdi o fôlego.

— Pare, pare. Que nojo!

Minha ama repetiu inúmeras vezes, demonstrando estar apavorada.

— Já estou chegando à história de meu amor não correspondido. Tenha um pouco mais de paciência, por favor. Para meu espanto, cerca de um minuto depois, aparece por um dos orifícios uma cabeça. Ainda sob o efeito da admiração, vejo mais uma sair pelo orifício ao lado. Foi o tempo de dizer "Ah, saiu mais uma" para começarem a aparecer cabeças daqui e dali. A panela se cobriu com os rostos das cobras.

— Por que elas colocariam a cabeça para fora?

— Não aguentaram o calor sufocante de dentro da panela e queriam fugir. Por fim, o avô diz que está pronto e pede para a mulher tirar ou algo parecido. A avó replica tão somente com um "Ah" e a filha a acompanha exclamando "Sim", cada uma puxando uma das cobras pela cabeça. Ao fazerem isso, o osso ficou à mostra e a carne permaneceu no interior panela. Foi curioso ver sair o esqueleto comprido acompanhando a cabeça sendo puxada.

— Era carne de cobra sem osso — afirmou Kangetsu sorrindo.

— Certamente carne sem espinhas, eu diria. Que habilidade eles tinham. Depois disso, destamparam a panela e com uma colher de pau misturaram a carne com o arroz dizendo "bom apetite" para mim.

— E você comeu? — interpelou meu amo com frieza.

Minha ama mostrava sinais de agonia na fisionomia ao reclamar:

— Chega, por favor. Minha ojeriza é tanta que provavelmente não conseguirei comer mais nada hoje.

— A senhora diz isso porque nunca comeu risoto de cobra, mas experimente um dia. É um sabor inesquecível.

— De jeito nenhum eu colocaria algo semelhante na boca.

— Bem, foi uma refeição suculenta que me fez esquecer o frio. Olhava com displicência para o rosto da jovem até que, nesse estado de ânimo, eles sugeriram que fosse me deitar. Como estava exausto da viagem, segui o conselho e fui dormir esquecendo todo o resto.

— E o que aconteceu depois? — interrogou interessada minha ama.

— Na manhã seguinte acordei e meu coração se partiu.

— O que houve?

— Nada de tão especial. Levantei-me e fui fumar um cigarro, olhando pela janela dos fundos. Foi quando percebi alguém com a cabeça careca como uma chaleira lavando o rosto junto a uma calha de bambu, onde corria água.

— O avô ou a avó? — indagou meu amo.

— Eu não podia distinguir direito e continuei olhando por um bom tempo. Quando essa chaleira se virou em minha direção, me espantei. Era a jovem por quem eu me apaixonara na noite anterior.

— Mas você mesmo disse há pouco que ela usava um penteado ao estilo Shimada!

— Na noite anterior era Shimada, e maravilhoso por sinal. Porém, na manhã seguinte era uma chaleira redonda.

— Está sem dúvida de gozação conosco — disse meu amo direcionando o olhar para o teto como de costume.

— Eu também estava desconcertado e um pouco temeroso. Enquanto eu observava, a chaleira por fim acabou de lavar o rosto e, antes de entrar em casa, colocou desajeitadamente sobre a cabeça uma peruca com o penteado Shimada, que até então estava sobre uma pedra a seu lado. Nesse momento me dei conta do que se passava e desde então me tornei vítima da transitoriedade do amor.

— Um dos piores fracassos de amor de que se tem notícia. Tome isso como exemplo, Kangetsu, de que apesar das decepções amorosas não se deve perder a alegria e o bom humor — disse meu amo dirigindo-se a Kangetsu e avaliando a decepção amorosa de Meitei.

— Se essa jovem não fosse uma chaleira redonda e se Meitei a tivesse trazido para Tóquio, é provável que seria ainda mais feliz do que é hoje. Contudo, é uma grande lástima que uma moça como ela fosse careca. Como é possível que uma mulher tão jovem já tivesse perdido os cabelos?

— Pensei muito sobre o assunto e estou propenso a acreditar que a causa da insuficiência capilar estaria ligada à ingestão em excesso de risoto de cobra. É um prato que estimula a circulação do sangue em direção à cabeça.

— Que ótimo que pelo visto nada de ruim aconteceu com você ao comer esse prato.

— Escapei de ficar careca, mas, em compensação, desde aquela época me tornei míope deste jeito — respondeu Meitei polindo com o lenço cuidadosamente as lentes de seus óculos de armação dourada.

Ao fim de alguns instantes, parecendo se lembrar de algo, meu amo perguntou:

— O que há afinal de misterioso em sua história?

— O mistério é que mesmo hoje ainda não descobri se ela comprou a peruca ou se a achou em algum lugar — explicou Meitei colocando de volta os óculos sobre o nariz.

— Até parece que ouvimos uma récita de um contador de anedotas profissional — avaliou minha ama.

A história que pouco provavelmente fora real chegou ao fim. Achei que Meitei se calaria. Ledo engano. Para calar o professor, de temperamento loquaz, seria necessário o uso de uma mordaça. Ele logo continuou a tagarelar:

— Minha experiência de amor fracassado foi dolorosa. Mas, se tivesse me casado com a chaleira sem saber de sua peruca, estaria fadado a ter de observar seu problema capilar por toda minha vida. É preciso ter cuidado. Em assuntos de casamento, ocorre muitas vezes de só descobrirmos no último momento feridas escondidas em locais impensáveis. Por isso, Kangetsu, procure não complicar sua vida se entregando à paixão ou se desesperando sem razão, mas continue a polir tranquilamente suas bolas — concluiu Meitei em tom de conselho.

Com uma fisionomia que exprimia desconsolo, Kangetsu disse:

— Na medida do possível, gostaria de continuar apenas polindo minhas bolas de vidro, mas como posso se os Kaneda me pressionam?

— Claro. No seu caso é a outra parte que cria confusão, mas há outros exemplos bastante cômicos. Um deles é Robai, que entrou na biblioteca apenas para urinar.

— O que aconteceu com ele? — interrogou meu amo, voltando a se interessar pela conversa.

— Bem, vou lhes contar. Tempos atrás, o professor se hospedou por uma noite no albergue Tozai, em Shizuoka. Vejam bem, foi apenas uma noite... Pois naquela noite ele, de repente, pediu a mão da criada do estabelecimento em casamento. Eu me acho um sujeito bastante despreocupado, mas ainda tenho que evoluir muito até chegar aos pés dele. Na época, trabalhava no albergue uma moça chamada Onatsu, conhecida por sua formosura. Essa jovem cuidava justamente do quarto de Robai, o que foi uma casualidade.

— Uma casualidade muito semelhante àquela de sua história do Passo não sei das quantas...

— De fato é parecida. Para ser sincero, isso decorre do fato de eu e Robai termos temperamentos muito semelhantes. Ele pediu Onatsu em casamento e, enquanto esperava uma resposta, decidiu comer uma melancia.

— Comer o quê? — perguntou meu amo, espantado.

Não apenas meu amo, mas também minha ama e Kangetsu inclinaram a cabeça como se estivessem de comum acordo, pondo-se a refletir. Sem lhes prestar atenção, Meitei continuou o relato.

— Robai chamou Onatsu e lhe perguntou se havia melancias em Shizuoka. Claro que em Shizuoka há melancias, respondeu a moça e lhe trouxe uma bandeja cheia de pedaços da fruta. Robai devorou tudo enquanto esperava pela resposta de Onatsu. Antes que pudesse obter a resposta, começou a sentir dores de barriga. "Ai, ai, ai", gritava ele, e como a dor não aliviasse, chamou Onatsu e perguntou-lhe se em Shizuoka havia médicos. Claro que em Shizuoka há médicos, respondeu a moça, indo buscar um doutor cujo nome, Genko Tenchi, parecia roubado do *Livro dos mil caracteres*. Na manhã seguinte, as dores haviam desaparecido. Contente, quinze minutos antes de sua partida, Robai chamou Onatsu e perguntou o que ela decidiu sobre a proposta de casamento que lhe fizera no dia anterior. Entre sorrisos, Onatsu lhe disse que em Shizuoka havia melancias e médicos, mas que não havia noivas feitas da noite para o dia. Deu as costas, deixando Robai a ver navios. Foi assim que, como eu, Robai também vivenciou uma decepção amorosa e nunca mais deu as caras na biblioteca, exceto para urinar. Quanto mais penso, mais me dou conta de como as mulheres são cruéis.

Apoiando-se na conclusão de Meitei, meu amo aproveitou para estranhamente manifestar seu apoio.

— São mesmo cruéis. Havia pouco tempo eu lia uma peça de Musset em que um dos personagens se referia a uma citação de um poeta romano: "O pó é mais leve que a pluma. O vento é mais leve que o pó. A mulher é mais leve que o vento. E nada há mais leve do que uma mulher." Muito bem observado, não concordam? As mulheres não têm jeito.

Minha ama pareceu não concordar com o que ouvira.

— Você diz que as mulheres são leves, mas o peso dos homens não é nada agradável.

— Peso? O que você quer dizer com isso?

— Peso é peso, ora essa. Algo como você.

— Eu sou pesado?

— E não é pesado?

Uma estranha discussão foi iniciada. Meitei apenas ouvia com curiosidade, mas por fim meteu a colher.

— Essas críticas mútuas a ponto de enrubescer as faces são o que pode haver de mais verdadeiro na vida conjugal. Com certeza eram destituídas de sentido para os casais de outrora.

Ninguém saberia dizer se o comentário vago era pura galhofa ou elogio, e ele poderia muito bem parar nesse ponto; mas, no tom costumeiro, resolveu elaborar um pouco mais seu argumento.

— Dizem que no passado nenhuma esposa replicava ao que o marido dissesse, o que seria semelhante a se casar com uma mulher muda, o que eu particularmente não considero nada agradável. Prefiro ser chamado de pesado ou algo parecido, como a senhora acaba de chamar Kushami. Se é para ter uma mulher a seu lado, é melhor uma briguinha de vez em quando para quebrar o tédio do matrimônio. Minha mãe, assim como outras mulheres da idade dela, nunca contradizia meu pai, e em vinte anos de vida conjugal, as poucas vezes em que colocou o pé para fora de casa foi para ir ao templo fazer suas orações. Que vida mais idiota! Pelo menos isso lhe valeu para aprender os nomes póstumos de todas as gerações de nossos ancestrais. O mesmo acontece no relacionamento entre um homem e uma mulher. Quando eu era criança, não era possível para um rapaz e uma moça executarem juntos um concerto musical, ter comunicações mediúnicas ou mesmo se encontrar em locais misteriosos, como acontece com Kangetsu.

— Uma lástima! — exclamou Kangetsu, baixando a cabeça.

— Realmente uma grande pena. As mulheres daquela época não eram necessariamente mais comportadas que as de hoje. É comum se ouvir críticas de que as estudantes de agora se conduzem de forma vulgar, não é mesmo? Que nada. No passado era muito pior.

— Você acha mesmo? — perguntou minha ama seriamente.

— Sim. Não falo da boca para fora. E tenho como prová-lo. Kushami, você deve se lembrar que, quando tínhamos cinco ou seis anos, havia pessoas que passavam vendendo publicamente suas filhas enfiadas em cestas, como beringelas, presas nas extremidades de uma vara equilibrada nos ombros. Lembra?

— Não me recordo de nada parecido.

— Não sei como era em sua terra natal, mas em Shizuoka era comum.

— É inacreditável! — exclamou minha ama com voz miúda.

— É verdade? — perguntou Kangetsu em tom cético.

— Lógico que é verdade. Meu pai uma vez chegou mesmo a inquirir o preço. Eu devia ter cerca de seis anos na época. Passeávamos juntos e, quando saíamos da rua Abura para entrar na rua Tori, ouvimos da direção oposta uma voz gritando "Quem quer meninas? Quem quer comprar meninas?". Ao chegarmos exatamente na esquina da segunda quadra da rua, em frente à casa de tecidos Isegen, esse homem apareceu. Isegen é a maior loja de tecidos de Shizuoka, com uma fachada de quase vinte metros de comprimento e cinco depósitos. Quando passarem pela cidade, não deixem de visitá-la. É claro que ainda existe. É uma loja magnífica. O gerente da loja se chamava Jinbei. Estava sempre sentado no caixa com uma expressão séria no rosto, como se sua mãe tivesse falecido três dias antes. A seu lado sentava um jovem de cerca de vinte e cinco anos de nome Hatsu, cujo rosto era tão pálido que parecia haver comido apenas caldo de macarrão sarraceno por vinte e um dias em sinal de devoção ao monge Unsho. Ao lado dele estava Chodon, que, curvado sobre seu ábaco, tinha um ar de quem perdera tudo em um incêndio no dia anterior. E junto a Chodon...

— Afinal de contas, você está contando sobre a loja de tecidos ou sobre o vendedor ambulante de meninas?

— Ah, é verdade. Eu lhes falava sobre o vendedor de meninas. Na realidade, há um caso muitíssimo interessante relacionado a essa loja Isegen, mas serei obrigado a deixá-lo para outra ocasião para me concentrar hoje apenas nos vendedores de meninas.

— Seria bom interromper também seu relato sobre os vendedores.

— Por quê? Essa história serve de excelente material para uma comparação entre o caráter das moças de agora, no século XX, com o das jovens nos anos iniciais da Era Meiji. Não é possível interromper tão facilmente... Bem, havíamos chegado em frente à Isegen, quando o tal vendedor olhou para meu pai e lhe perguntou se não estaria interessado em duas meninas que lhe restaram para vender. "Faço um bom desconto para o doutor. Compre-as, por favor", disse, arriando a vara da balança. O homem suava em bicas. Havia uma menina dentro da cesta da frente e outra na cesta de trás, ambas com cerca de dois anos de idade. Meu pai se dirigiu ao homem dizendo que se fosse um bom preço poderia pensar em adquiri-las, mas queria saber se seriam apenas aquelas duas que ele tinha para vender. "Infelizmente hoje vendi todo meu estoque e sobraram apenas essas, doutor. Fique à vontade para escolher a que mais lhe agradar", respondeu o vendedor, segurando-as uma em cada mão, à semelhança de beringelas, e levando-as bem em frente ao rosto de meu pai. Este deu uns tapinhas nas cabeças das crianças e se mostrou satisfeito com o som produzido. Começaram então as negociações. Depois de barganhar um bom desconto, meu pai afirmou que compraria, mas gostaria de saber antes sobre a qualidade da mercadoria. O vendedor lhe afirmou que garantia a qualidade da menina do cesto da frente, pois a observava todo dia, mas não poderia dizer se aquela que carregava no cesto traseiro estaria perfeita, por ele não ter olhos nas costas, e que daria um desconto especial caso meu pai se interessasse em adquiri-la. Até hoje me lembro dessa conversa. Na época, meu coração de criança me levou a acreditar ser necessário tomar cuidado com as mulheres... Mas neste ano de 1905 desapareceram os vendedores ambulantes de meninas pelas ruas, e ninguém mais diz que não pode garantir a qualidade da menina de trás por não estar de olho nela. Portanto, na minha opinião, podemos avaliar que graças à civilização ocidental a conduta das mulheres progrediu bastante. O que acha, meu caro Kangetsu?

Antes de responder, Kangetsu pigarreou generosamente e, em seguida, expôs suas observações em voz grave.

— As mulheres de hoje frequentam escolas, concertos musicais, reuniões beneficentes, recepções ao ar livre, e enquanto caminham elas próprias se vendem: "Que tal me comprar? Não está interessado?", parecem dizer. Por isso mesmo, não necessitam contratar um quitandeiro para se venderem por um sistema vulgar de venda por comissão. É o processo natural na medida que o sentimento humano de independência progride. Os idosos podem se preocupar, mas a verdade é que essa é a evolução da civilização, um fenômeno muito apreciável e que eu aplaudo. Tranquiliza-me saber que hoje não há mais compradores bárbaros que batem na cabeça de crianças para comprovar a qualidade da mercadoria. Neste mundo já tão complexo, não haveria limites onde se pudesse chegar com tantos esforços. Essas mulheres podem desistir de encontrar um marido e de se casarem, pois não o conseguirão sequer aos cinquenta ou sessenta anos.

Como exemplo de rapaz do século XX, Kangetsu expressou abertamente as ideias de sua geração. Jogou uma baforada de seu cigarro Shikishima em direção ao rosto do professor Meitei. Contudo, precisaria de mais do que um pouco de fumaça para tirar Meitei do sério

— Como você mesmo afirma, as estudantes e mulheres jovens de agora têm um enorme respeito por si próprias infiltrado nos ossos, carne e pele, e não permitem serem colocadas em posição inferior à dos homens. É admirável. As estudantes da escola feminina próxima a minha casa, por exemplo, são terríveis. Admiro-me ao vê-las vestidas de quimono de mangas retas e se exercitando nas barras de ferro. Sempre que da janela do primeiro andar eu as observo praticando ginástica, vêm-me à mente as mulheres da Grécia antiga.

— Lá vamos nós outra vez para a Grécia — disparou meu amo em tom de galhofa.

— Que posso fazer se os sentimentos estéticos em sua maioria se originaram naquele país? É impossível separar um esteta da Grécia. Sobretudo ao ver aquelas estudantes de pele bronzeada concentradas em sua ginástica, sempre me recordo da história de Agnodice — explicou Meitei com ar pedante.

Kangetsu como sempre sorriu zombeteiro.

— Mais um nome complicado.

— Agnodice foi uma mulher de fibra, à qual devoto profunda admiração. Na época, as leis atenienses proibiam que as mulheres fossem parteiras. Era muito incômodo. Agnodice com certeza sentia esse incômodo.

— Quem era essa... como é mesmo...

— Uma mulher. É o nome de uma mulher. Ela refletiu muito e chegou à conclusão de que era deplorável e incômodo não se permitir às mulheres serem parteiras. Ela queria de todo jeito ser parteira e durante três dias e três noites pensou em como conseguir isso. No amanhecer do terceiro dia, ela ouviu na casa ao lado o choro de uma criança que acabara de nascer e lhe veio uma luz sobre como agir. Ela cortou seus longos cabelos, vestiu uma toga masculina e foi assistir às aulas do médico Hierófilo. Quando as aulas terminaram, sentiu que estava preparada e começou a atuar como parteira. A senhora não acreditaria na popularidade que ela obteve. Nasciam crianças aqui, ali, acolá. E todas vinham ao mundo pelas mãos de Agnodice, que acabou enriquecendo. Todavia, o destino a ninguém pertence e é preciso saber levantar e dar a volta por cima, pois uma desgraça nunca acontece sozinha. O segredo dela foi descoberto. Por ter violado as leis, ela receberia uma severa punição.

— Que contador de histórias você é.

— Não sou de todo mau. Pois bem, as atenienses fizeram um abaixo-assinado e suplicaram de uma forma que os magistrados da época não puderam deixar de considerar. Ao final, Agnodice foi libertada e as leis alteradas para que, a partir de então, também as mulheres pudessem trabalhar como obstetras. E todos viveram felizes para sempre.

— É impressionante essa quantidade de conhecimentos tão diversos.

— Sim, eu sei um pouco de tudo. A única coisa que ignoro é o quão idiota eu sou. Mas no fundo até tenho certa noção.

— Ha, ha, ha... Você diz coisas muito engraçadas... — comentou minha ama, deixando de lado a fisionomia séria para cair na gargalhada.

A campainha da porta, sempre a mesma desde que fora instalada, se fez ouvir.

— Ah, mais uma visita — disse minha ama, saindo para o refeitório.

Assim que minha ama saiu, entrou na sala de estar nosso velho conhecido Tofu Ochi. Com Tofu aqui, é possível afirmar que todos os excêntricos frequentadores habituais da casa de meu amo estavam reunidos, ou pelo menos havia uma quantidade suficiente deles para matar meu tédio. Podia me considerar satisfeito. Tivesse o ingrato destino me levado a ser criado em outra casa, quem sabe eu morreria sem me inteirar da existência entre os seres humanos dessa espécie chamada professor. Felizmente me tornei discípulo do professor Kushami e, por conviver de manhã à noite com ele, tenho a rara honra de observar, de minha posição deitada, as ações e o comportamento de heróis magníficos como meu amo, é claro, mas também de Meitei, Kangetsu e Tofu, cujos exemplos são difíceis de encontrar mesmo nessa imensa Tóquio. Por sorte, eles me fazem esquecer a angústia de estar envolto por um casaco natural de peles neste calor sufocante, e devo ser grato a eles por me permitirem passar uma interessante metade do dia. Quando eles se reúnem dessa forma, sempre algo interessante acontece. Eu os observo respeitosamente de minha posição junto à porta divisória.

— Quanto tempo! Como estão todos? — cumprimentou Tofu com uma reverência.

Seu rosto brilhava, lindo, da mesma forma que em sua visita anterior. Se avaliado apenas considerando sua cabeça, ele pareceria um desses atores de teatros de segunda categoria, mas o *hakama* de algodão branco de Kokura que vestia apesar do calor lhe dava ares de discípulo do espadachim Kenkichi Sakakibara.[73] Portanto, a parte do corpo de Tofu que poderia ser considerada normal a um homem comum ia apenas dos ombros até a cintura.

— Teve coragem de sair sob este calor? Venha, junte-se aos bons — convidou Meitei como se fosse o dono da casa.

— Faz tempo que não o vejo.

— É verdade. Se me lembro bem, nosso último encontro foi no recital da primavera. Por sinal, as reuniões seguem de vento em popa? Você continua no papel de Omiya? Você estava excelente no papel. Eu o aplaudi vivamente. Percebeu?

— Sim, graças a você me senti incentivado e consegui fazer o papel até o fim.

— Quando será a próxima reunião? — intrometeu-se meu amo.

— Vamos descansar nos meses de julho e agosto, mas pretendemos voltar com toda a força em setembro. Você teria alguma ideia interessante para a reunião?

— Nada — foi a resposta desanimada de meu amo.

— Tofu, que tal encenarem uma de minhas obras? — perguntou Kangetsu.

— Suas obras devem ser interessantes. O que são exatamente?

— Tenho uma peça de teatro — disse Kangetsu, procurando se mostrar importante.

Como eu previra, os três se surpreenderam e, como se tivessem combinado, olharam ao mesmo tempo para o rosto de Kangetsu.

— Uma peça de teatro é algo magnífico. É comédia ou tragédia? — procurou saber Tofu.

---

73. Kenkichi Sakakibara (1830-1894). Famoso espadachim nascido em Tóquio e guarda-costas pessoal do Xógum.

— Nenhuma das duas. Ultimamente o teatro está ficando muito complicado, tanto o teatro clássico como o moderno. Eu resolvi inovar e criei o novo gênero *haigeki* — explicou Kangetsu.

— E o que vem a ser isso?

— Eu o batizei assim unindo as palavras *haiku*, de poema, e *geki*, de teatro. A peça demonstra a essência da poesia japonesa.

Um pouco confusos, meu amo e Meitei permaneceram calados. Foi Tofu quem afinal indagou:

— O que seria essa essência?

— A essência é a poesia *haiku*. Para a peça não se tornar demasiado longa nem maçante, criei-a em um único ato.

— Interessante.

— Para começar, o cenário deve ser minimalista. Apenas um grande salgueiro plantado no centro do palco. Do tronco desse salgueiro, direcionamos para a direita um longo galho, sobre o qual colocamos um corvo.

— Se o dito corvo não se decidir a sair voando — inquietou-se meu amo, como se conversasse consigo mesmo.

— Amarraremos as patas da ave ao galho e o problema estará sanado. Então, sob o salgueiro colocaremos um balde com água. Uma beldade, virada de lado, lava o corpo usando uma toalha.

— Tudo isso se me afigura um tanto quanto decadente, não acha? Para começar: quem fará o papel da mulher se banhando? — perguntou Meitei.

— Isso não será difícil. Contrataremos uma modelo da escola de belas-artes.

— A polícia certamente vai reclamar — inquietou-se outra vez meu amo.

— Desde que não apresentemos a peça como uma forma de espetáculo, não deve haver problemas. Se assim fosse, não seria possível pintar nus artísticos nas escolas.

— Mas nesse caso é com finalidades de exercício artístico, que é um pouco diferente de se assistir.

— O Japão nunca progredirá se a classe docente afirmar coisas desse tipo. Tanto a pintura quanto o teatro são formas artísticas — afirmou Kangetsu energicamente.

— Não vamos discutir. E o que haverá em seguida?

Tofu se mostrou propenso a perguntar, talvez com a intenção de utilizar a peça, dependendo das circunstâncias.

— Nesse momento, o poeta de *haiku* Kyoshi Takahama[74] aparece caminhando pela rampa em direção ao palco com sua bengala, vestido com um chapéu branco semelhante a um capacete, um *haori* de seda transparente, um quimono de motivos coloridos de algodão de Satsuma levantado à altura da cinta e calçando sapatos leves. Sua vestimenta se assemelha à de um fornecedor do exército, mas por ser poeta deve caminhar com calma, dando a entender que está absorto imaginando um poema. Quando Kyoshi chega ao final da passarela e vai enfim entrar no palco, desperta de seu estado de inspiração para contemplar diante de si um enorme salgueiro e, à sombra deste, uma mulher de pele alva se banhando. De repente, ergue os olhos e vê parado sobre o longo galho da árvore um corvo que admira o banho da mulher. Nesse momento, o poeta permanece inerte por cinquenta segundos para demonstrar a enorme emoção que lhe causa o tom poético da cena. Em voz possante, declama: "Um corvo apaixonado por uma mulher no banho." Este é o sinal para o som ritmado de matracas anunciar o fim do espetáculo. A cortina cai... O que acha de minha ideia? Gosta dela? Você sem dúvida ficaria melhor no papel de Kyoshi do que no de Omiya.

O rosto de Tofu demonstrava insatisfação, e foi com seriedade que criticou:

— Decepciona por ser curto demais. Desejaria que houvesse no meio algum episódio mais humano.

Meitei, que até então se mantivera relativamente tranquilo, não é o tipo de homem que permaneceria calado por mais tempo.

— É horrível que isso seja tudo o que um *haigeki* oferece. Segundo o crítico literário Bin Ueda, o gosto poético e a comicidade são elementos

---

74. Kyoshi Takahama (1874-1959). Ativo poeta de *haiku* de estilo tradicional, discípulo do famoso Shiki Masaoka, a quem sucedeu como editor da revista de *haiku Hototogisu*, na qual *Eu sou um gato* foi inicialmente publicado.

negativos, um som que anuncia a ruína das nações. As palavras de Bin são sábias. Experimente encenar uma peça tão desinteressante e verá o que acontece. Só servirá como alvo da pilhéria de Ueda. Em primeiro lugar, é tão negativa que não se sabe se é um verdadeiro drama ou apenas algo burlesco. Desculpe-me, caro Kangetsu, mas acho melhor você continuar a polir suas bolas de vidro no laboratório. Você pode criar cem ou duzentas peças de seu *haigeki*, mas se são apenas o som que anuncia a ruína das nações é melhor desistir.

Um pouco irritado, Kangetsu se defendeu como pôde.

— Acha mesmo que a peça é tão negativista? Foi com a intenção mais positiva possível que eu a compus. Ao declarar "Um corvo apaixonado por uma mulher no banho", o poeta Kyoshi consegue captar o sentimento da ave enamorada pela mulher. Creio ser bastante positivo.

— Esta é uma abordagem totalmente nova. Vamos ouvir a opinião de cada um a respeito.

— Considerando do ponto de vista de um físico, um corvo se apaixonar por uma mulher é ilógico.

— Tem toda a razão.

— Esse fato ilógico é declarado positiva e abertamente de forma a soar natural ao público.

— Seria mesmo? — interveio meu amo em tom de desconfiança, mas Kangetsu não lhe deu atenção.

— O fato de soar natural pode ser compreendido com uma explicação psicológica. Na realidade, estar ou não apaixonado não tem qualquer relação com o corvo, mas é questão do sentimento do próprio poeta. Assim, ao sentir que o corvo está apaixonado, ele não se preocupa de fato com a ave, pois na realidade é ele quem está apaixonado. O próprio Kiyoshi se admirou ao ver a beldade se banhando e sem dúvida foi amor à primeira vista. Com seus olhos encantados, ele vê o corvo inerte sobre o galho a contemplar a mulher e se engana acreditando que, assim como ele, a ave estaria enamorada. É evidentemente um engano, mas é aí que está o valor literário e positivo da peça. Fingindo não saber, o poeta transpõe para o corvo seus próprios sentimentos. Não seria isso muito positivo? Então, professor, o que me diz?

— É uma argumentação sólida. Com certeza Kiyoshi se espantaria ao ouvi-la. Sua explicação é positiva, mas no dia em que sua peça for encenada, os espectadores na certa se tornarão negativistas. Não é mesmo, Tofu?
— Sim, em minha opinião é por demais negativa — respondeu Tofu com a fisionomia muito séria.
Parecendo desejar estender um pouco a conversa, meu amo perguntou:
— Que tal, Tofu? Escreveu alguma obra-prima nesses últimos tempos?
— Nada que valha a pena ser mostrado, mas ultimamente tenho pensado em publicar um livro de poemas... Por coincidência tenho comigo os originais e gostaria de ouvir a opinião de vocês.
Tofu puxou de dentro do quimono um embrulho envolto em um tecido de seda lilás e de dentro dele retirou umas cinquenta ou sessenta páginas de um caderno manuscrito, colocando-o diante de meu amo. De ar circunspecto, meu amo abriu na primeira página onde se lia uma dedicatória em duas linhas:

À senhorita Tomiko,
formosa e frágil donzela sem par no mundo.

Por instantes a fisionomia de meu amo se tornou misteriosa, enquanto contemplava calado essa primeira página. A seu lado, Meitei lançou um olhar e disse:
— Ah, são poemas no estilo novo. E ainda por cima há uma dedicatória. Tofu, é um ato muito nobre e ousado de sua parte dedicar sua obra à senhorita Tomiko — elogiou exageradamente Meitei.
Meu amo indagou ainda mais perplexo:
— Tofu, essa Tomiko existe mesmo?
— Claro. É uma das senhoritas que o professor Meitei e eu convidamos para a recitação no outro dia. Ela mora na vizinhança. Na realidade, pretendia mostrar a ela meus poemas, mas infelizmente desde o mês passado ela partiu para Oiso para fugir do calor — explicou em tom bastante solene.
— Kushami, nós estamos no século XX. Não há razão para fazer essa cara. Brinde-nos logo com a leitura dessa obra-prima. Mas me permita

alertá-lo, Tofu, que essa forma de dedicatória carece um pouco de graciosidade. No geral, o que você acha que significa esse "frágil" tão refinado?

— A meu ver significa delicadeza, suavidade.

— Pode-se entender dessa forma, mas saiba que também tem o sentido de uma mulher fraca e doentia. Portanto, se fosse eu, não escreveria desse jeito.

— De que forma posso escrever para torná-la mais poética?

— Aconselho-o a fazer a dedicatória da seguinte maneira: "À senhorita Tomiko, formosa e frágil donzela sem igual no mundo, abaixo do nariz." O que muda é o acréscimo de apenas três palavras, mas a diferença na percepção da mensagem é enorme, dependendo de ter ou não o "abaixo do nariz".

— De fato — exclamou Tofu, procurando a todo custo demonstrar estar convencido, sem dar o braço a torcer por não ter entendido patavinas.

Ainda calado, meu amo virou a primeira página e começou a ler em voz alta o primeiro poema:

Na fragrância do incenso que queimo
Teu espírito livre no ar flutua,
ou minha imagem dele.
Ah, pobre de mim,
que para o amargor da vida
nada resta senão a doçura dos teus beijos.

— Está além da minha compreensão.

Meu amo exalou um suspiro e entregou o caderno a Meitei.

— Os floreios são exagerados — criticou Meitei, passando o caderno a Kangetsu.

— De fato — confirmou Kangetsu, devolvendo o caderno a Tofu.

— É natural que vocês não compreendam, uma vez que o mundo poético se desenvolveu até chegar à forma em que se apresenta hoje, a qual é completamente distinta daquela que existe há dez anos. Não se pode compreender os poemas atuais lendo-os deitado ou na plataforma enquanto se espera o trem elétrico, e não é raro que mesmo o autor tenha dificuldade de responder a perguntas que lhe sejam formuladas sobre sua obra. Como a criação poética é movida pela inspiração, o poeta se exime de toda e qualquer responsabilidade. Notas explicativas e a elucidação do sentido das palavras devem ser deixadas por conta dos acadêmicos, sendo algo com que não devemos nos preocupar. Há pouco tempo, um amigo meu chamado Soseki[75] escreveu um romance curto intitulado *Uma noite*. Quem o ler encontrará nele ambiguidades e incoerências. Quando nos encontramos, eu lhe inquiri de propósito sobre determinadas passagens, mas ele não me deu atenção, apenas confessando ignorá-las. Esse tipo de atitude é provavelmente comum aos poetas.

— Talvez seja um poeta, mas é com certeza uma pessoa muito estranha — comentou meu amo.

— É um completo idiota — deu Meitei o golpe de misericórdia no tal Soseki.

Tofu não se sentiu satisfeito e acrescentou:

— Soseki é de fato uma exceção entre os membros de nosso grupo. Gostaria que meus poemas fossem lidos com o espírito aberto. Sobretudo desejaria que atentassem para a antítese introduzida por "amargor da vida e doces beijos", que exigiu de mim um esforço homérico.

— De fato, pode-se sentir o trabalho hercúleo que deve ter dado.

— O contraste obtido entre "amargo" e "doce" se reveste de sabor singular, como se diferentes tipos de pimenta fossem colocados sobre cada uma das dezessete sílabas de um *haiku*. Tiro-lhe o chapéu com todo o respeito, Tofu, por essa sua capacidade única — divertiu-se Meitei ridicularizando a sinceridade do amigo.

Inesperadamente, meu amo se levantou às pressas e foi até o gabinete. Voltou em seguida trazendo uma folha de papel.

— Agora que já ouvimos o poema de Tofu, permitam-me ler para todos um curto poema de minha autoria, sobre o qual gostaria de receber seus comentários.

---

75. O autor usa o próprio nome escrito com ideogramas diferentes, mas homófonos. Soseki realmente escreveu em 1905 o romance *Uma noite*, conforme citado no texto.

Meu amo parecia falar com seriedade.

— Se for o epitáfio de Tennenkoji, nós já o ouvimos umas duas ou três vezes.

— Fique quieto. Tofu, sei que minha obra não é das melhores, apenas uma diversão ligeira, mas ouçam-na mesmo assim.

— Com prazer.

— Kangetsu, aproveite para ouvir também.

— Aproveitarei, por falta de escolha. Tomara que não seja longo.

— Algo em torno de sessenta palavras.

Finalmente, o professor Kushami começou a leitura de sua composição artesanal.

Espírito de Yamato![76]
Gritam os japoneses, tossindo qual tuberculosos.

— Magnífico começo — elogiou Kangetsu.

Espírito de Yamato!,
clama a imprensa.
Espírito de Yamato!,
exortam os batedores de carteira.
Em um salto, o Espírito de Yamato
cruza os oceanos.
Discursa na Inglaterra,
encena peça teatral na Alemanha.

— É mesmo uma obra superior à de Tennenkoji — exultou o professor Meitei levantando a cabeça.

---

76. O conceito do Espírito de Yamato (ou Espírito do Japão) remonta ao século XI e se refere à adoção do conhecimento proveniente do exterior apenas como ensinamento básico, modificando-o de forma a adaptá-lo às circunstâncias japonesas. Na Era Meiji, com a abertura do Japão ao Ocidente, o conceito ganha nova força entre os japoneses, particularmente durante a guerra russo-japonesa.

O Almirante Togo possui o Espírito de Yamato,
Gin, o peixeiro, também o tem.
Os farsantes, os especuladores, os assassinos,
todos possuem o Espírito de Yamato.

— Acrescente à lista Kangetsu, que também o possui.

Mas ao lhes perguntar
"O que é o Espírito de Yamato?"
a pessoa apenas segue seu caminho respondendo:
"É o Espírito de Yamato, ora."
E após alguns passos,
eu a ouço limpar a garganta: "Ahã."

— Esta estrofe é uma preciosidade. Que verdadeiro gênio literário! Vamos, brinde-nos com a próxima.

Seria o Espírito de Yamato triangular?
Ou seria o Espírito de Yamato quadrado?
Conforme diz o próprio nome,
o Espírito de Yamato é um espírito.
E por ser um espírito está sempre em mutação.

— Professor, é muitíssimo interessante, mas não acha que a repetição do "Espírito de Yamato" é excessiva? — advertiu Tofu.
— Concordo.
Evidentemente quem assentiu foi Meitei.

Todos falam sobre ele,
mas ninguém jamais o viu.
Todos ouvem sobre ele,
mas ninguém até hoje o encontrou.
O Espírito de Yamato é uma espécie de monstro
como o narigudo Tengu.

Meu amo terminou sua recitação elevando a entonação, mas sua composição era tão curta e era tão difícil de entender aonde ele pretendia chegar com ela que todos ficaram aguardando a continuação. Por mais que esperassem, meu amo continuava mudo. Foi Kangetsu quem rompeu o silêncio para perguntar:

— E isso é tudo?

— Ahã — respondeu meu amo.

Havia uma alegria excessiva nessa sua exclamação.

Era estranho que Meitei não lançasse contra a composição nenhum dos seus sarcasmos habituais, mas ao final virou-se para meu amo e lhe sugeriu:

— Que tal você também reunir seus poemas em um livro e dedicá-lo a alguém?

— Gostaria que eu o dedicasse a você? — soltou meu amo de pronto.

— Nem em sonho pense em fazer isso — respondeu Meitei, começando a cortar as unhas com o canivete que havia pouco mostrara orgulhosamente a minha ama.

— Você conhece a filha dos Kaneda? — perguntou Kangetsu a Tofu.

— Desde que a convidei para participar de nossos recitais nos tornamos amigos e nos vemos com certa frequência. Quando estou diante dela, sinto-me invadido por uma emoção que me alegra e me inspira a compor e recitar poesia. O fato de escrever tantos poemas tendo o amor como tema é talvez fruto da inspiração que recebo dessa minha amiga do sexo oposto. Foi essa a razão de aproveitar a oportunidade para expressar a essa senhorita meu sincero agradecimento, dedicando-lhe minha coletânea de poemas. Sempre ouvi dizer que todo poeta criador de magnífica poesia tem uma amiga do sexo feminino.

— Será mesmo? — duvidou Kangetsu, rindo dissimuladamente.

Mesmo uma reunião de prosadores não pode prosseguir por muito tempo e aos poucos a conversação vai esmorecendo. Como não tenho nenhuma obrigação de escutar a conversa fiada e monótona desses senhores o dia inteiro, deixo-os e vou procurar louva-a-deus no jardim.

O sol se inclina para oeste, lançando manchas de luz pelas folhas verdes das amendoeiras-da-praia, e se ouve o barulho das cigarras coladas a seus troncos.

Pelo visto, hoje à noite deve cair uma tempestade.

7

Recentemente comecei a fazer exercícios. "Que audácia para um reles bichano!", abusarão verbalmente de mim alguns humanos. Gostaria de fazer ver aos que pensam dessa forma que a criatura humana até anos recentes ignorava exercícios físicos, acreditando ser sua missão neste mundo apenas comer e dormir. Devem se recordar que os homens viviam como nobres ociosos, acreditando ser a honra de um grande senhor passar a vida de braços cruzados, apodrecendo o traseiro por nunca se afastar de cima de suas almofadas. Praticar esportes, beber leite, banhar-se em água fria, mergulhar no mar, envolver-se por um tempo nas brumas das montanhas durante o verão: todas essas são exigências que, como uma doença recente semelhante à peste, tuberculose ou neurastenia, se propagaram das nações ocidentais para o país dos deuses. Como nasci no ano passado e tenho portanto apenas um ano de idade, não me recordo da época em que os humanos contraíram essa doença, que deve ter ocorrido antes de eu ter aparecido neste mundo efêmero. Pode-se afirmar que um ano na vida de um gato corresponde a dez anos na vida de um humano. Embora nossa expectativa de vida seja duas a três vezes menor do que a deles, se levarmos em conta o notável desenvolvimento de um gato durante esse curto espaço de tempo, é um enorme engano estimar na mesma proporção a vida de um homem e a de um felino. Uma prova disso é o discernimento que possuo com um ano e poucos meses de idade. A filha mais nova de meu amo tem cerca de dois anos, mas seu desenvolvimento intelectual mostra-se realmente atrasado. Ela só sabe chorar, urinar na cama e chupar as tetas da mãe. Ela é imberbe comparada a mim, que já sei reclamar das coisas deste mundo e me irritar com a passagem do tempo. Portanto, não é surpresa que resida bem no fundo de minha mente a história dos esportes, banhos de mar e mudanças de ar para tratamento de saúde.

Se houver alguém que se surpreenda com isso, esse alguém só pode ser um dos estúpidos bípedes humanos.

Os homens sempre foram estúpidos. É por serem estúpidos que apenas agora preconizam a eficácia dos esportes e a propagam aos sete ventos, acreditando ser uma tremenda descoberta as vantagens dos banhos de mar. Mesmo antes de vir ao mundo, eu já estava consciente desse fato. Em primeiro lugar, basta ir até uma praia para logo se entender a razão de os banhos de mar serem santos remédios. Ignoro o número de peixes que habitam aquele amplo espaço de água, mas nunca se viu nenhum deles marcar uma consulta com um médico devido a problemas de saúde. Todos nadam saudavelmente. Quando adoecem, seu corpo se fragiliza. Quando morrem, flutuam na superfície do mar. Por isso, em japonês se diz que um peixe "sobe" ao morrer e um pássaro "cai", mas os humanos "descansam em paz". Experimente perguntar a alguém que tenha viajado ao exterior se, ao cruzar o Oceano Índico, observou algum peixe no momento de morrer. Sem exceção, todos responderão negativamente. E é verdade. Por mais que atravessem os oceanos, nunca observarão nenhum peixe dando seu último suspiro — não, afirmar que peixe suspira é inadequado, pois no caso dessas criaturas aquáticas mais apropriado seria dizer "movimentando sua guelra pela derradeira vez". Corrijo então: não existe ninguém que tenha visto um peixe flutuar na superfície do mar movimentando sua guelra pela derradeira vez. Lampião de carvão aceso em punho, pode-se procurar dia e noite pela vastidão dos oceanos e jamais se encontrará um deles que tenha "subido", podendo-se imediatamente inferir desse fato que a constituição dos peixes é robusta. A razão de serem tão saudáveis é fácil de entender e, por isso mesmo, de difícil compreensão para os humanos. É algo que se depreende de imediato. Isso se deve ao fato de os peixes beberem água salgada e tomarem banhos de mar continuamente. A eficácia dos banhos de mar se mostra evidente nos peixes. E se para eles é bom, que dirá então para os humanos. Em 1750, o doutor Richard Russell[77] afirmou, não sem grande

---

77. Richard Russell (1687-1759). Médico britânico que incentivava seus pacientes a praticarem a "cura pela água", que consistia em banhar-se e beber água do mar.

exagero, que mergulhos nas águas do mar de Brighton curariam, instantaneamente e por completo, quatrocentos e quatro tipos diferentes de doença. Em momento oportuno nós gatos iremos todos nos banhar em Kamakura. Mas não agora. Para tudo na vida há um tempo certo. Assim como os japoneses de antes da Restauração Meiji não puderam experimentar a eficácia dos banhos de mar, os gatos de hoje ainda não se depararam com a oportunidade de mergulhar em pelo nas águas oceânicas. A pressa é inimiga da perfeição e, enquanto os gatos jogados fora em Tsukiji[78] não voltarem sãos e salvos para casa, mergulhos no mar não nos são recomendáveis. Até que as leis da evolução dotem os felinos de um poder adequado de resistência às violentas ondas — ou, em outras palavras, até que se dissemine o emprego de "o gato subiu" em substituição a "o gato morreu" —, a água marinha continuará proibida para nós.

Deixando os banhos de mar para o futuro, decidi pelo menos me exercitar. Não se exercitar em pleno século XX será visto pelos humanos como sinônimo de vida miserável. Os humanos avaliam o não se exercitar como incapacidade, falta de tempo ou meios para fazê-lo. Os praticantes de esportes eram no passado motivo de galhofa e eram chamados de garotos de estrebaria, mas atualmente aqueles que não se exercitam são vistos como seres inferiores. A opinião pública varia conforme o tempo e circunstâncias com uma inconstância idêntica à de minhas pupilas, com a diferença de que estas aumentam e diminuem dentro de certos limites, mas o julgamento humano pode mudar da água para o vinho. É evidente que essa mudança não é relevante. Todas as coisas têm dois aspectos e dois extremos. É a facilidade dos humanos em se adaptar aos opostos que lhes permite aproximar esses extremos e transformar branco e preto em algo homogêneo. Assim, existe certo charme ao tomar uma palavra, como por exemplo "*bosun*", que significa medida equivalente a três centímetros, e trocar a ordem dos dois caracteres que a formam para se ter "*sunpo*", ou seja, dimensão. Da mesma forma, obtém-se uma visão particularmente interessante quando se

---

78. Região de Tóquio formada por aterro do mar onde, dizem, no passado era comum se livrar de gatos.

contempla a paisagem de Ama no Hashidate com a cabeça para baixo enfiada entre as pernas. Shakespeare é insuportável aos homens justamente por sua imortalidade. O mundo literário jamais progredirá enquanto não houver alguém que olhe *Hamlet* com a cabeça para baixo enfiada entre as pernas e exclame "Que peça idiota!". Portanto, aqueles que malديziam os esportes acabam subitamente querendo praticá-los, e não é estranho ver até mulheres perambulando com uma raquete nas mãos. Gostaria apenas que parassem de fazer pouco caso quando ouvirem falar que um gato está praticando exercícios.

Bem, provavelmente algumas pessoas estarão se perguntando com perplexidade que tipo de esporte praticaria um felino. Por isso, gostaria de lhes fornecer algumas explicações. Conforme é de conhecimento geral, é de se lamentar mas minhas patas não estão aptas a segurar nenhum instrumento. Destarte, manejar bolas e tacos está fora de cogitação. Fora isso, nada posso comprar por não possuir dinheiro. Considerando essas duas restrições, o esporte que escolhi pode ser incluído na categoria dos que não custam um vintém sequer e não exigem equipamentos. Os leitores podem pensar que se trata de caminhar com preguiça ou sair correndo com uma posta de atum presa à boca, mas exercitar apenas mecanicamente as quatro patas de acordo com a força da gravidade terrestre e atravessar vastas extensões de terreno não é fácil nem tampouco interessante. Creio que denominar esporte apenas a movimentos da forma que meu amo às vezes executa é profanar a divindade esportiva. Logicamente, os exercícios resultam de algum tipo de estímulo. Pode ser competição para obter um pedaço de bonito seco ou a busca por um salmão. Contudo, mesmo existindo um objetivo concreto, se esse estímulo desaparece, tudo se transforma em algo vazio e destituído de interesse. Se não há estímulo na forma de prêmio, me invade a vontade de praticar algum esporte com cunho artístico. Tentei vários. Saltar para o telhado a partir do toldo da cozinha, manter-me de pé sobre as quatro patas em cima das telhas em forma de flores de ameixeira no ponto mais alto do telhado, atravessar o varal de roupas como um equilibrista — um completo fiasco, pois por ser de bambu o varal é liso e minhas garras escorregavam sobre ele —, saltar inesperadamente sobre as costas das filhas de meu amo — um exercício bastante interessante, não fosse pelo fato de elas se insurgirem contra a minha pessoa e, por esse motivo, restrinjo-me a tentar isso apenas três vezes ao mês —, ou ter a cabeça colocada dentro de um saco de papel, cujo sofrimento o transforma em exercício sem nenhum interesse, além de só poder ser praticado com a presença de algum humano. Também exercito afiação de garras sobre as capas dos livros, mas se meu amo me pega durante o exercício corro o risco de levar uma sova, sem contar que a prática em si tampouco utiliza todos os músculos do corpo, mas apenas, e até certo ponto, as patas.

Todos esses são meus esportes ao estilo antigo. Dentre os esportes de estilo moderno há alguns bastante interessantes. Em primeiro lugar, a caça aos louva-a-deus, que, embora relativamente menos movimentada do que a caça aos ratos, envolve menores riscos. De meados do verão até o início do outono é sem dúvida meu passatempo predileto. Explico-lhes a maneira de caçar. Em primeiro lugar vou até o jardim e procuro um louva-a-deus. Quando faz tempo bom logo encontro um ou dois. Precipito-me então sobre um deles como um raio. O inseto se põe em posição de ataque levantando a cabeça. Os louva-a-deus são corajosos e é curioso vê-los reagir ignorando a força do adversário. Com minha pata direita dou um tapa na cabeça do inseto. A cabeça, algo mole e pegajoso, se entorta para um lado. É interessante ver a expressão facial do louva-a-deus nesse momento. Parece denotar enorme surpresa. De um salto, me posiciono atrás dele e puxo levemente suas asas pelas costas em minha direção. As asas desses insetos estão sempre dobradas com cuidado junto ao corpo, mas se são puxadas elas se liberam deixando entrever sua roupagem de baixo, de cor clara como um papel de seda. Mesmo no verão, o ortóptero não se cansa de usar suas asas como um quimono duplo. O louva-a-deus insiste em virar seu longo pescoço em minha direção. Em determinado momento, ele contra-ataca, mas na maior parte do tempo apenas permanece de pé com a cabeça ereta. O inseto espreita qual será meu próximo movimento. Se permanecer para sempre nessa posição, o esporte perde o significado. Por fim, aplico-lhe um novo tapa. Qualquer inseto esperto procuraria escapulir.

Aqueles que freneticamente contra-atacam não passam de bárbaros mal-educados. Se um deles resolve agir de forma tão bestial, espero o momento exato do ataque para lhe aplicar uma boa patada, que o lança a quase um metro de distância. Porém, se o inimigo decide calmamente recuar, eu me apiedo e dou duas ou três voltas ao redor das árvores do jardim como o fazem os pássaros voando. Ao retornar, vejo que o louva-a-deus só conseguiu fugir por uma distância de vinte centímetros. Já conhecendo minha força, não tem coragem de reagir. Limita-se a tentar escapar movimentando-se para a direita ou para a esquerda. Como eu o persigo também por ambos os lados, no final de tanto sofrimento o inseto agita as asas tentando alçar voo. As asas dos louva-a-deus, em harmonia com sua cabeça, são bastante finas e alongadas, mas parecem elementos meramente decorativos que, assim como o inglês, francês e alemão dos humanos, não possuem utilidade prática. Portanto, agitar suas compridas asas não provoca nenhum efeito em particular sobre mim. Digo "agitar as asas", mas de fato o inseto apenas se arrasta pelo solo como se tentasse caminhar. Ao chegar a esse ponto, sinto certa piedade pelo pobre coitado, mas que posso fazer se preciso me exercitar? Deixo-o partir para logo em seguida me plantar diante dele. Como por hábito não consegue se virar abruptamente, é obrigado a avançar e eu acabo lhe acertando uma direta no focinho. Nessas horas ele sempre cai de asas arreganhadas. Subo-lhe em cima com minha pata dianteira e descanso um pouco. Logo eu o libero, para em seguida apertar de novo. Utilizo uma tática de guerra do general Kung Ming. Ele libertava seus inimigos sete vezes apenas para poder prendê-los a cada vez que os soltava. Repito o movimento ordenadamente por cerca de meia hora e, ao constatar que a criatura não se move mais, eu a abocanho e a sacudo. Depois disso, eu a cuspo ao chão. O louva-a-deus permanece inerte sobre o solo e, quando o empurro energicamente com minha pata, tenta voar, mas eu o seguro. Quando enfim me canso da brincadeira, eu o mastigo. Aviso aos humanos que nunca tiveram a chance de experimentar um desses insetos que seu sabor está longe de ser dos mais agradáveis ao paladar. Se isso não bastasse, e ao contrário do que se esperaria, seu valor nutricional é ínfimo.

Após a caça aos louva-a-deus, me exercito pegando cigarras. Existem diferentes tipos delas. Assim como há entre os homens aqueles importunos, arrogantes e impetuosos, essas mesmas categorias podem ser encontradas no mundo desses insetos. As importunas são por demais insistentes. As arrogantes só servem para criar problemas. Enfim, as únicas boas para se pegar são as impetuosas. Estas surgem apenas no final do verão. Quando o vento prenunciador do outono passa pela abertura das mangas do quimono afagando indolentemente a pele e espirros prenunciam um resfriado, elas começam a cantoria com suas caudas erguidas. E como cantam! Em minha opinião, sua missão na vida é apenas ciciar e serem apanhadas pelos gatos. Eu tenho por hábito caçá-las no início do outono. A isso denomino exercício de pegar cigarras. Gostaria de esclarecer aos leitores que essas criaturas denominadas cigarras não são seres que vivem sobre o solo. Aquelas tombadas no chão sem dúvida estarão cobertas por formigas. As que costumo apanhar não são aquelas caídas e pertencentes ao domínio das formigas. Meus alvos são as que, paradas nos galhos mais altos das árvores, ciciam lancinantemente. Aproveitando a oportunidade, gostaria de perguntar aos humanos eruditos se é possível chamar de canto o som das cigarras ou se a denominação mais adequada seria chilrado. Dependendo da interpretação dada, acredito ser essa diferença de grande interesse aos estudos cicadídeos. Eis aí um ponto em que os humanos podem se orgulhar de ser superiores aos gatos e, caso não tenham uma reposta imediata a oferecer, peço-lhes que reflitam sobre o assunto. No final das contas, isso em nada afeta o esporte de pegar cigarras. Basta subir numa árvore e apanhá-las no momento em que se concentram em sua cantoria. Pode parecer um exercício de extrema simplicidade, porém é assaz exaustivo. Como possuo quatro patas, creio nada dever a outros animais no que se refere a caminhar por amplos espaços. Pelo menos, julgando pelo lado do conhecimento matemático, quatro patas são mais do que duas, o que me coloca numa situação nada inferior aos humanos. Contudo, no que se refere a subir em árvores, há muitas criaturas mais destras do que eu. Deixando de lado os macacos, que são profissionais, seus descendentes, os homens, também são formidáveis nessa arte. Não me envergonho de minha incapacidade, por ser tarefa difícil e que contradiz a lei da gravidade, embora acarrete inconvenientes para o esporte de pegar cigarras. Por sorte tenho como instrumento precioso minhas garras e, bem ou mal, consigo trepar nas árvores, mas não é tão fácil como se pode imaginar. Além disso, as cigarras voam. Ao contrário dos louva-a-deus, elas batem asas e acabo subindo inutilmente na árvore. Por último, existe o risco de receber uma mijada do inseto. E o pior é que o esguicho parece visar sempre os olhos. Que elas fujam de mim é algo irremediável, mas desejaria que parassem de se aliviar bem no meio do meu focinho. Pergunto-me qual a influência sobre o mecanismo fisiológico inerente às suas condições psicológicas para fazê-las verter urina cada vez que estão prestes a alçar voo. Seria alguma aflição? Ou, quem sabe, é um estratagema para ganhar tempo para fugir, aproveitando-se do atordoamento do adversário? Se assim for, esse é um item a ser classificado juntamente com o expelir de tinta negra pelos polvos, o mostrar de tatuagens por brigões ou as citações em latim de meu amo. Essa também é uma questão a ser tratada nos estudos cicadídeos. É algo a ser pesquisado à exaustão e com certeza valeria uma tese de doutorado. Mas vejo que me desviei do assunto e paro por aqui, retornando ao tema principal. A amendoeira-da-praia é a árvore de maior concentração das cigarras — a palavra "concentração" pode soar um pouco estranha, mas como "reunião" é a meu ver um vocábulo trivial não o utilizarei aqui. A árvore também é conhecida pelo nome vulgar de para-sol-da-china. Essas árvores têm folhas em abundância, todas do tamanho de um leque, crescendo tão juntas que se torna impossível visualizar seus galhos. Isso representa um enorme empecilho ao esporte de pegar cigarras. Chego a suspeitar que a canção popular que diz "ouve-se a voz de um invisível cantor" teria sido composta especialmente para mim, pois não me resta outra opção senão me guiar pelo seu canto. A uns dois metros do solo os galhos da amendoeira-da-praia se bifurcam. Descanso um pouco nesse local, investigando a localização das cigarras por trás das folhas. Enquanto subo até lá, acabo fazendo barulho e algumas delas, mais espertas, desaparecem voando. Basta uma delas voar para meu trabalho ir por água abaixo. Com relação a imitar os outros, as cigarras são tão estúpidas quanto os humanos. Todas acompanham aquela que alçou voo em primeiro lugar. Quando alcanço a bifurcação, toda a árvore jaz em silêncio e não se ouve nenhuma cantoria. Mesmo subindo até lá, por mais que olhe ao redor e apure os ouvidos, não vejo nem sombra dos homópteros. Já que me dei a tamanho trabalho para subir, aproveito para descansar um pouco espreitando uma segunda oportunidade e, sonolento, acabo tirando minha sesta nesse local. Quando menos espero, acordo assustado por ter caído literalmente dos braços de Morfeu, me estatelando sobre uma pedra do jardim. Todavia, em geral sempre consigo pegar uma delas cada vez que subo na árvore. O que reduz o interesse do esporte é que preciso abocanhar a dita cuja enquanto estou em cima da árvore. Ao trazê-la para baixo e deixá-la cair ao solo, na maioria dos casos ela já está morta. Posso mexer nela ou puxá-la, mas é tudo inútil. O que torna interessante o esporte de pegar cigarras é o momento em que, após a espreita e até que uma delas mova vigorosamente sua cauda, alongando-a para depois retraí-la, lanço-me sobre ela pressionando-a com as patas dianteiras. Nesse momento, ela emite um silvo e agita sem parar suas asas diáfanas para cima e para baixo. É impossível colocar em palavras a agilidade e a maravilha de seus movimentos, que formam o espetáculo mais grandioso do mundo desses insetos. Sempre que tenho uma cigarra em meu poder, peço a ela que me brinde com essa encenação artística. Quando me canso dela, peço-lhe licença para colocá-la inteira dentro de minha boca. Dependendo da cigarra, há aquelas que continuam sua performance artística até mesmo depois de estarem inseridas em minha cavidade bucal.

Outro esporte, além de pegar cigarras, consiste em escorregar de pinheiros. Não vejo motivos para me deter em longas explicações e serei portanto breve. O leitor deve imaginar que ao me referir a escorregar de pinheiros supostamente eu estaria deslizando pelos troncos dessas árvores. Na realidade, trata-se apenas do ato de subir nelas. Da mesma forma como galgava árvores no intuito de pegar cigarras, o esporte de escorregar de pinheiros significa subir neles tendo como objetivo a escalada em si. Essa é a diferença entre os dois. Pinheiros se mostram viçosos durante todo o ano e sempre foram terrivelmente ásperos e irregulares, desde os tempos em que foram servidos ao senhor feudal de Saimyoji[79] até nossos dias. Portanto, o pinheiro é a árvore menos escorregadia de que se tem notícia. É bastante fácil subir por ela. Em outras palavras, não há árvore melhor para eu enfiar minhas garras. Subo rapidamente pelo tronco, de um só fôlego. Depois de subir, desço ligeiro. Há duas formas de descer. A primeira delas é com a cabeça virada para baixo, em direção ao solo. A outra é descer com o rabo para baixo, mantendo a mesma posição da subida. Os humanos me perguntarão qual desses métodos é o mais árduo. Como os humanos têm pensamentos superficiais, devem acreditar que, já que é preciso descer, deve ser mais fácil fazê-lo com a cabeça virada para baixo. Aí é que se enganam. Eles provavelmente acham que se Minamoto no Yoshitsune[80] caiu sobre as tropas inimigas no passo de Hiyodorigoe montado a cavalo e se ele tinha a cabeça voltada para baixo ao descer, obviamente o mesmo deve se passar com um gato. Isso é subestimar nossa capacidade. Em que direção vocês acham que nossas garras crescem? Todas elas estão viradas para trás. Podemos usá-las como ganchos para puxar as coisas para perto de nós, mas, ao contrário, não temos força para empurrar nada com elas. Digamos que eu tenha acabado de subir, ágil e tenazmente, em um pinheiro. Como sou um ser terrestre, não seria uma tendência natural eu permanecer longo tempo no alto da árvore. Soltasse eu minhas garras e sem dúvida despencaria. Mas seria algo muito rápido caso o fizesse. Preciso encontrar uma solução que me permita tornar mais flexível a tendência natural, ou seja, aquilo que se chama "descer". Pode-se imaginar existir uma diferença brutal entre cair e descer, mas na realidade ela não é tão grande. Descer é retardar uma queda, assim como cair é acelerar uma

---

79. Alusão ao drama *Hachi no ki*, atribuído por alguns a Zeami, que conta a história de Hojo Tokiyori, regente do governo militar do feudo de Kamakura. Vestido como um monge do Templo Saimyo, Hojo visitava a província quando uma tempestade de neve o forçou a passar uma noite em um albergue. Desconhecendo tratar-se do senhor feudal, o dono do albergue, Genzaemon Tokoyo, o acolheu cozinhando para ele um prato frugal, usando como ingredientes suas ameixeiras, pinheiros e cerejeiras.

80. Minamoto no Yoshitsune (1159-1189). General do clã Minamoto no Período Heian e início do Período Kamakuma. Durante a batalha contra o clã dos Taira, supreendeu o inimigo descendo a cavalo o passo de Hiyodorigoe.

descida. A diferença entre ambos se refere à velocidade. Detesto cair do alto de um pinheiro e devo descer freando minha queda. Ou seja, preciso resistir à velocidade do tombo de alguma forma. Como disse anteriormente, minhas garras são todas direcionadas para trás e, se mantenho a cabeça erguida, posso usá-las como resistência a uma queda abrupta. Portanto, minha queda se transforma em descida. É algo de uma lógica fácil de constatar. Mas, ao contrário, experimente descer com a cabeça para baixo ao estilo de Yoshitsune. Minhas garras são imprestáveis nesse caso. Escorrego e não consigo sustentar em parte alguma o peso de meu corpo. Quem planeja descer, desse jeito acaba caindo. Assim, a descida ao estilo Hiyodorigoe é complexa. Creio ser o único gato a conseguir tal façanha. Por isso, batizei esse esporte de escorregar de pinheiros.

Por último, gostaria de lhes falar brevemente sobre o passeio pela cerca. O jardim de meu amo possui uma cerca de bambu contornando toda a propriedade. Uma das partes, paralela à varanda, tem entre dezesseis e dezoito metros de comprimento. As outras partes da cerca não ultrapassam oito metros cada. O esporte a que me refiro como passeio pela cerca consiste em executar uma volta inteira caminhando por cima dela sem cair. Algumas vezes levo um tombo, mas me alegro quando consigo completar o percurso do início ao fim. Em alguns pontos do trajeto há grossas estacas de madeira queimadas na base bastante convenientes para um curto repouso. Hoje estava animado e pela manhã fui capaz de completar três voltas, sentindo que fazia progresso a cada nova volta. E, a cada progresso, o passeio se tornava mais interessante. Quando estava dando minha quarta volta, já praticamente na metade do caminho, três corvos surgiram voando do telhado da casa vizinha e pousaram bem alinhados sobre a cerca uns dois metros à minha frente. Que bichos desaforados! Virem estorvar meu exercício parando sobre a cerca das pessoas, sem que se conheça sua procedência ou posição social. Eu lhes ordenei em alto e bom som que se retirassem de minha frente, pois eu iria passar. O corvo mais próximo olhou em minha direção esboçando um sorriso. O segundo contemplava o jardim de meu amo. Já o terceiro limpava o bico no bambu da cerca; com certeza deveria ter acabado de comer algo. Dei-lhes três minutos de prazo, esperando uma resposta de pé sobre a cerca. Dizem que os corvos são popularmente chamados de *Kanzaemon* e realmente são uns *Kanzaemons*. Por mais que eu esperasse, eles não me cumprimentaram e também não voaram. Sem outro jeito, me pus a andar. Tão logo percebeu meu movimento, o primeiro deles abriu ligeiramente suas asas. Pensei que sairia voando acovardado por minha força, mas ele apenas girou o corpo numa meia-volta. Que estúpido! Estivesse eu com os pés plantados em terra firme, eu lhe daria o troco, mas por infelicidade tinha dificuldades até para me manter em equilíbrio e faltava-me tempo para me engraçar com um *Kanzaemon*. Por outro lado, também não me agradava nem um pouco ter de esperar até que os três se afastassem de onde estavam. Primeiro porque minhas patas não aguentariam a espera. Os corvos possuem penas e estão acostumados a parar em locais semelhantes. Portanto, se gostarem do local podem permanecer empoleirados nele para todo o sempre. De minha parte, estava em minha quarta volta e exausto. O esporte a que me entrego tem seu lado artístico e em nada fico a dever a um acrobata. Mesmo sem obstáculos de qualquer espécie, nada me garante que não possa cair. Caso esses três pássaros pretos fossem todos me barrar o caminho, eu estaria numa situação periclitante. E aí seria forçado a interromper meu exercício e descer da cerca. Mas melhor seria se o fizesse, pois seria trabalhoso enfrentar um inimigo em maior número e desconhecido nos arredores. Seus bicos são pontiagudos e eles parecem asseclas de Tengu, o monstro narigudo. Obviamente são animais de má índole. Era mais seguro me retirar, pois seria vergonhoso levar um tombo ao penetrar mais fundo no terreno inimigo. Enquanto pensava sobre isso, o corvo virado para a esquerda grasnou "Aho!".[81] Imitando o companheiro, o segundo deles soltou também um "Aho!". O último deles mostrou-se cortês ao repetir duas vezes "Aho! Aho!". Mesmo alguém de temperamento afável como eu não deixaria isso passar em brancas nuvens. Em primeiro lugar, ser insultado em minha residência por esses animais representava macular meu nome. Certamente os leitores me dirão que isso seria pouco provável visto que eu sou um gato sem

---

81. Vocábulo usual do dialeto de Kansai, que significa "bobo", "tolo", etc.

nome, mas o fato é que era uma questão de honra. Não poderia jamais retroceder. Há um provérbio que compara uma multidão desordenada a um bando de corvos, e apenas três deles talvez sejam mais fracos do que se possa imaginar. Meu coração me mandava avançar tanto quanto possível e então caminhei bem devagar. Os corvos me ignoravam, parecendo conversar algo entre si. Eles me deixavam cada vez mais irritado. Se a cerca fosse dez ou quinze centímetros mais larga eu lhes teria dado uma boa lição, mas por mais que estivesse furioso só poderia andar lentamente. Quando enfim cheguei a uma distância de dez ou quinze centímetros do primeiro corvo, faltando pouco para alcançá-lo, os três de repente, como se estivessem de comum acordo, bateram asas e se ergueram a meio metro no ar. Tomado de surpresa pelo vento soprado diretamente em meu rosto, perdi o equilíbrio e caí da cerca. Derrotado, olhei para o alto. As três aves continuavam empoleiradas na posição inicial e, de cima da cerca, me espiavam com seus bicos alinhados. Que desfaçatez! Tentei encará-las, sem nenhum efeito. Curvei-me um pouco, grunhi, mas foi tudo em vão. Assim como um homem leigo não compreende a espiritualidade dos poemas simbolistas, os corvos não demonstraram qualquer reação aos sinais de raiva que lhes dirigi. Pensando bem, nada havia de estranho nisso. Eu os tratara até aquele momento como se fossem gatos. Esse foi meu erro. Fossem eles gatos, teriam com certeza reagido às minhas ações, mas infelizmente estava lidando com corvos. O que se poderia esperar desses *Kanzaemons*? Seria como um homem de negócios tentando pressionar meu amo, o professor Kushami, como se oferecessem uma estátua de prata minha a Saigyo[82], ou como se esses *Kanzaemons* defecassem sobre a estátua de bronze de Takamori Saigo.[83] Para um bom entendedor como eu, meia palavra basta. Logo percebendo que de nada adiantaria insistir, bati em retirada para a varanda me sentindo refeito. Já era hora do jantar. Exercício é bom, mas

---

82. Saigyo (1118-1190). Monge e poeta. Ao receber de Minamoto no Yoritomo uma estátua de prata de um gato, Saigyo a teria dado a crianças que brincavam na rua.

83. Takamori Saigo (1827-1877). Nobre do clã de Satsuma em Kyushu e um dos líderes da Restauração Meiji. Em 1899 foi erigida uma estátua em sua homenagem no parque de Ueno, em Tóquio, existente até hoje.

é melhor não exagerar. Sinto o corpo flácido e sem forças. Ademais, o outono mal começou e não aguento o calor intenso provocado por meus pelos banhados fortemente pelo sol durante o exercício, parecendo ter absorvido os raios do sol poente. O suor que exsuda pelos poros poderia escorrer, mas ao invés disso gruda tenazmente à raiz de meus pelos como uma gordura. Minhas costas comicham. Posso distinguir com nitidez os comichões provocados pelo suor e aqueles causados por pulgas caminhando. Se fosse em algum local ao alcance de minha boca, poderia morder, ou arranhar caso minhas patas alcançassem até lá, mas como é bem no meio de minha coluna dorsal está além de minhas forças. Em casos semelhantes, procuro um humano e me roço descomedidamente nele ou executo a técnica de esfregação no tronco de um pinheiro. Se não escolho uma dessas duas maneiras, me sinto indisposto e não consigo dormir. Como os humanos são criaturas tolas quando com uma voz insinuante — bem, uma voz insinuante é a do tipo usada pelos humanos para se dirigir a minha pessoa; visto pelo meu ângulo, não seria uma voz insinuante, mas um ronronar felinamente afável —, mas de qualquer jeito, como eu dizia, os humanos são criaturas tolas e, quando com um ronronar felinamente afável me achego próximo a seus joelhos, na maior parte das vezes eles julgam de maneira errada que eu os adoro e não só me deixam agir como eu quero, como por vezes também me acariciam a cabeça. Todavia, recentemente parasitas denominados pulgas começaram a proliferar por todo meu pelo, e ao me aproximar de um humano, sou sempre pego pelo cangote para logo ser expulso. Por causa desses insetos quase invisíveis aos olhos, o que os torna difíceis de apanhar, os humanos passaram a me tratar com frieza e rispidez. Os sentimentos humanos mudam com a rapidez com que nuvens se transformam em chuva, no tempo de um gesto da mão. E pensar que agem de forma tão interesseira só por causa de um ou dois milhares de pulgas mixurucas. A cláusula primeira das leis do Amor praticadas pelo mundo dos humanos prevê: "Ame seu próximo na medida em que isso lhe trouxer lucros." Como o tratamento que me devotam mudou de forma tão brusca, não posso mais usá-los por mais comichão que eu sinta. Por isso, resta-me apenas utilizar o segundo método, que é o da esfregação no tronco dos pinheiros. Por este motivo, desço da varanda com a intenção de ir me roçar um pouco em uma dessas árvores, mas logo percebo que é uma escolha estúpida, pois os contras superam os prós. Mesmo assim, não há outra escolha. Os pinheiros têm resina. Por ser uma substância de forte poder adesivo, caso se cole a meu pelo, não sairá nem com o som de trovões, nem que a Esquadra Báltica seja completamente destruída. Além disso, caso se grude a cinco fios, logo se espalhará para dez. E, quando eu perceber que dez fios de minha pelugem foram danificados, já serão trinta. Sou um gato refinado, adorador de um toque de delicadeza. Por isso detesto tudo que é persistente, venenoso, importuno e tenaz. Nem a gata mais formosa do universo me despertaria interesse caso possuísse semelhante natureza. Muito menos, portanto, no que se refere à resina dos pinheiros. Seria um ultraje ver meu pelo cinza-escuro destruído por uma substância semelhante às lágrimas remelentas que escorrem dos olhos de Kuro, da casa do puxador de riquixá, quando sopra o vento norte. Ponderemos um pouco. A resina não parece consciente de sua própria natureza. A opção mais rápida seria eu ir até a casca do tronco da árvore para roçar minhas costas, mas nesse caso a resina com certeza iria se aderir firmemente a elas. Relacionar-me com uma substância de uma imbecilidade tão descarada afetaria minha honra, sem contar a de minha pelagem. Por mais que sinta coceira, não me resta outro remédio senão suportá-la. É porém decepcionante não ser capaz de colocar em prática nenhum desses dois métodos. Se não encontrar logo outra maneira, acabarei doente de tanto comichão ou por causa da resina grudada no meu pelo. Dobro as patas traseiras e começo a refletir sobre alguma boa ideia, quando de repente uma luz me ocorre. Meu amo por vezes pega uma toalha e sabonete e parte para algum lugar ao acaso. Ao voltar trinta ou quarenta minutos depois, noto que a tez de seu rosto obscuro parece ligeiramente mais viçosa e radiante. Se tem tamanho efeito em um homem tão desmazelado como meu amo, não há dúvidas de que me será ainda mais eficaz. Sempre fui um gato bonito e é desnecessário me tornar ainda mais atraente, mas seria uma perda lastimável para a humanidade se eu caísse doente e morresse prematuramente na tenra idade de um ano e poucos meses. Ouvi dizer que o local para onde meu amo costuma se dirigir é o banho público, algo inventado para permitir aos humanos gastarem seu tempo ocioso. Por ser um local criado pelos humanos, certamente não deve ser lá essas coisas, mas tendo em vista as atuais circunstâncias creio que não perco nada em dar uma entradinha e espiar como é seu interior. Se de todo não me agradar, basta não voltar mais. Contudo, teriam os humanos mentalidade aberta o suficiente para permitir que um gato, elemento diferente dos de sua espécie, adentre em um estabelecimento de banhos constituído para eles? Eis minha dúvida. Mas, se até mesmo meu amo pode entrar nesse local, com certeza não me recusarão em suas dependências, embora eu me sentiria embaraçado diante da sociedade se por acaso me barrassem a entrada. Em primeiro lugar farei um reconhecimento do terreno. Se me sentir confiante com aquilo que vir, darei um pulo até lá carregando uma toalha presa aos dentes. Formada minha estratégia de ação até este ponto, parti em direção ao banho público.

Virei a esquina à esquerda e vi um pouco mais à frente uma espécie de alta chaminé ligada por vários tubos se assemelhando a um bambu, de cuja ponta saía uma fumaça rala. Era ali o banho público. Penetrei sorrateiro pela porta dos fundos. Entre outras coisas, considera-se uma pusilanimidade ou inexperiência entrar furtivamente por uma porta traseira, mas essa crítica não passa de inveja daqueles que só podem entrar pela porta da frente quando visitam um local. Desde a Antiguidade, os homens espertos sempre entraram sem avisar pela porta dos fundos. Dizem que isso está escrito na página cinco do capítulo um do tomo dois do *Método de formação de cavalheiros*. Na página seguinte, pode-se ler também que "a porta dos fundos representa um testamento do cavalheiro, pois é por ela que ele obtém sua virtude". Por ser um gato do século XX, sou suficientemente instruído para saber disso. Nem pensem em desdenhar de meus conhecimentos.

Bem, após ter penetrado no estabelecimento, notei à esquerda uma montanha de galhos de pinheiro cortados em pedaços de cerca de vinte centímetros e uma colina de carvão acumulada a seu lado. Alguns de vocês me perguntarão o motivo de tê-las descrito como uma "montanha de galhos de pinheiro" e uma "colina de carvão". Confesso não haver nenhuma razão em particular, queria apenas estabelecer uma distinção entre "montanha" e "colina". Os homens comem arroz, pássaros, peixes, animais selvagens e várias outras coisas ruins, e é uma pena que pareçam ter finalmente chegado ao ponto degradante de comer até mesmo carvão. Bem à minha frente havia uma porta escancarada de uns dois metros de largura. Espiei dentro, mas estava tudo vazio e em silêncio. Do outro lado, ouvi vozes humanas incessantes. Concluí que aquilo chamado banho público devia se localizar de onde partem essas vozes. Passei pelo vão formado pelos galhos de pinheiro e pelo carvão, virei à esquerda, avancei e me deparei com uma janela; virei à direita. Do lado de lá da janela, havia alguns baldes redondos de madeira dispostos uns sobre os outros em formato triangular, ou seja, como uma pirâmide. Devotei a esses baldinhos minha mais profunda simpatia, pois deve ser extremamente desagradável para objetos redondos serem empilhados de forma triangular. No lado sul dos baldes, havia uma tábua de um metro ou um metro e meio que parecia me dar as boas-vindas. A tábua estava cerca de um metro acima do chão, perfeita para eu pular sobre a mesma. "Vamos lá", disse a mim mesmo, e me lancei para cima dela. O banho público se descortinou diante de meu nariz, sob meus olhos e logo em frente a meu focinho. Não há nada mais interessante neste mundo do que comer algo que nunca antes se comeu ou ver algo que nunca antes se viu. Nenhum interesse especial terão meus leitores se, assim como meu amo, estiverem acostumados a passar nos banhos públicos trinta ou quarenta minutos, três vezes por semana; mas se, como eu, nunca contemplaram antes uma banheira, aconselho-os a irem logo ver uma. Esqueçam se seus pais estão à beira da morte, vocês precisam admirar um banho público. Neste vasto mundo não há outro local tão espetacular quanto este!

O que há de tão espetacular nele? É tão espetacular que receio colocar em palavras. Antes de mais nada, a maioria dos humanos que se movimenta por trás dessa janela de vidro está toda nua. Aborígenes de Formosa, Adãos do século XX. Se analisarmos a história do vestuário — por ser muito longa, não tecerei aqui comentários sobre ela, deixando-a a cargo de Herr Teufelsdröckh[84] —, veremos que os humanos são considerados socialmente em função da roupa que trajam. Por volta do século XVIII, Beau Nash[85] criou regras rígidas sobre os estabelecimentos de fontes termais para banhos na Grã-Bretanha, obrigando homens e mulheres a se cobrir dos ombros à ponta dos pés ao se banharem em público. Sessenta anos atrás, estabeleceu-se uma escola de artes em uma pequena vila inglesa. Por se tratar de uma escola de artes, compraram reproduções de quadros e estátuas de nus artísticos, que foram dispostas em vários pontos no interior do estabelecimento. Até aí não haveria problemas, mas as autoridades e os funcionários da escola que participaram da cerimônia de inauguração se viram bastante embaraçados. Isso porque era necessário convidar as senhoras da municipalidade para a inauguração da escola. Contudo, na mentalidade das senhoras da nobreza da época, o homem era um animal vestido. Elas não enxergavam os homens como descendentes do macaco trajando apenas a própria pele. Um homem despido é como um elefante sem tromba, uma escola sem alunos, um soldado sem coragem, algo que perdeu sua essência metafísica. Uma vez sem sua essência, deixavam de ser reconhecidos como humanos, passando à categoria de animais selvagens. Mesmo tratando-se apenas uma reprodução ou modelo, figurar o homem como uma fera feria a dignidade das damas da nobreza. Por esse motivo as senhoras declinaram sua presença. Os funcionários da escola julgaram que elas estavam fazendo tempestade em copo d'água, mas de qualquer forma, tanto no Ocidente como no Oriente, as mulheres constituem um tipo de ornamento. Embora não sirvam para descascar grãos de arroz ou para se alistar voluntariamente como soldados, são objeto decorativo indispensável à cerimônia de inauguração de uma escola.

---

84. Personagem do livro *The Life and Opinions of Herr Teufelsdröckh*, escrito entre 1833 e 1834 pelo crítico e historiador escocês Thomas Carlyle (1795-1881). O personagem é um professor universitário alemão que apresenta sua opinião sobre o vestuário em *Evolução do vestuário e suas influências*.

85. Richard "Beau" Nash (1674-1762). Conhecido janota e criador de moda inglês, era mestre de cerimônias na cidade balneária de Bath, a qual foi por ele transformada em local da moda para onde acorriam os aristocratas ingleses, rivalizando com a capital

Portanto, sem outro remédio, os funcionários foram a uma loja de tecidos e adquiriram pouco mais de trezentos e cinquenta metros de fazenda preta, que usaram para vestir os homens-fera. Sempre com a preocupação de não cometer nenhuma descortesia, cobriram até mesmo os rostos das estátuas com o pano. Contam que assim foi possível levar a cerimônia a contento. Vê-se por aí a que ponto as vestimentas são importantes para os humanos. Ultimamente muitos professores insistem no nu artístico nas pinturas, mas isso é um erro. Do ponto de vista de um gato como eu, que nunca se despiu uma só vez desde o nascimento, é sem dúvida um equívoco. A nudez, costumeira na Grécia e Roma antigas, entrou em voga embalada pela licenciosidade da Renascença. Gregos e romanos estavam acostumados a vislumbrar a nudez em seu dia a dia e, supostamente, não reconheciam a relação de interesse com os preceitos morais. Porém, a Europa do norte é um lugar frio. Se mesmo no Japão as pessoas não podem sair sem roupa à rua, na Alemanha ou Inglaterra morreriam caso o fizessem. Como não vale a pena morrer, vestem-se. Se todos usam roupas, os humanos são animais vestidos. Desde então, ao se deparar repentinamente com o animal homem em pelo, as pessoas não o admitem, considerando-o um bicho selvagem. Por essa razão, os europeus, em particular aqueles dos estados nórdicos, consideram como bestiais as pinturas e esculturas de nus artísticos. Eles julgam as representações nas telas e estátuas como de animais inferiores aos gatos.

Lindos? Os leitores podem considerar a nudez encantadora, encarando-os como belos animais. Dessa forma, alguns de vocês me perguntarão se eu já vislumbrei os vestidos de gala das damas ocidentais e lhes responderei que não, afinal eu sou um gato. Ouvi dizer que elas expõem o peito, ombros e braços e chamam isso de vestido de gala. Que coisa mais vergonhosa! Até por volta do século XIV, suas vestimentas não eram a tal ponto risíveis e as mulheres trajavam roupas próprias a um ser humano comum. Seria fastidioso discorrer aqui sobre os motivos que levaram a essa vulgarização que transformou as roupas de gala em vestimentas de acrobatas. Aqueles que conhecem os motivos, ótimo, aqueles que não os conhecem, que permaneçam com cara de tacho, não me importo. Colocando de lado a história, as damas, apesar de se trajarem de forma tão estranha e ostentosa apenas durante a noite, parecem continuar a possuir em seu interior algo humano, pois tão logo o dia amanhece cobrem os ombros, escondem os peitos, envolvem os braços, procurando dissimular todas as partes do corpo, sentindo-se bastante envergonhadas caso até mesmo a unha de um dos dedos dos pés permaneça à vista. Seus trajes de gala oferecem um tipo de efeito incoerente e pode-se depreender que foram criados a partir de uma conversa entre idiotas. Se isso causa embaraço a essas senhoras, que deixem elas durante o dia os ombros, peito e braços a descoberto. Afinal, é isso que fazem os nudistas. Se a nudez é algo tão bom, que essas damas dispam suas filhas e aproveitem para ficarem nuas também, passeando pelo parque de Ueno. Ou não poderiam? Longe de ser uma questão de não poder fazê-lo, apenas não se atrevem justamente porque os ocidentais não o fazem. Não preferem essas damas ostentar no Hotel Imperial esses vestidos de gala totalmente irracionais? Perguntem-lhes o motivo e não obterão nenhuma resposta. Apenas dirão que os vestem porque os ocidentais assim também fazem. Fortes são os ocidentais e é necessário imitá-los a qualquer custo, mesmo expondo-se ao ridículo. Não brigue com os poderosos, curve-se aos fortes, deixe-se dominar pelos influentes. O que brota dessa submissão? Se me disserem que não há remédio, eu peço desculpas, mas nesse caso nada há que se possa admirar nos japoneses. O mesmo se aplica aos estudos acadêmicos no Japão, mas por não ter o assunto relação com vestimenta, omitirei aqui meus comentários.

A vestimenta se tornou assim algo importante para os seres humanos. É tão importante que não se sabe se o homem faz a roupa ou se é a roupa que determina o homem. Pode-se afirmar que a história humana não é a história da carne, nem dos ossos, que dirá do sangue, mas a história da indumentária. Portanto, não se tem a impressão de ver um ser humano quando este está despido. Parecemos estar diante de um verdadeiro fantasma. Se todos de comum acordo se transformassem em fantasmas, os fantasmas deixariam de existir como tal, mas isso só causaria aborrecimentos para o próprio ser humano. No início, a natureza criou os homens, lançando-os iguais no mundo. Por isso, todos os homens sem exceção nascem completamente nus. Se a natureza do ser humano o deixasse satisfeito na igualdade, ele deveria então viver toda sua vida em pelo. Um dia, porém, um desses desnudos asseverou que se todos são iguais de nada adianta estudar. Por mais que alguém se esforçasse, não se sobressairia sobre seus pares. Era necessário fazer algo para mostrar sua individualidade e para que todos a aceitassem. Depois de muito ponderar se não haveria algo, após dez anos de estudos os humanos inventaram o calção e começaram a trajá-lo. Com isso, vangloriavam-se de ser diferentes. O calção foi o antepassado daquela peça de indumentária comumente usada hoje pelos puxadores de riquixá. Pode-se achar estranho o fato de se ter despendido uma dezena de anos para se chegar à invenção do calção, mas se considerarmos ter sido uma descoberta ocorrida na Antiguidade, quando imperava a ignorância no mundo, foi com certeza uma invenção sem precedentes para a época. Descartes parece ter levado mais de dez anos para concluir a verdade do "Penso, logo existo", a qual até uma criança de três anos não teria dificuldade de entender. Todas as invenções são frutos de enormes esforços, e devemos dizer que os dez anos despendidos na invenção do calção ultrapassam a inteligência de um puxador de riquixá, embora com o advento do calção tenham sido eles que se tornaram os poderosos no mundo. Os fantasmas, não querendo ficar por baixo ao ver os puxadores de riquixá se tornarem os donos da rua, planejaram durante seis anos até chegar à invenção do *haori*, outra completa inutilidade. Com isso, o poderio dos calções entrou em declínio, passando a humanidade à era da prosperidade do *haori*. Os quitandeiros, farmacêuticos e comerciantes de tecidos de agora são descendentes dos grandes inventores do *haori*. Após as eras do calção e do *haori*, chegamos à era do *hakama*. A ideia surgiu dos fantasmas encolerizados contra os *haori*, de cujo grupo fazem parte todos os guerreiros de outrora e os burocratas de agora. Os fantasmas desejavam provar que eram diferentes e concorriam entre si para mostrar algo novo, e finalmente chegaram a essa forma estranha de roupa em formato de cauda de andorinha. Porém, se voltarmos no tempo em busca das origens das indumentárias, não encontraremos nenhum fato forçado, absurdo, fortuito ou casual. Todas essas novas formas de vestuário surgem do intrépido espírito humano de querer se sobrepor ao resto do mundo a qualquer custo, cobrindo o corpo em vez de sair alardeando aos quatro ventos: "Eu não sou igual a você." Pode-se fazer uma grande descoberta a partir dessa conduta psicológica. Uma descoberta sem paralelos. Assim como a natureza abomina o vazio[86], os seres humanos detestam a igualdade. Por detestá-la, os homens trajam roupas como se fossem sua pele e ossos, e seria um ato de loucura descartar esta parte essencial e voltar à época de equidade do estado original. Seria impossível retornar a esse estado, a menos que se resignassem a ser chamados de loucos. Aqueles que o fizeram foram tidos como fantasmas aos olhos dos homens civilizados. Mesmo que puxássemos para o território dos fantasmas as centenas de milhões de habitantes deste mundo e os acalmássemos, dizendo que seria igualitário e nada vergonhoso que todos se transformassem em fantasmas pela nudez, não obteríamos sucesso. No dia seguinte ao mundo ter-se transformado em um local de fantasmas, uma nova competição se iniciaria, agora entre os fantasmas. Impossibilitados de rivalizar vestindo roupas, competiriam como fantasmas. Mesmo continuando nus, estabeleceriam diferenças. Vendo sob essa ótica, as vestimentas não são algo de que se possa livrar de forma tão fácil.

Todavia, o grupo de humanos que estava no meu campo de visão colocara sobre uma prateleira os calções, *haoris* e *hakamas*, que não deveriam despir, e sem cerimônia conversavam e riam a seu bel-prazer, impassíveis, deixando descaradamente à visão pública sua nudez original. Era a isso que eu me referia havia pouco como fato espetacular. Terei a honra de humildemente apresentar aqui a meus civilizados leitores um pouco desse espetáculo.

A desordem que imperava era tamanha que não sei ao certo por onde iniciar minha descrição. Os fantasmas são indisciplinados em suas ações e é para mim muito difícil explicar ordenadamente. Vou começar discorrendo sobre a banheira. Não sei dizer com certeza se era uma banheira, mas acredito que sim. Tinha por volta de um metro

---

86. Referência à citação latina "natura abhorret vacuum".

de largura por três metros de comprimento, repartida ao meio, com uma das partes cheia de água quente esbranquiçada. Parece que chamam isso de banho medicinal. Era uma água turva como se cal tivesse sido nela dissolvida. E a questão não era ser apenas turva. Além de turva parecia oleosa e espessa. Não é de se espantar que parecesse podre, pois ouvi dizer que trocam a água uma única vez por semana. Na outra metade havia água comum, mas não coloco minha pata no fogo sobre sua transparência e limpidez. Sua coloração poderia ser expressa como a da água da chuva que, após depositada durante muito tempo em uma tina para caso de incêndio, é ligeiramente revolvida.

A seguir, descreverei os fantasmas. Não será tarefa fácil. Dois jovens estavam de pé próximos à tina de água da chuva, de frente um para o outro, jogando água quente por cima de suas barrigas. Que passatempo maravilhoso! Ambos desenvolveram um bronzeado simplesmente perfeito. Quando pensava que eram fantasmas viris, um deles começou a passar a toalha em círculos sobre o peito e perguntou ao outro:

— Kin-san, sinto uma dor nesta região. O que pode ser?

— Só pode ser estômago. Dores estomacais podem levar à morte. Eu o aconselho a se cuidar — recomendou com fervor o tal Kin.

— Mas a dor é do lado esquerdo — disse o outro apontando para o pulmão nesse lado.

— Aí é o estômago, meu caro. À esquerda fica o estômago e, à direita, o pulmão.

— Será? Eu achava que o estômago era aqui.

E, dizendo isso, deu uns tapinhas sobre a cintura para mostrar.

— Não, aí é o baixo-ventre — explicou Kin.

Nesse momento, um homem de seus vinte e cinco ou vinte e seis anos, de barba rala, entrou com ímpeto na banheira. Pumba! O sabão que lhe cobria o corpo começou a flutuar na água em meio a suas caracas. A água cintilou como quando se olha contra a luz uma água ferruginosa. A seu lado um senhor careca conversava com um homem de cabelos cortados rente. Apenas suas cabeças podiam ser vistas por sobre a superfície da água.

— Ah, como é triste envelhecer. Depois que nos tornamos decrépitos já não podemos mais competir com os jovens. Mas, em relação aos banhos, mesmo agora fico de mau humor se a água não estiver bem quente.

— O senhor tem um corpo robusto. Alguém tão enérgico não tem com o que se preocupar.

— Não sou tão enérgico assim, creia-me. Apenas não costumo adoecer. Dizem que se um homem se cuida, poderá viver cento e vinte anos.

— É mesmo? Pode-se viver tanto assim?

— Sem dúvida. Garanto que se pode viver até os cento e vinte. Antes da Restauração, vivia em Ushigome o vassalo de um xógum chamado Magaribuchi. Um de seus serviçais tinha cento e trinta anos.

— Que longevidade!

— Viveu tanto que perdeu a noção da própria idade. Até os cem ele lembrava, mas depois disso afirmava tê-la esquecido por completo. Eu o conheci quando contava cento e trinta anos e ainda era forte. Não sei o que aconteceu depois. Quem sabe ainda esteja vivo.

Dizendo isso, saiu para fora da banheira. O homem de barba ria sozinho espalhando algo como fragmentos de mica à sua volta, que boiavam na superfície da água. O fantasma que acabara de entrar na tina no lugar do homem de barba era diferente dos outros, pois tinha uma grande tatuagem gravada nas costas. Parecia Jutaro Iwami brandindo sua espada para dar cabo de uma imensa serpente, mas infelizmente, por não ser ainda uma obra completa, não se via a serpente em lugar nenhum. Por essa razão, o mestre Jutaro parecia um pouco desencorajado.

— Ah, está terrivelmente morna — sentenciou ao entrar na água.

Um outro homem que também entrara comentou:

— Tem razão... Deveria estar um pouco mais quente.

Franzindo o rosto, pareceu resignado a aceitar aquela temperatura. Virando-se para Jutaro, o cumprimentou.

— Como vai, patrão?

Jutaro respondeu a saudação e em seguida perguntou:

— Que fim levou Tami?

— Aquele lá é um viciado em jogo.

— Jogar daquele jeito é uma perdição... De fato, ele não é flor que se cheire... Sabe-se lá o porquê, mas todos o detestam... É estranho... Ninguém confia nele. Um artesão não deveria ser como ele.

— Concordo. Falta a ele humildade, é muito arrogante. É natural que ninguém confie nele.

— É verdade. Ele se acha um artesão hábil... No final das contas, só sai perdendo.

— O pessoal antigo de Shirokanecho já morreu, e agora só restam Moto, o fabricante de barris, o dono da fábrica de telhas e o patrão. Nascemos todos aqui, mas ninguém sabe de onde vem Tami.

— É um mistério que tenha conseguido chegar onde chegou.

— Realmente. Por algum motivo é detestado por todos. Ninguém quer se relacionar com ele.

Continuavam a atacar Tami de todas as formas.

Cansei-me da tina de água da chuva e passei os olhos para o lado cheio de água esbranquiçada. Essa parte estava tão lotada que, ao invés de dizer que havia pessoas dentro da água, seria mais apropriado dizer que havia água ao redor das pessoas. Apesar disso, todos se mostravam indolentes e, embora um pouco antes algumas pessoas tenham entrado na tina, não via nenhuma saindo dela. Com tanta gente entrando dessa forma, não era de surpreender que a água se tornasse suja após uma semana sem ser trocada. Olhei com mais atenção para dentro da banheira e vi agachado dentro da água, acuado no canto esquerdo, o professor Kushami, vermelho como um camarão. Seria bom se alguém desse passagem ao infeliz para que pudesse sair, mas ninguém pareceu se mover e, a bem da verdade, meu amo também não dava sinais de que queria se retirar de lá. Apenas continuava inerte se avermelhando cada vez mais. Que suplício! Ele provavelmente se deixava avermelhar daquele jeito para tirar o máximo proveito dos dois sens e cinquenta rins que pagara pelo banho. Pelo menos eu me preocupava sentado junto à claraboia, pois pessoalmente acreditava que, se meu amo não deixasse logo a banheira, o vapor deixaria seu cérebro avariado. Nesse momento, um homem que boiava próximo a meu amo, franziu o cenho e comentou, procurando implicitamente angariar a simpatia dos demais fantasmas presentes:

— É insuportável. O calor está me escaldando as costas.

Um dos homens retrucou explicando:

— Que nada. Está na temperatura ideal. Que efeito teria um banho medicinal se não fosse bem quente? Fiquem sabendo que na minha terra entramos em água duas vezes mais quente que esta.

— Afinal, esta água é boa para quê? — perguntou a todos um homem que tinha a cabeça calombenta coberta por uma toalha dobrada.

— Ela tem efeito sobre muitas coisas. Dizem que é bom para tudo. É realmente espetacular.

Quem afirmou isso foi um homem cujo rosto lembrava a cor e o formato de um pepino seco. Se essa água quente fosse de fato milagrosa, ele deveria estar com uma constituição corpórea mais sólida.

— Parece que o melhor momento é três ou quatro dias após terem colocado o remédio na água. Hoje é o dia perfeito — retrucou um homem corpulento com ar de bom entendedor. Sua obesidade era talvez devido às caracas.

De algum lugar ouviu-se uma voz estridente perguntar:

— Será que faz efeito se a bebermos?

Alguém, cuja face eu não era capaz de identificar, respondeu:

— Se estiver gripado, tome um copo antes de dormir e você se espantará de não ter necessidade de levantar de madrugada para urinar. Experimente.

Deixei de lado a banheira para concentrar minha atenção no estrado onde vários Adãos estavam alinhados nas posições que mais lhes apraziam, lavando-se as partes que julgavam convenientes. Dois deles eram os mais surpreendentes: um deitado de costas contemplava uma claraboia ao alto; e o outro, de bruços, admirava o ralo no chão. Pareciam-me Adãos do tipo mais ocioso. Havia um monge agachado e virado contra a parede de pedra, enquanto atrás dele um outro monge mais jovem lhe aplicava tapas vigorosos sobre os ombros. O jovem monge parecia ser seu discípulo e, em lugar do atendente do estabelecimento, encarregava-se de lavar o mestre. O atendente verdadeiro que trabalhava no local devia estar resfriado, pois vestia um casaco acolchoado sem mangas apesar do calor. Com um balde de formato oval jogava água sobre as costas de um cliente e mantinha presa entre os dedos do pé direito uma bucha de chamalote. Mais próximo a mim, um homem monopolizava para si três baldes e agora convidava o vizinho a usar seu sabão, com quem mantinha uma conversa longa, enfadonha e incessante. Apurei os ouvidos e ouvi o seguinte:

— O canhão foi trazido ao Japão do exterior. Antigamente só se lutava com espadas. Como os estrangeiros são pusilânimes, inventaram essa arma. Desconfio que não tenha sido invenção dos chineses, mas de algum outro país. Com certeza ainda não existia na época de Watonai. Watonai era um membro do clã de Seiwa Genji. Dizem que quando Yoshitsune partiu de Ezo para a Manchúria levou consigo um homem de Ezo dotado de grande sabedoria. O filho de Yoshitsune conseguiu dominar os Ming da China. Vendo-se perdido, o imperador Ming enviou um emissário ao terceiro xógum para lhe pedir emprestado uma tropa de três mil guerreiros. O xógum reteve o emissário no Japão... qual era mesmo o nome desse emissário?... bem, o nome não é tão importante. Então, após dois anos de retenção, ao final lhe foi apresentada uma cortesã de Nagasaki. Watonai é o filho desse emissário com a cortesã. Ao retornar a seu país, o imperador Ming foi destronado...

É impossível entender onde ele queria chegar. Atrás dele, um homem de vinte e cinco ou vinte e seis anos, de aparência sombria, distraidamente friccionava sem parar a entrecoxa com a água quente. Parecia estar sofrendo com um furúnculo ou algo que o valha. A seu lado, rapazes de dezessete ou dezoito anos, aparentando ser estudantes da vizinhança, batiam um papo animado contando vantagem, como lhes é peculiar. Logo perto, umas costas estranhas. Os ossos da coluna vertebral eram protuberantes como os nós de uma vara de bambu que tivesse sido enfiada para dentro do corpo a partir do ânus. Alinhavam-se perfeitamente quatro a quatro, de cada lado da coluna vertebral, à semelhança de peões sobre um tabuleiro. Esses peões estavam inflamados e alguns deles tinham pus ao redor. Descrevo na ordem em que via, mas como há muito a escrever não me julgo capaz de narrar nem mesmo uma pequena parte. Justo quando comecei a me dar conta da enfadonha tarefa a que me lançara, apareceu de súbito à porta um idoso careca de cerca de setenta anos vestindo um quimono de algodão amarelo-claro. O careca saudou de modo solene os fantasmas nus e disparou sem hesitação:

— Obrigado a todos por frequentarem diariamente minha casa de banhos. Como hoje está um pouco frio, relaxem bastante... Entrem e saiam da água, fiquem à vontade para se esquentar... Atendente, cuide para que a água esteja na temperatura adequada.

O servente a cargo dos banhos respondeu com um "sim" alongado.

Nosso Watonai não mediu palavras para louvar o dono do estabelecimento:

— Ele é a simpatia em pessoa. É um exemplo de como um comerciante deve agir.

Surpreendi-me com a aparição repentina desse idoso estranho e interrompi a narrativa para me concentrar por instantes em observá-lo. O idoso olhou para um menino de quatro anos que acabara de sair do banho e disse estendendo-lhe a mão:

— Menino, venha com o titio.

Talvez acovardada pelo rosto desse ancião mais parecido com um bolinho de arroz pisoteado, a criança soltou um berro e desandou a choramingar. O homem não se deu por vencido e prosseguiu relutante:

— Ah, por que está chorando? Está com medo do tio? Não fique assim... — admirou-se.

Sem outro jeito, ele mudou de alvo e se dirigiu ao pai do menino.

— Ah, mas se não é o Gen! Hoje está um pouco frio, não é mesmo? Soube do ladrão que invadiu ontem a casa dos Omiya? Que completo idiota. Pois imagine que ele cortou um dos quadros da porta para entrar. Veja só. E saiu sem levar nada. Deve ter notado algum policial ou guarda-noturno.

Ainda rindo sem piedade do estouvado larápio, se agarrou a outros clientes:

— Ai, ai, que frio. Vocês são jovens, não devem sentir tanto...

O ancião parecia ser o único ali a tiritar de frio.

Tão concentrado fiquei em ver o ancião que não só acabei me esquecendo inteiramente dos demais fantasmas, como até mesmo apagou-se da minha memória a visão de meu amo sofrendo dentro da água quente. Nesse momento, ouviu-se um grito proveniente de algum lugar entre a tina e o estrado. Não havia dúvidas de que partira do professor Kushami. Não é de hoje que meu amo emite esses sons extraordinariamente altos, roucos e incompreensíveis, mas espantei-me que os soltasse em semelhante local. Meu parecer instantâneo foi que ele sem dúvida fora acometido de um ataque frenético por suportar submersão por tão longo tempo na água quente. Se seu berro fosse ocasionado apenas por um mal súbito, nada de repreensível haveria nele, mas os leitores logo compreenderão não haver dúvidas de que meu amo estava de posse de suas faculdades mentais, apesar do ataque frenético, quando lhes contar a razão de ele ter emitido semelhante grito dissonante e profundo. Na realidade, ele começou uma briga pueril com um estudante atrevido e indigno de atenção.

— Afaste-se! Sua água está entrando no meu balde!

É lógico que era o professor Kushami quem esbravejava dessa maneira. Tudo na vida depende do ponto de vista e é desnecessário imaginar que esse ataque de cólera era resultado apenas de um ataque frenético. Para interpretá-lo, uma em cada dez mil pessoas traçaria um paralelo com a admoestação de Hikokuro Takayama[87] a um bandido. Provavelmente era assim que meu amo se via e praticava naquele momento uma encenação teatral, mas é certo que o mesmo efeito esperado não se produziria por não ser o estudante um malfeitor.

— Eu já estava aqui quando o senhor chegou — virou-se o rapaz para redarguir tranquilamente.

Essa reles resposta, que indicava apenas o intuito do estudante de não arredar pé do lugar, contrariava a expectativa de meu amo, o qual mesmo sob o efeito de um ataque frenético deveria ser capaz de entender que esse comportamento e palavras não deveriam ser suficientes para serem revidados com repreensão, como se fosse o estudante um marginal. Contudo, a raiva de meu amo estava longe de ser causada pela posição não satisfatória em que se achava o estudante, mas pela maneira arrogante e insolente de como este conversava havia algum tempo com

---

87. Hikokuro Takayama (1747-1793). Lendário samurai da Era Edo.

seu amigo, e cujo uso das palavras meu amo julgava totalmente imprópria para os jovens, parecendo tê-lo tirado do sério. Por isso, embora o rapaz tenha lhe respondido com calma, meu amo não conseguiu permanecer calado ao subir ao estrado.

— O que você está pensando, seu grande idiota. Quem pensa que é para espirrar sua água imunda para dentro do balde dos outros? — explodiu meu amo antes de se retirar.

Como também não me agradam muito esses jovens, senti uma certa alegria pela atitude de meu amo, embora achasse que não foi a atitude moderada que se esperaria de um educador. Meu amo possui um temperamento muito rígido. Não só é um ser humano intransigente, como se assemelha a um pedaço áspero e dissecado de carvão. No passado, quando Aníbal atravessou os Alpes, se deparou com uma enorme rocha bem no meio do caminho, impedindo de todas as maneiras a passagem de sua tropa. Aníbal jogou vinagre sobre a grande rocha e ateou fogo, amolecendo-a para depois fracioná-la com uma serra, permitindo assim a passagem. Para um homem como meu amo, sobre o qual não surtem efeito águas medicinais por mais que nelas permaneça até cozinhar, a única solução talvez fosse lançar-lhe vinagre e colocá-lo para queimar. Caso contrário, mesmo que centenas desses estudantes apareçam, nem em dezenas de anos serão capazes de curar a teimosia dele. As pessoas flutuando dentro da banheira e as que descansavam se banhando fora dela formavam um grupo de fantasmas que despiram suas vestimentas necessárias aos homens civilizados, não podendo portanto ser julgados, evidentemente, pelas normas e comportamentos usuais. Tudo lhes é permitido. O estômago pode residir no local dos pulmões, Watonai pode pertencer ao clã de Genji, e não há nada demais em Tami não ser flor que se cheire. Todavia, ao acabarem de se lavar e subirem ao vestiário, eles deixam de ser fantasmas. Saem para o mundo onde vivem os seres humanos comuns e trajam as vestimentas necessárias à civilização, tendo portanto de adotar a conduta peculiar às criaturas humanas. O local onde meu amo estava agora é o umbral da porta, a fronteira entre a banheira e o vestiário, prestes a retornar a um mundo de rostos felizes, palavras alegres, atitudes simpáticas. Se até mesmo nesse umbral sua obstinação continuasse, é certo que ela é em meu amo uma doença por demais enraizada, incurável. Se for uma doença, dificilmente poderá ser curada. Em minha modesta opinião, existe apenas um método de cura: solicitar ao diretor de sua escola que o despeça. Sem trabalho, só restará a um ser tão intolerante como meu amo viver na sarjeta. Como resultado ele acabará morrendo. Em outras palavras, a perda do trabalho se tornará a causa remota de sua morte. Meu amo adora adoecer por vontade própria, mas na realidade detesta a morte. Ele deseja a doença como um tipo de luxo, contanto que isso não implique em bater as botas. Se o ameaçarem dizendo que o matariam por estar sempre doente, o covarde de meu amo sem dúvida começaria a tremer como vara verde. E acredito que a tremedeira faria desaparecer a doença por completo. Mesmo não se vendo livre dela, o assunto se encerraria nesse ponto.

Por mais idiota ou doente que seja, ele ainda é meu amo. Assim como há poetas que prezam a dívida moral para com aqueles que os alimentam, os gatos têm consideração por seus donos. Um sentimento de compaixão me enchia o peito a ponto de me fazer negligenciar minha observação dos banhos junto à tina, justo quando repentinamente, da direção da banheira medicinal, ouvi vozes insultosas. Voltei o rosto para confirmar se era uma nova discussão e vi alguns fantasmas se acotovelando, procurando sair ao mesmo tempo pela entrada exígua da sala de banhos, misturando desordenadamente canelas cabeludas e coxas destituídas de pelugem. O sol de início de outono se punha e, dentro da sala de banhos, o vapor a tudo envolvia até o teto. Visualizava-se vagamente pela névoa os fantasmas se comprimindo. Vozes gritando "Está quente, muito quente" transpassavam meus ouvidos, do esquerdo para o direito, confundindo-me a cabeça. Vozes de todos os timbres se misturavam e preenchiam a sala de banhos com um eco indescritível. Pode-se dizer que eram vozes confusas e desordenadas que de nada serviriam caso não estivessem naquele local. Permaneci inerte, estupefato e fascinado por essa visão. Por fim, o burburinho atingiu um nível de completa desordem e, quando a confusão chegou a um ponto em que não se acreditava que pudesse avançar mais, do meio desse grupo que se comprimia em desordem subitamente se levantou um verdadeiro gigante. Devia ter uns vinte centímetros a mais de altura do que os outros. Sobre o rosto vermelho portava uma barba que não se sabe se cresceu no rosto ou se seria o rosto que dentro dela conviveria. Com uma voz semelhante ao ressoar de um sino no calor do dia, ele gritou:

— Ponham água fria! Está pelando!

A voz e o rosto se sobressaíram na turba tumultuada, a ponto de se imaginar que nesse instante toda a sala de banhos tivesse se transformado nesse único homem. É um super-homem. O completo super-homem nietzscheano. O rei dos demônios. O chefe dos fantasmas. No momento em que eu o contemplava, do fundo da banheira medicinal uma voz respondeu: "Ei." Quando desviei o olhar nessa direção, vi o atendente dentro da escuridão nevoenta, sempre em seu casaco acolchoado e sem mangas, enfurnando com esforço um pedaço de carvão para dentro do forno de tijolos. Sem tampa, no momento em que esse pedaço de carvão começou a estalar aclarou metade do rosto do atendente. Ao mesmo tempo, o muro de tijolos atrás dele cintilou dentro da escuridão como se incendiasse. Espantado pelos acontecimentos, dei um salto, saí pela janela e desci em direção a casa. No caminho de volta, eu ponderava como, mesmo entre aqueles que em busca de igualdade se despiram de seus *haori*, calções e *hakamas* na casa de banhos, um herói surgira em pelo para acabar dominando a multidão. A igualdade não pode ser conquistada nem mesmo em completo estado de nudez.

Ao chegar em casa, encontrei tudo na santa paz. Meu amo jantava, seu rosto brilhante pelo banho tomado. Vendo-me subir pela varanda, comentou:

— Que gato folgazão. Imagino por onde andou até essas horas.

Olhei a bandeja e vi dois ou três tipos de pratos, apesar da falta de dinheiro de meu amo. Um dos pratos era um peixe frito. Desconheço que tipo de peixe era, mas é certo que fora pescado ontem pelos lados de Odaiba. Mencionei anteriormente que peixes são saudáveis, mas por mais que sejam acabam assim fritos ou cozidos. Seria bem melhor terem muitas doenças, mas continuarem vivos. Pensando assim, sentei-me ao lado da bandeja e, fingindo não estar olhando embora estivesse, me aprontei para me apoderar de alguma comida caso tivesse oportunidade.

Quem não sabe fingir, acaba tendo de desistir de comer peixes gostosos. Meu amo comia um pequeno pedaço, mas logo pousou os palitinhos, expressando no rosto seu desagrado. Sentada à sua frente, minha ama estudava atentamente e em silêncio o movimento para cima e para baixo dos palitinhos e a forma como meu amo abria e fechava os maxilares.

— Oi, dê um tapa na cabeça desse gato — pediu de repente à esposa.

— Por que eu faria isso?

— Não me questione e faça o que eu digo.

— Assim? — perguntou minha ama batendo com a mão espalmada sobre minha cabeça.

Não sinto absolutamente nada.

— Ele não mia.

— Não, nem um pouco.

— Bata de novo.

— De nada adiantará, não importa quantas vezes eu bata — concluiu ela, aplicando um segundo tapa em minha cachola.

Por não sentir nada, continuei quieto. Contudo, apesar de minha profunda inteligência, vi-me incapaz de compreender o motivo por trás do pedido de meu amo. Se eu pudesse entender, teria agido de alguma forma, mas como ele apenas desejava que a esposa me batesse na cabeça, continuávamos perplexos, minha ama a me bater e eu a receber os golpes. Como por duas vezes as coisas não ocorreram como imaginava, meu amo se impacientou um pouco.

— Dê um tapa de modo que ele mie — ordenou.

— De que adianta provocar um miado? — indagou a esposa com ar resignado e me aplicando mais um tapa.

Ciente agora do objetivo de meu amo, as coisas se tornaram mais fáceis, pois bastaria um miado para satisfazê-lo. Como é enfadonho lidar com alguém tão estúpido! Se queria me fazer miar, deveria ter dito logo para não causar transtorno a sua esposa de me aplicar inutilmente dois ou três tapas. Eu também teria sido liberado de uma só vez, sem necessidade de várias repetições. A ordem de bater em alguém não deveria ser dada, exceto no caso em que bater é o objetivo e nada mais. Bater é da responsabilidade de minha ama, mas miar é um problema meu. Foi muito rude da parte do professor presumir que uma mera ordem de bater implicaria também em miar, algo que depende de meu livre-arbítrio. Isso demonstrava a falta de consideração que ele tem pelos outros. Ele trata a nós gatos como idiotas. É o tipo de coisa própria de Kaneda, a quem meu mestre abomina da mesma forma que serpentes e escorpiões, mas é extremamente humilhante partindo de meu amo, que tanto se orgulha de ser uma pessoa sem rodeios. Contudo, a bem da verdade, meu amo não é uma pessoa tão tacanha no final das contas. A ordem do professor não foi dada por astúcia. Ou seja, creio que ela surgiu de seu cérebro destituído de inteligência, como da larva surge o mosquito. Se comemos algo, enchemos a barriga. Se nos cortamos, sangramos. Se matamos alguém, esse alguém morre. Foi assim que meu amo inferiu que, se me batessem na cabeça, eu miaria. Porém, esse raciocínio mostra-se infelizmente um pouco ilógico. Se assim fosse, morreríamos sempre que caíssemos em um rio. Se comêssemos frituras, teríamos talvez diarreia. Se recebêssemos um salário, iríamos sempre trabalhar. Se lêssemos um livro, nos tornaríamos sábios. Fossem as coisas desse jeito e certas pessoas se veriam em maus lençóis. Para mim seria um transtorno ter de miar a cada tapa recebido. De nada vale ter nascido felino se me consideram como o sino de Mejiro, que deve soar a cada hora ao ser badalado. Depois de ter mentalmente admoestado meu amo, soltei enfim o miado solicitado. "Miau..."

Meu amo se virou para a esposa e lhe perguntou:

— Esse "miau" foi uma interjeição ou um advérbio?

Surpreendida por pergunta tão repentina, minha ama permaneceu calada. Na realidade, eu também cheguei a pensar que meu amo ainda não se recuperara do ataque frenético por qual passara na casa de banhos. Ele é famoso nas vizinhanças por suas excentricidades e alguém chegou mesmo a afirmar que o professor padece de neurose. Todavia, sua autoconfiança é fantástica e ele revidou alegando não ser ele o neurótico, mas o resto da humanidade. Se os vizinhos o chamam de cachorro, ele rebate chamando-os de porcos, argumentando ser necessário fazer isso para manter a imparcialidade. De fato, meu amo parece querer manter a imparcialidade em todas as circunstâncias. É um aborrecimento. Para um homem como ele, fazer uma pergunta tão bizarra à própria esposa talvez não seja nada anormal, mas aqueles que o ouvem tendem a afirmar se tratar de algo próximo à neurose. Por isso, sua esposa, completamente confusa, permaneceu muda. De minha parte, obviamente nada poderia responder. Passado um instante, meu amo gritou:

— Oi!

— Sim — respondeu minha ama surpresa.

— Esse "sim" é interjeição ou advérbio?

— Quem se importa com o que seja afinal?

— Aí você se engana. Esta é uma questão de grande relevância e que domina a mente dos linguistas japoneses.

— Por causa do miado de um gato? Que besteira. Afinal, um miado não pertence à língua japonesa.

— Exato. Essa é uma questão complexa. A isso chamam de estudo comparativo.

— Não diga — Minha ama é esperta e não se envolveu em um problema tão disparatado. — Então, eles sabem a qual dos dois se refere?

— É impossível resolver tão rápido um problema de tamanha pertinência — explicou meu amo enquanto devorava o tal peixe.

Em seguida, ele comeu o porco cozido com batatas colocado ao lado do prato de peixe.

— Isso é porco?

— Sim, é porco.

— Hum — engoliu meu amo com ar de desprezo.

— Um pouco mais de saquê — pediu estendendo sua taça.

— Você está bebendo demais esta noite. Seu rosto já está vermelho.

— É, estou bebendo... Você sabe qual é a palavra mais comprida do mundo?

— Sim, deve ser *hoshojinyudo sakino kanpaku dajodaijin*.[88]

---

88. Refere-se ao cargo de Fujiwara no Tadamichi (1097-1164), poeta e político, antigo regente e primeiro-ministro presidente do conselho supremo (*hoshojinyudo sakino kampaku dajodaijin*).

— Isso é o nome de um cargo. Sabe qual é a palavra mais comprida?

— Você se refere a vocábulos em idiomas ocidentais?

— Sim.

— Não sei... Já chega de saquê por hoje, coma um pouco de arroz.

— Não, quero beber mais. Quer que eu lhe diga qual é a palavra mais longa?

— Sim. E, depois disso, coma o arroz.

— É *archaiomelesidonophrunicherata*.[89]

— Isso não passa de invencionice sua.

— Claro que não. É grego.

— O que significa em japonês?

— Não sei. Conheço apenas a grafia. Chega a uns dezoito centímetros escrevendo ao comprido.

É muito estranho ver como meu amo é capaz de dizer coisas em estado sóbrio que outros só diriam embriagados. Porém, ele bebeu bastante esta noite. Normalmente, ele se restringe a duas pequenas taças, mas hoje já está na quarta. Se duas delas têm o poder suficiente de deixá-lo bastante vermelho, beber o dobro deixou seu rosto como tenazes de pegar brasas, e ele parecia não se sentir bem. Mesmo assim, recusava-se a parar.

— Mais uma dose.

Sua esposa julgou que ele já passara da conta.

— Que tal parar por aqui? Vai lhe fazer mal — aconselhou com ar desgostoso.

— Mal nada. Vou me exercitar um pouco. Keigetsu Omachi[90] me mandou beber.

— Quem é esse Keigetsu?

Mesmo um homem famoso como Keigetsu não tem nenhum valor aos olhos de minha ama.

---

89. Adjetivo criado pelo dramaturgo grego Aristófanes, que aparece em sua peça *As vespas*, significando "adorável como os antigos versos do poeta Phrynichus de Sídon (cidade da Fenícia)".

90. Keigetsu Omachi (1869-1925). Renomado poeta e ensaísta, conhecido por seus relatos de viagem, publicou uma resenha do livro *Eu sou um gato*, de Soseki.

— Keigetsu é um dos críticos literários mais importantes da atualidade. Se ele me manda beber é sinal que só pode fazer bem.

— Não diga tolices. E esse Keigetsu ou Baigetsu não deveria aconselhar as pessoas a beberem e passarem mal.

— Não é apenas saquê. Ele me disse para ter uma vida social mais intensa, me divertir mais, viajar.

— Pior ainda. E ele é um crítico de primeira linha? Que absurdo! Recomendar prodigalidade a um homem com mulher e filhos...

— Prodigalidade faz bem. Mesmo sem a recomendação dele, tivesse eu dinheiro, me entregaria a esses prazeres.

— Felizmente não temos dinheiro. Se você começasse a procurar diversões agora, iríamos à falência.

— Se diz isso, eu desisto, mas em contrapartida você deveria tratar seu marido com mais atenção e lhe preparar jantares mais caprichados.

— Já estou fazendo o melhor dentro de meus limites.

— Será mesmo? Então, deixarei a diversão para quando tivermos dinheiro e esta noite vamos parar por aqui — concluiu meu amo estendendo sua tigela de arroz em direção à esposa.

Ele comeu o conteúdo de três tigelas de arroz, sobre o qual derramara chá. E eu, nessa noite, me regalei com três fatias de carne de porco e uma cabeça de peixe grelhado.

8

Ao explicar meu exercício de passeios em cima da cerca, acredito ter comentado brevemente sobre a cerca de bambus que contorna o jardim da residência de meu amo. Contudo, seria um erro assumir que logo além dela, ou seja, na direção sul, haja uma casa vizinha habitada por alguém. O aluguel da casa de meu amo pode ser baixo, mas é nela que mora o professor Kushami. Meu amo não é do tipo que estabeleça relacionamentos sociais próximos com fulanos, beltranos ou sicranos vizinhos separados por uma cerca estreita. Para além da cerca há um terreno baldio de dez a doze metros onde se alinham cinco ou seis frondosos ciprestes. Contemplando-os a partir da varanda, tem-se a impressão de tratar-se de um denso bosque e que o professor que aqui habita é um homem isolado em pleno campo, tendo aberto mão de riquezas e glórias, e que vive agora em companhia de seu gato sem nome. Contudo, os galhos dos ciprestes não são tão densos quanto eu alardeei, uma vez que através deles pode-se enxergar distintamente o telhado ordinário de uma pensão barata, cujo nome, Solar da Revoada de Grous, é seu único refinamento. É, portanto, muito difícil imaginar um professor nesse cenário. Se essa pensão é o Solar da Revoada de Grous, a residência de meu amo poderia sem dúvida receber a designação de Caverna do Dragão Dorminhoco. Como não incidem impostos sobre nomes, podemos, à revelia, criar aqueles que mais impressionem. O terreno baldio de dez ou doze metros de largura se estende de leste a oeste, por aproximadamente vinte metros ao longo da cerca de bambus, dobrando então em ângulo reto e cercando pelo norte a Caverna do Dragão Dorminhoco. Esse lado norte é motivo de muita confusão. De início poderíamos até nos gabar de que além desse pedaço de terra vazia envolvendo dois lados da residência só existem mais terrenos baldios, mas o dono da Caverna e até mesmo eu, o místico gato que nela reside, temos grande dor de cabeça com esse terreno. Da mesma forma como na parte sul os ciprestes ocupam toda a extensão, no lado norte há sete ou oito pés de amendoeiras-de-praia. As árvores já atingiram uma circunferência de trinta centímetros e alcançariam bom preço junto a fabricantes de tamancos de madeira, mas a infelicidade de morar em uma casa alugada é estar impedido de vender essas árvores, por mais que se deseje. É uma pena para meu amo. Recentemente, um contínuo da escola veio cortar um dos galhos. Da vez seguinte em que apareceu calçava um novo par de tamancos de amendoeira e, sem que lhe tivéssemos perguntado nada, se vangloriava de tê-lo produzido com o galho arrancado. Que descarado! Temos amendoeiras-de-praia, mas elas não rendem um centavo sequer nem a mim nem à família de meu amo. A ocasião faz o ladrão, diz o antigo ditado, mas neste caso as amendoeiras que crescem não se transformam em dinheiro, são como pérolas para os porcos. O idiota neste caso não é meu amo nem sou eu, mas sim Dembei, o proprietário da casa. Apesar das árvores esperarem pelo fabricante de tamancos de madeira, implorando para serem cortadas, indiferente a esse apelo, Dembei só aparece para receber o aluguel. De qualquer forma, nenhum ressentimento guardo em particular contra Dembei. Por isso, paro por aqui de maldizê-lo e volto ao assunto principal, desejoso de lhes apresentar a história curiosa da confusão envolvendo esse terreno baldio, mas pedindo-lhes que nada contem a meu amo. A história é a seguinte:

A primeira inconveniência com relação a esse terreno baldio é o fato de não possuir cerca. É um terreno por onde o vento sopra e serve de passagem a qualquer pessoa, que vá ou venha bem diante de nossos olhos, sem restrições. Colocar o verbo no presente não é bom, pode soar como uma mentira. Para ser sincero, "era" um terreno baldio. Contudo, para entendermos as causas de uma história é preciso recordar o passado. Sem entender as causas da doença, mesmo um médico se vê incomodado ao prescrever um medicamento. Portanto, começarei minha narrativa contando com vagar, começando do tempo em que meu amo se mudou para cá.

As brisas que passam pelo terreno são agradáveis e refrescantes no verão. Pode-se ficar despreocupado, pois não há risco de roubos onde não há dinheiro. Portanto, na casa de meu amo é desnecessário qualquer tipo de muros, cercas ou estacas e sebes. Porém, creio que a decisão sobre essa necessidade deve observar o tipo de pessoas ou animais que moram do outro lado do terreno baldio. Desse modo, para resolver o problema, é necessário conhecer a natureza dos cavalheiros que dominam o lado oposto desse terreno. Parecerá com certeza prematuro chamá-los de cavalheiros antes mesmo de se saber se são pessoas ou animais, mas é mais seguro tratar todos genericamente como cavalheiros. Afinal, vivemos em um mundo em que até nos clássicos chineses os ladrões escondidos nos tetos das casas são assim chamados. Porém, os cavalheiros a que me refiro neste caso não são aqueles que têm problemas com a polícia. Em vez disso, eles são em número considerável. Aglomeram-se em multidão. Pertencem à Escola das Nuvens Descendentes, uma instituição privada de ensino intermediário que cobra mensalidade de dois ienes de cada um de seus oitocentos cavalheiros para torná-los ainda mais cavalheirescos. Deduzir pelo nome da escola que todos os seus estudantes possuem gostos refinados seria errôneo. Da mesma forma como não há grous no Solar da Revoada de Grous e um gato vive na Caverna do Dragão Dorminhoco, não se deve confiar somente no nome da escola. Quando consideramos que, mesmo entre aqueles com títulos de bacharéis ou professores, existem dementes como meu amo, entendemos que nem todos os cavalheiros da Escola das Nuvens Descendentes são dotados de gostos refinados. Para aqueles que afirmam não entender isso, que venham passar três dias na casa de meu amo e logo compreenderão.

Como mencionei anteriormente, por não haver cerca ao redor do tal terreno baldio quando meu amo se mudou para cá, os cavalheiros da Escola das Nuvens Descendentes, da mesma forma que Kuro, o gato do puxador de riquixá, entravam sem cerimônias nesse bosque de amendoeiras-de-praia para conversar, comer a merenda e dormir sobre a relva, entre muitas outras coisas. Pareciam usar o terreno baldio como depósito de lixo para os cadáveres formados pelas folhas de bambu que envolviam seus lanches, além de jornais, sandálias velhas, tamancos velhos e tudo o mais que pudesse se adjetivar como velho. Não sei se por desconhecimento do fato ou se por ter decidido não censurar a atitude dos estudantes, meu apático amo via tudo com inusitada indiferença e sem esboçar nenhuma forma de protesto. Contudo, à medida que recebiam educação na escola e pareciam se tornar ainda mais perfeitos, esses cavalheiros começaram gradualmente a sair do lado norte para invadir a parte sul. Se acharem a palavra invadir inadequada a cavalheiros, posso retirá-la. No entanto, custo a atinar com outra que a pudesse substituir. Assim como os nômades no deserto mudam suas tendas à medida que procuram por água e pastos, esses cavalheiros deixaram para trás as amendoeiras-de-praia avançando em direção aos ciprestes. Os ciprestes se situam em uma área bem em frente à sala de estar da casa. Apenas cavalheiros audaciosos podem se comportar de tal maneira. Porém, um ou dois dias depois, sua audácia aumentou ainda mais. Nada há de mais impressionante do que a educação. Eles não apenas se aproximavam da sala de estar como começaram a cantar em frente a ela. Já me esqueci qual era a canção, mas com certeza não era nenhuma composição clássica, sendo mais do tipo animado e fácil de entrar no ouvido do povo em geral. O que me espantou é que, quando menos esperávamos, não apenas meu amo como também eu mesmo estávamos dando ouvidos, admirados com o talento desses cavalheiros. Todavia, como é do conhecimento dos leitores, há casos em que a admiração e o incômodo são compatíveis. É com pesar que vejo hoje que naquela ocasião os dois não puderam coincidir. Provavelmente meu amo também lastima, pois acabou obrigado a sair às pressas de seu gabinete e expulsar esses cavalheiros duas ou três vezes aos gritos de "Aqui não é lugar para vocês" e "Saiam já daqui". Todavia, como eram cavalheiros educados, não poderiam obedecer passivamente ao que dizia meu amo. Uma vez expulsos, logo voltavam. Ao voltar, cantavam sua animada canção. Conversavam com alarde. Além disso, como era uma conversa entabulada por cavalheiros, utilizavam um linguajar peculiar como "Camarada, tu não 'tá sabendo, não?" e expressões de igual quilate. Antes da Restauração, esse linguajar pertencia ao conhecimento profissional de serviçais de samurais, carregadores de palanquins e atendentes de casas de banhos, mas em pleno século XX este seria o único idioma aprendido por cavalheiros bem instruídos. Alguém explicou ser o mesmo fenômeno dos esportes, que no passado eram em geral menosprezados, mas que na atualidade são bastante bem-vindos. Meu amo voltou a sair às pressas de seu gabinete, agarrou o estudante com maior habilidade no uso desse linguajar cavalheiresco e dele inquiriu a razão de ali ter entrado. Esquecendo expressões elegantes como a "Camarada, tu não tá sabendo, não?", esse estudante replicou com uma expressão bastante vulgar: "Pensei que aqui fosse o jardim botânico da escola." Meu amo o liberou, não sem antes adverti-lo sobre seu futuro. O uso do verbo liberar pode soar estranho, mas era como se meu amo soltasse um filhote de tartaruga, pois até então segurava o cavalheiro pela manga do quimono enquanto ralhava com ele. Meu amo parecia acreditar que passar um sermão no estudante seria suficiente para resolver o problema. Contudo, como é sabido desde os tempos de Nüwa[91] na China, expectativa e realidade são coisas diversas e, como sempre, meu amo viu frustradas as suas. A partir de então, os estudantes cruzavam a propriedade entrando pelo lado norte e saindo pelo portão da frente, o qual abriam fazendo barulho. Quando se imaginava ser uma visita, ouviam-se risos vindos do bosque de amendoeiras-de-praia. A situação se torna cada vez mais preocupante. A eficácia educacional enfim se fez notar. Sentindo que o problema estava fora de seu controle, meu pobre amo se enfurnou no gabinete e escreveu uma respeitosa carta ao diretor da Escola das Nuvens Descendentes rogando-lhe que tomasse as providências cabíveis. O diretor enviou a meu amo uma carta também cortês pedindo-lhe paciência, pois mandaria construir uma cerca. Algum tempo depois, dois ou três operários apareceram e, em questão de meio dia, levantaram entre a casa de meu amo e a escola uma cerca de varas de bambu entrelaçadas, de um metro de altura. Meu amo se alegrou acreditando que finalmente obteria paz. Que grande tolo! A conduta dos cavalheiros não mudaria apenas com a colocação de uma cerca.

Provocar as pessoas é um passatempo agradável. Mesmo um gato como eu me divirto importunando por vezes as meninas da casa, e é bastante compreensível que os cavalheiros da Escola das Nuvens Descendentes sintam prazer em caçoar de alguém tão palerma como o professor Kushami, que por sinal deve ser o único a ter queixas disso.

---

91. Deusa da mitologia chinesa a quem se atribui a criação da humanidade.

Uma análise da psicologia por detrás do ato de caçoar das pessoas nos aponta dois elementos. O primeiro deles é que o objeto das caçoadas não deve se manter indiferente a elas. O segundo elemento é que o caçoador deve ser mais forte que sua vítima tanto em força quanto em número. Há pouco tempo, ao voltar de uma visita ao jardim zoológico, meu amo narrou repetidas vezes uma cena que o impressionara. Ele supostamente assistira a uma briga entre um camelo e um pequeno cão. O cãozinho latia e corria desesperado ao redor do camelo, como uma ventania, mas o camelo não lhe dava importância, continuando como sempre de pé com suas corcovas às costas. Como o camelo não lhe dava a mínima atenção por mais que latisse e enlouquecesse, por fim o cãozinho se cansou e acabou desistindo. "Que camelo insensível", dizia meu amo rindo. Esse é um exemplo adequado ao caso que temos em mãos. Por mais habilidade que uma pessoa tenha para caçoar de outra, de nada adiantará se a atitude da vítima for semelhante à do camelo. No entanto, as coisas são diferentes quando a vítima é dona de uma força monumental semelhante à de um leão ou um tigre. O provocador acaba sendo estraçalhado por suas zombarias. O prazer de uma provocação é imenso quando se está seguro de que a vítima não poderá reagir, a não ser se enfurecer e mostrar os dentes. O leitor pode se perguntar o porquê de ser tão interessante. Há várias razões. Primeiramente, é um modo bastante adequado de matar o tempo. Quando se está entediado, sente-se vontade de contar o número de pelos do bigode. Dizem que havia antigamente um prisioneiro tão ocioso que passava os dias desenhando triângulos, uns sobre os outros, pelas paredes de sua cela. Não há nada mais difícil de suportar neste mundo do que o tédio. Sem acontecimentos capazes de estimular o ânimo, viver se torna penoso. As provocações são, no final das contas, um tipo de diversão criadora desse estímulo. No entanto, este só surge quando se é capaz de provocar na vítima, de alguma forma, cólera, irritação ou esgotamento. Por essa razão, desde a Antiguidade, aqueles que se entregam ao prazer das provocações se restringem aos que vivem enormemente enfadados como os estúpidos lordes feudais, desconhecedores dos sentimentos humanos, ou os jovens de neurônios pouco desenvolvidos, que só pensam no próprio prazer e não conhecem outras formas de extravasar a vitalidade. Em seguida, é o meio mais cômodo para alguém demonstrar na prática sua superioridade. É possível provar sua superioridade assassinando, machucando ou fazendo alguém cair em uma cilada, mas cada um desses atos é, ao contrário, um meio que deve ser usado no momento em que o objetivo é matar, machucar ou enganar outrem, não passando a própria superioridade de um fenômeno que ocorre como consequência inevitável da execução desse meio. Por um lado, quando se quer demonstrar sua força sem causar danos às pessoas, debochar delas é o mais conveniente. Se não machucarmos um pouco alguém, não podemos provar na prática nossa importância. Mesmo que estejamos despreocupados espiritualmente, é tênue o prazer quando essa superioridade não se manifesta na prática. O ser humano é autoconfiante. Mesmo quando é impossível, ele busca a autoconfiança. Portanto, não consegue sossegar enquanto não a aplica na prática em outras pessoas para se assegurar do quanto é seguro de si. Além disso, os pretensiosos desconhecedores da razão são aqueles que, inseguros, sem confiança em si, aproveitam todas as oportunidades para se provarem superiores. O mesmo ocorre com os judocas que, por vezes, sentem vontade de derrubar alguém ao chão. Aqueles cuja técnica do judô é duvidosa perambulam pelas ruas com a intenção bastante perigosa de encontrar, mesmo que uma única vez, e que seja um amador, alguém mais fraco para atirá-lo ao solo. Há outras razões além dessa; mas, como seria longo expô-las todas aqui, paro neste ponto. Caso o leitor se interesse em ouvi-las, estarei sempre disposto a contá-las, contanto que traga consigo uma posta de bonito. Levando em consideração minhas explicações até agora, posso inferir que os mais fáceis de caçoar são os símios do zoológico de Asakusa e os professores das escolas. É uma afronta comparar símios a professores. Uma afronta não para os símios, mas para os professores, obviamente. Porém, que posso fazer se eles são tão semelhantes? Como é de seu conhecimento, os símios daquele zoológico vivem presos por correntes. Por mais que mostrem os dentes e guinchem fazendo muito barulho, não há perigo de que possam nos arranhar. Os professores não estão presos por correntes, mas em vez disso estão amarrados a seus salários. Pode-se gozá-los o quanto se quiser, pois nunca pedirão demissão para poder quebrar a cara de algum aluno. Alguém com tanta coragem para agir assim certamente não teria se tornado professor. Meu amo é professor. Ele não é preceptor na Escola das Nuvens Descendentes, mas não há dúvidas de que é um docente. Por ser de pouco valor e bastante inofensivo, é o tipo ideal para se tornar objeto de caçoadas. Os alunos da Escola das Nuvens Descendentes são adolescentes. Caçoar dos outros não é apenas uma forma de polir seus egos, eles acreditam ser um direito justo adquirido em função da educação. Além disso, não zombassem eles de seus professores, como utilizariam toda sua vitalidade física e mental nos dez minutos de intervalo do recreio? Com todas essas condições reunidas, não é de se espantar que os alunos caçoem de meu amo. É preciso que meu amo seja um completo boçal e total imbecil para se irritar com isso. Vou lhes explicar o tipo de zombarias que os alunos da Escola das Nuvens Descendentes dirigiram a ele, e como as tratou com grande boçalidade.

Os leitores provavelmente conhecem cercas construídas com varas de bambus entrelaçadas. São cercas cômodas, que deixam passar o ar livremente. Eu e outros gatos podemos ir e vir com tranquilidade para um e outro lado, insinuando-nos pelos buracos formados pela malha. Ter ou não uma cerca acaba dando no mesmo. No entanto, não foi por causa dos gatos que o diretor da Escola das Nuvens Descendentes construiu essa cerca. Ele chamou os operários para construir um tapume que impedisse os cavalheiros sob sua orientação pedagógica de ultrapassar os limites da escola. De fato, por mais que o vento possa passar livremente, o mesmo não ocorre com as pessoas. Mesmo o mágico Chang Shih Tsun da dinastia Ching teria dificuldades para passar por essas aberturas de uns doze centímetros. Portanto, a cerca cumpre seu papel em relação às criaturas humanas. Ao ver a cerca pronta, é evidente que meu amo se alegrou bastante. Todavia, há vários buracos na lógica do professor Kushami. Esses buracos são maiores do que os da cerca, enormes a ponto de deixarem passar por eles um peixe grande o suficiente para engolir um barco. Meu amo parte do pressuposto de que uma cerca é algo que não deve ser ultrapassado. Ele assumiu que mesmo sendo rudimentar, pelo simples fato de ser chamada de cerca, seria entendida como um limite fronteiriço e os estudantes da escola não a atravessariam. Em seguida, ele pôs abaixo essa hipótese, concluindo nada haver com que se preocupar, mesmo se alguém quisesse ultrapassá-la. Deduziu rapidamente não haver perigo de invasão, posto que um garoto pequeno não poderia passar pelas aberturas existentes. Realmente, como não são gatos, esses meninos não passariam por elas mesmo que desejassem, mas seria fácil para eles saltar a cerca ou pular sobre ela. Isso seria, além de tudo, um exercício físico interessante.

Exatamente como antes de existir a cerca, a partir do dia seguinte a sua construção os estudantes voltaram a entrar no terreno baldio no lado norte, saltando por cima dela. Todavia, não se embrenharam até em frente ao salão. Eles imaginaram que precisariam de algum tempo para bater em retirada caso fossem perseguidos e, considerando uma margem de tempo, restringiram-se a um local onde não haveria perigo de serem apanhados. Meu amo estava no gabinete a leste e não poderia discernir o que faziam os estudantes. A única maneira de vê-los reunidos no terreno baldio ao norte seria abrir a porta de madeira do jardim e curvar-se noventa graus na direção oposta, ou olhar pela janela do mictório para o outro lado da cerca. É possível ver dessa janela claramente tudo o que acontece, mas mesmo que se descobrissem alguns inimigos não haveria como apanhá-los. Só seria possível ralhar com eles pela armação de grade da janela, nada mais. Caso meu amo optasse por dar a volta pelo jardim e invadisse o campo inimigo pela porta de madeira, o inimigo ouviria seus passos e fugiria de volta para o outro lado da cerca antes que pudesse ser aprisionado. Seria como um navio de pesca clandestina se aproximando de focas no momento em que estivessem tomando banho de sol. Obviamente, meu amo não os espionava do mictório. Tampouco estava preparado para sair correndo ao primeiro ruído que escutasse. Para tanto, necessitaria ele se demitir de seu cargo de professor para se especializar na arte de correr atrás de estudantes. A desvantagem neste caso era que de seu gabinete meu amo apenas podia escutar as vozes dos inimigos, sem poder vê-los, e da janela poderia vê-los, mas seria incapaz de agarrá-los. Entrevendo essa fraqueza do adversário, os inimigos elaboraram a seguinte estratégia bélica: ao perceber que meu amo se enfurnara em seu gabinete, começavam a falar o mais alto possível, lançando zombarias contra o professor de forma que ele as pudesse ouvir, mas sem poder discernir claramente de onde vinham as vozes. Faziam-no de forma que não fosse possível dizer se o barulho partia do próprio terreno ou do lado oposto da cerca. Se meu amo aparecesse, eles fugiriam ou, desde o início, se colocariam do outro lado da cerca, fazendo-se de desentendidos. Quando meu amo estava no mictório — venho usando repetidas vezes "mictório", esse vocábulo grosseiro, sem que isso represente nenhum motivo de orgulho em particular, sendo obrigado a fazê-lo, apesar de na realidade me sentir bastante constrangido, por se mostrar necessário à descrição da batalha —, como eu dizia, quando meu amo estava no mictório, os estudantes davam a volta pelas amendoeiras-de-praia e intencionalmente se colocavam onde ele os pudesse ver. Se de dentro do mictório meu amo emitisse um som estrondoso que reverberasse pelos quatro cantos da vizinhança, o inimigo recuaria à base sem parecer nem um pouco apressado. O uso dessa estratégia bélica causava enorme perplexidade a meu amo. Embora estivesse certo de que o inimigo invadira seu território, ao sair com a bengala em mãos, não encontrava ninguém, tudo permanecendo em silêncio. Sempre havia um ou dois estudantes quando espiava pela janela para se certificar. Meu amo procurava dar a volta até os fundos da casa, olhava pela janela do mictório, voltava a olhar pela janela do mictório, para em seguida retornar aos fundos da casa. Repetia inúmeras vezes o procedimento. A isso chamam de fadiga ininterrupta. O ataque frenético de meu amo atingiu tamanha proporção, que já não se distinguia mais se sua ocupação era a de professor ou se seu principal trabalho era entrar em guerra. Ao atingir o ápice de seu desvario, ocorreu o incidente que relato a seguir.

Um incidente em geral resulta de um ataque frenético, que é escrito em japonês com os ideogramas de "inverso" e "subir". Sobre ele, Galeno[92],

---

92. Cláudio Galeno (c. 131-c. 201). Grego de nascimento, tornou-se o médico particular do imperador romano Marco Aurélio. Foi o mais célebre médico de seu tempo.

Paracelso[93] e o ultrapassado médico chinês Bien Que[94] estão todos de acordo. O problema em discussão é saber o que sobe inversamente e para onde. Uma antiga lenda europeia afirmava que quatro tipos de fluídos circulam pelo corpo humano. O primeiro deles é o fluído da cólera. Quando sobe ao inverso, provoca a fúria. O segundo é o chamado fluído da parvidade. Sua subida ao inverso ocasiona embotamento nevrálgico. Em seguida, temos o fluído da melancolia, que torna lúgubres as criaturas humanas. Por último, temos o sangue, responsável pelos movimentos vigorosos dos membros inferiores e superiores. Com o progresso da civilização, os fluídos da cólera, parvidade e melancolia desapareceram sem que ninguém percebesse, e até os dias atuais apenas o sangue continua a circular como no passado. Por isso, se houver alguém acometido de ataque frenético, acredito ser o sangue a única razão. De outra parte, o volume de sangue depende de cada indivíduo. Há pequenas variações em função do temperamento, mas em geral um ser humano é dotado de uma média de nove litros e novecentos centilitros de sangue. Quando toda essa quantidade de sangue sobe inversamente, apenas o ponto que ele atinge se torna vivamente ativo, com todo o restante do corpo esfriando em razão de sua falta. Exatamente como na época da destruição dos postos de polícia[95], quando os policiais se reuniram na delegacia e não havia nenhum deles por toda a cidade. Aquele incidente também poderia ser diagnosticado como um caso de ataque frenético do ponto de vista médico. Para curar um ataque frenético é necessário fazer o sangue voltar a se distribuir como antes, igualitariamente, por cada parte do corpo. Para tanto, é necessário fazer descer o sangue que subiu ao inverso. Existem vários métodos. O falecido pai de meu amo costumava aplicar uma toalha

---

93. Paracelso (1493-1541). Médico, alquimista e astrólogo suíço, pioneiro no uso de produtos minerais e químicos na medicina.

94. Bien Que (ou Pien Chüeh, c. 500 a.C.). O mais antigo médico chinês conhecido. Conta a lenda que possuía poderes paranormais.

95. Em 5 de setembro de 1905, uma manifestação popular de protesto contra o Tratado de Portsmouth, que pôs fim à guerra contra a Rússia, realizada no centro de Tóquio, foi dissolvida pela polícia, provocando a ira dos manifestantes que revidaram com ataques explosivos por toda a cidade, queimando postos policiais e acarretando a decretação de estado de sítio.

molhada à testa enquanto permanecia com as pernas dentro do *kotatsu*. O resfriamento da cabeça e aquecimento dos pés foi preconizado também no *Tratado de febre tifoide*[96] como indício de longevidade e boa saúde, sendo aconselhado não se passar um só dia sem o uso da toalha molhada na testa para se obter uma vida longa. Pode-se também procurar lançar mão do método muitas vezes empregado pelos monges budistas. Os monges zen nômades viajam por todo o país, livres como as nuvens e a água, invariavelmente pernoitando sentados sobre uma pedra debaixo de uma árvore. Tal prática, descoberta pelo patriarca Hui Neng[97] quando pilava arroz, não se relaciona a ascetismo ou penitência, mas corresponde a uma técnica secreta para provocar a descida do sangue que "subiu" à cabeça. Experimente sentar sobre uma pedra. É óbvio que suas nádegas esfriarão. Com o resfriamento, o sangue da cabeça descerá, algo que indubitavelmente pertence à ordem da natureza. Assim foram inventados inúmeros métodos para provocar a descida do sangue que "subiu", embora seja lamentável ainda não se haver descoberto uma boa técnica para fazê-lo "subir". De maneira geral, existe muito mais a ganhar do que a perder com uma subida do sangue, mas há casos em que não se deve chegar a essa conclusão precipitadamente. Dependendo da ocupação, os ataques frenéticos podem ser bastante importantes, de forma que sem eles há coisas impossíveis de serem executadas. Os poetas são aqueles que mais enfatizam a relevância de um ataque frenético, para eles tão importantes quanto a falta de carvão para um navio a vapor. Passem eles um único dia sem um ataque frenético e se tornarão pessoas incapazes e banais, que só sabem cruzar os braços e comer. Os ataques frenéticos são um outro nome dado à loucura. Como não é de bom tom perante a sociedade admitir que só se pode desempenhar uma ocupação quando se é louco,

---

96. *Shan-han-lun*. Tratado médico chinês, escrito na segunda fase do Período Han (c. 25-220), sobre febres malignas semelhantes ao tifo.

97. Hui Neng (638-713). Sexto patriarca da linhagem da doutrina zen chinesa. Para esconder dos monges educados do monastério o fato de Hui Neng ser um agricultor pobre e ignorante, seu mestre o mandou para a cozinha cortar madeira para o fogo e pilar arroz por oito meses enquanto o ensinava. Hui Neng se tornaria o fundador da escola Dhyana do Súbito Despertar, a única do budismo chinês que sobreviveu.

os poetas não costumam chamar seus ataques frenéticos de insanidade. De comum acordo, eles a enfatizam chamando-a de inspiração. Essa é uma denominação criada para lograr a sociedade e não passa na realidade de ataque frenético. Tomando partido dos poetas, Platão denominou esse tipo de ataque frenético de loucura sagrada, mas por mais sagrada que seja ninguém quer se relacionar com um louco. Por isso, é bem mais recomendável para eles nomeá-la de inspiração, semelhante ao nome de um remédio recém-descoberto vendido no mercado. A inspiração é de fato apenas um ataque frenético, assim como pasta de peixe cozida se faz com batata-cará, a estátua da deusa Kannon é entalhada em uma madeira podre de quatro centímetros, usa-se carne de corvo como ingrediente de sopa de pato selvagem e os pratos de carne de vaca servidos nas pensões não passam na realidade de carne de cavalo. É portanto uma loucura temporária. Se os poetas escapam de serem internados no manicômio de Sugamo[98] é pelo fato de sua loucura ser apenas momentânea. Todavia, é um tipo de alienação complicado de produzir. É fácil criar um louco por toda a vida, mas por não ser algo frequente deve ser uma tarefa extraordinária, mesmo para Deus, que é tão hábil, tornar um homem louco pelo tempo em que estiver segurando uma caneta em frente de uma folha de papel em branco. Já que Deus não o faz, é preciso que os homens se tornem loucos por seus próprios meios. Assim, desde a Antiguidade até nossos dias, a técnica de produção de ataques frenéticos, como a técnica para sua eliminação, vem atormentando bastante o espírito dos estudiosos. Para obter inspiração, certa pessoa comeu diariamente uma dúzia de caquis adstringentes. Isso se deve à teoria de que comê-los ocasiona prisão de ventre, que por sua vez causa invariavelmente ataques frenéticos. Outra pessoa mergulhou dentro de uma banheira de ferro com sua garrafinha de saquê quente, acreditando que o sangue lhe subiria à cabeça caso o bebesse enquanto estivesse dentro da água escaldante. Segundo a teoria dessa pessoa, se não fosse bem-sucedida na empreitada, acreditava obter eficácia de uma só vez banhando-se em vinho quente.

---

98. Sugamo era conhecida na época por possuir o único hospital psiquiátrico existente em Tóquio.

Lamentavelmente, devido à falta de dinheiro, essa pessoa morreu sem colocar em prática sua ideia. Por último, alguém imaginou que seria agraciado pela inspiração caso imitasse os antigos. Essa é a colocação na prática da teoria de que imitando-se a atitude e movimentos de alguém termina-se por se assemelhar a essa pessoa. Se começarmos a engrolar palavras sem nexo à semelhança de um bêbado, a dada altura sentiremos vontade de beber, e se permanecermos sentados em meditação, suportando a posição até a vareta de incenso chegar ao fim[99], nos sentiremos verdadeiros monges. Portanto, imitando-se o comportamento de homens célebres das letras, os quais desde a Antiguidade receberam inspiração, invariavelmente se chegará a um ataque frenético. Ouvi dizer que Victor Hugo se deitava sobre o convés de um barco a vela para refletir sobre a estruturação de suas sentenças, e por isso o ataque frenético está garantido para aqueles que subirem em um barco e contemplarem o céu azul. Dizem que Robert Louis Stevenson costumava escrever seus romances deitado de bruços, e por isso certamente o sangue subirá invertido caso se segure uma caneta deitado de barriga para baixo. Assim, várias pessoas imaginaram diversas alternativas, mas nenhuma delas até agora obteve sucesso. Até hoje todas as tentativas de provocar artificialmente um ataque frenético se mostraram infrutíferas. É uma pena, mas nada se pode fazer. É inegável que cedo ou tarde chegará o dia em que a inspiração surgirá pela própria vontade e eu desejo ardentemente, pelo bem da civilização humana, que esse dia chegue o quanto antes.

Creio que minhas explicações sobre os ataques frenéticos foram suficientes e passo então a relatar o incidente. Todavia, todo grande incidente é sempre precedido de um incidente de menor proporção. Falar apenas sobre o grande incidente sem aludir ao menor sempre foi a armadilha na qual os historiadores caíram desde a Antiguidade. Como os ataques frenéticos de meu amo estão cada vez mais terríveis ao se envolver em incidentes menores, e isso conduziu a um dos grandes, seria difícil entender de que forma meu amo tem tido esses ataques se não

---

99. As varetas de incenso são usadas como uma espécie de relógio para contar o tempo em sessões de meditação budistas.

descrevesse o desenvolvimento e o progresso ordenadamente. Se for de difícil compreensão, os ataques frenéticos de meu amo entrarão na categoria de palavras vazias e serão tripudiados pelas pessoas. Seria uma decepção para ele se seus tresvarios não forem considerados maravilhosos. O incidente que narrarei, independentemente de sua grandeza, não representa motivo de honra para meu amo. Se o próprio incidente é uma desonra, devo esclarecer que os ataques frenéticos de meu amo são genuínos e em nada ficam a dever aos de outras pessoas. Meu amo não possui nenhuma característica que lhe permita em particular se vangloriar perante os de sua espécie, e nada há que eu possa descrever sem esforço, a não ser seus ataques.

As tropas inimigas aquarteladas na Escola das Nuvens Descendentes inventaram recentemente um tipo de bala dundum e, nos intervalos de dez minutos ou após as aulas, enviam fogo de artilharia pesada em direção ao terreno baldio na parte norte. Essas balas dundum são chamadas de bolas e são projetadas expressamente no meio do inimigo por meio de um bastão grande como um pilão. Por serem lançadas do terreno de esportes da escola, não há perigo de que atinjam meu amo, enfurnado em seu gabinete. O inimigo está ciente da curta trajetória de suas balas e nisso reside sua estratégia. Dizem que durante a batalha de Port Arthur, a marinha obteve extraordinário sucesso efetuando disparos indiretos. Assim, uma bala que caia no terreno baldio pode produzir um efeito considerável. Sem contar que a cada novo disparo as tropas inimigas unem forças para emitir um grande grito intimidatório. O resultado embaraçante é a contração das veias de todos os membros de meu amo. De tanta ansiedade, é natural que o sangue que por elas trafegue suba ao inverso. Devemos admitir que o plano tático do inimigo é astuto. Havia na Grécia antiga um escritor chamado Ésquilo. Esse homem possuía o tipo de cabeça comum aos acadêmicos e escritores. Quero dizer com isso que ele era careca. A razão de um crânio se tornar careca é, sem dúvida, a perda de vitalidade dos cabelos devido à má nutrição. Os acadêmicos e escritores são os que mais usam a cabeça e, em geral, vivem na pobreza. Portanto, suas cabeças são todas mal nutridas e carecas. Além disso, por ser também um escritor, Ésquilo naturalmente seria destituído de cabelos. Ele era o digno possuidor de uma careca lustrosa e lisa como uma laranja. Porém, certo dia, o mestre Ésquilo caminhava com a cabeça sobre a qual falei — como a cabeça não usa trajes domingueiros nem roupas comuns, só poderia ser mesmo aquela —, erguida e cintilante sob o sol. Esse foi seu lamentável erro. Vista de longe, uma careca banhada pelos raios do sol emite uma luminosidade ofuscante. Assim como o vento atinge as árvores altas, é preciso que algo também atinja essa resplandecente calvície. Justo nesse momento, uma águia sobrevoava acima da moleira de Ésquilo. Olhando com atenção, percebia-se que a ave segurava uma tartaruga viva entre suas garras. Tartarugas e jabutis são sem dúvida deliciosos, mas desde a Grécia antiga esses animais cismam em portar uma dura couraça. Por mais saborosos que sejam, nada se pode fazer se estiverem metidos dentro de sua casca. Existem camarões cozidos dentro de suas carapaças, mas nunca ouvi falar de filhotes de tartarugas cozidos em suas couraças, e por isso mesmo pratos que os usassem não eram comuns naqueles tempos. A águia também parecia incerta sobre o que fazer com o animal quando percebeu abaixo dela, bem distante, um ponto luminoso. A ave compreendeu ter achado a solução do problema. Se jogasse o filhote de tartaruga sobre aquela coisa brilhante, a couraça certamente se quebraria. Depois de partida, ela desceria e comeria o conteúdo. Tomada a decisão, mirou seu alvo e, sem pestanejar, lançou das alturas o filhote sobre a cabeça lustrosa. Infelizmente, a cachola do escritor era mais mole do que a couraça da tartaruga e o crânio do famoso Ésquilo foi esmigalhado, encontrando ele um trágico final. O que custo a entender foi a exata motivação da águia. Teria ela deixado cair a tartaruga ciente de que se tratava do crânio de um escritor ou apenas o confundira com uma rocha nua? Dependendo da forma como solucionamos essa questão, poderemos ou não traçar uma comparação entre o inimigo da Escola das Nuvens Descendentes e essa águia. A cabeça de meu amo não é brilhosa como a de Ésquilo ou a de renomados acadêmicos. Todavia, ele possui um cômodo denominado de gabinete, apesar de ter apenas seis tatames, e por viver de cara enfiada em complexos volumes de livros, embora sempre sonolento, pode ser considerado semelhante a acadêmicos e escritores. O fato de ainda não estar careca é por ainda não possuir tal qualificação, mas o destino que sobre sua cabeça deve pesar é de em breve ser acometida de calvície. Portanto, devemos admitir que o lançamento de balas dundum pelos estudantes da Escola das Nuvens Descendentes tendo como alvo a cabeça de meu amo é uma estratégia das mais apropriadas. Se o inimigo persistir durante duas semanas em suas ações táticas, a preocupação e a angústia provocarão sem dúvida na cabeça do professor Kushami má nutrição, transformando-a em uma laranja, chaleira ou vaso de bronze. Ao fim do bombardeio incessante de duas semanas, a laranja será esmagada, a chaleira começará a apresentar vazamentos e rachaduras surgirão no vaso de bronze. Quem mais senão meu amo para não prever resultado tão óbvio, persistindo em sua luta desesperada contra o inimigo?

Certa tarde, eu dormia na varanda sonhando que me transformara num tigre. Ordenei a meu amo que me trouxesse carne de frango; este logo acedeu e, receoso, saiu para buscá-la. Meitei chegou e, dizendo-lhe estar com vontade de comer ganso selvagem, mandei-o ir ao restaurante Gannabe.[100] Como é de seu feitio, Meitei insinuou que conserva de nabos marinada e bolachas salgadas de arroz teriam o mesmo sabor de carne de ganso. Abri uma bocarra e grunhi ameaçadoramente. Meitei empalideceu e me perguntou como deveria proceder, uma vez que o restaurante Gannabe em Yamashita encerrara suas operações. Disse-lhe que, então, eu me contentaria com carne bovina e ordenei que fosse rapidamente até o açougue Nishikawa e trouxesse um quilo de lombo, ameaçando devorá-lo ali mesmo caso não se apressasse. Meitei saiu correndo, içando a parte inferior de seu quimono para poder se mover com mais velocidade. Como meu corpo aumentara de tamanho, me alonguei por toda a varanda enquanto esperava pela volta de Meitei. Nesse momento, uma voz possante ecoou por toda a casa, me despertando e trazendo-me de volta à realidade sem que tivesse a oportunidade de saborear a carne.

---

100. Restaurante localizado em Yamashita, nas imediações do parque de Ueno, em Tóquio, especializado em ganso selvagem.

Meu amo, que até aquele momento em meu sonho se prostrara perante mim em atitude medrosa, de repente saiu às pressas do mictório, me afastou com um chute pelo flanco e, antes que eu pudesse externar qualquer reclamação, calçou com rapidez seus tamancos, passou pela porta de madeira do jardim e precipitou-se em direção à Escola das Nuvens Descendentes. Senti-me mal e estranho por ter sido reduzido abruptamente da condição de tigre à de gato, mas a atitude ameaçadora de meu amo e a dor que senti nas costas me fizeram esquecer o tigre bem depressa. Ao mesmo tempo, o interesse de ver meu amo partir para a luta me fez tolerar a dor e o segui até a porta dos fundos. Ouvi-o berrar "ladrão" e vi um rapaz robusto de seus dezoito ou dezenove anos, portando o boné da escola, no momento em que pulou para o outro lado da cerca. Quando pensava que já era tarde demais para ele, o tal estudante de boné, como um corredor profissional, disparou em direção a sua base de operações. Ao ver o sucesso obtido com seu berro, meu amo perseguiu o estudante repetindo "ladrão" em voz ainda mais alta. Porém, para alcançar seu inimigo, meu amo seria obrigado a ultrapassar a cerca. Se adentrasse o terreno da escola, ao contrário, ele próprio se tornaria o ladrão na história. Como mencionei antes, são esplêndidos os ataques frenéticos que acometem o professor Kushami. Ele pretendia continuar a perseguir furiosamente o "ladrão" mesmo se arriscando a ser ele próprio assim chamado. Sem mostrar sinais de que pararia, chegou até a cerca. No momento em que estava a um passo de invadir os domínios do "ladrão", um oficial de bigode ralo e desprovido de vitalidade assomou do seio das tropas inimigas. O oficial e meu amo pareciam entabular conversação, cada qual de seu lado da cerca. Ouvi essa enfadonha discussão:

— Ele é um estudante desta escola.

— Então, por que um estudante se atreve a penetrar no jardim da casa dos outros?

— Bem, a bola voou para sua residência...

— Por que não pediram autorização para entrar?

— Procurarei fazer com que sejam mais atentos daqui em diante.

— Bem, então...

Eu previa a magnífica visão de um embate furioso entre dois poderosos rivais, à semelhança dos combates entre tigres e dragões, mas as negociações conduziam a uma conclusão rápida e tranquila, reduzida a uma discussão meramente prosaica. Todo o entusiasmo de meu amo não passava de fogo de palha. Quando o momento exige atitudes, tudo acaba sem que nada aconteça. A situação era bem parecida com o sonho em que me transformara em tigre para subitamente retornar à condição de gato.

Bem, este foi o pequeno incidente ao qual me referira. Terminada sua descrição, seguirei a ordem natural para lhes contar agora sobre o incidente maior.

Após abrir a porta da sala, meu amo se colocou de bruços e se pôs a meditar sobre algo. Certamente deveria estar armando uma estratégia de defesa contra os ataques inimigos. A Escola das Nuvens Descendentes estava em aulas e reinava o silêncio no terreno de esportes. Ouvia-se apenas, de uma das salas do prédio principal, o desenrolar de uma aula de ética. Reconheci, pela voz sonora que expunha a matéria de modo hábil, tratar-se exatamente do mesmo general que aparecera ontem do flanco inimigo para entabular conversações.

— ... a moralidade pública é algo importante e não há nenhum país do Ocidente, seja França, Alemanha ou Inglaterra, onde não esteja presente. Ninguém a menospreza, nem mesmo aqueles de posição social inferior. É pesaroso constatar que o Japão ainda não pode competir com o Ocidente nesse quesito. Ao ouvirmos falar sobre moralidade pública, pode nos parecer que é um conceito importado recentemente do exterior, mas pensar assim é incidir em enorme erro. Nossos antepassados se guiavam pelo preceito confucionista de boa vontade e sinceridade. É essa boa vontade a fonte da moralidade pública. Sou humano e por vezes sinto vontade de cantar em voz alta. Todavia, quando estou estudando, é de meu temperamento não conseguir me concentrar na leitura do livro se alguém canta sem parar no cômodo contíguo ao meu. Por isso, mesmo quando penso recitar em voz alta a *Coletânea de poemas do Período Tang* para animar meu espírito, sempre me reprimo imaginando inconscientemente o quanto isso poderia perturbar as pessoas que vivem na casa ao lado, que como eu se sentiriam também importunadas. Destarte, vocês também, na medida do possível, devem observar a moralidade pública e jamais agir de forma que possam causar estorvo a outrem...

Meu amo arrebitou as orelhas, ouvindo com atenção essa preleção e sem conter um sorriso largo. Preciso explicar o significado desse "sorriso largo". Um leitor cínico imaginaria existir misturado por trás desse sorriso um elemento sarcástico. Todavia, meu amo não é de forma nenhuma um homem de mau caráter. Seria mais correto dizer que não é o tipo de homem com inteligência desenvolvida o suficiente para fazer de si um homem mau. A razão de ter sorrido é simplesmente por estar alegre. Ele imaginava que, após uma exortação tão lancinante oferecida pelo professor de ética, as saraivadas de balas dundum cessariam para todo o sempre. Por algum tempo, sua cabeça não correria o risco de se tornar calva, talvez com o tempo ele gradualmente se recuperasse de seus ataques frenéticos, mesmo que não se curasse de todo, não precisaria mais de toalhas molhadas sobre a testa nem colocar as pernas para dentro do *kotatsu*, que dirá dormir sentado sobre uma pedra debaixo de uma árvore. Pensando em tudo isso, ele abriu um sorriso largo. É natural portanto que meu amo, que mesmo hoje, em pleno século XX, ainda acredita que empréstimos foram contraídos para um dia serem pagos, haja ouvido seriamente a preleção.

A aula parecia ter chegado ao fim, pois a preleção cessou de súbito. Nas demais salas também terminaram as aulas todas a um só tempo. Os oitocentos alunos até então trancafiados dentro das salas se precipitaram para fora do prédio emitindo um grito de guerra. Demonstravam uma energia semelhante à de um enxame de abelhas cujo ninho de uns trinta centímetros fora atirado ao chão. Zumbiam, latiam, cada qual desejando ser o primeiro a sair por janelas, portas, aberturas, qualquer lugar com um orifício. E esta foi a origem do grande incidente.

Deixem-me começar explicando sobre a formação em tropas dessas abelhas. Equivocam-se aqueles que acreditam não haver nessa guerra uma disposição de tropas. Quando ouvem falar em guerra, as pessoas comuns pensam não existir nada além de Shahe, Mukden ou

Port Arthur.[101] Os bárbaros com algum espírito poético associam a guerra a exageros como as três voltas dadas por Aquiles ao redor das muralhas de Troia arrastando o cadáver de Heitor, ou a Zhang Fei[102] da província de Yan, que brandindo uma lança de quatro metros em forma de serpente sobre a ponte Changban afugentou com o olhar a tropa de um milhão de guerreiros de Tsao Tsao. Cada um é livre para imaginar o que bem entender, mas é inconveniente achar que não há outras guerras além dessas. Em tempos remotos, quando a ignorância reinava, provavelmente batalhas tão estúpidas tiveram lugar; porém, nos dias pacíficos de agora, seria um milagre que movimentos tão bárbaros como esses surgissem na capital do grande império japonês. Mesmo que distúrbios possam ocorrer, não há receio que ultrapassem o incêndio de postos de polícia. Pensando bem, a batalha entre o professor Kushami, chefe supremo da Caverna do Dragão Dorminhoco, e os oitocentos intrépidos adolescentes da Escola das Nuvens Descendentes poderá entrar para a história da cidade de Tóquio como uma das maiores já travadas. Quando Zuo Qiu Ming[103] descreveu a batalha de Yan Ling, começou relatando a disposição das tropas inimigas. Desde a Antiguidade, todos aqueles dotados de habilidade narrativa adotaram como regra geral o uso da forma de escrever desse historiador. Por essa razão, não vejo inconveniente em falar sobre a formação de tropas das abelhas. Em primeiro lugar, existia um pelotão alinhado ao longo da parte externa da cerca. Sua função parecia ser a de atrair meu amo para dentro da linha de fogo. "Você acredita que ele capitulará?", "Que nada, que nada", "Estamos sem sorte", "Ele não aparece", "Será que vai se render?", "De jeito nenhum", "Vamos experimentar latir", "Au, au", "Au, au", "Au, au, au".

---

101. Principais batalhas da guerra do Japão contra a Rússia.
102. Zhang Fei (?-221 d.C.). General militar da armada de Liu Bei, senhor do reino de Shu (um dos três reinos que competiam pelo controle da China após a queda da dinastia Han). Conta-se que no ano 208, acuado pelas tropas de Tsao Tsao e comandando apenas vinte cavaleiros, Zhang Fei destruiu a ponte de Changban e, dizendo "Sou Zhang Fei de Yan. Aquele que vier me desafiar encontrará a morte", lançou um olhar desafiador sobre as tropas inimigas, fazendo-as retroceder.
103. Zuo Qiu Ming. Historiador, discípulo de Confúcio, autor dos *Anais da primavera e outono*, no qual consta a descrição da batalha de Yan Ling.

A partir desse ponto todos os membros da coluna se puseram a urrar. Um pouco à direita da coluna, na direção do terreno de esportes, a bateria de artilharia foi assentada em um ponto estratégico de defesa. Virado de frente para a Caverna do Dragão Dorminhoco, um oficial segurava firme um grande pilão. Outro se colocou de pé a uma distância de dez a doze metros do primeiro, e logo atrás do oficial que segurava o pilão havia mais um deles, também de pé e com o rosto virado para a Caverna do Dragão Dorminhoco. Alinhados em linha reta, uns encarando os outros, estavam os artilheiros. Disseram-me que tudo isso não era um exercício para a guerra, mas um treino de beisebol. Sou completamente ignorante sobre o que possa ser esse esporte. Contudo, ouvi dizer que é um jogo importado dos Estados Unidos da América e que parece ser hoje o esporte mais em moda entre os estudantes a partir das escolas intermediárias. Como os Estados Unidos vivem inventando excentricidades, provavelmente foi uma gentileza da parte dos americanos ensinarem aos japoneses essa diversão causadora de contratempo aos vizinhos e facilmente confundível com artilharia. Além disso, os americanos devem crer que este é um tipo de diversão esportiva. Contudo, embora pareça uma diversão simples com a capacidade de causar admiração em toda a vizinhança, pode ser empregada para fins de bombardeio. Segundo minhas observações, os estudantes nada mais faziam do que se servir dessa técnica esportiva para continuar a planejar um ataque de artilharia. Tudo depende da forma como se interpretam os fatos. Sob o nome de filantropia, praticam-se fraudes e pode-se ter prazer em um ataque frenético denominando-o de inspiração. Não é pois impossível que se faça guerra sob o disfarce de um jogo de beisebol. A explicação que ouvi é sobre o beisebol de uma forma geral. A descrição que farei agora desse esporte é de cunho mais específico e se refere à técnica de ataque de artilharia. Apresentarei o método de lançamento das balas dundum. Um dos artilheiros alinhados em linha reta segurava com a mão direita uma bala dundum e a lançou em direção ao dono do pilão. Um mero espectador ignora de qual material é produzida esta bala. É algo como um bolinho de pedra redondo e duro, delicadamente envolto em couro nele costurado. Como mencionei antes, essa bala se afastou da mão de um artilheiro e, cortando o ar, voou em direção ao outro artilheiro, que brandindo o tal pilão, a acertou, mandando-a de volta. Às vezes, a bala pode passar sem que ele a acerte, mas geralmente a envia de volta com um som alto e surdo. A violência extraordinária da propulsão poderia com facilidade esmagar a cabeça de meu dispéptico amo. Apesar de ser apenas isso o que os artilheiros faziam, a seu redor estava plantada uma horda de curiosos, que também atuava como grupo de reforço. Cada vez que o pilão atingia o bolinho, esse grupo começava a gritar, aplaudir, vociferar, agitar os braços e a incentivar. "Acertou?", "Será que aguentam?", "Não vão capitular?", "Vão se render?", eram as perguntas que se faziam. Se fosse só isso, não haveria problema. Mas, a cada três balas rebatidas, uma delas caía rolando para dentro da Caverna do Dragão Dorminhoco. O objetivo do ataque não seria atingido caso isso não ocorresse. Ultimamente fabricam-se balas dundum por toda parte, mas como seu preço é elevado, mesmo em tempos de guerra é impossível obter fornecimento suficiente. Cada artilheiro do grupo possuía em geral uma ou duas. Portanto, não se podia dar ao luxo de perder munição tão preciosa a cada tiro disparado. Assim, foi constituído um grupo interno ao batalhão denominado de "recolhedores", cuja função era buscar as balas caídas. O trabalho é fácil quando as balas caem em locais acessíveis, mas as coisas se complicam quando vão parar no mato do prado ou no jardim da casa de alguém. Para que isso não aconteça, em geral as balas são disparadas em direção a locais onde possam ser recolhidas com facilidade para evitar trabalho, mas desta feita fizeram justamente o contrário. O objetivo não era o jogo, mas a guerra. Por isso dispararam deliberadamente as balas dundum para dentro do jardim da residência de meu amo. Uma vez que lá caíam, eles deviam adentrar o jardim para pegá-las de volta. O método mais prático de fazer isso era passar pela cerca. Com o barulho que faziam, meu amo era forçado a se encolerizar ou acabar entregando os pontos e se dar por vencido. Seu tormento seria tamanho que por certo o conduziria à calvície.

Uma bala atirada pelas forças inimigas ultrapassou a cerca, arrancou em sua passagem algumas folhas da amendoeiras-de-praia e atingiu certeira a segunda fortificação, ou seja, a cerca de bambus, causando um estrondo.

A primeira lei newtoniana do movimento preconiza que, sem aplicação de força adicional, um objeto posto em movimento continuará a se deslocar a uma velocidade constante e em linha reta. Caso o movimento dos objetos se sujeitasse apenas a essa lei, a cabeça de meu amo teria o mesmo destino que a de Ésquilo. Por sorte, simultaneamente a esta primeira lei, Newton criou uma segunda, o que permitiu à cabeça de meu amo se salvar da aniquilação por um fio. A segunda lei newtoniana do movimento assevera que uma mudança no movimento é proporcional à força aplicada na direção retilínea que dela resulta. Para mim não fica claro a que Newton se refere, mas estou certo de que foi graças a ele que a bala dundum não ultrapassou a cerca de bambus e, sem rasgar o papel da porta corrediça, não danificou a cabeça do professor Kushami. Alguns instantes depois, como eu previra, o inimigo se infiltrou nos limites do jardim, pois ouvi o barulho de varas batendo nas folhas dos tufos de bambu-anão e vozes indagando "Será que está aqui?", "Mais para a esquerda?". Sempre que o inimigo penetrava no jardim para recolher as balas, emitia um vozeirão especial. Se entrasse de fininho e as recolhesse discretamente não alcançaria seu objetivo essencial. As balas eram preciosas, mas ainda mais importante era zombar de meu amo. Podia-se perceber de longe a localização da bala. O inimigo ouviu o barulho da bala se chocando contra a cerca de bambu, conhecia o local onde mirou e, além disso, sabia bem onde a bala caíra. Portanto, se quisesse poderia recolhê-la sem alarde. Leibniz define o espaço como a ordem do fenômeno de coexistências possíveis. A, B, C, D, E e o restante do alfabeto aparecem sempre nessa sequência. Embora o provérbio diga o contrário, sempre há um cadoz nadando sob os galhos de um salgueiro[104], e em noite de lua cheia há morcegos. Talvez bolas de beisebol e cercas não combinem. Porém, os olhos daqueles que as atiram dia após dia para dentro do jardim dos outros sem dúvida se acostumaram a essa disposição espacial. Eles a percebem com um único olhar. Se, portanto, o inimigo provocava tanto barulho, isso nada mais era do que uma tática para incitar meu amo à batalha.

---

104. Provérbio segundo o qual algo de bom ocorrido uma vez tende a não mais se repetir.

Chegando a tal ponto, mesmo um ser passivo como meu amo é obrigado a responder ao chamado à luta. Meu amo, que da sala de estar até havia pouco ouvia a preleção de ética com um sorriso largo, se levantou abruptamente e se precipitou de maneira feroz para fora. Lançou-se sobre um dos inimigos e o capturou vivo. Para meu amo, essa foi uma façanha e tanto. Embora não restem dúvidas de que foi uma grande proeza, olhando bem seu prisioneiro não passava de um menino de catorze ou quinze anos. Como inimigo, ele não combina com um marmanjo como o professor. Porém, meu amo deve ter se sentido satisfeito com sua obra. Apesar dos pedidos de desculpas do rapaz, meu amo o puxou até em frente da varanda. Devo falar um pouco aqui sobre a tática empregada pelo inimigo. Este previa que meu amo certamente apareceria hoje, devido à atitude ameaçadora que demonstrara na véspera. Se a fuga se tornasse inviável, eles teriam problemas caso um dos estudantes veteranos fosse capturado. Melhor seria enviar meninos da primeira e segunda séries para recolher as bolas a fim de evitar qualquer risco. Se meu amo capturasse algum deles e lhe passasse um sabão, isso não mancharia a honra da Escola das Nuvens Descendentes, apenas seria vergonhoso para meu amo agir de forma infantil com uma criança. Esse era o pensamento do inimigo. Para qualquer pessoa normal esse pensamento seria julgado bastante razoável. Porém, o inimigo esqueceu completamente de levar em conta que seu adversário não era uma pessoa normal. Fosse meu amo dotado de uma dose maior de bom senso, não teria na véspera partido para o ataque. Um ataque frenético eleva um homem comum acima de seus pares e confere insensatez a um homem sensato. Enquanto se pode distinguir entre uma mulher, uma criança, um puxador de riquixá ou um arrieiro, é impossível ufanar-se de um ataque frenético. Meu amo não pode entrar para o seleto grupo de neurastênicos caso um adversário da primeira série da escola elementar não seja considerado como um refém de guerra. O prisioneiro é quem sofre com isso. O pobre soldado raso se empenhava em sua função de recolher as bolas, cumprindo as ordens emanadas de seus superiores, quando por azar foi encurralado pelo general inimigo, um gênio neurastênico, sendo arrastado para a parte da frente do jardim antes que pudesse escapulir pulando a cerca. Quando as coisas chegam a esse ponto, as tropas inimigas não podem contemplar passivamente a desonra sofrida por um de seus homens. Todos os membros ultrapassaram a cerca ou se precipitaram pela porta de madeira, penetrando de forma desordenada no jardim. Havia uma dezena deles perfilados diante de meu amo. A maioria não vestia casaco nem colete. Um deles tinha as mangas da camisa social branca enroladas e permanecia de braços cruzados. Outro usava uma camisa de flanela rota jogada sobre o ombro. E havia mais um janota com uma camisa branca de algodão grosso de bordas pretas, tendo ao peito as iniciais de seu nome bordadas nessa mesma cor. Cada qual se assemelhava a um intrépido general capaz de derrotar mil adversários, de músculos vigorosos e bronzeados, como se dissesse que acabara de chegar na noite passada da região montanhosa de Sasayama. É uma pena desperdiçar esses guerreiros colocando-os em uma escola intermediária para receberem educação. Eles serviriam mais à nação como pescadores ou marinheiros. Como se tivessem combinado, os guerreiros se puseram descalços içando para o alto suas calças, aparentando estarem prontos para ir ajudar a apagar um incêndio na vizinhança. Permaneciam parados diante de meu amo guardando silêncio. Por sua vez, meu amo também continuava mudo. Por instantes, os adversários se olharam fixamente com ferocidade.

— Vocês também são ladrões? — indagou meu amo tomado de ira.

Percebia-se sua fúria pelo tremor na ponta de seu nariz, como se tivesse mastigado uma bomba que, explodindo, lançava fogo através de suas narinas. O nariz dos leões de Echigo[105] devem ter sido criados a partir do formato do rosto humano encolerizado. Caso contrário, não seriam tão assustadores.

— Não somos ladrões. Somos estudantes da Escola das Nuvens Descendentes.

— Mentirosos. Estudantes dessa escola jamais invadiriam sem permissão jardins de outras pessoas.

---

105. Dança comum durante o Período Edo originária da província de Echigo (atual Niigata). As crianças usavam uma máscara representando a cabeça de um leão e saíam dançando pela região ao som de flautas e tambores tocados por adultos.

— Olhe, temos a insígnia da escola em nossos bonés.

— Devem ser falsas. Se são realmente estudantes, por que invadem propriedade alheia?

— Uma de nossas bolas caiu para este lado da cerca.

— Como ela veio parar aqui?

— É simples: ela voou para cá.

— Que descarados vocês são!

— Prometemos tomar mais cuidado daqui em diante. Perdoe-nos desta vez.

— Por que eu deveria perdoar um bando que ultrapassa a cerca para invadir minha propriedade?

— Como eu disse, somos estudantes da Escola das Nuvens Descendentes.

— Se são estudantes mesmo, em que ano estão?

— No terceiro ano.

— Tem certeza?

— Claro.

Meu amo olhou para dentro da casa e chamou a criada. Osan, que nascera na província de Saitama, abriu a porta corrediça e, passando a cabeça por ela, respondeu ao chamado.

— Vá buscar alguém na Escola das Nuvens Descendentes.

— Quem eu devo buscar?

— Não importa. Traga logo alguém.

Embora a criada respondesse afirmativamente, a cena no jardim era tão estranha, a ordem recebida tão incompreensível e o desenrolar dos acontecimentos tão inusitado que ela permaneceu sentada apenas sorrindo. Meu amo continuou a acreditar que travava uma grande batalha. Em sua neurastenia, pensava dominar toda a situação. Porém, sua criada, que deveria obviamente apoiá-lo, além de não demonstrar a seriedade própria à situação, riu após receber a ordem. Isso provocou a exacerbação do ataque frenético de meu amo.

— Já lhe disse para trazer qualquer um. Será que não entende? Pode ser o diretor, o secretário, o professor encarregado...

— O diretor...

Exceto pelo diretor, a criada parecia desconhecer os outros cargos hierárquicos.

— O diretor, o secretário ou o professor encarregado, já disse. Não entende?

— Se nenhum deles estiver lá, posso trazer o contínuo?

— Não diga asneiras. Acha que um contínuo resolveria a situação?

Chegando a este ponto, a criada constatou que nada mais poderia fazer, a não ser aquiescer e partiu em direção à escola. Ela ainda não captara o propósito por trás da ordem recebida. Quando começava a me inquietar acreditando que ela traria o contínuo, me surpreendi ao ver o tal professor de ética surgindo apressado pelo portão da frente. Meu amo esperou até que o professor se sentasse para começar a conversa.

— Esses indivíduos acabaram de entrar à força no recinto de meu jardim... — começou meu amo, falando de uma forma antiquada, semelhante à que se ouve na peça kabuki *Quarenta e sete samurais*.

— São realmente estudantes de sua escola? — interrogou em tom sarcástico.

O professor de ética não parecia nem um pouco perturbado. Após passar em revista com o olhar os bravos soldados perfilados no jardim, retornou suas pupilas em direção a meu amo, respondendo o seguinte.

— Sim, são todos estudantes da escola. Sempre os advirto a não agirem dessa forma... É de fato um embaraço... Por que vocês ultrapassaram a cerca?

Os estudantes são iguais onde quer que se vá. Nenhum deles ousava responder ao professor de ética. Permaneciam calmamente agrupados num canto do jardim, como um rebanho de carneiros acuado pela neve.

— Admito que não há como impedir que as bolas entrem em minha propriedade. Por morar ao lado da escola, por vezes a bola cai em meu jardim. Porém... os estudantes passam das medidas. Mesmo saltando a cerca, se recolhessem as bolas em silêncio, ainda faria vistas grossas, mas...

— Dou-lhe toda a razão. Tento aconselhá-los, mas o senhor há de convir que são muitos... Olhem, desta vez quero que prestem bastante atenção. Se a bola cair no jardim, deem a volta até a entrada e só entrem para pegá-la depois de obterem a devida permissão. Entenderam?... Em uma escola tão grande os estudantes vivem nos dando trabalho. Esportes são necessários do ponto de vista educacional, não há como proibi-los. Porém, se os permitimos, isso acaba causando transtornos ao senhor. Rogo por sua compreensão. Em troca, supervisionarei para que doravante eles entrem pelo portão da frente e peçam permissão para recolher as bolas.

— Para mim está perfeito. Eles podem lançar quantas bolas desejarem. Desde que, claro, venham pelo portão de entrada e peçam autorização. Devolvo-lhe então esses alunos, pode levá-los embora. Peço-lhe desculpas pelo incômodo chamando-o até aqui.

Como sempre acontece com meu amo, o que começa como cabeça de dragão acaba como cauda de serpente. O professor de ética retornou para a Escola das Nuvens Descendentes acompanhado pelos intrépidos generais de Sasayama. Encerrou-se assim aquilo que denominei de grande incidente. Os leitores podem rir à vontade se acharem que eu exagero. Para eles, admitirei que não é um grande incidente. Afinal, eu descrevi o grande incidente de meu amo e não dos leitores. Aqueles que maldizem meu amo por deixar as coisas mal acabadas, julgando-o uma flecha enfraquecida após ser atirada de um forte arco, não esqueçam ser essa uma particularidade dele. Lembrem-se também que é graças a essa característica que meu amo se torna material para a literatura cômica. Sou obrigado a concordar com quem afirmar que só um idiota poderia discutir com crianças de catorze ou quinze anos. Por isso mesmo, Keigetsu Omachi[106] afirma que meu amo não perde a infantilidade.

Terminada a descrição dos incidentes pequeno e grande, encerrarei esta narrativa falando sobre suas consequências. Alguns leitores devem acreditar que tudo o que escrevo não passa de invencionice, mas não sou um gato tão irresponsável. Cada palavra ou sentença tem incorporado um grande princípio filosófico cósmico e, quando postas em sequência, tornam-se contextualmente coerentes do início ao fim, e um

---

106. Ver N.T. nº 89.

texto que se lia sem nenhuma pretensão por ser considerado insignificante sofre uma súbita transformação, assim como se intrincados termos budistas se tornassem de simples compreensão. Jamais deve-se ter o atrevimento de ler, correndo os olhos por cinco ou seis linhas de uma só vez, enquanto se está deitado de pernas esticadas. Liu Zong Yüan[107] costumava purificar as mãos com água de rosas antes de ler os poemas de Han Tui Zhi.[108] Em relação a minha literatura, comprem, pelo menos as revistas em que ela aparece, com seu próprio dinheiro, em vez de tomá-las emprestadas de um amigo que já as leu. Falarei agora sobre o que denomino consequências do incidente, mas vocês se arrependerão amargamente caso achem que, pelo fato de serem consequências, são algo sem interesse e sem valor para a leitura. É preciso ler com atenção este relato até o final.

No dia seguinte ao grande incidente, senti vontade de dar um passeio e saí pela porta da frente. Ao virar a esquina, dei de cara com os senhores Kaneda e Suzuki de pé conversando. Kaneda voltara de riquixá para casa, e Suzuki encontrou por acaso com ele justo quando saía de sua casa, onde fora fazer uma visita mas não o encontrara. Nos últimos tempos perdi o interesse pela residência dos Kaneda e raramente vou para aquele lado. Como havia muito tempo eu não via nem Kaneda nem Suzuki, resolvi me achegar para saber como estavam. Dirigi-me de mansinho até o local onde eles estavam de pé, e sua conversa entrou de forma natural pelos meus ouvidos. Se isso ocorreu a culpa não é minha, mas deles, por estarem conversando. Kaneda é o tipo de homem cuja consciência não pesaria se colocasse espiões para observar os movimentos de meu amo, por isso não se zangaria comigo por escutar casualmente sua conversa. Caso se enfurecesse, isso mostraria seu desconhecimento do significado da palavra justiça. De qualquer forma, ouvi a conversa dos dois. Não que eu quisesse ouvi-la, mas, por mais que não quisesse, a conversa saltou para dentro de meus ouvidos.

---

107. Liu Zong Yüan (773-819). Poeta de destaque no movimento neoclássico da dinastia Tang na China.

108. Han Tui Zhi (768-824). Poeta chinês da dinastia Tang.

— Acabei de ir a sua casa e eis que o encontro — exclamou Suzuki com uma reverência polida de cabeça.

— Hum, que coincidência. Na realidade, como você não tem aparecido, estava pensando mesmo em procurá-lo. Encontrá-lo veio a calhar.

— Foi bem conveniente então. Há algo em que possa ajudá-lo?

— Nada demais, na verdade. Não é importante, mas é algo que só você pode fazer.

— Se estiver ao meu alcance, farei com prazer. O que seria?

— Bem, é que... — ponderou Kaneda.

— Se quiser, posso voltar quando lhe for mais conveniente. Quando seria melhor?

— Não é nada tão importante... Vou aproveitar que você está aqui para lhe pedir um favor.

— Não precisa fazer cerimônias...

— É sobre aquele rapaz excêntrico. Aquele velho amigo seu. Um tal de Kushami ou algum nome parecido, não é?

— Sim. O que tem ele?

— Nada de especial, mas desde aquele incidente eu o tenho engasgado na garganta.

— Com toda a razão. Kushami é muito orgulhoso... Ele deveria refletir um pouco mais sobre sua posição social, mas age como se fosse o senhor do universo.

— É isso mesmo. Ele não baixa a cabeça diante de dinheiro, fala mal dos homens de negócios... Como vive dizendo coisas insolentes, pensei em lhe mostrar a habilidade de um homem de negócios. De uns tempos para cá ele tem enfraquecido seu ímpeto, mas mesmo assim continua a perseverar. É um homem verdadeiramente obstinado. Estou impressionado.

— Ele não tem o hábito de pesar prós e contras: é um cabeçudo. Sempre foi assim, não tem jeito. Quer dizer, ele não percebe algo que o prejudica. É incorrigível.

— Ha, ha, ha... De fato incorrigível. Usei de todos os meios possíveis. Por fim, lancei mão dos estudantes da escola.

— Eis uma ideia assaz interessante. Obteve resultado?

— Bem, ele também está pagando os pecados. Em breve a fortaleza cairá.

— Alvíssaras! Por mais que tenha um rei na barriga, ele é um só contra muitos.

— Sem dúvida. Sozinho ele não pode grande coisa. Por isso parece ter enfraquecido bastante, mas gostaria que você fosse ver com seus próprios olhos como está a situação.

— Ah, claro. Sem problemas. Irei imediatamente. Eu lhe farei um relatório quando voltar. Será interessante, um real espetáculo, ver aquele obstinado baixar a crista.

— Na volta passe por aqui. Estarei esperando.

— Com certeza.

Eis que de novo havia segundas intenções contra meu amo. Realmente os homens de negócios são poderosos. Eles conseguem provocar ataques frenéticos em meu amo, que parece uma brasa de carvão ardente. Como resultado de seu sofrimento, sua cabeça se transformará em um escorregador de moscas. Graças ao poder dos homens de negócios, sua cabeça terá o mesmo destino de Ésquilo. Desconheço o mecanismo que faz o mundo girar em torno de seu eixo, mas sem dúvida é o dinheiro que move a humanidade. Ninguém melhor do que os homens de negócios para compreender a virtude e a força do vil metal e como utilizá-lo livremente. Graças a eles o sol se levanta sempre a leste e se põe a oeste. É imperdoável que eu houvesse ignorado até agora as benesses dos homens de negócios por haver sido criado na casa de um pobretão indiferente a esses assuntos. Mesmo assim, meu amo, obstinado e ignorante, deverá começar a se dar conta da realidade. Será perigoso se pretender continuar em sua obstinação e ignorância. Sua vida, à qual ele tanto se apega, estaria em risco. Eu me perguntava o que ele diria ao ver Suzuki. Dependendo do tratamento dispensado a Suzuki, constataria seu grau de complacência para com os homens de negócios. Era necessário me apressar, pois mesmo um gato pode se preocupar bastante com seu amo. Ultrapassei Suzuki e cheguei antes dele em casa.

Suzuki era um homem que estava sempre animado. Hoje não dava indícios sobre seu encontro com Kaneda, limitando-se todo o tempo a conversas inofensivas mas interessantes.

— Você não parece bem. Aconteceu algo?

— Nada em particular.

— Mas você está pálido. É preciso se cuidar. O clima tem estado ruim. Tem dormido bem à noite?

— Sim.

— Você está preocupado com algo? Se houver alguma coisa em que eu lhe possa ser útil, fale sem cerimônias.

— Preocupado? Com quê?

— Bem, apenas supus que você tivesse alguma preocupação. Afinal, preocupações são um veneno para a saúde. Vale mais viver sempre sorridente e feliz. Você parece sempre levar tudo em ponta de faca.

— Rir também é um veneno. Excesso de riso pode levar à morte.

— Pare de brincadeiras. Sorrir faz bem à alma.

— Você com certeza não sabe, mas na Grécia antiga havia um filósofo de nome Crisipo.[109]

— Não conheço. O que tem ele?

— Ele morreu de excesso de riso.

— Não me diga. Eis algo realmente bizarro. Mas isso aconteceu na Antiguidade...

— Na Antiguidade ou agora, que diferença faz? Ele não se conteve e caiu na gargalhada ao ver uma mula comendo figos dentro de uma tigela de prata. O problema foi não ter conseguido parar. Por fim, literalmente morreu de rir.

— Ha, ha, ha... Mas não há necessidade de chegar a esses extremos. Rir um pouco, na medida adequada, faz qualquer um se sentir bem.

Enquanto Suzuki não parava de analisar cada movimento de meu amo, ouviu-se o ruído da porta de entrada sendo aberta abruptamente. Mas, ao contrário do que se poderia imaginar, não era uma visita.

— A bola entrou no seu jardim. Podemos pegá-la?

---

109. Crisipo de Solis (280-208 a.C.). Filósofo grego, discípulo de Diógenes.

Da cozinha, a criada respondeu afirmativamente. O estudante deu a volta até atrás da casa. Com uma fisionomia estranha, Suzuki queria se colocar a par do que acontecia.

— Os estudantes de trás lançaram uma bola no jardim.
— Estudantes de trás? Há estudantes nos fundos?
— São da Escola das Nuvens Descendentes.
— Não diga. Uma escola. Deve fazer bastante barulho.
— Ponha barulho nisso. Não consigo me concentrar nos estudos. Se eu fosse ministro da Educação, mandaria fechar a escola sem delongas.
— Ha, ha, ha... Você parece bem irritado. Alguma coisa o aborrece?
— Nem fale. Vivo o dia inteiro irritado.
— Então não é melhor se mudar?
— Quem vai mudar? Que insolência a sua...
— De nada adianta se zangar comigo. São apenas crianças. Largue mão delas.
— Essa solução pode convir a você, não a mim. Ontem chamei um professor da escola e discutimos sobre o assunto.
— Deve ter sido interessante. Ele se desculpou?
— Sim.

Nesse momento, a porta de entrada voltou a ser aberta e ouviu-se uma voz.

— A bola entrou no seu jardim. Podemos pegá-la?
— Eles não param de vir aqui. Veja só, mais uma bola.
— Combinamos que eles viriam pela porta da frente.
— Ah, então é isso. É por isso que eles aparecem desse jeito. Agora entendi.
— O que você entendeu?
— Como? A razão de eles virem pegar as bolas, lógico.
— Essa é a décima-sexta vez hoje.
— Não é um incômodo? Diga-lhes para pararem de vir perturbá-lo.
— Não ia adiantar, eles viriam de qualquer forma.
— Se você pensa assim, não há nada a fazer. Bem, por que não põe de lado essa sua obstinação? Uma pessoa cheia de ângulos como você acaba sendo prejudicado pelas dificuldades em passar rolando

neste mundo. As pessoas redondas podem ir por toda parte rolando tranquilamente. As pessoas quadradas não só têm dificuldade para rolar, como a cada vez que se metem a fazê-lo seus ângulos enroscam, provocando dor. Você não é único neste mundo e não pode querer que todos ajam conforme sua vontade. Eu penso assim. Você só tem a perder se opondo obstinadamente àqueles que têm dinheiro. Seus nervos ficam em frangalhos, a saúde se debilita, não recebe elogios por isso. E seu adversário permanece tranquilo, pois basta que empregue outras pessoas. É impossível vencer um inimigo em grande número. Continue obstinado, mas se quiser fazer tudo do seu jeito acabará não podendo estudar nem realizar suas tarefas diárias. Você termina se estafando e nada ganha com isso.

— Com licença. Uma bola nossa caiu no seu jardim. Posso ir até os fundos pegá-la?

— Viu? Lá vem eles novamente — disse Suzuki rindo.

— Que aviltamento! — exclamou meu amo de rosto avermelhado.

Acreditando ter cumprido o objetivo de sua visita, Suzuki aproveitou a deixa para se despedir, convidando meu amo a ir visitá-lo.

Bastou Suzuki ir embora para o doutor Amaki chegar. A história mostra que são poucos os neurastênicos que se autodenominam dessa forma. Ao notarem que há algo estranho com eles, já terão ultrapassado o pico de seus ataques frenéticos. Meu amo atingiu o nível máximo de seu nervosismo ontem, por ocasião do grande incidente, e, apesar de todo o diálogo ter começado como cabeça de tigre e terminado como cauda de serpente, chegou-se a um entendimento no final. À noite, porém, meu amo percebeu, após ponderar longo tempo sobre o assunto em seu gabinete, que algo não batia bem. Havia espaço para se questionar se seria a Escola das Nuvens Descendentes ou ele próprio que estaria errado, mas o fato incontestável era que havia algo esquisito. Percebeu que, por mais que morasse ao lado de uma escola, era estranho que durante todo o ano se sentisse continuamente irritado. Se isso o incomodava, era preciso dar um jeito. Concluiu não haver outra forma de aliviar seu agastamento a não ser tomando algum medicamento, oferecendo assim uma propina à fonte de sua irritação. Foi por chegar a essa conclusão que lhe ocorreu a ideia de chamar o doutor Amaki, o médico da família, para uma consulta. Se essa decisão foi inteligente ou estúpida, é outra questão. De qualquer forma, devemos reconhecer ser admirável e muito louvável que tenha percebido seus próprios ataques frenéticos. O doutor Amaki, com sua habitual fisionomia sorridente, perguntou a meu amo como estava passando. É costume dos médicos indagarem isso a seus pacientes. Eu não confiaria em um médico se ele não fizesse essa pergunta.

— Doutor, acho que estou nas últimas.

— Vamos, vamos, isso é improvável.

— Diga-me, doutor, medicamentos são realmente eficazes?

O doutor Amaki se espantou com a pergunta, mas com doçura e cortesia respondeu sem mostrar excitação.

— Em geral, os remédios servem para curar.

— Veja meu problema estomacal. Por mais que tome remédios, não melhora.

— Isso não procede.

— Será que não? Será que está um pouco melhor? — indagou meu amo sobre o próprio estômago a seu interlocutor.

— Não é algo que se cure tão rápido, já que os medicamentos têm efeito gradual. Seu estômago está bem melhor agora.

— O doutor acha mesmo?

— Você costuma se irritar?

— Lógico, até mesmo em meus sonhos eu me irrito.

— Recomendo-lhe fazer exercícios físicos.

— Quando me exercito, me irrito ainda mais.

O doutor Amaki parecia desanimado.

— Permita-me examiná-lo — anunciou.

Sem conseguir esperar até o final do exame, meu amo perguntou em voz alta:

— Doutor, um dia desses eu li num livro sobre hipnose que é possível curar cleptomania e várias doenças através do hipnotismo, é verdade?

— Sim, existe esse tipo de tratamento.

— Ainda é utilizado?

— Sim.

— É difícil hipnotizar alguém?

— Nem um pouco. Faço isso com frequência.

— O doutor faz hipnose?

— Sim. Gostaria de tentar? Teoricamente, qualquer pessoa pode ser hipnotizada. Se estiver disposto, podemos experimentar.

— Muito interessante. Por favor, tente. Sempre tive vontade de ser hipnotizado. Só tenho receio de nunca mais ser capaz de acordar, o que seria um desastre.

— Não há perigo. Vamos então.

Em um abrir e fechar de olhos a consulta foi concluída e meu amo se preparava para se deixar hipnotizar. Por eu nunca haver presenciado algo semelhante, de um canto do salão observava com discrição, regozijando-me antecipadamente com o resultado. O doutor começou o trabalho pelos olhos. À primeira vista seu método consistia em massagear de cima para baixo a pálpebra superior de ambos os olhos. Apesar de meu amo mantê-los fechados, o doutor continuava repetidamente o movimento na mesma direção. Instantes após, ele se dirigiu a meu amo perguntando:

— Conforme eu massageio suas pálpebras, aos poucos você não começa a sentir os olhos pesados?

— Tem razão, estão pesados — respondeu meu amo.

— Vão ficando mais e mais pesados. Consegue sentir?

Meu amo permaneceu calado com ares de que sentia exatamente como o doutor lhe dizia. A mesma técnica de massagem continuou por mais três ou quatro minutos. Por fim, o doutor declarou:

— Pois bem, você não pode mais abrir os olhos.

Pobre amo! Seus olhos acabaram sendo destruídos.

— Não abrem mais?

— Não, não abrem.

Meu amo conservava os olhos cerrados, permanecendo em silêncio. Eu jurava que ele ficara cego. Instantes depois, o doutor anunciou:

— Se quiser, tente abri-los. Mesmo querendo, não conseguirá.

— É verdade? — duvidou meu amo e logo abriu os olhos normalmente. E comentou sorridente: — Parece que não funcionou.

O doutor Amaki retornou o sorriso e concordou:

— Tem razão.

A sessão de hipnose terminou em fracasso. O doutor Amaki foi embora.

Em seguida apareceu... Nunca antes tantas visitas vieram à casa de meu amo. Parece mentira, considerando-se ser a residência de um homem com tão pouco relacionamento social. Mas não há dúvida de que mais um visitante apareceu. E era uma visita rara. Não é pelo fato de ser alguém que raramente aparece que falo sobre ele. Desde há pouco venho descrevendo as consequências do grande incidente e o visitante raro é uma peça imprescindível nessa descrição. Ignoro seu nome, mas posso dizer que tinha um rosto comprido, portava uma barbicha parecida com a de um bode e teria por volta de quarenta anos. Em contraposição ao esteta Meitei, pretendo chamá-lo de Filósofo. Se me indagarem a razão, certamente não é porque ele fazia apologia de si como Meitei, mas tão somente por observar a maneira como conversava com meu amo, que me transmitia a impressão de ser ele um filósofo. Pareciam haver sido colegas de escola, já que se tratavam de maneira bastante espontânea.

— Ah, o Meitei! Ele é tão mole quanto ração para carpas flutuando sobre a superfície de um lago. Dizem que recentemente, ao passar com um amigo em frente à casa de um nobre que não conhecia, puxou-o para entrar e tomar um chá. É um grande folgazão!

— E o que aconteceu?

— Nem me dei ao trabalho de perguntar. Ouça o que eu digo, ele é excêntrico por natureza, sem nada na cabeça, não passa de ração para carpas. E Suzuki? Ele costuma vir visitá-lo? Sua lógica é incompreensível, mas tem jeito para lidar com as pessoas. É bem do tipo que vive com um relógio de ouro dependurado. Mas de que adianta se não tem profundidade e é impaciente? Vive falando de harmonia, mas ele próprio desconhece o significado. Se Meitei é ração para peixes, Suzuki não passa de um bloco de gelatina de inhame envolto em palha: apenas escorregadio e tremelicante.

Meu amo soltou uma gargalhada como havia muito não fazia, parecendo muito impressionado com essas comparações extravagantes.

— Como você então se definiria?

— Eu? Bem, eu seria... provavelmente... uma batata comprida e enfiada na lama.

— Eu invejo esse seu jeito sempre sereno e despreocupado.

— Que nada. Ajo como qualquer pessoa. Nada há em especial a invejar. Para minha felicidade não invejo ninguém, e isso já é ótimo.

— Como vão suas finanças nesses últimos tempos?

— Inalteradas. Ganho apenas para viver. Mas não me preocupo, já que é suficiente para me alimentar.

— Eu vivo contrariado, irritado e tudo à minha volta só me causa descontentamento.

— Estar descontente não é algo necessariamente ruim. Depois que o descontentamento passa, a sensação é de alívio por um tempo. Bem, há gente de todo tipo e não se recomenda que todos sejam como nós, pois as coisas não se passam como desejamos. Como todo mundo, se não usarmos palitinhos, comer se torna difícil, mas podemos cortar nosso pão da maneira que melhor nos convier. Se mandarmos fazer uma roupa em um alfaiate habilidoso, ela se ajustará de forma perfeita ao corpo, mas se, ao contrário, o alfaiate é inepto, só nos restará suportar pacientemente por um tempo. Porém, o mundo é bem estruturado e, à medida que vestimos a roupa, ela acaba por se moldar a nosso corpo. Seria uma felicidade se pais excelentes com sua habilidade nos fizessem nascer já adaptados ao mundo atual. Mas, se não for de todo possível, outro jeito não há senão suportar a falta de adaptação ou ter a paciência de esperar até que o mundo se adapte a você.

— O problema é que, por mais que eu espere, o mundo jamais se adaptará a mim. Algo muito desanimador.

— Se tentamos vestir um paletó menor que nosso número, ele acaba se descosendo. As pessoas brigam, se matam, provocam tumultos. Ao contrário, você apenas reclama não ter interesse por nada e, obviamente, não se suicidaria e nunca comprou briga. Sua situação não é nada ruim, pode estar certo.

— Mas, na realidade, tenho que brigar todos os dias. Mesmo não havendo um adversário, o fato de estar irritado deve ser um tipo de briga.

— Entendo. Uma briga consigo próprio. Interessante. Entregue-se então à luta.

— Já me cansei disso.

— Então pare.

— Falar é fácil, mas o coração não é tão livre para escolher.

— O que o deixa tão aborrecido afinal?

Meu amo expôs diante do Filósofo em detalhes o incidente com os estudantes da Escola das Nuvens Descendentes, o texugo de terracota de Imado, Pinsuke e Kishago, enfim, todos os seus descontentamentos. O Filósofo o ouvia calado, até que finalmente abriu a boca e explicou a meu amo o seguinte:

— Você não deve dar ouvidos ao que Pinsuke ou Kishago dizem. Com certeza não passa de um monte de tolices. E você acha que vale a pena se amofinar por causa de meros estudantes? É um estorvo. E de nada adianta discutir ou brigar que o estorvo não desaparece. Nesse sentido, eu acho mesmo que os japoneses dos tempos antigos eram superiores aos ocidentais. Tem sido moda adotar a maneira ocidental de constante atitude positiva, mas existe nela uma grande desvantagem. Em primeiro lugar, não há limites a essa positividade. Por mais que se queira agir sempre positivamente, não se pode chegar nem aos domínios da satisfação nem às fronteiras da perfeição. Há ciprestes acolá? Se são desagradáveis à vista, nós os cortamos. Se o fizermos, será então a pensão mais adiante que perturbará a visão. Se a eliminarmos, em seguida ficaremos irritados com as casas que aparecem quando ela é retirada. Não há limites. A maneira de proceder dos ocidentais é sempre essa. Assim como Napoleão ou Alexandre não se sentiram satisfeitos com suas vitórias, não há ser humano completamente satisfeito. Alguém está descontente, briga, seu adversário se aborrece, abre um processo judicial, vence nos tribunais. Você se engana se pensa que com isso essa pessoa se acalma. A paz de espírito só é obtida com a morte. Se a monarquia não agrada, parte-se para o parlamentarismo. Se o parlamentarismo não agrada, procura-se outro sistema. Para um rio atrevido, constrói-se uma ponte, se não se gosta da montanha, cava-se através dela um túnel. Se o transporte é complicado, abrem-se estradas de ferro. Porém, nunca se consegue obter satisfação plena. Até onde o ser humano poderá conduzir sua vontade positiva? A civilização ocidental é provavelmente positiva e empreendedora, mas foi criada por pessoas que passarão toda a vida insatisfeitas. A civilização japonesa não busca a satisfação pelas mudanças das condições fora do próprio homem. O que mais a diferencia do Ocidente é essencialmente o fato de ter se desenvolvido baseada na grande hipótese de que o ambiente ao redor deva permanecer imutável. Se o relacionamento entre pais e filhos não se mostra interessante, não se tenta obter o equilíbrio pela melhoria do relacionamento, como o fariam os europeus. O relacionamento entre pais e filhos não pode ser alterado, procurando-se uma forma de obter a serenidade em seu âmago. O mesmo se passa na distinção entre marido e mulher, senhor e vassalo, guerreiro e comerciante, assim como também se vê na própria natureza. Se é impossível ir à região vizinha devido à existência de uma montanha, em vez de pensar em destruir a montanha, planeja-se uma forma de não precisar ir até esse local. Forma-se o sentimento de satisfação mesmo não se cruzando a montanha. Por isso, veja bem, mesmo os zen-budistas e confucionistas estão basicamente cientes dessa questão. Por mais poderosos que possamos ser, a humanidade não se dobra à nossa vontade, sendo impossível impedir que o sol se ponha ou fazer as águas do rio Kamo fluírem no sentido inverso. Só temos poder sobre nosso próprio espírito. Se você treinar a liberação espiritual, permanecerá tranquilo em meio à agitação dos estudantes da Escola das Nuvens Descendentes, e não se importará se for chamado de texugo de terracota de Imado. Quando Pinsuke ou qualquer outro falar alguma idiotice, bastará apenas pensar no quão tolos eles são e se acalmar. Um antigo monge disse certa vez ao homem que estava prestes a transpassá-lo com sua espada: "Sua espada corta o vento primaveril veloz como um raio."[110] Quando

---

110. Referência a Sogen Mugaku (1226-1286), monge chinês que se refugiu no Japão fugindo do domínio mongol no sul da China. Conta-se que durante uma invasão

treinamos nosso espírito atingindo o máximo da passividade, não seria possível obter esse efeito de atividade espiritual? Não entendo dessas coisas complexas, mas de qualquer forma considero um pouco errado imaginar que a positividade ocidental seja boa. Por mais que você aja positivamente, é incapaz de impedir que os estudantes venham troçar de você. Seria diferente se você tivesse poder para fechar aquela escola, ou se os estudantes cometessem uma falta grave que o permitisse se queixar à polícia, mas não sendo essa a situação, por mais que você aja positivamente, nunca os vencerá. É preciso dinheiro se quiser agir de maneira positiva. É uma questão de um contra todos. Em outras palavras, você deve baixar a cabeça diante dos ricos. Você tem de se curvar a estudantes que são em grande número. A causa de seu descontentamento é um pobretão como você querer brigar sozinho positivamente. Compreende?

Meu amo ouvia com atenção, sem responder se compreendia ou não. Depois que o visitante partiu, voltou a se trancar no gabinete e, sem pegar qualquer livro para ler, se pôs a meditar.

Tojiro Suzuki o ensinou a se subordinar ao dinheiro e àqueles em grande número. O doutor Amaki lhe recomendou acalmar os nervos por meio da hipnose. Por último, o Filósofo lhe pregou sobre a serenidade obtida através do treinamento passivo do espírito. Meu amo fará sua escolha por vontade própria. A única coisa inegável é que não é possível deixar as coisas continuarem do jeito que estão.

---

ao templo e após ter visto um dos monges ser assassinado ao constatar que seria o próximo a morrer teria dito: "Tudo neste mundo é vazio. Se quiser usar sua espada, faça-o, mas apenas cortará o vazio. Que sentido pode ter cortar o ar primaveril enquanto um raio brilha?" Impressionados com seu discernimento e coragem, os guerreiros invasores teriam fugido.

9

Meu amo possui um rosto bexiguento.[111] Ouve-se frequentemente dizer que marcas de varíola nas faces eram comuns antes da Restauração Meiji, mas em nossa época de Aliança Anglo-Nipônica um rosto semelhante transmite a impressão de algo um pouco retrógrado. As estatísticas médicas concluíram com precisão que as marcas de varíola declinarão na proporção inversa ao crescimento populacional, se extinguindo em um futuro próximo, uma tese que não deixa margens a dúvidas nem a um gato como eu. Ignoro a quantidade de humanos vivendo com rostos semelhantes neste mundo, mas asseguro não haver em meu círculo de amizades felinas ninguém que as possua. E entre os humanos conheço apenas um, que é, obviamente, meu amo. Isso é lastimável.

Sempre que olho para meu amo pondero sobre a relação de causa e efeito que teria tornado tão bizarro esse rosto, através do qual ele respira o ar deste século XX. No passado, é provável que esse rosto exercesse influência sobre seus pares, mas atualmente, quando todas as marcas de varíola receberam ordem de despejo e se transferiram para a marca de vacina na parte superior do braço, não mais pode se ufanar como antes daquelas que dominam obstinadas e imóveis a ponta do nariz e as bochechas, nem da reputação daí resultante. Se possível, seria recomendável dar cabo delas o quanto antes. As pobrezinhas devem se sentir infelizes. Teriam elas, por ocasião do declínio de seu poder, jurado com determinação recuperar a todo custo seu resplendor no firmamento e estariam por isso dominando com tamanha arrogância todo o rosto daquela forma? Se sim, então não devemos olhá-las com desprezo. Posso afirmar que são irregularidades na superfície merecedoras de meu mais

---

[111]. Soseki era conhecido por seu rosto com marcas da varíola contraída quando criança.

profundo respeito, pois formam um grupo de minúsculos orifícios permanentes que desafiam a vulgaridade. Seu único defeito é parecerem tão imundas.

Quando meu amo era criança, havia no bairro de Yamabushi em Ushigome um famoso doutor em medicina chinesa chamado Sohaku Asada. Contam que esse médico idoso visitava seus doentes em uma liteira. Depois do falecimento do velho Sohaku, seu filho adotivo deixou de usar a liteira, preferindo o riquixá. Quando o filho adotivo de Sohaku morrer e for sucedido por seu filho adotivo, provavelmente este substituirá os chás de ervas por antipirina. Mesmo nos tempos do velho Sohaku ver liteiras se movimentando por toda a Tóquio não era um espetáculo agradável aos olhos. Usavam-nas os fantasmas apegados ao estilo antigo, porcos sendo conduzidos para embarque nos trens e o próprio Sohaku.

Dá-me pena ver as marcas de varíola no rosto de meu amo, em geral tão antiquadas quanto a liteira de Sohaku. Obstinado como o velho médico, meu amo continua indo diariamente à escola ensinar o *Reader*, expondo ao mundo as marcas, que continuam de seu exílio a batalhar para não sucumbirem.

Como sempre, meu amo se põe de pé sobre o tablado da sala de aula com essas comemorações do século passado gravadas por toda a face, as quais sem dúvida oferecem aos alunos um grande ensinamento além das aulas. Em vez de lhes repetir sentenças do *Reader* como "*monkeys have hands*", passa-lhes facilmente sua interpretação sobre a grande questão que é a "influência causada pelas marcas de varíola" e concede a seus discípulos a resposta através da própria pele. No dia em que professores assim como meu amo desaparecerem, os alunos precisarão correr às bibliotecas ou museus para pesquisar sobre essa questão, despendendo esforço semelhante àqueles que pretendem visualizar como eram os egípcios antigos a partir de suas múmias. Desse ponto de vista, as marcas de varíola de meu amo dissimulam uma curiosa virtude.

No entanto, não foi para colocar essa virtude à vista que meu amo plantou essa varíola no rosto. Na realidade ele até se vacinou contra ela. Infelizmente, a marca da vacina tomada no braço transmitiu-se para a face. Nessa época, ele era uma criança e, como não precisava despertar o interesse do sexo oposto pela beleza facial, arranhava indiscriminadamente o rosto ao coçá-la. Como a erupção de um vulcão, a lava pareceu ter escorrido por sua face, acabando por destruir o rosto herdado dos pais. Ele costuma afirmar à esposa ter sido um menino encantador antes da varíola atacá-lo. Chega mesmo a se ufanar de sua beleza, a qual levava os estrangeiros a se virarem para olhá-lo quando ia ao templo de Kannon, em Asakusa. Talvez fosse realmente assim. Contudo, é uma pena não haver nenhuma testemunha dessa sua história.

Por mais virtudes ou ensinamentos que possa ter, algo sujo não deixa de ser sujo. Portanto, desde que chegou à idade da razão, meu amo começou a se preocupar com as marcas da varíola e tentou por todos os meios possíveis livrar-se dessa aberração visual. No entanto, ao contrário da liteira de Sohaku, não era algo que se pudesse jogar fora de imediato quando não se gostasse mais delas. Mesmo hoje subsistem claramente em suas faces. Parecendo se incomodar por serem tão aparentes, sempre que perambula pelas ruas meu amo observa outros rostos na mesma situação que encontra pelo caminho. Ele anota em seu diário quantos bexiguentos viu, se eram homens ou mulheres, se estavam em um bazar de Ogawa ou no parque de Ueno. Ele está convicto de que seus conhecimentos sobre marcas de varíola são superiores aos do restante da humanidade. Recentemente, quando um amigo voltou do exterior, perguntou-lhe se os ocidentais possuíam essas marcas. Esse amigo, depois de inclinar a cabeça pensativo, respondeu-lhe que raramente se deparara com alguém nesse estado. Meu amo não se deu por logrado:

— Mesmo raros, há alguns de qualquer forma.

— Ainda que haja, são mendigos ou homens com cartazes de propaganda nas esquinas. Certamente não se encontram entre homens instruídos — respondeu o amigo, com ar indiferente.

— Será mesmo? Parece um pouco diverso da situação no Japão — insistiu meu amo.

Meu amo, que abandonara a briga com os estudantes da Escola das Nuvens Descendentes após ouvir a opinião do Filósofo, desde então se manteve enfurnado em seu gabinete refletindo sem parar sobre algo. Deve ter acatado a recomendação do pensador e provavelmente permanecia sentado em posição contemplativa, almejando condicionar seu espírito através da prática ascética. Um homem irresoluto como ele não obteria bons resultados apenas permanecendo com o rosto melancólico e de braços cruzados. Acho que seria muito melhor para ele empenhar seus livros em uma casa de penhores e ir aprender canções da moda com alguma gueixa, mas um homem intransigente como ele não daria ouvidos aos conselhos de um gato. Bem, faça ele o que lhe aprouver. De minha parte, procurei não me aproximar do gabinete durante cinco ou seis dias.

Hoje completou uma semana desde então. Nas doutrinas zen, há seguidores que permanecem sentados por sete dias em uma meditação de assustadora intensidade buscando atingir o nirvana, e eu me perguntava o que teria acontecido a meu amo. Estivesse morto ou vivo, a esta hora já deveria ter chegado a uma conclusão. Decidi passar sorrateiramente pela varanda até alcançar a porta do gabinete para investigar o que se passava em seu interior.

O gabinete possui seis tatames e está direcionado ao sul, com uma grande mesa em um local bastante ensolarado. Para se compreender melhor, por "grande mesa" me refiro a um trambolho de um metro e oitenta de comprimento por um metro e trinta de largura e altura proporcional. Lógico que não foi comprada pronta. É uma peça muito rara encomendada a um marceneiro das redondezas, elaborada com a dupla função de mesa e cama. A menos que perguntasse diretamente a meu amo, não saberia a razão de ele a ter mandado fabricar, nem o que o levou a desejar dormir sobre ela. Talvez tenha sido um impulso momentâneo que o levara a carregar essa monstruosidade para seu gabinete, ou quem sabe, assim como ocorre com frequência aos doentes mentais, associou dois conceitos sem nenhuma relação ou nexo, estabelecendo a seu bel-prazer um vínculo entre mesa e cama. De qualquer forma, é uma ideia esdrúxula. Além do fato de ser um objeto fora do comum, o defeito da mesa-cama é não possuir nenhuma função prática. Já vi meu amo cair para a varanda ao mudar de posição enquanto dormia sobre ela. Desde então, ele nunca mais a utilizou como leito.

Em frente à mesa há uma almofada em musselina muito fina, onde três orifícios causados por pontas de cigarro permitem entrever o algodão acinzentado do interior. Sentado sobre essa almofada, de costas viradas em minha direção, estava meu amo. Ele dera um nó duplo no *obi* acinzentado e sujo de seu quimono, cujas pontas caíam displicentemente à direita e à esquerda da sola de seus pés. Recentemente, ao brincar com esse *obi*, acabei levando um tapa na cachola. Por isso, nunca me atrevo a me aproximar dele.

Ainda estaria ele pensando? Reza um ditado que refletir é desperdiçar o tempo. Olhei meu amo por trás e percebi algo brilhando sobre a mesa. Instintivamente pisquei duas ou três vezes seguidas, mas aguentei a claridade para contemplar o bizarro objeto. A luz vinha de um espelho que se movimentava sobre a mesa. Contudo, por que meu amo manuseava um espelho dentro de seu gabinete? Espelhos são objetos próprios a salas de banho. Eu mesmo vira esse espelho na sala de banhos pela manhã. Digo "esse espelho" por não haver nenhum outro na casa de meu amo. Todas as manhãs, depois de lavar o rosto, o professor reparte sua cabeleira olhando-se nesse espelho... Alguns leitores se indagarão como um homem com a natureza de meu amo se dá ao trabalho de pentear o cabelo. Apesar de indiferente a tudo o que se possa imaginar, trata seu cabelo de forma especial. Desde que habito esta casa, ele nunca cortou o cabelo rente, nem nos dias mais quentes. Sempre o deixa comprido uns seis centímetros, repartindo-o com cuidado apenas do lado esquerdo, com a parte direita levemente erguida. Isso também demonstraria ser um sintoma de sua doença mental. Acho que um estilo de repartir o cabelo tão afetado em nada condiz com essa mesa, mas como nenhum prejuízo causa a outras pessoas, ninguém diz nada. Meu amo se orgulha do penteado. Deixando de lado o esnobismo da repartição capilar, existe uma razão para que ele deixe o cabelo crescer daquela maneira. As marcas de varíola não apenas invadiram seu rosto, mas há muito se estenderam por todo o couro cabeludo. Por isso, se cortasse o cabelo rente um centímetro e meio ou menos, como os homens fazem normalmente, na raiz dos pelos curtos se revelariam dezenas dessas marcas. Mesmo esfregando-as com tenacidade, essas minúsculas crateras não desapareceriam. Sua cabeça pareceria uma planície seca onde se soltou uma grande quantidade de vaga-lumes, e, embora haja nisso certo charme, não deve ser apreciado por sua esposa. De que valeria revelar explicitamente uma deformidade se é possível mascará-la deixando os cabelos compridos? É desnecessário gastar dinheiro para mandar cortar pelos que crescem de graça, revelando assim as marcas de varíola existentes até no crânio, e se pudesse meu amo os deixaria crescer por sobre o rosto para resolver o problema das marcas nesse local. Eis porque ele deixa os cabelos crescerem. Por estarem compridos é preciso reparti-los. Para fazer isso é necessário se olhar em um espelho. Por esse motivo há um espelho no salão de banhos, e só um em toda a casa.

O espelho que deveria estar no salão de banhos, único espécime na residência, ou veio parar no gabinete devido a um ataque de sonambulismo ou fora trazido do salão de banhos por meu amo. Na hipótese de o ter trazido, com que finalidade meu amo fez isso? Seria o espelho um instrumento necessário à tal disciplina mental passiva? No passado, um acadêmico visitou um famoso monge budista, cujo nome não me recordo, e o encontrou despido dos ombros à cintura polindo uma telha. Ao perguntar-lhe o que fazia, obteve como resposta "Estou me empenhando ao máximo na produção de um espelho". O acadêmico se espantou e o fez ver que mesmo um monge célebre não seria capaz de criar um espelho a partir de uma telha. O monge soltou uma gargalhada. "Então, vou desistir", confessou, "pois o mesmo ocorre com a iluminação interior: por mais que se leia, nunca se conseguirá obtê-la." Meu amo provavelmente ouvira essa história e por isso trouxe do salão de banhos o espelho e o movimentava repetidas vezes diante do rosto. Observava com calma o rumo bem conturbado que as coisas tomaram.

Ignorando minha presença, meu amo contemplava seu espelho com muito ardor. Um espelho é um objeto tétrico. Dizem que é necessária muita coragem para olhar dentro de um deles quando se está sozinho em um quarto numa noite profunda, com apenas uma vela acesa. Quando uma das meninas da casa colocou pela primeira vez um espelho em frente a meu focinho, meu susto foi tanto que dei três giros ao redor da casa. Mesmo durante um dia claro, contemplar um espelho com tanta diligência como fazia meu amo certamente o levaria a se acovardar diante do próprio rosto. Afinal, seu rosto não é dos mais agradáveis à visão.

Depois de alguns instantes, meu amo começou a falar sozinho:

— Que rosto sujo eu tenho.

É admirável ouvir alguém confessar a própria feiura. Embora suas atitudes sejam as de um débil mental, existe verdade naquilo que diz. Se avançar mais um passo, começará a ter medo de seu aspecto repugnante. Um homem só pode ser chamado de experiente nos assuntos deste mundo quando sentir até o fundo dos ossos o fato de ser terrivelmente vil. Sem essa experiência é impossível atingir a libertação plena do espírito. Ao ponto em que chegou, meu amo deveria exclamar algo como "Ah, que horror!", mas simplesmente não o fazia. Apenas se limitou a constatar ser dono de um rosto sujo e, em seguida, encheu de ar as bochechas. Depois, deu dois ou três tapas sobre elas com as mãos espalmadas. Ignoro que tipo de feitiçaria ele praticava. Nesse momento, percebi que existia em algum lugar um rosto muito parecido com o dele. Depois de muito refletir, me dei conta de que era o rosto de Osan. Aproveitando o ensejo, descreverei brevemente os traços fisionômicos dela.

O rosto de Osan é intumescido. Não faz muito tempo, um conhecido trouxe como lembrança do Santuário Anamori Inari[112] uma lanterna arredondada fabricada com pele de baiacu. O rosto de Osan é tão inchado quanto essa lanterna. O inchaço é tão cruel que ambos os olhos desaparecem de sua face. Quando se assopra um baiacu sua pele se torna toda arredondada e lisa, mas no caso de Osan, por ser a formação óssea da face cheia de ângulos, o intumescimento por todos os ossos se assemelha a um relógio hexagonal acometido de hidropisia. Temeroso que Osan pudesse me ouvir, paro por aqui de falar dela e volto a meu amo que, como disse, enchia de ar até não poder mais suas bochechas e continuava a dar tapinhas sobre elas.

---

112. Santuário xintoísta construído em 1818 na região do atual aeroporto de Haneda, em Tóquio. A ideia original era proteger os habitantes da região contra inundações.

— Distendendo a pele até este ponto não se percebe as marcas — continuava ele a falar com seus botões.

Em seguida, virou-se de perfil para que a metade do rosto banhada pela luz se refletisse no espelho.

— Olhando por este ângulo, ficam bastante visíveis. Realmente parecem lisas quando o rosto está virado para a claridade. Ah, que rosto sujo! — exclamou parecendo deveras impressionado.

Depois disso, estendeu até onde pôde o braço direito, colocando o espelho o mais afastado possível de si, e contemplou-o calmamente.

— Não é tão mau a esta distância. O ruim é olhá-las de perto... Isso é verdadeiro não só para o rosto — afirmou, como se tivesse descoberto a pólvora.

De repente, virou o espelho de lado. Franziu a um só tempo os olhos, testa e sobrancelhas como se os quisesse juntar para alcançar em conjunto a ponta do nariz.

— Ah, de nada adianta! — exclamou ao notar a aparência visivelmente desagradável.

Ciente disso, meu amo logo interrompeu os trejeitos faciais.

— Por que esse rosto é tão repulsivo? — perguntou com ar perplexo aproximando o espelho a dez centímetros dos olhos.

Com o dedo indicador da mão direita coçou as laterais do nariz e, logo em seguida, comprimiu com força a ponta do dedo sobre um mata-borrão posto sobre a mesa. A gordura do nariz foi absorvida, gerando sobre o papel uma mancha circular. Como são variadas as habilidades de meu amo! Depois disso, levou esse mesmo dedo do qual retirara a gordura nasal até o olho direito, puxando para baixo a pálpebra inferior e mostrando o que é vulgarmente conhecido como uma "careta de desdém". Não dava para saber se pesquisava as marcas de varíola ou se apenas brincava de sério com sua imagem refletida. São tantos os interesses de meu amo que parecem ser vários seus objetivos. Na realidade não é bem assim. Se, com certa benevolência, interpretarmos suas ações destituídas de sentido da mesma maneira que um certo monge se admirara imensamente dos gestos de um fabricante de gelatina de inhame, acreditando serem respostas a suas indagações religiosas, podemos julgar que meu amo encenava vários gestos na frente do espelho como forma de buscar o autoconhecimento. Todos os estudos humanos se relacionam à personalidade. Terra e céu, montanhas e rios, sol e lua, estrelas e outros corpos celestes, todos não passam de nomes diversos do eu interior. Ninguém é capaz de descobrir outro tópico a ser estudado que não seja si próprio. Se o ser humano pudesse pular para o exterior de seu eu, esse eu desapareceria no momento em que se visse fora dele. Além disso, o estudo do eu só pode ser realizado pela própria pessoa e por ninguém mais. Por mais que se queira fazer ou que se espere que alguém o faça, é inútil. Por este motivo, os heróis da Antiguidade assim se tornaram por sua própria força. Se fosse possível para outrem entender o eu, seria possível julgar por si se estava dura ou mole a carne que outra pessoa comeu em seu lugar. Ouvir sermões pela manhã e, à noite, princípios a seguir, assim como ler um livro à luz do lampião em um gabinete, não passam de instrumentos para estimular o autoconhecimento. O eu não existe nos sermões pregados por outros, nos princípios experimentados por terceiros, nem em cinco carroças de livros corroídos pelas traças. Se neles existisse, o eu seria um espírito. É certo que em determinados casos o espírito pode ser superior à ausência completa de espírito. Há casos em que se encontra a substância verdadeira quando se persegue sombras. Muitas sombras se distanciam normalmente da verdade. Nesse sentido, meu amo demonstrava ser um homem muito sensível por mexer tanto no espelho. Acredito que era bem melhor do que se passar por um erudito engolindo Epicteto e outros seus semelhantes.

Um espelho é ao mesmo tempo um instrumento de fermentação de vaidades e um esterilizador do orgulho. Não existe outro objeto capaz de instigar tanto as pretensões dos idiotas que nele se miram a fantasiar ostentações. Desde a Antiguidade, são sem dúvida os espelhos os culpados por dois terços das ocorrências nas quais a arrogância causou danos pessoais ou infligiu terceiros. Da mesma forma que a invenção por um médico caprichoso de uma máquina de decapitação na época da Revolução Francesa representou um crime abominável, aquele que pela primeira vez produziu um espelho deve ter experimentado amargo arrependimento. Contudo, para aqueles que estão a ponto de se sentirem desgostosos de si, quando sua autoestima definhou, não existe prazer maior do que se mirar em um desses objetos. Diante dele a beleza e a feiura se tornam patentes. Nesse momento, sem dúvida se percebe como foi possível viver até o momento orgulhando-se de si apesar de um rosto medonho. Essa conscientização é o momento de maior relevância em toda a vida humana. Nada há de mais respeitável do que o reconhecimento da própria imbecilidade. Aqueles que se julgam suprassumos humanos deveriam abaixar a cabeça em homenagem aos que se autorreconhecem idiotas. Os idiotas podem rir triunfantes, mostrando menosprezo por si, uma atitude merecedora de reverência por todos que a observam. Falta a meu amo a inteligência de se conscientizar de sua imbecilidade ao se olhar no espelho. Contudo, é o tipo de homem capaz de ler com imparcialidade as marcas impressas no próprio rosto. Reconhecer a feiura fisionômica é um primeiro passo para a compreensão de sua ignobilidade. Ainda restava esperança para meu amo. Talvez isso foi também consequência dos argumentos do Filósofo.

Refleti sobre tudo isso enquanto o observava. Ignorando minha presença, após abaixar e soltar as pálpebras inúmeras vezes, meu amo notou o seguinte:

— Minhas vistas estão bastante hemorrágicas. É sem dúvida conjuntivite crônica.

Com o indicador posicionado na horizontal começou a coçar em movimentos vigorosos as pálpebras hemorrágicas. Provavelmente devia estar sentindo aflição, mas coçá-las de tal forma quando já estão vermelhas só as pioraria. Em um futuro não muito distante, elas com certeza apodreceriam como os globos oculares de pargos postos em salmoura. Por fim ele abriu os olhos e os contemplou no espelho. Como eu imaginava, suas vistas estavam nubladas como o céu invernal fosco das terras setentrionais. Aliás, elas nunca foram muito límpidas. Exagerando um pouco, eu diria que a íris e a parte branca estavam um tanto quanto misturadas, a ponto de não se fazer distinção entre elas. Seus olhos pareciam flutuar eterna e vagamente no fundo de seus globos oculares tal qual um espírito vacilante e ambíguo. Alguns afirmam que essa condição ocular foi causada por sífilis congênita, outros a interpretam como sequelas da varíola. Quando criança recebeu muitos tratamentos à base de larvas encontradas nos salgueiros e rãs vermelhas, mas apesar dos esforços da mãe os olhos permaneceram tão vazios como à época de seu nascimento. Em minha modesta opinião, essa condição não resulta nem da sífilis congênita nem da varíola. O fato de seus olhos perambularem nos confins da turvação demonstram efetivamente a opacidade de sua mente. Os efeitos chegaram a um nível bastante tenebroso, se expressando sobre seu corpo, causando preocupação desnecessária a sua pobre genitora. Assim como não há fumaça sem fogo, onde há olhos enevoados há estupidez. Os olhos simbolizam seu coração, onde há um buraco semelhante ao das moedas usadas durante a Era Tenpo, e assim como elas, embora certamente grandes, são de diminuto valor.

Meu amo começou a torcer os bigodes, que sempre foram rebeldes, com os fios crescendo cada qual à revelia, mal-educados. Por mais que o individualismo esteja em voga na atualidade, percebia-se de maneira clara a inconveniência de tamanho capricho para o dono desses bigodes. Por refletir muito sobre o caso, meu amo recentemente passou a lhes dar treinamento, esforçando-se para ordená-los o mais sistematicamente possível. O resultado do seu fervor foi ter começado nos últimos tempos a obter uma certa ordem. Até então o bigode crescia de forma natural, mas ultimamente meu amo podia se vangloriar de fazê-lo crescer. O fervor foi encorajado pelo grau de sucesso e por isso, entrevendo um futuro promissor para o bigode, meu amo o estimula pela manhã ou à noite, sempre que dispõe de um tempo livre. A ambição do professor é cultivar um bigode vigoroso e com as pontas voltadas para cima como o do imperador Guilherme II. Portanto, sem se preocupar se os poros por onde surgem os pelos têm inclinações para a horizontal ou para baixo, segura um tufo de cerca de dez fios e os puxa para o alto. O bigode deve passar por um mau bocado, já que mesmo seu dono também sofre vez por outra. Todavia, essa é a essência do treinamento. Queira ele ou não, meu amo o força a se manter de pé. Visto por um observador de fora, parece um divertimento bizarro, mas apenas nosso personagem principal o considera imbuído de pleno sentido. Não há razão para criticá-lo, como um educador, por se vangloriar em sentir prazer no passatempo de deformar o caráter de seus alunos.

No momento em que meu mestre executava com sincero entusiasmo sua rígida disciplina mental, a hexagonal Osan apareceu da cozinha trazendo a correspondência e, como sempre, estendeu a mão vermelha para dentro do gabinete. Meu amo, com a mão direita agarrando o bigode e com a esquerda o espelho, voltou-se em direção à porta. A bochechuda viu o bigode, cujas pontas pareciam ter recebido ordem para plantar bananeira, e logo voltou para a cozinha, onde se pôs a gargalhar apoiada sobre a tampa da panela. Meu amo era a calma em pessoa. Abaixou o espelho tranquilamente e pegou as cartas. A primeira delas era impressa e tinha as letras enfileiradas de modo solene. O remetente era um nobre.

Prezado senhor,

É com alegria que lhe transmito meus votos de muita felicidade e prosperidade. Como é de seu conhecimento, fomos vitoriosos em nosso esforço de guerra contra a Rússia e reconquistamos a paz. Nossos leais e bravos oficiais e soldados cantam em triunfo e são aclamados e aplaudidos por nosso povo, que se regozija pela vitória. Chamados às armas pelo Imperador, esses oficiais e soldados lutaram em terras distantes, enfrentando com bravura os rigores do calor e do frio, entregando-se por inteiro aos combates e arriscando suas vidas pela nação. Sua devoção permanecerá para sempre gravada em nossa memória.

O retorno triunfante de nossas tropas estará praticamente concluído ao final deste mês. Por conseguinte, nossa Associação, representando os moradores de nosso distrito, planeja realizar no próximo dia 25 uma grande festividade de celebração da vitória para os mil e poucos oficiais, suboficiais e soldados deste distrito enviados ao front *e, na mesma ocasião, manifestar às famílias que perderam seus entes queridos durante o conflito nossas condolências e os mais sinceros agradecimentos.*

Por conseguinte, seria para nós motivo de enorme alegria se pudéssemos contar com sua prestimosa colaboração para tornar possível a realização dessa enorme festividade. Portanto, esperamos sua aprovação na forma de contribuição para que possamos concretizar nosso plano.

Atenciosamente.

Ao acabar de ler a carta em silêncio, meu amo a recolocou no envelope com a fisionomia indiferente. É provável que nenhuma contribuição sairia de seu bolso. Dia desses, após ter doado dois ou três ienes em prol dos flagelados da safra ruim nas províncias do nordeste, reclamava repetidamente a quem encontrasse que uma doação lhe fora arrancada. Uma doação é algo que se oferece por vontade própria e não algo usurpado à força. Por não ter sido vítima de um roubo, é inadequado afirmar que lhe fora arrancada. Apesar disso, meu amo parecia acreditar ter sido roubado e custava a crer que desembolsaria algum dinheiro por mais que lhe dissessem que a celebração tinha como finalidade recepcionar as tropas em retorno da guerra, mesmo sendo solicitado por alguém da nobreza em uma carta impressa tão peremptória e polidamente redigida. Meu amo achava que, antes de celebrar as tropas, ele mesmo deveria se celebrar. Apenas depois de se ter celebrado, ele poderia celebrar seja lá o que fosse. Todavia, parecia ser sua opinião que, enquanto estivesse batalhando com problemas financeiros de manhã à noite, era mais prático deixar as celebrações a cargo da nobreza. Meu amo pegou a segunda carta e exclamou:

— Que diabos, mais uma carta impressa.

Espero que esta o encontre e a sua família gozando de boa saúde neste frio outono.

Como é de seu conhecimento, desde o ano retrasado as operações de nossa escola têm sofrido as terríveis consequências dos atos praticados por duas ou três pessoas gananciosas. Creio que a falta de medidas de minha parte causou essa situação e sou forçado a aceitar minha parte da culpa. Porém, como resultado de incontáveis esforços, estou conseguindo por minhas próprias forças reunir os fundos necessários à construção do novo prédio da escola da forma que eu o idealizei.

O fato é que estou publicando um livro intitulado Fundamentos da arte de corte e costura, *que apresenta os princípios e leis das artes manuais e representa um trabalho de extensa e excruciante pesquisa pessoal no decorrer de longos anos. Portanto, gostaria de solicitar a cada família que o adquirisse, pelo preço que inclui os custos efetivos de encadernação acrescido de uma diminuta margem de lucro. Estou certo de que isso servirá ao mesmo tempo para o desenvolvimento desse campo de estudos e, acumulando-se os pequenos lucros obtidos, como doação para as obras do novo prédio da escola. Nesse sentido, peço-lhes que adquiram um exemplar do* Fundamentos da arte de corte e costura, *o qual poderão oferecer a seus serviçais.*

Esperando contar com seu apoio, é com respeito que me reverencio nove vezes[113] *diante de sua pessoa.*

Shinsaku Nuida[114],
Diretor da Escola Superior Feminina de Corte e Costura do Grande Japão.

Meu amo amassou com frieza essa carta cortês e a jogou no cesto de lixo. Infelizmente de nada adiantaram o esforço excruciante e as nove reverências do pobre diretor Shinsaku.

Meu amo passou a ler a terceira carta, que tinha uma impressão extremamente bizarra. No envelope, em listras vermelhas e brancas, vistoso como a coluna giratória posta como propaganda em frente às barbearias, estava escrito em sua parte central, em caracteres retilíneos e espessos, *Ao Emérito Professor Kushami Chinno*. Eu não podia garantir que de dentro dela sairia uma figurinha com a ilustração de algum personagem das histórias infantis, como nas caixinhas de bala, mas o envelope era de fato magnífico.

Julgasse eu céus e terras com base em mim mesmo e poderia de um só bocado engolir as águas do rio Xi.[115] *Se céus e terras me julgassem, eu*

---

113. Uma das formas de fecho de cartas formais.
114. Um dos dois ideogramas do nome Shinsaku significa "agulha". No sobrenome Nuida, um dos dois ideogramas significa "costurar".
115. Alusão a um episódio do zen-budismo. Na era Tang, um asceta teria perguntado ao monge zen Ma Tsu (709-788) que tipo de pessoa é dono do eu absoluto, e o mestre teria respondido "Eu lhe direi quando beberes de um só gole toda a água do rio Xi".

não passaria de um punhado de pó do caminho. Diga-me que relação existe entre os céus, as terras e eu. O homem que pela primeira vez ingeriu uma lesma-do-mar deve ser respeitado por sua coragem, e o primeiro a provar um baiacu deve ser honrado por sua bravura. Aquele capaz de consumir lesmas-do-mar é a reencarnação de Shinran[116], e aquele que come baiacus é a personificação de Nichiren.[117] Todavia, pessoas como o professor Kushami só conhecem cabaça seca ao molho de vinagre com pasta de soja. Ainda estou para encontrar o homem que come tal prato e obtenha sucesso neste mundo...

Seus amigos podem traí-lo. Seus pais podem menosprezá-lo. Sua amada pode rejeitá-lo. Ninguém pode obviamente depender de riqueza e distinções. Em um piscar de olhos pode-se perder posição e bens. Os conhecimentos acumulados em seu cérebro podem mofar. Em que afinal o professor pode se apoiar? De quê neste mundo o professor pode depender? Deus?

Deus é apenas uma figura de barro fabricada pelos homens em seu desespero. Não passa do cadáver pútrido solidificado nas fezes evacuadas por homens angustiados. Dizem ser possível encontrar paz de espírito apelando para um ente a quem não se deveria apelar. Que estupidez! Um bêbado soltando inopinadamente palavras ignóbeis, cambaleando em direção ao túmulo. Quando o óleo acaba, o fogo da lamparina se extingue por si. Quando nossa obra neste mundo estiver terminada, o que de nós restará? Vamos professor Kushami, tome um chá...[118]

Nada há a temer se não se reconhecer um homem como homem. Aquele que não reconhece um homem como homem não deve se indignar ao não ser reconhecido neste mundo. Os homens bem-sucedidos obtiveram sua posição por não reconhecer um homem como homem. Todavia, eles se encolerizam ao não serem reconhecidos. Pois que se enfureçam à vontade. Grandes idiotas!

...

---

116. Shinran (1173-1262). Monge fundador da doutrina budista Jodoshin (Terra Pura).
117. Nichiren (1222-1282). Monge fundador da doutrina budista de mesmo nome.
118. Alusão à citação zen-budista "Se encontrar arroz, coma arroz; se encontrar chá, tome chá", segundo a qual se deve dar a devida importância a cada pequeno momento na vida diária.

Quando se considera os homens como homens, mas não se é considerado por seus pares, os descontentes direcionam seu descontentamento contra a sociedade. A essa atividade espasmódica dá-se o nome de revolução. Uma revolução não é o trabalho de descontentes. Ela é produzida prazerosamente pelos homens bem-sucedidos. Existe muito ginseng *na Coreia. O professor deveria experimentar.*

Em Sugamo
Kohei Tendo[119]
Com respeito me reverencio duas vezes.

Shinsaku se reverenciou nove vezes, mas este homem não passou de duas. Por não se tratar de nenhum pedido de contribuição, ele economizou sete reverências. Embora não solicite dinheiro, sua carta é de compreensão extremamente difícil. Se fosse enviada a uma revista, seria grande a possibilidade de ter sua publicação rejeitada, e imaginei que meu amo, cujo cérebro é por demais opaco para tentar entendê-la, a despedaçaria em mil pedaços, mas ao contrário ele a releu inúmeras vezes. Talvez quisesse desvendar o sentido nela contido, acreditando existir algum. Há muitas coisas incompreensíveis entre o céu e a terra, mas nenhuma delas é destituída de sentido. Se nos empenharmos, poderemos interpretar mesmo as sentenças mais complexas. Seja idiota ou inteligente, o ser humano tem facilidade de compreensão. Podemos ir mais longe. Asseverar que o homem é um cão ou um porco não é proposição que cause grandes sofrimentos em particular. Que digam que as montanhas são baixas, que o universo é estreito, pouco importa. Pode-se mesmo afirmar que corvos são brancos, que Komachi[120] é uma mulher feia e que o professor Kushami é um *gentleman* e tudo será aceito. Assim, podemos encontrar sentido em uma carta tão desproposital como essa, bastando para isso atribuir-lhe uma razão. Sobretudo um

---

119. Literalmente "o Caminho Celestial é justo".

120. Referência a Ono no Komachi, renomada poetisa da Era Heian (794-1192), famosa por sua beleza singular.

homem como meu amo, que explica o inglês, um idioma que lhe é desconhecido, forçando interpretações, certamente deseja atribuir sentido ao que quer que seja. Um homem que refletiu durante sete dias sobre a pergunta de um de seus pupilos: "Por que se diz *good morning* mesmo quando faz mau tempo?", e despendeu três dias e três noites elaborando uma resposta quando indagado como se diz "Cristóvão Colombo" em japonês, pode encontrar sentido em qualquer lugar, transformando cabaças secas ao molho de vinagre com pasta de soja em conquistadores da nação, ou comedores de *ginseng* coreano em detonadores de revoluções. Assim como no caso do *good morning*, depois de alguma reflexão meu amo pareceu ter absorvido os dizeres de difícil compreensão da missiva.

— Existe um sentido profundo nesta carta. Trata-se sem dúvida de um grande pesquisador dos princípios filosóficos. Que perspicácia magnífica! — admirou-se vivamente meu amo.

Essa afirmação demonstra o grau de idiotice de meu amo, mas por outro lado não deixa de existir nela também uma certa lógica. Meu amo tem o hábito de valorizar aquilo que não entende. Isso não é algo necessariamente peculiar apenas a ele. Existe uma certa dignidade no imensurável e há algo impossível de se menosprezar dissimulado no incompreensível. Por isso, enquanto o homem comum se dá ares de entender aquilo que na realidade não compreende, os acadêmicos explanam o que compreendem como se não o houvessem entendido. É de conhecimento geral que nos cursos universitários os professores que discorrem sobre assuntos incompreensíveis se tornam populares e aqueles que explicam claramente o que sabem não são apreciados. A admiração de meu amo pela carta não se devia à clareza de seu sentido, mas ao fato de ser difícil depreender onde residia sua intenção. Isso porque subitamente aparece uma lesma-do-mar ou fezes produzidas por homens angustiados. Portanto, ao contrário dos taoístas que reverenciam o *Livro do caminho e da virtude*, de Lao-Tse, dos confucionistas que cultuam o *Livro das mutações* e dos zen-budistas que veneram o *Livro de pensamentos*, de Lin Chi, a única razão pela qual meu amo respeitou essa carta foi o fato de, no geral, não tê-la entendido em absoluto. Todavia, não contente por nada entender de seu conteúdo, acrescentou a ela uma interpretação e procurou apenas manter uma fisionomia de que a compreendera. É sempre uma sensação agradável respeitar algo incompreensível acreditando ter entendido. Meu amo finalmente dobrou o papel com a linda caligrafia em caracteres retilíneos e, após colocá-lo sobre a mesa, pôs as mãos para dentro das mangas de seu quimono e mergulhou em meditação.

Nesse momento ouviu-se uma voz alta vinda da entrada: "Alguém em casa? Posso entrar?" Parecia a voz de Meitei, mas não é muito natural da parte dele pedir licença para entrar. De seu gabinete, meu amo já ouvia essa voz havia algum tempo, mas sem fazer menção de se mover permanecia com as mãos ocultas dentro das mangas do quimono. Ele deve ter por princípio não ser função do dono da casa recepcionar visitas na entrada, pois nunca se dá ao trabalho de gritar de seu gabinete alguma saudação. A criada saíra havia pouco para comprar sabão para roupas. Minha ama estava no banheiro. Só restou eu para atender a porta. Contudo, isso é algo que me desagrada. Por fim, o visitante tirou os sapatos, subiu ao vestíbulo, abriu a porta de correr e adentrou sem cerimônias. Nesse ponto a visita em nada deve a meu amo. Quando pensei que se dirigira ao salão, abriu e fechou duas ou três vezes a porta corrediça e foi até o gabinete.

— Que brincadeira é essa? O que está fazendo? Você tem visita.
— Ah, é você.
— Que história é essa de "Ah, é você"? Se estava aí deveria responder algo. Parece uma casa vazia.
— Hum, estava em um momento de reflexão.
— Mesmo assim, poderia ter dito pelo menos "Entre".
— Certamente.
— Petulante como sempre.
— Ultimamente tenho procurado exercitar a concentração espiritual.
— Um homem polivalente. O que acontecerá com as visitas no dia em que sua disciplina mental impedi-lo de responder? Uma mente tão serena só causa transtornos a todo mundo. Na realidade, não vim sozinho. Trouxe comigo um ilustre visitante. Acompanhe-me e verá.

— Quem você trouxe?

— Não importa quem seja. Venha vê-lo. Ele quer a todo custo conhecê-lo.

— Quem é ele?

— Não importa, já disse. Vamos, levante-se.

Conservando as mãos dentro das mangas do quimono, meu amo se ergueu de súbito.

— Deve ser mais uma de suas troças — resmungou meu amo, passando pela varanda e entrando apático na sala de visitas.

Um senhor idoso estava sentado solenemente em posição ereta sobre os calcanhares, bem em frente ao *tokonoma* de dois metros de comprimento. Instintivamente meu amo retirou as mãos de dentro do quimono e sentou-se com as nádegas coladas à porta corrediça. Assim como o ancião, meu amo estava voltado em direção ao oeste, o que impossibilitava que os dois executassem as reverências de praxe. Os homens das gerações antigas são ciosos com relação à etiqueta.

— Por favor, sente-se ali — apontou o homem para o *tokonoma*, incentivando meu amo.

Até dois ou três anos atrás meu amo acreditava ser indiferente onde se devesse sentar em um cômodo, mas desde que ouvira alguém explicar que o *tokonoma* é uma forma modificada do local mais elevado da sala de recepção, na qual sentavam-se visitantes ilustres, ele nunca mais se aproximou desse lugar. Sobretudo, com um ancião desconhecido sentado reverencialmente, ele não poderia pensar em se colocar nesse local de honra. Ele tampouco sabia como cumprimentar o idoso. Na falta de ideia melhor, ao mesmo tempo que inclinava a cabeça em sinal de reverência, meu amo tomou emprestadas as palavras do visitante para repetir:

— Por favor, sente-se ali.

— Se o fizer, não poderei cumprimentá-lo. Por favor, sente-se ali.

— Não... bem... por favor, sente-se o senhor ali.

Meu amo continuava despropositadamente a imitar as palavras do ancião.

— Por favor, sua modéstia me constrange. Estou deveras embaraçado. Não faça cerimônias, sente-se ali por favor.

— O senhor é modesto. Sou eu que estou constrangido... por favor...

Meu amo enrubesceu e titubeou. Pelo visto, dos exercícios mentais a que se entregara, nenhum efeito haviam surtido. Meitei estava plantado atrás da porta e ria ao contemplar a cena. Acreditando já ser suficiente, deu um empurrão em meu amo pelas costas.

— Vamos logo com isso. Se ficar encostado à porta eu não terei onde sentar. Deixe de lado as cerimônias e tome seu lugar.

Meitei se intrometeu forçosamente entre os dois. Sem opção, meu amo se arrastou mais para a frente.

— Kushami, apresento-lhe meu tio de Shizuoka de quem vivo lhe falando. Tio, este é Kushami.

— Ah, é um prazer conhecê-lo pessoalmente. Meu sobrinho costuma me contar sobre as visitas que presta ao professor e havia muito eu também desejava visitá-lo para podermos conversar. Felizmente hoje, passando como estou pelas redondezas, tomo a liberdade de aparecer para lhe apresentar minhas saudações. Espero que doravante possamos manter um bom relacionamento.

O ancião falava sem titubear e com um jeito de se expressar em desuso. Um homem sem lustro social e taciturno como meu amo quase não teve em sua vida a oportunidade de conhecer senhores tão antediluvianos como este e, portanto, vacilava desde o início. Envolvido por tamanha eloquência, esquecera por completo o *ginseng* coreano e o envelope de listras vermelhas e brancas, restringindo-se a responder incoerentemente:

— Eu também... eu também... deveria tê-lo visitado... espero que doravante possamos nos conhecer melhor.

Dizendo isso com a cabeça abaixada até o tatame, levantou-a devagar para fitar o ancião, que continuava de cabeça baixa. Embaraçado, imediatamente voltou a abaixar a sua, encostando-a no tatame.

Escolhendo o momento exato, o ancião soergueu a cabeça.

— No passado eu também possuía uma residência nesta região e vivi durante muito tempo nesta cidade dos xóguns, mas com a dissolução do xogunato nos mudamos para o interior. Depois disso raramente voltei. Hoje constato absolutamente desconcertado como tudo mudou. Se Meitei não me acompanhasse, eu estaria perdido. Sobre essas mudanças intensas, trezentos anos haviam se passado desde o estabelecimento do xogunato e os xóguns...

Percebendo que o tio estava prestes a começar um discurso enfadonho, Meitei se apressou em interrompê-lo:

— Tio, sem dúvida os xóguns eram excelentes, mas nossa Era Meiji nada fica a lhes dever. Lembre-se de que no passado não existia a Cruz Vermelha.

— Realmente não havia. Nem nada que se assemelhasse a ela. Foi apenas a partir da Era Meiji que se tornou possível contemplar o rosto dos membros da realeza. Por ter a felicidade de viver tanto, tive hoje oportunidade de participar da reunião geral da Cruz Vermelha e ouvir a voz de Sua Alteza. Já posso morrer sossegado.

— Que ótimo poder passear um pouco por Tóquio depois de tanto tempo. Kushami, meu tio veio de Shizuoka expressamente para a reunião da Cruz Vermelha realizada hoje. Fomos juntos a Ueno e estávamos no caminho de volta para casa. Por causa da reunião, ele está trajando o sobretudo que recentemente mandei fazer na loja Shirokiya — contou Meitei.

De fato o ancião vestia um sobretudo que não lhe caía nem um pouco bem. As mangas eram compridas demais, a lapela estava muito escarranchada, havia um rebaixo nas costas semelhante a um lago, e o pano sob as axilas estava repuxado. Por mais que se costurasse uma roupa no intuito de fazê-la não cair bem, era difícil crer que se pudesse destruir o formato dessa maneira. Se isso não bastasse, a camisa social e o colarinho brancos estavam separados, deixando transparecer o pomo de adão sempre que o ancião levantava a cabeça. De início, era impossível discernir se a gravata preta fazia parte do colarinho ou da camisa. Se fosse apenas o sobretudo, ainda seria suportável, mas o topete de cabelos brancos ao estilo samurai era um espetáculo único. Olhei à procura do famoso leque com varetas de ferro e o encontrei precisamente ao lado de seu joelho.

Meu amo readquiriu o domínio sobre si e se mostrava um pouco admirado, colocando em prática os resultados de seus exercícios mentais sobre as vestimentas do ancião. Ele acreditou que Meitei exagerara, mas tendo agora a oportunidade de conhecer o tio constatara que o homem superava tudo o que Meitei lhe dissera sobre ele. Se as marcas de varíola servissem de material para pesquisas históricas, o topete e o leque de ferro do ancião teriam sem dúvida um valor ainda maior. Meu amo não se continha de vontade de saber de onde se originava o leque, mas imaginando ser impróprio perguntar-lhe de chofre e impolido cortar a conversa ao meio, acabou soltando uma pergunta banal.

— Havia muita gente?

— Uma verdadeira multidão. Todos olhavam para mim de esguelha. As pessoas parecem ter se tornado muito curiosas. Antigamente não eram assim.

— Com certeza — concordou meu amo como se também fosse um ancião. Não que ele quisesse se dar ares de conhecedor, apenas as palavras saíam arbitrariamente de seu cérebro confuso.

— Todos pareciam se interessar por este quebra-capacetes.

— Seu leque de ferro deve ser muito pesado.

— Kushami, experimente segurá-lo. É de fato bem pesado. Tio, deixe-o pegar seu leque.

O ancião pareceu se esforçar para soerguer o objeto e passou-o a meu amo dizendo "Por favor". Assim como os peregrinos de Kurodani em Kyoto recebem a espada do monge Rensho, o professor Kushami segurou por instantes o leque, logo devolvendo-o ao ancião.

— De fato — disse meu amo.

— Todos costumam chamar isso de leque de ferro, mas este é na realidade um quebra-capacetes, nada tem a ver com um leque...

— Não diga. E para que é usado?

— Para quebrar capacetes, aproveitando-se do atordoamento do adversário para derrubá-lo. Parece ter sido usado desde a época do general Masashige Kusunoki...[121]

— Tio, seria esse o quebra-capacetes de Masashige?

---

[121]. Masashige Kusunoki (1294-1336). General que lutou a favor do imperador Godaigo para libertar o Japão do xogunato Kamakura. Cercado por tropas inimigas contrárias ao imperador, cometeu suicídio supostamente deixando como últimas palavras "Tivesse eu sete vidas, dá-las-ia todas por minha pátria".

— Não, desconheço a quem pertenceu. Porém, é sem dúvida bem antigo. Provavelmente uma peça fabricada no Período Kenmu.[122]

— Talvez seja do Período Kenmu, mas deixou Kangetsu em apuros. Kushami, no caminho de volta resolvemos aproveitar a ótima oportunidade para passarmos na universidade e fomos à faculdade de ciências visitar o laboratório de física. Como esse quebra-capacetes é feito de ferro, houve um rebuliço quando ele desregulou os aparelhos magnéticos.

— Isso é impossível. Este ferro é do Período Kenmu e, por ser de excelente qualidade, não existe esse perigo.

— Por mais que seja um ferro de boa qualidade, isso não muda nada com relação ao caso. Kangetsu me falou dessa forma, não havia o que fazer.

— Kangetsu é o rapaz que estava polindo as bolas de vidro? Tenho pena dos jovens de agora. Deveria haver algo diferente que ele pudesse fazer.

— Pobre Kangetsu! Aquela é sua pesquisa. Quando terminar de polir aquelas bolas, terá se tornado um ilustre cientista.

— Se bastasse polir bolas para se tornar um ilustre cientista, qualquer pessoa conseguiria. Mesmo eu. Estaria até mesmo ao alcance de um vidraceiro. Na China as pessoas que poliam bolas de vidro eram chamadas de lapidadoras e possuíam uma condição social inferior.

Dizendo isso, o ancião voltou o olhar para a direção de meu amo esperando seu assentimento.

— Que interessante — exclamou meu amo respeitosamente.

— Hoje, todo o conhecimento acadêmico parece se concentrar na física, o que pode ser algo positivo, embora nos momentos de real necessidade para nada nos sirva. No passado, ao contrário, os samurais arriscavam a vida em seu ofício e nos momentos cruciais estavam disciplinados a manter a calma. Como deve ser de seu conhecimento, não era nada tão fácil como polir bolas ou torcer fios de arame, eu lhe garanto.

— Que interessante — repetiu meu amo.

---

122. O Período Kenmu vai de 1333 a 1336 (na Dinastia do Sul) ou até 1338 (na do Norte, quando a Corte Imperial esteve dividida em duas dinastias).

— Tio, a disciplina mental não consiste em polir bolas, mas em sentar de braços cruzados, não é mesmo?

— Definitivamente não. Não é nada tão simples assim. Mêncio nos falava sobre a busca ao espírito perdido. Shao Kang Chieh recomendava a necessidade de liberar o espírito. Ademais, também entre os budistas um monge chamado Zhong Feng ensinava que não se deve esmorecer nos exercícios mentais de forma a manter o espírito imperturbável. Ensinamentos que, diga-se de passagem, são de difícil compreensão.

— De fato, incompreensíveis. Afinal, como se deve proceder?

— Você já leu o *Registro das maravilhas do conhecimento da imutabilidade*, do monge Takuan?[123]

— Não nunca ouvi falar dessa obra.

— Takuan dizia: "Onde devemos concentrar nossa mente? Se a concentrarmos no movimento do corpo do adversário, seremos distraídos por esses movimentos. Se a concentrarmos no sabre do adversário, seremos distraídos pelo sabre. Se a concentrarmos no desejo de matar o adversário, seremos distraídos por esse desejo. Se a concentrarmos em nossa própria espada, seremos distraídos por ela. Se a concentrarmos no desejo de não sermos mortos, seremos distraídos por esse desejo. Se a concentrarmos na atitude das pessoas, seremos distraídos por essa atitude." Ou seja, não há onde concentrar nossa mente.

— Como consegue recitar de cor sem esquecer? Que ótima memória o tio tem. É um texto bem longo. Kushami, você entendeu?

— Que interessante — usou meu amo a expressão usual.

— Você não concorda? Onde devemos concentrá-la? Se a concentrarmos no movimento do corpo do adversário, seremos distraídos por esse movimento. Se a concentrarmos na espada do adversário...

— Tio, Kushami já entendeu bem. Isso porque todos os dias tem se exercitado mentalmente em seu gabinete. Mesmo que uma visita apareça, sequer se dá ao trabalho de atender a porta tamanha é sua concentração. Por isso, não há problemas.

---

123. Soho Takuan (1573-1645). Importante monge da escola Rinzai do zen-budismo.

— Isso é digno de elogios! Você deveria acompanhá-lo nos exercícios.

— E quem diz que eu tenho tempo para isso? O tio vive de papo para o ar e deve achar que as pessoas vivem se divertindo.

— Mas não é o que você faz?

— Tenho momentos ocupados em minha vida ociosa.

— É justamente devido à ociosidade que necessita exercitar. Dizem que é possível se ter alguns instantes de lazer durante o trabalho, mas nunca ouvi falar de alguém que tenha momentos de trabalho na ociosidade. Não é mesmo, professor Kushami?

— De fato, não se costuma ouvir.

— Os dois estão mesmo contra mim. Que tal, tio, degustar enguias de Tóquio após tanto tempo? Eu o convido a ir comigo ao restaurante Chikuyo. De trem é bem perto.

— Seria ótimo me regalar com enguias, mas me comprometi a visitar hoje Suihara. Por isso, teremos de deixar para outra oportunidade.

— Ah, Sugihara? Aquele senhor está bem conservado para a idade.

— Não é Sugihara, mas Suihara. É embaraçoso vê-lo errar tanto assim. Que impolido confundir o nome de terceiros. É preciso prestar mais atenção.

— Mas não se escreve com os ideogramas de *sugi*, cedro, e *hara*, planície?

— Sim, mas lê-se Suihara.

— Que estranho!

— O que há de tão estranho? É uma leitura comum dos ideogramas que já existe há tempos. Minhocas são chamadas *mimizu* em japonês, que é uma leitura comum de *memizu*, "o que os olhos não veem". O mesmo acontece com os sapos a quem se chama *kairu*.

— Quem poderia imaginar algo assim?

— Quando se mata um sapo, ele "vira", que se diz *kaeru* em japonês, cuja leitura comum é *kairu*. O mesmo se aplica às cercas de treliça *sukigaki*, lidas como *suigaki*, plantas de caule alongado *kukitate*, que se lê *kukutate*. Só mesmo um caipira para ler *Sugihara* em vez de *Suihara*. Se não tomar cuidado, as pessoas rirão de você.

— Então você está indo à casa desse Suihara? Isso vai me atrapalhar.

— Se não quiser, não precisa vir comigo. Vou sozinho.
— Consegue ir sozinho?
— Seria difícil ir andando. Se for possível chamarem um carro...

Meu amo baixou levemente a cabeça em sinal de respeito e chamou Osan, a quem ordenou que procurasse um puxador de riquixá. Depois de longas saudações, o ancião enfiou seu chapéu de copa alta por cima do topete e partiu. Meitei permaneceu.

— Então esse é seu tio.
— Sim, é de fato meu tio.
— Que interessante.

Meu amo voltou a se sentar sobre sua almofada, colocou as mãos para dentro das mangas do quimono e se pôs a refletir.

— Ha ha ha. Ele não é uma figura? É uma felicidade para mim ter um tio como ele. É daquele jeito onde quer que o leve. Você deve ter se surpreendido — alegrou-se Meitei, acreditando ter causado surpresa a meu amo.

— Nem tanto assim.
— Só um homem de nervos de aço para não se surpreender.
— Bem, ele me pareceu uma pessoa notável. Deve-se respeitá-lo por sua argumentação sobre o treinamento mental.
— Haverá mesmo motivo para tanto? Assim como meu tio, você talvez também se aliene de seu tempo ao chegar aos sessenta. Por isso, fique firme. De nada valeria se tornar um homem fora de seu tempo.
— Você se preocupa muito em ser visto como alguém da antiga, mas dependendo do momento e da ocasião eles são muito mais notáveis do que sujeitos do nosso tempo. Em primeiro lugar, a ciência atual busca apenas avançar e avançar, sem limites. Nunca se obtém a satisfação. Ao contrário, a ciência oriental é negativista, porém possui muito mais sabor uma vez que treina a própria mente — explicou meu amo fazendo suas as palavras recentes do Filósofo.
— Isso é mais grave do que imaginava. Você está falando como Dokusen Yagi.

Meu amo espantou-se ao ouvir o nome de Dokusen Yagi. Era o mesmo nome do filósofo que visitara a Caverna do Dragão Dorminhoco e partira com serenidade, não sem antes doutriná-lo. A teoria que meu amo expusera com ar grave não passava daquela papagueada por Dokusen, e meu amo acreditava que não fosse do conhecimento de Meitei. Ao citar o nome do filósofo, no entanto, Meitei colocou imediatamente por terra, sem deixar espaço para qualquer tipo de dúvidas, o ar douto que meu amo levara toda uma noite para construir. Pressentindo a situação arriscada em que se metera, apressou-se a perguntar com precaução:

— Você já ouviu sobre as ideias de Dokusen?

— Se eu as ouvi? O que aquele homem diz não muda desde os tempos da universidade, dez anos atrás.

— A verdade é algo imutável e o fato das ideias dele não mudarem com o tempo é uma virtude.

— É por contar com pessoas que pensam como você que Dokusen continua com seus desvarios. Em primeiro lugar, o nome Yagi, homófono de bode, lhe cai muito bem em função de sua barbicha. Ele a deixa crescer daquele jeito desde os tempos em que morávamos na pensão estudantil. O prenome artístico Dokusen, que significa eremita solitário, também é esplêndido. No passado pernoitou uma noite conosco e nos brindou com sua teoria da disciplina mental passiva. Como repetia continuamente a mesma coisa, eu sugeri que fôssemos dormir. Ele, porém, respondeu não estar com sono e continuou a me incomodar com seu discurso. Sem outro jeito, eu o fiz ver que ele poderia não estar com sono, mas que eu estava e acabei lhe pedindo para ir dormir. Porém, nessa noite um rato apareceu e lhe mordeu a ponta do nariz. Você não imagina a confusão que se passou em plena madrugada! Apesar de o mestre Dokusen falar como se tivesse obtido a iluminação através dos exercícios mentais, se preocupou demais, como sempre, com a própria vida após ter sido mordido. Perguntou-me o que aconteceria se o veneno do rato se espalhasse por todo seu corpo e encheu minha paciência pedindo que eu fizesse algo. Sem opção, fui até a cozinha e tive a ideia de esmagar alguns grãos de arroz sobre um pedaço de papel para enganá-lo.

— Como assim?

— Inventei tratar-se de um emplastro recentemente descoberto por um médico alemão que obtivera efeito instantâneo em indianos picados por serpentes venenosas, e que ele estaria bem caso o aplicasse.

— Sinal que desde essa época você já possuía essa tendência de enganar as pessoas.

— Por ter uma índole tão boa, Dokusen acreditou piamente no que lhe disse e, despreocupado, acabou dormindo. Foi cômico ver na manhã seguinte, quando ele se levantou, um pedaço de fio saindo sob o emplastro até sua barbicha caprina.

— Mas me parece que ele está mais maduro agora.

— Você o encontrou nos últimos tempos?

— Ele apareceu há cerca de uma semana e conversamos durante longo tempo.

— Obviamente você está apregoando a teoria do exercício mental passivo de Dokusen.

— A bem da verdade, fiquei muito interessado e pretendo me exercitar com zelo.

— É ótimo ver esse seu afã, mas cuidado por não passar por tolo acreditando em tudo o que lhe dizem. O problema com você é que crê em tudo o que ouve. Dokusen tem muita lábia, mas na hora do vamos ver em nada difere de todos nós. Lembra-se do grande terremoto de nove anos atrás?[124] Naquela ocasião, o único que se machucou por pular do andar superior de nossa pensão foi Dokusen.

— Mas ele deve ter uma boa explicação para ter agido assim.

— Com certeza. Segundo ele, o incidente foi algo extremamente benéfico. A mente treinada pelo zen é tão aguçada que pode reagir com uma velocidade assustadora a qualquer situação. Explicou-nos com alegria, e puxando de uma perna, que enquanto todos os outros gritavam em pânico durante o tremor, o fato de apenas ele ter saltado da janela do andar de cima era uma prova incontestável da eficácia da disciplina mental. Ele é um homem que não aceita ser derrotado. De fato, nota-se

---

[124] Alusão ao terremoto ocorrido em 20 de junho de 1894, com 181 vítimas, o maior na área de Tóquio durante a Era Meiji.

que aqueles que fazem o maior escarcéu sobre o zen ou o budismo são justamente os menos confiáveis.

— Seria mesmo assim? — perguntou o professor Kushami começando a perder o ânimo.

— Quando ele apareceu outro dia deve ter dito desvarios semelhantes ao balbuciar de um monge zen durante o sono, estou errado?

— Bem, ele me ensinou uma citação parecida com "sua espada corta o vento primaveril veloz como um raio".

— O raio veloz de novo. É estranho que ele use essa citação há dez anos. Todos na pensão a conheciam e, por se tratar de uma citação do monge chinês Wu Xue, acabaram apelidando Dokusen de monge Wu Xue "analfabeto". Era interessante vê-lo se atrapalhar algumas vezes e citá-la por engano ao contrário como "seu vento primaveril corta a espada veloz como um raio". Experimente com ele na próxima vez. Quando ele estiver falando calmamente procure contradizê-lo. Ele logo trocará os pés pelas mãos e dirá coisas estapafúrdias.

— Quem pode com um debochado inveterado como você?

— Não sei quem é o debochado aqui. Detesto essas pessoas que se colocam na posição de um monge zen e se creem iluminadas. Perto de casa há um templo chamado Nanzoin, no qual há um monge de seus oitenta anos. Recentemente, durante uma tempestade, um raio caiu sobre o jardim do monge, fazendo tombar um pinheiro. Todos diziam que o monge permanecera calmo e imperturbável, mas acabei descobrindo que isso se devia ao fato de ele ser surdo como uma porta. Natural que permanecesse impassível. Em geral é assim. Se Dokusen procurasse a iluminação por si não haveria problemas, mas o ruim dele é tentar converter os outros. Conheço duas pessoas que enlouqueceram por causa dele.

— Quem?

— Quem? Uma delas é Rino Tozen. Graças a Dokusen ele se entregou por completo aos estudos zen, foi para Kamakura e acabou endoidecendo. Lembra-se da passagem de nível em frente ao templo Engaku? Pois ele saltou para cima dos trilhos, onde se sentou para meditar. Estava convencido de que poderia parar qualquer trem que surgisse. Felizmente o trem parou a tempo por obra e graça do condutor e sua vida foi salva, mas ele não se deu por contente e, acreditando ser seu corpo indestrutível, podendo entrar no fogo sem se queimar e na água sem se afogar, Rino entrou no lago de lótus do templo e começou a andar.

— E ele se afogou?

— Por sorte um monge passava vindo do salão do templo e o salvou, mas depois disso, ao voltar para Tóquio, morreu de peritonite. A causa da peritonite foi ter comido apenas arroz com trigo e picles durante sua estadia no templo. Ou seja, é como se Dokusen o tivesse matado indiretamente.

— Excesso de entusiasmo tem seus prós e contras — afirmou meu amo com uma fisionomia desconcertada.

— Tem toda a razão. Outro de meus colegas de classe também acabou vítima de Dokusen.

— Que perigo! Quem foi?

— Robai Tachimachi. Ele foi persuadido por Dokusen. Soltava coisas absurdas como "As enguias ascenderão aos céus", e acabou tendo o mesmo fim.

— O que você quer dizer com isso?

— Que as enguias ascenderam aos céus e os porcos se tornaram eremitas.

— Que diabos isso significa?

— Se Yagi é Dokusen, um eremita solitário, Tachimachi é um Butasen, ou seja, um porco eremita. Nunca vi um homem com tamanha glutonice suína. Não há salvação para alguém que, como ele, possui além da glutonice a obstinação perversa de um monge zen. De início não percebemos, mas quando penso agora, ele dizia inúmeras coisas estranhas. Certa vez quando foi a minha casa, ao ver o pinheiro do jardim, ele me perguntou se costeletas de porco não apareciam voando para pousar na árvore, além de me alertar repetidamente para o fato de que na terra dele pasta de peixe cozida costuma aparecer boiando no mar sobre pedaços de madeira. Se não bastassem esses comentários, ele me convidou a ir com ele até uma valeta em frente de casa e cavarmos para procurar castanhas misturadas com purê de batatas-doces. Eu me dei por vencido, sem nada poder fazer. Dois ou três dias depois, ele se tornou um porco eremita e foi confinado no manicômio de Sugamo. Porcos não costumam perder a razão, mas graças a Dokusen atingiram esse estágio. Dokusen tem uma influência notável.

— E ele continua em Sugamo?

— Com certeza. E soltando suas fanfarronices megalomaníacas. Recentemente, começou a achar sem graça o nome Robai Tachimachi e se autointitulou Kohei Tendo, tomando-se pela personificação de todo o universo. É espantoso. Experimente ir até lá para ver.

— Kohei Tendo?

— Isso mesmo, Kohei Tendo. Apesar de ser um lunático, colocou em si próprio um nome oportuno e escolheu os ideogramas corretos de "justo" para o nome, mas, às vezes, ele assina o "ko" de Kohei com o ideograma de "buraco". Ele afirma querer a todo custo salvar os seres humanos que vivem nas trevas e está sempre enviando cartas a seus amigos. Eu mesmo recebi umas quatro ou cinco, mas como o conteúdo de algumas delas é bastante extenso fui obrigado duas vezes a pagar uma diferença por insuficiência no valor da postagem.

— Isso significa que a carta que recebi também é de Robai.

— Você também recebeu? Ele é um tipo estranho. E o envelope era vermelho?

— Vermelho no centro e branco nas margens. Um envelope fora do convencional.

— Dizem que ele os encomenda especialmente da China e que expressam o aforismo do porco eremita, segundo o qual o universo é branco, a terra é branca, e os homens entre eles são vermelhos...

— Hum. Um envelope com um significado metafísico.

— Para um lunático, até que tem um sentido requintado ao extremo. E apesar de ter enlouquecido, continua o mesmo glutão de sempre. É estranho constatar que há sempre referências a comidas em todas as suas cartas. Na que lhe foi enviada não havia nada?

— Bem, ele escreveu sobre lesmas-do-mar.

— Robai sempre gostou de lesmas-do-mar. É compreensível que escreva sobre elas. E o que mais?

— Havia menção também a baiacus e *ginseng* coreano.

— É uma mistura bem elaborada a de baiacus e *ginseng*. Provavelmente recomendou preparar uma infusão de *ginseng* caso tenha dor de barriga após comer baiacu.

— Não parecia ser essa a intenção...

— Bem, pouco importa. De qualquer forma é um louco. Havia algo mais na carta?

— Havia. Ele escreveu: "Vamos, professor Kushami, tome um chá."

— Ha, ha, ha... É muita malvadeza da parte dele mandá-lo tomar chá. Não há dúvidas de que pretendia arrasá-lo com sua erudição. Bem pensado. Mil vivas a Kohei Tendo!

Mostrando-se interessado, Meitei soltou uma gargalhada. Meu amo, ao contrário do respeito que demonstrara ao ler a carta, ao saber que seu remetente era um doido varrido se enfureceu consigo mesmo pelo entusiasmo e esforço despendidos à toa, envergonhado ao pensar que buscava com fervor sentido na carta de um doente mental. Por último, ele se questionou se não existiria alguma anormalidade nervosa por trás de sua grande admiração pelos escritos de um louco. Sua fisionomia parecia inquieta, numa mistura de fúria, vergonha e preocupação.

Nesse momento, ouviu-se a porta de entrada ser aberta, o som de pesados sapatos serem descalços e, em seguida, uma voz perguntando se havia alguém em casa. Ao contrário de meu amo, cujo desinteresse o impede de se mover, Meitei é um homem ativo. Sem esperar que Osan aparecesse para atender a porta, gritou "Entre", levantando-se rápido e atravessando a partição que separa o cômodo do vestíbulo. Parece-me inconveniente que Meitei não tenha cerimônias em deixar alguém entrar na casa dos outros dessa forma, mas ao mesmo tempo é bastante prático que ele aja como um estudante morador da casa indo atender a porta. Por mais que seja Meitei, ele é uma visita e é estranho vê-lo ir receber outro visitante quando o professor Kushami, dono da casa, permanece comodamente sentado no salão sem se mover. Um homem normal acompanharia Meitei até o vestíbulo, mas não foi isso que fez o professor Kushami. Ele mantinha as nádegas instaladas sobre sua almofada. Contudo, apesar da semelhança que possa existir entre a calma que suas nádegas encontram na almofada e a calma interior do professor, há entre elas uma enorme diferença na realidade.

Meitei, que se apressara a atender a porta, conversava sem parar no vestíbulo. Finalmente, voltando-se para o interior da residência, gritou:

— Ei, dono da casa, desculpe atrapalhá-lo, mas peço que venha até à porta. Sua presença é imprescindível.

Sem outra alternativa, meu amo se dirigiu ao vestíbulo com as mãos dentro do quimono. Meitei estava agachado com um cartão de visitas na mão, cumprimentando os visitantes, uma posição que não parecia nem um pouco digna. O cartão de visitas era de Torazo Yoshida, inspetor da delegacia de polícia local. Ao lado de Torazo, estava um desconhecido alto, de vinte e cinco ou vinte e seis anos, vestido com um fino quimono de algodão importado. O estranho era que esse homem, assim como meu amo, mantinha as mãos dentro de seu quimono e permanecia de pé e calado. Tinha a impressão de já tê-lo visto antes e, ao observá-lo bem, confirmei que de fato o conhecia. Qual outro senão o ladrão que entrara recentemente de madrugada e que levara embora as batatas-cará? Só que desta vez aparecia em plena luz do dia e entrou pela porta da frente.

— Este é o detetive que prendeu o ladrão que invadiu sua residência dias atrás. Ele veio lhe pedir para comparecer à delegacia de polícia.

Parecendo ter afinal entendido a razão de haver um policial à sua porta, virou-se em direção ao ladrão e o saudou inclinando a cabeça. O fato de o ladrão possuir um porte mais vistoso do que Torazo deve ter levado meu amo a inferir precipitadamente ser ele o detetive. O ladrão com certeza se surpreendera, mas como não seria de bom-tom se identificar dizendo "Você se engana, eu sou o ladrão", permaneceu de pé, imóvel e com as mãos dentro do quimono. As mãos deviam estar presas por algemas e não poderia tirá-las de dentro do quimono. Uma pessoa normal logo notaria a situação pelo aspecto das pessoas, mas meu amo, ao contrário de todos os outros humanos, tem certa tendência a se mostrar agradecido a oficiais públicos e policiais. Ele acredita que o poder das autoridades deve ser respeitado. Teoricamente falando, crê que os policiais são vigilantes pagos pelos cidadãos, mas quando se depara com um deles acaba se curvando com humildade perante o mesmo.

O pai de meu amo fora no passado um funcionário público distrital, e o hábito de viver abaixando sempre a cabeça para seus superiores deve ter influenciado o filho. É mesmo lamentável.

Achando a situação cômica, o policial sorriu e informou a meu amo:

— Por favor, compareça amanhã às nove da manhã ao posto policial de Nihonzutsumi. Precisamos que o senhor nos diga exatamente quais os pertences que lhe foram roubados.

— Os pertences roubados... — começou meu amo a falar, mas eis que já se esquecera do caso. Lembrava-se apenas das batatas-cará presenteadas por Sampei Tatara. Apesar de achar que não viria ao caso se referir a eles, seria indigno e passaria por tolo se deixasse a frase inacabada. Afinal, se fosse outra pessoa que tivesse sido roubada, mas fora ele, não responder à pergunta claramente seria prova de falta de hombridade. Por isso completou a frase dizendo "Os pertences roubados foram uma caixa de batatas-cará".

Sentindo a comicidade da cena, o ladrão abaixou a cabeça enfiando o queixo dentro da gola do quimono. Soltando uma gargalhada, Meitei afirmou:

— Pelo visto, você era muito apegado às batatas.

Apenas o detetive mantinha-se sério.

— Temo que elas não tenham sido recuperadas, mas praticamente todos os outros itens foram reavidos. O senhor poderá comprovar quando comparecer ao posto policial. No momento da devolução precisaremos de seu carimbo pessoal[125] no recibo e peço-lhe para não se esquecer de levá-lo. O senhor precisa estar no posto às nove horas. É o posto policial de Nihonzutsumi. O posto está sob a jurisdição da delegacia de polícia de Asakusa. Bem, é isso. Até amanhã.

Após terminar a comunicação, o policial partiu acompanhado do larápio. Como este não podia utilizar as mãos, o portão ficou escancarado à sua passagem. Apesar de todo o respeito que devota aos policiais, meu amo tinha as bochechas infladas e fechou o portão com estrondo.

---

125. Os japoneses costumam usar um carimbo pessoal em lugar da assinatura.

— Ha, ha, ha... Seu respeito pelos detetives é enorme. Que homem perfeito você seria se tivesse sempre esse comportamento humilde com todos, mas seu problema é justamente ser tão cordial apenas com a polícia.

— Afinal eles se deslocaram até aqui apenas para me informar.

— Vir avisá-lo faz parte do trabalho deles. Nada mais natural que tratá-los como a qualquer outra pessoa.

— Mas não é um trabalho como os outros.

— Obviamente não é um trabalho qualquer. A ocupação de detetive é desagradável. É uma profissão inferior às outras.

— Você estará em maus lençóis se algum detetive o ouvir falar desse jeito.

— Ha, ha, ha... Então, vamos colocar um ponto final nas maledicências aos detetives. Você respeitar os policiais ainda passa, mas é surpreendente que seu respeito se estenda também a ladrões.

— Quem faria algo parecido?

— Você fez.

— Eu não me envolvo com ladrões.

— Pois não foi você mesmo que abaixou a cabeça em reverência a um deles?

— Quando?

— Você acabou de se inclinar diante de um deles.

— Não diga asneiras. O homem era um policial.

— Você de fato acha que um detetive se trajaria daquela forma?

— Mas não é justamente por ser um detetive que ele precisa se vestir assim?

— Como pode ser tão obtuso!

— Obtuso é você.

— Em primeiro lugar, você acha que um policial viria se plantar no vestíbulo da casa de alguém com as mãos enfiadas dentro do quimono daquela forma?

— Nada impede um detetive de fazer isso.

— Se você leva as coisas para esse lado, que mais posso eu dizer? Mas, veja bem, enquanto você fazia a reverência ele continuou de pé sem esboçar reação.

— Deve ser normal pelo fato de ser um detetive.

— Admiro a grande confiança que você deposita em si mesmo. Por mais que eu fale, você não me dá ouvidos.

— Não ouço mesmo. Você insiste em que ele é um ladrão, mas por acaso você viu quando ele entrou em nossa casa? Você encasquetou essa ideia e agora está sendo apenas teimoso.

Neste ponto, Meitei se calou, ao contrário do que se poderia esperar. Provavelmente desistiu por sentir que não havia salvação para meu amo. Este, por sua vez, se mostrava triunfante, entendendo o silêncio de Meitei, algo raro de acontecer, como prova de que o vencera com seus argumentos. Aos olhos de Meitei, o valor de meu amo se depreciou devido à essa obstinação, mas aos olhos de meu amo essa obstinação o levou a sobrepujar Meitei. Não é incomum se deparar com semelhantes disparates. Alguém pode se convencer de haver vencido pela obstinação, mas de fato isso apenas avilta seu valor. O mais interessante é que os obstinados continuarão até o fim de seus dias convictos de haverem protegido sua honra e nem em sonho desconfiam que, a partir de então, as pessoas passarão a ultrajá-los e deles vão se afastar. Dizem que isso se denomina felicidade de suíno no cocho.

— De qualquer forma, você pretende ir amanhã ao posto policial?

— Lógico. Disseram para estar lá às nove. Sairei de casa às oito.

— E a escola?

— Tirarei um dia de folga. Quem se importa com a escola? — disparou com vigor.

— Eis uma atitude enérgica. Não haverá problemas em não ir à escola?

— Claro que não. Recebo salário e não há risco de me deduzirem o dia de folga — confessou meu amo francamente.

Era sem dúvida uma atitude desonesta da parte dele, mas é inegável que existia nela certa candura.

— Tudo bem que você vá, mas pelo menos sabe como chegar lá?

— Como eu poderia saber o caminho se nunca fui lá? Mas basta tomar um riquixá — respondeu enfurecido.

— Sou obrigado a admitir que estou diante de alguém que conhece Tóquio tão bem como meu tio de Shizuoka.

— Admita o quanto quiser.

— Ha, ha, ha... Aviso-o que o posto de polícia de Nihonzutsumi não é um posto qualquer. Está localizado em Yoshiwara.

— Como é?

— Em Yoshiwara.

— Yoshiwara, a zona de meretrício?

— Que eu saiba só há um bairro chamado Yoshiwara em Tóquio. Ainda quer ir mesmo assim? — perguntou Meitei em tom de caçoada.

Ao ouvir o nome Yoshiwara, meu amo hesitou um pouco. Após ponderar alguns instantes sobre o assunto, afirmou:

— Yoshiwara, zona de meretrício, seja o que for, se disse que vou, então vou mesmo.

Meu amo procurava demonstrar uma bravura completamente desnecessária. Em situações semelhantes os tolos mostram sua obstinação.

— Aproveite para dar um giro pelo local. Deve ser interessante — arrematou Meitei.

O turbulento caso dos detetives chegou assim a seu desfecho. Meitei seguiu tagarelando como de hábito até partir à tardinha, não sem antes explicar que estava indo embora para não levar um pito do tio por chegar muito tarde.

Depois que Meitei partiu, meu amo jantou apressadamente e voltou para o gabinete, onde cruzou de novo os braços e começou a meditar o seguinte:

"Segundo Meitei, Dokusen Yagi, a quem eu admirara e cujo exemplo desejava tanto seguir, não é alguém que sirva em particular como modelo. Além disso, a teoria por ele advogada está fora do senso comum e Meitei está correto ao sugerir que possa pertencer ao campo da insanidade. Sem contar que Dokusen possui dois distintos discípulos totalmente malucos. É um grande perigo. Envolver-me muito pode me arrastar em direção à loucura. Tachimachi Robai, que atende pelo nome de Kohei Tendo, cuja carta me deixou admirado pois acreditei partir de um homem notável, sem dúvida de grande discernimento, não passa de um total desequilibrado, atualmente internado no manicômio de Sugamo. Mesmo que a descrição de Meitei tivesse sido exagerada, é verdade que Tachimachi Robai, durante sua internação no manicômio, desejara a fama e o centro das atenções se autodenominando Tendo, o Caminho Celestial. Estou eu também um pouco fora de mim? 'Diga-me com quem andas e te direi quem és', diz o provérbio. Se os semelhantes se atraem, como se costuma afirmar, na medida em que me admirei com a teoria de um lunático — ou, pelo menos, mostrei simpatia a seus escritos — não estaria também eu às margens da insanidade? Mesmo não sendo formado do mesmo molde, se decido viver vizinho a um lunático, não é improvável que a certa altura possa transpor a parede que nos separa e ir me sentar a seu lado para uma alegre conversa a dois na mesma sala. Isso seria terrível! Pensando bem, nos últimos tempos eu próprio me espanto com o funcionamento estranho e inusitado de meu cérebro. Quem sabe alguns de meus neurônios experimentaram uma transformação química? De qualquer forma, há muitos pontos em que digo coisas sem sentido, por vontade própria. Nada há de errado com minha língua ou axilas, mas o que fazer com esse odor de loucura na raiz dos dentes, esses espasmos de insanidade nos músculos? Cada vez a situação piora. Já não teria me tornado talvez um doente completo? Felizmente, ainda não machuco outras pessoas nem causo incômodos à sociedade, ainda não fui expulso do bairro e continuo a viver como um bom cidadão de Tóquio. Não é hora de me importar com atitudes positivas ou negativas. Em primeiro lugar, preciso checar meu pulso. Não, a pulsação me parece normal. Estaria febril? Não aparento sinais de ataque frenético. Mesmo assim me preocupo.

"Como poderei me evadir do domínio da loucura se continuo a me comparar com um louco, procurando pontos de semelhança com ele? O método foi ruim. Esse tipo de conclusão surge por tomar a loucura como padrão e interpretar a mim mesmo com base nela. Provavelmente obteria um resultado oposto se tivesse como referência uma pessoa saudável com quem me comparar. Preciso começar me comparando com as pessoas mais próximas a mim. Que tal o ancião em sua sobrecasaca que apareceu hoje? 'Onde devemos concentrar nossa mente?', indagava ele.

Não, pensando bem, ele me pareceu esquisito. Em segundo lugar temos Kangetsu. De manhã à noite está polindo suas bolas de vidro, comendo marmita por não ter tempo para uma refeição decente. Este também pertence ao grupo dos não muito normais. Em terceiro lugar... Meitei? Ele parece acreditar que sua missão neste mundo é fazer troça de todos. Um insano, não restam dúvidas. Em quarto lugar... a senhora Kaneda. Aquele temperamento perverso está completamente fora do senso comum. Deve ser uma doida varrida. Em quinto lugar é a vez do próprio Kaneda. Nunca o vi, mas julgando que vive em harmonia conjugal, tratando com respeito uma mulher como a que tem, pode-se categorizá-lo como anormal. Anormal é o apelido que se dá aos loucos. Creio que podemos considerá-lo de forma semelhante. Em seguida... ainda há muitos outros! Os estudantes da Escola das Nuvens Descendentes. Embora em termos de idade ainda sejam apenas brotos de bambu, são esplêndidos agitadores e podem colocar o mundo de pernas para o ar. Contando cada um de meus conhecidos dessa forma, nota-se que eles são semelhantes. Com isso me tranquilizo. Talvez a sociedade seja um agrupamento de loucos. Os dementes se juntam para lutar encarniçadamente entre si, engalfinhar-se, arreganhar os dentes, insultar-se, digladiar-se. Não seria a sociedade o grupo por eles formado que viveria, assim como as células, desaparecendo e surgindo, surgindo para outra vez desaparecer? Não seriam os manicômios os locais construídos com o propósito de confinar aqueles que dentre eles possuem um pouco de lógica e discernimento e, por isso, representariam um estorvo à sociedade? Assim, aqueles enclausurados nos hospícios seriam as pessoas normais, enquanto aqueles fora deles seriam os verdadeiros loucos. A insânia isolada é tida como loucura, mas quando em grupo e gerando força talvez se torne característica das pessoas sãs. Não são poucos os exemplos de grandes loucos que abusam do dinheiro e poder para incitar loucos menores à violência e acabam passando por pessoas honradas. Eu já não compreendo mais nada."

Esta é a descrição fiel do processo mental de meu amo no momento em que refletia profundamente nessa noite, sob a luz brilhante da única lâmpada do gabinete. Sua opacidade cerebral se manifestou também aqui de maneira notável. Apesar de cultivar bigodes de pontas voltadas para o alto como o do *kaiser*, sua estupidez o impedia de distinguir entre um louco e um ser normal. Se isso não bastasse, por mais que tenha refletido sobre a questão, acabou desistindo sem chegar a nenhuma conclusão. Falta-lhe poder mental para refletir sobre o que quer que seja. A única característica digna de nota em sua argumentação era que a conclusão era incerta e vaga, à semelhança da fumaça dos cigarros Asahi que expele pelas narinas.

Eu sou um gato. Algumas pessoas poderão duvidar que um mero felino possa descrever com detalhes o que se passa no espírito de seu dono, mas isso é uma tarefa extremamente fácil. Afinal, sou dotado da arte da telepatia. Nem se atrevam a me perguntar a partir de quando possuo esse dom. De qualquer forma, eu possuo e isso basta. Quando subo no colo dos humanos para uma soneca, roço minha pelugem delicada por sua barriga, o que produz uma espécie de corrente elétrica que transmite tudo o que ocorre em seu íntimo para minha mente, de tal modo concreto que quase posso segurar com minhas patas. Outro dia, quando meu amo acariciava com suavidade minha cabeça, senti subitamente que lhe passava pela cabeça o forte impulso desproposital de que, caso pudesse me tosquiar, obteria material para um colete bem aquecido. Essa ideia me fez gelar até a espinha. Foi pavoroso! Eis a razão de eu ter podido ler o que se passava na mente de meu amo esta noite, sendo para mim motivo de imensa honra relatá-lo aos leitores. Porém, após ter dito que já não compreendia mais nada, meu amo acabou dormindo. Amanhã na certa esquecerá não só o que refletiu como até onde foi sua reflexão. Se doravante meu amo voltasse a pensar sobre a loucura, precisaria reiniciar o processo do zero. Não posso garantir que, após trilhar idêntica linha de raciocínio, chegará à mesma conclusão de que não compreende nada. Todavia, por mais que pense, repense e avance por diferentes linhas de raciocínio apenas uma coisa é certa: ele acabará completamente confuso.

10

Por trás da porta corrediça minha ama anunciou:

— Sete horas. Hora de levantar.

Meu amo estava virado de costas para mim e como permanecia calado eu não podia saber se estava acordado ou dormindo. Ele tem o hábito de não responder quando lhe dirigem a palavra. Em casos imprescindíveis, emite um mero grunhido, que mesmo assim custa a aflorar aos seus lábios. Por mais charme que, porventura, um homem de tamanha sobriedade possa ter no uso da palavra, sempre carece de popularidade entre os membros do sexo oposto. Minha ama, que sempre conviveu com o professor, não estima o hábito do marido e posso inferir que algo semelhante deva ocorrer com outras pessoas. "Rejeitado pelos pais e irmãos, como poderia ser amado por uma anônima cortesã?", reza a canção. Se não é apreciado sequer pela própria esposa, não há motivo para meu amo ser admirado pelas mulheres em geral. Considero desnecessário comentar agora sobre a impopularidade do professor com relação ao sexo oposto, mas como ele parece inadvertidamente se enganar sobre isso, acreditando ser sua idade avançada a razão de não ser amado por sua consorte, tomo a liberdade de gentilmente dizê-lo para, quiçá, ajudá-lo a se dar conta disso.

Embora minha ama tenha obedecido a ordem do esposo de acordá-lo em determinada hora, ele não lhe deu ouvidos, permanecendo virado de costas para mim sem sequer emitir um de seus conhecidos grunhidos. Decidindo que não se responsabilizaria pelo atraso do marido, minha ama se dirigiu ao gabinete de vassoura e espanador em punho. Pelo barulho do espanador a bater por toda parte dentro do cômodo, ela certamente começou sua costumeira limpeza. Por nunca ter sido encarregado dos afazeres de limpeza doméstica, não sei dizer se ela a realiza por puro exercício físico ou como forma de distração, e mantenho uma postura de indiferença com relação ao caso. Porém, sua maneira de limpar é totalmente descabida. Para ser mais claro, ela faz a limpeza apenas por fazer. Passa o espanador de qualquer jeito pelas portas corrediças e desliza do mesmo modo a vassoura sobre os tatames. Acredita assim concluir a limpeza. Ela não assume nenhuma responsabilidade sobre as causas e efeitos de seu ato. Portanto, os locais limpos permanecem limpos diariamente, mas aqueles onde há sujeira e poeira acumulada continuam sujos e empoeirados. Na China era costume sacrificar um cordeiro ao se visitar o templo no primeiro dia do mês. Apesar da tradição ter desaparecido, mesmo sem o sacrifício do animal os fiéis não deixavam de visitar o templo, acreditando ser melhor ir do que não ir. O que minha ama executa, no entanto, nenhuma serventia tem para o marido. Admito ser uma virtude dela se esforçar dia após dia em um trabalho completamente inútil. Apesar de minha ama e a arrumação da casa estarem unidas por um laço de longos anos, formando uma associação mecânica, a prática dessa forma de arrumação já era ineficaz muito antes de ela vir ao mundo e bem antes de a vassoura e o espanador serem inventados. Pensando bem, a relação entre minha ama e a arrumação foi firmada independentemente de seu conteúdo, assim como costuma ocorrer com os termos de uma proposição da lógica formal.

Ao contrário de meu amo, sou um madrugador e a estas horas já estou morto de fome. Porém, é pouco provável encontrar um desjejum digno dos de minha espécie, quando os humanos ainda nem sequer se sentaram à mesa. E aí reside o lado desavergonhado dos gatos: não consigo me manter sossegado na ilusão de que a fumaça perfumada de uma sopa se elevava esvoaçante de minha concha de ração. Ao se estar ciente da absoluta impossibilidade da realização de um desejo, é mais sensato permanecer prostrado onde se está e apenas alimentar esse desejo na imaginação. Mas as coisas não são tão simples e é impossível não querer verificar se a realidade corresponde ou não ao que o coração acalenta. Mesmo ciente de que a experiência será decepcionante, meus sentidos não resistem até que a própria realidade possa confirmar esse dissabor final. Incapaz de aguentar, fui à cozinha. Em primeiro lugar espiei o interior da concha de abalone colocada atrás do fogão, mas, como eu imaginara, continuava vazia, luzindo sob a luz incerta dos raios de sol de início de outono a filtrar tranquilamente pela janela, da mesma forma como a deixara na noite anterior após devorar todo seu conteúdo. Osan já transferira o arroz que acabara de cozinhar para a vasilha própria de levá-lo à mesa, e no momento misturava algo dentro de uma panela colocada sobre o forno de carvão portátil. A água que se levantava na forma de vapor escorria para fora, aderindo ao redor da panela como papel de arroz. Com o arroz e a sopa já prontos, imaginei que minha refeição seria servida logo. Em momentos como este não há razão para manter o protocolo. Mesmo que as coisas não aconteçam como se espera, que prejuízo afinal pode haver? Decidi exercer certa pressão já que, apesar de ser considerado um parasita neste lar, a fome me apertava. Pensando assim, comecei a miar em um tom meloso, queixoso, suplicante. Osan não parecia disposta a voltar os olhos em minha direção. Já estava a par de sua desfaçatez inata e de seu desapreço pelos sentimentos humanos, mas usei de toda minha astúcia miando com sagacidade, tentando assim despertar naquele coração empedernido algum vestígio de comiseração. Intercalei soluços a meus miados. Estava certo de que minha voz chorosa e adensada de um som trágico seria capaz de partir o coração de um viajante solitário distante de seu torrão natal. Ledo engano: Osan nem se dignava a olhar para mim. Seria surda? Pouco provável, pois se fosse estaria incapacitada de trabalhar como criada. É certo que sua audição só não funciona quando se trata de miados de gato. Há no mundo pessoas daltônicas que creem possuir visão perfeita, embora os médicos as considerem deficientes. Osan supostamente não distingue vozes. Isso é inegavelmente uma deficiência. Mesmo assim ela é petulante. Durante a noite, quando me aperta a necessidade, jamais abre a porta por mais que lhe implore. Nas raras vezes em que permitiu que eu saísse, impediu-me a entrada de volta. No verão o sereno é um veneno. A geada é insuportável e o sofrimento de se ter de esperar o nascer do sol debaixo da calha de um telhado é inimaginável. Recentemente, ao ser deixado do lado de fora sem poder entrar, fui atacado por um cão vira-lata e, ao pressentir o perigo, escapei por um triz subindo no telhado do depósito, onde passei a noite inteira tiritando de frio. A fonte de todos esses dissabores é a insensibilidade de Osan. Meus miados não suscitam nela compaixão; mas, como no provérbio que preconiza que um homem só lembra de Deus nas horas de fome, um homem na miséria vira ladrão e um apaixonado escreve cartas de amor, os meios justificam os fins. Miei uma terceira vez de forma ainda mais elaborada para atrair sua atenção. Embora certo de que o som mavioso de meus miados nada deva a uma sinfonia de Beethoven, eles não surtiram efeito sobre Osan.

 Subitamente Osan se ajoelhou, removeu uma das tábuas do soalho e de dentro retirou um pedaço duro de carvão de uns vinte centímetros de comprimento. Bateu a peça na borda do forno de carvão portátil, quebrando-a em três pedaços e provocando a liberação de uma fuligem negra que flutuou ao redor. Parte da fuligem provavelmente caiu dentro da sopa. Contudo, Osan não é o tipo de mulher que se importe com isso. De imediato colocou os três pedaços de carvão dentro do forno, empurrando-os sob a panela. Ela não parecia prestar atenção à minha sinfonia. Desisti e voltei ao refeitório. Ao passar pela sala de banhos vi as três meninas lavando o rosto em grande animação. Digo que lavavam o rosto, mas de fato, como as duas maiores ainda frequentavam o jardim de infância, e a menor era tão pequena a ponto de mal conseguir se agarrar direito aos quimonos das irmãs, não poderiam portanto se lavar ou fazer a toalete da maneira apropriada. A menor passava pela cara um pano de chão molhado que acabara de tirar de dentro de um balde. Lavar a cara dessa forma não deve ser muito agradável, mas não era de se espantar partindo de uma menina que conseguia achar graça sempre que ocorria um terremoto. Provavelmente ela era mais esperta do que Dokusen Yagi. A maior, como se esperaria de uma primogênita, imbuída da responsabilidade de mostrar à irmã menor que o objeto por ela usado era um pano de chão, entregou-lhe uma vasilha vazia para gargarejos e, em troca, tentava tirar o pano das mãos da pequena. Todavia, a baixinha era dona de ideias próprias e não parecia disposta a aceitar facilmente as explicações da irmã.

 — Não. Babuuu — retrucava ela, puxando de volta o trapo para si.

Ninguém conhece o sentido e a etimologia do vocábulo "Babuuu", mas é certo que a pequena o empregava toda vez que lhe pisavam o calo. Como o pano era puxado pelas meninas para a direita e para a esquerda, como em um cabo de guerra, bem de seu meio encharcado pingavam gotas incessantemente sobre os pés da menor. Se fosse apenas isso, ela ainda suportaria; mas na altura dos joelhos o quimono *genroku* que ela vestia estava todo molhado. Aprendi aos poucos que esse *genroku* talvez seja a denominação dada a qualquer tipo de quimono com motivos de tamanho médio. Quem teria ensinado essa palavra a ela?

— Boya, pare com isso antes que molhe todo seu *genroku* — advertiu a mais velha espertamente.

A mais velha se empertigou toda ao usar a palavra *genroku*, mas até pouco tempo ela a confundia com o jogo infantil *sugoroku*.

Falando sobre *genroku*, lembrei-me que as meninas costumam confundir as palavras e algumas vezes parecem fazê-lo de propósito a fim de zombar dos adultos. Em vez de faíscas são cogumelos que saltam das chamas de um incêndio, e elas desejam ir à escola de moças de *Ochanomiso* e não *Ochanomizu*. Chamam de *Daidoko*, cozinha, ao deus da felicidade, *Daikoku*. Certa feita uma delas disse que não nasceu em *Waradana*, obviamente se equivocando com a região de *Uradana*. Meu amo se esbalda de rir ao ouvir esses erros, mas ao ensinar inglês em sua escola com certeza comete deslizes ainda mais cômicos.

A pequena, que não conseguindo pronunciar Boya se autodenomina invariavelmente "Boba", ao ver seu *genroku* encharcado reclamou choramingando: "Meu *gendoku* 'tá molado'." Como a sensação de um *genroku* molhado não é das mais agradáveis, Osan saiu às pressas da cozinha, tomou o pano de chão das mãos da pequena e enxugou o quimono. Durante toda essa confusão, Sunko, a do meio, mantinha-se quieta. De costas para o que acontecia, ela abrira um vidro de pó de arroz caído do armário e se maquiava. De início, enfiou um dedo no pó e o esfregou no nariz, criando uma linha branca que deixou o local mais visível. Em seguida, girou o dedo sobre as bochechas esfregando-as para formar nelas duas manchas brancas. Justo nesse momento Osan entrou na sala e, depois de enxugar o quimono de Boba, limpou o rosto de Sunko, que parecia não ter gostado nem um pouco.

Depois de observar a cena sem me envolver, atravessei o refeitório e fui sorrateiramente ao dormitório para verificar se meu amo acordara, mas não vi sua cabeça em lugar nenhum. Em vez disso, via-se para fora das cobertas metade da sola elevada de um de seus pés. Provavelmente achando que passaria pelo transtorno de ser acordado caso deixasse para fora a cabeça, decidira mergulhar para debaixo da colcha. Meu amo em nada difere de um filhote de tartaruga. Nesse momento, minha ama, que terminara a limpeza do gabinete, apareceu trazendo o espanador e a vassoura. Da porta ela perguntou:

— Ainda não se levantou?

Por um momento ela permaneceu contemplando o cobertor de sob o qual nenhuma cabeça surgia. De novo, nenhuma resposta. Minha ama avançou dois passos da porta e cutucou o cobertor com o cabo da vassoura:

— Então? Vai se levantar ou não vai? — insistiu em busca de uma resposta.

Meu amo já estava acordado. Porém, para se defender dos ataques da esposa, permanecera com a cabeça enfurnada sob a coberta. Ele deveria ingenuamente crer que bastaria se esconder sob a coberta para que ela o deixasse continuar a dormir em paz, mas minha ama não parecia disposta a consentir nesse tipo de artimanha. Da primeira vez que ela o chamou, a voz partira da porta e meu amo se acreditara seguro pela distância de pelo menos dois metros que os separava. Mas, ao sentir os cutucões do cabo de vassoura, ele foi pego de surpresa pela inesperada proximidade. De qualquer forma, como esse segundo "Então? Vai se levantar ou não vai?" pôde ser ouvido até dentro das cobertas com uma intensidade duas vezes superior à da pergunta anterior, tanto pela distância como pelo volume, meu amo se deu conta de que não poderia vencê-la e emitiu um "hum" minúsculo.

— Você deve estar lá às nove. Se não se apressar, vai chegar atrasado.

— Não precisa falar isso, eu já estava prestes a me levantar.

Soou estranho que ele respondesse de dentro da manga de seu quimono de dormir. Se não tomasse cuidado, ele a ludibriaria e voltaria a dormir. Ciente disso, minha ama mantinha-se alerta para evitar ser enganada.

— Vamos. É hora de levantar — pressionou.

Nada é mais desagradável do que ser coagido a se levantar depois de ter informado que o faria. E as coisas pioram quando se trata de um homem caprichoso como o professor Kushami. Ele arremessou subitamente para um lado a coberta que até então o cobria desde a cabeça. Seus olhos estavam bem abertos.

— Para que tanto barulho? Se eu digo que me levanto, eu me levanto.

— O que você diz não se escreve.

— Quem disse uma mentira semelhante? Quando?

— É sempre assim.

— Não diga tolices.

— Ignoro quem é o tolo aqui.

Furiosa, minha ama permaneceu galantemente de pé junto ao leito agitando a vassoura. Nesse instante, Yatchan, filho do puxador de riquixá da casa de trás, começou subitamente a chorar em alto e bom-tom. A esposa do puxador dera ordens ao filho para chorar sempre que meu amo se encolerizasse. Provavelmente ela recebia alguns trocados para fazer Yatchan chorar a cada acesso de fúria de meu amo, o que para o menino representava um enorme transtorno, pois, por ter uma mãe como ela, ele era obrigado a abrir o berreiro de manhã à noite. Se meu amo se desse conta das circunstâncias e refreasse seus ataques nervosos, isso alongaria um pouco a vida da infeliz criança. Por mais que fosse um pedido de Kaneda, algo tão estúpido só poderia partir de uma mulher mais desvairada do que Kohei Tendo. Se fosse apenas isso, ainda seria suportável, mas Kaneda contratou alguns malandros das redondezas, e cada vez que eles apareciam para chamar meu amo de "Cara de texugo de terracota", Yatchan era obrigado a cair na choradeira. Quando não tinha certeza se meu dono se enfureceria ou não, presumindo que ele se zangaria, por via das dúvidas o menino abria o berreiro por antecipação. Nesse estágio, era impossível saber se era meu amo que causava o choro de Yatchan, ou se era Yatchan que lhe provocava a fúria.

Era bem fácil aborrecer meu amo: bastava admoestar o menino para ele se encolerizar como se o tivessem esbofeteado. No passado, quando no Ocidente um criminoso era condenado à morte e se evadia para um país vizinho, sendo impossível alcançá-lo, construía-se uma estátua à sua semelhança à qual ateavam fogo no lugar do malfeitor. Porém, parecia haver entre os algozes de meu amo estrategistas hábeis versados nas práticas comumente utilizadas no Ocidente. Um homem tão canhestro como meu dono deveria sofrer com os alunos da Escola das Nuvens Descendentes e com a mãe de Yatchan. Mas ainda havia outros. Ele sofria com todos da cidade, mas, como não vem ao caso no momento, comentaremos sobre isso em outra ocasião.

A voz chorosa de Yatchan pareceu provocar a ira de meu amo desde cedo pela manhã, já que ele saiu abruptamente de sob a coberta. Quando se chega neste ponto de nada adianta o ascetismo de Dokusen Yagi. Enquanto se levantava, coçou a cabeça com ambas as mãos com uma força capaz de libertar o couro cabeludo de seus grilhões. As caspas acumuladas no decorrer de um mês esvoaçaram sem cerimônias para a nuca e a gola do quimono. Era um espetáculo de uma magnificência ímpar. Olhei para seu bigode e, para minha surpresa, estava todo eriçado. Como conscientes de que não poderiam permanecer quietos enquanto meu amo se encolerizava, cada pelo exasperado investia com agressivo vigor em uma direção diferente. Que visão imperdível! Ontem, quando ele se olhara no espelho tentando imitar o *kaiser* alemão, os pelos se alinharam em perfeita formação, mas bastou uma noite de sono para perderem toda a disciplina, voltando à forma original. Na manhã seguinte, seu instinto selvagem inato se revelou em sua plenitude, como se houvessem sido completamente exterminados, o mesmo ocorrendo com o ascetismo inventado por meu amo durante a noite. Pela primeira vez compreendi como o Japão é um país vasto ao ponderar sobre como um homem tão tosco e de bigodes tão incultos pode exercer a profissão de docente. É por ser tão vasto que Kaneda e seus asseclas são tratados como seres humanos. Meu amo parece acreditar que, enquanto eles forem considerados gente, não haverá razão para ele perder seu emprego. Em caso de necessidade, enviará um cartão-postal a Sugamo e se aconselhará com Kohei Tendo sobre qual atitude tomar.

Meu amo abriu tanto quanto possível seus olhos pré-históricos, sobre os quais comentei ontem, e os fixou no armário em frente. O móvel, de cerca de dois metros de altura, é dividido ao meio, com duas portas forradas de papel grosso na parte superior, e duas embaixo. As portas de baixo quase roçam a borda da coberta. Basta meu amo abrir os olhos para sua visão recair sobre elas. O papel estampado que recobre as portas está rasgado em vários locais, expondo curiosamente as entranhas do móvel. Há vários tipos de papéis em seu interior: impressos, manuscritos, folhas viradas de verso ou de ponta-cabeça. Ao vê-los, brotou em meu dono a vontade de ler o que neles estava escrito. Era curioso que ele, até agora irado a ponto de pensar em agarrar a mulher do puxador de riquixá e esfregar a cara dela no tronco de um pinheiro, sentisse subitamente vontade de ler aquele monte de papéis inúteis, embora não se possa dizer que fosse algo incomum a um homem de temperamento tão extrovertido e irritadiço. Em nada ele difere de uma criança chorona que logo abre um sorriso quando lhe oferecem uma guloseima. Quando no passado era pensionista em certo templo[126], em determinada ocasião havia cinco ou seis monjas no cômodo vizinho ao dele. Monjas são os seres mais perversos que podem existir entre as mulheres. Dizem que essas religiosas, parecendo ter adivinhado o temperamento de meu amo, costumavam cantar em coro enquanto batucavam nas panelas em que cozinhavam: "O corvo que chorava agora já está rindo."[127] Foi a partir dessa época que meu amo tomou aversão por monjas, mas o fato de ele as odiar não lhes tira a razão. Meu amo chora, ri, se alegra ou se entristece com uma intensidade duplamente maior do que a de outros humanos, mas, ao contrário destes, seus arroubos emocionais são de curtíssima duração. Ele não se prende a nada, e suas emoções se alteram

---

126. Entre outubro de 1894 e abril de 1895, Soseki residiu no Templo Hozoin, em Tóquio, tendo escrito sobre as monjas ao amigo Masaoka Shiki em uma carta dessa época.

127. Canção infantil normalmente cantada para crianças que costumam ter alterações bruscas de humor.

com facilidade. Traduzindo para a linguagem cotidiana, meu amo não passa de um ser superficial, uma criança mimada, frívola e obstinada. Por ter esse caráter de *enfant gâté*, não é de se estranhar que, após levantar-se bruscamente como se estivesse pronto para partir para a briga, mudou logo de ideia e começou a ler os papéis contidos nas entranhas do armário. A primeira coisa que lhe despertou a atenção foi um papel contendo a fotografia de Hakubun Ito[128] plantando bananeira. Consta na parte superior a data de 28 de setembro de 1878. Desde essa época o atual Governador Geral da Coreia já corria atrás de uma nomeação do governo. Que cargo teria ele então?, meu amo se perguntou e não custou a encontrar escrito em outro local: ministro das finanças. Realmente um homem ilustre. Mesmo plantando bananeira, era ministro! Olhando um pouco mais à esquerda viu-o deitado de lado fazendo a sesta. Bastante compreensível, pois por mais que quisesse o ministro não poderia permanecer a vida toda plantando bananeira. Na parte inferior, em uma grande placa de madeira as palavras "Tu és..." iniciavam uma frase. Meu amo certamente gostaria de ver o resto da frase, mas não estava visível. Na linha seguinte, aparecia apenas a palavra "Depressa". Ele também gostaria de ler essa frase, mas tampouco se via o restante. Fosse ele um detetive em uma delegacia policial, para satisfazer sua curiosidade ele arrancaria todos os papéis das portas do armário, mesmo que este pertencesse a outrem. Como não existem homens de educação superior entre os detetives, eles são capazes de qualquer coisa para apurar os fatos. São de fato intratáveis. Gostaria que tivessem mais compostura. Aqueles que não se conduzissem de maneira adequada deveriam ser impedidos de apurar os fatos. Ouvi dizer que chegam até a fabricar provas para condenar cidadãos inocentes. Esses homens empregados e pagos pelos honestos cidadãos são lunáticos que acabam condenando seus próprios empregadores.

Meu amo passeou em seguida os olhos em direção à parte central da porta onde a província de Oita aparece de cabeça para baixo. Mas

---

128. Hakubun ou Hirobumi Ito (1841-1909). Por diversas vezes primeiro-ministro, assumiu em 1905 o posto de Governador Geral da Coreia quando o Japão instalou um protetorado em Seul. Seu assassinato em 1909 por um nacionalista coreano provocou a completa anexação da Coreia ao Japão em 1910.

se até Hakubun Ito podia ficar de ponta-cabeça, nada mais natural que a província de Oita também usufruísse desse direito. Depois de olhar o armário, meu amo estirou alto os braços, de punhos cerrados, em direção ao teto. Era o preparativo para um bocejo.

Esse bocejo, provido de uma modulação anormal, mais se assemelhava ao som de uma baleia cantando a distância. Após concluí-lo, meu amo trocou de roupa indolentemente e foi lavar o rosto no banheiro. A esposa, que até aquele momento aguardava com impaciência, recolheu os *futon*, dobrou o quimono de dormir e iniciou a limpeza da forma costumeira.

Meu amo executa sua toalete da maneira rotineira, a qual se repete já há dez anos. Como já expliquei, ele continua emitindo seus usuais gargarejos polifônicos. Depois, penteia-se repartindo o cabelo, joga uma toalha sobre o ombro e vai para o refeitório sentar-se junto ao braseiro oblongo. Alguns poderiam imaginar que esse braseiro fora produzido em zelcova com nervuras aparentes, ou que era um recipiente em madeira negra de caquizeiro com o interior revestido em cobre, ao lado do qual uma mulher que acabara de lavar os cabelos estaria ajoelhada batendo de maneira sensual sua longa piteira contra a borda; mas o braseiro do professor Kushami estava longe de fazer jus a essa descrição. Era uma peça elegante e antiga, e um leigo dificilmente imaginaria de que material fora fabricada. O valor de um braseiro está no brilho que produz quando polido e, apesar da indefinição quanto a seu material ser zelcova, cerejeira ou paulównia, o fato de jamais ter recebido polimento realçava a lugubridade do objeto. Se lhes perguntassem onde o adquiriram, nenhum deles se lembraria de tê-lo comprado. Se lhes indagassem se o ganharam, na dúvida responderiam negativamente. Também é ambíguo se teria sido roubado. A verdade é que, no passado, solicitaram a meu amo tomar conta por um tempo da casa de um parente aposentado quando este faleceu. Muito tempo depois, ao se mudar da casa para a própria residência, teria levado consigo, sem querer, o braseiro que costumava usar enquanto nela permanecera. Isso não me parece algo próprio a pessoas de boa índole, mas acredito que seja frequente entre os humanos. Os banqueiros, que lidam todos os dias com dinheiro alheio, devem acabar achando que este lhes pertence. Os funcionários públicos estão a serviço do povo, assemelham-se a procuradores a quem foram delegados poderes para agir em nome dos cidadãos. Todavia, à medida que exercem suas funções diariamente acabam alucinados, passando a acreditar que a autoridade a eles atribuída na verdade lhes pertence, não sendo dado a ninguém o direito de externar nenhum palpite sobre ela. Na medida em que homens dessa espécie existem em grande quantidade na sociedade, não se pode julgar que meu amo tenha propensão para o roubo pelo fato de ter carregado para si um braseiro. Tivesse ele esse tipo de propensão, então todos os seres humanos também dela seriam munidos.

    Meu amo estava sentado à mesa de jantar, posta ao lado do braseiro, tendo nos outros três assentos Boba, que acabara de lavar o rosto com um pano de chão, Tonko, que desejava estudar na escola *Ochanomiso*, e Sunko, que enfiara o dedo no vidro de pó de arroz; todas acomodadas e tomando a refeição matinal. Meu amo admirava as três com imparcialidade. O rosto de Tonko possui o contorno parecido com a guarda de mãos de uma espada de ferro. Sunko tem um pouco dos traços da irmã mais velha, mas o rosto é arredondado como uma bandeja vermelha de laca própria das ilhas Ryukyu. Apenas Boba apresenta um rosto peculiarmente comprido. Se fosse apenas alongado de cima para baixo, não seria nada raro, porém é de largura extensa. Por mais que as modas mudem com o tempo, um rosto alongado no sentido horizontal dificilmente entrará em voga. Meu amo costuma refletir bastante sobre as filhas. Elas vão crescer. Não apenas isso, elas crescerão rápido, como os brotos de bambu se transformam em jovens árvores nos templos zen-budistas. Sempre que meu amo se atém ao crescimento das meninas, tem a sensação exasperante de estar sendo empurrado por trás. Apesar de viver com a cabeça nas nuvens, pelo menos está consciente de que tem três filhas. Sabe que por serem mulheres chegará o dia em que terá de casá-las. E, apesar de ciente disso, também sabe de sua incapacidade para arranjar-lhes bons matrimônios. Por isso mesmo suas meninas o deixam um pouco intranquilo. Já que ele se sente assim, não precisava tê-las tido, mas os homens são assim mesmo. Essa é uma definição própria aos humanos: seres que criam coisas sem necessidade para depois sofrer por tê-las criado.

As crianças eram admiráveis. Comiam alegremente sua refeição sem sequer sonhar que o pai sofria sobre o que fazer com elas. Boba não conseguia se manter parada. Este ano completa três anos e sua mãe teve a ideia de providenciar para ela, no momento das refeições, um par de *hashi* e uma tigela para arroz próprios à sua idade, mas Boba não os aceitava de jeito nenhum. Apoderou-se da tigela e dos *hashi* das irmãs e tentou a todo custo usá-los, embora de mais difícil manejo. Nota-se neste mundo que as pessoas mais desprovidas de talentos e aptidões são, ao contrário, as que se dão ares de importância e almejam altos postos oficiais. Essa característica despontara justamente na tenra idade de Boba. E tão profunda era essa característica que seria recomendável logo desistir de se colocar contra ela, pois a educação e a disciplina de nada serviriam para erradicá-la.

De uma maneira déspota, Boba não desistiu de tentar usar a grande tigela e o longo par de *hashi* tomado a suas vizinhas. Era preciso usar de energia e tirania para poder fazer uso de algo acima de nossa capacidade. De início, a menina segurou ambos os *hashi* juntos e os espetou energicamente até o fundo da tigela, que tinha quatro quintos cheios de arroz, sobre o qual fora vertida sopa de pasta de soja. Sob a força dos palitos, o conteúdo da tigela, até então em equilíbrio, inclinou-se trinta graus ao receber o impacto repentino. Ao mesmo tempo, a sopa que cobria o arroz escorreu para o peito de Boba. A menina não se amofina por tão pouco. Afinal, ela é uma déspota. E foi com enérgica tirania que puxou de dentro da tigela os *hashi* que nela enfiara. Simultaneamente, ela aproximou a minúscula boca da borda e enfiou para dentro dela o máximo de grãos de arroz que conseguiu. Os grãos de arroz, agora amarelecidos pela sopa, conseguindo se libertar do ataque, lançaram seu grito de guerra e se arremessaram à ponta do nariz, bochechas e queixo da menina. Muitos foram os grãos que erraram na hora do pulo e se estatelaram sobre o tatame. Era uma maneira temerária de se comer arroz. Gostaria de aproveitar a ocasião para fazer uma recomendação ao notável senhor Kaneda e a todos os humanos poderosos deste mundo. Se os senhores estão acostumados a tratar as pessoas da mesma forma que Boba maneja os *hashi* e a tigela, saibam que pouquíssimos grãos de arroz pularão para dentro de suas bocas. Eles não saltam com energia natural, mas em um momento de indecisão. Peço-lhes que reflitam mais uma vez sobre seus modos. O tratamento que dão às pessoas não é digno de seres competentes e com experiência de vida como vossas senhorias.

Privada de seus *hashi* e tigela por Boba, Tonko suportava usar uma menor e não apropriada à sua idade, mas como o recipiente era demasiado pequeno, mesmo cheio ela o esvaziava em três bocadas. Por isso, ela se via obrigada a se servir com mais frequência do arroz. Já repetira quatro vezes e ainda colocava mais um pouco. Retirou a tampa da panela, pegou a colher e durante instantes apenas se contentou em contemplar o conteúdo. Parecia hesitar, ponderando se de fato deveria comer ou não, mas tomou finalmente uma decisão e pegou com a colher uma boa porção, evitando a parte queimada. Até colocar sobre a colher não houve problemas, mas, no momento de virá-la para despejar sobre a tigela a porção muito maior do que o tamanho do recipiente, soltou-se, indo parar sobre o tatame. Como se nada tivesse acontecido, Tonko recolheu gentilmente o arroz caído. Quando pensava no que ela faria depois de coletá-lo, surpreendi-me ao vê-la colocá-lo de volta na panela. Em minha opinião, isso não parece algo muito asseado.

Justo na hora em que Tonko acabava de se servir do arroz, Boba tentava energicamente suspender os *hashi*. Na qualidade de irmã mais velha, Tonko se sentiu no dever de alertar a irmã:

— Isso é terrível, Boba. Seu rosto está coberto de arroz.

Dizendo isso, logo limpou o rosto da irmã. Em primeiro lugar, tirou os grãos alojados ao redor da ponta do nariz. Quando imaginava que ela os jogaria fora após retirá-los, para minha surpresa ela os enfiou na boca. Em seguida foi a vez dos grãos colados às bochechas. Existia uma legião deles, que, colocados em números, totalizaria cerca de vinte. A mais velha os retirou com cuidado, comendo-os um por um. Acabou dando fim a todo o arroz colado no rosto da irmã, sem deixar um grão sequer. Sunko, que até então comia bem comportada seu pedaço de *takuan*, de repente pescou de dentro de sua tigela de sopa de pasta de soja, cheia até a borda, um pedaço de batata-doce, enfiando-o sem delongas na boca.

Creio que todos sabem que não há nada mais quente para o paladar do que uma batata-doce retirada de dentro de uma sopa. Mesmo os adultos podem se queimar se não tomarem cuidado, que dirá a pequena Sunko, sem nenhuma experiência no que se refere a batatas. É claro que ela se desconcertou. Gritou de dor e cuspiu em cima da mesa o pedaço de batata. Dois ou três fragmentos deslizaram em frente de Boba, parando a uma distância bem próxima dela. Boba sempre foi uma fã inveterada de batatas-doces. Ao ver a guloseima de sua predileção cair voando bem diante de seus olhos, descartou imediatamente os palitinhos e pegou com a mão os pedaços da batata, os quais devorou com sofreguidão.

Meu amo, que até então testemunhava contemplativamente essa cena miserável, concentrando-se em comer seu arroz e beber sua sopa, agora passou a palitar os dentes. Ele parece adotar uma postura muito liberal no que se refere à criação das filhas. Mesmo que elas se tornem colegiais e, como se tivessem combinado, fujam de casa as três, cada qual com seu namorado, ele continuará a comer seu arroz e beber sua sopa impassivelmente. Meu amo é um apático. Contudo, tenho notado que os homens de ação neste mundo parecem nada saber, exceto ludibriar as pessoas com mentiras, procurar levar vantagem em tudo, usar de blefes como intimidação e preparar armadilhas. Os alunos das escolas secundárias se enganam acreditando que, por imitação daqueles que assim agem, serão reconhecidos na sociedade. Por isso, fazem coisas das quais deveriam se envergonhar, acreditando que seus atos os levarão a se tornar cavalheiros futuramente. Isso está longe da atitude esperada de um homem de ação. Esses são crápulas. Por ser um gato japonês, possuo brios patrióticos. Sempre que vejo esses homens de ação, sinto vontade de socá-los. Cada novo homem desses só serve para enfraquecer a nação. As escolas onde esses alunos estudam deveriam se envergonhar, assim como a nação que abriga semelhantes cidadãos. Além de vergonhoso, é incompreensível que haja tantos deles neste mundo. O povo japonês não parece ter uma firmeza tão grande de caráter como nós, gatos. É lastimável. Comparado a esses calhordas, sou obrigado a admitir a superioridade de meu amo como ser humano. É sua falta de tenacidade que o leva a ser assim. Sua superioridade está justamente em sua incapacidade. Ele é superior por não possuir presença de espírito.

Depois de acabar em paz sua refeição matinal, com uma maneira apática de comer, meu amo trocou de roupa, tomou um riquixá e se dirigiu à delegacia de polícia de Nihonzutsumi. Ao subir na condução, perguntou ao puxador se conhecia o local. Este emitiu um sorriso maroto, pelo fato de saber que Nihonzutsumi se localiza próximo ao bairro de prazeres de Yoshiwara.

Após meu amo partir no riquixá, algo que não acontecia todo dia, minha ama tomou seu desejejum e, como de hábito, avisou às crianças para se prepararem para ir para a escola.

— Mas hoje é feriado — explicaram, sem mostrar intenção de se mover.

— Quem disse? Vamos, apressem-se! — replicou a mãe em tom de admoestação.

— O professor disse ontem que era! — insistiu a mais velha, imperturbável.

Uma certa dúvida se apoderou de minha ama, que retirou do armário um calendário e olhou repetidamente a data em vermelho marcada como feriado. Desconhecendo o fato, meu amo enviara seu pedido de ausência à escola. Foi minha ama que, também sem saber, o colocara na caixa dos correios. Talvez Meitei também ignorasse esse fato, mas tenho minhas dúvidas se ele não se fizera de sonso por pura diversão. Surpreendida com a descoberta, minha ama mandou as crianças irem brincar e, como de costume, pegou sua caixa de costuras e começou seu serviço.

Na meia hora seguinte a paz reinou em toda a casa, sem nenhum acontecimento digno de registro. Contudo, uma estranha visita apareceu repentinamente. Era uma estudante de dezessete ou dezoito anos. Usava sapatos com salto torcido e seu longo *hakama* violeta se arrastava pelo chão. Seu penteado inflado se assemelhava a uma bola de ábaco. Entrou pela porta de serviço sem se anunciar. Era a sobrinha de meu amo, uma colegial que com frequência aparecia aos domingos e partia invariavelmente após brigar com o tio. Tinha o lindo nome de Yukie. O rosto, não tão bonito quanto o nome, era do tipo que se encontra em qualquer esquina.

— Bom dia, tia — cumprimentou ao entrar no refeitório, indo se sentar ao lado da caixa de costura.

— Ah, é você. Chegou cedo...

— Como hoje é feriado, pensei em vir vê-los bem cedo pela manhã. Saí de casa por volta das oito.

— E por que isso? Alguma razão em especial?

— Não. Fazia tempo que não os via e resolvi fazer uma breve visita.

— Fique o tempo que quiser. Seu tio logo estará de volta.

— Ele saiu cedo? Hoje vai chover...

— Ele foi a um lugar inusitado... Até o posto policial. Não acha curioso?

— Para que ele foi até lá?

— A polícia prendeu o ladrão que entrou em nossa casa na primavera.

— E o tio foi confirmar se era mesmo o ladrão? Que transtorno.

— Que nada. Eles vão devolver tudo o que foi roubado. Conseguiram reaver nossos pertences e ontem um policial veio expressamente nos avisar para ir buscá-los.

— É mesmo? Se não fosse por isso, o tio jamais madrugaria desse jeito. Neste horário ainda estaria dormindo.

— Não há dorminhoco igual a ele... E se enfurece se tento acordá-lo. Hoje de manhã eu o avisei às sete como ele havia me pedido. Acredite ou não, ele se enfurnou sob as cobertas sem responder. Fiquei apreensiva e tentei acordá-lo uma segunda vez, mas ele me disse algo incompreensível de dentro da manga do quimono de dormir. É frustrante.

— Por que motivo dorme tanto assim? Ele deve ser neurastênico.

— Como é?

— O tio se encoleriza por qualquer coisinha. É inacreditável que consiga trabalhar como professor.

— Dizem que ele é bem tranquilo quando está na escola.

— Pior ainda. Machão em casa, gelatina fora dela.

— Por quê?

— Porque é assim que ele se parece. Não acha que ele se enfurece muito em casa, mas é um carneirinho quando está na escola?

— O problema não é só se enfurecer. Se alguém diz direita, ele diz esquerda. Se alguém diz esquerda, ele diz direita. Ele nunca concorda com nada que lhe dizem... É muito turrão.

— Tem espírito de contradição. É uma forma dele de se divertir. Quando precisar que ele faça algo, basta lhe dizer o contrário e as coisas saem como desejamos. Dia desses, quando pensei em lhe pedir para me comprar um guarda-chuva, disse-lhe que não precisava, que era desnecessário, e ele logo me comprou um.

— Ha, ha, ha... Muito bem pensado. Empregarei essa tática daqui em diante.

— Use mesmo. Se não fizer assim, você está perdida, tia.

— Há algum tempo recebemos a visita de um corretor de seguros, que o aconselhou a contratar uma apólice. Durante uma hora ofereceu-lhe todo tipo de motivos, sem conseguir convencê-lo. Sem nenhuma poupança e com três crianças, eu me sentiria mais despreocupada se Kushami estivesse segurado, mas ele parece pouco se importar.

— Tem razão. É muito preocupante no caso de algum acidente — disse Yukie algo que não condizia com sua idade, parecendo alguém experiente em questões domésticas.

— Eu ouvia a conversa de trás da porta e foi realmente cômico. A questão não é que ele não reconhecesse a necessidade de um seguro. É justamente por ser necessário que existem companhias de seguro, dizia ele. Porém, argumentava com convicção ser um seguro inútil para alguém que não morreria.

— O tio?

— Quem mais? O corretor concordou que, se as pessoas não morressem, não existiriam companhias de seguro. Todavia, a vida humana, por mais sólida que possa parecer, é na realidade frágil e uma situação de risco pode surgir quando menos se espera. Seu tio disse então que decidira jamais morrer. Mais uma de suas costumeiras baboseiras.

— Mesmo tendo decidido, ele vai morrer de qualquer jeito. Eu também resolvi que passaria em meus exames, mas acabei malogrando.

— O corretor lhe respondeu algo parecido. A vida não é algo de que se possa dispor livremente. Se fosse algo que se pudesse prolongar com uma decisão, ninguém morreria.

— Ele está coberto de razão.

— É claro! Mas quem disse que o cabeça-dura de seu tio compreendia? Insistia que não morreria. E se vangloriava de que isso jamais aconteceria com ele.

— O tio é mesmo uma figura singular.

— Ele é estranho, muito estranho. Acabou concluindo que, se era para pagar um seguro, melhor valeria colocar esse dinheiro em uma poupança bancária.

— Ele tem uma poupança?

— Como poderia ter se ele nunca reflete sobre o que acontecerá depois de morrer?

— É preocupante. Por que será que ele é assim? Entre as pessoas que frequentam sua casa não parece haver ninguém como ele.

— Claro que não. Ele é o único da espécie.

— Que tal se aconselhar com Suzuki? Seria interessante ouvir a opinião de um homem tão ponderado como ele.

— O problema é que Suzuki é *persona non grata* por aqui.

— Tudo nesta casa parece estar de ponta-cabeça. Que tal então esse outro... sabe.. aquele rapaz calmo...

— Você se refere a Yagi?

— Ele mesmo.

— Seu tio parece estar de ovo virado com Yagi. Ontem Meitei apareceu e falou mal dele, e por causa disso provavelmente Kushami não dará ouvidos a Yagi.

— Mas por que não? Ele é um homem que inspira confiança, tranquilo... dia desses fez uma conferência em minha escola.

— Yagi?

— Sim.

— Ele é professor em sua escola?

— Não, mas foi convidado pelo Comitê Feminino para dar essa conferência.

— Foi interessante?

— Bem, não muito. Contudo, o professor tem um rosto alongado e um bigode pontiagudo como o de Tenjin-sama[129], isso provocou o interesse de todas.

— Qual o tema da conferência?

No momento exato em que minha ama perguntava, as três crianças, ouvindo a voz de Yukie, entraram fazendo algazarra no refeitório. Até então elas brincavam no terreno baldio do outro lado da cerca de bambus.

— Ah, é Yukie — gritaram as duas mais velhas alegremente.

— Nada de fazer tanto barulho. Fiquem quietas. Yukie está começando a contar uma história divertida — disse minha ama pondo de lado sua costura.

— Eu adoro as histórias de Yukie — disse Tonko.

— Você nos contará a história do coelho e do texugo na montanha? — perguntou Sunko.

Boba avançou por entre os joelhos das irmãs.

— Boba também quer "itória".

Isso não significava que ela desejava escutar histórias, mas que pretendia contar as dela.

— Ah, Boba vai nos contar uma história? — caçoou a irmã mais velha.

— Deixe Yukie contar primeiro, Boba. Conte a sua depois — sugeriu minha ama, tentando convencer a menina.

Boba não parecia inclinada a ouvir e começou a gritar.

— Não, babuuu.

— Está bem. Vamos, Boba. Conte sua história primeiro — permitiu Yukie, complacente.

— Botan, Botan, para onde você vai?

— Que divertido. E depois?

— Vamos ao arrozal colher arroz.

— Você conhece bem a história.

---

[129]. Deus Tenjin, denominação dada a Michizane no Sogawara (845-903), após sua morte. Poeta, acadêmico e político, é venerado como deus da sabedoria.

— Se você "bem", vai atrapalhar.

— Não é "bem", é "vem" — corrigiu a mais velha.

Sem se dar por rogada, Boba soltou um habitual "babuuu", que emudeceu a irmã. Porém, ao ser interrompida dessa forma, esqueceu o restante do relato. Como ela permaneceu em silêncio, Yukie perguntou:

— Isso é tudo, Boba?

— Hum. E não se deve peidar que é feio. Pum, pum, pum.

— Ha, ha, ha... Que coisa horrível. Quem ensinou isso a você?

— "Otan".

— Osan? Que malvada ela é, ensinando essas coisas! — exclamou minha ama com um sorriso amarelo. — Bem, agora é a vez de Yukie. Boba, fique quietinha e ouça com atenção.

Como se tivesse se convencido, a pequena déspota se calou por instantes. Yukie pôde enfim continuar o relato.

— Em sua conferência o professor Yagi expôs sobre uma grande estátua de pedra de Jizo que havia antigamente bem no meio de uma encruzilhada. Pelo local passavam cavalos e carros em grande número, e por ser muito movimentado a estátua atrapalhava. Os habitantes do lugarejo se reuniram para deliberar sobre mudar ou não a estátua para um canto do cruzamento.

— Essa história de fato aconteceu?

— Não sei dizer. Ele não comentou se era real ou fictícia. Então, enquanto discutiam, o homem mais forte do lugarejo afirmou não haver razão para tanta discussão, pois ele mesmo mudaria a estátua de lugar. Assim, ele foi sozinho até a encruzilhada, despiu a camisa e puxou a estátua até se encharcar de suor, mas nada de ela se mover.

— Deveria ser realmente muito pesada.

— Com certeza. Como o homem se cansou, retornou a sua casa e caiu no sono, o pessoal do vilarejo voltou a discutir. Desta vez, o homem mais inteligente da cidade disse para deixar por conta dele, e o pessoal aceitou. O homem encheu uma marmita de dois andares com bolinhos de arroz cobertos com geleia de feijão e foi até em frente de Jizo. Dizem que ele mostrou a marmita à estátua dizendo "Vem, vem até aqui", achando que Jizo seria atraído pelos bolinhos, já que poderia ser um glutão, mas a estátua não se moveu nem um milímetro. O homem inteligente não se deu por vencido. Colocou saquê em uma cabaça e, carregando-a em uma das mãos e na outra uma pequena taça, voltou até diante do Jizo. "Então, não quer um trago?", sugeriu. "Se quiser beber, vem." Tentou cerca de três horas sem conseguir obter um movimento sequer da estátua.

— Yukie, Jizo nunca tem fome? — questionou Tonko.

— Eu quero comer bolinhos de arroz — disse Sunko.

— Depois de fracassar duas vezes, o homem inteligente trouxe em seguida um bolo de notas de dinheiro falsas. "Eu sei que você as quer. Vamos, vem buscá-las", disse mostrando as notas e convidando a estátua, mas foi também inútil. Era um Jizo realmente teimoso.

— De fato. Parece muito com seu tio.

— Sem tirar nem pôr. Por fim, o homem inteligente também entregou os pontos e acabou desistindo. Depois disso, apareceu um contador de prosa acalmando o pessoal e garantindo que ele não teria dificuldades em remover a estátua.

— E o que fez esse homem?

— Essa é a parte curiosa da história. De início, esse pretensioso vestiu um uniforme de policial, colocou um bigode postiço e se postou bem em frente à estátua. Com arrogância, alertou Jizo que, se ele não saísse fora logo dali, teria de se entender com a polícia. Duvido muito que no mundo de hoje se dê atenção a alguém que se passe por um policial.

— De fato. E a estátua se moveu?

— De jeito nenhum. Igual ao tio.

— Pois saiba que seu tio tem um grande respeito pela polícia.

— É mesmo? Com aquele jeito dele? Bem, nada havia a temer. Contudo, Jizo não se mexeu, continuando no mesmo estado de antes. O convencido se enfureceu, rasgou o uniforme de policial, arrancou o bigode de papel e o jogou tudo no cesto de lixo. Em seguida, disfarçou-se de milionário e voltou até o local. Parece que sua fisionomia era a do próprio barão Iwasaki.[130] Muito estranho, não acha?

---

130. Da família Iwasaki, fundadora do grupo Mitsubishi.

— E como é a fisionomia do barão Iwasaki?

— Um rosto autoritário. Sem fazer nem dizer nada, o homem rodeava Jizo tirando baforadas de seu charuto.

— O que ele pretendia com isso?

— Inebriar Jizo com a fumaça.

— Isso parece charme de um contador de histórias. E o tal homem conseguiu seu intento?

— Nem passou perto. Afinal a estátua era de pedra. Ele deveria desistir aí, mas voltou disfarçado de príncipe da família imperial.

— Não diga. Nessa época havia príncipes?

— Supostamente. Pelo menos foi o que o professor Yagi falou. Ele disse que o homem voltou disfarçado de príncipe. Você não considera isso desrespeitoso partindo de um mero contador de prosa?

— Depende do príncipe. De qual príncipe ele se disfarçou?

— Qualquer que seja o príncipe, acho um falta de respeito.

— É, tem razão.

— E nem assim a estátua se mexeu. O convencido desistiu, rendendo-se ao fato de que era incapaz de dar um jeito na estátua.

— Bem feito para ele.

— Sim. Ele deveria ser preso e condenado. Aflitos, os habitantes locais novamente discutiram entre si, mas parecia não haver mais ninguém que se propusesse a executar a tarefa.

— E a história termina por aí?

— Ainda tem mais. Por fim, eles contrataram vários puxadores de riquixá e um grupo de malandros e os mandaram andar em volta de Jizo fazendo algazarra, revezando-se dia e noite, para atormentar a estátua e tornar insustentável sua permanência naquele local.

— Que trabalheira!

— Mesmo assim de nada adiantou. Jizo era muito teimoso.

— E depois, o que aconteceu? — perguntou Tonko impacientemente.

— Como mesmo com tamanha algazarra não houve nenhum resultado, o pessoal do lugarejo se cansou, mas os puxadores de riquixá e os malandros continuaram o distúrbio durante dias e dias, pois recebiam uma diária por seu trabalho.

— Yukie, o que é uma diária?

— Diária significa dinheiro.

— E o que eles faziam com o dinheiro?

— Eles recebiam o dinheiro e... Ha, ha, ha... Vamos, não seja impertinente, Sunko... Bem, tia, o barulho continuou durante todo o dia e toda a noite. Dizem que na época havia na cidade um idiota chamado Take, a quem ninguém dava atenção. Vendo todo o alvoroço, esse idiota perguntou o motivo e comentou ser uma pena ver que, mesmo levando muitos anos, eles não seriam capazes de mover a estátua.

— Para um idiota até que raciocina bem.

— Era realmente um idiota notável. Todos ouviram o que o idiota Take tinha a dizer e, como as esperanças já estavam mesmo perdidas, decidiram deixá-lo agir. Take aceitou e logo pediu aos puxadores de riquixá e malandros que parassem o barulho e se colocou de modo casual em frente a Jizo.

— Yukie, Kazual é algum amigo desse Take?

Tonko lançou a estranha pergunta no momento mais importante da história. Minha ama e Yukie estouraram de rir.

— Não, "casual" não é um amigo de Take.

— O que é então?

— Casual? Bem... é uma palavra difícil...

— Casual quer dizer "difícil de explicar"?

— Não é isso. Casual quer dizer... bem...

— Bem...

— Olha, você conhece Sampei Tatara?

— Sim, ele nos deu batata-cará de presente.

— Quer dizer algo assim como Sampei...

— Sampei é casual?

— Sim, acho que podemos dizer que é... Bem, Take, o idiota, se postou diante de Jizo e, colocando as mãos dentro de seu quimono, disse: "Olha, Jizo, o pessoal do lugarejo está pedindo para você sair daqui. Não poderia fazer essa gentileza?" Sem mais demoras, Jizo começou a se mover, talvez pensando com seus botões: "Por que não disseram isso antes?"

— Mas que Jizo mais esquisito!
— E foi nesse ponto que a conferência começou.
— Ainda tem mais?
— Sim. Depois disso, o professor Yagi explicou que havia uma boa razão para ter contado naquele dia essa história perante os membros do Comitê Feminino. Desculpou-se antes pelo que diria em seguida. Segundo ele, as mulheres costumam não fazer as coisas de modo frontal, direto e pelo caminho mais curto, preferindo usar todos os tipos de rodeios. Isso não se restringe às mulheres nesse caso. Os homens da Era Meiji, sofrendo os efeitos da perversão civilizatória, até certo ponto se afeminaram. Parecem ser muitos os que despendem esforços e métodos inúteis acreditando erroneamente — e este é o ponto principal — ser esta a conduta apropriada a um cavalheiro. São seres deformados, restritos às práticas criadas pela abertura do Japão à civilização ocidental. Asseverou que não valeria a pena comentar sobre eles e gostaria apenas de que as mulheres tivessem sempre em mente a história que acabara de contar, e agissem com as mesmas intenções honestas de Take para abordar os problemas quando a oportunidade surgisse, pois se cada mulher lhe seguisse o exemplo sem dúvidas os desentendimentos entre casais, e entre noras e sogras, se reduziriam em um terço. Quanto mais motivos ocultos as pessoas possuírem, mais razões haverá para a infelicidade. A causa de muitas mulheres serem em média mais infelizes do que os homens está ligada ao fato de terem motivos ocultos em excesso. Por fim, aconselhou a todas nós que nos tornemos como Take, o idiota da história.
— Ah. E você pretende se tornar como ele, Yukie?
— De jeito nenhum. Take, o idiota? Nem pensar. Tomiko, a filha dos Kaneda, se sentiu terrivelmente ofendida.
— Tomiko Kaneda, que mora na rua mais abaixo?
— Sim, aquela moça refinada.
— Ela frequenta sua escola?
— Não, veio apenas para a conferência por se tratar do Comitê Feminino. Ela é realmente chique. É de se espantar.
— Dizem que é uma formosura também.

— Nada de tão especial. Não é uma beleza do tipo que se possa admirar. Usando tanta maquiagem, qualquer pessoa pode se tornar bonita.

— Então, se você, Yukie, se maquiasse como a filha dos Kaneda se tornaria com certeza duas vezes mais bela do que ela.

— Ah, tia, você me encabula. Mas o que ela tem de rica também tem de exagerada quando se maquia...

— Mas não acha que, mesmo se maquiando demais, é bom ter dinheiro como ela?

— Concordo. Ela deveria se tornar como Take, o idiota. Ela exagera também na arrogância. Havia pouco tempo se vangloriava porque um poeta, cujo nome desconheço, lhe dedicou uma coletânea de poemas em estilo moderno.

— Esse deve ser Tofu.

— Ah, foi ele o autor da dedicatória? Sem dúvida é um homem excêntrico.

— Mas ele é muito sério. Ele parece achar muito natural agir dessa forma.

— Homens como ele estragam tudo... E ainda tem algo mais curioso. Ela comentou que recentemente alguém lhe endereçou uma carta apaixonada.

— Que coisa desagradável. Quem faria algo parecido?

— Ao que parece ela não sabe.

— Uma carta anônima?

— Assinada. Mas ninguém jamais ouviu falar de tal pessoa. A carta é muito comprida, tem quase dois metros. Segundo Tomiko, há muitas coisas estranhas escritas nela. "Amo a senhorita com a paixão idêntica à de um devoto por Deus." "Pela senhorita, seria para mim a mais suprema honra se eu pudesse ser trucidado como um cordeiro sacrificado sobre um altar." "Meu coração possui o formato de um triângulo e em seu centro, como um dardo que atingiu a mosca, encontra-se cravada a flecha de um cupido."

— Está falando sério?

— Muito sério. Três amigas minhas leram essa carta.

— Que atitude abominável de mostrar uma carta dessas a todo mundo. Se ela pretende mesmo se casar com Kangetsu, não deveria exibi-la a torto e a direito.

— Ela parece não se importar e demonstra prazer em fazer isso. Da próxima vez que Kangetsu aparecer a senhora deveria informá-lo sobre isso. Ele com certeza não sabe.

— É provável. Ele certamente ignora por estar sempre na escola polindo suas bolas de vidro.

— Kangetsu está mesmo decidido a se casar com aquela moça? Que infelicidade para ele.

— Por quê? Ela tem dinheiro e poderá ajudá-lo em uma necessidade. Não é perfeito?

— Tia, é muito vulgar falar o tempo todo do vil metal. Não é o amor mais importante do que o dinheiro? Sem ele, o relacionamento conjugal simplesmente não sobrevive.

— Bem, e você, Yukie, com que tipo de homem pretende se casar?

— Não faço ideia. Não tenho ninguém em vista.

Tonko, que escutava com atenção sem compreender a acalorada discussão entre Yukie e a tia sobre questões relativas ao casamento, subitamente abriu a boca:

— Ah, eu também quero tanto me casar — confessou.

Yukie, que no auge da adolescência deveria experimentar grande simpatia por desejo tão ingênuo, se mostrou surpresa. Minha ama perguntou com relativa calma, toda sorridente:

— Com quem você se casaria?

— Eu? Na verdade quero me casar com o Santuário Shokonsha[131], mas para isso precisaria atravessar a ponte Suido e isso não me agrada. Estou indecisa sobre o que fazer.

---

131. Denominação dos santuários xintoístas construídos na época da Restauração Meiji em várias partes do Japão, com a finalidade de cultuar o espírito dos mártires religiosos e dos mortos em períodos de guerra. A partir de 1939, passaram a ser denominados santuários Gokokujinja ("Santuários da Defesa do País"). Atualmente o mais famoso deles é o Yasukunijinja, construído em Tóquio em 1869 como um templo "Shokonsha".

Pegas de surpresa por uma resposta tão graciosa, minha ama e Yukie perderam a coragem para replicar e soltaram uma gargalhada. Sunko voltou-se em direção à irmã mais velha para lhe recomendar:

— Você gosta do Santuário Shokonsha? Eu também o adoro. Vamos nos casar com ele? Que tal? Você não quer? Se não quiser, tudo bem. Eu pego um carro e vou sozinha até lá rapidinho.

— Boba também quer ir — decidiu Boba de repente.

Se as três pudessem se casar todas ao mesmo tempo com o Santuário Shokonsha, isso representaria certamente um alívio para meu amo.

Nesse momento, ouviu-se o barulho de um riquixá parando em frente a casa. Logo uma voz repleta de vitalidade anunciou: "Estou de volta." Era meu amo retornando da delegacia de polícia de Nihonzutsumi. Ele mandou a criada pegar o pacote envolto em um grande *furoshiki* que o puxador de riquixá lhe estendera, e adentrou serenamente o refeitório.

— Ah, se não é Yukie — cumprimentou ele a sobrinha e jogou ao lado do famoso braseiro oblongo algo semelhante a uma vasilha de saquê. Parecia, mas é claro que não era, embora também não fosse um vaso de flores; era, isso sim, um vasilhame em louça de insólito formato, ao qual chamei de vasilha de saquê por falta de uma denominação mais apropriada.

— Que vasilhame estranho. Eles lhe deram isso no posto de polícia? — perguntou Yukie ao tio, colocando novamente o objeto de pé.

O tio olhou Yukie bem dentro dos olhos e respondeu cheio de orgulho:

— O que acha? Fantástico formato, não?

— Fantástico formato? Essa coisa? Não me agrada nem um pouco. Por que trouxe esse pote de óleo?

— Não é um pote de óleo. Que desgosto ter uma sobrinha sem nenhum refinamento.

— O que é então?

— Um vaso de flores, lógico.

— Para um vaso de flores a embocadura é por demais estreita e o bojo muito protuberante.

— Nisso reside sua peculiaridade. Yukie, seu prosaísmo é gritante. Realmente em nada fica a dever a sua tia. Que embaraçoso.

Meu amo pegou o pote de óleo e o segurou em direção à porta para apreciá-lo contra a luz que atravessava o papel de arroz.

— Então sou prosaica? Mas eu nunca traria um pote de óleo de um posto policial, não é, tia?

A tia não estava preocupada com isso agora. Ela estava entretida em abrir o pacote envolto no grande *furoshiki* para checar os pertences roubados.

— Estou surpresa. Pelo visto os ladrões têm progredido. Todas as roupas foram lavadas e passadas. Vejam só.

— Quem disse que eu trouxe o pote de óleo do posto policial? Estava enfadado de esperar e fui passear nas redondezas. Foi quando o encontrei. Você não entende dessas coisas, mas trata-se de uma preciosidade.

— É precioso demais a meu ver. Afinal, onde o tio foi passear?

— Onde? Em Nihonzutsumi, onde mais? Entrei também em Yoshiwara. É um local bastante animado. Já chegou a ver aquele portão de ferro? Com certeza não.

— Obviamente eu não vi. Nada me levaria a um local de prostituição como Yoshiwara. É inacreditável que o tio, sendo professor, tenha entrado em um lugar daqueles. É algo de deixar qualquer um abismado, não é tia?... Tia?

— Ah, sim, claro. Parece que faltam algumas peças. Eles devolveram tudo?

— Só faltaram as batatas. E tiveram o acinte de me deixar esperando até às onze horas, apesar de terem dito para me apresentar às nove. Tem algo errado com a polícia japonesa.

— O tio acha mesmo? Porém, mais errado é alguém bater pernas em Yoshiwara. Deixe isso se espalhar e o tio perderá o emprego. Não acha, tia?

— É, vai perder. Mas está faltando um dos meus *obi*. Bem que eu dei por falta de algo.

— Melhor esquecer isso. Pior fui eu que perdi um tempo precioso, quase metade do dia, por ter sido obrigado a esperar tantas horas!

Meu amo trocou suas roupas por vestimentas japonesas e, instalando-se tranquilamente ao lado do braseiro, passou a contemplar o pote de óleo. Minha ama, ao que parecia, desistiu de pensar sobre o *obi*. Colocou os artigos devolvidos no armário e voltou até seu assento.

— Segundo o tio, este pote de óleo é uma preciosidade. Tia, não acha que é um objeto qualquer?

— Você o comprou em Yoshiwara? Que coisa.

— O que significa esse "que coisa"? Logo você que não entende nada.

— De qualquer forma, é um tipo de pote que se encontra em toda parte. Não é preciso ir até Yoshiwara para comprar.

— Aí é que você se engana. Não é uma peça que se ache facilmente.

— O tio é mesmo parecido com o Jizo de pedra.

— Para uma criança, você é bem insolente. O linguajar das estudantes de hoje é o pior possível. Você deveria ler *Onna daigaku* para aprender sobre etiqueta.

— O tio tem aversão a seguros? Qual detesta mais: estudantes mulheres ou seguros?

— Eu não tenho aversão a seguros. É algo necessário. Quem se preocupa com o futuro faz seguro. Já as estudantes são imprestáveis.

— Ser imprestável pode ser algo bom. É estranho essa afirmação partir de alguém sem seguro.

— Pretendo contratar um a partir do próximo mês.

— De verdade?

— Lógico.

— Desista dessa história de seguro. Em vez disso, vale mais a pena usar o dinheiro para comprar algo. O que acha, tia?

A tia sorriu. Meu amo permaneceu sério.

— Você diz essas coisas porque provavelmente pretende viver cem ou duzentos anos, mas quando seu raciocínio estiver mais desenvolvido se dará conta da necessidade de um seguro. Eu o contratarei a partir do próximo mês, está decidido.

— Bem, então faça como achar melhor. Mas, se tem dinheiro a ponto de ter comprado outro dia um guarda-chuva para mim, realmente é melhor fazer um seguro. Você comprou a contragosto quando eu repetia que não necessitava.

— Não necessita mesmo?

— Não, não desejo nenhum guarda-chuva.

— Então me devolva. Tonko quer um e posso passar o seu para ela. Você o trouxe hoje?

— Isso é um despropósito total. Não acha cruel me pedir para devolver algo que me deu de presente?

— Se você diz que não tem necessidade dele, eu lhe peço que o devolva. Não há nada de cruel nisso.

— Precisar eu não preciso, mas de qualquer forma é cruel.

— Você fala coisas incompreensíveis. O que há de cruel se eu lhe peço para devolver algo que você mesma admite não ter necessidade?

— Mas...

— Mas o quê?

— Mas é cruel!

— Que tola você é! Não para de se repetir.

— E o tio? Não está se repetindo também?

— Que outro jeito tenho se você não se cansa de repetir? Você não acabou de dizer que não precisa dele?

— Disse sim. É verdade que eu não necessito dele, mas tampouco quero devolvê-lo.

— Isso me surpreende. Que posso fazer contra uma pessoa tão incompreensível e cabeça-dura? Não ensinam lógica em sua escola?

— Está bem, já que sou ignorante diga o que bem entender. Pedir de volta um presente dado é uma desumanidade que nenhum estranho faria. Por que não age como Take, o idiota?

— Agir como quem?

— Aja com integridade e franqueza, eu quero dizer.

— Além de tola, é obstinada. Não me admira que fracasse nos estudos.

— Que importa que eu fracasse já que não é o tio quem paga minha educação?

Chegando a este ponto, Yukie foi incapaz de conter a emoção e uma profusão de lágrimas gotejou incessantemente sobre seu *hakama* violeta. Como se pesquisasse a causa do efeito psicológico que resultou nessas lágrimas, meu amo contemplou, atordoado, ao mesmo tempo o *hakama* e o rosto cabisbaixo de Yukie. Nesse momento Osan veio da cozinha e, colocando suas mãos avermelhadas sobre a soleira da porta, informou:

— Tem uma visita para o patrão.

— Quem é? — indagou meu amo.

— É um estudante — respondeu Osan olhando de soslaio o rosto choroso de Yukie.

Meu amo saiu para a sala de estar. Eu o segui contornando de esguelha a varanda a fim de coletar dados para minha pesquisa sobre os humanos. Para essa pesquisa é necessário escolher os momentos em que alterações significativas de estado ocorrem, sob pena de não se obter nenhum resultado. Em sua vida ordinária os humanos são apenas humanos, tão comuns que se perde todo o interesse em vê-los ou ouvi-los. Porém, nos momentos em que as condições mudam, essa vida costumeira se eleva e intumesce como que tomada por um súbito efeito místico e sobrenatural, ensejando eventos singulares, estranhos, curiosos, insólitos, em resumo, acontecimentos que se transformam em um cabedal de conhecimento do ponto de vista felino. As lágrimas amarguradas de Yukie constituíam um desses fenômenos. Desta maneira, mesmo Yukie, dona de um coração enigmático e imprevisível, não o deixava perceber ao conversar com minha ama. Mas bastou meu amo voltar e jogar seu pote de óleo junto ao braseiro para fazer brotar violentamente no âmago dela um sentimento sagaz, de estranha beleza, excêntrico, sobrenatural, como se um dragão tivesse sido ressuscitado instilando-se nele vapor por meio de uma bomba. Contudo, esse sentimento é algo compartilhado por todas as mulheres do mundo. Só é uma pena que não surja com facilidade. Não, na realidade aparece o tempo todo durante doze horas por dia, mas não de forma bastante perceptível. Por sorte, meu amo, um personagem de conduta louvável e com a perversão de acariciar meus pelos no sentido inverso, estava presente para me proporcionar uma cena tão cômica. Basta acompanhá-lo aonde quer que vá para contemplar os movimentos involuntários dos atores em cena. Por eu ter uma pessoa tão curiosa como amo, é possível acumular muita experiência durante minha curta vida de gato. Sou-lhe grato. Mas quem seria o visitante de agora?

Assim como Yukie, o estudante deveria ter dezessete ou dezoito anos. Estava sentado timidamente num canto da sala, sua cabeça era grande com cabelos cortados tão curtos a ponto de se poder vislumbrar o couro cabeludo, e seu nariz grande e redondo, no formato de um bolinho, se concentrava bem no meio do rosto. Nenhuma característica em particular possuía, mas seu crânio apresentava tamanho exacerbado. Mesmo com os cabelos cortados ao estilo de monges, seu crânio parece grande. Caso os deixasse crescer como os de meu amo, o estudante chamaria muito a atenção. A teoria defendida por meu amo era que cabeças tão volumosas não se prestam à atividade intelectual. Embora esse fato possa ser verdadeiro, a cabeça do estudante proporcionava uma visão grandiosa, à semelhança da cabeça de Napoleão. Como qualquer estudante, ele trajava um quimono de algodão azul-escuro com desenhos brancos salpicados, de mangas curtas, cujo padrão eu não sei se era de Satsuma, Kurume ou Iyo, mas não usava nem camisa nem roupa de baixo próprias a quem veste quimono. Parece ser elegante usar o quimono sem roupa de baixo e sem meias, mas nesse estudante parecia mero desleixo. Principalmente as três marcas dos dedões do pé deixadas sobre os tatames, como as de um ladrão, eram culpa de seu pé descalço. Ele se sentou em posição ereta e cerimoniosa sobre a quarta marca produzida, demonstrando sentir-se pouco à vontade. Nada demais que se mantivesse em tranquila compostura, mas ela destoava deste arruaceiro de cabeça de ouriço e quimono curto demais. Para alguém que se vangloriava de não cumprimentar os professores quando cruzava com eles na rua, era na certa um sofrimento sentar como gente grande, mesmo por trinta minutos apenas. Era assaz divertido ver a dificuldade com que se esforçava em manter a postura de um homem de virtude e honestidade, dando-se ares de um cavalheiro de boa família. Era ao mesmo tempo patético e cômico pensar que o mesmo estudante que nas salas de aula e nas quadras de esportes se mostrava tão agitado possuía, por alguma razão, tamanha capacidade de se comedir. Ao ver meu amo assim face a face com um estudante, ponderei que mesmo um apalermado como ele era visto com certa dignidade por seus pupilos. Sem dúvida meu amo devia se vangloriar disso. Uma montanha começa com um grão de areia, costuma-se dizer, e se um estudante é insignificante quando sozinho, ao se juntar a outros, formando um formidável grupo, pode até mesmo promover movimentos de repúdio ou greves. É um fenômeno semelhante ao do covarde que se torna valente pelo efeito do álcool. Devemos admitir que estudantes que promovem agitação influenciados por um grande número de pessoas perdem a razão. Se assim não fosse, meu amo, apesar de sua decrepitude, não seria objeto de semelhante deferência por esse estudante em seu quimono de algodão de Satsuma, encostado em desconsolo à porta corrediça. Ele não poderia menosprezar nem por um momento meu amo, em sua qualidade de professor, nem tampouco fazê-lo de tolo.

Meu amo empurrou uma almofada em direção ao estudante.

— Vamos, sente-se.

Contudo, nosso cavalheiro da cabeça de ouriço permanecia tenso e apenas emitiu um tímido "obrigado" sem se mover. Era estranho ver o estudante com sua imensa cabeça sentado em desamparo, tendo à sua frente a almofada em tecido indiano que parecia querer lhe dizer "Vamos, acomode-se sobre mim". Uma almofada serve para as pessoas se sentarem, e com certeza minha ama não a comprou no bazar apenas para se tornar mero objeto de adorno. Recusar-se a sentar sobre ela certamente causava danos a sua dignidade e, de certa forma, desprestigiava meu amo por tê-la oferecido. Não foi por detestar a almofada que o cabeça de ouriço humilhou meu amo e ficou apenas contemplando-a. Na realidade, com exceção dos serviços budistas em memória de seu avô, desde que nascera ele poucas vezes tivera a oportunidade de se sentar de maneira formal e já sentia as pernas formigarem e as pontas dos pés rogarem para serem estendidas. Mesmo assim, não pretendia se sentar. Mesmo que a almofada estivesse preparada a recebê-lo, ele não se sentaria nela. Mesmo que meu amo o convidasse, ele não se sentaria. O cabeça de ouriço se mostrava um verdadeiro aborrecimento. Se fosse para fazer tanta cerimônia, deveria ser um pouco mais comedido quando estivesse no meio de seus pares, na escola ou em seu pensionato. Agia com reserva quando esta não era requisitada e, nos momentos em que devia mantê-la, perdia a humildade e se mostrava um desordeiro.

A porta corrediça por trás do estudante se abriu de súbito e Yukie entrou oferecendo cerimoniosamente uma chávena de chá ao visitante. Em circunstâncias normais, o estudante caçoaria dizendo a todos que lhe fora servido "chá selvagem"; mas, além de intimidado por se encontrar sozinho perante meu amo, o rapaz parecia agoniado ao ver uma jovem na flor da idade pousar a chávena de chá em movimentos elegantes ao estilo Ogasawara, que acabara de aprender na escola. Yukie sorriu ao fechar a porta corrediça atrás de si. Mesmo tendo idade semelhante, as moças se mostram mais arrojadas. Comparada ao rapaz, Yukie possuía visivelmente mais coragem. Em particular, seu sorriso ressaltava ainda mais por ter surgido logo após as lágrimas de prostração.

Depois que Yukie se foi, ambos permaneceram sem dizer nada; mas, ao término de alguns momentos de perseverança, meu amo, percebendo que essa condição poderia se transformar em uma prática ascética, rompeu o silêncio:

— Qual é mesmo seu sobrenome?

— Furui...

— Furui? Furui de quê? Qual o seu nome?

— Buemon Furui.

— Buemon Furui... É mesmo um nome bastante comprido. E que não se vê atualmente, um nome antigo. Você está na quarta série, não é?

— Não.

— Terceira?

— Não, segunda.

— Na turma I.

— Na II.

— Se é na II, então eu sou seu supervisor. Hum...

Meu amo estava interessado. Na realidade, ele sempre reparara na cabeça imensa do estudante desde que este entrara na escola, por não ser algo que se esquecesse com facilidade. Além disso, o tipo de cabeça o impressionara a ponto de lhe aparecer em sonhos algumas vezes. Contudo, distraído como é, foi incapaz de associar a cabeça ao nome antigo e, por sua vez, de associar tudo isso à turma II do segundo ano. Portanto, ao ouvir que essa cabeça, que lhe causara tanto interesse a ponto de vê-la em sonhos, pertencia a um dos estudantes da turma sob sua supervisão, o contentamento em seu peito o levou a emitir inconscientemente esse "hum". Porém, ele era incapaz de conjeturar o motivo da visita desse estudante megacéfalo, de nome antiquado e, além de tudo, sob sua supervisão. Meu amo nunca foi muito popular, e os estudantes da escola, seja início ou final de ano, não o visitavam. Buemon Furui foi o primeiro, um visitante raro, e meu amo parecia muito constrangido por não saber o motivo de sua vinda. É certo que o estudante não viria por acaso à residência de um homem tão sem interesse e, se o motivo da visita fosse aconselhá-lo a largar seu cargo de docente, provavelmente teria uma atitude mais triunfante. Sem contar que estudantes como Buemon não deveriam ter necessidade de dar conselhos de cunho pessoal, o que deixava meu amo sem entender o motivo por mais que refletisse. Pelo que se podia depreender do aspecto de Buemon, talvez nem ele próprio soubesse a razão de ter vindo. Sem outro jeito, meu amo resolveu perguntar-lhe de chofre:

— Você veio me fazer uma visita?
— Não é bem isso.
— Então tem algo que queira falar comigo?
— Sim.
— É sobre a escola?
— Sim, pensei em lhe confessar algo...
— Hum. O que é? Vamos, fale.

Buemon permaneceu cabisbaixo sem nada dizer. Em geral, Buemon era bastante tagarela para um estudante da segunda série do ginasial e, apesar da cabeça muito grande e da inteligência pouco desenvolvida, no que diz respeito a conversar é um dos mais proeminentes da turma II.

Esse mesmo Buemon certo dia deixara o professor desnorteado ao lhe pedir para traduzir "Cristóvão Colombo" em japonês. Se este eminente mestre da palreação se revelava relutante como uma princesa gaguejante era porque devia ter algo importante a contar. Impossível entender seu comportamento apenas como cerimonioso. Meu amo também tinha suas dúvidas.

— Se tiver algo a dizer, que tal desabafar logo?
— É algo um pouco difícil de explicar...
— Difícil? — perguntou meu amo olhando para o rosto de Buemon, mas o estudante permanecia cabisbaixo, sendo impossível emitir qualquer julgamento observando apenas sua expressão facial.

Meu amo foi forçado a alterar o tom de voz e completou de modo atenuante:

— Vamos, diga o que tem a dizer, não importa o que seja. Não há ninguém nos ouvindo.
— Posso mesmo falar? — perguntou Buemon ainda inseguro.
— Claro — julgou meu amo em conveniência própria.
— Bem, então vou lhe contar.

O estudante elevou sua cabeça de ouriço em direção a meu amo e olhou-o com certa desconfiança. Os olhos do estudante possuíam um formato triangular. Meu amo encheu a boca com a fumaça do cigarro Asahi expelindo-a enquanto olhava o estudante de lado.

— Na realidade... Estou em apuros...
— Como assim?
— Bem, vim procurá-lo porque não sei mais o que fazer.
— Mas o que houve? Diga logo o que o perturba.
— Eu não queria, e só fiz porque Hamada me pediu insistentemente para emprestar.
— Esse Hamada é o Heisuke Hamada?
— Ele mesmo.
— Você emprestou o dinheiro que tinha para pagar o pensionato?
— Não foi dinheiro que emprestei.
— Foi o que então?
— Eu lhe emprestei meu nome.

— E o que Hamada fez com seu nome?

— Enviou uma carta de amor.

— O que ele enviou?

— Eu disse que entregaria a carta, mas não queria que usassem meu nome.

— O que você diz é muito vago. Afinal, quem fez o que nesse caso?

— Enviamos uma carta de amor.

— Uma carta de amor para quem?

— Por isso eu disse que é muito difícil de explicar.

— Então, você enviou uma carta de amor para alguma moça?

— Não, não fui eu.

— Foi Hamada então?

— Também não foi ele.

— Afinal, quem a enviou?

— Não sei.

— Cada vez se torna mais confuso. Isso significa que ninguém a enviou?

— Apenas consta meu nome.

— O nome é só o seu... Agora mesmo é que eu não entendo patavinas. Experimente organizar as ideias antes de falar. A quem essa carta de amor foi endereçada?

— À senhorita Kaneda, que mora do outro lado da rua.

— A filha de Kaneda, o homem de negócios?

— Sim.

— E o que significa essa história de empréstimo de nome?

— Decidimos enviar uma carta para a senhorita porque ela é esnobe e atrevida. Hamada explicou que precisavam de um nome e me mandou escrever o meu, alegando que o dele não era interessante. Afirmou que Buemon Furui cairia melhor. E com isso ele tomou emprestado meu nome.

— E você conhece a filha dos Kaneda? Está se relacionando com ela?

— Não tenho absolutamente nada com ela. Para falar a verdade, jamais a vi na vida.

— Que desplante mandar uma carta de amor a alguém que nunca se viu antes. O que os levou a fazerem isso?

— Queríamos caçoar dela, já que todos a acham afetada e arrogante.

— Esse é um despudor ainda maior. Quer dizer que você enviou uma carta com sua assinatura?

— Sim, mas a carta em si foi escrita por Hamada. Eu emprestei meu nome e Endo colocou-a na caixa de correspondência da casa dos Kaneda.

— Quer dizer que foi uma obra a seis mãos?

— Sim, mas depois eu refleti bem e achei que seria horrível se nos descobrissem e nos expulsassem da escola. De tão preocupado, estou sem dormir há duas ou três noites. Estou até meio zonzo.

— O que vocês fizeram é realmente uma grande idiotice. E na carta você escreveu "Buemon Furui, estudante da segunda série da escola Bunmei"?

— Não, não mencionamos o nome da escola.

— Pelo menos isso foi algo sensato. Se tivessem mencionado, a honra da escola teria sido maculada.

— O professor acha que seremos expulsos?

— Hum, é provável.

— Professor, meu pai é muito severo e, como tenho uma madrasta, estarei em maus lençóis se me expulsarem da escola. Acha mesmo que isso poderá acontecer?

— Por isso vocês não deveriam fazer tamanhas idiotices.

— Eu não queria, mas acabei me deixando levar. O professor não poderia intervir para evitar minha expulsão?

Buemon suplicou inúmeras vezes com a voz embargada. Minha ama e Yukie não paravam de rir por trás da porta corrediça.

— Vamos ver o que posso fazer — repetiu meu amo, dando-se ares de importância.

A cena era realmente divertida. Ao dizer isso, é certo que me perguntarão o que eu achei de tão engraçado nela. Que pergunta despropositada. Uma das coisas mais importantes na vida tanto dos humanos como dos animais é o autoconhecimento. Se um humano puder atingir o autoconhecimento, é claro que obterá como humano mais respeito do que os felinos. Quando isso acontecer, interromperei imediatamente meus escritos impertinentes, pois seria uma maldade com eles. Mas os humanos, da mesma forma que ignoram a posição do próprio nariz, parecem ter dificuldade em discernir quem são e acabam perguntando a nós felinos, sempre desprezados por eles. Por mais insolentes que pareçam, em algum lugar lhes falta de fato um parafuso. Apesar de se autointitularem senhores do universo onde quer que vão, os humanos são incapazes de entender um fato tão simples. Ademais, dá vontade de rir ao ver como se mantêm impassíveis. Carregam consigo o título de senhores do universo, mas provocam estardalhaço ao pedir a todos para lhes dizer onde fica seu nariz. Quando se pensa que poderiam abdicar desse título, vê-se que não o largariam nem que morressem. É cômica sua tranquilidade diante de tão visível contradição. Mas, em vez da comicidade, precisamos nos resignar e aceitar sua imbecilidade.

Se neste momento eu achava Buemon, meu amo, sua esposa e Yukie divertidos, isso não se devia apenas a uma confluência de acontecimentos externos transmitidos em uma curiosa onda. Na realidade, isso se devia ao fato de o efeito dessa onda produzir no âmago de cada um desses humanos repercussões diferentes. Em primeiro lugar, meu amo se mostrava indiferente a esse acontecimento. Pouco se espantou com a severidade do pai de Buemon ou com a forma pela qual a madrasta tratava o enteado. E nem teria motivos para se espantar, visto que a expulsão de Buemon da escola seria muito diferente de sua demissão. Se todos os cerca de mil estudantes fossem expulsos, os professores não ganhariam para comer e vestir, mas qualquer que fosse o destino de um único Buemon Furui quase nenhuma relação teria com o dia a dia de meu amo. E onde essa relação é fraca, a compaixão naturalmente também o é. Não é de forma nenhuma natural se franzir o sobrolho, chorar a ponto de assoar o nariz ou suspirar por um desconhecido. É difícil aceitar que os humanos sejam animais tão cheios de compaixão e consideração por outrem. Eles apenas deixam escapar por vezes lágrimas ou mostram uma aparência desolada em função do relacionamento social, como uma espécie de imposto a ser pago por terem nascido neste mundo. Em outras palavras, usam uma fisionomia hipócrita, uma arte que a bem da verdade exige tremendo esforço. Aqueles que conseguem praticar bem essa hipocrisia são pessoas de forte consciência artística e, consequentemente, muito valorizadas neste mundo. No entanto, devemos sempre ficar de pé atrás com as pessoas que são valorizadas. Basta fazermos um teste e logo entenderemos a razão. Com relação a este ponto, pode-se dizer que meu amo pertence à categoria dos imprestáveis. Por ser imprestável, não é valorizado. Como não é valorizado, não há por que esconder sua frieza interior, a qual está sempre pondo às claras. Isso se depreendia ao vê-lo repetir para Buemon seu "hum, provavelmente". Os leitores não devem odiar um homem bom como meu amo devido à sua indiferença. A indiferença sempre fez parte da essência humana e um homem honesto não se esforça por escondê-la. Caso os leitores estejam esperando mais do que indiferença em uma situação semelhante, é preciso dizer então que superestimam os humanos. Esperar mais do que isso em um mundo onde mesmo a honestidade é um bem escasso seria pedir demais, da mesma forma que seria impossível que os cães Shino e Kobungo pulassem para fora da novela *A lenda de Nanso Satomi e seus oito cães*, de Bakin[132], e viessem morar a três casas vizinhas daqui.

Deixemos de lado por enquanto meu amo, direcionando nosso foco de atenção para as mulheres rindo no refeitório. Elas avançaram um passo além da indiferença do professor Kushami adentrando no território da comicidade, no qual se divertem. Essas mulheres consideraram o caso da carta de amor, que para o jovem Buemon era uma dor de cabeça, uma dádiva preciosa à semelhança de um evangelho de Buda. Não havia uma razão específica, era apenas uma dádiva. Se analisarmos com mais carinho, era um regalo que Buemon estivesse tão transtornado.

---

132. Novela em 106 tomos de Kyokutei Bakin (também conhecido como Takizawa Bakin, 1767-1848), um dos mais importantes escritores da última fase da Era Edo, escrita durante um período de 28 anos. Em *A lenda de Nanso Satomi e seus oito cães* (*Nanso Satomi hakkenden*), sua obra-prima, as oito virtudes confucionistas (benevolência, justiça, cortesia, sabedoria, lealdade, fé, amor filial e fraternidade) são simbolizadas por cães. Dentre estes, Shino e Kobungo simbolizam respectivamente amor filial e fraternidade.

Leitores, perguntem a uma mulher se ela se diverte rindo da desgraça alheia. Ela certamente o tomará por um idiota ou se sentirá ofendida por uma pergunta tão aviltante à dignidade feminina. Talvez isso possa ser mesmo considerado um insulto, mas o fato é que as mulheres riem da desgraça alheia. Dessa forma, em geral é como se elas avisassem a execução de algo que aviltará sua dignidade, mas proíbem qualquer comentário sobre o assunto. "Eu roubo, mas ninguém pode me chamar de imoral, pois isso seria como lançar lama em minha face. Seria como insultar minha reputação." As mulheres são muito inteligentes e possuem raciocínio lógico. Embora desprezível, ao nascer no mundo dos humanos é preciso não apenas se resignar quando se é pisoteado, chutado, surrado ou desprezado, como também tirar prazer em ser objeto de zombarias ao ser cuspido ou coberto de excrementos. Sem esse espírito de resignação, manter um relacionamento com o que se costuma chamar de mulher inteligente se torna impossível. Nosso Buemon estava bastante embaraçado por ter cometido uma tolice devido a um descuido momentâneo e, provavelmente, consideraria grosseria ser caçoado pelas costas. Contudo, isso seria uma infantilidade devido à sua pouca idade e, caso se zangasse pela rudeza das pessoas, o fato seria por elas apontado como incivilidade. Portanto, para que isso não ocorresse, preferiu se manter quieto. Por último, gostaria de lhes apresentar o que se passava no íntimo do jovem Buemon. Ele estava um poço de ansiedade. Sua cabeça gigantesca, plena de ambições heroicas como a de Napoleão, estava a ponto de explodir de preocupação. Se por vezes seu nariz abatatado tremia um pouco, era porque a ansiedade se transmitia em espasmos pelos nervos faciais, cujo movimento era resultado de uma ação reflexa inconsciente. Como se tivesse engolido uma enorme bala de canhão, já havia dois ou três dias uma massa informe se depositava em seu estômago, sem que ele soubesse como se livrar dela. Por ser tão grande seu desespero e por não conseguir discernir mais por si só, dirigiu-se à residência de alguém que detestava, para abaixar humildemente sua cabeçorra e implorar auxílio ao professor que atendia como seu supervisor, imaginando obter sua ajuda. O próprio Buemon esquecera o fato de ter sempre caçoado de meu amo e incitado seus colegas de turma a colocarem-no em situações constrangedoras. Apesar das gozações e dos transtornos, Buemon acreditava que meu amo se apiedaria de sua situação por ser seu supervisor. Santa ingenuidade! Meu amo não se tornara supervisor por vontade própria. Fora obrigado a seguir a ordem do diretor da escola, e essa responsabilidade era carregada da mesma forma que o tio de Meitei portava seu chapéu de copa alta. Era apenas um título. Ser supervisor apenas no nome de nada adiantaria. Se um nome abrisse portas, os arranjadores de casamento já teriam encontrado um bom partido para Yukie, em função apenas de seu lindo nome. Além de pensar só em si, Buemon partiu do princípio de que as pessoas são obrigadas a ser gentis com ele. Provavelmente ele nunca imaginou que ririam dele. O jovem veio até a casa de seu supervisor, onde com certeza descobriu uma verdade sobre os seres humanos. Essa verdade o tornará cada vez mais um ser que mostra indiferença às preocupações de outrem e ri da desgraça alheia. Dessa forma, o mundo no futuro se encherá de muitos Buemons. Também se abarrotará de muitos senhores e senhoras Kaneda. Desejei de coração que, para seu próprio bem, Buemon tomasse o quanto antes consciência de quem era de fato e se transformasse em um verdadeiro homem. Em vez disso, por mais que se preocupasse, por mais que se arrependesse, por mais que seu coração pretendesse se voltar para o bem, não obteria sucesso semelhante ao de Kaneda. Ao contrário, seria banido para o desterro, apartado da sociedade humana. A expulsão da escola Bunmei não seria nada comparada a isso.

Quando eu ponderava sobre o lado interessante desse pensamento, ouvi o barulho da porta de entrada se abrir. Logo metade de um rosto apareceu sorrateiro pela porta corrediça do vestíbulo.

— Professor.

Justo quando meu amo repetia "hum, provavelmente" para Buemon, foi chamado do vestíbulo e, ao ver quem poderia ser, se deparou com a metade do rosto de Kangetsu surgindo pela porta.

— Vamos, entre — limitou-se a dizer meu amo permanecendo sentado.

Kangetsu replicou, ainda com apenas metade de seu rosto visível:

— Você tem visita?

— Deixe de cerimônias. Entre logo.

— Na realidade vim convidá-lo a me acompanhar em um passeio.

— Onde você vai? A Akasaka novamente? Já estou farto de ir lá. Da última vez você me obrigou a caminhar tanto que acabei com dor nas pernas.

— Hoje isso não acontecerá. Vamos, faz tempo que não saímos.

— Afinal, para onde está indo? Não fique aí parado, entre.

— Até Ueno ouvir o rugir do tigre no zoológico.

— Que coisa sem graça. Em vez disso, entre logo.

Kangetsu deve ter achado que teria dificuldade em convencer meu amo da distância em que se achava e, por isso, tirou os sapatos e entrou. Como sempre, vestia uma calça cinza com um remendo na parte traseira, cujo rasgo não fora causado pelo passar do tempo nem pelo tamanho de suas nádegas, mas, segundo ele, por ter começado dias atrás a aprender a andar de bicicleta, devendo-se à fricção relativamente considerável com o selim. Kangetsu cumprimentou Buemon com um "oi", acompanhado de um leve baixar da cabeça, e foi se sentar próximo à varanda, sem sequer sonhar que tinha diante de si um rival no amor, o qual enviara uma carta apaixonada a sua provável futura esposa.

— O que há de interessante em escutar o rugir de um tigre?

— Neste horário não há interesse. Gostaria de passear um pouco para chegar a Ueno por volta das onze da noite.

— Como assim?

— Tarde da noite, as velhas árvores do parque ficam maravilhosas, como uma floresta silenciosa.

— Hum, provavelmente. Deve ser um pouco mais deserto do que de dia.

— Então, vamos caminhar em um lugar com grande número de árvores, por onde as pessoas não costumam passar durante o dia. E, quando menos esperarmos, perderemos a sensação de morar em uma metrópole coberta por uma nuvem de poeira, e nos sentiremos perdidos dentro de uma montanha.

— E o que adianta nos sentirmos assim?

— Sentindo-nos assim, permaneceremos de pé por algum tempo até ouvirmos o rugir do tigre vindo do zoológico.

— O que lhe garante que o tigre rugirá?

— Ele rugirá, não se preocupe. Mesmo durante o dia pode-se ouvir seu rugido na Faculdade de Ciências[133], e no silêncio da madrugada, sem ninguém nos arredores, com algo fantasmagórico sendo experimentado na pele e se pressentindo o hálito dos espíritos da montanha...

— O que significa esse pressentir o hálito dos espíritos da montanha?

— Não é comum ouvir dizer isso quando se está sob intenso pavor?

— É? Nunca ouvi falar disso. Bem, continue.

— Então o tigre lança um rugido cujo vigor parece fazer tombar todas as folhas balançantes dos velhos cedros do parque de Ueno. Algo realmente terrífico.

— Deve ser.

— Que tal sair comigo nessa aventura? Tenho certeza que será agradável. Só podemos dizer que ouvimos um tigre rugir se o escutarmos na calada da noite.

— Hum, provavelmente.

Com a mesma frieza que demonstrara à súplica de Buemon, meu amo permaneceu indiferente à aventura proposta por Kangetsu. Até esse momento Buemon ouvia em silêncio a conversa sobre o tigre com certa inveja; mas, parecendo ter despertado outra vez para sua condição ao ouvir meu amo exprimir esse "hum, provavelmente", ele replicou:

— Professor, estou preocupado, o que devo fazer?

Kangetsu olhou para a enorme cabeça com a fisionomia incrédula. Quanto a mim, tomei a liberdade de deixá-los por instantes e dei um pulo ao refeitório.

No salão de chá minha ama dava risadinhas, enquanto enchia uma chávena ordinária de cerâmica de Kyoto com chá de qualidade inferior, colocando-a sobre um pires de antimônio.

— Yukie, leve o chá por favor para o senhor Kangetsu.

— Não me agrada a ideia.

---

133. Nome da antiga Faculdade de Ciências da Universidade Imperial de Tóquio.

— Por quê? — perguntou espantada minha ama, estancando o riso.

— Por nada — disse Yukie, enquanto seu rosto ganhava bruscamente um ar de indiferença e seu olhar recaía sobre o jornal *Yomiuri* a seu lado.

Minha ama retomou as negociações:

— Que pessoa mais estranha é você. É apenas o senhor Kangetsu. Não há razão para cerimônias.

— Já disse que não me agrada a ideia — repetiu sem tirar os olhos do jornal.

Sob tais circunstâncias ela não poderia ler uma palavra sequer, mas na certa voltaria a chorar caso descobrissem que não estava lendo.

— Não há nada do que se envergonhar — replicou minha ama, desta feita rindo e colocando a chávena sobre o jornal.

— Como a tia é malvada! — exclamou Yukie tentando tirar o jornal de sob a chávena.

Contudo, ao puxá-lo, o jornal se enroscou no pires e o chá escorreu pelo papel em direção ao tatame.

— Olhe o que você fez! — exclamou minha ama.

Pega de surpresa, Yukie deu um grito e correu para a cozinha. Supus que traria um pano para limpar a sujeira. Essa comédia de fato me divertia.

Ignorando o que acontecia no refeitório, Kangetsu continuava sua curiosa conversa com meu amo.

— Pelo visto o professor mudou o papel de arroz da porta corrediça. Quem o colocou?

— As mulheres. Um trabalho bem-feito, não acha?

— Realmente, nada mal. Foi aquela moça que vem aqui de tempos em tempos que o colocou?

— Ela ajudou a colá-lo. Ela se vangloriava de agora já estar qualificada a se casar, uma vez que sabe colar bem papel de arroz nas portas.

— Será? — exclamou Kangetsu contemplando a porta. — Por aqui está liso, mas no canto direito o papel está um pouco ondulado.

— Foi o local onde elas começaram a colar, quando ainda careciam de prática.

— Entendo. Nota-se que falta um pouco de destreza naquela parte. A superfície possui curvas transcendentais que não podem ser expressas nas funções comuns — teceu ele um comentário hermético próprio a um cientista.

— Hum, talvez — limitou-se meu amo a concordar.

Pressentindo que, sob tais circunstâncias, por mais que suplicasse nunca seria atendido, em uma reverência Buemon abaixou seu crânio magnífico até tocar o tatame, expressando em silêncio sua decisão de partir. Meu amo lhe perguntou se ele já ia. Buemon, com o ar abatido, passou pelo portão da casa arrastando seus tamancos. Pobre rapaz, que, abandonado à própria sorte, provavelmente se atiraria do alto da cachoeira Kegon após gravar uma poesia póstuma no tronco de uma árvore no alto do rochedo.[134] Tudo isso se deve antes à filha dos Kaneda ser tão atrevida e metida a moderninha. Se Buemon morresse, seu fantasma bem que deveria dar um fim à senhorita Kaneda. Se uma ou duas como ela desaparecessem deste mundo não faria nenhuma diferença para os homens. Kangetsu precisava desposar alguém mais feminina.

— Era um de seus pupilos?

— Ahã.

— Que cabeçorra ele tem. É inteligente?

— Não muito para alguém tão capitoso. Às vezes me pergunta coisas estranhas. Há pouco tempo me deixou bastante embaraçado ao me pedir para traduzir "Cristóvão Colombo" para o japonês.

— Essas perguntas inúteis certamente são motivadas pela megacefalia. E o que você respondeu?

— Como? Ah, traduzi dizendo-lhe qualquer coisa sem sentido.

— Mesmo assim você traduziu? Que professor admirável!

— Se não traduzirmos tudo o que eles pedem, acabam perdendo a confiança em nós.

---

134. Misao Fujimura, discípulo de Soseki do primeiro ano da escola média pelo antigo sistema de ensino, cometeu suicídio em 1903, com dezessete anos incompletos, se atirando da cachoeira Kegon, em Nikko, após escrever um poema no tronco de uma árvore. Era um estudante da elite e seu suicídio teve grande repercussão na época, e nos quatro anos que se seguiram um grande número de jovens o imitaram, se suicidando no mesmo local.

— O professor realmente se tornou um homem político. Contudo, ele me pareceu muito desanimado e não tinha cara de quem faria algo para lhe criar transtornos.

— Ele estava em apuros hoje. É um idiota.

— O que houve? Não prestei muita atenção nele, mas me deu bastante pena. O que aconteceu afinal?

— Uma besteira. Ele enviou uma carta de amor à filha dos Kaneda.

— O quê? Aquele cabeçudo? Os estudantes de agora fazem coisas do arco da velha. Estou estupefato.

— Espero que você não fique preocupado, mas...

— Qual o quê! Ao contrário, é divertido. Pode chover cartas de amor para ela que pouco me importo.

— Menos mau que você não se importe...

— Isso não me diz absolutamente nada. Apenas me surpreendi ao ver que um cabeçudo como ele escreve cartas de amor.

— Foi tudo uma brincadeira. Ele e mais dois amigos queriam caçoar dela por ser atrevida e metida a moderninha...

— Quer dizer que essa carta foi escrita por três rapazes? A história se torna cada vez mais engraçada. É como se três convivas se reunissem para comer uma única porção de uma iguaria ocidental.

— Mas houve uma divisão do trabalho entre eles. Um deles redigiu a carta, o segundo a colocou na caixa do correio e o terceiro emprestou o nome. O estudante que estava aqui foi o que emprestou o nome. De todos é o mais tolo. Mesmo porque ele nunca viu o rosto da filha dos Kaneda. Eu me pergunto como foi capaz de tamanha idiotice.

— É uma ocorrência dos tempos modernos. Uma obra-prima. Não acha cômico que aquele hipertrofiado craniano tenha enviado uma carta de amor a uma moça?

— Isso foi um grande equívoco.

— Não importa. O que conta é que foi enviada à filha dos Kaneda.

— A moça que talvez se tornará sua futura esposa.

— Justamente por talvez desposá-la é que não tem importância. Vamos, não me importam os Kaneda.

— Mesmo que você não se preocupe...

— Não se amofine você tampouco. Está tudo bem.

— Vamos então deixar essa história de lado. O fato é que o rapaz teve uma súbita crise de consciência, se acovardou e veio me procurar todo amuado para se aconselhar.

— Hum. Por isso estava de crista caída daquele jeito. Parecia um poltrão. O professor disse algo para consolá-lo?

— O que mais o preocupava era a possibilidade de ser expulso da escola.

— Por que o expulsariam?

— Por ter cometido um ato tão vil e imoral.

— Nada há de imoral no que ele fez. É algo sem importância. Os Kaneda devem se sentir honrados e se vangloriar aos quatro ventos pelo fato de a filha ter recebido essa carta de amor.

— Isso seria impossível.

— De qualquer forma, tenho pena do rapaz. Mesmo que tenha cometido um erro, deixá-lo preocupado daquele jeito pode matá-lo. A cabeça pode ser gigantesca, mas percebe-se em sua fisionomia que não se trata de má pessoa. O nariz dele estremecia graciosamente de medo.

— Assim como Meitei você também fala de um jeito despreocupado.

— Essa é a tendência de nossa época. O professor leva tudo a ponta de faca porque ainda é do estilo antigo.

— Mas é uma idiotice enviar uma carta de amor como brincadeira a uma pessoa desconhecida. Falta a ele um pouco de bom senso, não acha?

— Gozações em geral desconhecem o bom senso. Vamos, ajude-o. Será um ato de caridade. Do jeito em que estava, deve estar indo se atirar do cimo da cachoeira Kegon.

— Talvez.

— Siga meu conselho. Há muitos adultos com mais discernimento fazendo coisas ainda piores na maior desfaçatez. Seria injusto deixar expulsarem aquele rapaz e não fazer nada contra esses facínoras que perambulam por aí.

— Tem razão.

— Bem, o que você me diz de irmos a Ueno ouvir o rugido do tigre?

— O tigre?

— Sim, vamos escutá-lo. Na realidade, dentro de dois ou três dias vou viajar para minha terra natal e durante algum tempo não poderei vir visitá-lo. Por isso vim hoje convidá-lo para um passeio.

— Então você vai voltar para casa? Algum assunto a resolver por lá?

— Sim, tenho algo a resolver. De qualquer modo, vamos sair.

— Isso. Vamos sair.

— Bem, vamos. Hoje o jantar é por minha conta. Depois do jantar faremos um pouco de exercício caminhando até Ueno. Chegaremos em um bom horário.

Meu mestre cedeu à insistência de Kangetsu e os dois saíram juntos. Depois, só se ouviam as gargalhadas sem nenhuma cerimônia de minha ama e de Yukie.

11

Meitei e Dokusen estavam sentados cara a cara diante do *tokonoma*, tendo entre eles um tabuleiro de *go*.

— Não vamos jogar de graça. O perdedor paga uma refeição. Que tal? — propôs Meitei.

Como de hábito, Dokusen acariciou seu cavanhaque caprino e disse:

— Apostas vulgarizam um jogo tão nobre. Perde toda a graça quando os jogadores concentram suas energias em vencer a aposta. Vamos deixar de lado essa questão de ganhar ou perder. Façamos como se, após termos saído de uma caverna, galgássemos uma montanha e, próximos às imaculadas nuvens, alcançássemos esse sentimento de paz interior indispensável à concentração no jogo. Apenas assim poderemos apreciar devidamente a partida.

— Você e seus arroubos filosóficos. É muito cansativo lidar com um eremita como você. Parece muito com um dos personagens dos *Contos dos 71 eremitas*[135].

— É preciso manter plena comunhão com a natureza, harmoniosa como o som de um *koto* sem cordas.

— Ou melhor seria compará-la a um telégrafo sem fios?[136]

— De qualquer forma, vamos jogar.

— Você fica com as brancas?

— Tanto faz.

---

135. Biografia sobre 71 eremitas escrita por Liu Xiang (77-6 a.C.), famoso confucionista da dinastia Han.

136. Jogo de palavras entre *mugen no sokin* (koto sem cordas) e *musen no denshin* (telégrafo sem fios), de sonoridade semelhante.

— Eis um verdadeiro eremita, que se coloca acima das questões mundanas. Pois bem, se você ficar com as brancas, pela ordem natural das coisas eu fico com as pretas. Vamos, comece. Ataque por qualquer lado.

— Pelas regras as pretas abrem o jogo.

— Está bem. Então, serei humilde e começarei por aqui com um movimento padrão.

— Calma aí. Não há movimento padrão que comece com uma pedra nesse lugar.

— Que importa? Este é um movimento padrão inventado agora.

Vivendo em um mundo bastante limitado, há pouco tempo pus pela primeira vez os olhos em um tabuleiro de *go*. Por mais que reflita, considero-o uma peça curiosamente estruturada. Constitui-se de uma placa quadrada não muito larga, dividida em várias linhas, que por sua vez formam quadrados com pedras brancas e pretas dispostas de maneira tão confusa a ponto de me deixarem tonto. Os jogadores se excitam e, enquanto transpiram, gritam que venceram, perderam, morreram ou estão vivos. A superfície do tabuleiro é de uns trinta centímetros quadrados. Pusesse um gato suas patas dianteiras sobre ele e a confusão das peças seria total, assim como na citação zen "se unirmos as relvas teremos uma cabana de palhas, mas se as separarmos voltarão a se tornar um campo plano". Decidi evitar qualquer travessura. Era mais prático apenas continuar de patas cruzadas contemplando o jogo. Não é desagradável aos olhos ver as pedras se alinhando nos primeiros trinta ou quarenta movimentos, mas a visão se torna lastimável à medida que nos aproximamos do clímax. As pedras brancas e pretas são pressionadas, quase desabando para fora do tabuleiro. Apesar de comprimidas umas contra as outras, não podem evidentemente pedir à pedra vizinha para se afastar um pouco, nem lhes é outorgado o direito de ordenar às da frente que abandonem sua posição. Só lhes resta desistir e permanecer inertes, miúdas e resignadas. Foram os humanos que inventaram o jogo de *go* e, se os seus gostos se revelam no tabuleiro, pode-se afirmar que a sina das pedras simboliza a estreiteza do caráter humano. Se o caráter humano pode ser depreendido pela sina das pedras de *go*, podemos dizer que os homens apreciam delimitar as vastas amplidões do mundo às próprias medidas e buscam estratagemas para reduzir seu território de forma que não possam pisar além da distância de suas pernas. Podemos resumir em poucas palavras que o ser humano gosta de complicar a própria existência.

Meitei, sempre bem-humorado, e Dokusen, com seu espírito zen, decidiram hoje por algum motivo retirar o velho tabuleiro de *go* do armário e se lançaram com ardor a esse jogo. Como era de se esperar, de início nossos dois jogadores movimentaram as peças brancas e pretas à revelia, colocando-as livremente sobre o tabuleiro, mas devido às limitações no tamanho deste, e à medida que as linhas horizontais se preenchiam a cada novo movimento, parecia natural que o jogo se tornasse aos poucos complexo mesmo para espíritos bem-humorados e zen.

— Meitei, suas jogadas são abomináveis. É contra a regra entrar nesse campo.

— No *go* praticado por monges budistas essa regra supostamente inexiste, embora seja comum ao estilo Honinbo. Que posso fazer?

— Mas desse jeito suas pedras morrerão.

— "Se não posso impedir nem mesmo a morte, por que recusaria uma fatia de cernelha de porco?"[137] Hum, vou colocar esta pedra aqui.

— Como achar melhor. "A brisa perfumada vem do sul trazer frescor ao palácio."[138] Basta pôr uma pedra aqui formando uma carreira e estarei protegido.

— E não é que ele formou mesmo uma carreira? Muito inteligente de sua parte. Não imaginei que perceberia essa possibilidade. Mas não toque ainda o sino de vitória do Santuário Hachimangu. O que você fará se eu colocar esta peça aqui?

---

137. Citação retirada de uma passagem do *Shi Ji* (*Registros históricos*) escrito por Sima Qian (145-c. de 90 a.C.), um dos mais famosos historiadores chineses do Período Han, e usada aqui como referência a morrer e sobreviver no jogo de *go*. Originalmente "Se não posso impedir nem mesmo a morte, por que recusaria uma taça de saquê?".

138. Versos do poeta chinês Liu Gong Quan (778-865).

— Nada demais acontece. "A gélida espada se ergue no céu."[139] Ah, é complicado. Vou contra-atacar por aqui.

— Mas, se você me corta por aí, vai matar minhas pedras. Deixe de gracinhas. Espere!

— Por isso eu o avisei antes. Você não poderia ter colocado sua pedra nesse lugar.

— Peço-lhe minhas mais sinceras desculpas. Vamos, tire já essa pedra daí.

— Você espera mesmo que eu tire?

— E aproveite para retirar também a que está do lado dela.

— Que atrevimento!

— *Do you see the boy?*[140] Vamos, isso ficará apenas entre nós. Deixe de bobagem e afaste logo essa pedra. É uma questão de vida ou morte. Como na peça do teatro kabuki, este é o momento em que eu entro em cena pela rampa que vai dar no palco, gritando "Um instante, um instante".[141]

— E eu com isso?

— Não seja grosseiro. Livre-se logo da pedra, vamos.

— Já é a sexta vez que você volta atrás em uma jogada.

— O que prova que você é dotado de excelente memória. Você não perde por esperar: na próxima partida dobrarei esse número. Só lhe peço para mover sua pedra, nada mais. Deixe de ser tão intransigente. Com as meditações zen a que está acostumado, você deveria ser mais complacente.

---

139. Diante da ameaça de invasão da Mongólia ao Japão e da indecisão de Takimune Hojo (1251-1284), regente no Período Kamakura, o monge Sogen Mugaku (ver N.T. nº 109) disse-lhe "Se cortar as cabeças, a gélida espada se ergue no céu", ou seja, ao se desvencilhar de todas as apreensões, pode-se sentir a existência do poder de julgamento atravessando o universo espiritual, como dádiva celestial do que é certo e errado.

140. Expressão frequente nos livros de ensino básico de inglês das escolas ginasiais da época.

141. No ponto alto da peça *Shibaraku* (*Um instante*), uma das dezoito peças consideradas mais populares do teatro kabuki, o personagem principal, Gongoro Kagemasa, entra em cena gritando "um instante" justo no momento em que um samurai é atacado por malfeitores.

— Mas se eu não mato sua pedra acabarei perdendo...

— Não foi você mesmo que disse logo de início que o importante não é ganhar ou perder?

— Não me importo em perder, só não quero deixá-lo ganhar.

— É uma lógica estranha para um homem tão esclarecido como você. Como sempre "seu vento primaveril corta a espada veloz como um raio".

— Você embaralhou tudo. O correto é "a espada corta o vento primaverial veloz como um raio".

— Ha, ha, ha... Não imaginei que você perceberia. Sua perspicácia é inegável. Bem, creio não haver outro remédio senão desistir.

— É melhor mesmo. "A vida é importante, mas a morte se aproxima velozmente."

— Amém! — exclamou o professor Meitei colocando uma pedra em um local bastante impróprio.

Enquanto diante do *tokonoma* Meitei e Dokusen se digladiavam no jogo, próximo à porta Kangetsu e Tofu estavam sentados lado a lado junto a meu amo, cujo rosto estava amarelo. Em frente a Kangetsu, três bonitos secos estavam estendidos sobre os tatames da forma como vieram ao mundo. Era uma visão curiosa vê-los alinhados tão ordenadamente. Os artigos provieram de dentro do quimono de Kangetsu, cujo calor se podia ainda sentir na palma de sua mão. Meu amo e Tofu não paravam de olhar com estranheza para eles. Kangetsu se manifestou:

— Voltei de meu torrão natal não faz quatro dias, mas estava bastante ocupado com outros assuntos para lhe fazer uma visita.

— Não havia pressa em vir — replicou meu amo com sua rudeza habitual.

— É lógico que não havia pressa, mas estava preocupado em trazer logo este presente.

— São bonitos secos?

— Sim, um dos produtos mais famosos de onde venho.

— Produto famoso? Certamente há também em Tóquio.

Meu amo suspendeu o maior deles até a altura do nariz e o cheirou.

— É impossível avaliar a qualidade de um bonito seco pelo cheiro.

— É por serem corpulentos que são tão famosos na sua terra?
— Experimente comê-los e verá.
— É óbvio que os comerei, mas parece faltar um pedaço neste aqui.
— Por isso mesmo eu estava preocupado em trazê-los o quanto antes.
— Por quê?
— Porque foram atacados por ratos.
— Que perigo! Se comer isso corro o risco de contrair peste bubônica.
— Não exagere. Foram apenas umas mordidinhas de nada, não podem causar tanto mal assim.
— Onde isso aconteceu?
— No navio.
— Navio? Como foi?
— Sem ter onde colocá-los, acabei enfiando em um saco junto com meu violino. Os ratos roeram o saco na mesma noite em que subi ao navio. Se ainda fosse apenas o bonito seco eu nem reclamaria, mas os bichos também mordiscaram levemente meu violino confundindo-o com um peixe.
— Que ratos estúpidos. Será que viver dentro de um navio destruiu o discernimento deles?

Mantendo os olhos cravados nos peixes, meu amo perguntou algo que ninguém compreendeu bem.

— Ratos são estúpidos, não importa onde vivam. Portanto, mesmo trazendo os bonitos para minha pensão temia que eles os atacassem. Meu receio foi tanto que à noite dormi com eles em meu leito.
— Parecem um pouco sujos.
— Por isso, passe um pouco de água neles antes de comê-los.
— Não creio que um pouco apenas resolverá.
— Experimente então esfregá-los bem.
— E você dormiu abraçado também ao violino?
— O violino é grande demais e não se presta a isso — respondeu ele.

Apesar de um pouco afastado, Meitei se intrometeu na conversa:

— Como? Você dormiu abraçado ao violino? Que elegante! Como no *haiku* de Buson.[142] "Final da primavera, peso do alaúde junto ao coração."

---

142. Ver N.T. nº 31.

Isso é coisa do passado. Se um homem de talento da Era Meiji não dormir com seu violino, como ele superará os antigos? Que lhes parece: "De roupão de dormir, longa noite de outono, o violino vigia pelo amanhecer." Tofu, é possível expressar algo semelhante em uma poesia no estilo moderno?

Tofu respondeu com a fisionomia séria:

— Ao contrário do *haiku*, a poesia em estilo moderno não é composta às pressas. Contudo, uma vez concluída, possui estranha sonoridade capaz de atingir docemente as sutilezas do espírito.

— É mesmo? Achava que era necessário queimar casca de cânhamo para baixar os espíritos, mas pelo visto eles surgem também pela força da poesia moderna — zombou Meitei, voltando a abandonar o jogo de *go*.

— Continue a falar baboseiras e acabará perdendo de novo — advertiu meu amo.

Meitei pareceu indiferente ao conselho.

— Ganhe ou perca, meu adversário parece um polvo dentro de uma panela: não move nem pernas nem braços. Morro de tédio e sou forçado a me juntar à conversação sobre o violino — confessou Meitei.

Dokusen replicou em tom um pouco forte:

— Agora é sua vez de jogar. Não me deixe esperar.

— Quê? Você já jogou?

— Claro que joguei. Faz tempo.

— Onde?

— Formei essa linha oblíqua de pedras brancas.

— Entendi. Você formou uma linha e acabou perdendo, porque eu vou aqui... e aqui... "aqui e aqui, pensei, e acabou amanhecendo"...[143] hum, não tenho uma boa ideia para avançar. Vamos fazer o seguinte: deixo você refazer seu movimento. Pode colocar uma pedra onde bem lhe aprouver.

— Nunca vi ninguém jogar *go* desse jeito.

— Já que nunca ninguém jogou *go* desse jeito, jogo eu... Vou por este canto, dobrando a esquina. Kangetsu, seu violino é tão barato que

---

143. Alusão ao *haiku* composto por Chiyojo Kaga (1703-1775) "cuco, cuco, pensei, e acabou amanhecendo".

os ratos o roeram. Tome vergonha na cara e adquira um melhor. Se quiser posso pedir para mandarem uma antiguidade de trezentos anos da Itália.

— Adoraria se fizesse isso por mim. Aproveite e pague também em meu lugar.

— Um instrumento tão velho de nada serve — vociferou meu amo contra Meitei, apesar de ser completamente ignorante no que se refere a violinos.

— Você com certeza acha que um instrumento velho equivale a um homem de idade. Pois advirto-o que homens idosos, assim como o senhor Kaneda, têm ainda hoje seu valor; da mesma forma um violino, quanto mais antigo melhor é... Vamos, rápido, Dokusen. Sem querer citar Keimasa, o personagem cego da peça de kabuki, mas "os dias de outono são por demais curtos".

— É difícil jogar *go* com um homem tão apressado como você. Você não me dá tempo sequer para pensar. Vou colocar uma pedra aqui e completar uma casa.

— Com essa você se salvou. Que lástima! Não imaginava que poria sua pedra nesse local. Tentei confundi-lo falando besteiras. Não adiantou.

— Óbvio. Você não está jogando. Apenas tenta enganar seu parceiro.

— É o estilo de Honinbo, de Kaneda e de todos os cavalheiros... Sabe, Kushami, as conservas que Dokusen comeu quando esteve em Kamakura de nada serviram para torná-lo mais emotivo. Eu o admiro. É um péssimo jogador de *go*, mas tem coragem.

— É por isso que um covardão como você deveria imitá-lo — sugeriu meu amo sem se voltar. Meitei lhe mostrou sua grande língua vermelha.

— Vamos, é sua vez — incentivou o companheiro Dokusen, como se a conversa não lhe interessasse.

— Quando você começou a aprender violino? Estou pensando em ter umas aulas também, mas parece muito difícil, não acha? — perguntou Tofu a Kangetsu.

— Que nada! Qualquer pessoa pode aprender.

— Acredito que as pessoas interessadas por poesia tenham um desempenho rápido na música, pois ambas são formas de expressão artística. O que acha?

— Provavelmente. Com certeza você fará progressos.
— Quando começou?
— Quando estava no curso colegial... Professor, será que já lhe contei o que me levou a aprender violino?
— Ainda não.
— Começou a aprender com algum professor da escola?
— Não, não tive professores. Fui autodidata.
— Que gênio!
— Não é necessário ser gênio para ser autodidata — respondeu Kangetsu aborrecido.

Neste mundo só mesmo Kangetsu se enfureceria por ser chamado de gênio.

— Isso não tem importância, mas conte-nos de que maneira estudou sozinho. Apenas para nossa referência.
— Claro, vou contar. O professor Kushami me permite?
— Lógico. Vá em frente.
— Hoje se vê muita gente andando pelas ruas com caixas de violino dependuradas nos ombros, mas na minha época eram raros os estudantes colegiais que estudavam música ocidental. Se isso não bastasse, minha escola se localizava no interior, e era um lugar tão simples que nem conhecíamos sandálias de cânhamo. Obviamente, nenhum dos estudantes tocava violino...
— Parece que começou uma conversa interessante do lado de lá. Dokusen, vamos terminar nossa partida por aqui.
— Ainda temos dois ou três lugares para concluir.
— Vamos deixá-los inconclusos. Ofereço-os de presente a você.
— Não poderia aceitar sua oferta.
— Para um estudioso do zen você é por demais escrupuloso. Vamos logo então dar cabo disso... Kangetsu, seu relato é muito interessante. Trata-se daquela escola na qual os alunos estudam descalços, não?
— De jeito nenhum.
— Mas dizem que todos têm a sola dos pés grossa de tanto obedecer ao comando de "meia-volta, volver, à direita" das aulas de ginástica ao estilo militar.

— Que absurdo! Quem disse uma coisa dessas?

— De nada adianta dar nome aos bois. Dizem também que para a merenda trazem preso à cintura um bolinho de arroz grande como uma laranja e, quando o comem, ou melhor dizendo, quando o mastigam, uma ameixa seca e ácida aparece bem no meio. Contam que os alunos o comem com enlevo pelo prazer de ver a ameixa surgir em meio aos arredores insípidos do arroz. Realmente eles têm vigor. Dokusen, esse é o tipo de história que deve lhe agradar.

— Os alunos têm temperamento ingênuo e tenaz.

— Existe algo ainda mais promissor. Parece que lá não existem cinzeiros-escarradeiras de bambu. Um amigo meu que trabalhava nessa região desejava comprar um com a marca Togetsuho, mas não encontrou em nenhuma loja. Achando estranho, perguntou e recebeu como resposta que qualquer pessoa pode ir ao matagal atrás de casa e cortar um pedaço de bambu para fabricar um, não havendo pois necessidade de vendê-los. Este relato é mais uma prova do temperamento ingênuo e tenaz daquela gente, não acha Dokusen?

— Hum, com certeza. Preciso colocar uma pedra no meu território.

— Bem, território, território, território. Finalmente concluí... Espantei-me ao ouvir essa história. É impressionante que você tenha aprendido violino por si só em tal lugar. "Solitário e sem amigos" como nos versos da coletânea de poemas *Chu Ci* escritos por Qu Yuan. Kangetsu, você se tornará com certeza o Qu Yuan da Era Meiji.

— Não me agrada Qu Yuan.

— Então, será o Werther de nosso século... Por que está contando suas pedras? Você é sério demais. Nem precisa. Sem dúvida fui derrotado.

— Apenas para ter certeza.

— Deixo em suas mãos também a contagem das minhas. Não tenho paciência. Peço-lhe desculpas, mas meus ancestrais nunca me perdoariam se eu não ouvisse a história de como o talentoso Werther de nossa era aprendeu a tocar violino.

Meitei se levantou e se aproximou de Kangetsu. Dokusen tomou diligentemente as pedras brancas e negras e completou os espaços vazios do tabuleiro, murmurando para si a contagem. Kangetsu continuou a falar.

— Deixando de lado as características interioranas do povo, as pessoas são também muito turronas. Os estudantes que demonstram certa fraqueza de caráter são muito criticados sob a alegação de que isso serviria de mau exemplo para estudantes de outras províncias. É um estorvo.

— Os estudantes de sua província tinham um jeito diferente. Usavam um *hakama* azul-marinho simples. Isso por si só já era curioso. Talvez devido ao vento marinho salgado, a tez da pele deles é bastante morena. Para os homens não há problemas, mas as mulheres não devem se sentir à vontade.

A cada interrupção de Meitei a conversa tomava um rumo inusitado.

— As mulheres também são bronzeadas.

— É impressionante como conseguem arranjar marido.

— Que podem fazer se na província todos têm a pele queimada de sol?

— É uma relação de causa e efeito, não é, Kushami?

— É melhor que elas tenham a pele morena. Fosse sua pele muito branca, elas não parariam de se admirar diante do espelho. Mulher é um bicho incorrigível — lamentou meu amo soltando um profundo suspiro.

— Se todas tivessem a tez escura, elas também não se tornariam presunçosas? — interpelou Tofu com lógica.

— De qualquer forma, quem precisa das mulheres? — afirmou meu amo.

— Sua esposa se enfureceria se ouvisse isso — advertiu sorridente o professor Meitei.

— Que nada, não há problemas.

— Ela não está em casa?

— Saiu há pouco com as crianças.

— Bem que achei tudo quieto demais. Aonde foram?

— Não sei. Ela sai quando bem entende e sem avisar.

— E volta quando bem entende?

— Também. Você tem sorte de ser solteiro.

Tofu franziu levemente o rosto ao ouvir essa afirmação. Kangetsu desatou a rir.

— É o que todo homem casado costuma dizer. Dokusen, você também tem problemas com sua esposa? — perguntou Meitei.

— O quê? Espere um pouco. Quatro vezes seis são vinte e quatro, vinte e cinco, vinte e seis, vinte e sete. Achei que eram menos, mas são quarenta e cinco pedras no total. Imaginei que tivesse ganhado com um número maior, mas a diferença é de dezoito. O que você disse?

— Perguntei se você tem problemas com sua esposa.

— Ha, ha, ha... Problema nenhum. Isso porque minha esposa sempre me amou.

— Peço-lhe desculpas. Você deve ser um dos poucos nessa situação, Dokusen.

— Ele não é o único. Há muitos outros exemplos do gênero — interveio Kangetsu em defesa das mulheres.

— Concordo com Kangetsu. Em meu entendimento, só existem dois caminhos para se atingir a plenitude do ser: a arte e o amor. O amor conjugal é um dos exemplos representativos. O homem necessita casar para atingir essa felicidade ou irá se opor aos desígnios celestiais. O que acha, professor?

Com o ar sério costumeiro, Tofu se virou em direção a Meitei para indagá-lo.

— Excelente opinião. Todavia, sou daqueles que nunca atingirão essa plenitude do ser.

— Se você se casar, aí mesmo é que não atingirá — afirmou meu amo com o rosto consternado.

— De qualquer forma, jovens celibatários como nós ignoraremos o sentido da vida se não explorarmos o caminho do aprimoramento pelo contato com o espírito artístico. Por isso mesmo pretendo começar a aprender violino, razão pela qual desejo ouvir a experiência de Kangetsu.

— Ah, sim, devemos ouvir o que nosso Werther violinista tem a nos contar. Vamos, ponha para fora. Não vou mais interrompê-lo — prometeu Meitei, refreando seus impulsos.

— O caminho do aprimoramento não deve ser explorado através de um violino. Que terrível seria se pudéssemos desvendar as verdades universais por meio desse tipo de divertimento. É preciso ter força espiritual para se atirar de um precipício, morrer e renascer caso se deseje conhecer os mistérios da vida e da morte.

Dokusen pregou um sermão em Tofu num tom de exortação, mas este último, ignorante até mesmo dos fundamentos da doutrina zen, não se mostrou impressionado.

— Talvez você tenha razão, mas acredito ser a arte o ápice das convicções humanas. Por isso, é impossível simplesmente descartá-la.

— Já que não podemos descartá-la, deixe-me contar a história de como aprendi a tocar violino, pois sei que vocês desejam muito ouvi-la. Pois bem, como eu dizia, passei por maus bocados até começar minhas lições. Em primeiro lugar, tive dificuldades em comprar o instrumento.

— Não me espanto, pois se nem sandálias de solas forradas de cânhamo havia, que dirá violinos.

— Mas havia. Eu poupara dinheiro suficiente mas não pude comprá-lo.

— Por quê?

— Como era uma cidadezinha pequena, se o adquirisse chegaria logo ao conhecimento de todos. Seria chamado de presunçoso e sofreria retaliações.

— Desde a Antiguidade os gênios são objeto de perseguição — consolou Tofu, demonstrando solidariedade.

— Gênio de novo? Gostaria que parasse de empregar essa palavra. Bem, sempre que dava meu passeio diário, costumava passar em frente à loja que vendia violinos, imaginando como seria maravilhoso se pudesse comprar um e o prazer que teria ao carregá-lo. Ah, como eu queria um violino! Pensava nisso diariamente.

— É natural — avaliou Meitei.

— Que estranha obsessão — disse meu amo sem entender bem.

— Não há dúvidas: você é um gênio! — admirou-se Tofu.

Apenas Dokusen continuava como sempre acariciando o cavanhaque.

— Provavelmente vocês estranham o fato de haver naquele tempo violinos à venda em um lugar como aquele, mas era algo bastante óbvio se pensarmos bem. A razão é que por lá também havia uma escola feminina e as alunas deveriam praticar todos os dias o instrumento. É claro que não eram instrumentos de boa qualidade, e rústicos demais para serem chamados de violinos. Por isso a loja não dava tanta importância a eles, suspendendo em seu interior apenas duas ou três peças, que podiam ser vistas através da vitrine. Quando o vento as soprava ou um dos jovens empregados nelas mexia, emitiam algumas notas. Ao passar diante da loja em meus passeios, não me continha ao ouvir esse som, e meu coração parecia querer explodir.

— Que perigo. Há vários tipos de epilepsias que podem ser provocadas pela visão de água ou de agrupamentos de pessoas, mas você, caro Werther, é um epilético de violinos — caçoou Meitei.

— Essa é a sensibilidade mínima que se exige de um verdadeiro artista. Estamos sem dúvida diante de um gênio — admirava-se Tofu cada vez mais.

— Talvez fosse de fato algum tipo de epilepsia, mas aquele som era singular. Desde então e até hoje toco bastante, mas nunca fui capaz de produzir com o instrumento um som tão mavioso como aquele. Como exprimi-lo? É simplesmente indescritível.

— Como a sonoridade produzida por gemas raras se tocando — descreveu Dokusen de uma forma metafísica, sem despertar a curiosidade de ninguém.

— Por passar sempre em frente à loja, ouvi por três vezes aquele fantástico som. Na terceira vez resolvi que compraria o instrumento a qualquer custo. Mesmo criticado pelo pessoal de minha província, mesmo humilhado por pessoas de fora, mesmo que exalasse meu último suspiro sob porradas ou mesmo que como castigo fosse expulso da escola, não poderia resistir a adquiri-lo.

— Isso é próprio dos gênios, pois quem senão eles possuem tamanha determinação. Como eu o invejo. Durante anos a fio procurei alcançar esse nível de sentimentos tão intensos, mas não fui capaz. Assisto com entusiasmo a concertos, mas nada de obter inspiração — desabafou Tofu com inveja.

— Talvez seja melhor assim. Agora falo sobre isso tranquilamente, mas na época representou um sofrimento muito além do imaginado. Mas por fim acabei comprando-o, professor.

— Hum. Como foi isso?

— Foi na noite anterior ao aniversário do imperador, em novembro. O pessoal da região decidira passar a noite em uma estação de águas termais e o lugarejo ficara quase deserto. Em vez de ir à escola, aleguei estar doente e passei o dia todo deitado. No leito não me saía da cabeça a ideia de que aquela seria a noite em que eu enfim colocaria as mãos em meu tão sonhado violino.

— Fingiu que estava doente para cabular aula?

— Isso mesmo.

— Eis algo que também só um gênio faria — comentou Meitei com ar espantado.

— Com a cabeça para fora das cobertas eu aguardava ansioso pelo pôr do sol, que custava a chegar. Resignado, enfurnei-me debaixo das cobertas e esperei de olhos fechados. Passado um tempo, voltei a colocar a cabeça para fora, mas o sol ardente de outono se espalhava pela porta corrediça de dois metros de comprimento. Perdi a paciência. Foi então que notei na parte superior da porta uma sombra comprida e fina se balançando ao sabor da brisa outonal.

— Que sombra longa e fina era essa?

— Era a sombra de caquis adstringentes descascados, pendurados no beiral do telhado para secar.

— Hum. E depois?

— Não tive outra escolha senão me levantar, abrir a porta, sair à varanda, pegar um caqui e comê-lo.

— Estava gostoso? — perguntou meu amo infantilmente.

— Delicioso, mesmo. Os caquis daquela região são esplêndidos e não há nada em Tóquio que se compare a eles.

— Esqueçamos os caquis. O que se passou depois? — Foi a vez de Tofu indagar.

— Voltei a me enfurnar sob as cobertas, cerrei os olhos e orei secretamente aos deuses para que anoitecesse logo. Umas três ou quatro horas se passaram. Quando botei a cabeça outra vez para fora das cobertas, o sol ardente de outono continuava a banhar a porta de dois metros de comprimento. Na parte superior da porta uma sombra comprida e fina flutuava.

— Já ouvimos isso.

— Isso se repetiu inúmeras vezes. Em seguida, eu me levantei, abri a porta, comi um caqui. Depois voltei para o leito e orei secretamente aos deuses para que o sol se pusesse o quanto antes.

435

— Mas você já disse isso também.

— Professor, peço-lhe que ouça com paciência. Depois disso, aguentei durante três ou quatro horas debaixo das cobertas e, quando pensava que já havia anoitecido, ao colocar a cabeça para fora o sol ardente de outono continuava a se espalhar pela porta de dois metros de comprimento, em cuja parte superior flutuava uma sombra comprida e fina.

— Você está se repetindo.

— Foi então que eu me levantei, abri a porta, saí à varanda e comi um caqui...

— Comeu outro caqui? Por mais que o tempo passe, você só sabe se fartar de caquis. Isso não tem fim.

— Garanto-lhe que eu também estava impaciente.

— Mais impaciente estamos nós ouvindo sua história.

— Do jeito que o professor está apressado será difícil para mim prosseguir.

— E será difícil para nós continuarmos ouvindo — reclamou Tofu descontente.

— Então, não há escolha senão abreviar um pouco a narrativa. Ou seja, eu comia um caqui e voltava para debaixo das cobertas, depois saía delas e devorava mais outro. Com isso acabei com todas as frutas penduradas no beiral do telhado.

— Se comeu todos os caquis, já era tempo de ter anoitecido.

— Quem me dera. Quando acabei de comer a última fruta, coloquei a cabeça para fora da coberta achando que já era noite, mas o sol ardente de outono continuava se espalhando pela porta de dois metros de comprimento...

— É insuportável. É o tipo de história que nunca termina!

— Para ser sincero, até eu que a estou contando já começo a me cansar.

— Contudo, tamanha perseverança deve conduzi-lo ao sucesso em tudo aquilo a que se propõe fazer. Se permanecêssemos calados, seu sol outonal estaria brilhando até a manhã do dia seguinte. Diga-me, quando afinal pretende comprar o diabo do violino?

Mesmo Meitei parecia ter perdido um pouco as estribeiras. Apenas Dokusen mantinha-se impassível e não parecia disposto a se movimentar mesmo que o sol outonal brilhasse até a manhã seguinte, ou mesmo até a manhã de dois dias depois. Kangetsu prosseguiu calmamente:

— Você pergunta quando pretendo comprá-lo, e desejava fazê-lo tão logo a noite caísse. Por azar, sempre que colocava a cabeça para fora das cobertas e olhava, o sol outonal estava brilhando... Meu sofrimento de então não se compara à impaciência de vocês agora. Mesmo depois de dar cabo do último caqui vi que o sol ainda não se pusera e não consegui refrear as lágrimas. Tofu, eu chorei de decepção.

— Acredito. Os artistas possuem a sensibilidade à flor da pele. Simpatizo com seu choro, mas não seria possível avançar mais rapidamente em sua história?

Por ser uma pessoa simples, Tofu era capaz de dizer coisas cômicas com ar compenetrado.

— Adoraria avançar, mas não é minha culpa se custava a anoitecer.

— Melhor parar por aqui, pois se tivermos que esperar o sol se pôr não sairemos daqui hoje — sentenciou meu amo, parecendo já ter perdido a paciência.

— Não posso interromper desse jeito. Logo agora que estou entrando na parte mais excitante da história.

— Então vamos ouvir, contanto que você considere o sol já posto.

— Isso é um pouco complicado, mas, atendendo a seu pedido, vamos supor que já era noite.

— É sem dúvida o mais conveniente — comentou Dokusen com tranquilidade.

Todos soltaram ao mesmo tempo uma gargalhada.

— Como anoitecera, suspirei aliviado e deixei a pensão do vilarejo Kurakake. Sempre detestei locais muito movimentados e evitei o centro da cidade, que era mais cômodo, para ir viver por um tempo em uma casa do tamanho de uma concha de caramujo, situada em um sítio de uma vila friorenta onde raramente se via vivalma...

— Esse "raramente se via vivalma" é exagero de sua parte — protestou meu amo.

— A "concha de caramujo" é também um despropósito. Seria mais interessante se a descrevesse como uma casa com um cômodo de cerca de quatro tatames e meio, sem *tokonoma*, ou algo similar — desaprovou também Meitei.

Apenas Tofu teceu elogios.

— Pouco importa a realidade. Ele o expressou de forma poética e agradável aos sentidos.

Dokusen continuava sério ao perguntar:

— Deveria ser difícil frequentar a escola morando em semelhante lugar. Quantas léguas havia até a escola?

— Quatro ou cinco quadras. A escola ficava nessa vila friorenta...

— Isso significa que os estudantes habitavam as pensões das vizinhanças? — indagou Dokusen duvidando do que Kangetsu dizia.

— Sim, em geral havia um ou dois estudantes morando em cada fazenda da vila.

— Mesmo assim era um local ermo, onde quase nunca se via vivalma? — atacou Tofu.

— Sem a escola, seria... Bem, naquela noite eu vesti um quimono acolchoado de algodão e sobre ele o casaco do uniforme colegial com seus botões dourados. Tive o cuidado de cobrir a cabeça com o capuz do casaco para que ninguém me reconhecesse. Era época das folhas dos caquizeiros caírem e o caminho desde minha pensão até a rua Nango estava coberto por elas. Cada passo que dava produzia um farfalhar de folhas sob meus pés. Temi que alguém estivesse me seguindo. Voltei a cabeça para trás, mas só vi o bosque espesso e obscuro do Templo Torei se destacando na completa escuridão. Esse templo budista, distante apenas uma quadra de minha pensão, se localizava em um local calmo no sopé do Monte Koshin e encerrava o mausoléu dos Matsudaira. Acima das árvores podia-se ver o céu noturno salpicado de estrelas, com a Via-Láctea cortando diagonalmente o rio Nagase que fluía até... bem, até para os lados do Havaí.

— Havaí é despropositado — ponderou Meitei.

— Andei duas quadras da rua Nango, entrando no centro da cidade por Takanodai, passando por Kojo e, virando em Sengoku, prossegui por Kuishiro, passando pela primeira, segunda e terceira quadras de Tori, nessa ordem, cortando em seguida por Owari, Nagoya, Shachihoko, Kamaboko...

— É desnecessário passar por tantos lugares. Afinal, você comprou ou não o violino? — perguntou meu amo irritado.

— A loja de instrumentos musicais Kanezen, assim chamada porque seu dono era Zenbei Kaneko, ainda estava muito longe.

— Que fique onde está. Compre logo o violino!

— Entendido. Ao chegar à Kanezen, uma lâmpada brilhava dentro da loja...

— Lá vamos nós de novo com os brilhos. É uma tortura para quem ouve essa repetição constante de seus casos luminosos — desta vez era Meitei quem criticava, procurando se precaver.

— Não, desta vez o brilho ocorrerá uma única vez, fique descansado... Contemplei o violino à luz da lâmpada e as curvas de sua caixa banhadas pela luz fria refletiam uma indistinta nitescência outonal. Apenas parte das rígidas cordas resplendia sua platinada luminosidade em meus olhos...

— Sublime descrição, diga-se de passagem — elogiou Tofu.

— Lá estava ele. Sim, era aquele o violino que eu tanto queria. Meu coração repentinamente disparou, minhas pernas bambearam...

— Hum — arfou Dokusen pelo nariz como se risse.

— Tomei coragem e entrei na loja. Tirei do bolso minha moedeira na qual havia duas notas de cinco ienes cada...

— E o comprou finalmente? — indagou meu amo.

— Queria comprá-lo, mas me detive ao me dar conta da enorme importância daquele momento. Um ato impensado e tudo estaria perdido. No momento decisivo, resolvi desistir.

— Quê? Ainda não vai comprá-lo? Como pode arrastar as pessoas dessa forma com seus devaneios violinísticos?

— Não estou arrastando ninguém. Apenas não pude comprá-lo naquele momento, só isso.

— Por quê?

— Ora, pelo fato de ter anoitecido e haver muita gente passando pela rua.

— Que importa isso? Que passem duzentas ou trezentas pessoas! Você é mesmo uma figura esquisita— disse meu amo, agastado.

— Se fosse qualquer pessoa, poderiam passar mil ou duas mil que eu pouco ligaria. Mas o problema é que eram estudantes da minha escola que perambulavam pela rua com as mangas de suas camisas arregaçadas, carregando longas bengalas, e nessas condições as coisas não seriam nada fáceis. Entre eles havia um grupo denominado de Sedimentos, pois costumavam se concentrar no fundo da sala de aula para se divertir. Eles eram também fortes no judô. Seria temeroso cometer a imprudência de comprar o violino naquele momento. A reação deles caso me vissem era imprevisível. Eu desejava ardentemente o instrumento, mas temia por minha vida. Melhor viver feliz sem tocar violino do que ser trucidado por tê-lo tocado.

— Isso quer dizer que desistiu enfim da ideia de comprá-lo? — insistiu meu amo.

— Não, eu o comprei.

— Que homem exasperante! Se for para comprar, compre logo. Se não quiser comprar, diga logo e acabe com essa lenga-lenga.

— Ha, ha, ha... As coisas neste mundo nem sempre avançam como se deseja — advertiu Kangetsu acendendo um Asahi.

Parecendo enfadado com a história, meu amo se levantou e entrou em seu gabinete. Quando pensei que permaneceria por lá, voltou trazendo um velho livro em idioma ocidental. Deitou-se ao comprido, de bruços, e começou a lê-lo. Antes mesmo de alguém se dar conta, Dokusen retornara à sua posição diante do *tokonoma* e jogava *go* sozinho. A história de Kangetsu se alongara demais e os ouvintes se dispersaram, um após outro. Restavam apenas Tofu, fiel à arte, e Meitei, que parecia nunca se enfadar qualquer que fosse a história.

Kangetsu soltou sem cerimônias uma longa baforada do cigarro, e em seguida retomou seu relato com a mesma velocidade de antes.

— Tofu, naquele momento eu pensei o seguinte: acabou de anoitecer e eu não posso fazer nada, e de madrugada, com Kanezen dormindo, muito menos. Meu plano irá por água abaixo se não escolher o momento oportuno. Terá que ser enquanto Kanezen ainda estiver acordado e depois que os estudantes da escola terminarem seu passeio. Contudo, é difícil precisar esse momento ideal.

— É algo assaz complicado.

— Supus que o momento seria por volta das dez horas. Eu precisava passar o tempo de alguma forma. Seria complicado voltar para casa e ter que sair novamente depois. A consciência me pesaria e tampouco seria interessante ir à casa de algum amigo para bater papo. Sem outro jeito, dei um passeio pelo centro da cidade até chegar a hora. Duas ou três horas passam num piscar de olhos quando se está perambulando de um lado para outro, mas justo naquela noite me pareceram uma eternidade. Senti bem no fundo que foi o que se costumava chamar de "um dia longo como mil outonos".

Kangetsu olhou para Meitei com a expressão de quem parecia realmente sentir as palavras pronunciadas.

— Os antigos costumavam dizer que é "doloroso aguardar ao lado do aquecedor" e que o sofrimento é maior para quem espera do que para quem é esperado. Por isso, deveria ser difícil também para o violino suspenso no teto ter de aguardar. Todavia, ainda mais excruciante deve ter sido para você, flanando sem rumo certo, como um detetive aturdido ou um cão desesperado cujo dono faleceu. Não há nada mais lastimável que um cão sem lar.

— Que crueldade. Até hoje jamais me compararam a um cachorro.

— Ouvindo sua história, sinto-me como se lesse o relato da vida dos grandes artistas da Antiguidade e só posso simpatizar com ela. Ser comparado a um cão é apenas uma brincadeira do professor. Não ligue, vá em frente — consolou Tofu.

Mesmo sem esse tipo de conforto, Kangetsu prosseguiu a narrativa.

— Passei por Hyatsuki vindo de Okachi, depois fui até Ryogae para sair em Takajo. Em frente à prefeitura provincial enumerei os salgueiros e depois contei o número de janelas iluminadas no prédio do hospital. Sobre a ponte Konya fumei dois cigarros e olhei o relógio...

— Já eram dez horas?

— Infelizmente não... Atravessei a ponte, seguindo pela margem do rio em direção ao leste, quando me deparei com três massagistas. Ouvi então, professor, ao longe o ladrar de cães...

— Ouvir cães ladrando ao longe na margem de um rio em uma noite de outono é a meu ver bastante teatral. Você estaria perfeito para o papel de um soldado derrotado fugindo do inimigo.

— Por que fugir se eu nada fiz de errado?

— Não fez, mas pretende fazer.

— Meu caro, se comprar um violino é um ato ruim, todos os estudantes de conservatórios de música seriam malfeitores.

— Fazer algo inadmissível, por melhor que seja, é ser um malfeitor. Nada há de pior neste mundo do que malfeitores. Mesmo Cristo foi tido como um deles em sua época. Por isso, o belo Kangetsu passará por um facínora caso compre o violino.

— Não vou discutir: aceito ser um criminoso. Mas, pondo de lado essa história de criminosos, o fato é que eu me desesperava porque não dava dez horas.

— Que tal enumerar todos os locais pelos quais passou? E, se isso não bastar, ponha novamente o sol outonal a brilhar. Se mesmo assim não for suficiente, coma mais três dúzias de caquis secos. Eu serei todo ouvidos até o relógio dar dez badaladas.

Kangetsu riu.

— Antecipando desse jeito o que eu contaria, não tenho outra escolha a não ser me render. Bem, vamos dar um salto no tempo e fazer de conta que já eram dez horas. Quando chegou o horário esperado, retornei à Kanezen. Na noite fria, a rua principal de Ryogae estava praticamente deserta, e o soar de tamancos vindos em minha direção me enchia de melancolia. A entrada principal da loja já fechara, e apenas a pequena porta lateral com quadros de papel de arroz permanecia semiaberta. Senti uma impressão ruim ao abri-la e entrar, como se um cão estivesse em meu encalço...

Nesse momento meu amo afastou por instantes os olhos de seu livro encardido para perguntar:

— Então, ele já comprou o tal violino?

— Está prestes a adquiri-lo — respondeu Tofu.

— Ainda não comprou? Como demora! — murmurou para si meu amo e voltou a enfiar a cara no livro.

Dokusen continuava calado. Ele já completara grande parte do tabuleiro com as pedras brancas e pretas.

— Tomei coragem e, com meu capuz enfiado na cabeça, me lancei para dentro da loja. Ao pedir um violino, para minha surpresa os quatro ou cinco jovens empregados que conversavam sentados ao redor de um fogareiro a carvão olharam a um só tempo para mim. Instintivamente ergui a mão direita até o capuz e o puxei com força para a frente, escondendo ainda mais o rosto. Repeti que desejava um violino. O empregado mais à frente, que não parava de tentar ver meu rosto, deu uma resposta entre dentes, levantou-se e foi buscar os três ou quatro violinos suspensos a um canto da loja. Informou-me que o preço era de cinco ienes e vinte sens.

— Nossa, existem violinos de preço tão módico? Não eram de brinquedo?

— Perguntei se todos tinham o mesmo preço, e ele me respondeu que sim e que cada peça era sólida e produzida com grande esmero. Tirei da moedeira uma nota de cinco ienes e uma moeda de vinte sens, abri o grande *furoshiki* que trouxera e embrulhei o violino. Enquanto isso, os outros empregados haviam interrompido a conversa e fitavam meu rosto. Coberto pelo capuz, não havia como ser reconhecido, mas mesmo assim não via a hora de ir embora de lá. Coloquei o embrulho debaixo do braço e, quando eu estava saindo, os empregados gritaram em uníssono um "obrigado" que me deixou atônito. Ao chegar à rua, olhei ao redor e felizmente parecia não haver ninguém. Uma quadra mais adiante, apenas duas ou três pessoas recitavam poemas em voz alta. Procurei evitá-las dobrando para oeste na esquina da Kanezen, passando por Horibata, para chegar até Yakuoji, e pela vila de Hannoki. Saí no pé do Monte Koshin e, enfim, voltei à pensão. Eram dez para as duas quando cheguei.

— Parece que ficou perambulando durante toda a noite — disse Tofu em tom de compaixão.

— Chegou enfim. Foi um caminho mais longo do que a estrada Tokaido que liga Tóquio a Kyoto — disse Meitei dando um suspiro de alívio.

— Mas o melhor vem agora. Até o momento foi apenas o prelúdio.

— Ainda tem mais? Que história intrincada. A maioria das pessoas perderia a paciência com você.

— Interromper o relato a esta altura seria como esculpir uma estátua de Buda e não colocar sua alma. Deixem-me prosseguir.

— Obviamente você tem liberdade para falar. E nós o ouviremos.

— Professor Kushami, que tal também me escutar? Já comprei o violino. Professor!

— E agora está a fim de vendê-lo? Não tenho necessidade de ouvir sobre isso.

— Ainda não o venderei.

— Mais uma razão para não ter de ouvi-lo.

— Isso é constrangedor. Tofu, apenas você me ouve com atenção. Perco a motivação, mas tentarei ser breve.

— Não precisa ser breve. Pode ir com calma. É muito interessante.

— Finalmente consegui o tão desejado violino. Mas logo me deparei com o primeiro problema: onde guardá-lo. Meus amigos apareciam com frequência na pensão e logo veriam o instrumento se eu o pendurasse ou o colocasse de pé pelo quarto. Enterrá-lo seria uma opção, mas daria um grande trabalho ter de desenterrá-lo.

— Acabou escondendo-o no sótão? — perguntou Tofu a primeira coisa que lhe ocorreu.

— Não havia sótão. Eu vivia com uma família de agricultores.

— Que problema. Onde o colocou?

— Onde acha que o coloquei?

— Não tenho ideia. Na caixa de guardar as telas de proteção contra chuva?

— Não.

— Enrolou-o em uma coberta e o enfiou em um armário.

— Está frio.

Enquanto Tofu e Kangetsu conversavam sobre o esconderijo do violino, meu amo e Meitei discutiam.

— O que significa isto aqui? — indagou meu amo.

— Onde?

— Estas duas linhas.

— Deixe-me ver. *Quid aliud est mulier nisi amiticiae inimica...*[144] Isso é latim.

---

144. O que é a mulher senão a inimiga da amizade?

— Sei que é latim. Mas como se traduz?

— Isso não é justo. Você não vive se gabando que sabe latim? — pressentindo o perigo, Meitei procurou se safar.

— É lógico que posso ler. Poder ler eu posso, mas quero saber o que significa.

— Se pode ler, deveria ser capaz também de compreender. Que contradição.

— Que seja, mas trate de traduzi-lo para o inglês.

— Esse "trate de traduzi-lo" é bastante rude. Você parece me tomar por um criado.

— Criado ou não, o que significa?

— Deixemos o latim para depois e continuemos a ouvir a narrativa de Kangetsu. Ela está próxima do clímax. Chegamos à Barreira de Ataka, onde por um triz tudo será ou não descoberto.[145] O que aconteceu depois, Kangetsu? — interrogou Meitei repentinamente, entusiasmado com o relato sobre o violino.

Meu amo foi deixado só, sem compaixão. Kangetsu se animou e começou a explicar sobre o esconderijo.

— Por fim, escondi o instrumento dentro de um baú que minha avó me dera de presente de despedida quando parti de minha cidade natal. Acho que fora uma peça do enxoval do casamento dela.

— Era uma antiguidade, então. Parece-me em desarmonia com um violino. O que acha, Tofu?

— De fato, não combina bem.

— Mas o sótão também não combinaria, não acha? — procurou Kangetsu alfinetar o professor Tofu.

— Pode não combinar, mas é um bom tema para um *haiku*, não se preocupe. "Melancólico outono. Violino escondido no baú." O que vocês dois acham?

— O professor hoje está muito inspirado e nos brinda com excelentes *haikus*.

---

145. Barreira para inspeção aduaneira existente na cidade de Komatsu, província de Ishikawa, no início da Era Kamakura.

— Não apenas hoje. Tenho-os sempre aos montes em minha mente. Meus conhecimentos de *haiku* foram alvo da admiração do falecido Masaoka Shiki.

— O professor teve contato com o poeta Shiki? — perguntou inocentemente o honesto Tofu.

— Mesmo não tendo me relacionado com ele, mantínhamos uma amizade espiritual constante em um processo telepático semelhante a um telégrafo sem fio — respondeu Meitei, com uma lógica absurda.

Diante de tanta incoerência, Tofu se calou. Kangetsu prosseguiu rindo.

— Depois de achar um bom lugar para guardar o violino, o problema tornou-se tirá-lo de lá. Se fosse apenas tirá-lo para admirá-lo longe dos olhares das pessoas não haveria problemas, mas que adianta apenas contemplar um instrumento musical? De nada serve se não se puder tocá-lo. Mas se o tocasse faria ruído e logo seria descoberto. E isso seria muito perigoso porque o chefe do bando dos Sedimentos morava num quarto da casa vizinha, ao sul, do outro lado da cerca-viva de hibiscos.

— Que transtorno! — lamentou Tofu se adaptando às circunstâncias.

— É verdade. É mesmo um transtorno. O som seria a prova que superaria qualquer alegação. O mesmo aconteceu com a dama da corte Kogo, que tendo fugido do palácio foi descoberta por tocar seu *koto*. Se comesse às escondidas ou fabricasse notas falsas de dinheiro, as coisas ainda seriam mais simples; mas como manter em segredo das pessoas o som da música?

— Se a música não fizesse ruído, até poderia...

— Espere. Certas coisas não podem ser escondidas mesmo que não façam barulho. Quando no passado costumávamos preparar nossas refeições no templo de Koishikawa, havia um rapaz de nome Tojuro Suzuki que era louco por saquê doce, que costumava comprar em garrafas de cerveja e bebia sozinho. Certo dia, depois que Tojuro saíra para um passeio, Kushami roubou uma das garrafas para beber...

— Alto lá. Não fui eu que bebi o saquê de Suzuki, mas sim você — berrou meu amo repentinamente.

— Ora, ora. Imaginei que você estivesse concentrado na leitura de seu livro, mas pelo visto está de antenas ligadas na conversa. É preciso sempre estar alerta com um homem como você, que é todo olhos e ouvidos. Não nego: eu também bebi. Não há dúvidas disso, mas você é que foi pego com a mão na botija. Meus caros, ouçam o que tenho a lhes dizer. Nosso professor Kushami é muito fraco para bebidas alcoólicas. Mas, como era um saquê alheio, bebeu o quanto pôde e seu rosto se avermelhou e intumesceu por completo. Uma visão simplesmente horrenda.

— Cale a boca. Nem mesmo latim você pode ler.

— Ha, ha, ha... Quando Tojuro voltou, pegou a garrafa e a chacoalhou, constatando que mais da metade estava vazia. Ele logo percebeu que alguém tomara seu saquê e, ao olhar em volta, se deparou com nosso líder Kushami a um canto, tal qual um boneco de argila.

Os três soltaram uma gargalhada. Meu amo não resistiu a exibir um sorriso enquanto lia seu livro. Apenas Dokusen, extenuado pela partida solitária de *go*, dormia profundamente debruçado sobre o tabuleiro.

— Existem outras coisas que podem ser descobertas mesmo que não façam barulho. No passado, fui à estação de águas termais de Ubako e dividi o quarto com um ex-comerciante de quimonos. Se era vendedor de roupas usadas ou não, a mim pouco importava, mas aconteceu algo que me deixou injuriado. No terceiro dia após minha chegada a Ubako acabaram meus cigarros. Como vocês sabem aquele albergue é o único nas montanhas de Ubako, um local inconveniente onde as únicas coisas para se fazer são tomar banhos e comer. Ficar desfalcado de cigarros em um lugar semelhante é uma verdadeira tragédia. Quanto mais difícil obter algo, maior se torna o desejo. Só de pensar que não tinha mais cigarros aumentava em mim rapidamente uma vontade maior do que a normal de fumar. O que me deixava ainda mais desesperado é que o tal velho, como para me enlouquecer, veio para as montanhas trazendo um verdadeiro estoque de cigarros. Ele os tirava do maço e de pernas cruzadas soltava baforadas como se quisesse dizer: "Você bem que gostaria de fumar um desses, hein." Se fossem apenas as baforadas eu suportaria, mas ele fazia círculos com a fumaça, soltava-a na vertical, na horizontal, deixava-se envolver por ela ou a exalava, retornando-a em seguida ao nariz em movimentos rápidos. Enfim, um exibido fumaceiro.

— O que vem a ser um exibido fumaceiro?

— Algumas pessoas gostam de ostentar suas roupas, exibi-las. Como se trata de cigarros, ele era um exibido fumaceiro.

— Em vez de sofrer tanto, deveria ter-lhe pedido um cigarro.

— Nunca pediria. Tenho orgulho.

— Havia algo que impedisse você de pedir?

— Nada, mas não pediria.

— E o que você fez, afinal?

— Não pedi. Afanei.

— Ahn?!

— Esperei até o velho sair para tomar banho com uma toalha pendurada no braço. Aquela era a hora perfeita. Fumei um cigarro após o outro. Justo quando eu me deliciava com eles, a porta corrediça se abriu. Virei-me para ver quem era. Era o dono dos cigarros.

— Ele não tomou banho então.

— Ele estava indo, mas ainda no corredor percebeu haver deixado a carteira no quarto e voltou. Foi um descaramento da parte dele imaginar que eu roubaria sua carteira.

— Quem sabe? Depois de você se apossar dos cigarros, até eu duvidaria.

— Ha, ha, ha... Deixemos de lado a carteira. O velhote era esperto. Ao abrir a porta ele constatou que o quarto estava envolto pela fumaça de dois dias de fumo. É verdadeiro o provérbio que diz "uma má ação se pressente a mil léguas". Fui imediatamente descoberto.

— E o que esse senhor disse?

— Os mais velhos têm muita experiência. Em completo silêncio, enrolou uns cinquenta a sessenta cigarros em um pedaço de papel dizendo: "Sei que não são de boa qualidade, mas caso não se importe fique à vontade se desejar fumá-los." Feito isso, desceu para a sala de banhos.

— Seria esse o chamado estilo de Tóquio?

— Se é estilo de Tóquio ou estilo de comerciante de roupas, eu não sei, mas desde então nos tornamos bons amigos e tive uma estadia interessante durante duas semanas.

— Durante esse tempo todo você filou os cigarros dele?

— Não vou negar.

— Terminou a história do violino? — capitulou finalmente meu amo, deitando o livro e soerguendo-se.

— Ainda não. Agora é que as coisas se tornam interessantes. Ouça bem, pois é uma passagem ótima. E gostaria que o professor dorminhoco sobre o tabuleiro de *go* — como era mesmo o nome dele? Professor Dokusen? — me ouvisse também. Dormir tanto é um veneno para o corpo. Já não está na hora de acordar?

— Ei, Dokusen, levante-se. Levante-se, vamos. A história está ficando interessante. Levante-se logo. Dormir desse jeito só pode lhe causar mal-estar. Sua esposa ficará preocupada.

— Ahn?! — disse, erguendo a cabeça. Um longo fio de saliva se estendia por seu cavanhaque caprino como se um caracol tivesse deixado seu rastro brilhoso sobre ele. — Ah, como dormi! Como uma nuvem branca pairando sobre o cume de uma montanha. Ah, dormi maravilhosamente bem.

— Todos viram que você dormiu. Que tal ir tratando de se levantar?

— Já está mesmo na hora. Parece que temos uma história interessante.

— Finalmente o violino... O que era mesmo que Kangetsu pretendia fazer com ele, Kushami?

— Não faço a mínima ideia.

— Eu o tocarei.

— Isso. Ele enfim tocará o violino. Aprochegue-se, venha ouvir.

— Ainda o violino? Que transtorno.

— Você toca harpa sem cordas, o que não perturba ninguém, mas Kangetsu está em grandes apuros com os guinchos que emite e são ouvidos por toda a vizinhança

— É mesmo? Você não conhece um jeito de tocar violino sem que os vizinhos ouçam?

— Desconheço, mas se existe me agradaria aprendê-lo.

— É desnecessário. Basta contemplar o boi branco nos pastos verdejantes e logo compreenderá.

Dokusen citou um incompreensível provérbio zen. Kangetsu, imaginando que Dokusen dizia essas coisas estranhas por ainda estar atordoado pelo sono, prosseguiu em sua narrativa sem lhe dar atenção.

— Ocorreu-me por fim uma ideia. Como no dia seguinte era aniversário do imperador, permaneci todo o dia em casa inquieto, abrindo e fechando o baú. Anoiteceu e, quando um pequeno grilo trinou lá no fundo, tomei coragem e retirei de dentro dele o tal violino e seu arco.

— Enfim! — exclamou Tofu.

— Seria perigoso tocar imprudentemente — observou Meitei.

— Retirei o arco e o inspecionei da ponta ao cabo...

— Como um comerciante de espadas descuidado — caçoou Meitei.

— Ao se imaginar que o violino é o próprio espírito, tem-se um sentimento semelhante ao do samurai cuja excelente espada afiada cintila sob a luz de uma lâmpada durante uma longa noite. Meu corpo tremia enquanto eu segurava o arco.

— É sem dúvida um gênio — insistiu Tofu.

— É provavelmente um ataque de epilepsia — complementou Meitei.

— Toque logo esse negócio — esbravejou meu amo.

A expressão facial de Dokusen demonstrava um estado de confusão.

— Felizmente o arco estava intacto. Peguei então o violino e o trouxe até próximo à lâmpada, examinando-o em sua inteireza. Não esqueçam que durante esses quase cinco minutos o grilo no fundo do baú guizalhava sem cessar...

— Não se preocupe que não esquecemos. Agora toque.

— Ainda não tocarei. Por sorte não havia arranhões no violino. Tranquilizei-me e me levantei...

— Aonde você pretende chegar?

— Fique quieto e escute. Como posso contar a história se sou interrompido a cada palavra?

— Façam silêncio todos. Silêncio!

— Olha quem fala. Você é o único que não para de tagarelar.

— Ah, tem razão. Peço-lhe desculpas. Serei todo ouvidos.

— Pus o violino debaixo do braço e, de sandálias, dei dois ou três passos para fora da porta, mas me detive...

— Já esperava por isso. Essas interrupções na narrativa já se tornaram lugar-comum.

— Nem pense em retornar, pois os caquis secos já acabaram.

— É uma grande lástima que os professores se intrometam em minha história, mas já que é assim não me resta escolha a não ser me dirigir apenas a Tofu. Como eu dizia, Tofu, dei dois ou três passos para fora de casa, mas voltei para cobrir a cabeça com uma manta vermelha que comprei por três ienes e vinte sens ao deixar minha terra natal. Ao apagar a lâmpada me vi envolto na escuridão e não era mais capaz de identificar onde estavam minhas sandálias.

— Aonde você vai afinal?

— Fique calmo e escute. Encontrei finalmente as sandálias e ao deixar a casa a noite estava enluarada e estrelada, com folhas de caquizeiros caídas, minha manta vermelha e meu violino. Segui sempre pela direita a passos firmes até me aproximar do Monte Koshin. Nesse momento, o sino do Templo Torei soou uma forte badalada cujas vibrações atravessaram minha manta e meus ouvidos, reverberando dentro de minha cabeça. Que horas eram em sua opinião?

— Nem imagino.

— Nove horas. Eu subi sozinho quase um quilômetro pelas trilhas da montanha em uma noite de outono até um local chamado Odaira. Como sou meio medroso, seria natural estar apavorado, mas quando se está concentrado em algo é estranho como o coração não se perturba. Tudo o que eu queria era tocar o violino, e era esse desejo que curiosamente me enchia de forças. Esse lugar chamado Odaira se situava em um platô no lado sul do Monte Koshin e, nos dias de tempo bom, se podia ver de lá a paisagem magnífica do castelo e o vilarejo aparecendo por entre pinheiros avermelhados. O platô possuía cerca de trezentos metros de largura e bem no centro havia uma rocha do tamanho de oito tatames. No lado norte se estendia um pântano denominado Unonuma, ao redor do qual cresciam canforeiras. No interior da montanha só existia uma choupana usada pelos coletores de cânfora. Os arredores do pântano não são acolhedores mesmo durante o dia. Felizmente, a subida era facilitada pelos caminhos desbravados pelos militares para suas manobras. Cheguei ao rochedo, estendi minha manta e me sentei sobre ela. Era a primeira vez que eu galgava o monte em uma noite tão gélida. Sentado sobre o rochedo, a solidão dos arredores invadiu aos poucos até o âmago de meu ser. Nesses casos, o sentimento que mais perturba o pensamento é o de medo e se dele pudermos nos libertar o que resta é apenas a sensação de um vazio espiritual. Depois de uns vinte minutos nesse estado de total alheamento, senti-me como o único habitante de um palácio de cristal. Meu corpo — não, não apenas ele, mas também minha mente e espírito — se tornou estranhamente translúcido, como se constituído de gelatina ou algo semelhante. Eu não podia distinguir se era eu quem estava dentro do palácio de cristal ou se era o palácio de cristal que estava dentro de mim...

— Que situação disparatada — caçoou Meitei.

— Mas nem por isso deixa de ser interessante — completou Dokusen, parecendo um pouco curioso.

— Se aquela situação se prolongasse por muito tempo, eu talvez continuasse sentado sobre o rochedo até a manhã seguinte sem tocar meu violino...

— Não havia raposas por lá? — indagou Tofu.

— Naquelas circunstâncias eu não distinguia entre mim e o resto do mundo. Ignorava se estaria vivo ou morto. Foi quando, de súbito, um grito vindo do fundo do antigo pântano cortou o ar...

— Aí vem coisa.

— A voz ecoou ao longe, passando junto com o forte vento outonal pelas árvores de toda a montanha e me trazendo repentinamente de volta a mim.

— Que alívio! — exclamou Meitei levando a mão ao peito.

— Entregar-se de corpo e alma à vida, esquecendo seu eu, de coração aberto, isso é renovação — disse Dokusen piscando o olho para Kangetsu, que nada entendia.

— Bem, eu voltei a mim e olhei ao redor. O silêncio reinava no Monte Koshin e não se ouvia sequer o ruído de um pingo de chuva. O que teria sido aquele som? — pensei comigo. Era muito agudo para ser uma voz humana, muito forte para ser a voz de uma ave, e para ser um macaco... Haveria macacos na região? O que seria? A questão dominava minha mente e, conforme me empenhava em tentar explicá-la, meu cérebro até então em repouso se tornava confuso e em desordem, em um alvoroço semelhante ao dos habitantes da capital na época da visita do príncipe Connaught.[146] Todos os poros de meu corpo se abriram subitamente, e toda a coragem, determinação, discrição e serenidade que me visitavam se evaporaram como aguardente borrifada sobre pernas cabeludas. Meu coração dançava dentro do peito. Meus pés começaram a tremer como a linha uivante de uma pipa. Era incapaz de suportar. De repente, cobri a cabeça com a manta, enfiei o violino debaixo do braço e desci às pressas do rochedo. Desci correndo toda a distância até o sopé do monte, voltei para casa e me joguei sob as cobertas para dormir. Quando penso agora, Tofu, nunca tive uma sensação tão desagradável em toda a vida.

— E depois?

— Acabou.

— Você não tocou o violino?

— Mesmo que quisesse, não poderia. A voz ressoava em meus ouvidos. Com certeza você também não seria capaz de tocá-lo.

— Acho que falta algo em sua história.

— Mesmo que você ache isso, foi o que aconteceu. Qual a opinião dos professores? — perguntou Kangetsu olhando a audiência ao redor com ar de triunfo.

— Ha, ha, ha... É excelente. Foi um trabalho hercúleo conduzir a narrativa até esse ponto. Eu o escutava seriamente acreditando que uma Sandra Belloni[147] masculina surgiria em um país do Extremo Oriente — disse Meitei, esperando que algum dos presentes lhe perguntasse quem era Sandra Belloni. Como ninguém se manifestasse, continuou: — Ela, tocando sua harpa sob o luar enquanto canta uma canção italiana dentro de um bosque, e você, subindo ao Monte Koshin com seu violino, são casos semelhantes, mas de resultados distintos. Infelizmente, assim como ela surpreendeu a ninfa da lua, você foi surpreendido por uma monstruosa

---

146. Príncipe Arthur of Connaught (1883-1938). Visitou o Japão para receber uma condecoração do imperador Meiji.

147. Personagem do romance homônimo escrito em 1864 por George Meredith (1828--1909), originalmente chamado *Emilia in England*.

raposa do velho pântano, estabelecendo-se uma grande diferença entre o sublime da história dela e o cômico da sua. É uma lástima — explicou.

— Não é tão lamentável assim — afirmou Kangetsu com inesperada tranquilidade.

— Subir ao monte para tocar violino foi puro capricho. Não me espanta que você tenha se assustado — acrescentou meu amo sua crítica cruel.

— Um bom homem que pretende viver na caverna onde residem demônios. É lastimável — suspirou Dokusen.

Kangetsu nunca entendia o que Dokusen dizia. E não era só Kangetsu: provavelmente ninguém o compreendia.

— Diga-me, Kangetsu, você continua a ir à escola para polir suas bolas de vidro? — procurou mudar de assunto o professor Meitei depois de alguns instantes.

— Como há pouco viajei para minha terra, interrompi o polimento por um tempo. Estou cansado e, para ser sincero, penso seriamente em abandonar a tarefa.

— Se você não polir as bolas, nunca se tornará um doutor — advertiu meu amo com as sobrancelhas semifranzidas.

— Doutor? He, he, he... Já não preciso mais me tornar um doutor — asseverou Kangetsu.

— Mas nesse caso o casamento atrasará e será ruim para ambos.

— A que casamento você se refere?

— Ao seu, claro.

— Com quem iria me casar?

— Com a senhorita Kaneda, quem mais?

— Quê?

— Qual o motivo do espanto? Vocês afinal estão compromissados, não é mesmo?

— Não há entre nós nenhum compromisso que seja de meu conhecimento. Foram provavelmente os Kaneda que espalharam esse boato.

— Que falta de escrúpulos. Diga, Meitei, você está a par desse caso?

— O caso a que você se refere é o da nariguda? Não só eu e você sabemos sobre ele, como também é um segredo compartilhado por todo o resto do mundo. O pessoal do jornal *Mancho* tem me enchido a paciência para saber quando terão a honra de publicar a foto dos nubentes e um artigo sobre o casamento. Tofu já preparou para a cerimônia um longo discurso intitulado "O canto dos patos-mandarins"[148] e há três meses espera, mas está preocupado com a possibilidade de essa obra-prima se tornar um tesouro inútil caso Kangetsu não obtenha o título de doutor. Não é verdade, Tofu?

— Ainda não estou tão preocupado assim, mas de qualquer forma pretendo divulgar meu discurso, prova de minha mais profunda amizade.

— Veja bem. A indecisão quanto a obter ou não o título de doutor está causando repercussão por todo lado. Mantenha-se firme e continue a polir as bolas.

— Ha, ha, ha... Peço desculpas pelas preocupações que possa estar causando, mas acho que já não preciso mais de um doutorado, afinal de contas.

— Por quê?

— Pela simples razão de já ter legalmente uma esposa.

— Como é possível? Casou-se às escondidas? Não se pode mais confiar em ninguém neste mundo. Kushami, como você acaba de ouvir, Kangetsu já tem mulher e filhos.

— Filhos ainda não. Só tenho um mês de casado e não teria tempo hábil para gerar um rebento.

— Onde e quando se casou? — interrogou meu amo, à semelhança de um juiz de instrução.

— Quando? Ao voltar para minha terra. Ela esperava por mim. Os bonitos secos que trouxe hoje para o professor foram presente de casamento de meus parentes.

— Três bonitos apenas são demonstração de avareza.

— Claro que não foram apenas três. Eles nos deram muitos.

— Quer dizer que sua esposa é uma moça de seu torrão natal? Ela deve ter a pele bem morena.

— Sim, bem escura como a minha.

---

148. Os patos-mandarins são sinônimo do bom e fiel relacionamento conjugal.

— E o que pretende fazer com relação aos Kaneda?

— Absolutamente nada.

— Isso me parece um pouco descortês de sua parte, não acha, Meitei?

— Não entendo dessa forma. A senhorita Kaneda pode muito bem se casar com outro. Afinal, o casamento é como o encontro casual de duas pessoas na escuridão. Ou seja, aconteceria de qualquer forma, mas o encontro planejado revela algo a mais. E, por ser extraordinário, não importa quem se encontrou com quem dessa forma. Só tenho pena de Tofu, que compôs "O canto dos patos-mandarins".

— Não há problema. Ainda posso dedicá-la a Kangetsu e compor uma outra para o casamento da senhorita Kaneda.

— Esse é um exemplo de excelência só encontrada nos poetas.

— Avisou os Kaneda? — continuou meu amo inquieto.

— Não. Não há motivos para informá-los. Nunca pedi a mão da filha deles e por isso mesmo nada tenho a lhes relatar. Podem estar certos de que nada direi. Além disso, agora deve haver dez a vinte espiões me vigiando e certamente os Kaneda já foram informados.

Ao ouvir a palavra *espiões*, meu amo fechou a cara.

— Já que é assim, permaneça calado.

Após dizer isso, porém, sentiu não ser suficiente e continuou a tecer uma grande argumentação sobre os espiões.

— Quem se aproveita de um momento de distração para subtrair algo do bolso de alguém é um batedor de carteiras. Quem se aproveita de um momento de distração para roubar pensamentos é um espião. Um ladrão é aquele que quando menos se espera arromba uma casa para roubar as posses de alguém. Um detetive é aquele que quando menos se espera lê a mente dos outros, obrigando-os falar. Se alguém enfia uma espada nos tatames para pegar o dinheiro escondido sob os mesmos é um gatuno, e se alguém induz a vontade das pessoas à força de ameaças, é um espião. Portanto, os detetives podem ser classificados na mesma espécie que os batedores de carteira, ladrões e gatunos, não devendo ser tratados como cavalheiros. É perigoso dar ouvido ao que dizem. Você com certeza sairá derrotado de qualquer discussão com eles.

— Sem problemas. Mesmo que mil ou dois mil detetives me ataquem em formação cerrada, não os temerei. Afinal, sou Kangetsu Mizushima, bacharel em ciências e célebre polidor de bolas de vidro.

— Nosso bravo homem! É mesmo um bacharel recém-casado pleno de vitalidade. Mas, Kushami, se os detetives são da mesma estirpe dos batedores de carteira, ladrões e gatunos, qual seria a classificação de pessoas como Kaneda, que os contratam?

— São da mesma categoria de Kumasaka Chohan.

— Kumasaka? Ótimo. Embora Chohan fosse apenas uma pessoa, dizem que ao ser cortado pela metade suas duas partes sumiram. Entretanto, o Chohan do outro lado da rua é um homem ávido e obstinado que amealhou fortuna através de agiotagem e que jamais desaparecerá tão facilmente. Caia nas mãos de um ser como ele e você estará perdido até o final de seus dias. Por isso, Kangetsu, tome cuidado.

— Que nada, não tenho medo dele. Ele ia se ver comigo. Eu lhe diria: "Ah, ladrão descarado! Já conheço suas artimanhas. Mesmo assim ainda não aprendeu a lição e ousa invadir meu lar?" — citou Kangetsu, imperturbável, a passagem de uma peça da escola Hosho de teatro nô.

— Falando em detetives, as pessoas no século XX demonstram tendência para a espionagem. Qual seria o motivo? — perguntou Dokusen, que tem por hábito fazer perguntas sem nenhuma relação com o assunto tratado no momento.

— Certamente porque o custo de vida é alto — respondeu Kangetsu.

— Por lhes faltar gosto artístico — assinalou Tofu.

— Porque os chifres da civilização surgiram em suas cabeças, irritantes como confeitos ácidos — respondeu Meitei.

Foi a vez de meu amo argumentar com ar pretensioso.

— Essa é uma questão sobre a qual tenho refletido bastante. No meu entendimento, a tendência para espionar dos homens de agora tem como causa uma autoconscientização excessivamente forte do indivíduo. O que eu denomino autoconscientização é distinto da iluminação espiritual obtida pela percepção de sua própria natureza humana ou pela revelação da integração do eu com o universo, como quer Dokusen.

— Ora, ora, a conversa se tornou bastante complexa. Kushami, já que começou a expor essa argumentação, por favor continue. Em seguida, vou também expor minhas queixas contra a civilização moderna — sugeriu Meitei.

— Faça como achar melhor. De qualquer forma, você não tem mesmo nada a dizer.

— Isso é o que você pensa. Há muito a falar. Dia desses você reverenciava um inspetor de polícia como a um deus, e hoje compara os detetives a batedores de carteira e ladrões. Que estranha contradição. De minha parte, nunca virei casaca, desde o tempo em que meus pais ainda não eram nascidos até agora. Sou um homem que se atém a suas convicções.

— Inspetores de polícia são inspetores de polícia. Detetives são detetives. Ontem foi ontem, hoje é hoje. O fato de suas convicções permanecerem imutáveis é prova de que você não progride. Como diz o ditado: "Quem nasceu para burro nunca chega a cavalo."

— Como você é cruel! Seria interessante se um detetive falasse assim.

— Quer dizer que eu sou detetive.

— Detetive você não é, mas é sincero. Bem, vamos parar de discutir. Brinde-nos com o restante de sua magnífica argumentação.

— A autoconscientização das pessoas de agora é fruto do excessivo conhecimento da existência de um nítido fosso entre os interesses próprios e os alheios. À medida que a civilização avança, essa autoconscientização se aguça mais a cada dia. No final, tornamo-nos incapazes de executar naturalmente mesmo um esforço débil. Um certo Henley[149] criticou Stevenson por este não poder esquecer de si mesmo um instante sequer e não sossegar caso não contemplasse sua imagem refletida ao passar em frente ao espelho de algum cômodo onde entrasse. Essa crítica exprime bem a tendência de nossos dias. Só pensamos em nós mesmos, ao irmos dormir, ao nos levantarmos, em todas as ocasiões reverenciamos nosso eu. Por isso, as ações e palavras dos homens se tornaram artificiais,

---

149. William Ernest Henley (1849-1903). Poeta e crítico inglês.

impacientes, asfixiantes. O mundo se tornou um local de sofrimento, onde vivemos de manhã até a noite nos sentindo como um rapaz e uma moça prestes a se encontrarem para um casamento arranjado. Calma e serenidade são palavras que perderam seu sentido. Dessa forma, o homem moderno é detetivesco. Possui a peculiaridade de um ladrão. Como o trabalho do espião é agir sem ser notado para obter bons resultados, é necessário que sua autoconfiança esteja fortalecida. O ladrão também nunca pode afastar da mente a preocupação de que será apanhado ou descoberto, o que o obriga a ter uma autoconfiança muito forte. As pessoas de agora passam todo o tempo à procura de uma forma de lucrar e nunca perder, por isso, assim como os detetives e ladrões, precisam ter uma sólida autoconfiança. O homem passa as vinte e quatro horas do dia agitado, e seu coração não encontra um instante sequer de descanso até o túmulo. É a maldição da civilização. Completamente estúpida.

— É uma interpretação deveras interessante — concordou Dokusen.

Dokusen não é o tipo de homem que foge de problemas semelhantes.

— Entendo perfeitamente sua explicação, Kushami. No passado, as pessoas eram ensinadas a esquecer seu eu, bem diferente de agora, quando são ensinadas a não esquecê-lo. As pessoas passam as vinte e quatro horas do dia à procura de si mesmas. Por isso, não têm um minuto sequer de repouso. É um inferno permanente. Não há melhor remédio no mundo do que esquecer de si. Bashô nos exprime esse ápice em um de seus versos: "Sob uma noite enluarada eu me separo de mim". Mesmo as pessoas gentis carecem de naturalidade. Os atos elogiados pelos ingleses pelo uso do vocábulo *nice* são inusitadamente repletos de autoconfiança. Quando o príncipe da Inglaterra foi à Índia, jantou com a família real indiana. Seus familiares, não se lembrando de estarem diante do príncipe, seguiram os costumes de seu país e pegaram batatas com as mãos para colocá-las em seu prato. Quando perceberam a gafe, enrubesceram; nesse momento, porém, o príncipe, com a fisionomia de quem nada percebera, pegou com dois dedos uma batata e a colocou em seu prato...

— Esse é o jeito inglês? — Foi a pergunta de Kangetsu.

— Já ouvi essa história — completou meu amo. — Certa feita, num quartel, o comandante e vários oficiais de um regimento convidaram um suboficial para jantar. Terminada a refeição, trouxeram água para a lavagem das mãos em vasilhas de vidro, mas esse suboficial, parecendo não estar acostumado àquele tipo de banquete, levou a vasilha até os lábios e bebeu o líquido. Nesse momento, o comandante do regimento repentinamente ergueu sua vasilha para um brinde à saúde do suboficial, bebendo rápido a água para a lavagem das mãos. Os demais oficiais acompanharam, brindando igualmente com a água das vasilhas.

Detestando permanecer calado em tais momentos, Meitei avisou que conhecia uma história semelhante.

— Quando Carlyle foi convidado pela rainha pela primeira vez, desconhecendo a etiqueta da corte e por ser uma pessoa excêntrica, sentou-se bruscamente antes da rainha fazê-lo. Muitos funcionários e damas de honra que se postavam atrás da rainha começaram a rir baixinho — não, eles não começaram a rir, mas estavam prestes a fazê-lo. A rainha, então, virou-se para eles e, a um sinal dela, todos se sentaram para que Carlyle não se sentisse envergonhado. Foi um ato de grande generosidade e gentileza.

— Do jeito que era, provavelmente Carlyle nem se preocupou que todos estivessem de pé — comentou Kangetsu.

— A autoconfiança aliada à gentileza é algo muito bom — prosseguiu Dokusen. — Mas é duro ser gentil quando se tem autoconfiança. É de causar pena. É um grande erro acreditar que o espírito sanguinário desaparece e as relações entre os indivíduos se tornam mais tranquilas à medida que a civilização avança. Como poderiam se apaziguar com uma autoconfiança tão forte? Parecem à primeira vista calmas e pacíficas, mas há nos indivíduos enormes sofrimentos. É como dois lutadores de sumô abraçados no centro do ringue sem se mover. Um espectador desavisado diria que são a expressão da mais profunda calma, mas ondas de fúria se agitam em seu âmago.

— No passado, as brigas eram resolvidas pela violência e pressão — explicou Meitei depois de aguardar impaciente sua vez —, e eram algo inocente. Porém, as rixas de hoje se tornaram mais engenhosas, exigindo uma dose ainda maior de autoconfiança. Nas palavras de Bacon, só se pode vencer a natureza sujeitando-se a suas forças. É curioso constatar que as disputas de agora seguem essa sabedoria. É como no judô: utiliza-se a força do adversário para derrubá-lo...

— Ou como no caso da energia hidroelétrica. Transformamos maravilhosamente a água em eletricidade sem nos opormos a sua força... — começou a explanar Kangetsu, mas Dokusen o interrompeu de pronto.

— Por isso estamos ligados à pobreza quando somos pobres e à riqueza quando somos ricos, à tristeza quando estamos tristes e à alegria quando estamos alegres. Um gênio é vítima de seu talento, um sábio é vencido pela sabedoria. Um homem de temperamento explosivo como Kushami, ao se deixar levar, se lançaria imediatamente sobre o inimigo e...

— Bravo! — aplaudiu Meitei.

Meu amo abriu um sorriso antes de redarguir.

— As coisas não são tão simples.

Todos começaram a rir.

— O que poderia derrotar os Kaneda?

— A esposa será vencida por seu nariz; o marido, pela obstinação e falta de consideração pelas pessoas; e seus comparsas, pelo resultado de suas espionagens.

— E a filha?

— A filha... Eu nunca a vi e por isso nada posso afirmar, mas... acredito que será derrotada pelas roupas, pela comida ou pela bebida. Duvido muito que o amor a derrote. Ou pode ser que termine seus dias como uma mendiga, à semelhança da velha e decadente Komachi do drama nô.

— Isso é um pouco cruel — protestou Tofu, que dedicara a ela um poema em estilo moderno.

— Por isso é importante "livrar-se do apego material e manter sempre o coração puro", como diz a citação zen. Se não se atingir esse estado, só haverá sofrimentos pelo caminho — afirmou Dokusen, como se tivesse atingido a iluminação.

— Deixe de se vangloriar. Você pode ser atingido por uma "espada que corta o vento primaveril veloz como um raio" e tudo se acabará.

— De qualquer forma, não me agrada viver em uma civilização que avança desesperadamente, como a nossa — asseverou meu amo.

— Morra então, não faça cerimônias — retrucou Meitei.

— Não desejo morrer — confessou meu amo com a fisionomia enigmática.

— Ninguém reflete muito para nascer, mas todos sofrem muito com a ideia da morte — disse com frieza Kangetsu.

— É como quando tomamos dinheiro emprestado. Fazemos isso sem pensar duas vezes, só nos preocupando na hora de devolvê-lo — disse Meitei, que consegue nessas horas replicar de súbito.

— Feliz daquele que não pondera sobre a devolução de um empréstimo ou sobre o temor da morte — comentou Dokusen, como sempre desapegado das coisas mundanas.

— Significa que pessoas como você compreendem melhor a vida?

— Claro. Como na máxima zen que diz "Espírito tão inabalável quanto um boi de ferro e sem apego às coisas materiais."

— E você seria um modelo dessa máxima?

— Não necessariamente. Mas o temor da morte começou a partir da descoberta de uma doença conhecida como neurastenia.

— Entendo. E você com certeza é um homem anterior a essa descoberta.

Enquanto Meitei e Dokusen se dedicavam a esse estranho diálogo, meu amo continuava a expor para Kangetsu e Tofu suas queixas sobre a civilização.

— O problema é como fazer para não ter de devolver o dinheiro emprestado.

— Não é um problema. Devemos devolver aquilo que tomamos por empréstimo.

— Bem, como se trata de uma argumentação, ouçam-me em silêncio. Assim como o problema é como fazer para não ter de devolver o dinheiro emprestado, da mesma forma o problema é como fazer para não morrer. Eis aí a questão. Isso é alquimia. E toda alquimia é um fracasso. Todos morreremos, é insofismável.

— E era insofismável antes mesmo da alquimia.

— Bem, como se trata de uma argumentação, fique calado. Ouça bem. No momento em que se torna insofismável que todos morreremos, surge o segundo problema.

— Como assim?

— Já que morreremos de qualquer jeito, de que forma devemos morrer? Essa é a questão secundária. Como no conto de Stevenson, para solucionar o segundo problema existe o "Clube do Suicídio".

— Entendo.

— Morrer é doloroso, mas ainda mais doloroso é não poder morrer. Para um povo neurastênico viver é uma experiência ainda mais dura do que morrer. Portanto, tornam a morte dolorosa, não porque ela lhes desagrade, mas por se preocuparem com a melhor forma de morrer. A maioria das pessoas não é muito inteligente e deixa tudo aos cuidados da mãe natureza. O mundo se encarrega de atormentá-las e acabar com elas. Todavia, aqueles com algum caráter não se contentam que o mundo acabe com eles de forma atormentadora. Como resultado de várias reflexões sobre a forma de morrer, podem apresentar ideias originais. Portanto, doravante a tendência será o aumento dos suicidas, que partirão deste mundo de forma original.

— As coisas se tornarão confusas.

— Bem confusas, sem dúvida. Nas peças do dramaturgo Arthur Jones[150] sempre há um filósofo a favor do suicídio...

— E ele se suicida?

— Infelizmente não. Porém, esteja certo de que daqui a mil anos todos vão se suicidar. Em dez mil anos as pessoas pensarão no suicídio como a única forma de morrer.

— Isso será monstruoso!

— Com certeza. E, quando isso ocorrer, o número de estudos sobre o suicídio aumentará, tornando-se um campo científico magnífico. Em

---

150. Henry Arthur Jones (1851-1929). Dramaturgo inglês.

uma escola de ensino intermediário, como a Escola das Nuvens Descendentes, a "suicidiologia" será matéria obrigatória e substituirá a ética.

— Será curioso e eu mesmo gostaria de ser um aluno-ouvinte. Você ouviu isso, professor Meitei? Ouviu a notável argumentação de Kushami?

— Ouvi. Quando esse momento chegar, o professor de ética na Escola das Nuvens Descendentes irá expor o seguinte: "Caros alunos. Vocês não devem se apegar à velha tradição bárbara que chamamos de moralidade pública. Como jovens do mundo, seu dever primeiro é o suicídio. Como é possível desejar a outrem o que se deseja para si, preparem-se para avançar um passo no conceito de suicídio e chegarem ao conceito de homicídio. Sobretudo, o de homens como nosso acadêmico pé-rapado Chinno Kushami, que parecem sofrer por estarem vivos. É dever de cada um de vocês matá-lo o mais breve possível. Ao contrário do passado, estamos hoje na época das luzes e não devemos mais empregar meios covardes como lanças, espadas e projéteis. Matem-no usando a nobre arte da calúnia e da ironia, pois isso será para ele um ato de caridade e para vocês constituirá uma honra..."

— Uma aula de fato interessante.

— E ainda tem algo curioso. Atualmente os policiais têm como objetivo primeiro defender a vida e o patrimônio dos cidadãos. Porém, no futuro os policiais farão patrulhas para trucidar os cidadãos com bastões parecidos aos usados pelos matadores de cães...

— Por quê?

— Por quê? Hoje a vida das pessoas é importante e por isso é defendida pelos policiais, mas no futuro os cidadãos sofrerão com o fato de estarem vivos e a polícia, por caridade, os assassinará. Aqueles com um mínimo de bom senso cometerão suicídio, e apenas os fracos de espírito, os idiotas ou os deficientes sem capacidade de se suicidarem serão mortos pela polícia. Assim, toda pessoa que quiser ser morta deverá colocar uma placa em frente à porta para anunciar sua intenção. Bastará escrever algo como "Há aqui um homem — ou uma mulher — que deseja morrer" e os policiais aparecerão na hora mais conveniente e realizarão imediatamente esses desejos. Os cadáveres... bem, os corpos serão recolhidos por um carro da polícia. E ainda há muita coisa interessante...

— As brincadeiras do professor parecem infindáveis — impressionou-se Tofu.

Dokusen começou então lentamente a falar, alisando sua barbicha como de costume.

— Pode-se chamar de brincadeira, mas eu entendo isso talvez como uma profecia. Aqueles que não se entregam por inteiro à verdade estarão para sempre fadados a viver atados ao mundo fenomenal que têm diante dos olhos, desejosos de reconhecer como um fato eterno a transitoriedade da vida. Por isso, basta-lhes dizer algo que fuja ao lugar-comum para que logo se refugiem numa zombaria.

— Assim como andorinhas e pardais desconhecem o sentimento de uma grande fênix, um homem comum ignora o que se passa na mente de um intelectual — disse Kangetsu em tom confessional.

Dokusen se limitou a expressar um ar aprovador e prosseguiu:

— Antigamente havia na Espanha uma cidade chamada Córdoba...[151]

— Acho que ainda existe.

— É provável. De qualquer forma, a época não é o importante aqui. Era costume do lugar as moças saírem de suas casas para irem se banhar nas águas de um rio quando o sino de certo templo tocava ao final do dia...

— No inverno também?

— Não sei. Mas, seja como for, ricas e pobres, jovens e idosas, todas iam mergulhar no rio. E nenhum homem as acompanhava. Eles permaneciam a certa distância contemplando-as. Na semipenumbra do anoitecer, eles admiravam as peles alvas das mulheres se movimentando indistintamente na superfície da água...

— Que poético! Pode ser tema de uma poesia em estilo moderno. Como se chamava mesmo o lugar? — perguntou Tofu, que sempre se inclinava adiante à mera menção de um corpo nu.

— Córdoba. Então, sem poder nadar junto com as moças e sem permissão de vê-las com clareza, contentando-se em contemplá-las ao longe, os rapazes decidiram fazer uma travessura...

---

151. A passagem seguinte é extraída do capítulo 2 do romance *Carmen*, de Prosper Mérimée.

— De que tipo? — alegrou-se Meitei só de ouvir essa palavra.

— Deram uma gorjeta ao tocador do sino para que anunciasse o pôr do sol com uma hora de antecedência. Como as mulheres não refletem muito sobre as coisas, ao mero som do sino se reuniram na margem do rio e mergulharam de camisolinha e ceroulas nas águas, chape, chape. De forma diferente do usual, o sol ainda não se pusera.

— O sol outonal não brilhava ardentemente?

— Um grupo de homens as admirava de cima da ponte. Por mais que estivessem envergonhadas, nada podiam fazer. Estavam bastante ruborizadas.

— E então?

— A moral da história é que precisamos estar alertas, pois quando movidos pelo costume tendemos a fechar os olhos diante dos princípios fundamentais.

— É um sermão de grande valia. Gostaria de lhes contar também algo relacionado a fecharmos os olhos diante dos princípios fundamentais. Recentemente li numa revista um conto sobre um trapaceiro. Vamos supor que eu abri uma loja de quadros e antiguidades. Na vitrine da loja exponho quadros de pintores famosos e peças de artistas renomados. É óbvio que não há entre eles nenhuma peça falsa. Ponho na vitrine apenas peças genuínas e de primeiríssima qualidade. Por serem então de alta qualidade, todas têm preço elevado. Um cliente apreciador de objetos de valor visita a loja e pergunta o preço de uma pintura de Motonobu. Digamos que a peça valha seiscentos ienes. Eu lhe respondo portanto: seiscentos ienes. O cliente demonstra querer o quadro, mas como não tem em mãos o valor acaba infelizmente dizendo que deixará para outra oportunidade.

— Como se pode saber que ele dirá algo semelhante? — indagou meu amo sem nenhuma capacidade de imaginação.

Meitei prosseguiu com a fisionomia impassível:

— Bem, é apenas um conto. Vamos imaginar que ele disse isso. Então digo ao cliente que ele pode levar a pintura se desejar e que o pagamento não é o mais importante. É claro que o cliente hesita. Ofereço então pagamento parcelado em valores pequenos, a perder de vista, já que de qualquer forma ele dali em diante dará preferência à loja... Que ele não fizesse cerimônias... Eu proponho ao cliente que pague dez ienes por mês, e com toda a franqueza ofereço até uma mensalidade de cinco ienes, se preferir. Depois de algumas perguntas e respostas entre mim e o cliente, vendo-lhe por seiscentos ienes, com pagamentos mensais de dez ienes, uma tela do mestre Motonobu Kano.

— Parece a venda pelo *Times*[152] da coleção inteira da Enciclopédia Britânica.

— O *Times* é de confiança, o que não posso dizer de mim. A partir de agora estarei envolvido com minha meticulosa trapaça. Ouça bem, Kangetsu. Com prestações mensais de dez ienes cada, quantos anos você acha que serão necessários para o pagamento total do valor de seiscentos ienes?

— Obviamente cinco anos.

— Exato. Dokusen, você acha cinco anos um período de tempo longo ou curto?

— Um pensamento pode durar dez mil anos, e dez mil anos podem durar o tempo de um pensamento. Cinco anos podem ser tanto muito como pouco tempo.

— Que resposta é essa afinal? Um ensinamento moral no formato de aforismo? Pois saiba que foge ao senso comum. Bem, durante cinco anos o cliente pagará dez ienes mensais, ou seja, fará um total de sessenta pagamentos. Porém, aqui entra o que há de terrível na força do hábito. Ao se repetir a cada mês a mesma coisa por sessenta vezes, na sexagésima primeira vez se é levado ao pagamento de dez ienes. E a seguir virá a sexagésima segunda vez e, conforme as vezes se acumulam, quando o dia do vencimento chegar o cliente só se sentirá tranquilo depois de pagar os dez ienes. As pessoas parecem inteligentes, mas têm como importante ponto fraco se esquecerem das coisas essenciais, deixando-se levar pelos hábitos. E é assim que, aproveitando esse ponto fraco, eu embolso inúmeras vezes dez ienes mensais.

— Ha, ha, ha... O cliente não pode ser tão distraído — riu Kangetsu. Meu amo tinha a fisionomia um pouco séria.

---

152. Na época, o *London Times* vendia a prazo a Enciclopédia Britânica no Japão.

— Não, esse tipo de coisa acontece. Eu mesmo, mês após mês, efetuei o reembolso de minha bolsa de estudos da universidade, e no final eles se recusaram a receber pois eu já liquidara todo o pagamento — contou meu amo, como se seu opróbrio fosse algo comum a todos.

— Uma pessoa como você só vem provar que eu estou certo. Portanto, aqueles que riram ao ouvir meu comentário de há pouco sobre o futuro da civilização são os mesmos que julgam correto pagar por toda a vida uma prestação que terminaria na sexagésima vez. Principalmente jovens com pouca experiência de vida, como Kangetsu e Tofu, devem ouvir bem o que nós lhes dizemos e tomar cuidado para não serem enganados.

— Entendido. Pagaremos nossas mensalidades até a sexagésima apenas.

— Ah! Quem ouve pensa que é brincadeira, mas é uma história que de fato serve como referência — disse Dokusen dirigindo-se a Kangetsu. — Por exemplo, se Kushami ou Meitei o fizessem ver que não é apropriado casar sem avisar a todos previamente e o aconselhassem a se desculpar com Kaneda, como você agiria? Consentiria em pedir perdão?

— Poupe-me, por favor. Se ele pedir desculpas é outra história, mas não tenho intenção de fazê-lo.

— E se a polícia ordenar que você peça perdão?

— Aí eu não pediria mesmo.

— E se fosse um ministro de estado ou um membro da nobreza que o obrigasse?

— Menos ainda.

— Vejam só. As pessoas mudaram muito com o passar do tempo. No passado, sob a autoridade de um superior um homem faria qualquer coisa. No período seguinte, havia coisas que não poderiam ser feitas mesmo sob as ordens de cima. Agora vivemos em um tempo em que mesmo os nobres e os poderosos só exercem até certo ponto sua autoridade sobre o caráter individual. Podemos dizer com algum exagero que, em nossa época, quanto mais poder se tem, maior é a resistência e o sentimento de insatisfação daqueles sob sua influência.

Portanto, nos tempos que correm surge o novo fenômeno de não se fazer algo justamente por ser ordem de um superior. É algo aceito com naturalidade pela sociedade e quase impensável para alguém da velha guarda. Essas mudanças na natureza humana são realmente curiosas e, embora consideremos a descrição do futuro de Meitei como uma mera pilhéria, se levarmos em conta que ela explica essas circunstâncias, poderemos vê-la como repleta de interesse.

— O fato de surgir um partidário de minha opinião me enche de vontade de continuar minha descrição sobre o futuro. Conforme Dokusen explicou, aqueles que se abrigam sob o manto da autoridade, ou que procuram forçar suas ideias armados de duzentas ou trezentas lanças de bambu, são capadócios ultrapassados que montam em riquixás para competir em velocidade com os trens. Ora, eles não passam de líderes ignorantes, agiotas do tipo de Chohan Kumasaka, sendo melhor apenas observá-los calados e de lado. Minha descrição do futuro não é uma questão simplória de nível tão direto. É um fenômeno social relacionado ao destino de toda a humanidade. Se prognosticarmos o futuro com base nas tendências da civilização atual, poderemos prever que em um futuro distante a instituição do matrimônio se tornará impossível. Sei que os assustei, mas o casamento será inviável. Vou lhes explicar a razão. Como disse antes, vivemos atualmente num mundo centrado no individualismo. Na época em que uma família era representada pelo chefe da casa, um vilarejo, pelo administrador local e uma província, por seu senhor feudal, apenas as pessoas em posição de autoridade detinham personalidade. Mesmo que as outras pessoas também a tivessem, ela não era reconhecida. Quando tudo isso mudou, todos começaram a afirmar sua personalidade. Ao se olhar as pessoas, elas parecem querer dizer: "Você é você, eu sou eu." Quando duas delas se cruzam pelo caminho, pensam "Se você é um ser humano, eu também sou", parecendo no fundo desejar comprar briga. A que ponto se fortaleceu o indivíduo! Todavia, o fato de todos terem se tornado fortes implicou também o enfraquecimento geral. É certo que os seres humanos se fortaleceram, considerando que se tornou difícil prejudicar outras pessoas; mas, como não podem senão raramente colocar as mãos sobre os outros, são mais fracos que no passado. É uma alegria se fortalecer; mas, como ninguém quer enfraquecer para não ser maltratado por quem quer que seja, agarram-se a seus pontos fortes e ao mesmo tempo desejam expandir suas fraquezas para molestar, mesmo que pouco, outras pessoas. Nessas circunstâncias, desaparece o espaço entre os seres humanos e viver se torna sufocante. Vivemos tensos, inchados a ponto de explodir, repletos de sofrimentos. Por ser doloroso, buscamos várias formas de criar espaços entre indivíduos. Assim, os seres humanos sofrem merecidamente, e a primeira sugestão feita em meio a esse desespero foi instituir a separação entre pais e filhos. Experimentem subir alguma montanha no Japão e verão famílias morando juntas sob o mesmo teto. Não há personalidade a afirmar e, ainda que existisse, não seria afirmada. É assim que levam a vida. Mas as pessoas civilizadas devem assegurar sua individualidade mesmo entre pais e filhos, caso contrário saem perdendo. Por isso, para manter a segurança entre pais e filhos, devem viver separados. Na Europa, a civilização está mais avançada e este sistema existe há mais tempo que no Japão. Quando pais e filhos moram juntos, os filhos tomam dinheiro emprestado a juros dos pais ou, como se fossem estranhos, pagam o aluguel deles. Esse costume só pôde se firmar porque os pais reconhecem a personalidade dos filhos e a respeitam. Devemos importá-lo o quanto antes ao Japão. Com os parentes já distanciados, filhos e pais hoje se afastam e finalmente o desenvolvimento da personalidade humana e o sentimento de respeito oriundo desse desenvolvimento se expandem sem limites. Dessa forma, é preciso se separar outra vez para que o homem usufrua dessa condição. Todavia, se hoje pais, filhos e irmãos já vivem separados, não sobra mais ninguém a separar e, como última forma, há a separação dos casais. Hoje acredita-se que basta viverem juntos para formar um casal. Enorme engano. Para viver junto, é necessário que as personalidades combinem. No passado não havia reclamações: eram dois corpos, um só coração. Apesar de o casal parecer constituído de duas pessoas, no fundo era apenas uma. Por isso costumava-se dizer "juntos até a velhice e no mesmo túmulo após a morte". Que barbaridade! As coisas não são mais assim. O marido é o marido, a esposa continua a ser a esposa. Essa esposa que frequenta a escola de moças, onde sua personalidade sólida é moldada, vestindo *hakama* bufante e se penteando à moda ocidental, não se sujeitaria aos desejos do marido. Uma mulher obediente a seu esposo não seria uma esposa, mas apenas uma boneca. Quanto mais instruída a mulher, mais desenvolvida é sua personalidade. E, quanto mais sua personalidade se desenvolve, mais fica em desacordo com o marido. Se os temperamentos não combinam, entra-se em conflito conjugal. Portanto, bastou merecer ser chamada de culta para a mulher confrontar o marido de manhã à noite. Sinceramente não vejo nada demais em uma mulher se instruir; no entanto, quanto mais culta se torna, mais aumenta o nível de sofrimento do casal. Há uma distinção clara como água e óleo entre o casal, e tudo vai bem caso se mantenha um calmo equilíbrio. Contudo, como água e óleo interagem, o lar é tomado por oscilações da amplitude de um terremoto. Quando se chega a esse ponto, o casal se dá conta das desvantagens para ambos de morarem juntos...

— E dessa forma o casal se separa? É preocupante — ponderou Kangetsu.

— Eles se separam. Sem dúvida se separam. Todos os casais do mundo se separarão. Até agora um homem e uma mulher vivendo juntos formavam um casal, mas doravante as pessoas perceberão que simplesmente viver juntos não é motivo para serem chamadas de casal.

— Se entendi bem, isso significa que eu serei incluído na categoria dos desqualificados? — indagou Kangetsu, demonstrando nesse momento crítico seu encanto pela esposa.

— Você foi agraciado com a sorte de ter nascido na era do imperador Meiji. Um visionário como eu, com a mente sempre adiante um ou dois passos no tempo, continuará solteiro. As pessoas fofocam dizendo se tratar do resultado de uma desilusão amorosa. Verdadeiros míopes superficiais, só posso ter pena delas. De qualquer forma, permita-me continuar minha história futurista. Nessa época, um filósofo descerá dos céus proclamando uma verdade sem precedentes. Eis o que ele explicará. O homem é um animal dotado de personalidade. Destruir a personalidade equivalerá a dizimar o ser humano. Para prover o homem de significado é necessário proteger e desenvolver essa personalidade a qualquer preço. O casamento realizado sob a pressão de maus costumes é um hábito bárbaro que vai contra a tendência natural humana, o que pode ser tolerado numa época em que a personalidade não está desenvolvida, mas seria um erro não contestar esse hábito distorcido numa era civilizada como a de agora. Em uma era como a nossa, em que atingimos um alto nível de progresso, não há razão para que duas personalidades estejam ligadas intimamente além do normal. Apesar disso, os jovens em sua ignorância e impulsionados por um desejo carnal temporário se entregam ao ato imoral e sem ética de contrair matrimônio. Em minha opinião, devemos nos opor com todas as forças a esse costume bárbaro, em nome da humanidade, da civilização e da proteção da personalidade...

— Pois eu me oponho totalmente a sua teoria — objetou Tofu, dando um tapinha com a mão aberta sobre o joelho. — Não há nada mais nobre que o amor e a beleza. É graças a eles que somos consolados e nos tornamos seres humanos completos e felizes. Devemos a eles a dignidade de nosso sentimento estético, o enobrecimento de nosso caráter e o refinamento de nossa compaixão. Onde quer que se nasça, é impossível esquecer esses dois sentimentos. Eles se manifestam no mundo real: o amor se revela na relação matrimonial, e a beleza se divide no formato da música e da poesia. Enquanto o ser humano habitar a superfície do planeta, o matrimônio e a arte jamais sucumbirão.

— Ótimo se assim for. Porém, como sentenciou o filósofo, seu desaparecimento é algo inevitável e só podemos nos resignar. A arte? A arte terá o mesmo destino dos casais. O desenvolvimento da personalidade representa sua liberdade, concorda? Isso significa dizer: eu sou eu e os outros são os outros. A arte não poderia existir dessa forma. A arte só prospera porque entre o artista e seu público existe uma comunhão de personalidades. Por mais que você escreva poesia em estilo moderno, se ninguém a achar interessante seus poemas infelizmente só terão você como leitor. De nada adiantará compor canções de patos-mandarins. Por sorte, você nasceu na Era Meiji, em uma época em que as pessoas se interessarão em ler seus poemas...

— Nem tanto.

— Se mesmo agora não for tanto, acabará sem leitores no futuro, quando a cultura estiver desenvolvida e nosso grande filósofo aparecer para pregar contra o casamento. Não deixarão de ler por serem especificamente seus poemas. Como cada indivíduo terá uma personalidade especial, não haverá interesse em se ler a poesia criada. Essa tendência já começa a aparecer, em particular na Inglaterra. Vejam o caso de Meredith ou James, que dentre os escritores ingleses são os que mais revelam personalidade em suas obras. Seus leitores são muito restritos e há uma razão para isso. Suas obras só se mostram interessantes para aqueles com personalidade similar à deles. Essa tendência se desenvolverá aos poucos, e a arte sucumbirá ao mesmo tempo que o casamento se tornará uma instituição imoral. No dia em que aquilo que eu escrever lhe for incompreensível, nada mais haverá entre nós, em especial a arte.

— Isso é óbvio, mas minha intuição me diz que esse tempo não chegará.

— Você se baseia na intuição e eu na racionalidade.

— Certamente é racional — interveio Dokusen —, mas de qualquer forma quanto mais a liberdade da personalidade for permitida, maior sem dúvida será a rigidez no relacionamento entre as pessoas. Nietzsche não teve escolha a não ser alterar sua filosofia criando algo como um super-homem, devido à sua incapacidade de lidar com semelhante rigidez. À primeira vista, o super-homem aparenta ser seu ideal, mas não é. Não passa de descontentamento. Acovardado pelo desenvolvimento da personalidade do século XIX, e podendo raramente se mexer sob pena de incomodar seus vizinhos, ele se apavorou e escreveu aquelas incongruências. Ao ler seus escritos, sente-se pena em vez de prazer. Sua voz não é a de um homem devotado e bravo, mas o som emitido por alguém repleto de rancor e indignação. Não é de se espantar, pois no passado um homem verdadeiramente grandioso poderia reunir muitos sob sua bandeira. Se essa alegria pudesse se concretizar, desnecessário seria expressá-la nos livros pela força da caneta e do papel como o fez Nietzsche. A impressão é bem diferente dos caráteres super-humanos descritos nos épicos de Homero ou na Balada de Chavy Chase. São joviais; são escritos agradáveis. Não há nenhuma amargura nos fatos alegres colocados no papel. A era de

Nietzsche é diferente. Não há heróis. Mesmo que algum apareça, não é reconhecido como tal. No passado, Confúcio era um só e ninguém lhe chegava aos pés, mas hoje há muitos Confúcios. Portanto, ninguém pode assoberbar-se e impor-se sobre os demais, julgando-se um novo Confúcio. Justamente por não poder se impor, se decepciona. Decepcionando-se, coloca no papel um super-homem. Nós desejávamos a liberdade e a conquistamos. Como resultado, sentimo-nos tolhidos. Em minha opinião a civilização ocidental pode parecer boa, mas no fundo é um fracasso. Ao contrário, no Oriente sempre houve disciplina espiritual. Isso é o correto. Vejam bem: como resultado do desenvolvimento da personalidade todos se transformarão em neurastênicos e, quando a situação se tornar crítica, descobrir-se-á pela primeira vez o valor do ditado: "Pacíficos são os súditos sob o poder do soberano." Isso porque se compreenderá ser impossível menosprezar a doutrina de Lao-Tse das "mudanças sem ações". Todavia, mesmo compreendendo-a, já será tarde demais. É como o alcoólatra se lamentando por haver se excedido na bebida.

— As explicações dos professores são muito pessimistas. É estranho, mas por mais que as ouça não sinto absolutamente nada. Por que será? — questionou-se Kangetsu.

— Isso se deve ao fato de você ser um recém-casado — interpretou de pronto Meitei.

Subitamente, meu amo complementou:

— Você está muito enganado ao achar que as mulheres são boas apenas por ter casado com uma delas. Apenas para sua referência, vou ler para você algumas passagens de um livro interessante. Aconselho-o a ouvir com atenção — disse meu amo levantando o livro antigo que trouxera do gabinete. — Este livro é bem velho, mas na época já se conhecia perfeitamente a vilania feminina.

— Estou um pouco impressionado. Quando foi escrito esse livro? — indagou Kangetsu.

— Foi escrito por Thomas Nashe[153] no século XVI.

---

153. Thomas Nashe (1567-1601). Escritor inglês. No início de seu livro *Anatomia do absurdo* ele ataca frontalmente as mulheres.

— E nessa época já havia alguém falando mal de minha mulher?

— Há várias coisas ruins escritas sobre as mulheres. Ouça bem, pois alguma delas deve se aplicar à sua esposa.

— Ouvirei. Será uma honra.

— Logo de início o livro informa que apresentará a visão dos sábios e filósofos da Antiguidade sobre as mulheres. Estão me acompanhando?

— Todos estamos ouvindo, inclusive um solteiro como eu.

— Aristóteles costumava dizer que, como as mulheres são um desastre, se tivesse que casar com uma, escolheria uma mulher baixa. Afinal, quanto maior a mulher, maior o desastre.

— Kangetsu, sua mulher é alta ou baixa?

— Ela pertence à categoria dos grandes desastres.

— Ha, ha, ha... Esse é um livro interessante. Continue a ler.

— Alguém pergunta: "Qual é o maior dos milagres?" O sábio responde: "Uma mulher virtuosa."

— Quem foi esse sábio?

— Não consta o nome dele.

— Sem dúvida alguém traído pela mulher.

— O próximo que aparece é Diógenes. Alguém lhe pergunta: "Qual a melhor época para se casar?" Diógenes responde: "Na juventude é muito cedo, na velhice é tarde demais."

— Ele deve ter pensado nisso quando estava dentro de seu tonel.[154]

— Pitágoras asseverou: "No mundo há três coisas que se deve temer: o fogo, a água e a mulher."

— Os filósofos gregos até que dizem coisas inusitadamente idiotas. Em minha opinião não há nada a temer neste mundo. Pode-se entrar no fogo e não se queimar, entrar na água e não se afogar, entrar... — disse Dokusen sem saber como prosseguir.

— Entrar em contato com uma mulher sem se apaixonar — acrescentou Meitei.

---

154. Diógenes (413-323 a.C.). Filósofo grego. Tinha o hábito de morar em um tonel, possuía uma única veste e costumava sair pelas ruas com uma lamparina acesa à procura de um homem honesto.

Meu amo continuou a ler.

— Sócrates diz que a tarefa mais difícil para um homem é controlar uma mulher. Demóstenes afirma que a melhor estratégia para fazer sofrer um inimigo é lhe entregar a própria esposa: ela o atormentará dia e noite com problemas domésticos até ele se render. Sêneca considera a mulher e a ignorância como os dois maiores males da humanidade. Marco Aurélio compara a mulher a uma embarcação de difícil controle. Platão nos ensina que o hábito de se enfeitar das mulheres é seu vão estratagema de esconder a própria feiura natural. Valerius Maximus, em uma carta a um amigo, escreve: "Nada há no mundo que não esteja ao alcance de uma mulher. Imploro aos céus que tu não caias nas artimanhas femininas." E prossegue: "O que é a mulher? Não é ela a inimiga da amizade, um sofrimento inevitável, um mal necessário, uma sedução da natureza, um veneno similar ao mel? Sou forçado a lhes dizer que, se é imoral abandonar uma mulher, mais imoral e tormentoso é não fazê-lo..."

— Já chega, professor. Não preciso ouvir mais maledicências contra minha esposa.

— Que tal ouvir mais um pouco? Ainda tenho mais quatro ou cinco páginas.

— Não, já é o bastante. Já deve estar na hora de sua esposa voltar — caçoou Meitei.

Neste exato momento, ouviu-se a esposa no refeitório chamar pela empregada: "Kiyo, Kiyo."

— Você está perdido. Sua esposa voltou.

— He, he, he... — riu meu amo um riso abafado. — E você pensa que me importo com isso? — completou.

— Diga-me, senhora, faz tempo que está de volta?

Nenhuma resposta veio do refeitório.

— A senhora ouviu o que foi dito aqui?

Ainda nenhuma resposta.

— Entenda que essas ideias não pertencem a seu marido. São de Nashe, um autor do século XVI. Fique despreocupada.

— Ignoro tudo isso — respondeu de longe simplesmente minha ama.

Kangetsu soltava risadinhas.

— Também ignoro. Peço-lhe que nos desculpe. Ha, ha, ha — riu Meitei, debochado.

Neste momento, alguém abriu a porta de entrada de modo brusco. Sem pedir licença, foi entrando a passos pesados e escancarou a porta corrediça do salão com violência. Quando passou por ela, surgiu o rosto de Sampei Tatara.

Fugindo de sua aparência usual, vestia uma camisa alvíssima e um casaco tinindo de novo, já um tanto alterado pela bebida. Trazia na mão direita quatro garrafas de cerveja, que pareciam pesadas, atadas por uma corda. Largou-as ao lado dos bonitos secos e, sem saudar ninguém, se sentou pesadamente, dobrando as pernas, com a autoconfiança de um guerreiro.

— Professor, como vai a doença estomacal por esses dias? Não é aconselhável se enfurnar o dia inteiro em casa.

— Nunca disse que meu estômago estava bem ou mal.

— Não disse, mas pode-se ver pelas suas feições. A tez do professor está amarelada. O tempo está bom para pescarias. Domingo passado aluguei um barco em Shinagawa e fui pescar.

— Conseguiu pescar algo?

— Nada.

— Acha interessante voltar de mãos vazias?

— Professor, a pesca é um esporte excelente para desanuviar a mente. Que pensam os demais? Já foram pescar alguma vez? A pesca é divertida. Navegar pelo imenso mar numa pequena embarcação... — explicou Sampei dirigindo-se a todos indistintamente.

— Eu preferiria navegar por um pequeno mar num grande navio — intrometeu-se Meitei.

— Já que vai pescar, é tedioso se não apanhar pelo menos uma baleia ou uma sereia — afirmou Kangetsu.

— Você acha que eu conseguiria pescar baleias? Falta de fato algum bom senso aos literatos...

— Não sou literato.

— Não? Então o que é afinal? O bom senso é fundamental para um homem de negócios como eu. Professor Kushami, nos últimos tempos tenho aprimorado meu bom senso. No meio em que vivo é natural que seja assim.

— Que seja assim como?

— No caso do cigarro, por exemplo. Se estiver fumando Asahi ou Shikishima, todos o tomarão por um homem influente — explicou soltando baforadas de um cigarro egípcio envolto em papel dourado.

— Você tem dinheiro para se dar a esse luxo?

— Dinheiro não tenho, mas vou arranjar. As pessoas confiam muito mais em mim quando fumo este cigarro.

— Obter crédito é mais fácil do que polir bolas de vidro, como faz Kangetsu. Não dá trabalho e é muito prático — disse Meitei dirigindo-se a Kangetsu.

Antes mesmo que este respondesse, Sampei interveio:

— Ah, então você é Kangetsu? Como vai seu doutorado? Como você aparentemente não teria mais interesse em obter o título, eu pedi para mim...

— O título de doutor?

— Não, a mão da senhorita Kaneda. Na realidade, sinto pena por você, mas tamanha foi a insistência dos Kaneda que resolvi aceitá-la como esposa. Preocupo-me se não agi mal com relação a você.

— Não há motivo para preocupação — assegurou Kangetsu.

— Se quiser casar com ela, vá em frente e se case — afirmou meu amo de modo ambíguo.

— Que ótima notícia. Como eu dizia havia pouco, os pais não devem se preocupar, pois suas filhas sempre encontrarão alguém com quem se casar. Vejam só, ela conseguiu ficar noiva de um cavalheiro esplêndido. Tofu, eis aqui o tema ideal para um poema em estilo moderno. Comece a criá-lo imediatamente! — empolgou-se Meitei, como sempre.

— Você é Tofu? Poderia compor uma poesia moderna para a cerimônia de casamento? — pediu Sampei. — Mandarei imprimir e farei a distribuição. Enviarei também à revista *Taiyo*.

— Farei o que estiver ao meu alcance. Para quando precisa dela?

— Quando lhe for mais conveniente. Pode ser uma de suas obras já concluídas. Como agradecimento, eu o convidarei para o banquete de casamento e lhe oferecerei champanhe. Já bebeu champanhe alguma vez? É uma delícia... Professor, eu pretendo contratar uma orquestra para tocar na recepção. O que acha de mandarmos compor uma música para a poesia do senhor Tofu?

— Faça como achar melhor.

— O professor não poderia compô-la?

— Não diga asneiras.

— Ninguém aqui conhece música?

— Nosso Kangetsu, o candidato reprovado à mão da donzela, é um excelente violinista. Experimente lhe pedir. Mas duvido que componha uma música por apenas uma taça de champanhe.

— Sobre o champanhe, não se trata daqueles de quatro ou cinco ienes a garrafa. O que eu lhe irei oferecer está longe de ser champanhe barato. Então, aceita a incumbência de compor uma música?

— Com prazer. Eu a comporia mesmo por um champanhe de vinte sens a garrafa, e até de graça.

— De graça eu não poderia aceitar. Preciso lhe agradecer de alguma forma. Se não lhe agradar o champanhe, que tal isto como agradecimento?

Sampei retirou sete ou oito fotos do bolso interno do casaco, deixando-as cair espalhadas sobre o tatame. Algumas eram retratos; outras, fotografias de corpo inteiro. Havia fotos em que a pessoa estava de pé. Em algumas, usavam *hakama*; em outras, um longo quimono de mangas largas ou penteados no estilo Shimada. Eram todas fotos de moças em idade de se casar.

— Veja quantas candidatas a casamento. Como agradecimento, posso apresentar qualquer uma delas a Kangetsu e Tofu. Que acham desta aqui? — perguntou colocando uma foto bem diante dos olhos de Kangetsu.

— Que linda. Peço-lhe por favor que me apresente.

— E esta outra, o que acha? — indagou, mostrando outra foto.

— Também é muito bonita. Não deixe de me apresentar.

— A qual delas?

— Qualquer uma.

— Como você é volúvel. Professor, o tio desta aqui tem título de doutor.

— E eu com isso?

— Esta outra tem um caráter excelente. E é bem jovem. Tem apenas dezessete aninhos. Ela possui um dote de mil ienes... Esta outra é filha de um governador provincial — continuou Sampei como se falasse sozinho.

— Posso me casar com todas elas?

— Todas? Que ganancioso! Você é partidário da poligamia?

— Não me atrai a poligamia, mas sou carnívoro.

— Seja lá o que for, acabem o quanto antes com essa história — disse meu amo em tom de censura.

— Então, não deseja nenhuma delas? — perguntou Sampei retornando ao bolso cuidadosamente as fotos, uma a uma.

— O que significa essa cerveja?

— É um presente. Comprei na loja de bebidas da esquina para comemorarmos meu casamento. Bebam, por favor.

Meu amo bateu palmas, chamando a criada para abrir as garrafas. Meu amo, Meitei, Dokusen, Kangetsu e Tofu elevaram seus copos em um brinde ao auspicioso matrimônio de Sampei, que parecia transbordar de felicidade.

— Convidarei todos para o banquete. Vocês irão, não é mesmo? — perguntou ele.

— Não conte comigo — respondeu de pronto meu amo.

— Por que não? Esta é a cerimônia de maior relevância em toda a minha vida. O professor não me dará a honra de sua presença? Que falta de consideração.

— Não é questão de consideração. Não vou e ponto final.

— Por que não tem roupa adequada para a festa? Posso providenciar um *haori* ou *hakama*. Faria bem para o professor sair um pouco. Eu lhe apresentarei alguns figurões.

— De jeito nenhum.

— Por ainda não estar curado do problema estomacal?

— Não importa se estou curado ou não.

— Só me resta desistir já que se obstina a tal ponto. E você virá à cerimônia?

— Eu? Não a perderia por nada neste mundo. Se possível, adoraria ter a honra de ser o intermediário entre os nubentes. O brinde triplo tradicional com champanhe, a noite primaveril... Porém, ouvi dizer que o intermediário será Tojuro Suzuki. Imaginei que seria ele. É uma pena, mas que posso fazer? Dois intermediários seria demasiado. Comparecerei à cerimônia apenas como mero convidado.

— E você?

— Eu? Vivo a paz, apreciando as belezas da natureza com um caniço nas mãos e a linha passando entre brancas algas e pimentas-d'água vermelhas.

— O que é isso? Uma poesia da Era Tang chinesa?

— Eu mesmo não sei.

— Não sabe? Que lástima. Kangetsu, você virá ao casamento? Em nome de nosso relacionamento até aqui.

— Certamente estarei presente. Seria uma pena não ouvir a orquestra tocar a canção que irei compor.

— Sem dúvida. Gostaria de vê-lo recitar sua poesia em estilo moderno diante dos nubentes.

— Será algo muito agradável. Professor, este será o momento mais prazeroso de minha vida. Vou beber um copo de cerveja.

Sampei bebeu com empenho toda a cerveja que ele mesmo trouxera.

O sol breve de outono enfim se pôs. Havia muito o fogo se apagara do braseiro, dentro do qual os cadáveres de cigarros se espalhavam desordenadamente. Nossos animados amigos pareciam ter perdido um pouco de fôlego.

— Já é bem tarde. Que tal irmos andando? — sugeriu Dokusen pondo-se de pé.

— Eu também já vou indo.

Todos repetiram e se dirigiram à porta do saguão. Como ao findar de um espetáculo, o salão se esvaziou e se entristeceu.

Meu amo jantou e entrou em seguida no gabinete. Minha ama arrumou a gola do casaco frio ao contato com a pele e costurava as roupas usadas por sucessivas lavagens. As crianças dormiam uma ao lado da outra. A criada saiu para o banho.

Um som triste reverbera quando batemos no fundo do coração de pessoas que aparentam despreocupação. Dokusen, que parece tudo entender deste mundo, têm os pés bem presos ao chão. Meitei dá a impressão de levar a vida na flauta, mas seu mundo não é daqueles que vemos nas pinturas. Kangetsu desistiu de polir as bolas de vidro e voltou casado de sua terra natal. Nada mais natural. Porém, quando algo natural continua por muito tempo, provavelmente se torna tedioso. O próprio Tofu daqui a dez anos entenderá os inconvenientes de dedicar de modo impensado seus poemas em estilo moderno a qualquer um. No que se refere a Sampei, é difícil avaliar se é um homem que vive ou não no mundo da lua. Espero que ele passe a vida inteira oferecendo com altivez champanhe a todos. Tojuro Suzuki continuará a se adaptar às circunstâncias. Com isso, se cobrirá de lama. Todavia, mesmo enlameado, tem mais tenacidade do que aqueles que não se atrevem a se sujar no lodo.

Em um piscar de olhos, já se vão dois anos que, embora nascido como gato, moro com humanos. Acreditava ser o único de minha espécie a possuir uma refinada capacidade de discernimento, mas me surpreendi recentemente ao ouvir falar de um desconhecido de nome Kater Murr, da mesma raça que eu. Procurei informações, e na verdade esse felino já faleceu há mais de cem anos, mas um laivo de curiosidade levou seu espírito a empreender uma viagem do distante mundo dos mortos para me espantar. Dizem que esse gato era destituído de amor filial a ponto de, certa feita, a caminho para encontrar a mãe, não resistir à tentação e devorar sozinho o peixe que lhe levava de presente. Era um gato que em nada ficava a dever aos humanos em perspicácia, tendo até surpreendido seu amo com um poema de sua autoria. Se um gênio como ele apareceu há um século, um joão-ninguém como eu há muito já poderia pensar em passar para o outro mundo.

Cedo ou tarde a dispepsia acabará com meu amo. A avareza de Kaneda é sua sentença de morte. As folhas das árvores outonais já caíram todas. A morte é o fim de todas as criaturas vivas. Para viver sem utilidade, talvez seja mais inteligente morrer logo. Conforme as teorias dos professores, o destino humano é o suicídio. Se não tomarmos cuidado, nós gatos também seremos obrigados a nascer neste mundo sufocante. Isso será terrível. Sinto-me deprimido. Decido beber a cerveja de Sampei para me animar um pouco.

Vou até a cozinha. O vento outonal sacode a porta e, entrando por uma das frestas, apaga a luz do lampião; uma luminosidade, porém, se infiltra pela janela, certamente da lua. Três copos estão alinhados numa bandeja, e dois deles contêm até a metade uma água amarelada. A água quente parece fria quando está dentro de um copo de vidro. Esse líquido, colocado calmamente ao lado do pote de cinzas para apagar fogo, brilha sob os raios de luar da noite fria, e eu, mesmo não o tocando com os lábios, já sinto a sensação de frieza e perco a vontade de bebê-lo. Porém, é preciso experimentar de tudo nesta vida. Depois de o tomarem, os rostos de Sampei e dos outros se avermelharam e a respiração deles ficou difícil. É certo que um gato também se animaria caso o bebesse. Nunca sabemos quando morreremos e devemos aproveitar ao máximo enquanto estamos neste mundo. De nada adiantará se lamentar à sombra do túmulo depois de morto. Decido beber a cerveja. Enfio minha língua bem fundo no copo e lambo o líquido. Que surpresa! A ponta de minha língua arde como se espetada por agulhas. Ignoro que excentricidade levaria os humanos a beberem essa água de gosto apodrecido, mas para nós gatos é totalmente impossível ingeri-la. Gatos e cerveja não combinam. Retiro minha língua e uma ideia me surge. Os humanos costumam asseverar que os bons remédios são em geral amargos e, quando se resfriam, tomam essas coisas estranhas de cara franzida. Pois eis uma excelente oportunidade de confirmar se eles se curam por tomar o remédio, ou se eles acabariam se curando de qualquer jeito mesmo sem nenhum medicamento. Vamos resolver essa questão com a cerveja. Se ao bebê-la o interior de meu estômago se tornar amargo, colocaremos um ponto final no assunto. Porém, se como Sampei eu me alegrar de forma a esquecer do presente, passado e futuro, será uma descoberta sem precedentes, digna de ser comunicada aos gatos da vizinhança. Entrego o destino às mãos divinas e ataco a cerveja enfiando outra vez a língua dentro do copo. Por ser difícil ingeri-la de olhos abertos, eu os fecho e recomeço a lambiscar o líquido.

Com muita paciência consigo afinal beber todo o conteúdo do copo. E um estranho fenômeno ocorre. De início minha língua começa a arder e sinto uma dor no interior da boca, como se ela fosse pressionada do exterior. Mas, conforme bebo, vou me sentindo mais livre, e ao terminar o primeiro copo já não sinto mais dificuldades. Com maior confiança ataco o segundo copo. Aproveito para lamber a cerveja que escorreu para a bandeja, como se a enxugasse com a língua.

Por algum tempo permaneço agachado e imóvel para ver como vou reagir. Aos poucos meu corpo se aquece. Sinto-me ruborizando ao redor dos olhos. Minhas orelhas parecem arder. Fico com vontade de cantar. Quero sair dançando "Somos gatos, somos gatos". Dá vontade de mandar para o inferno meu amo, Meitei e Dokusen. Ah, se eu pudesse enfiar as garras no tio Kaneda! E também arrancar com uma mordida o nariz da esposa dele. Quantas coisas eu desejo fazer. Depois, me levanto cambaleante. De pé, sinto vontade de andar em zigue-zague. Que divertido! Desejo sair da casa. Ao sair, sinto vontade de cumprimentar a lua, dar-lhe boa-noite. Que alegria!

Achando que deve ser isso o que os humanos chamam de embriaguez, ando de um lado para outro sem objetivo definido, sem saber se estou ou não passeando, e me abate um enorme sono. Não distingo se durmo ou se ando. Pretendo manter os olhos abertos, mas eles estão terrivelmente pesados. Sou tomado por uma completa impotência. Não me admiraria estar no mar ou numa montanha e, quando tento avançar minhas patas dianteiras, ouço um barulho de água e logo penso: estou acabado! Não tenho tempo para refletir sobre o que ocorre. Apenas percebo que estou perdido e todo o resto se torna confuso.

Quando volto a mim, estou flutuando na superfície da água. Sinto-me sufocado e procuro algo a que possa me agarrar, mas ao redor só há água e a cada novo movimento acabo afundando. Não vendo outra solução, estendo as patas traseiras para pular e, assim, segurar algo com as patas dianteiras. Ouço um som de arranhão e consigo me apoiar levemente. Sou capaz enfim de colocar a cabeça para fora da água. Olho ao redor e vejo que caí dentro de uma grande tina. Até o verão ela estava coberta de plantas aquáticas, mas depois os corvos vieram, comeram-nas todas e usaram a tina como banheira. A água baixou devido aos banhos, e com a diminuição da água os corvos desapareceram. Outro dia eu pensava comigo que os corvos deixaram de aparecer porque a água diminuíra, mas nunca poderia imaginar que eu os substituiria nos banhos num lugar como este.

Até a borda da tina são mais de doze centímetros. Impossível alcançá-la mesmo estendendo minhas patas. Salto sem resultado. Se não agir, acabarei afundando. Ao me debater, roço apenas as garras na tina. Ao atingi-la, pareço flutuar, mas se escorrego acabo imergindo. Sufoco quando afundo e na mesma hora me debato. Acabo me cansando. Apesar de me impacientar, minhas patas traseiras não respondem. Por fim, já não sei se eu arranho a tina para mergulhar ou se mergulho para arranhar a tina.

Nesse momento de sufoco pondero que todo esse sofrimento se deve apenas a meu desejo de alcançar a borda da tina. Apesar de desejar isso ardentemente, estou consciente de que é de todo impossível. Minhas patas precisariam ter uns dez centímetros a mais. Mesmo flutuando na superfície da água, não há como minhas garras chegarem à borda, distante quinze centímetros desse local, mesmo que estendesse as patas dianteiras como gostaria. Se não consigo agarrar a extremidade, por mais que lute ou me agite, não sairei daqui nem em um século, nem mesmo que meu corpo vire pó. De que adianta tentar sair quando sei que é impossível? É por querer levar isso adiante que sofro. É tedioso. E é uma idiotice buscar o sofrimento e sentir prazer na tortura.

Rendo-me. Que aconteça o que tiver de acontecer. Não vou tentar mais me agarrar a nada. Decido não resistir e abandono nas mãos da natureza minhas patas dianteiras e traseiras, minha cabeça, meu rabo.

Aos poucos vou me sentindo tranquilo. Já não sei mais se é sufocante ou prazeroso. Não sei mais se estou dentro da água ou sobre almofadas. Não importa mais onde estou ou o que faço. Sinto-me bem. Ou melhor, não posso mais sequer distinguir se estou bem ou não. Quero destruir o sol e a lua, pulverizar céus e terras, entrar num estado de estranha paz. Estou morrendo. Morrendo, obterei essa paz, só atingida por aqueles que passam para o outro mundo. Em nome de Buda, em nome de Buda. Rendo-lhe graças, rendo-lhe graças.

ESTE LIVRO FOI COMPOSTO EM GARAMOND CORPO 10,8 POR 16 E
IMPRESSO SOBRE PAPEL AVENA 80 g/m² NAS OFICINAS DA MUNDIAL
GRÁFICA, SÃO PAULO — SP, EM MARÇO DE 2023